I0741358

VOYAGE
ZIG ZAG
PARIS

VOYAGES EN ZIGZAG

PARIS. — TYP. LACRAMPE ET Cᵉ, RUE DAMIETTE, 2.

VOYAGES
en
zigzag
ou excursions d'un pensionnat en vacances
En suisse et sur le revers méridional des
Alpes.

VOYAGES EN ZIGZAG

OU EXCURSIONS

D'UN PENSIONNAT

EN VACANCES

DANS LES CANTONS SUISSES ET SUR LE REVERS ITALIEN DES ALPES

PAR R. TOPFFER

ILLUSTRÉS D'APRÈS DES DESSINS DE L'AUTEUR ET ORNÉS DE 15 GRANDS DESSINS

PAR M. CALAME

PARIS

CHEZ J.-J. DUBOCHET ET COMPAGNIE

55, RUE DE SEINE.

1844

PRÉFACE DES ÉDITEURS.

L'ouvrage que nous publions aujourd'hui ne demande pas de longues explications; il s'agit purement et simplement d'excursions pédestres, au mouvement et à la gaieté desquelles le lecteur est prié de s'associer, s'il y trouve du plaisir. Une fois en chemin, et sans autre peine que celle de tourner les feuillets, tantôt il assistera aux aventures d'une caravane de jeunes touristes, tantôt il verra passer sous ses yeux les sites renommés de la Suisse, du Tyrol, les passages sévères des Hautes-Alpes, et aussi ces doux paysages qui, de l'autre côté de la grande chaîne, reflètent indolemment les radieuses sérénités du soleil d'Italie. Une seule fois il verra la mer, mais ce sera à Venise.

Toutefois, nous avons pensé que ce serait ajouter à l'intérêt que pourront offrir ces *Voyages en Zigzag*, que de faire connaître les circonstances qui en ont été l'occasion, et comment il se fait qu'une même plume ait pu tracer à la fois, et avec un égal mérite de fidélité habile et de spirituelle bonhomie, le texte et les croquis que contient ce volume.

En Suisse, il est d'usage assez général que les pensionnats mettent à profit les semaines de vacances pour faire une tournée dans les cantons, et ceux d'entre nous qui ont visité cette belle contrée, ont pu se trouver dans le cas de croiser, dans les gorges ou sur les cols des Alpes, quelqu'une de ces joyeuses bandes d'adolescents, dont le vif entrain et la juvénile ardeur forment un passager mais piquant contraste avec la morne sévérité des hautes solitudes alpestres. Toutefois il n'est pas d'un usage aussi général en Suisse, que l'instituteur qui est à la tête de cette troupe étourdie, soit à la fois un écrivain distingué, un paysagiste plein de verve, et, chose peut-être plus rare encore, un homme pair et camarade de ses élèves en fait de gaieté habituelle, de facile contentement, de goût passionné pour cette vie fatigante, il est vrai, sujette à mécomptes et à privations, mais aventureuse, variée, animée, et toujours fertile en amusements pour un esprit qui se trouve être à la fois naïvement curieux et finement observateur. Aussi, et pour le dire en passant, quelque léger que soit le fond des relations dont se compose ce volume, nous nous en fions parfaitement à la sagacité du lecteur pour reconnaître bientôt dans la façon dont ce fond est mis en œuvre, dans les portraits et les digressions qui s'y rencontrent à chaque pas, dans l'accessoire, en un mot, plus encore que dans le principal, les signes d'un esprit qui est bien supérieur à la tâche qu'il s'impose, et qui, sur un tissu très-frêle, a tracé sans prétention comme sans dédain une broderie excellente. Il y a plus, nous pensons que ces relations si remplies d'un intelligent amour des plaisirs sains, et empreintes d'un naturel si véritable et si rare, sont destinées à encourager et à propager, bien qu'à divers degrés, soit parmi la jeunesse, soit parmi les hommes faits, le goût des récréations instructives et mâles, et à faire apprécier de mieux en mieux combien est salutaire ce double exercice des forces du corps et des facultés de l'esprit, auquel les excursions pédestres, ou en partie pédestres, ouvrent une si heureuse carrière.

Au surplus, ces relations de voyages sont dues, texte et dessins, à la plume de l'auteur des *Nouvelles Genevoises*, M. Topffer de Genève, et l'on y retrouvera, outre les agréments du style et le talent de description pittoresque qui distinguent ce recueil, l'idée prise sur nature de la plupart des sujets ou des personnages qui y figurent. C'est, en effet, en pratiquant la Suisse, c'est en y dessinant et en y croquant chaque année sites et gens, que l'auteur des *Nouvelles Genevoises* s'y est approprié ce coloris dont la fraîcheur et la vérité ont trouvé un si bon accueil auprès de notre public, un peu las d'impressions travaillées et de souvenirs inventés. Ici les impressions sont simples, mais sincères; les souvenirs peu éclatants, mais tout vivants de réalité; et là où le texte se prête moins heureusement à les reproduire, un croquis lui vient en aide et les fixe.

Quelques mots maintenant sur l'édition originale qui nous a servi de modèle. Bien avant que le goût et les procédés des livres illustrés se fussent répandus et développés, en 1832 déjà, M. Topffer, désireux de pouvoir distribuer à ses compagnons de voyage ces relations ornées de croquis, s'était trouvé dans l'autographie un moyen de résoudre le problème; en sorte que, chaque année, après avoir tracé texte et dessins sur un papier préparé, il laissait ensuite au lithographe le soin de décalquer le tout sur la pierre, et d'en tirer le petit nombre d'exemplaires qui suffisait à une publicité de famille. Ce sont ces Albums très-recherchés, mais extrêmement rares, dont nous publions ici la reproduction fidèle, bien convaincus que nous sommes que le public est aujourd'hui d'autant mieux préparé à goûter ces pages sur la Suisse et sur les Alpes, qu'elles n'ont pas été primitivement écrites pour lui.

M. Calame, qui a fait des contrées parcourues par M. Topffer et ses jeunes compagnons le sujet préféré de ses études d'artiste, a bien voulu apporter aux *Voyages en Zigzag* le concours de son admirable talent. Parmi les plus importants dessins qui accompagnent ce livre, on trouvera plusieurs dessins de paysage signés du nom de ce peintre célèbre. Le mérite de ces compositions sévères, grandes malgré l'exiguïté du cadre, et dans lesquelles l'étude sérieuse et approfondie de la nature se montre toujours unie au sentiment poétique, sera apprécié, nous en sommes certains, comme le sont en France toutes les œuvres du même artiste.

Enfin, nous acquittons, au nom de M. Topffer et à notre propre nom, une dette de reconnaissance envers M. Karl Girardet, qui a traduit et dessiné sur bois, pour les graveurs, la plus grande partie des sujets de cette collection, avec une perfection qui témoigne en lui d'une habileté au-dessus de cet emploi modeste, habileté déjà prouvée ailleurs par des compositions originales qui annoncent l'artiste consommé, et à laquelle les preuves les plus éclatantes ne manqueront pas dans l'avenir.

En deux ou trois rencontres, M. Topffer fait allusion à des personnages qui figurent dans les histoires comiques qu'il a publiées, et dont les plus connues sont celles de M. *Jabot*, de M. *Vieux-Bois* et de M. *Crépin*. Afin que ceux d'entre nos lecteurs à qui ces *histoires* sont demeurées étrangères puissent comprendre ces allusions, il nous suffira de dire que M. Jabot est le type du sot vaniteux, ou, si l'on veut, de la marionnette que font agir, se mouvoir, bouger, les cent mille ficelles du *paraître ;* que M. Vieux-Bois est le type de l'amoureux poétiquement constant et risiblement pastoral; que M. Crépin, enfin, est celui de l'honnête bourgeois qui, aux prises avec les méthodes d'éducation, relancé par la phrénologie et contrarié par sa femme, ne parvient pas sans beaucoup de peine à élever ses onze enfants.

A côté de ces rares allusions, l'on rencontrera quelques termes improvisés, quelques dénominations locales, et aussi des traces d'un argot de voyage, issu tout naturellement du retour annuel des mêmes impressions, des mêmes besoins et des mêmes habitudes. Ainsi, *spéculer. spéculation*, l'action chanceuse d'abréger la route en coupant par ce qu'on croit être le plus court; *ruban*, route rectiligne; *bucette*, petit repas d'extra; *halter*, faire des haltes; *nono*, un touriste anglais qui tient à rester digne, ou qui répond tout au plus *no* (non); *ui-ui* (oui), l'inverse, c'est-à-dire affable et amicalement causeur; *blousé*, qui porte blouse; *ambresailles*, petit fruit sauvage, en français myrtile; *séchot*, pour chabot, espèce de poisson du lac Léman; c'est à peu près tout. Il nous eût été facile, sans doute, de remplacer ces termes, d'ailleurs heureux ou commodes, par des circonlocutions explicatives; mais nous nous sommes bien gardés de le faire, dans la crainte d'altérer la physionomie du texte original, et d'entraver la libre allure d'un style toujours vif, piquant et naturel.

Encore un mot pour appeler l'attention des lecteurs sur la belle exécution typographique de ce volume; la supériorité dans les travaux de ce genre ne peut exister qu'à la condition de rencontrer, dans ceux qui en sont chargés, le soin consciencieux de l'ouvrier joint au goût délicat que donne le sentiment des arts. Nous avons trouvé l'un et l'autre dans les imprimeurs des *Voyages en Zigzag*.

J.-J. DUBOCHET et Ce

LA CLASSE PENDANT LES VACANCES.

UNE HALTE.

VOYAGES EN ZIGZAG

AUX ALPES ET EN ITALIE

1837

Un chroniqueur raconte naïvement que Genève fut fondée par l'un de ces innombrables fils de Priam qui, après la guerre de Troie, se dispersèrent sur la terre habitable, semant les villes sur leur passage. Celui-ci s'appelait *Lémanus*. Frappé de la beauté de notre lac, il lui donna son nom, et puis s'y embarqua. Les vents et le courant de l'onde poussèrent sa nauf contre une colline, où, voyant beaucoup de genévriers, il bâtit une ville, et lui donna le nom de Genève. Ainsi fut faite et baptisée notre cité.

1

On pourrait, ce semble, raconter de même que, beaucoup plus tard, sous les empereurs de Rome, un nommé *Magister Scholarius*, faisant une tournée avec une quinzaine de petits Romains de bonne maison, s'embarqua à *Octodurum* (Martigny) en Valais, visita les rives du lac, et vint aborder à Genève. L'auberge était bonne, la contrée charmante, les habitants actifs et point dissipés; il résolut de faire quelque séjour dans ce lieu, et y tint classe huit mois durant, dans la Tour de César, aujourd'hui l'horloge de l'Ile. Quand ce fut le temps des vacances, il étudia sa carte pour y tracer le plan d'une jolie excursion pédestre, et, reconnaissant alors combien la situation de Genève favorise d'une manière unique ce genre de voyages, il se décida à s'y fixer. Beaucoup imitèrent son exemple, et ainsi devint notre cité, une cité de pensions et de pensionnats.

La carte dont se servait Magister Scholarius était à la façon du temps : grande, sans chiffres ni degrés, peu exacte mais pittoresque, et figurant à l'œil les plaines riantes des Gaules, les coteaux boisés des Allobroges, les glaces verdâtres des Alpes avec un sentier tortueux signifiant le passage d'Annibal, les plages italiennes toutes parsemées de temples, d'amphithéâtres, d'arènes; enfin les forêts vertes de l'Helvétie se mirant dans des lacs bleus, et traversées dans toute leur longueur par une voie militaire pavée de granit et protégée par des forts.

Des petits Romains qui considéraient la carte avec lui, les uns voulaient suivre le sentier d'Annibal, les autres voulaient s'aller baigner dans les

lacs bleus, aucuns étaient pour les Gaules, certains pour les amphithéâtres, d'autres enfin pour les Allobroges, à cause de Salluste qui en
fait mention dans sa *Conjuration de Catilina*. Magister Scholarius les
écoutait dire; puis désireux, dans une chose de plaisir, de faire plaisir
à tous, il prit un roseau, et le portant sur la carte : « Voici, dit-il, ce
que nous allons faire; suivez le bout du roseau. » Les petits Romains
n'y manquèrent pas, et ils se mirent à voyager du regard sur les traces
de la baguette, tout émerveillés de voir qu'elle satisfaisait à chacun sa
fantaisie.

En effet, Magister Scholarius ayant dirigé son roseau vers le sud-est,
se trouva tout à l'heure sur le territoire des Allobroges, qui lui livrèrent
passage; tournant alors vers le sud, il arriva bientôt au pied d'une longue chaîne de pics et de cimes couverte de glaces, qu'il compara à
un retranchement élevé par les divinités protectrices de l'Italie. C'é-
taient les Alpes Cottiennes. Le roseau les franchit aisément, puis il
descendit avec précaution le revers opposé. Les jeunes gens s'éton-
naient que l'on montât si vite, pour descendre si lentement : « C'est
qu'ici, leur dit Magister Scholarius, nous entrons chez les Salasses, à

peine domptés par le divin Auguste, et toujours remuants. J'exprime
donc qu'ici il faudra se tenir sur ses gardes, et ne provoquer point,

par des clameurs étourdies, ces ombrageux montagnards. A ce prix, nous arriverons sains et saufs jusque dans la capitale de ces peuples, *Augusta Prætoria* (cité d'Aoste), où déjà nous trouverons un amphithéâtre majestueux et un arc superbe. » Les jeunes Romains promirent de contenir leurs joyeuses clameurs, et de composer leur allure jusqu'à ce qu'ils fussent en vue des murailles d'Augusta Prætoria, et sous le bouclier des soldats romains.

Alors le roseau reprit doucement sa route, en serpentant le long de la rivière *Doria Major*, où se voyaient ci et là, à droite et à gauche, des mines et des forges, figurées sur la carte par un petit cyclope forgeant une barre. Puis, arrivé dans les plaines de la Gaule Cisalpine, le roseau se mit à aller bon train jusqu'à la capitale *Mediolanum* (Milan), non toutefois sans séjourner quelque peu autour de *Vercella*, à l'endroit où Marius défit les Cimbres. De Mediolanum, où, selon Magister Scholarius, la troupe devait trouver les délices de Capoue, le roseau tournant au nord, au travers du territoire des Insubres, atteignit aux eaux bleues du lac *Comum*, puis à celles du lac *Verbanus* (lac Majeur), enfin aux Alpes pennines, qu'il franchit sans accident. Là, le roseau suivit le cours du Rhône jusqu'à Octodurum, l'endroit même où Magister Scholarius s'était embarqué, la première fois qu'il vint à Genève.

C'est ce voyage, imaginé autrefois par Magister Scholarius, que nous avons fait cette année. Sans doute, les lieux, les hommes, les choses, ont changé ; les Allobroges, aujourd'hui, vont à la messe et prisent du tabac de contrebande ; les Salasses sont fort radoucis, et plusieurs sont plus goîtreux que remuants ; les Alpes elles-mêmes sont serrées par les villes, et portent sur leurs flancs de beaux villages, sur leurs sommets, des routes et des hospices ; néanmoins rien n'est à la fois plus intéressant et plus varié, aujourd'hui comme autrefois, que cette tournée, pour laquelle suffiront quelques jours de marche. Sans parler de cette diversité d'hommes et de paysages qu'offrent les deux revers opposés des Alpes, il se trouve qu'en marchant à petites journées, tous les cinq jours la scène change du tout au tout, et de nouveaux spectacles apparaissent avant que les premiers aient rien perdu de leur charme. Ce sont d'abord toutes les magnificences des hautes Alpes, les aiguilles du Mont-Blanc, les glaciers sans nombre de l'Allée-

Blanche. Dans cette région la solitude est grande; la vie, laborieuse et frugale ; il ne s'y entend que le bruit de l'avalanche ou la sonnette des troupeaux ; mais les yeux s'y émerveillent, le corps s'y allége, et l'âme s'y élève. — De Courmayeur à Ivrée, c'est un vallon italien, tout paré d'une élégante végétation, tout retentissant d'eaux bouillonnantes, et où les ruines romaines écrasent de leur imposante majesté les ruines crénelées du Moyen-Age. Ici la vie est douce, la marche facile, la scène toujours riante, et l'on trouve des Salasses à qui demander s'ils ont à vendre des figues ou du raisin; des cyclopes à deux yeux, fort polis, et qui vous montrent avec complaisance l'intéressant travail de leurs officines. — A Ivrée commencent les plaines, et, au milieu, cette belle ville de Milan, séjour si neuf, station si heureuse au sortir des gorges de l'Allée-Blanche. Ce sont, après les ouvrages de la nature, les ouvrages de l'homme, les chefs-d'œuvre de l'art, les représentations de la scène, les douceurs de trois jours de mollesse, et les *pezzi*, les *sorbetti*, les *graniti*, non moins frais, plus savoureux encore que l'onde glacée des montagnes.

C'est quelque chose déjà que d'avoir en quinze jours vu tant de spectacles divers; eh bien! voyageur, à ce beau banquet il y a encore un splendide dessert. Quitte Capoue, arrache-toi à ces délices, coupe ces cordages qui te retiennent sur la rive enchantée, accroche-toi, ô Télémaque, à la blouse de Mentor qui t'appelle, et voici tout à l'heure une région nouvelle, de douces collines, de verts promontoires encaissant des golfes limpides, des ondes azurées sur lesquelles flottent des îles chargées de palais et de fleurs. La trirème est prête, et, après tant de marches qui font sentir le prix du repos, tu vogues nonchalamment ; les ravissants paysages viennent à ta rencontre, ils défilent sous tes yeux, et tu poses enfin le pied sur le plus riant d'entre eux.

Au delà, ce sont de nouveau les grandes Alpes. A deux pas de la plaine populeuse s'ouvrent les gorges inhabitées du Simplon. L'homme franchit ces déserts, mais la terre y manque pour qu'il s'y établisse, et d'ailleurs les frimas en ont fait leur domaine. Tout effrayé qu'il est de sa petitesse au milieu de ces gigantesques rochers, la route qui le porte le fait ressouvenir pourtant qu'il domine par son génie la matière inerte; l'égal en ceci, non pas des dieux, comme il serait disposé à se l'imaginer, mais du castor ou de la fourmi, sans plus ni moins.

A Brigg, autre peuple, autres mœurs, autre contrée, et le Rhône qui vous attend pour ne vous plus quitter; enfin Octodurum, l'endroit même où Magister Scholarius s'embarqua lorsqu'il vint pour la seconde fois à Genève. Vive Magister Scholarius, qui imagina ce joli voyage! Vivent les Allobroges, les Salasses, Mediolanum, et la bonne auberge pennine de madame Grilliet sur le Simplon! Dans les Cottiennes on couche sur le foin, et l'on se nourrit d'eau fraîche. Le kangourisme dévore la Gaule Cisalpine.

Mais ce n'est pas le tout qu'un plan de voyage heureusement tracé; sans quoi, verrait-on tant de gens qui passent des mois à bien tracer toutes les étapes d'une excursion, à en assurer à l'avance toutes les conditions de plaisir, d'agrément, de commodité confortable, si cruellement déçus quelquefois, si mortellement ennuyés au milieu de leurs agréments, si monstrueusement bâillant au sein de leurs plaisirs, réussis pourtant, servis chaud et à point? Non, sans doute! Tout le monde s'amuserait, les riches surtout, si l'on pouvait préparer le plaisir, le salarier et lui assigner rendez-vous. Mais il n'en est pas ainsi. Rien de libre, d'indépendant comme ce Protée; rien sur quoi la volonté, le rang, l'or, puissent si peu; rien qui se laisse moins enchaîner, ou seulement retenir; rien sur quoi on puisse moins compter à l'avance, ou qui plus rapidement s'envole et vous délaisse. Il fuit l'apprêt, la vanité, l'égoïsme; et, à qui veut le fixer, fût-ce pour un jour seulement, il joue des tours pendables. C'est pour cela qu'il est à tous et à personne, qu'il se présente là où on ne l'attendait pas, et que, contre toute convenance, il ne se présente pas à la fête où l'on n'attend que lui. On ne peut nier cependant que certaines conditions ne favorisent sa venue, et, en voyage, si les touristes sont jeunes, si la marche, le mouvement, la curiosité, animent corps et esprits; si surtout nul ne s'isolant, et chacun faisant du bien-être et du contentement communs son affaire propre, il en résulte des égards, des dévouements ou des sacrifices réciproques, en telle sorte que la cordialité règne et que le cœur soit de la partie, oh! alors le plaisir est tout près, il est là, dans la troupe même, il s'y acclimate, il ne la quitte plus; et ni la pluie, ni le beau temps, ni les rochers, ni les plaines, ni les harpies, ni les kangourous, ne peuvent plus l'en chasser. Les grandes pensées viennent du cœur, a-t-on dit; et le plaisir, d'où vient-il donc? Du cœur aussi. Lui seul anime, fé-

conde, réchauffe, colore.... et voilà pourquoi il ne suffit pas de tracer un
plan de voyage; et voilà pourquoi l'on peut bâiller, bâiller à se déman-
tibuler la mâchoire, au milieu du plus moelleux confortable, et au sein
des plus exquises récréations.

Voilà aussi pourquoi notre voyage n'a été qu'un long plaisir de vingt-
trois jours, une grande fête parsemée de petites fêtes, sans compter ce
plaisir, non du cœur, mais de l'estomac, qui se rencontrait à point
nommé, autour de chaque table bien ou mal servie, deux, trois et quatre
fois le jour. Qu'est donc le nectar auprès de cette piquette rose? qu'est
l'ambroisie auprès de ce jambon coriace que nous dévorâmes à Arvier,
à Vogogne, à Isella, en tant de lieux célèbres aujourd'hui parmi nous? Il
faut en convenir, tous les plaisirs ne viennent pas du cœur, il en est
qui partent de tout à côté; ceux-là, on leur donne rendez-vous au bout
de quatre heures de marche, et ils ne manquent pas de s'y trouver;
ceux-là, ils ne s'envolent que pour revenir; ceux-là, l'or y peut bien
quelque chose, surtout en Italie, où les hôtelleries sont chères.

Mais venons-en aux voyageurs eux-mêmes. Il en est un qui jouit
d'attributions spéciales, c'est M. Topffer, payeur en chef, banquier général, responsable, universel, rédacteur soussigné. Général d'une troupe
étourdie, il compte ses têtes, il surveille les mulets, il est attentif aux
chevaux, il a soin du passe-port, il tâte la bourse, il compte son or, il
recalcule son argent, le tout en marchant, en conversant, en regardant, en croquant ou en ne croquant pas tous les beaux sites qui se
présentent.

Madame T. fait partie aussi de la caravane. Cette dame, probablement
l'unique voyageuse de son espèce, chemine à pied comme nous et au
milieu de nous, partageant notre bonne et notre mauvaise fortune, et
goûtant un plaisir infini à un genre de vie qui est loin d'être toujours délicat ou confortable; aussi est-ce un sujet d'étonnement pour
ceux qui nous voient passer, que l'apparition de cette voyageuse. Mais,
de tous, les plus surpris, ce sont ceux qui ont commencé par nous
prendre pour les élèves des jésuites de Fribourg ou de Brigg. Ils voient
des blouses, et puis des blouses... bien; mais, au lieu du supérieur
qu'ils attendent, voici venir une dame en robe rose. Alors ils n'y
sont plus, et ils roulent dans un abîme d'hypothèses où les malheureux
demeurent, eux et leurs familles, et tout le village, et le curé aussi.

Laurent et *Alfred* sont deux voyageurs d'âge demi-mûr, qui s'élèvent comme des sommités parmi les cadets de la troupe. Autre sommité, c'est *John Ketler*, jarret cyclopéen, appétit idem, et voyageur conforme.

Miech est débutant. C'est un voyageur placide qui attend tout du temps et du cours des choses. Il tombe souvent de la lune, mais sans se faire de mal. Gai au demeurant, folâtre par accès, marcheur excellent, appétit conforme, et se couvrant au soleil, crainte des coups de froid. — *Blanchard* est à la fois un marcheur qui aime la voiture, et un voituré qui ne craint pas la marche. Il est à la piste des sensations, et n'en manque pas une, mais il en prend souvent deux à la fois, ce qui l'embrouille. — *Zanta*, intrépide marcheur, homme éminemment d'avant-garde, mais sujet à erreur, faute d'y regarder. — *Borodinos*, débutant, risolet, méditatif, moldave et bon jarret.

Augier est un voyageur vieille garde ; il a vu entrer dans la pension tous ses camarades ; sans être leur aîné, il est leur ancien. — *Peyronnet* a doublé en hauteur et en largeur depuis la dernière excursion. Jarret excellent, appétit conforme. — *Blokmann*, marcheur égal, voyageur rangé, à qui la fatigue est inconnue.

Vient ensuite une paire d'Anglais inséparables, rieurs, et très-voleurs de noix et autres *védgétabels*. Ils ne font aucun cas d'une grappe vermeille achetée du marchand, et savourent délicieusement le verjus d'un grain volé. Ils grimpent les arbres, sautent les fossés, ricochent dans l'eau, escarpolettent sur tout ce qui bascule, et sont secs d'agilité, noirs de canicule. Ce sont *Percy* et *Manfred*, Manfred avant et après sa fièvre d'accès, qu'il a prise chez les Salasses, et qu'on a radicalement quinquinisée à Milan.

Une paire de cadets, touristicules d'un mètre de hauteur ; l'un sobre, l'autre intempérant de langue, tous les deux bons marcheurs : ce sont *Thornberg* et *Pillet*.

Enfin une paire d'Américains toute neuve, je veux dire débutante. L'un très-civilisé, modéré, tempéré : c'est *Arthur*. Il recherche des monnaies et pièces de remarque, qu'il appelle *coïns*, et il met tout son numéraire et tout le numéraire de son frère en *coïns*, ce qui rend sa situation gênée et misérable, bien qu'il soit riche en espèces. Du reste, bon jarret, avec un appétit du Nouveau-Monde. L'autre, c'est

Bryan, immodéré, intempéré, excentrique à un haut degré. Il est colossal dans ses mouvements, fabuleux et primitif dans ses expressions, destructeur de tout serpent, lézard, *parpaillon*, et se livrant avec audace et désespoir à des entreprises hors de portée, comme de jeter, du fond d'un abîme, des cailloux aux aigles de l'air. Il a la gaieté sérieuse, le rire vibrant, le chapeau désordonné et la cravate lâche. Se défiant de ses gigantesques fantaisies, il place tout son numéraire dans les *coïns* de son frère, et dompte ainsi ses penchants par une pauvreté volontaire. Toutefois, son indigence actuelle a un but éloigné. Il recherche les œufs d'oiseaux, et il aspire à l'achat inexprimable d'un œuf d'aigle. Un œuf d'aigle! c'est son avenir; en attendant il déniche tout ce qui niche, et porte la terreur chez tous les habitants de l'air. Du reste, excellent voyageur, à marche fantastique, monumentale, et jarret de bronze. — David, domestique, accompagne cette caravane qui se met gaiement en route le lundi 21 août 1837, par un de ces temps splendidement sereins, riches en soleil, en espoir et en joie.

Dans ce voyage à pied, l'on part en voiture. C'est notre habitude, soit afin de ménager l'organe, soit pour avoir plus vite franchi les environs de Genève, fort beaux, certes, mais pour nous encore plus connus. Mais il arrive qu'au moment du départ, l'une des trois voitures se sépare des autres, et s'achemine vers sa remise. C'est qu'au moment de partir, le cocher de cette voiture s'est aperçu qu'il y manque une roue, ou quelque partie d'une roue, et, sans mot dire, il est allé emballer sa cargaison dans un véhicule plus perfectionné. Bientôt il rejoint.

A quelque distance l'on distingue à l'arrière, au travers des tourbillons de poussière que soulèvent nos trois calèches, un char de connaissance. Il porte M. le pasteur B. et deux de ses élèves. Ces messieurs vont à Saint-Gervais ce soir même, et par la grande route; nous, nous comptons y arriver demain, mais en franchissant le col d'Anterne. Ce serait, pense-t-on des deux parts, bien agréable de cheminer ensemble. Aussitôt pensé, aussitôt décrété et mis en œuvre : ces messieurs nous font le plaisir d'adopter notre itinéraire.

En vertu de ce gracieux arrangement, les quatre voitures arrivent dans la ville de Saint-Joire, au grand étonnement des anciens du pays, qui n'ont jamais vu une pareille file d'équipages de luxe. La grand' place est remplie de monde et de veaux, parce que c'est foire et en même temps jour d'audience ; ce qui explique pourquoi Bryan, faisant un hardi mélange d'idées et de termes, se persuade que c'est l'audience des veaux qui rend Saint-Joire si animé ce jour-là.

Nous faisons à Saint-Joire une petite buvette, dans une chambre haute. Le mets principal, c'est du saucisson, auquel on trouve généralement un goût de cochon vivant, quelques-uns un goût de matelas ; ce qui s'expliquerait alors par des cochons étouffés récemment entre deux matelas, pendant l'audience des veaux. Grandes bêtises sans doute, mais qui suffisent à nous jeter dans un branle de rire tout à fait agréable et très-digestif, qui se prolonge par delà un dessert arrosé de vin d'Asti.

Rit-on des choses spirituelles comme des grosses bêtises que dicte une folle gaieté ? C'est douteux. Esprit sur esprit, ça fatigue ; bêtise sur bêtise, ça désopile. Mais ce qui est vrai, c'est que l'esprit s'écrit, s'imprime, sans perdre trop de son agrément ; la bêtise, la bonne bêtise, une fois sur le papier n'est plus que bête, et c'est un mérite petit, outre qu'il est commun.

A Saint-Joire nous quittons les voitures, et nous chargeons les havresacs sur l'impériale de nos épaules. Le temps est magnifique à la vérité, mais le soleil brûlant sans contredit, et il s'agit de s'engager dans la Serraz. C'est une longue rampe pavée, poudrée, grillée, une vraie *Sierra Morena*, un lieu d'épreuve pour les chevaliers errants qui portent le havresac pour la première fois. La caravane s'y lance avec une ardeur qui bientôt s'évapore au soleil ; alors les groupes se forment, s'espacent, selon le degré de démoralisation, et en queue de tous, l'Américain Arthur gravit solitairement les parois de cette fournaise.

Après trois heures de marche l'on atteint Taninge, la patrie des maçons. Il y a là une sorte d'hôtellerie qui porte pour enseigne un cruchon rose, d'où sort à gros bouillons une blanche écume ; comment résisterions-nous au désir d'y entrer ? Ah ! lecteur, quelles délices ! Mais il en est de la bière bue comme des bêtises dites, cela ne fait aucun effet sur le papier. Quoi qu'il en soit, on trouve toujours à Taninge de l'excellente bière de Savoie, en sorte qu'on est porté à se demander si cette bière est là à cause de la Serraz, ou si c'est la Serraz qui est là pour faire vendre la bière.

Nous quittons cet endroit pour nous acheminer sur Samoins, à l'heure justement où, aux ardeurs caniculaires de l'après-midi, succèdent insensiblement les tiédeurs de la soirée. C'est, pour la marche, le plus agréable moment de la journée ; l'ombre s'étend, la fraîcheur arrive, et au lieu de cette uniformité d'éclat où s'effacent tous les contrastes, au-dessus des pentes assombries du vallon, on voit briller sur l'azur des cieux la cime empourprée des montagnes.

A Samoins l'auberge est pleine, et, de plus, il s'y trouve, comme à Bex, l'an dernier, des pensionnaires. Heureusement ceux-ci sont gracieux et indulgents; ils secondent, au lieu de l'entraver, le zèle de l'hôtesse madame Pellet, occupée à des fritures, presque frite elle-même, et qui, la queue de la poêle en main, nous reçoit à merveille, tout en donnant ses ordres, en mettant du sel, et en attisant le feu. Il n'est rien tel que la bonne volonté dans une hôtesse : on lit dans l'œil de madame Pellet que nous ne manquerons de rien. En attendant, nous allons nous promener sur la place, une des jolies qui se voient, traversée par un ruisseau limpide, et ombragée par des hêtres séculaires. Chevaux et poulains y abondent, revenant de quelque audience, sans compter trois ânes et deux notables, quatre en tout.

Le bruit se répand que nous coucherons dans trois maisons, et, ce qui vaut mieux, que nous souperons dans l'une d'elles, celle aux fritures. Nous y trouvons en effet un fort bon ordinaire ; seulement, il y a deux canards inattaquables, deux bêtes fortes, un peu fossiles, sur lesquelles nous exerçons des rongements féroces, mais absolument vains. On devrait laisser vivre les canards d'auberge, ils sont toujours coriaces. Après souper, la caravane se forme en trois corps, et gagne, sous la conduite des enfants Pellet, des logis distants, inconnus, fabuleux, mais incontestables. Chaque paire y trouve son petit nid, et s'y endort bientôt, au grand contentement des pensionnaires.

Mais M. Topffer, comme doit faire un chef vigilant, ne dort point encore, et demeuré auprès de la famille Pellet, dans le local aux fritures, il y organise les choses du lendemain. Il lui faut deux chevaux ; toute la famille se met en quête, impossible d'en trouver. On va conjurer Benaiton, supplier Jean-Louis : inexorables! Tous ces gaillards-là élèvent bien des chevaux, mais ce n'est pas pour notre service. Sur ces entrefaites arrive dans la cuisine un notable excessivement aviné, qui, faute d'équilibre, se brûle la moustache en voulant allumer son cigare à la chandelle. « Madame..... dit-il ensuite en s'adressant à l'hôtesse..... — Que vous faut-il? — Il nous manque..... — Quoi? — Il *nous manque*... deux bouteilles de vin d'Aïze..... — Et moi je crois que vous en avez deux de trop, » lui répond madame Pellet.

Retourné dans sa chambre, M. Topffer trouve son lit occupé !..... Ce sont les particuliers Micch et Thornberg qui, se croyant dans le leur, y sommeillent à l'envi. Réveillés à grand' peine, on leur explique la chose le mieux qu'on peut. Alors ils mettent leurs pantalons de travers, ils s'embrouillent dans leurs manches de veste, et partent pour l'exil, leurs effets sur le dos, et leurs souliers sous le bras. Un guide, qui les éclaire avec une lumière qui s'éteint, les conduit, à travers la grand' place et le ruisseau, dans le logis où est leur légitime lit. Ah! le méchant rêve!!!

Bientôt tout dort dans Samoins, excepté ce monsieur à qui *il manquait* deux bouteilles de vin d'Aïze.

2ᵐᵉ JOURNÉE

A trois heures du matin, de petites pierres lancées du dehors contre les vitres réveillent les voyageurs. C'est M. le pasteur B., qui, par ce moyen ingénieux, résout le problème des trois corps. Vous avez trois maisons inconnues où dorment, dans des lits inconnus, des voyageurs connus, et vous voulez réveiller ces messieurs!... Eh bien! au lieu de procéder par X et Y, vous prenez de petits cailloux que vous lancez contre toutes les fenêtres de toutes les maisons de toute la ville. Ainsi fait M. B. avec un succès qui s'étend des connus aux inconnus.

Le fils Pellet a employé une partie de la nuit à nous chercher des chevaux, mais il n'a réussi qu'à moitié. Devant la porte est une grand'-mère jument, haute de six pieds, menée par un guide grand-père. Comme nous allons partir pour le désert, on emballe des provisions : les unes, sous forme de déjeuner, sont immédiatement mises en sûreté ; les autres, espoir de la patrie, sont emballées dans un grand sac, et l'on part pour Sixt, où l'on compte pouvoir compléter les équipages. Effectivement, à Sixt, deux guides et un mulet entrent dans la caravane.

Le fils Pellet nous a accompagnés jusque-là, en se chargeant de porter lui-même l'un de nos plus gros havresacs, celui du chef, le seul sac de la troupe qui soit en ménage et contienne charge double. M. Topffer veut reconnaître en partie des services que les usages reçus n'autorisent pas à supposer tout à fait désintéressés. Mais, dans l'espèce, M. Topffer se trompe : « Je vous remercie, lui dit le fils Pellet, car j'accepte... mais pour notre domestique qui portera vos vivres. Làhaut, vous lui donnerez cela de plus; il l'aura mieux gagné que moi. » J'ai oublié plus haut de compter, parmi les plaisirs du voyage, celui de rencontrer des gens faits ainsi. C'en est un grand pourtant, et moins rare peut-être qu'on ne suppose communément.

En effet, les aubergistes sont un peu ce que les fait le voyageur. Vous arrivez fier, exigeant, rogue, mettant entre vous et votre hôte l'immense distance qui sépare le riche gentleman du misérable salarié ; voilà la nature du contrat établie par vous-même : on vous sert de son mieux, avec empressement, avec respect; service, empressement, respect, se retrouvent sur la note, que vous trouverez chère et que vous paierez avec humeur. Vous arrivez bon homme, bienveillant, sans exigence ni fracas ; vous traitez votre hôte en homme dont les égards, la bonne grâce, vous sont personnellement agréables, dont les respects ont leur mérite mais ne s'achètent pas; il vous les donne sans vous les vendre; votre note, déchargée de tous faux frais, se trouve être équitable, et vous la payez avec plaisir. On rencontre des gens qui disent du mal de toutes les auberges ; ce sont gens dont avec plus de justice toutes les auberges pourraient dire du mal.

Tous nos préparatifs achevés, nous nous mettons en devoir de passer le col d'Anterne. C'est une journée qui va compter dans nos annales, et pour la seconde fois; M. Topffer a décrit quelque part [1] ce qu'il lui advint la première. Surpris par une tourmente, on le fit passer par une route abrupte et inusitée; de Servoz à Sixt il mit six heures, que l'émotion, la crainte, le plaisir, firent voler avec rapidité. Aujourd'hui, point de tourmente; mais, en suivant tous les contours de la route or-

---

[1] Dans les Nouvelles genevoises. Voir celle intitulée *le Col d'Anterne*.

POINTE DE SALES.

dinaire, nous serons surpris de lui trouver neuf heures au lieu de six annoncées par le chef.

De Sixt on ne voit pas le col d'Anterne, mais seulement la magnifique pointe de *Sales*, au pied de laquelle il s'ouvre. Cette sommité fait partie de l'immense paroi des Fiz, dont elle termine une des extrémités, comme l'aiguille de Warens termine l'autre.

De loin, ces rocs verticaux se présentent comme une majestueuse muraille; vus de plus près, ils se dessinent en contre-forts, en tourelles, en dents aiguës, en pyramides augustes, qui, comme la pointe de Sales, tantôt réfléchissent au plus haut des airs les radieuses sérénités du ciel, tantôt percent la nue, agacent la foudre et bravent la tempête. Dès qu'on a commencé à monter, on les perd de vue, pour ne les retrouver qu'au sortir des bois et des pâturages qui couvrent le pied de la montagne. Bryan regrette qu'ils disparaissent ainsi, car, dans chaque trou de ces rochers, il suppose des nids d'aigle par centaines. Mais, pour se consoler, il lance des pierres aux nuages, où il aperçoit

des oiseaux qui planent, et consume dans cet exercice un excédant de vigueur dont plusieurs sauraient bien que faire. Nos porteurs transpirent à fil, et la grand'mère jument jette le feu par les naseaux.

Après une marche de quatre heures, on arrive sur un premier plateau où l'on découvre un lac, et, non loin, les chalets d'Anterne. Nous y faisons une halte, au milieu de pâtres avides et de montagnards mendiants. La grand'mère jument et le guide grand-père refusent d'aller plus loin. Autant en fait l'autre mulet, et, ce qui est bien plus sérieux, autant en veut faire le domestique porteur, qui se met à arguer de ce qu'un homme ne peut faire ce qu'une bête de somme ne fait pas. L'argument est de toute justesse; néanmoins, M. Topffer, au moyen d'une quantité de sophismes détestables, parvient à convaincre le pauvre porteur, qui se remet en marche.

De cet endroit, M. Topffer fait voir à ses compagnons, au pied des Fiz, la route par laquelle Félizar le fit passer, lui et sa troupe, en 1830. C'est un couloir tout rempli de rocs éboulés que la neige recouvrait alors, et où, sans la neige, il serait impossible de marcher. Il comprend encore mieux que, par le sentier battu, lui et sa troupe, exposés pendant plusieurs heures aux fureurs de l'orage, n'eussent peut-être vu ni Sixt ni leurs foyers, et il admire de nouveau la sagacité et la prompte résolution de Félizar. Mais, à propos de Félizar, quel mécompte et quel chagrin ! Le père de cet homme est mort, et le bruit court dans le pays que les mauvais traitements de son fils ont abrégé ses jours ! Félizar, effrayé par ces rumeurs, et peut-être conseillé par ses remords, a quitté la contrée, et l'on ignore le lieu de sa retraite.

Des chalets au Col il y a encore beaucoup à monter, au milieu d'une contrée de plus en plus alpestre et sauvage. D'arbres, il n'en est plus question dès longtemps ; les pâturages même font place aux arides rocailles ; bientôt nous atteignons aux neiges, puis à une croix d'où l'avant-garde fait des signaux. C'est le Col. De cette hauteur l'on découvre soudainement un de ces spectacles qui paient de toutes les fatigues. Par-dessus les dentelures du Grenairon, c'est le Buet qui étale son dôme argenté ; et par-dessus les chauves cimes du Brévent, c'est le Mont-Blanc

qui pyramide dans l'azur du ciel : de toutes parts un chaos de cimes et de glaces, d'éblouissantes clartés et de noirceurs sévères, des aiguilles qui s'élancent dans les airs, ou des pentes qui se perdent dans l'abîme, et nous, nous, petite troupe aventureuse, comme perdus dans ces solitudes et suspendus entre ces abîmes. A moins de nous accroupir sur la neige de l'autre revers, il nous faut nous blottir de ce côté-ci sur l'étroit replat d'une rampe gazonnée qui se coupe en précipice à quelques pas de nous. C'est là qu'on déballe les vivres, et que le pauvre porteur voit, en moins de rien, sa charge réduite à rien.

Toutefois, ce joli repas se termine par un triste dessert, car nos compagnons ont résolu de nous quitter ici pour se rendre ce même jour à Chamounix par le Brévent. On se dit adieu, en s'exprimant le mutuel regret de ne pas cheminer plus longtemps ensemble, et l'on se sépare après avoir fait le partage des guides. Nos compagnons se lancent dans une gorge qui s'ouvre à notre gauche, paraissant et disparaissant tour à tour selon les accidents du terrain; et les signaux, les adieux, les hurras, ne finissent que lorsqu'ils sont hors de notre vue.

Notre porteur s'en retourne à Sixt, chargé de numéraire; plus, d'un grand os de gigot très-charnu encore; plus, de notre tonneau de vin qui est bien loin d'être à sec; plus, d'un demi-pain. Quel moment pour un pauvre porteur échiné! Le bonhomme laisse voir sur son visage qu'il est doux en effet, ce moment-là, et au lieu de reprocher à M. Topffer ses détestables sophismes, il salue affectueusement la compagnie.

En descendant le Col, on se rapproche des Fiz, ces grandes dents qui branlent dans leurs mâchoires décharnées, pour s'écrouler de temps en temps avec un horrible fracas. M. Topffer dessine quelques-uns de ces rochers, qui sont reproduits ici; mais c'est comme la bière bue, comme les bêtises dites, cela ne rend pas sur le papier.

Dès le commencement de la descente, il se forme une avant-garde remplie d'ardeur, qui descend à la course sous la conduite ou plutôt sur les traces du voyageur Laurent, gaillard élastique, plein de vigueur et d'entrain. Vient ensuite un centre où se trouvent le dictateur en personne, quelques marcheurs modérés et un groupe d'éclopés; enfin l'arrière-garde, composée de Bryan, qui, toujours en poursuite de serpents ou de *parpaillons*, dépense, en faisant double route, le reste de son excédant. Ketler, porteur complaisant du havresac de Pillet, le laisse choir de dessous son bras. L'oblongue valise roule, saute, et, de bonds en bonds, gagne le fond d'un torrent, où elle a le temps de se rafraîchir en attendant qu'on la repêche.

A un froid vif succède une chaleur étouffante, lorsque tout à l'heure nous avons atteint le revers du mont qui descend directement sur Servoz. Nous y trouvons aussi pour sentier un couloir de cailloux, où le centre se disloque, et où se démène l'arrière-garde dont on n'a plus de nouvelles. Plusieurs font des chutes qui leur macadamisent les régions charnues.

Mais voici Servoz, voici l'hôtellerie, la bière et l'oubli de tous maux. Bien que nous marchions depuis environ dix heures de temps, séance tenante, il est décidé, à l'unanimité, qu'il faut pousser, ce soir même, jusqu'à Saint-Gervais-les-Bains, quitte à pourvoir au transport des éclopés. Après bien des recherches, l'on parvient à trouver un char-à-bancs ayant pour maître et pour cocher un vétéran à jambe de bois; mais ce brave homme est aussi agile, et plus gai, très-certainement, que la plupart de ceux qui jouissent de leurs deux jam-

bes. Assis de bizingue sur l'échelle du char, de là il guide, il fouette, il évite les ornières, et répond aux questions, tout en gouvernant sa jambe de bois, qui, tantôt logée en travers, barre le chemin et agace les haies, tantôt remise en place, se lime contre le brancard, ou chatouille la jument. C'est égal, tout vient à point. Les Savoyards ont des

chars qui tiennent par quatre clous, des attelages de ficelle et des bêtes
borgnes; mais ils connaissent leurs chemins, ils savent le danger, ils
ne comptent que sur leur prudence, et l'on est plus en sûreté sur leurs
plus misérables chariots que dans nos plus brillants phaétons. En fait
de voiture, ne regardez qu'au cocher. C'est un aphorisme.

Ensuite, chacun son goût, il est vrai; mais le mien, dépravé peut-
être, me fait trouver un singulier agrément à monter sur ces équipages
rustiques, qui circulent lentement dans un chemin raboteux, mais ombragé, pittoresque. L'allure me laisse le loisir de voir; les cahots me
représentent le mouvement de la marche; je cause avec le cocher, qui
est savant des choses de l'endroit; je suis certain de lui plaire rien qu'en
ne le dédaignant pas, rien qu'en lui parlant de sa bête qui nous traîne.
Cette bête elle-même m'intéresse toujours, c'est la patiente compagne,
quelquefois le soutien d'une famille, usant sa vigueur en paisibles mais
laborieux services, et s'offrant à mes yeux comme l'emblème du serviteur fidèle et désintéressé. Sous cette crinière en désordre, sous ce har-
nais misérable, je vois, non pas la rosse, mais le noble animal vieilli
dans des fatigues utiles; et si, descendu de char, je trouve à le réjouir
de quelque croûte de pain demeurée dans le fond de ma poche, j'en
éprouve un plaisir véritable.

Nous cheminons en considérant le Mont-Blanc, qui brille dans toute
sa gloire du soir. Mais il ne faut plus en chercher l'image dans ce limpide miroir où elle se reflétait autrefois avec tant de charme et d'éclat:
le lac de Chède a disparu; il n'en reste qu'une petite flaque qui croupit
entre des boues immondes vomies par la montagne. Il n'est pas à
croire qu'il se reforme jamais; heureux donc ceux qui l'ont vu!

Pendant que chacun s'extasie devant le spectacle qu'offre le Mont-
Blanc, le voyageur Bryan soulève les rocs, fouille les buissons, et bâ-
tonne les *parpaillons*, sans donner un regard au colosse : « Cela, dit-il,
ce n'est qu'une colline recouverte de neige! » Avec cette réponse, il
tient tête à tous les extasiés, qui s'embrouillent dans une argumentation impossible, comme il arrive lorsqu'on veut prouver le beau à quelqu'un qui le nie, ou qui s'amuse à le nier. Voici un beau visage, des
traits qui ravissent! — Ce sont des os couverts de viande. Façon de
voir, ou seulement de dire, qui, dégénérée en habitude, serait triste
et dangereuse, mais qui pour l'heure est sans conséquence.

Au bas de la montagne, le char, qui a cheminé jusque-là au milieu
de nous, prend les devants, et nous laisse sur une route que l'on par-
courrait plus facilement en bateau qu'à pied. Elle fait pour le moment
partie du lit de l'Arve, et les truites s'y promènent avec nous. Surpris par la nuit au milieu de ce gué, nous tirons sur la gauche pour
prendre par les prés ; mais ici ce sont des marécages à grenouilles, où
le pied se perd en des profondeurs aussi glacées que vaseuses. Bien
vite il faut rebrousser vers la route, où, pour abréger la durée du rafraîchissement, tous se mettent à galoper vers la terre ferme. C'est
un magnifique spectacle, si on pouvait le voir, et les nymphes des
eaux s'en souviendront longtemps. Après ce petit exercice, nous retrouvons la poussière qui saupoudre nos personnes, en telle sorte que
nous arrivons à Saint-Gervais tout poudreux, bien que réellement tout
trempés.

Les bains sont encore très-vivants. Selon un projet formé à Genève,
les deux Américains ont le plaisir d'y trouver madame leur mère, qui,
accompagnée de M. D..., vient entreprendre de faire avec eux et nous
la tournée de l'Allée-Blanche. Après un joli souper au bout de la longue
table des baigneurs, un conseil est tenu pour arrêter les choses du lendemain. Il y est décidé que, vu les fatigues d'aujourd'hui, il sera fait
un temps de repos dans l'excellent endroit où nous voici, et que, partis
demain après midi pour aller coucher à Nantbourant, nous mettrons
ainsi trois jours au lieu de deux pour atteindre Courmayeur. Sur ce,
chacun prend sa lumière, et bonsoir à tous.

3ᵐᵉ JOURNÉE

De compte fait, nous avons marché treize heures hier ; c'est apparemment à cause de cela que nous faisons d'hier à aujourd'hui un sommeil de treize heures, laissant le soleil se lever et le déjeuner attendre. L'on verra par la suite que nous avons bien fait de prendre ici ce petit à-compte.

Par un beau temps et une fraîche matinée, ce vallon des bains est un séjour des plus agréables. Il y a des sentiers solitaires pour ceux qui sont rêveurs, de la compagnie pour ceux qui aiment à jaser, des ailes de bâtiments en construction pour ceux qui aiment à voir lancer du mortier ou équarrir une poutre, des fresques singulièrement ardentes de couleur et apocryphes de composition pour les amateurs des arts, et puis un vieux débonnaire cheval qui vient s'offrir à la pension, lui prêtant son dos pour faire la voltige. La pension voltige donc, et c'est là que l'on peut voir que treize heures de bon sommeil réconfortent remarquablement un touriste éclopé. La matinée se passe bien rapidement au milieu de ces distractions, et vers une heure commencent les préparatifs du départ. Le premier c'est de dîner, et le plus possible, car, durant deux jours, nous allons être mis à la ration. Après quoi l'on approvisionne les boutcillons, l'on charge des vivres sur un mulet, on règle les comptes, et l'on fait connaissance avec nos deux guides, Cohendet et Favre.

Cohendet passe pour le meilleur guide de Saint-Gervais. C'est un bon homme, jeune autrefois, au timbre de Stentor et au parler plein et pâteux : « Le coffre est bon, dit-il, le jarret va bien; mais l'œil, pas

si net que ci-devant. » Il faut savoir que Cohendet est très-souvent de noce, et qu'à la noce il ne boit jamais d'eau, bien qu'il mange très-salé. Il s'ensuit que Cohendet *festonne* un peu au retour, et que, regardant la montagne, il voit double cime, et s'en prend à son âge. Favre commence sa carrière de guide : c'est un vigoureux gaillard, qui a dans la voix quelque chose de pacifique, si bien qu'on croit toujours entendre un sage réconciliant des amis brouillés. Par humanité, il charge peu sa bête et conseille au voyageur de lui en louer une en sus, et son père avec, et son petit frère quand il sera grand. Du reste, ni Cohendet ni Favre n'ont cette courtoisie prévenante qui distingue les bons guides de Chamounix. Ils bornent leur office à marcher devant vous, vous laissant à vous-même le soin de franchir un mauvais pas, de porter votre manteau ou votre parapluie, et de vous rendre mille petits services à volonté.

A deux heures, la caravane prend congé et part divisée en deux corps, cavalerie qui passe par la grande route, et infanterie qui gravit un sentier aussi perpendiculaire qu'abréviatif. L'on voit se reproduire ici toutes les évaporations de la Sierra-Morena; en moins d'un quart

LES FIZ ET LE COL D'ANTERNE.

d'heure les blouses sont trempées du haut en bas, et néanmoins Bryan déniche, sonde les taillis, grimpe et redescend, comme si de rien n'était. Au-dessus du vallon s'ouvre la gorge de Saint-Gervais, où nous retrouvons en même temps les zéphyrs et l'ombrage.

On achète en passant à Saint-Gervais une partie de denrées coloniales pour les besoins éventuels de la troupe dans les déserts où nous allons entrer. Parmi ces denrées, il y a un sucre en pain tronqué qui est destiné à nous accompagner, en se tronquant toujours davantage, jusqu'aux dernières étapes du voyage. Ce digne pain sucre notre eau, sucre nos liqueurs, et ci et là notre thé ou notre café ; néanmoins, chaque soir et chaque matin, on remet en question sa destinée : le laissera-t-on ? le donnera-t-on ? l'emportera-t-on ? Et puis, comme on s'attache naturellement aux vieux serviteurs, on finit toujours par emmener celui-ci, malgré le misérable état de son habit de papier bleu, qui est troué de toutes parts. A Magadino, quinze jours après, le vieux serviteur tombe dans un grand bol d'eau chaude et s'y noie ; vite du rhum ! vite du citron ! et toute la caravane boit, à la mémoire du défunt, un punch du dernier délectable. Ainsi périt à la fleur de son âge... mais je m'égare dans l'oraison funèbre.

A Bionnay, on laisse sur la gauche le sentier qui conduit par le Prarion dans la vallée de Chamounix, et l'on commence à mettre entre soi et cette vallée le Mont-Blanc en personne. Le pays que nous parcourons est encore riant et cultivé ; vers le soir déjà, il devient solitaire et de plus en plus sauvage. Le chemin, d'abord doux et facile, aboutit à un rocher boisé qu'il faut gravir. Mais contre ce rocher qui ferme le vallon est adossée la chapelle de Notre-Dame-de-la-Gorge. C'est une vieille église précédée de douze petits reposoirs, symboles des stations du Calvaire. Encaissée entre des pentes verdoyantes, serrée de près par les forêts, et dominée par des cimes inaccessibles, cette petite église rappelle ce que l'on se représente de ces temples mystérieux où les druides cachaient autrefois leur culte. Bientôt nous la voyons au-dessous de nous, se perdant peu à peu dans une ombre ténébreuse ; tandis que l'aiguille de Warens, les Fiz, et le col d'Anterne, se découvrent à mesure que nous nous élevons, et reflètent sur la saillie de leurs vastes parois les derniers feux du soir.

Durant toute cette partie de la route, nous ne rencontrons qu'un

montagnard qui descend des hauteurs : « Ah! les belles gens! dit-il, et puis propres, et puis riches! Ah ça, qui êtes-vous bien, vous autres? Des bienheureux du temps. Et que diable venez-vous donc voir chez ces rocs? Et tant d'autres qui passent aussi, mêmement que si chacun me payait vingt francs, je serions enterré sous mes millions! — Voilà, lui dit magnifiquement M. Topffer, vingt sous pour vous. — Eh! braves gens! bien vrai? et puis propres, et puis de quoi boire un coup!!! » Et il s'en va aussi joyeux que si les millions étaient venus, sans compter que vingt sous, c'est plus portatif.

Plus loin, l'arrière-garde, perdue dans la nuit d'un taillis, entend tout à coup des chants, du tambour, une noce tout entière... On s'attend à voir Cohendet qui festonne, lorsqu'on découvre les voyageurs Laurent et Miech qui viennent, musique en tête, à notre rencontre, annonçant que Nantbourant n'est pas loin, que c'est un chalet, qu'il y a du foin, qu'il y a du lait, qu'on y sera merveilleusement, et ran tan plan, la musique recommence, nous arrivons tambour battant à la petite chaumière. Dans ce moment il y règne une grande joie : l'on vient d'y découvrir que l'auberge possède un grand cornet de vermicelle; un autre sujet d'allégresse, c'est qu'il n'y a que quatre lits qui sont destinés à qui de droit, et tout le gros de l'armée ira tambour battant dormir dans le fenil. Pour l'heure, l'on se chauffe à trois feux clairs; plaisir vif, après la marche et si près des glaces; on ne s'y arrache que lorsque des tourbillons de vapeur, sortis de la salle à manger, annoncent que la chaudière est sur table. Il faut voir alors ce que valent la marche et la nécessité pour faire trouver exquis, ravissant, le plus maigre souper, un souper de l'âge d'or, c'est tout dire, et pour être convaincu que ceux qui cherchent le secret de la bonne chère uniquement dans l'habileté du cuisinier font bien souvent fausse route.

Arrive le moment de gagner notre chambre à coucher; c'est un fenil abrité par une toiture en tavillons. On y grimpe un à un par une petite échelle qui glisse et se couche à plat dès qu'on arrive au troisième échelon, ce qui fait ressembler l'opération à une ascension en

tread-mill. Avec du temps , néanmoins, l'armée franchit ce pas difficile, et arrive dans des plages de foin où elle se fait son creux, et se couche au milieu des éclats de rire que provoquent les infortunes des uns, les folies des autres, la situation de tous. Ketler et Laurent, arrivés les derniers, lui passent sur le corps pour aller s'établir dans une sorte de soupente en façon de paradis, où le plancher abonde, mais où le foin est rare.

Toutes ces dispositions terminées, la petite lampe qui nous éclaire sépulcralement est retirée; et ici commence la nuit, mais non pas le sommeil. M. Topffer , qui s'est couché le dernier, comme doit faire un bon capitaine, s'aperçoit trop tard que le havresac sur lequel repose sa tête occupe le centre vers lequel convergent tous les pieds de l'armée, ce qui est cause que son coussin est dans un état de mobilité qui nuit au sommeil ou qui disloque étrangement les rêves. D'autre part, Bryan s'écrie qu'il a des hâ-né-tons dans la chéveu, et Miech déclare qu'une bête à ventre froid a traversé son visage... En même temps, il s'ouvre dans une paroi deux trous lumineux qui nous regardent fixement, et des bruits fabuleux annoncent que la toiture est habitée.

Ce n'est pas tout. Il se trouve dans la maison bien du monde connu et inconnu qui n'a pas d'autre lit que le nôtre. Par intervalle donc, la porte s'ouvre, la lampe reparait, suspendue à une main décharnée; et une ombre passe, s'étend par terre en grimpant l'échelle, s'étend sur nous en traversant le foin, s'étend sur Ketler en entrant au paradis, et finalement s'étend tout à fait dans des régions inconnues d'où les rats se retirent à mesure que la civilisation avance. Un quart d'heure après, autre ombre : c'est Cohendet qui revient de la noce, et va s'étendre

droit sur le dernier couché, où il demeure en disant : Pas d'offense !
Aussi, **M.** Topffer a beau dire avec autorité : Une, deux, trois, dor-
mons!... d'immenses fous rires, d'abord contenus, s'étendent, gon-
flent, éclatent, et tout est à recommencer.

Les choses vont ainsi jusqu'à cette heure de froidure qui est l'avant-
coureur de l'aurore. Alors chacun s'acagnarde dans son petit herbage,
et dès qu'il ne rit plus, il dort.

CHALETS DE NANTBOURANT.

LE LEVER.

4ᵐᵉ JOURNÉE

Ce jour-ci l'aurore nous trouve tout habillés, un peu transis, et fort disposés à quitter le lit. D'autre part, le jour nous fait voir des choses que la nuit ne nous avait pas montrées. Le foin est humide par places. De ces places on voit surgir des personnages entièrement herbacés ; en particulier, le voyageur Augier ressemble à une prairie : blouse et pantalon, tout est verdâtre, il sera verdâtre jusqu'à Milan, lieu déterminé pour une lessive générale. Pour les pays où nous allons entrer, cette couleur a certainement plus d'à-propos que si c'était le rouge républicain ; aussi le voyageur Augier traversera-t-il deux monarchies absolues sans éprouver le moindre désagrément. Cohendet est debout, encore un peu noué de la veille ; le plancher ne l'a point verdi, mais il se plaint des *rates* qui lui ont rongé les poches... Les rates, ce sont les épouses des rats.

Il demeure démontré, du reste, par cette expérience, qui est nouvelle pour plusieurs d'entre nous, que si le foin est sec, et l'assemblée pas trop rieuse, on peut passer dans un fenil une excellente nuit, bien supérieure à celle qu'on passe dans la moyenne des médiocres lits de tant de médiocres auberges, presque toutes livrées au kangourisme.

Le kangourisme (qui dévore la Gaule Cisalpine) c'est… Il y a deux espèces de kangourous : le grand, très-commun à la Nouvelle-Hollande, où il saute d'une pierre à l'autre ; le petit, très-commun en Europe, où il saute d'une personne à l'autre. Le kangourisme, c'est comme qui dirait le paupérisme, des troupes d'affamés qui se jettent sur vous et vous boivent le sang.

Si vous avez avec vous un chien, un chien à chair délicate et poil touffu, tous les kangourous sautent sur lui et vous ménagent. C'est comme si, pauvre diable, vous marchez en compagnie d'un fastueux : tous les mendiants se jettent sur le fastueux et vous laissent tranquille. Il est donc bien absurde, le préjugé qui porte à éloigner de soi les chiens, de crainte qu'ils ne kangourisent par voisinage.

Le kangourisme dévore beaucoup d'auberges, par cette raison que le sang s'y renouvelle constamment par le concours changeant et perpétuel des touristes, ce qui est agréable aux appétits du kangourou.

Le kangourisme est atroce dans des endroits où l'on s'en croirait à l'abri, dans les montagnes, par exemple. C'est que si, dans une contrée, il n'y a qu'une maison habitée, tous les kangourous du pays y affluent, et un étranger qui survient leur est un supplément de ration très-agréable.

M. le pasteur B…, notre ex-compagnon, nous a raconté que, dans l'ascension du Buet, on couche dans un trou sous une pierre. C'est une caverne de kangourous qui ne mangent que l'été, et rarement ; aussi sont-ils audacieux, voraces au plus haut degré. Comme au delà on entre sur les glaces, les kangourous n'osent y suivre le voyageur, et ils rentrent dans leur trou, affamés encore, et regardant si rien ne monte.

Telle est la théorie du kangourisme, toute fondée sur des faits que nous avons pu observer journellement, et encore mieux nuitamment. Je reviens à la caravane, que nous retrouvons faisant sa toilette du matin, sans autre cosmétique qu'une onde claire qui jaillit dans la cour ; de là elle passe au vermicelle, puis se met en route, après avoir pris congé de la bonne femme qui nous a traités de son mieux, et pas trop cher. Souper, déjeuner, couchée, pour vingt-trois personnes. Net : treize francs.

Après Nantbourant, la végétation cesse ; nous nous trouvons dans ces sauvages pentes qui mènent au col du Bonhomme. Une bonne femme et sa chèvre sont les seuls êtres vivants que nous voyons sur ce revers. La chèvre est timide, alerte, propre, la femme aussi ; on cause. Comme l'homme d'hier, elle ne conçoit pas ce qui peut nous attirer dans un pays d'orages et de labeur, dit-elle. « Notre vie est bien misérable, bien pénible, et vous faites comme s'il vous amusait d'en goûter, vous autres que rien n'oblige, et qui avez le vivre. — Le vivre, bonne femme, nous l'avons comme vous, en travaillant. — Oui-da? Alors qu'êtes-vous bien?—On est maître d'école. — J'entends, dit-elle; vous êtes occupés de l'esprit; et nous, nous travaillons du corps. Chacun sa tâche, c'est ben sûr; mais la nôtre est rude. »

Il n'y a pas de peuple qui ait plus de bon sens que les Savoyards. Prenez le premier venu, le plus ignorant; son langage est toujours accommodé à ses lumières, et son idée, simple à la vérité, est toujours droite et saine. Le sens vaut mieux que l'esprit, le naturel a son charme certain; aussi c'est plaisir que d'accoster ces bonnes gens et d'échanger avec eux quelques propos tout en cheminant, sans compter que leur style naïf est tout autrement agréable que la phrase gazetée et le parler de table d'hôte des politiques de diligence.

Nous avons en face de nous un mont pyramidal, décharné, terrible d'aspect, au pied duquel le sentier serpente. M. Topffer, qui s'est oublié dans les charmes de la conversation, arrive le dernier sur un plateau qu'on appelle *le Plant des Dames*, à cause d'une catastrophe que Cohendet raconte en ce moment à la troupe assemblée. Il résulte de cette histoire que tous les voyageurs jettent une pierre en offrande à je ne sais qui, sur je ne sais quel tertre. « Qu'à cela ne tienne, dit M. Topffer; je serais bien fâché de manquer à mes devoirs; » et il lance un caillou, n'importe quel. Cohendet approuve; puis, se trouvant bien de sa position d'orateur, il entame des récits lamentables, qu'il embellit de gestes appropriés au pâteux ramage de sa parole. La route est ensuite continuée, et nous atteignons de bonne heure à la croix qui marque le sommet du col. Comme le temps est aussi sûr que magnifique, au lieu de prendre sur la droite et de passer par le Chapiu sans nous élever davantage, nous prenons sur la gauche, par le flanc d'une montagne entièrement rocheuse, en nous dirigeant vers le col des Fours. Ce passage s'appelle *la Traverse*, ou la traversée.

Nourris de vermicelle depuis vingt-quatre heures, il est temps (c'est l'opinion de plusieurs) d'entrer en communication avec les vivres que nous avons emportés. La place y invite, abritée contre le vent, et arrosée par une onde glacée qui court parmi les roches. On déballe donc, et il se forme une administration régulière, impartiale, qui ménage habilement les gigots, tout en permettant l'eau à discrétion. Laurent y remplit avec zèle des fonctions de confiance. En récompense, il lui est accordé l'os tout charnu encore, et unanimement envié, d'un gigot défunt. Laurent est presque obligé d'emporter sa proie à l'écart, comme fait un fortuné canard au milieu de canards moins fortunés et non moins avides. Quel repas! et comment se fait-il qu'on ne voie pas sur toutes les croupes de montagnes des gens dînant au soleil? Loin de là, la plupart des touristes ignorent ce mode de vivre; ils vont d'une auberge à l'autre, sans seulement soupçonner quel trésor c'est qu'un gigot sur une cime. A l'auberge, ce n'est plus qu'un gigot, chose vulgaire.

Après ce repas, nous commençons à gravir le col des Fours, d'abord le long d'un sentier rocailleux, ensuite sur des pentes de neige, nous approchant ainsi du Mont-Blanc, dont les épaulements inférieurs touchent à la montagne même que nous gravissons. Arrivés au sommet du col, les glaces éblouissent tout à coup nos regards, et il semble que nous touchions au colosse.

Le col des Fours est fort élevé; aussi ne faut-il pas s'y engager par un temps mauvais, ou même incertain; mais, par une belle journée, on y prend mieux qu'ailleurs peut-être l'idée des grandes solitudes alpestres. Il s'offre sous l'aspect d'une crête noirâtre, sans terre, sans herbe, balayée par les vents et déchirée par la foudre. Aucune chaumière, aucune forêt même, n'est en vue, mais seulement des amas de chauves sommités que dominent les dômes du Mont-Blanc, hérissés d'aiguilles de granit, noires et dentelées. Autour de ces dômes, le ciel est d'un azur aussi sombre que la nuit elle-même; il semble que le soleil en ait retiré ses feux, et que de ce côté soient les inabordables domaines de la mort et du silence.

Le col est resserré entre deux monts. L'on parle de gravir l'un des deux pour jouir de la vue du panorama tout entier, et aussitôt les amateurs se réunissent en une troupe et passent sous la conduite de Cohendet, qui se montre ici à la hauteur de ses fonctions. Il est grave, solennel, c'est le grand-prêtre du temple, qui montre les merveilles et explique les mystères. Du sommet de ce mont on découvre un océan de cimes qui fuient comme d'immenses vagues jusqu'aux lignes douces et bleuâtres du Jura et des montagnes du Dauphiné.

De l'endroit où nous sommes, nos compagnons restés sur le col nous apparaissent comme un petit troupeau de moutons couchés au soleil. Tout à coup ils s'agitent, et poussent de grands cris en indiquant par signes le côté du Mont-Blanc. Toute l'expédition se met à descendre à la course, et M. Topffer aussi, à qui ces cris causent une vive alarme. Arrivé, il se rassure, et crie avec les autres.

C'est qu'on vient de découvrir à une grande distance, sur une arête de glace, un point noir qui se meut, qui descend. La rareté de l'air permet, à ces hauteurs, de faire ces découvertes lointaines, et la vue d'un être vivant sur ces  glaces désertes cause la plus frappante surprise. A nos cris, l'être vivant s'est arrêté, comme pour conjecturer, puis il s'est remis en marche. Bientôt nous croyons distinguer que c'est un homme, puisqu'il tient une carabine, puisqu'il porte quelque chose dont nous faisons un chamois. Le voici! C'est un chasseur, en effet; mais le chamois n'est autre qu'une lourde gibecière en gros cuir.

Ce chasseur est un homme vigoureux, hâlé, dont l'expression a quelque chose d'intelligent et de sauvage à la fois. Quand il parle de sa chasse, ses yeux s'animent, et il oublie les dures fatigues dont la trace est empreinte sur ses traits. Nous lui apprenons qui nous sommes, et la cause de nos transports. Alors il nous raconte les détails et les vicissitudes de sa vie de chasseur, et comment, chaque année, il quitte sa ville pour se livrer pendant un mois à sa passion favorite. Il y a huit jours qu'il est venu dans la contrée, et il n'a tué encore qu'un seul chamois. « Vous voyez, ajoute-t-il, ce glacier là-bas? C'est de là que je viens. Nous étions trois, les deux autres y sont restés à poursuivre six chamois que je leur laisse. Je ne suis pas en humeur de me rompre le cou..... Hier j'ai été là-haut jusqu'au pied de ces aiguilles. » Puis, sortant quelque chose de sa gibecière : « Tenez, messieurs, je n'ai rien de mieux à vous offrir. C'est du *génépi*, comme nous l'appelons; on ne trouve ça que dans les trous des plus hautes aiguilles. Vous versez de l'eau bouillante dessus, et c'est souverain contre les refroidissements. » Il nous donne en effet quelques poignées d'une sorte de lichen très-parfumé, de la genipote, selon Bryan.

Ainsi se termine cette entrevue, qui, tout insignifiante qu'elle paraisse, n'en a pas moins été pour nous un piquant épisode. On cherche, mais vainement, à découvrir les deux chasseurs et les six chamois, et à partir de ce moment, la vue des glaciers supérieurs ne nous produit plus avec la même force qu'auparavant une impression d'inaccessible solitude.

J'ai oublié de noter une circonstance qui n'est guère plus commune à rencontrer qu'un chasseur sur les glaces. En redescendant le mont, nous avons trouvé de la neige rouge, celle du moins, pensons-nous, à laquelle on donne hyperboliquement ce nom. Celle que nous avons pu observer est rose seulement, et exactement semblable à ce que serait de la neige blanche arrosée d'un vin rouge trempé d'eau. Du reste, elle n'offre au goût aucune saveur particulière.

Après avoir pris congé du chasseur, nous nous lançons dans la descente, qui, de ce côté, est abrupte, et serait dangereuse sans la nature du terrain, où le pied enfonce assez pour s'y pratiquer un arrêt, ce qui n'empêche pas qu'un des mulets ne tombe sur le flanc, sans préjudice, heureusement, pour son cavalier. Si la descente est abrupte, elle est longue aussi ; il faut aller chercher jusqu'au fond de la gorge un petit pont sous lequel mugit un torrent. Au delà se trouve la misérable cabane où nous devons passer la nuit. C'est le chalet des Mottets, l'unique abri que l'on rencontre entre le col des Fours et le col de la Seigne, ou plutôt entre Nantbourant et Courmayeur. Cette circonstance peut faire apprécier la nature et le caractère de la contrée, à ceux du moins qui connaissent les Alpes.

Du reste, ce chalet des Mottets est très-peuplé, presque trop ; c'est une sorte de pensionnat où l'on élève en commun des cochons et des moutards. Nous arrivons au moment du repas, qui offre un spectacle très-curieux. Une dizaine de moutards sont assis en cercle devant le chalet ; au milieu est une petite fille dressée à leur administrer une sorte de bouillie laiteuse. La petite fille empâte le moutard, qui avale partie

et laisse filtrer le reste ; mais un chien est là qui lèche, débarbouille ; et tout près, le cochon qui attrape les filons égarés. Dès que le moutard a avalé, il pleure, c'est le signal : alors la petite fille l'empâte de nouveau ; le moutard se tait, le chien fonctionne, le cochon pareillement, et ainsi de suite, jusqu'à l'empâtement complet du cochon, du chien et du moutard. Au coucher du soleil, les moutards disparaissent de dessous le porche, mais on ne peut plus alors s'asseoir dans la cuisine qu'on ne s'asseye sur un moutard : corbeilles, paniers, tiroirs, marmites, soupentes, caisse du bois, bâts de mulets, ont chacun leur moutard inclus ou superposé, qui criaille en attendant son somme.

Il y a deux lits aux Mottets, qui sont livrés à qui de droit; pour nous, on nous livre une cabane en construction, avec un tas de paille insuffisant pour vingt personnes; aussi devient-il nécessaire de recourir au foin qui est rare, et que nos mulets raréfient à qui mieux mieux. Pour qu'ils ne mangent pas tout notre lit futur, l'hôtesse les fait passer de l'écurie dans une chambre à coucher, où ces pauvres animaux font l'effet le plus étrange et le plus piteux, réduits qu'ils sont, pour vivre, à regarder une paillasse.

Néanmoins nous n'avons pas renoncé au projet de passer une excellente nuit, au moyen d'une organisation improvisée à cet effet. Tous se mettent à l'ouvrage; et la cabane offre bientôt l'aspect d'un vaste lit de camp parfaitement tenu, où chacun a sa place marquée, M. D... à un angle, M. Topffer à l'autre. Le havresac de chacun, posé contre la muraille, lui sert d'enseigne et d'oreiller, la paille de matelas, et le toit de couverture. Après quoi l'on va souper sous le porche. Le mets principal et unique, c'est une demi-livre de riz cuit dans des chaudières de lait; notre provision fournit le pain, et les moutards un public qui nous regarde faire. L'air est si frais, que notre mets, tout bouillant, se trouve parfaitement approprié à la circonstance. Toutefois, la place n'est bientôt plus tenable, et plusieurs sont contraints d'aller bien vite escalader quelques rampes au grand galop, pour entretenir la circulation du sang.

Au soleil couché, M. Topffer propose de gagner les lits pour échapper au froid et se caser avec plus d'ordre. Mais à peine sommes-nous casés, qu'un beau touriste à moustaches entre dans la cabane, conduit par l'hôtesse qui l'y pousse en disant : « C'est là votre lit. — Parbleu, il est peuplé, mon lit... C'est tout un collége! Où est le père jésuite, » Et il sort tout scandalisé.

Alors, réfléchissant aux devoirs de l'hospitalité, M. Topffer se lève en bonnet de nuit, et courant après le touriste : « Le père jésuite, c'est moi qui en tiens lieu, monsieur, et je viens vous offrir, au nom de tout mon monde, une place dans notre dortoir. » Le touriste refuse avec politesse, dans la crainte de nous gêner, et il est placé quelque part, parmi les moutards, dont il y a toujours au moins un qui crie, sans compter les chœurs.

Sur ce, M. Topffer rejoint, non sans faire un léger circuit, aux fins d'éviter les cornes d'un grand bouc qui a l'air en train de vouloir jouer.

AU COL DE LA SEIGNE.

5ME JOURNÉE

Même toilette matinale qu'hier ; après quoi l'on se dirige vers un déjeuner absolument semblable au souper. Comme nous sommes nombreux, des ustensiles de toute forme sont appelés à figurer sur notre table ; il y en a de fabuleux, il y en a qui inspirent de très-graves inquiétudes. Les moutards qui attendent la pâtée font un concert symphonique du plus bel effet.

Au moment du départ, M. Topffer veut régler compte. Alors sort de terre l'hôte, grand gaillard inaperçu jusqu'ici, qui demande trois francs cinq sols par tête pour son lait et sa paille. C'est, dit M. Topffer, un brigandage ! Et il pérore, il s'indigne, il tonne.... après quoi, il paie. Autant valait commencer par là.

Nous devons passer aujourd'hui le col de la Seigne. En quittant les Mottets, on a à main gauche le beau glacier du Mont-Blanc, où chacun s'escrime à découvrir, et découvre en effet des chasseurs de chamois, qui demeurent immobiles comme feraient des rocs. Au passage d'un ravin dont la pente est rapide et le sentier glissant et à peine tracé, un mulet s'abat; et celui qui porte madame T..., abandonné à lui-même, est à chaque seconde sur le point de rouler dans le précipice. C'était à Favre d'être auprès; aussi reçoit-il de M. Topffer ce qui lui revient en reproches et en marques d'indignation. Favre laisse passer l'orage, et témoigne plus tard des regrets sincères. Toujours est-il que l'on n'aurait jamais à redouter une négligence pareille de la part d'un guide de Chamounix.

Au bout de deux heures, l'on atteint au travers des neiges le sommet du col, et de ce point on découvre l'Allée-Blanche, c'est-à-dire la vallée qui forme au midi le pendant de la vallée de Chamounix. Ce spectacle est magnifique, les montagnes d'un caractère hardi, les glaciers nombreux; néanmoins, la vallée de Chamounix l'emporte, ce semble, sur celle-ci; elle est plus riante, plus boisée, plus verte, et le Mont-Blanc s'y montre sous un aspect tout autrement imposant. Ici c'est un immense rocher, coupé presque à pic, et d'où s'élancent des aiguilles aussi élevées peut-être, mais moins majestueuses, moins harmonieusement balancées que celles qui couronnent la mer de glace. Les glaciers y descendent encaissés dans des gorges profondes, et s'étalent dans le bas de la vallée; mais ils ne forment pas à la sommité, trop escarpée pour qu'ils s'y attachent, ces magnifiques épaulements qui, de l'autre côté, ondulent en s'abaissant depuis le cône du sommet presque jusqu'aux prairies.

Du haut du col, on découvre quelques aiguilles de glace qui dépassent l'arête des rochers; mais de vastes morraines, formées par le glacier lui-même, en cachent la vue à sa base. Au pied de ces morraines est le lac Combal, dont les lignes douces contrastent

avec le déchirement et les dentelures qui de tous côtés frappent la vue, mais dont l'eau est bourbeuse, sans mirage et sans transparence. Au delà, et jusqu'à Courmayeur, on a constamment sur la gauche de magnifiques glaciers éclatants de blancheur, et, de toutes parts, des eaux qui cascadent, qui tourbillonnent, qui retentissent. En même temps la vallée devient plus riante, on retrouve les forêts, les prairies; c'est la plus belle partie de l'Allée-Blanche. Nous y choisissons notre salle à manger, sur une pelouse, au pied du glacier du Miage, et là disparaît le reste de nos provisions, dont quelques-unes, déjà avariées, sont abandonnées à grand regret. Pour le dessert, on se répand dans les forêts, dont le sol est tapissé d'ambresailles excellentes.

Après une charmante promenade nous débouchons dans le vallon de Courmayeur, où l'on retrouve tout à coup et sans transition les noyers, et, à l'entrée du bourg, un petit café irrésistible, avec bière de houblon, bière de gingembre, et tout ce qui séduit des gosiers altérés. Nous y faisons une étape qui met à sec l'établissement, puis en deux pas nous sommes à l'auberge, qui est tenue par un Suisse, M. Mathey, autrefois aubergiste à Aoste, où, dans un cas de gêne imprévue, il nous ouvrit généreusement sa bourse, sans nous connaître, et sans nous avoir jamais vus auparavant.

Il y a à Courmayeur un cabinet d'histoire naturelle que nous allons visiter; c'est une chambre remplie de mauvais cailloux en désordre, sans un seul œuf d'aigle, ou seulement de moineau. Une comtesse, bonne vieille dame, s'y rend avec nous. On lui fait place, on lui aide à monter une petite rampe. Arrivée en haut : « Messieurs, nous dit-elle avec une grâce bienveillante, vous deviendrez vieux, puisque vous avez compassion des vieilles gens. »

Nous allons ensuite visiter la source qui donne les eaux renommées de Courmayeur. L'endroit est fort joli, et la route qui y conduit plus encore. Bryan, qui nous guide, demande aux passants où est la source de limonade gazeuse, et, ce qu'il y a de bon, c'est que tous les passants paraissent comprendre, et nous indiquent aussitôt le bon chemin. Le même Bryan boit six verres de cette *gazeuse*, et quand M. Topffer l'empêche de poursuivre sa cure, Bryan apprend à l'assemblée stupéfaite qu'il s'était proposé d'en boire dix-huit, à l'instar de je ne sais quel excentrique. Cette eau très-fraîche a un goût piquant fort agréable qui rappelle celui de l'eau de Seltz.

Nous couronnons cette belle journée par un souper civilisé, et, comme
on peut se l'imaginer, ce n'est pas sans y goûter de bien légitimes délices, que nous étendons nos personnes dans des lits excellents, mollets, somptueux, et aussi larges que longs.

ARC DE TRIOMPHE D'AOSTE.

6ME JOURNÉE

Aujourd'hui nous quittons le désert pour descendre le vallon fleuri qui sépare Courmayeur de la cité d'Aoste. Madame de Z... et M. D... prennent un char, tout en gardant à leur charge leurs mulets et leurs guides pour passer le Grand-Saint-Bernard le lendemain, mais ils nous en dotent pour cette journée, en sorte que nous cheminons sur une route déjà facile, avec deux mulets de luxe et un Cohendet de luxe.

Un de ces deux mulets est un vieillard éminemment octogénaire dont l'allure est impayable et la charpente singulière. Il a les côtes très-visibles à l'œil nu, la crinière grise, l'œil philosophique et la lèvre pendante, mais surtout il porte les pieds de derrière en dehors, comme un maître de danse. C'est qu'au moyen de cette position des

pieds, les jarrets appuient l'un sur l'autre, et, dans l'état de repos, soutiennent par leur architecture seule,
comme ferait une clef de voûte. On
dirait, à le voir marcher, le grand cha-
meau du Malabar. L'autre mulet est excellent; seulement, il a l'habitude de s'a-
battre subitement, pour se vautrer dans

la poussière. Au surplus, tous les mulets aiment cette pratique, et c'est
bien pour cela qu'en montagne, le mieux est de leur laisser la bride
sur le cou, afin qu'ils en soient plus libres de se choisir leur chemin,
tandis qu'en plaine, au contraire, et particulièrement sur les routes
poudreuses, il convient de les gouverner, afin qu'ils en soient moins
libres de s'étendre sur le flanc en vous cassant la jambe.

Nous laissons sur la droite Pré-Saint-Didier, joli bourg assis au
pied de la gorge du Petit-Saint-Bernard, et sur la gauche, La Salle, où
des carabiniers royaux visent notre passe-port. A mesure qu'on descend, le vallon devient riant, boisé de plus en plus, jusqu'à Arvier, où
nous faisons halte pour nous rafraîchir. Dès Courmayeur l'on nous a re-
commandé d'aller à la Croix-Blanche, mais après l'avoir cherchée vainement dans tout le hameau, nous finissons par entrer à une Croix qui
est noire.

L'hôtesse est sur le seuil, bonne grosse vieille, au teint basané, aux
cheveux de filasse : « Et où donc est la Croix-Blanche? lui disons-nous.—
Ici, mes bons messieurs.—Ici! mais votre Croix est noire...—Que voulez-
vous? c'est comme moi, j'étais blanche autrefois; nous avons noirci
ensemble. » Et elle se met à rire en nous servant un petit vin délicieusement acidulé, des miches fraîches et croquantes, et un fromage gras
et délicat qui nous est un mets céleste. Tout irait au mieux, n'était
Bryan qui lit en ce moment sur une affiche que, de par l'autorité royale,
il est défendu de dénicher des œufs quelconques... Bryan discute et
s'exaspère, il remonte au droit naturel, et nie à tous les rois de la terre
le droit qu'ils s'arrogent d'interdire le dénichement à leurs semblables.
En Amérique, dit-il... — En route, dit M. Topffer.

Au delà d'Arvier, nous sommes atteints par le char qui porte madame Z. et M. D. Ce char, chose curieuse, ondule sans cesse de droite à
gauche, de gauche à droite ; on dirait Cohendet très-nocé, qui festonne.

C'est que les cochers manquant à Courmayeur, on a confié les rênes à un jeune garçon cafetier, plus accoutumé à tirer le bouchon qu'à gui-

der Bucéphale. Il s'ensuit qu'il guide pour ce qu'il en sait, et les voyageurs pour le reste. La bête obéissant ainsi à trois maîtres, se livre à des zigzags dociles mais sans unité.

Pour nous, au bout de deux heures, nous faisons une halte forcée. Notre ami Manfred est pris par un accès de fièvre. La soif le dévore, et en proie à des rêveries étranges, il se prend à dire tout éveillé : « Ma blouse n'est-elle pas ensanglantée? » Puis, montrant une cabane : « N'est-ce pas Aoste, ceci? » On le soulage de son havresac, Laurent lui met sur la tête son chapeau de paille, on lui permet de se rafraîchir la bouche en se gargarisant avec de l'eau fraiche, et le mieux se fait bientôt sentir. Nous croyons Manfred guéri, mais c'est un accès qui passe pour se renouveler ensuite chaque jour, à la même heure.

A Aoste, nous allons descendre à l'hôtel autrefois tenu par M. Mathey. Que les temps sont changés! Au lieu de cet honnête homme, un ancien palefrenier qui a le nez tordu, des brigandeaux, une brigandelle mal peignée, glapissante et voleuse des quatre mains. Il lui faut quatre francs par lit, quatre francs par repas, quatre francs pour chaque nécessité de la vie! A peine pouvons-nous obtenir quelque insignifiant rabais, et il n'y a pas d'autre auberge! Mauvaise, détestable journée pour la bourse commune!

Pour bien tenir une auberge, il faut certaines qualités de caractère, il faut du tact, de la modération, et quelque chose d'un peu élevé dans les sentiments; il ne suffit pas d'avoir été palefrenier, d'avoir le nez tordu et de considérer un hôtel comme une trappe à prendre les voyageurs pour les écorcher ensuite. On trouve les auberges chères en Suisse; c'est vrai, si on les compare aux auberges des

autres pays; elles sont meilleures et elles sont plus chères. Mais si
les hôtes y sont intéressés, ils sont probes; ils pratiquent leur état
avec discernement, et la preuve, c'est que, sans faire presque jamais
de prix à l'avance, et en nous livrant entièrement à eux, nous n'a-
vons jamais eu lieu de nous en repentir. Je parle des grands et bons
hôtels.

La journée est peu avancée. Nous allons visiter les antiquités d'Aoste,
un pont romain, les restes de l'amphithéâtre, et cet arc de triomphe
élevé par le divin Auguste, pour perpétuer le souvenir de sa conquête
sur les Salasses, c'est-à-dire de l'asservissement d'un petit peuple fier,
libre et courageux, à ce grand brutal de peuple qui regardait l'univers
comme sa légitime proie, et l'indépendance d'autrui comme une in-
sulte à ses droits.

Ce qui est grand, colossal, même en violence et en injustice, fascine
les yeux des hommes, et les fait errer à leur préjudice même. Depuis
des siècles on chante, on admire, on préconise la gloire romaine, quand
depuis des siècles on devrait admirer, préconiser les peuples grands
ou petits qui crurent au nom de patrie, et qui ne courbèrent sous le
joug qu'une tête mutilée dans d'héroïques combats. Par malheur, il
n'en va pas ainsi, et j'ai vu peu d'enfants qui fussent pour les Carthaginois.

Il est probable que les gazetiers du temps se chargeaient de prouver aux Salasses que tout était pour le mieux, et que d'être incorporés à l'Empire, ce leur était bien de l'honneur. Sous le règne
du divin Napoléon, cette argumentation s'est retrouvée, et la tradition n'en est pas perdue. Pour nous, nous sommes, nous serons
toujours pour les Salasses contre le divin Auguste. Bien plus, en
dépit des beaux-arts qui durent en souffrir, des lettres qui y firent
naufrage, de la civilisation qui, de pourrie qu'elle était, s'abîma pour
renaître, nous nous sentons un faible pour ces Barbares qui se jetèrent
sur Rome, pour ces Germains, pour ces Alains, pour ces Vandales, pour tous ces vengeurs d'une cause sacrée; et, héroïsme pour
héroïsme, entre Scipion et Arminius nous savons à qui donner la
palme.

Sous l'arc de triomphe, nous nous trouvons avec un Anglais et une
Anglaise, de ces touristes consciencieux qui voient pour avoir vu,

transportant leur indifférence d'une curiosité à une autre, sous la con-
duite d'un cicérone. Le leur est vêtu d'un habit d'ordonnance couleur cramoisi. C'est le bourreau qui conduit ses victimes.

Cohendet veut nous mener voir les colléges d'Aoste, c'est son idée. Nous, collége! très-peu curieux que nous sommes de hanter les classes, nous voulons qu'on nous conduise à la tour du Lépreux. Cohendet cède, et il continue ses dissertations sur les Salasses, dont il se forme la plus fabuleuse idée : on voit qu'il s'est rafraîchi en arrivant, et que l'œil n'est déjà plus si net. Il passe ensuite à l'histoire du lépreux, qu'il conte à Bryan. Bryan, qui prononce *Limpresse*, et qui s'amuse à n'y rien comprendre, rétorque, embrouille, entortille, et, du tout, compose une histoire nouvelle; c'est à ne s'y plus reconnaître, en sorte que Cohendet y voit toujours plus trouble.

Les gens qui montrent la tour du Lépreux affirment tant qu'on veut, sur l'autorité de M. de Maistre, que son lépreux a vécu là, et ils citent en preuve les localités qui sont toujours les mêmes, ainsi qu'on prouverait que Romulus a teté une louve, parce que Rome est toujours sur le Tibre. Par un désir bien naturel, chacun voudrait apprendre que l'histoire est vraie... Elle l'est suffisamment pour tous ceux qui croient que dans les œuvres de génie la vérité peut se rencontrer indépendamment de la réalité; pour tous ceux qui, lisant l'opuscule, sentent en leur cœur que tels ont pu être, que tels ont dû être, dans des situations analogues, la destinée et les sentiments de plusieurs de leurs semblables. Qui croit à la réalité de Paul et de Virginie? et qui ne croit pas à leur candeur, à leurs amours, à tout cet ensemble de joie et de larmes, de douceur et de désespoir, dont se compose l'histoire de ces deux enfants? L'écrivain et le peintre qui ne savent que copier la réalité qu'ils voient, sont vrais sans charme et sans profondeur; celui à qui son cœur et son génie révèlent ce que la réalité ne montre pas toujours, ou ce

LA TOUR DU LEPREUX, PRÈS D'AOSTE.

qu'elle cache aux regards de la foule, celui-là est vrai sans être vulgaire, profond sans être recherché, et il n'y a que les niais qui lui demandent, en preuve de la justesse d'imitation, l'extrait mortuaire de ses personnages.

Il y a des livres qui mettent en scène des hommes et des faits réels; la vérité y frappe si peu, qu'on serait disposé à la leur contester. Il y a des livres qui mettent en scène des hommes et des faits qui n'existèrent jamais; la vérité y frappe tellement, que l'on veut qu'ils aient existé, que l'on va voir d'âge en âge les lieux auxquels le peintre a attaché leur souvenir, que ces lieux deviennent célèbres à cause d'eux, et que des générations entières, non pas sur la foi d'aucune autorité, mais sur le témoignage de leurs yeux qui ont lu, de leur esprit qui a saisi, de leur cœur qui a compris, vivent et meurent convaincues de leur existence.

7ᵐᵉ JOURNÉE

M. Topffer paie, et puis, à la barbe du palefrenier, de la palefrenière, et de leurs brigandeaux, nous allons déjeuner tout à côté de l'auberge, dans un honorable petit café. M. D... vient partager avec nous ce repas, après lequel nous prenons congé de lui et de madame Z..., qui nous quittent ici, à notre grand regret, pour rentrer en Suisse par le Grand-Saint-Bernard.

Nous continuons de descendre le val d'Aoste, qui devient de plus en plus pittoresque. Les peintres y trouveraient à chaque pas des sites admirables, et partout des rochers, des eaux, des ruines et des études de détails; mais les peintres n'y vont guère, tout au plus quelques faiseurs de vues. Les peintres sont un peu comme les touristes, et les touristes un peu comme les moutons, qui se suivent tous les uns les autres.

Il y a aussi des coins tellement ombrageux, mousseux, confortablement champêtres, qu'il est impossible de n'y pas faire une halte, les
uns pour se reposer et jouir, les autres pour gymnastiquer aux branches, ou pour grimper aux nids, *exemplum ut* Bryan, qui ne se repose

jamais autrement. Pendant qu'il déniche ou télégraphise, au détriment
des gens tranquilles, un bruit de grelots annonce l'approche de la voiture qui porte l'ambulance... Ah! mais quelle voiture! Il n'y a que nous
pour en déterrer de cette sorte. Une caisse éreintée, couverte d'un dais
affaissé, portée sur des roues qui ne lui appartiennent pas, et qui ne
sont pas sœurs; deux ombres de rosses, informes, incolores, sans
queue et sans jarrets; un automédon conforme, chiquant, fumant,
ignoblement jovial, et se rafraîchissant à chaque bouchon. Le tout va
pourtant, que bien, que mal, sans qu'on comprenne bien ni comment
ni pourquoi.

Buvette à Châtillon, où nous sommes reconnus par les hôtes et fort
bien traités. L'ambulance est mise au bouillon. Le gros de l'armée croque tout ce qui se présente, et la bourse commune se met en frais pour
régaler la troupe de vin de Chambave. Châtillon est un endroit admirable, la véritable station pour un peintre. En arrière, du côté d'Aoste,
d'élégants lointains, une brillante et tendre végétation; à Châtillon

même, torrents, ponts, usines, magnifiques rochers ; en avant du côté
de Verrèze, une solitude sauvage, où croissent épars les plus beaux châtaigniers du monde ; puis, la vallée qui se resserre, les rochers qui se
rapprochent, une gorge affreuse où mugit la Doire. Après ce défilé,
tout à coup, le doux vallon de Verrèze et la soudaine impression de
riante et paisible solitude qu'exprime si bien ce vers :

Devenêre locos lætos et amœna vireta...

En de si beaux lieux, il faut bien s'asseoir sous quelque ombrage aimable, et ainsi venions-nous de faire, lorsqu'un naturel se présente,
vrai commis-voyageur, qui nous tire de son gousset des échantillons de
poires. Nous choisissons, il court au magasin chercher la marchandise ;
mais quand elle a disparu, nous venons à réfléchir qu'après tout,
du raisin nous aurait mieux convenu, beaucoup mieux convenu. Le
naturel alors, bien qu'à demi crétin, comprend à demi mot, et il s'en
va faire, pas bien loin, une petite cueillette occulte à notre profit, et au
sien apparemment. Pendant que nous vendangeons, il admire nos cos-

tumes, et, désireux de
se voir vêtu un jour
comme nous, il s'in-
forme du prix de cha-
cune des pièces de notre
accoutrement, comme
faisaient les Taïtiens auprès du capitaine Cook :
« Et tous sont ainsi ha-
billés dans votre com-
mune ? — Tous. — Bien
loin, bien loin ? — Du côté de l'Afrique. — Ah ! voilà. »

On se remet en route. D'une part, le chef lui-même se démoralise et
proclame, en marchant toujours, qu'il n'ira pas plus loin. D'autre part,
on perd de vue le voyageur Bryan, qui est très-probablement retourné
à la vie sauvage, pour laquelle il a du penchant. De temps en temps on
l'aperçoit établi dans un arbre, ou escaladant un rocher, ou luttant
comme le lion avec les insectes de l'air. Jamais il ne rejoint qu'il ne tienne

un serpent par la queue, ou qu'il n'ait des papillons à son chapeau. Ce

chapeau lui-même est complétement retourné à l'état sauvage, d'où il est impossible qu'il revienne jamais. De rond il est devenu polygonal ; le fond s'est affaissé, et les ailes ont des allures inverses.

Nous arrivons d'assez bonne heure à Verrèze, beau village couronné de ruines. C'est dimanche.

Les naturels jouent aux boules, et, fatigués que nous sommes, nous nous asseyons en amphithéâtre sur l'escalier de l'hôtel, semblables aux vieillards qui jugeaient aux courses olympiques. Un honnête chien, qui ne veut plus d'autre société que la nôtre, juge avec nous, et nous dékangourise totalement par voisinage, selon la théorie. Notre hôte est un homme d'une quarantaine d'années qui a été le guide de M. Brockedon, l'auteur des *Pass of the Alps* dans toutes les contrées environnantes. L'hôtesse est une femme qui apprête admirablement bien les canards, et notre cocher un ivrogne qui tient cabaret dans sa voiture.

On veut lui faire honte de sa conduite.—Bon pour l'estomac! dit-il.

ROCHES ET PORTE D'ANNIBAL.

8ᵐᵉ JOURNÉE

Ici, comme en beaucoup d'endroits, pénurie de lait. Pour le laitage, allez dans les grandes villes, mais fuyez les vallées. Dès le mois de juin, les vaches partent pour les hauteurs, tandis que les auberges restent dans la plaine. A peine a-t-on pu dans tout Verrèze trouver de quoi nous fournir à chacun une tasse de lait; notre ordinaire, c'est quatre ou cinq; sept, selon Arthur.

Au départ, les voyageurs Bryan et Zanta, tourmentés par leur conscience, abordent l'hôte et lui disent d'un ton repentant : « Monsieur, vous avez derrière la maison un petit jardin. Dans ce petit jardin il y a du muscat excellent. Ce muscat... nous en avons très-certainement cucilli diverses grappes... Combien vous devons-nous? » L'hôte se met à rire, et dit : « Je vais vous y mettre l'échelle, et vous vous régalerez. »

Beau trait de vertu récompensé, et petite vertu encore. Il s'ensuit une provision de muscat qui régale beaucoup et dure peu.

Nous dépassons le fort de Bar, plus admirable encore comme site pittoresque que comme fort; puis, bientôt après, nous arrivons à Donas, où l'on passe sous une porte taillée dans le roc par les Carthaginois, dit-on. Ce qu'il y a de sûr, c'est que ce ne sont ni les gens de Donas, ni tous les Salasses réunis, qui ont pu faire un ouvrage aussi grand et aussi beau. Les gens de Donas durent se borner à faire boire du vin de Chambave à Annibal et à ses ouvriers, tout en lui recommandant de bien frotter les Romains.

En traversant Donas, l'arrière-garde voit sur l'enseigne d'un café *Vermout*. Qu'est-ce? — Comme l'arrière-garde est très-altérée, elle se persuade qu'il s'agit d'un rafraîchissement d'autant plus admirable qu'il est plus inconnu. On entre, le vermout est servi dans des petits verres... Non, il n'y a pas de camomille fermentée, de valériane quintessenciée, qui ait l'aigrelette amertume de cette infernale drogue! L'arrière-garde grimace à faire tourner du vinaigre, et tous renoncent, excepté Laurent et M. Topffer, à qui on a persuadé (comme au cocher) que c'est bon pour l'estomac. Ah! mais quelle médecine!

Saint-Martin est, comme Châtillon, un endroit de forges et de hauts fourneaux ; ce serait, pense-t-on tout haut, chose à voir. Aussitôt une dame nous dit gracieusement : « C'est à votre service, messieurs ; » et elle va prévenir le directeur. Ce directeur est un Français ; il nous accueille comme si nous lui étions recommandés par un ami, et, se mettant à notre tête, il nous fait voir en détail tous les travaux, à partir de ceux qui servent à extraire le fer du minerai, jusqu'à ceux qui amènent ce fer à l'état de marchandise travaillée. Ce monsieur, aimable comme un Français, clair et précis dans ses explications comme un Français, a au plus charmant degré cette obligeance hospitalière qui gagne les cœurs et y grave un agréable souvenir.

Les hauts fourneaux sont en pleine activité : c'est une chaleur à brûler la moustache, rien qu'en y regardant de loin. Nous visitons toutes sortes de machines curieuses. On fait couler de la fonte devant nous ; enfin nous entrons dans les forges, où des cyclopes en chemise, qui ressemblent à des pénitents blancs, donnent au fer toutes les formes qu'il leur plaît. Les mines, très-riches et exploitées de toute antiquité, sont situées à quelques lieues de là, dans la chaîne de montagnes qui est sur la rive droite de la Doire.

Le fer est une bien utile chose. Les marmites et les poêlons sont indispensables à la civilisation ; mais les mines comme les forges, et les forges comme les mines, sont alors des nécessités attristantes et funestes. Autour de ces hauts fourneaux, il n'y a que les hommes robustes qui puissent tenir quelques années, et, de ces hommes robustes eux-mêmes, les uns sont enlevés par la mort au milieu de leurs travaux ; les autres, vieillis et exténués avant l'âge, finissent misérablement. Dans les mines, c'est pis encore : tous y perdent la santé, très-peu atteignent aux confins de la vieillesse. Cette vie de fatigues et de privations porte ces malheureux à entasser excès sur excès durant leurs heures de liberté, et les maux du vice et de l'immoralité s'ajoutent à ceux de leur condition.

Bientôt après Saint-Martin, la vallée s'ouvre ; nous entrons dans les plaines ; les *rubans* et la chaleur se réunissent pour faire naître une grande démoralisation parmi nous. L'avant-garde tient bon néanmoins ; mais l'arrière-garde, disséminée, halte par détachements à tout bout de champ. Enfin, enfin, voici Ivrée et ses murailles, et ses tours, et l'auberge du Cheval-Blanc, où nous retrouvons notre hôte de 1834. Du bleu, le nez de cet hôte a de nouveau passé au rouge, ce qui nous semble un signe de santé ; mais lui se plaint : il a la goutte dans les jambes et un plus grand mal encore, la peur affreuse qu'elle n'aille remonter. A la seule idée de cette éventualité, le pauvre hôte s'attendrit, sa femme le réconforte, et M. Topffer s'en mêle. Du reste,

par régime et pour apaiser sa goutte en la tenant au chaud, il habite le foyer de la cuisine, assis à côté de la poêle à frire.

Il est difficile de n'avoir pas pitié, difficile aussi de n'avoir pas quelque velléité de rire, en voyant ces gens chez qui la frayeur de mourir une fois, empoisonne tout à fait le plaisir si grand qu'ils trouvent à vivre.

Du reste, cet hôte, comme par le passé, nous reçoit très-bien, et se pique de voir en nous tous ses amis, presque ses enfants. Il nous introduit dans la salle à manger, où dîne ce qu'on appelle une *belle société*. Ce sont des personnes endimanchées dans leurs vêtements, dans leurs manières, dans leurs discours, et s'espaçant avec un laisser-aller fastueux dans la petite auberge d'une petite rue d'une petite ville. Pendant le dîner arrive un officier de la garnison : grands saluts, révérences, capellades, air de cour et endimanchement à nouveau. Nous sommes à Versailles.

Après quoi, nous allons parcourir la ville. Ce qui frappe, des Genevois surtout, dans toutes ces villes d'Italie, c'est la prodigieuse quantité de gens qui gagnent leur vie en se promenant sur les places, ou qui travaillent en se couchant sur le seuil de leurs comptoirs. A certaines heures, presque tout le jour, c'est un *far niente* général, assez gai et animé. Et si en quelque endroit on travaille réellement, c'est avec un tapage, un mouvement, comme il s'en fait chez nous autour d'un incendie qu'on éteint ou d'un noyé que l'on tire de l'eau. Du reste, la ville est fort jolie par sa position, ses environs et les bâtiments de

toute sorte et de tout âge qu'on y rencontre çà et là. Près de la Grand'-
Place, nous voyons la belle société entrer, comme M. Jabot, au premier café de l'endroit.

Ces événements sont suivis d'un excellent souper qui nous réunit à
notre tour en belle société. L'hôte, qui nous traite d'ailleurs très-conve-
nablement, circule vers la fin du repas, en disant : « Demandez, demandez, on vous donnera tout ce qui fait plaisir. » Quel dommage que nous
n'ayons plus faim ! Il ne faut pas omettre de mentionner ici une circonstance qui est décisive pour la suite de notre voyage. A Ivrée,
M. Topffer s'est fait adresser des lettres de Milan, qui annoncent qu'il
n'y a pas trace ni signe de choléra dans cette ville. Nous irons donc à
Milan.

LA BELLE SOCIÉTÉ D'IVRÉE.

9ᵐᵉ ET 10ᵐᵉ JOURNÉES

Décidément la goutte n'a pas encore attaqué les facultés de notre père l'hôte. Il présente à M. Topffer une note qui est conforme au prix fixé; et puis, d'un air aussi mystérieux qu'amical : « Voilà; vous voyez que je vous traite en amis; ainsi, si vous avez été contents, vous ajouterez ce que vous trouverez juste. » Quel diable de raisonnement! c'est comme si on disait : « Tant pour le prix raisonnable, tant en sus pour l'amitié. » D'où il suivrait qu'à Ivrée rien ne serait si profitable qu'une légère inimitié avec l'hôte.

Aujourd'hui nous entrons dans une nouvelle région, celle des plaines. Le pays cesse d'être pittoresque, ou seulement varié, et la route est une suite continue de longs *rubans* : aussi est-il d'usage antique et immémorial que d'Ivrée à Milan nous prenons des voitures. M. Topffer en loue trois qui nous mènent grand train; nous allons tâcher aussi de mener notre narration plus rapidement.

Les environs immédiats d'Ivrée sont délicieux; ensuite l'on n'a plus sous les yeux que des mûriers qui bordent la route, et des rizières au

delà des mûriers. Ces mûriers sont l'arbre le plus ingrat de la création, une sorte de végétal civilisé, sans grâce, sans grandeur, délicat de santé, rabougri de taille, timide de branchage, et désolant à contempler pendant des journées entières. Les rizières sont pareillement la plus vilaine sorte de culture; on n'aperçoit qu'épis en désordre, pourrissant dans des rigoles d'eau stagnante. Il y a de quoi dégoûter de la soupe au riz.

Nous faisons à Saint-Germain un déjeuner à la fourchette, dans une salle haute, à grand luxe de fresques sales et de lambris en ruine. Nous avons décrit ailleurs ces curieuses auberges, où la malpropreté le dispute à la magnificence. Dans chacune, vous trouvez un hôte cuisinier qui vous apprête en dix minutes un déjeuner à la piémontaise, exquis, ma foi! et où tout ce qui tient à la table et aux mets est propre suffisamment. Les Italiens, pour ce qui est linge, hardes personnelles, ont le goût du renouvellement et de la propreté; mais pour ce qui est constructions, monuments, immeubles et gros meubles, on dirait que les ordures, la saleté, en sont à leurs yeux comme l'accessoire indispensable.

Notre appétit est immense, mais le déjeuner très-court. A la fin, on se lasse de faire des portions exiguës qui ne sont rien pour un chacun, et dont la réunion ferait un heureux; aussi, d'un commun accord, on décide de mettre les plats en loterie, et au lieu d'une moyenne un peu basse de bonheur, on a des fortunés qui s'emplissent à leur faim et des infortunés qui les regardent faire.

Arrivés de très-bonne heure à Verceil, nous décidons d'y prendre d'autres voitures, et de pousser ce soir même jusqu'à Novarre. David part le premier en *volantine* pour commander nos logements. Malheureusement son coursier se trouve être de la pire espèce, une rosse qu'on croit crevée depuis hier. Les volantines sont de petits siéges à une personne, suspendus sur un train à deux roues très-larges. Le tout est traîné par un cheval de petite race, et conduit par un Piémontais grillé. Cet équipage, qui est particulier au pays, est commode pour cheminer vite, mais risible et gringalet.

Depuis ce matin déjà, M. Topffer emploie ses loisirs à faire le compte des dépenses générales et particulières, et il arrive à des résultats qui l'assombrissent tellement, qu'on est obligé de le réconforter, dans la crainte que sa mélancolie ne remonte. Les voitures font des trous énormes à notre avoir, les auberges sont plus chères que de l'autre côté des Alpes, et notre genre de vie nécessite aussi plus de dépense. Ainsi, les déjeuners au café ne sont plus usités; on ne sait ce que c'est dans le pays, et cette circonstance nous jette dans les déjeuners à la fourchette, toujours dispendieux, même quand ils sont courts. Un fait d'expérience, c'est que, pour nous, la moyenne de dépense d'un voyage en Italie, comparée à celle d'un voyage en Suisse, est plus élevée d'un franc cinquante centimes par tête et par jour. C'est énorme.

Nous arrivons de jour à Novarre, ville très-jolie, très-animée, où il nous paraît que nous sommes admirés généralement par toute la population, qui est occupée dans ce moment à ne rien faire. Abbés, officiers, manœuvres, flânent, se promènent, se rafraîchissent, et, sur les balcons, les belles dames causent, brodent, rient ou saluent. Pendant notre promenade, nous avisons un pauvre diable qui se traîne le long d'un portique. L'on a soin de lancer de loin des gros sous sur son passage. Le pauvre diable ne comprend rien à cette pluie du ciel; mais il y prend goût évidemment, car il ramasse et empoche, jusqu'à ce qu'ayant découvert le mystère, il trouve la plaisanterie excellente.

Ici changement de voitures. Deux iront en poste, la troisième non. Il s'ensuit que pour que cette troisième arrive à Milan à peu près en même temps que les deux autres, il lui faut partir plus tôt; aussi ceux à qui elle est échue en partage, à peine couchés, reçoivent sommation de se lever incontinent pour partir sur l'heure, non sans que le bruit de leurs préparatifs, celui des cochers, des palefreniers, des grelots, n'apportent bien des modifications au sommeil de ceux qui demeurent. Quelle vie que celle des gens d'auberge! Ils ont moins de repos encore que le voyageur qui bouge toujours. Ixion et sa pierre, c'est l'emblème d'un sommelier qui ne finit que pour recommencer, qui ne se met au lit que pour en sortir, à table que pour en être arraché, au quatrième étage que pour être appelé au rez-de-chaussée.

Les deux autres voitures partent au jour, et vont grand train jusqu'à Bufaloro, premier relais, frontière lombarde, mauvais repaire de gueux mendiants et de douaniers qui mendient; un de ces coins qui ne laissent dans l'esprit du voyageur que l'horrible souvenir d'un cauchemar de passe-ports, de visa, d'employés, de loisir forcé dans l'antichambre d'un commissaire, ou sur le pavé brûlant d'une rue encombrée de rouliers criards; un de ces séjours où un honnête homme envoyé en exil périrait de mélancolie au bout de deux mois, à moins que, s'assimilant à la peuplade, il ne se fît joueur, fumeur, crasseux, fainéant. mendiant et douanier. Il pourrait aussi se faire abbé, car nous en voyons un qui semble puiser une grande réjouissance dans l'idée avantageuse qu'il se fait de sa personne. C'est un abbé fat, un

abbé jabot, recevant la cour de deux ou trois dames sur le seuil de la maison. Il est en petit négligé du matin, et tient un jeu de bouclettes qui lui sert à montrer la volubilité de ses mains blanchettes. M. Topffer ne peut y tenir, et fait passer le joli abbé dans son carnet, d'où il est sorti pour venir ci-contre.

Du premier coup d'œil les douaniers voient que nous ne sommes pas des gens à contrebande; aussi se dispensent-ils de nous fouiller, mais non pas de mendier sous la forme que voici. Ils viennent les uns après les autres, jusqu'à quatre, accoster mystérieusement M. Topffer, se vantant mystérieusement d'avoir été chacun la cause de ce qu'on n'a pas ouvert nos sacs. M. Topffer prend le parti de n'entendre rien aux choses mystérieuses, et il remercie tout haut, poliment, affectueusement même, mais sans rien donner. Après quoi, il cherche un refuge contre le reste de la brigade dans un infiniment petit café, où, lorsque nous y sommes tous, il serait impossible de faire entrer une personne de plus. Dans ce café, on nous sert à chacun une demi-tasse qui est notre unique nourriture jusqu'à dîner ; c'est que les temps sont durs, les gens voleurs, la bourse commune avare, et le chef en veine de réformes. Il estime que lorsqu'on ne marche pas, on ne doit pas manger, et que nourrir les chevaux c'est suffisant.

A propos de chevaux, tous nos postillons prétendent que chacun d'eux a droit à la bonne main convenue pour tous en bloc. La bourse s'irrite, montre les dents, en appelle au contrat fait à Novarre, et demeure entièrement nouée. Voyant cela, les postillons exigent un écrit qui constate qu'entre eux tous ils n'ont reçu que tant, afin que cet écrit leur serve de recours contre le voiturier qui a fait le contrat. « Qu'à cela ne tienne, dit M. Topffer ; des écrits, tant que vous en voudrez. » Et il écrit, et il signe, et il offre de signer encore. Les postillons se retirent contents et nous partons.

A Cedriano, nous voyons sur un balcon une troupe joyeuse : ce sont les nôtres de l'avant-garde qui prennent aux frais de la bourse un ample déjeuner à la fourchette ; c'est tout au plus si la bourse est joyeuse. Au jour, ils ont découvert que leur cocher est une sorte de fashionable qui a une jambe plus courte que l'autre, un teint rubicond, un petit chapeau et une énorme royale ; d'ailleurs il se pique de beau langage et de manières conformes. Rien n'est varié comme la gent des cochers, dans ces pays surtout ; cela vient de ce que tous se mêlent de l'état, les uns par goût de pipe, de bouteille, de locomotion poudreuse et

criarde ; les autres parce que les affaires ne vont pas, et que les voitures vont toujours. Les Piémontais aiment le bruit et le mouvement ; un Piémontais qui roule en volantine, au travers d'un tourbillon de poussière, en apostrophant ses connaissances le long

de la route, semble dans son élément comme un poisson dans l'eau.

Cependant nous approchons de Milan, non sans éprouver cet intérêt d'attente qui, ici, n'engendre point de mécompte. Dès les faubourgs, Milan se présente comme une ville belle, gaie, propre, où c'est plaisir que d'arriver. Nous allons descendre à l'hôtel del Puzzo, où nous sommes dédaigneusement reçus, et à des conditions élevées. Ce n'est pas la peine alors d'être infidèles à notre ancien hôtel du Faucon, où nous nous empressons de nous rendre. C'est toujours le même hôte, petit vieux rubicond, en perruque, gracieux à tous venants, sans jamais se tromper d'un centime. D'un petit cabinet vitré, au milieu du tapage

des cuisines, des écuries, des allants et venants, ce petit homme mène trois ou quatre auberges dans diverses villes d'Italie, sans compter le Faucon, sa résidence. Il reçoit, il écoute, il répond, il commande, sans cesser de faire ses additions et d'empiler ses écus. Il vit sur son grand-livre, il mourra sur son coffre, mais il ne l'emportera pas avec lui. Folie donc que de s'y cramponner ainsi. Mais que peuvent faire des hommes qui, sans instruction, sans goûts relevés, et secondés d'ailleurs par les circonstances, n'ont acquis d'autre habitude que celle de gagner, d'accumuler et d'accumuler encore?

Aussitôt établis, nous procédons aux soins de toilette. Il était temps, grand temps; mais quel éclat incomparable! Les gens de l'hôtel sont sur le point de se prosterner devant cette société brillante, et l'hôte, qui y voit un encouragement à enfler un peu sa note dans les temps futurs, en est tout réjoui. Notre splendeur reluit sur son visage tout reluisant d'écus.

On a demandé un médecin pour Manfred. Il avait été question d'abord de prendre auparavant des informations détaillées sur la Faculté de Milan; mais, sur cette réflexion que la médecine est un art où la chance est pour quelque chose, on décide de s'en remettre à ce que la chance amènera, et l'on dit à l'hôte de nous procurer un bon docteur.

La chance nous sert à merveille en nous amenant le docteur Acerbi, un
excellent homme, bienveillant, exact, et sans prétention ni pédanterie
aucune, ce qui, chez un médecin, est le meilleur critère, en ce qu'il indique que le bon sens n'est pas allié à ce faux savoir, dangereux dans
l'espèce, et qui tue quelquefois, dit-on. Le docteur examine notre petit
homme avec une bonté qui fait déjà du bien, et il lui dit : « Mon bon
ami, vous avez bien fait de choisir cette maladie-là plutôt qu'une autre;
nous vous la guérirons demain sans faute. C'est une fièvre d'accès. »
Ainsi fut dit, ainsi fut fait, et, pour n'y pas revenir, cette subite guérison de l'un de nos plus gais camarades, gai même au sein de la fièvre,
se trouve être une fête, la plus charmante de celles qui nous attendent
dans cet Eldorado.

Pour n'y pas revenir non plus (il faudrait y revenir à tout bout de
ligne), nous avertissons ici que tous nos plaisirs, toutes nos courses,
seront entremêlés, entre-espacés de petites haltes sous la tente des
cafés, d'expériences sans nombre sur les *pezzi*, les *graniti*, les *sorbetti*,
les *acqua marena* et autres rafraîchissements connus et inconnus, en
telle sorte que tous les chefs d'établissements se disputeront notre
excellente pratique. La chose se passe ainsi. Toute la caravane envahit un local; les garçons se jettent sur les groupes, chargeant leur
mémoire d'une foule de commandes diverses, qu'ils crient tumultueusement aux officiers intérieurs; puis les plateaux arrivent, et
c'est le moment du silence. Après quoi, les groupes et les individus
règlent leur compte particulier; c'est le moment du plus grand tumulte, du cliquetis des explications, réductions, changes, agios
et laborieuses monétisations; au milieu, le maître qui reçoit de toutes
mains; autour, des messieurs milanais qui, nonchalamment assis, se
récréent à nous voir faire. Beaucoup de Milanais s'occupent tout le
jour à être assis dans un café. Pendant que nous sommes ainsi établis
dans un café sur la place du Dôme, un orage s'apprête, les nuées courent, le vent fait flotter les vêtements, voler les chapeaux, et la foule
accourt. C'est en effet un spectacle magnifique. Sur les teintes sombres
d'un ciel agité comme une mer, les aiguilles du Dôme s'élancent éclatantes de blancheur, et la façade, qui reflète à sa partie supérieure la
lumière de l'horizon, a une majesté calme et céleste qui contraste d'une
manière solennelle avec l'obscurité de la rue et l'agitation de la foule.

Nous allons dîner. L'hôte rubicond nous fait choisir le potage; il se confond en prévenances, mais il ne nous donne que deux plats, et comme le prix est censé fait, nous n'osons trop nous plaindre. Le lendemain il nous en donnera trois, et le dernier jour quatre, grossissant ainsi afin que les dernières impressions soient favorables, et que sa note, qu'il grossira aussi, produise un effet d'autant moins fâcheux. O l'habile homme, que ce petit homme dans son cabinet vitré! Vraie curiosité en bocal.

L'estomac très-peu chargé, nous nous rendons à la Scala, où l'on joue deux actes de l'opéra de *Marino Faliero* et le ballet de *Virginia*. L'opéra est un peu mortel, tant les acteurs sont médiocres chanteurs, et tant les chanteurs sont détestables acteurs; mais le ballet est de toute magnificence, et nous voyons là des Romains et des Romaines, de quoi en être saturés pour longtemps. Virginius a des convulsions, et Appius des piquées d'entrailles; l'un et l'autre se démènent comme des possédés, et les Romains et les Romaines aussi, ce qui se trouve vouloir dire le trait d'histoire qu'on sait. Au beau milieu du drame, Appius veut dîner; il est servi au milieu d'un temple, à cent lieues des cuisines; et pendant son repas, deux Romaines et un Romain, qui ne sentent pas trop l'ancienne république, lui font des entrechats et des pirouettes par douzaines. Puis les convulsions recommencent, et la cavalerie, et les licteurs, et le peuple, et les légions en cotillon court, bas roses et armure de fer-blanc; c'est à la fois magnifique et risible, grave et puéril. Pour moi, j'admire toujours les Italiens, qui y trouvent un intérêt sérieux, et qui se donnent la peine de suivre la marche du drame.

IIME JOURNÉE

Le kangourisme dévore la Gaule cisalpine. Il y a eu fête, banquet, noce pour les kangourous dans l'une des chambres. Il y a eu orgie, le sang s'y est bu à la pinte, le sommeil n'a pu y entrer une minute seulement. Arrêté qu'on n'y remettra pas les pieds, le petit Cisalpin d'hôte nous en ouvre une autre. Il est honteux, peiné, il faut le dire, de l'audace excessive de ces kangourous.

Après quoi, nous commençons nos courses en allant visiter l'église de Santa-Alexandra, toute tendue de noir à l'intérieur et à l'extérieur, avec ornements de toute espèce et un superbe mausolée provisoire. Devant l'église et dedans, foule immense, et partout des hommes glapissants qui crient : *Per cinque centesimi*, etc. Pour cinq centimes, les inscriptions latines composées par le signor Labus, à la mémoire du comte Gilbert Borromée!!!

Il faut avoir vu ces criards, les avoir entendus, pour se faire une idée de l'horrible et continu tapage qu'ils entretiennent au milieu de cette scène de funérailles et de mort. Tout cela sans que personne s'en trouve incommodé ; bien au contraire, ce petit bruit leur rafraîchit les oreilles. Rien ne se fait là-bas sans beaucoup de bruit. Nous achetons pour *cinque centisimi* les inscriptions du signor Labus, et après en avoir pris connaissance, nous sommes d'accord pour penser que si le défunt comte a eu la moitié des vertus que contient le latin du signor Labus, il fallait que ce fût un saint, deux fois plus saint que son ancêtre saint Charles. Il est plutôt à croire que le signor Labus a voulu employer tout son latin à la fois ; d'ailleurs, le style funéraire, le style de cimetière, a toujours été exclusivement apologétique. Les tombes du cimetière du Père-Lachaise recouvrent bien quelques diables ; elles ne signalent que des anges. On devrait dire : menteur comme une épitaphe. Les épitaphes mentent certainement plus que les arracheurs de dents.

Nous passons au Dôme. C'est la merveille de Milan, que nous ne nous mêlerons pas de décrire, mais que nous avons visitée deux heures durant avec un vif plaisir. Ce Dôme magnifique, cette sainte demeure, recouvre pourtant des choses peu saintes. Non-seulement on y exploite les touristes, mais de petits prêtres, ou apprentis prêtres, sans dignité, sans sérieux même, y grugent comme des rats dans un palais. Ceux qui nous font voir le trésor, les reliques, etc., sont deux farceurs en soutane, qui déshonorent leur habit. Leur respect est équivoque, leur air vil, leur ton cynique. Ils se lavent les mains sans façon dans un réservoir d'eau bénite qui se trouve là, et trouvent apparemment le tour plaisant. J'ai dit des rats, c'est médire des rats que de les assimiler à des drôles de cette sorte.

On a repeint des vitraux dans les grandes fenêtres du chœur. De tout loin, ces repeints font meilleur effet que rien du tout : mais de près, l'art moderne, mêlé à l'art ancien, paraît mesquin, misérable ; on dirait des pièces d'indienne neuve rapportées sur un habit de velours ou de soie.

La belle statue de l'Écorché a assez de noblesse pour faire passer sur ce que l'idée a d'un peu grotesque : c'est un martyr écorché, qui se présente au ciel apportant en preuve de son martyre sa propre peau. Les idées qu'il faut dissimuler dans l'exécution sont peu heureuses.... Ici, au premier moment, on dirait un héros portant la peau de lion, et

CATHÉDRALE DE MILAN.

cette impression première prépare à l'impression seconde. On ne peut plus rire d'une représentation qui s'est d'abord offerte à l'esprit sous un côté noble.

Nous entreprenons ensuite l'ascension du Dôme : c'est un voyage, mais curieux et intéressant à la fois; il y a bien des montagnes que l'on gravit jusqu'au sommet sans obtenir le vaste et magnifique panorama que l'on a sous les yeux du haut du Dôme. Quelques-uns, perchés sur les étroits degrés de la flèche, sentent leur tête tourner et leur cœur faillir; en particulier, le voyageur Laurent renonce à aller plus loin ; puis, réfléchissant qu'il n'y a pas de danger matériel à courir, puisque les barrières sont là, et qu'il ne s'agit que d'une impression qu'il est utile de combattre, il se décide à pousser jusqu'au sommet. On lui donne deux compagnons de secours, un devant, un derrière, et Laurent opère, non sans frémir, sa grande ascension au Dôme. Il a fait ce qu'il devait faire. Renoncer tôt, c'est n'apprendre rien et désapprendre à se vaincre.

On doit toujours tenter de franchir les pas effrayants pour la tête, mais où la réflexion montre qu'il n'y a pas danger réel, où l'on peut s'arrêter, s'asseoir, s'affermir si besoin est. Cet exercice seul pourra vous conduire à vous tirer d'affaire dans les pas réellement dangereux.

La tête tourne et les jarrets fléchissent en raison de l'angle de la pente, non de sa profondeur. Peu de gens graviraient la Gemmi si la largeur du chemin, moins considérable, bien que suffisante, laissait voir que l'on est au-dessus d'une paroi verticale. Beaucoup de gens passent, sans crainte aucune, au Mayenvand ; l'abime y est profond, la pente telle qu'on ne pourrait s'y tenir debout, mais ce degré d'inclinaison suffit déjà pour éloigner les vertiges.

Chose singulière ! si vous êtes dans un pas difficile avec un plus poltron que vous, sa peur vous donne du courage, et vous sauvez lui et vous en même temps.

Les sentiers frayés des Alpes, quoi qu'en puissent écrire les itinéraires ou M. Dumas, n'ont rien de dangereux que pour ceux qui s'y comportent imprudemment.

Hors des sentiers, les pas les plus difficiles sont sans danger aucun, pour ceux qui se livrent docilement corps et âme à leur guide.

Si j'avais un bras manchot et deux jambes de bois, je ferais l'ascension du Mont-Blanc le jour où six guides de Chamounix me diraient qu'ils se chargent de m'y conduire.

Je la ferais avec plus de sécurité que si, non estropié, j'allais me prévaloir le moins du monde de mes deux jambes et de mon bras pour n'écouter pas tous les avis des guides.

Ce sont là tout autant d'aphorismes dont nous avons eu mille fois l'occasion de reconnaître la vérité.

Après cette visite au Dôme, il est question d'une parade qui nous fait tous accourir sur la place Santa-Alexandra. Nous n'y trouvons point de parade, mais bien les crieurs du matin qui ont tous perdu la voix, et qui ne cessent point de crier : *Per cinque centesimi*, etc. , etc. Rien de plus comique et qui ait une apparence plus méritoire, que le travail que font ces hommes. On dirait des damnés du cinquième cercle contraints par des diableteaux à s'époumoner silencieusement. De là nous allons visiter l'Ambroisienne, où nous tombons entre les mains de ce même concierge hâtif, déjà décrit ailleurs. Il nous fait voir au pas de course les choses les plus belles ou les plus curieuses, et il nous oblige à nous arrêter devant deux petites miniatures modernes qu'il regarde comme des chefs-d'œuvre ambroisiens. Les concierges sont, comme une infinité de gens, bien persuadés que la peinture est un art de patience, où le fini, le léché, sont les qualités premières, et qui, tandis qu'au fond ils s'étonnent qu'on s'arrête devant un carton de Raphaël, sont prêts à se prosterner devant toute enluminure au pointillé.

Il est question de déterminer l'emploi de notre soirée. Plusieurs, qui ont des goûts équestres, inclineraient pour une sorte de cirque olympique dont l'affiche promet merveille. D'autres ouvrent l'avis de retourner à la Scala, et cet avis l'emporte. L'on dîne donc; c'est le jour à trois plats; ensuite promenade au Cours, qui est très-animé, brillant, amusant. On y voit, entre autres, plusieurs messieurs *Jabot* à cheval, qui *croient devoir* se montrer excellents cavaliers. Ceux qui montent des grand'mères juments, dès longtemps revenues de l'âge des passions, se donnent, pour les dompter, une peine risible; et ceux qui montent des coursiers un peu plus vifs s'imposent, pour ne pas les molester, une prudence qui est drôle aussi. Tout à l'heure nous voici assis à la Scala,

en face de Virginius et de Marino. Par malheur, un invincible sommeil
alourdit nos paupières ;

Suadentque natantia lumina somnos.

Plusieurs luttent avec une constance digne d'un meilleur sort. Laurent sort pour faire provision de veilles, Blanchard dissimule, Pillet
rêve, Manfred dort d'un œil et écarquille l'autre, jusqu'à ce que ce soit
un dormir universel.

12ᵐᵉ ET 13ᵐᵉ JOURNÉE

Ce matin, nous continuons nos touristiques explorations, en commençant par la *Breyra* ; c'est le musée de peinture où l'on voit beaucoup d'admirables tableaux anciens, et un certain nombre de croûtes modernes. En particulier, un artiste s'est attaché à peindre l'histoire d'Abel et de Caïn dans une série de tableaux du dernier lamentable et du classique le plus mortel. Une longue galerie de tableaux comme ceux-là ferait tomber dans l'hypochondrie.

Bryan n'y tombe pas ; au contraire, tout ce mélodrame à l'huile le fait éclater de rire. Et, comme ici nous n'avons point de concierge à nos trousses, il profite de l'ampleur des salles pour prendre de l'exercice, ce qui lui donne éminemment peu l'air d'un touriste en contemplation devant les chefs-d'œuvre de l'art. Nous prenons ici sur le fait le faiseur des miniatures d'hier. Accroupi en face d'un immense tableau échafaudé, cet honnête homme pointille dans un petit carré un grand héros et une forte héroïne. Quel chef-d'œuvre ce va être pour le concierge de l'Ambroisienne ! Tout auprès, un autre est occupé à modeler une petite copie de la Vénus accroupie, pour les vendeurs de plâtre apparemment.

De là, visite à l'hôpital, visite aux boutiques, puis un dîner à quatre plats, un dessert choisi, une bonne grâce reluisante, un moelleux complet, tout ce qui annonce un mémoire conditionné. Il faut pourtant que cette auberge soit bonne, car elle ne désemplit pas ; c'est un continuel mouvement d'arrivants qui attendent la place des sortants, des soupes qui passent, des plats qui reviennent, des tourbes de valets criards, de cochers chargeant, attelant, jurant, claquant du fouet, et au milieu Plutus en perruque, qui chiffre dans son bocal. Tout ce bruit lui est un avant-goût d'écus ; plus il y en a, plus il est paisible en ses riantes additions.

Après le dîner, et pour pouvoir achever nos explorations, nous frétons trois grands fiacres, et fouette cocher ! car il faut qu'on sache que dix lieues d'Allée-Blanche ne fatiguent pas comme dix heures de flânerie contemplative. Les fiacres nous emportent doucement au Cours, où nous faisons excellente figure ; de là au Lazaret, puis aux Arènes, puis à l'Arc du Simplon. C'est, après le Dôme, la merveille de Milan. Il est presque achevé, et ces grands chevaux de bronze que nous vîmes, la dernière fois, galopant tous les huit dans un petit jardin potager, sont aujourd'hui au sommet de l'Arc, où ils piaffent en se détachant sur la nue. On va monter le char qui porte une colossale statue de la Paix, et l'Arc sera achevé.

Ces choses vues, il reste encore à prendre congé des *pezzi* et *sorbetti* dans une séance finale ; après quoi, rentrant à l'hôtel, nous y faisons tristement nos préparatifs pour quitter le lendemain cette belle ville de Milan, charmant séjour pour une pension en tournée.

Parmi ses préparatifs, Bryan casse un miroir, ce qui empêcherait de partir des superstitieux. Comme nous sommes à déjeuner, l'hôte rubicond vient remettre son mémoire. A ce moment suprême, il redouble de grâce amicale, d'affabilité prévenante, nous promettant bon voyage, beau temps, beau pays et toutes les joies possibles ; mais, pendant ce temps, M. Topffer, qui vient de jeter les yeux sur le chiffre total, devient tout à coup fort sérieux, en telle sorte que les deux physionomies offrent un contraste d'expression admirable. Sous prétexte que tout est cher à Milan, le petit bonhomme nous a imposé à chacun, par jour, un franc de plus que le prix convenu, ce qui représente pour son coffre un petit surplus de 60 francs. Dès le premier mot de cherté, toute sa bonne grâce tombe ; l'on discute sérieusement, l'on partage enfin le différend, et l'on se sépare médiocrement content l'un de l'autre ; l'hôte, parce qu'il n'encoffrera pas quelques écus sur lesquels il comptait ; M. Topffer, parce qu'il paiera un surplus d'écus sur lequel il ne comptait pas. Nous montons en voiture, et fouette cocher !

Ce cocher est le plus *rotundus* des mortels, une vraie boule, sur-

montée d'une physionomie à moitié engagée dans la sphère. Cette physionomie rit, chante, pousse des cris fabuleux, bouffonne sans cesse, et nous fait aller grand train jusqu'à la dînée où nous ne dînons pas, non pas que nous ne soyons af- famés, mais parce qu'ayant déjeuné, c'est une circon- stance suffisante. En revanche, notre boule dîne et s'emplit à faire craindre qu'elle ne saute. On la voit veiller aux chevaux, faire graisser les roues sans perdre un coup de dent, attendu qu'elle ne quitte pas la table sans emporter quelque volatile qu'elle mange en chemin.

Il y a dans cet endroit quelques soldats et une musique militaire qui attendent le passage de la reine de Naples pour lui présenter les armes et lui souffler une fanfare d'honneur. Il y a aussi trois gueux associés qui cachent diplomatiquement leur petit jeu, de façon à exploiter le mieux possible la pitié des gens, en se les partageant, en se les passant tour à

tour ; trois gueux mo- dèles. Il y a aussi un puits avec de l'eau claire pour ceux qui ont faim.

Dès avant Côme, le pays redevient pitto- resque, et l'on se rap- proche avec plaisir des

montagnes. Celles-ci sont douces, peu élevées, très-vertes, mais sans arbres. La ville de Côme nous enchante par sa situation, par son carac- tère nouveau pour nous, et par les édifices curieux qui s'y voient ; mais le pays et le lac ne répondent pas tout à fait à notre attente : c'est presque trop joli, trop mignon, trop arrangé. Nulle part des rocs ou des forêts, mais un amphithéâtre de monts assez uniformes, sur lesquels s'élèvent en gradins de jolies constructions uniformes aussi. Tout y est joli, rien n'y est grand. Du reste, nous ne parlons ici que de la partie du lac qui est voisine de Côme; c'est la seule que nous ayons visitée. On loue deux bateaux qui nous conduisent, par une soirée délicieuse, jusqu'à la villa de la reine d'Angleterre. Au retour, nous avons à l'arrière le bateau à vapeur, dont nos bateliers, comme tous les bateliers du monde, ne parlent qu'avec un haineux mépris. On devrait faire apprendre à tous les bateliers ruinés l'économie politique. Les économistes, en effet, leur auraient bientôt prouvé que, s'ils sont ruinés, c'est pour le plus grand bien possible, et ils s'en retourneraient contents, pour peu qu'ils eussent l'esprit scientifique et l'intelligence ouverte au progrès.

La faim nous ramène tout courants à l'hôtel, où le souper n'est pas tout à fait prêt; grand contre-temps, retard funeste! Aussi, à toute question comme à tout propos, Laurent, Bryan, répondent : J'ai faim! c'est leur idée fixe, sur laquelle ils vivent jusqu'au potage, qui arrive enfin. Au dessert, on sable du vin d'Asti, en réjouissance de ce que notre ami Manfred est rendu à la santé et à ses fonctions, dont il s'acquitte pour l'heure en arriéré qui rattrape.

DESCENTE PAR CÔME. — LE LAC.

LA DOUANE.

14ᵐᵉ JOURNÉE

C'est dimanche. Au jour, nous sommes réveillés par des chants d'église, et voici venir une interminable procession qui encombre les rues de Côme. Une heure après, aussitôt que la rue est redevenue libre, nous nous en emparons pour partir, laissant à l'hôtel deux voyageurs et madame T..., qui nous rattraperont en char.

Côme est situé dans un fond ; on n'en sort qu'en s'élevant, et c'est alors que l'on voit cette jolie ville sous l'aspect qui lui a fait sa renommée touristique. Du reste, les environs et le pays dans lequel nous nous engageons sont agréables sans être précisément beaux. Ce n'est ni la plaine, ni la montagne, ni une riche végétation, ni une stérile aridité ; seulement le ciel est plus doux que le nôtre, les maisons sont plus *fabriques*, l'air de la contrée plus riant.

Au bout d'une heure et demie de marche, nous arrivons à la frontière suisse. Il y a là un poste autrichien, puis un pont, et, au delà,

Chiasso, village du Tessin. L'Autriche nous demande notre passe-port, et, remarquant que nous ne sommes pas au complet, l'Autriche nous déclare que nous ne pouvons passer outre avant que nos trois voyageurs, qui dorment encore à Côme, soient là. Nous voilà donc réduits à demeurer deux heures, chargés et à jeun, sous le porche de la *dogana reale*.

Rien n'est triste, désespérant, comme cette sorte de séjour. Que peut offrir à la vue une douane ou un douanier, qui ne soit pas poudreux, crasseux, ennuyeux au dernier point? Qui ne connait le confortable de ces baraques où il n'y a ni femme qui arrange, ni famille qui réunisse, ni travaux qui animent; mais seulement des fainéants qui sifflent, des fainéants qui rôdent, des fainéants qui fument! Et puis, cette indifférence avec laquelle on vexe, par ordre, un pauvre diable de voyageur qui s'est mis en règle, mais qui n'a pu prévoir tous les caprices des potentats!

Pourtant, comme il y a une auberge de l'autre côté du pont, nous nous décidons à y déjeuner, en attendant nos camarades... « Vous ne pouvez pas, nous dit l'Autriche. C'est de ce côté du pont qu'il faut attendre ; vous ne pouvez ni déjeuner ni poursuivre avant d'être en règle. » A la bonne heure. M. Topffer se révolte contre l'Autriche, mais secrètement ; il conspire, mais au fond de son cœur. Il se livre à une rage effrénée, mais sans dire mot, et sans souffrir qu'on murmure. Il est bien vrai que s'il ne s'agissait, pour pouvoir passer, que de rosser un ou deux hommes, Qu'à cela ne tienne, dirait-il, et à l'ouvrage, messieurs!

Ces vexations sont intolérables. Toutefois, sur cette frontière, on les doit tout autant à l'imprudent laisser-aller, aux bravades du canton du Tessin, qu'à la politique soûpçonneuse de l'Autriche. Avec des voisins qui ne prennent aucune mesure de police, qui se vantent de n'en point prendre, qui tirent gloire de crier à tous venants les mots de *libertà, independenzà, odio di tyrania*, et ceci par vaine parade, sans savoir ni pouvoir, dans l'occasion, se faire respecter, on conçoit que l'Autriche se charge à elle seule de faire la police de ce côté, et qu'elle la fasse serrée, rigoureuse, vexatoire, pour le pauvre voyageur qui n'en peut mais, si l'Autriche est ombrageuse, et si le Tessin est sans force, parce qu'il est sans dignité.

Au bout d'une heure de séjour, le commissaire, qui a eu le temps de se raser et de prendre son chocolat, descend sur la place : il a l'air comme il faut et très-bon homme. M. Topffer lui adresse une supplique, et cet honorable commissaire s'étant fait donner les noms et le signalement des trois absents, nous laisse enfin partir. C'est ce qu'il fallait faire une heure auparavant, et nous n'aurions pas maudit l'Autriche.

Nous courons vite au delà du pont, à l'auberge désirée. Premièrement, les gens sont à la messe ; et secondement, il n'y a pas de vivres ! Ce mécompte est pour l'heure bien plus grand que si on nous demandait nos passe-ports, ce à quoi personne ne songe. Force est donc de pousser beaucoup plus loin, jusqu'à Mendrisio. Là les éclaireurs, passant devant une porte, flairent quelque chose, et ils entrent : C'est

une grande soupe aux tripes ! A cette nouvelle tous les corps rejoignent, et la soupe aux tripes, destinée primitivement à une société du pays, nous est servie. C'est très-bon, quand on meurt de faim surtout. Le bouillon est clair, les tripes rares ; ça ressemble à la soupe au caillou, quand le caillou était encore tout seul. Pendant que nous sommes à l'œuvre, les voitures rejoignent et viennent prendre place autour de notre chaudière, que nous quittons prudemment avant que la société du pays arrive, demandant sa soupe aux tripes.

Nous approchons de l'un des golfes du lac de Lugano. L'on s'en aperçoit deux heures à l'avance, et bien longtemps avant de voir l'eau. En effet, des bateliers avides viennent jusque-là pour mendier auprès du voyageur la préférence pour leur bateau. M. Topffer a beau dire qu'il n'en veut ni un, ni deux, ni point, il lui faut pendant deux heures subir les exhortations, les raisonnements, les offres de ces importuns industriels, qui ne nous laissent tranquilles qu'à Capo di Lago, lorsqu'ils nous ont vus défiler à pied devant le port. Mais aussitôt en voici d'autres, ceux de Bissone, une heure plus loin, qui sont pareillement venus à notre rencontre, et qui nous font pareillement la conduite jusqu'à Bissone. Pour nous en débarrasser, nous entrons dans le bac qui stationne en cet endroit, et nous mettons entre eux et nous un bras du lac.

Dès ici la contrée devient de plus en plus belle. Le lac de Lugano, avec ses hautes montagnes, ses golfes étroits, ses rivages escarpés et une riche végétation, nous plaît plus que celui de Côme. Il est vrai que dans ce moment le ciel est à l'orage, en sorte que l'éclat et le mouvement des nuages ajoutent un charme de plus à la beauté du spectacle. Pendant que nous sommes à le considérer du haut d'une esplanade de rochers dont nous donnons le croquis à la page suivante, la foudre éclate et la pluie tombe. C'est la première fois depuis notre départ de Genève, mais c'est assez pour que nous arrivions haletants et rincés à Lugano.

LAC DE LUGANO.

15me JOURNÉE

La pluie continue de tomber à torrents. Chacun comprend la chose, et se rendort jusqu'à nouvel ordre. Le nouvel ordre, c'est, vers neuf heures, le déjeuner, suivi d'une délibération où il est décidé qu'on ne décidera rien au sujet du départ, avant midi. Aussitôt chacun de profiter de ce temps d'arrêt pour mettre à jour sa correspondance. On écrit sur les tables, sur les fenêtres, sur la cheminée, sur tout ce qui fait saillie, et l'on dirait les bureaux d'un ministre au moment d'une gesticulation insolite des télégraphes.

Midi sonne, on délibère de nouveau; et comme la pluie tombe avec une violence croissante, on décide à l'unanimité que, l'hôtel étant excellent, on emploiera cette journée à se délasser au sein du petit foyer domestique que nous nous sommes créé dans la chambre de Blanchard. Aussitôt ce parti pris, l'on s'adonne aux jeux d'esprit, aux jeux à gages, à tous les jeux que peuvent jouer vingt personnes confinées dans une chambrette. L'esprit n'abonde pas, mais les rires vont leur train, et voici que la pluie cesse, que le soleil perce les nuages, et vient dorer la nature encore toute mouillée et grelottante. Nous faisons une sortie. Les montagnes du côté des Alpes se sont couvertes de neige, et le froid très-vif nous oblige à établir des courses olympiques, les unes sur deux pieds, les autres à cloche-pied, tout en nous dirigeant vers un couvent de capucins, où se voient des fresques de Luïni. Les fresques sont remarquables, mais les capucins, pouah! Ignobles, stupides, sales, intéressés, et n'ayant pas l'air de se douter seulement du côté relevé de leur vocation. C'est ce qui a lieu souvent dans les ordres religieux. La pensée religieuse a présidé à l'institution de l'ordre, ensuite les intérêts de l'ordre ont étouffé la pensée religieuse; puis, les intérêts assis, sont venus les moines, *fruges consumere nati.*

Au retour de notre promenade, nous voyons dans la rue, perdu sous une touffe de cheveux, qui?... ce même moustachon grêle que nous rencontrâmes l'an passé à Zug, au milieu d'une ou deux familles fuyant le choléra. Il est tout aussi grêle, tout aussi verdâtre, mais moins écrasé qu'à Zug, où, au milieu de vachers rubiconds et colossaux, il faisait l'effet d'une belette parmi des oursons. Il nous reconnaît, et nous considère avec curiosité. Apparemment nous lui rappelons des temps où il avait bien plus de peur que de mal. Nous ne voyons ni sa grosse maman, ni son frère l'abbé aux cheveux plats et coupés carrément.

Rentrés à l'hôtel, nous allons nous mettre à table. Non loin de nous, dinent deux gigues silencieuses, deux de ces cosmopolites blasés, comme on en rencontre parfois dans les hôtels. Plus loin, par une porte

qui s'ouvre et se referme, nous entrevoyons une belle dame qui fume un cigare. C'est à la façon de Sand. Sand se donne l'air d'un génie viril, ces dames se donnent l'air de Sand. Et ici, comme pour les capucins, la pensée virile a présidé à la chose, ensuite la chose s'est passée de la pensée virile, et des femmelettes en sont à fumer comme des hussards.

LUGANO.

16ᵐᵉ JOURNÉE

Le temps est radieux ; le ciel, les montagnes, sont d'une fraîcheur délicieuse ; nous nous disposons, sans nous presser, à faire la promenade qui nous sépare du lac Majeur. Cette promenade consiste à franchir le mont *Cenere*, mont à châtaigniers et à brigands. Toutefois, les châtaigniers y abondent plus que les brigands, depuis que l'on a établi dans le plus sinistre fourré du passage un poste de gendarmerie. La dernière fois que nous passâmes à Lugano (1831), on faisait de plus escorter la diligence.

A Lugano nous avons été hébergés, nourris, régalés, au prix de trois francs dix sols par tête et par jour : nulle part on ne nous a traités à si bas prix. Dans la plupart des hôtels de ce côté-ci des Alpes, on a affaire avec le garçon, et c'est alors à celui-ci d'endoctriner le maître. Pour reconnaître les excellentes doctrines du garçon de Lugano, la bourse commune enfle fort la bonne main, et sa munificence s'étend jusque sur le décrotteur de la maison, artiste un peu crétin, qui, extasié à la vue de tant de menue monnaie, s'en va partout montrant sa richesse, comme quoi il pratique un art souverainement digne d'envie.

Au Faucon, à Milan, il y a un pauvre diable, disgracié, mal bâti, boiteux et l'œil torve. Ce pauvre diable, du matin au soir, et, s'il le faut, du soir au matin, cire tous les souliers de tous les voyageurs, apportant à ce service tout le soin et toute la régularité désirables. Le lustre de son cirage est si beau que nous en faisons compliment à l'hôte rubicond. « Il y a dix ans, nous dit cet hôte, qu'il se tient là où vous le voyez. Je ne m'en mêle pas, si ce n'est pour le conseiller quand il veut placer son argent. Savez-vous que cet homme-là s'est marié, qu'il a famille, qu'il élève bien ses enfants, et qu'il met de côté huit cents à mille francs par année? C'est la conduite, ajoute-t-il, qui mène là. » Comme l'on voit, l'hôte rubicond est sensé; il sait que la conduite mène plus sûrement et plus loin que les talents. Ce qu'il faut dire encore à sa louange, c'est que tous les gens de son hôtel y ont l'air anciens, casés, faisant régulièrement leur petite affaire à côté de la sienne grosse. En vérité, s'il nous avait donné quatre plats dès le premier jour, on devrait le considérer comme un hôte modèle.

En sortant de Lugano, l'on a une vue de cette ville qui vaut celle de Côme, et, en s'avançant dans le mont Cenere, l'on traverse un pays bien plus beau que celui que nous avons parcouru entre Côme et Capo di Lago. Nous ne voyons qu'un brigand, encore est-ce un honnête bûcheron qui n'attaque de sa cognée que les arbres de la forêt. Vers le sommet nous quittons la grande route du Saint-Gothard, pour prendre, sur la gauche, le sentier qui conduit à Magadino. Quel sentier! Des châtaigniers l'enserrent sous leur transparent ombrage, et entre les rameaux, au travers des trouées du feuillage, le regard plonge sur la romantique vallée où le Tessin, après s'être attardé dans les riantes prairies de Bellinzone, s'en vient verser doucement son onde dans le lac Majeur. Au bas du sentier l'on se trouve à deux pas de Magadino. Nous y arrivons de bonne heure, et après avoir procédé aux arrangements d'auberge, nous employons la soirée en riens fort agréables. Les uns dessinent, les autres se promènent, quelques-uns font des ricochets dans le lac, ou luttent à qui lancera une pierre au delà de bois flottés qui sont parqués contre le rivage. L'auberge est à nous, la rive est à nous, le lac est à nous; je veux dire que Magadino est un de ces petits coins où rien ne nous gêne, une oasis où nulle autre horde ne nous dispute, à nous Bédouins, l'eau, l'herbe, ni les dattes.

Notre souper est servi sur une table formant un carré parfait, en telle sorte que nul bras ne peut atteindre aux plats du centre. On fait comme on peut. Il y a truite, il y a canards, il y a de tout, et de l'huile aussi, pur quinquet. Le service est partagé entre un cuisinier grassouillet et un petit garçon qui n'ose être gentil en présence du cuisinier. Histoire de bonne main. Histoire de gros chien qui éloigne de son os les roquets à coups de dents. Toutefois, le petit garçon, prenant son temps, offre à madame Topffer un bouquet de fleurs ; mais gare si le doguin s'en aperçoit ! Comme nous attendons le dessert, on nous prévient qu'il arrivera ce soir par le bateau, quand nous serons couchés. C'est alors qu'on pousse le pain de sucre dans un bol d'eau chaude où il se noie, et nous buvons un grand punch qui termine merveilleusement une charmante journée.

DESCENTE SUR MAGADINO

17ᵐᵉ JOURNÉE

Comme on le sait, il y a un bateau à vapeur sur le lac Majeur. C'est un petit bateau pompeusement appelé *il Verbano*, et qui, tout médiocre qu'il est à tous égards, a été érigé en miracle par l'imagination orientale des matelots et des riverains. On vous vend l'histoire de ce bateau, son portrait, les propriétés, les dimensions et les gentillesses de sa machine; on vous vend la liste de ce qu'il faut regarder du bateau, dans le bateau, avant le bateau, pendant et après le bateau; et une sorte de libraire en jaquette stationne sur le bâtiment, pour y vendre ou y louer à l'heure les écrits divers relatifs à cette huitième merveille du monde, *il Verbano!*

Ce Verbano, qui enchante la foule, inquiète les puissances. Parti de Magadino, rive helvétique et républicaine, il s'avance avec sa cargaison dans des eaux monarchiques, où, d'une rive, l'Autriche le couve des yeux, de l'autre le Sarde le guette, ou toutes deux se font signe et s'entendent pour envoyer savoir ce qu'apporte le navire. Alors on y voit monter une sorte de gredin décoré, figure équivoque, reste de mouchard, dont l'échine est faussée par d'anciens coups de bâton reçus dans l'exercice de ses fonctions, dont l'œil est faux, le ton impératif, toute l'encolure basse et insolente à la fois; un de ces hommes dont l'administration décore la boutonnière, afin qu'ils ne soient pas jetés à l'eau par le premier gentleman venu; un de ces hommes qui font trembler les passagers honnêtes, et qui font penser aux coquins qu'avec lui on pourrait s'entendre; un de ces hommes, débris de police, échappés de douanes, qui, se confiant peu à l'amour du peuple, vivent toujours à portée des carabiniers, et ne se promènent jamais trop loin du poste. Ce personnage monte sur le pont, flaire les passagers, sonde les regards, se fait livrer les passe-ports, et malheur à qui ne serait pas dix fois en règle! il se verrait à la merci de ce misérable.

Autrefois, il y a peu d'années, on ne prenait pas ces précautions; les passe-ports n'étaient demandés qu'aux lieux principaux; mais le Tessin ayant fait des siennes, c'est-à-dire permettant toŭt, il en est résulté ce redoublement de vexations. La contrebande allait son train; on passait des fusils, les réfugiés rentraient; tant et si bien, que l'existence du bateau est aujourd'hui mise en question. Nous tenons ces choses de Piémontais, certes fort amis de la liberté, fort désireux de l'obtenir chez eux, et qui déploraient que le Tessin, par sa conduite imprudente, eût donné prétexte à des mesures tyranniques dont les riverains sont victimes sans qu'ils puissent les blâmer absolument : « Entre trois maisons qui se touchent, disent-ils, quelque opposés, quelque ennemis que soient les propriétaires, ils se doivent néanmoins le réciproque entretien de la toiture, des fondements; ils se doivent, de propriétaire à propriétaire, la liberté du chez soi; ils se doivent de ne pas mettre le feu l'un chez l'autre. On nous gouverne trop, ajoutaient-ils, parce que là-bas ils ne gouvernent pas assez. »

Quoi qu'il en soit, bien que Magadino soit un bourg composé de trois auberges et deux cabanes, à Magadino comme à Genève, le départ et l'arrivée du Verbano n'ont pas lieu sans que des badauds couvrent la rive, et se délectent à voir la roue tourner, et le merveilleux navire tracer son sillon sur les eaux. Le pont est rempli de monde et de petits chats. Il y en a une colonie, comme aux Mottets, une colonie de moutards. Quelques touristes, des artistes, entre autres M. Lory de Neuchâtel, des gens des vallées voisines, deux curés et un décrotteur, composent la société. Le décrotteur est un pauvre estropié, à demi imbécile,

qui cire bottes et souliers, au milieu des rires, des moqueries et des piéges qu'on tend à sa crédulité. Le pauvre malheureux prend tout en patience, et accomplit consciencieusement sa petite tâche, de façon à recueillir une jolie somme. C'est le troisième décrotteur intéressant que nous avons rencontré.

Les rives du lac Majeur sont charmantes; toutefois, ce sont des paysages doux, agréables, riants, plutôt que grands ou fortement caractérisés. Il est probable que, du bateau, l'on est moins bien placé

pour juger du pays à son avantage, que si l'on parcourait une des rives.
Nous dépassons bientôt les îles Canero, petits rochers qui supportent
des châteaux en ruine et qui font le plus pittoresque effet. Enfin nous

débarquons à Intra, où la douane s'empare de nous, et où notre passe-
port, qui vient d'être visé il y a une demi-heure, est visé de nouveau,
pour être encore visé le soir. A peine visés, nous partons affamés pour
l'auberge qui est à deux pas. Il n'y a point de lait. On fait prix pour un
déjeuner à la fourchette.

Rien n'affame comme les déjeuners à prix fait, qui sont presque toujours horriblement maigres. Ici l'on nous dispense de la soupe, l'on
nous sert quelques restes de viande froide ; et puis, comme nous crions
famine, on apporte une truite longue comme le doigt, qui est offerte
à M. le supérieur. Volontiers les aubergistes supposent que tout le secret c'est de bien alimenter le supérieur, dût la troupe crever de faim
en le voyant faire. En beaucoup d'endroits, le supérieur a de la peine
à leur persuader qu'il mange avec ses élèves, comme eux, et un peu
moins qu'eux ; cela ne peut s'arranger avec leurs idées hiérarchiques
et l'opinion majestueuse qu'ils se font d'un supérieur. La plupart con-
cluent *in petto* qu'ils ont affaire à quelque subalterne qui guide la bande

pendant que le supérieur trône dans quelque capitale. Nous sortons de table ayant les dents longues, et bien persuadés qu'encore mieux vaut une soupe aux tripes qu'un déjeuner à prix fait. Pour l'hôte, il est enchanté de lui, de nous, et de l'excellente spéculation qu'il vient de faire. Et bon voyage, messieurs... à une autre fois!... Politesse affectueuse qui ressemble singulièrement à une ironie amère.

D'Intra, nous marchons le sac sur le dos jusqu'à Palanza, franchissant ainsi le promontoire qui nous sépare du golfe sur lequel semblent flotter les îles Borromées. C'est ici un pays enchanté ; ces petites villes riantes, animées, ces promontoires ombragés, ces golfes solitaires ; d'une part, les hautes Alpes, de l'autre, les collines qui ondulent en s'abaissant du côté de la Lombardie : c'est là un spectacle qui ne peut se décrire. Le caractère italien se fait sentir dans la sereine chaleur du ciel, dans l'azur splendide de l'eau, et sur les rives, dans le goût des fabriques, douces de lignes, pittoresquement situées, et brillant d'une éclatante blancheur au milieu d'une végétation sombre et vivace.

L'homme seul, dans cette terre de poésie, n'est pas poétique ; c'est comme partout, je pense. Il est à la vérité paresseux, hâlé, souvent admirable de guenilles, beau et expressif de visage, excellent modèle pour le peintre ; mais il est vulgaire, criard, et sentant l'ail ; mais la poésie morale manque ; la poésie religieuse, celle du sentiment, celle de la mélancolie, sont exilées de ces rives ; c'est comme partout, je pense. Partout, la poésie est, non pas dans le modèle, mais dans l'âme du peintre. Lucie quitte le vallon natal, et, voguant sur les eaux du golfe ignoré de Lecco, son cœur se gonfle, les souvenirs s'y pressent, de tendres et mélancoliques adieux s'en exhalent ; avec elle, lecteur, tu aimes, tu chéris, tu regrettes, tu pleures ces bords, tu ne les oublieras plus ; et si un jour tu vogues à ton tour de l'un à l'autre, ils s'embelliront à tes yeux de tout l'éclat de la poésie, de tout le charme du sentiment!... Ces lieux pourtant ne sont pas plus beaux que d'autres, et Lucie, cette créature charmante, elle n'y exista, elle n'y existera jamais. Va donc porter ton hommage aux pieds du poëte ; c'est lui qui a tout créé, tout animé ; c'est lui qui donne la vie aux êtres, et la parure aux montagnes. Vienne ici, à Palanza, à Intra, sur ces bords qui n'enchantent que l'œil, un Cervantès, un Scott, et ils vont peupler ces

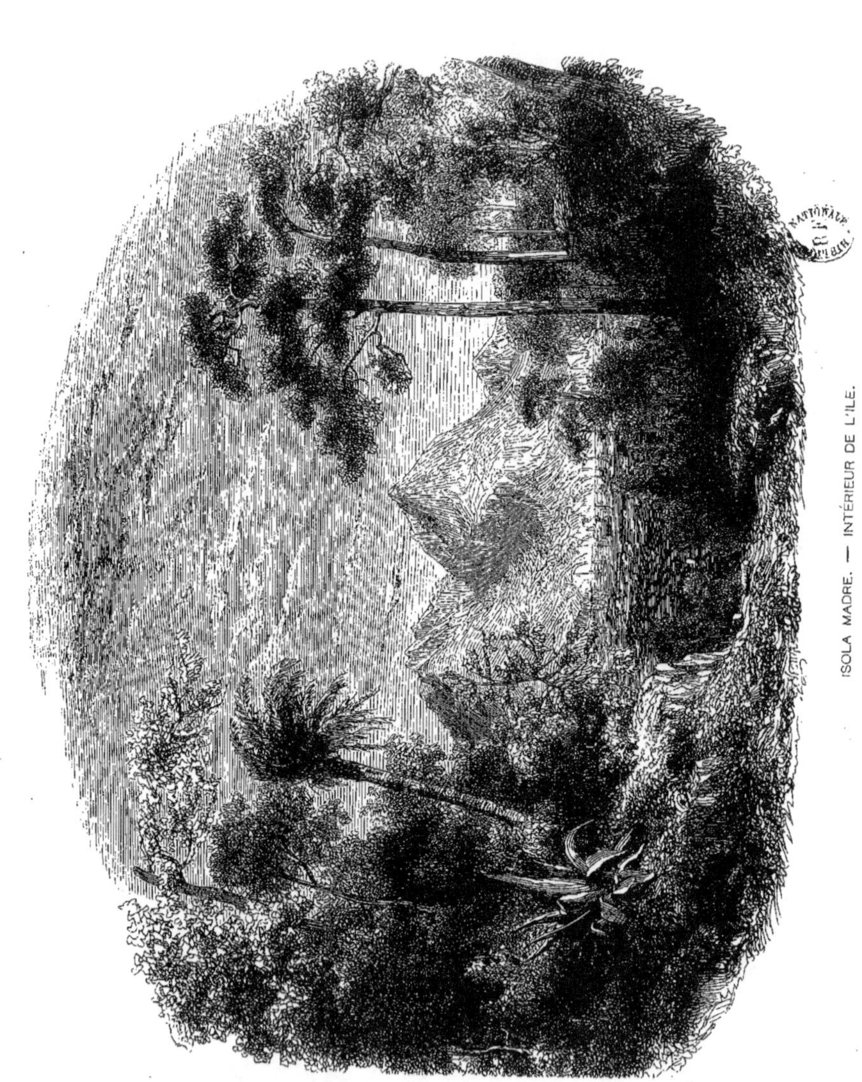

ISOLA MADRE. — INTÉRIEUR DE L'ILE.

lieux encore déserts pour la pensée, féconder ces landes, y souffler ces zéphyrs qui rident le cœur et qui soulèvent l'âme !

Prosterne-toi, lecteur, devant ces poëtes-là, bien pénétré de ce que tu leur dois, et, adorateur fidèle, tu cesseras de te prosterner devant tant de faux dieux, devant tant d'idoles hideuses que la foule de nos jours a portées dans le temple ; idoles impuissantes, qui n'ont rien fait que des grimaces, rien créé que des monstres, rien fondé que des constructions bizarres, faites de blocs informes ou de débris honteux, dédaignés naguère par les maîtres. N'admire pas ce qui n'a que le mérite d'être médiocre avec sagesse ; mais n'admire pas non plus ce qui est brillant à force de faux, et éclatant à force de scandale. L'encens brûle partout ; ose être avare du tien, n'en transforme pas la délicate essence en cette grossière odeur qui empuantit les parvis profanés.

A Palanza, sur la rive, se présente l'hôte de Baveno, auprès de qui nous retenons logements et souper ; puis, débarrassés de ce soin, nous nous embarquons pour les îles. Nous avons marqué ailleurs notre préférence pour l'Isola Madre, séjour enchanteur, la perfection des séjours, si..... si la perfection était de ce monde. Mais, dès la rive, un cicérone botaniste s'empare de vous ; il ne vous laisse ni reposer ni errer ; et il vous baptise chaque plante, chaque arbre, de son nom latin. C'est la prose en bonnet de coton, en bonnet de docteur, veux-je dire, qui fait bonne garde, de crainte que sa sœur, qu'elle a déshéritée, ne revienne au manoir paternel. Les kangourous dévorent la Gaule Cisalpine ; la botanique désole l'Isola Madre.

Au rembarquement, l'on attrape dans l'eau un serpent qui est mis en bouteille chez Miech, et qui vient avec nous visiter l'Isola Bella. Ici, le touriste débarqué est remis aux mains d'un cicérone qui lui explique le palais, et le plus vite possible, car le bonhomme en meurt d'ennui.

Après quoi le touriste paie, et il est remis aux mains d'un cicérone qui lui explique les mimosa et les cactus, autre petit Jussieu insulaire, Linné babillard, qui vous en donne pour votre argent. Heureusement pour nous, ce barbare est appelé pour crucifier une autre société, et il nous confie à une jeune paysanne toute timide, et qui est bien éloignée de vouloir nous botaniser le moins du monde. Assurément la botanique est, à notre gré, l'une des plus recommandables sciences, une science que nous choisirions de préférence, s'il nous fallait absolument être savant; mais il faut qu'une science, comme une personne, pour ne pas déplaire, se tienne à sa place.

De là, nous voguons vers Baveno, en passant devant l'île des Pêcheurs, la seule qui ne soit pas désolée par la botanique; elle est charmante. Enfin, nous débarquons à l'hôtel, où le petit garçon (c'est ainsi qu'ils appellent le garçon en sous-ordre) nous donne dix-huit lits... et où le grand garçon nous les ôte pour nous en octroyer douze à la place. Comme il y a beaucoup d'étrangers, on ne murmure pas, on attend, et cette conduite honorable nous sert le mieux du monde. En effet, à l'heure du coucher, grand garçon et petit garçon se sont mis d'accord; il y a des lits partout : alors on dédouble, on émigre, on transmigre, et de compte fait, après que nous avons chacun notre lit, il en reste deux de trop.

L'ILE DES PÊCHEURS, ET, DERRIÈRE, L'ISOLA BELLA.

18ᵐᵉ JOURNÉE

Ici, le déjeuner n'est ni à prix fait, ni à la fourchette ; mais surtout il est inattendu, et partant bien plus exquis. Depuis quelques jours, la bourse commune est plus traitable ; c'est que la joie élargit le cœur et dénoue les cordons. En attendant, le serpent d'hier a quitté sa bouteille, et s'est rendu chez Pillet et consorts, où chacun croit l'avoir dans sa chemise.

Nous dépassons Fariolo, et, quittant les bords du lac Majeur, nous tournons vers les Alpes par la vallée de Domo d'Ossola. C'est l'une des plus jolies marches de notre voyage. En effet, le passé, le présent et l'avenir de notre excursion, se présentent sous le plus charmant aspect ; la matinée est d'une incomparable beauté, la marche facile et animée ; surtout la conversation s'engage, et il s'agit de prouver que, en toute condition, ce qu'on appelle la conduite est préférable aux talents, et les décrotteurs jouent un grand rôle parmi les exemples à l'appui. Après quoi l'on passe à autre chose, et aussi à un homme qui pêche des grenouilles. De propos en propos, on arrive à Vogogne, où la bourse se

12

délie encore. M. Topffer est méconnaissable; il trouve qu'on ne dépense pas assez. Et c'est vrai que, lorsque l'on est parfaitement heureux et content, quelque prix que l'on paie, c'est toujours vil prix. Augier ayant dit que cet endroit est célèbre par ses saucissons (Vogogne ressemble à Bologne) : va pour le saucisson! Nous le mangeons comme si c'était bien le premier saucisson de la terre, et nous apprenons ensuite qu'on ne fait point de saucissons à Vogogne. Qui fut bien attrapé? — Ce n'est, ma foi, pas nous.

Après Vogogne on passe le Tessin. Le pont de Mazone a été brûlé, en sorte que nous naviguons sur un bac rustique. C'est fort agréable lorsqu'on est comme nous joyeux de marcher, joyeux de s'asseoir, et au besoin joyeux de quoi que ce soit. Après le bac commencent des rubans interminables, qui nous paraissent presque trop tôt terminés, et nous entrons à l'hôtel d'Espagne, où l'hôte reconnaît à l'instant M. Topffer, bien qu'il ne l'ait jamais vu. Les aubergistes vous reconnaissent toujours comme leur pratique.

FARIOLO, LAC MAJEUR.

HALTE AU SAUCISSON. PRES ISELLA.

19ᵐᵉ JOURNÉE

Comme à Verrèze, comme partout, pendant que les vaches s'engraissent sur les hauteurs, le lait est rare dans la plaine, et nous buvons
notre café à la turque presque ; c'est de quoi avoir beaucoup d'esprit,
mais l'estomac creux en proportion. Il n'en faut pas moins s'engager
dans les gorges du Simplon. Heureusement M. Topffer se souvient
qu'au pont de Crevola il y a certaine boutique borgne où il est possible
de s'approvisionner, lorsqu'il s'y trouve des provisions.

Avant de partir, on fait encore un tour de ville. Deux des voyageurs
s'éprenant tout à coup de belle latinité, se proposent de faire sous
l'ombre des grottes et sous le feuillage des chênes quelques champêtres
et classiques lectures. En conséquence, ils veulent se procurer un Vir-
gile. Le nom de cet auteur ne paraît pas être familier au libraire de
Domo d'Ossola. Connais pas ! dit-il ; et il leur offre des livres d'heures.

Ce n'est pas tout à fait leur affaire. D'autre part, on a découvert une boutique où se vendent des couteaux-poignards, admirables pour éventrer des brigands, tout comme pour couper du pain ou pour disséquer des dragons. Bryan, toujours gigantesque, en achète un qui, ouvert, à près de dix-huit pouces de long, et il le brandit en triomphateur ; c'est effrayant à voir. Si bien que M. Topffer rachète de Bryan ce coutelas-monstre, et se charge à lui tout seul d'éventrer les brigands.

Entre Domo et le pied des Alpes, il y a un ruban d'une lieue. Voici qu'Arthur et Percy acceptent le défi de franchir cet espace à reculons. C'est à la fois miraculeux et très-fatigant à voir. Pendant qu'ils reculent, avec défense de tourner même la tête, les uns les trompent sur la distance qu'ils exagèrent, les autres leur conseillent de renoncer à une entreprise folle ; mais eux tiennent bon, et ils arrivent à reculons au pont de Crévola, où finit leur martyre. Ils sont exténués, mais triomphants. Après tout, ils ont fait acte de force et de volonté ; seulement ils éprouvent, pour l'heure, de la difficulté à marcher droit devant eux à la façon commune. Bryan, Alfred, accourent avec une immense couleuvre qu'ils viennent de tuer, et dont la peau recouvre bientôt une de nos piques.

M. Topffer ne s'était pas trompé. La boutique borgne est à sa place. La bourse commune y achète six pains et un saucisson de trois pieds de long, un saucisson-boa, un saucisson-devin. Appuyée sur ce saucisson, et flanquée de six pains, la caravane passe le pont et s'engage dans les gorges du Simplon.

Mais voici un serpent encore... c'est la journée des serpents ; gare aux serpents ! Bryan escalade toutes les pierres, sonde toutes les cachettes, et il est fort bien secondé par quelques amateurs. Ce serpent est étranglé, anatomisé comme l'autre, et, par une bizarrerie qui montre combien il y a de vicissitudes dans la destinée des serpents, la liberté est rendue à ce pauvre reptile de l'Isola Madre, qui est en bouteille depuis trois jours. Si jamais ce serpent-là écrit son histoire, il parlera de la pension comme les revenants du Spielberg parlent de l'Autriche, et ce sera peu honorable pour la pension.

Après Isella, où nos passe-ports sont vus et paraphés pour la dernière fois, nous entrons dans la région des galeries, des rocs déchirés, des eaux furieuses et des horribles solitudes. C'est au sein de l'une d'elles

LE SIMPLON, ENTRE ISELLA ET GONDO.

que, trouvant un coin tranquille et verdoyant, arrosé par une source jaillissante, nous y posons nos tentes. Le saucisson-boa est mis sous le tranchoir d'Adolphe. Ah ! quel repas ! quel charme de situation, de spectacle, de bien-être ! Quelle colossale satisfaction d'appétits colossaux, au moyen de ce colossal saucisson, si bien approprié à cette colossale nature!!! Nous passons là trois quarts d'heure, de ces quarts d'heure qui ne s'oublient jamais, et que plusieurs d'entre nous aimeront à raconter à leurs arrière-petits-enfants, si Dieu leur accorde quatre-vingts ans de vie et des arrière-petits-enfants.

Pour dessert l'on se remet en route. Le temps est de toute beauté, la vue récréative, changeante, les paysages merveilleux de grandeur, d'éclat ou de grâce, et il se trouve que nous arrivons au village du Simplon plus frais, plus reposés, que nous ne l'étions au sortir de Domo. Madame Grilliet nous accueille à merveille, le chien aussi, qui est natif du Saint-Bernard, et après nous être régalés de chamois, nous gagnons nos cellules, où le sommeil nous met au lit.

LES ROCHERS DE GONDO, PRÈS D'ISELLA.

SIMPLON (ABIMES).

20ᵐᵉ JOURNÉE

Miech arrive dans la salle à manger en déclarant que, pris par la gorge, il ne peut rien avaler. Cette idée est horrible! On se rassure pourtant quand on voit qu'à déjeuner Miech se tire d'affaire pas trop mal. Pendant que nous sommes à l'œuvre, les voyageurs de la diligence, glacés, perclus, attendent à une table voisine leur tasse de café qui ne vient pas. Mais vient le postillon qui crie : En route! en route! messieurs.

Rien n'est pitoyable comme des gens qui, ayant roulé toute la nuit, sont déposés au petit jour dans une hôtellerie encore endormie. Rien n'est gênant comme d'être attelé à quatre rosses, attaché à une valise, dépendant d'un postillon. Au contraire, rien n'est charmant comme de déjeuner à son heure, en liberté; de n'être attelé qu'à soi et à son sac, de n'être attaché qu'à des compagnons qu'on aime, de cheminer à son allure, vite, lentement, à droite, à gauche, par la route ou par le sentier, jusqu'ici ou jusque-là, sans que qui que ce soit ait à vous empêcher ou à vous prescrire. De cette façon la création devient votre domaine, la nature votre jardin, où vous vous promenez avec l'aisance et la sécurité d'un propriétaire visitant ses tulipes, en robe de chambre et bonnet de coton.

Nous chargeons nos havresacs, et après avoir pris congé de madame Grilliet, nous partons pour franchir le col. Le brouillard est épais, l'air vif, le mouvement indispensable pour ne pas geler sur place ; aussi, pressant la marche, nous avons bientôt atteint et dépassé la diligence qui est partie avant nous. Les voyageurs croquent le marmot et déjeunent de brouillard. Vers l'hospice nous rencontrons un pauvre diable de soldat, déserteur des régiments suisses ; il est demi-nu et sans argent ni hardes. On le fournit de l'un et de l'autre, chacun mettant à contribution son sac ou sa bourse. Ce plaisir-là, on ne l'a pas, ou bien rarement, quand on vole emporté sur quatre roues.

Le soleil perce enfin le brouillard, et au haut du col il nous éclaire à la fois, nous et les pâturages du Vallais, qu'on découvre, tranquilles et riants, au fond de l'abîme. Nous franchissons les galeries, puis les premiers refuges, demandant à chacun si pommes de terre il y a, et si soupe est possible ; car le déjeuner n'est déjà plus qu'un souvenir, et ceux de la diligence qui n'ont rien pris n'ont certes pas aussi faim que nous. Enfin, au refuge n° 4, une bonne femme nous montre trois raves et huit pommes de terre : « Et avez-vous du riz ? — Une écuelle. — Et du lait ? — Un peu, bien peu. — Et du pain ? — Celui-ci. — Faites-nous du tout une soupe. Mettez tout, et du sel, et de l'eau, et du fromage !!! »

La bonne femme se met à l'œuvre. Chacun cherche, se procure ou se fait des ustensiles ; bientôt la chaudière arrive... exquise, onctueuse, liée, salée, bouillante, bien autre chose encore que la soupe aux tripes ! Ah ! dites, lecteurs, l'histoire, qui enregistre tant de fadaises, ne doit-elle pas enregistrer des plaisirs pareils, un contentement si grand, un rassasiement si joyeux ? Ne vous ennuyez donc pas trop de voir revenir avec chacune de nos journées ces événements de soupe, de tripes ou de canards ; et bien plutôt, si vous êtes encore dans l'âge de la vigueur et

de la santé, allez apprendre, sur nos traces et à notre exemple, en par-
courant à pied les montagnes, ce que valent ces banquets conquis par
la marche, assaisonnés par la lassitude, et tout fleuris d'expansive
gaieté !

David est parti pour aller retenir nos logements à Brigg, en sorte
que, tranquilles sur notre avenir, il ne nous reste plus qu'à savourer le
plaisir de la promenade. Après le plateau de Bérisal, dont les beaux herbages flattent le regard comme ferait un moelleux velours, on peut
quitter la grande route, celle de Napoléon, pour l'ancienne, un reste de
chaussée qui court en corniche au-dessus d'effrayants abimes. C'est ce
chemin que nous préférons, et le soir nous y surprend que nous sommes
encore à deviser, comme des sages, à l'ombre d'un pin solitaire.

ÉGLISE EN VALAIS.

21ᵐᵉ JOURNÉE

Aujourd'hui nous remettons nos pieds dans leurs étuis jusqu'à l'an prochain. Il est d'usage antique et immémorial que nous nous fassions voiturer tout le long du Valais, et c'est une récréation délicieuse quand on a suffisamment marché, quand le temps est beau, et surtout quand les voitures sont des chars à banc, c'est-à-dire ouverts de tous côtés, laissant libres deux choses sans lesquelles il n'y a point de plaisir, l'air et la vue. Jusqu'ici donc nous avons défilé devant les montagnes, ce sont maintenant les montagnes qui défilent devant nous. Celles du Valais sont belles et variées d'aspect, tandis que la plaine où l'on roule est assez uniforme. Toutefois, près de Sierre, le paysage redevient délicieux, et il semble, à la nature des rocs, des terrains et surtout de la végétation, que l'on soit encore de l'autre côté des Alpes, parmi les pins

13

d'Italie qui abondent en cet endroit. Nos cochers, dont l'un ne fait qu'un somme de Brigg à Sion, nous font remarquer la pierre ci-contre, et nous racontent la tradition qui s'y rapporte.

C'est la *pierre de l'Ange*. Une jeune femme allant en pèlerinage gravissait le sentier, chargée de son enfant et de quelques hardes. Des brigands sortirent du taillis, et, s'étant jetés sur elle, ils la dépouillèrent et voulurent s'emparer aussi de l'enfant. La pauvre mère frémit : « Prenez ma vie, disait-elle, mais que mon enfant soit libre et rendu aux siens ! » Insensibles à ces plaintes, ces hommes farouches s'apprêtaient à saisir le petit garçon, lorsque la femme le saisit avant eux et le lança de toute sa force contre la pierre, préférant le voir périr, plutôt que de le livrer en de criminelles mains... L'on vit alors la pierre se fendre en quatre, donner passage à l'enfant, et un ange le recevoir dans ses bras et l'emporter vers les cieux. Les brigands prirent la fuite, et la mère demeura prosternée, bénissant Dieu, et pleurant son fils, heureux désormais, et néanmoins arraché d'auprès d'elle.

Telle est cette tradition. Elle est touchante, elle est caractéristique aussi de cette imagination simple et pieuse qui est propre aux Valaisans. Les Valaisans ne sont ni industrieux, ni spirituels, ni, pour l'heure [1], enrôlés dans quoi que ce soit de vapeur ou de chemin de fer, ni attelés au char du siècle présent ; mais ils ont encore la vie religieuse, contemplative ; le ciel, les cimes, les bois, ont pour eux un langage, des voix de colère, de joie ou de ressouvenir ; et ces hommes, dans lesquels plus d'un touriste ne voit que des goîtreux plus ou moins crétins, cachent presque tous, sous des traits ingrats, une âme douée encore de cette vie qui devient si rare, de cette vie du dedans qui ne crie, ni ne babille, ni ne gambade, ni n'imprime, ni ne rime, mais qui suffit à ceux que n'ont encore blasé, ni égaré, ni hébété, le bien-être de notre civilisation, nos Cagliostros de gazetiers et de poëtes, les effrénés prôneurs d'un progrès stérile qui a pour dernier terme l'homme moins l'être moral, le corps de l'homme moins son âme, son toit, son manger, son habit, sa cravate et son faux toupet, mais non son cœur, le seul point pourtant d'où procèdent pour lui heur et malheur !

Touriste, les Valaisans ont du goître, c'est sûr ; mais les Valaisans

[1] En 1837.

LA PIERRE DE L'ANGE.

s'aiment entre eux, ils rattachent leurs devoirs, leurs vertus, leur patiente douceur, ces soins qu'ils donnent à leurs crétins, à la foi qui vit
dans leurs cœurs, qui allége leur pauvreté, qui suffit à leurs fêtes,
comme elle les soutient à leur lit de mort. Les Valaisans ont du goitre,
mais ils se pressent dans leurs pauvres églises; ils écoutent avec une
simplicité qui est bien loin de toi, et que tu regrettes peut-être, la messe
du dimanche; bien que dévots et superstitieux plus qu'il ne faut l'être,
ils n'en sont pas moins des hommes qui s'abreuvent à une source élevée,
qui savent et sentent leur âme vivante et immortelle, qui n'ont pas
perdu, dans le tourbillon du progrès et dans le tapage de la civilisation,
jusqu'au souvenir de leur origine et de leur destinée céleste. Les Valaisans ont du goître, mais ils sont humains, hospitaliers, fidèles, et, à
la guerre, ils savent servir une cause en mourant à leur poste! Ils ont du
goître, mais ils ont des mœurs, des traditions, des histoires d'anges et
des histoires de diables; ils ont la dévotion pour s'y plaire et la simplicité pour les goûter; quand ils cheminent solitaires dans leurs bois,
dans leurs montagnes, ils y ont, pour mystérieux compagnons, des impressions, des souvenirs, des sentiments ; cette gorge leur peint l'enfer; cette pierre fendue, une mère dont l'ange sauva le nourrisson. Et
voilà pourquoi, lents et engourdis d'apparence, ils vivent ; tandis que
tant d'autres, lestes, agiles et se remuant sans cesse, bougent plutôt
qu'ils ne sont vivants.

Après un déjeuner à Tourtemagne et une halte à Sierre, nous arrivons par une soirée délicieuse à Sion, où nous sommes accueillis comme
des amis dans l'auberge excellente de madame Muston.

LA TOUR DE SAINT-TRIPHON.

22ᵐᵉ JOURNÉE

Nous reprenons ce jour-ci nos chars de la veille. Le cocher dort toujours plus, ce qui nous oblige à veiller continuellement sur l'équilibre de cet homme.

A Martigny, grande emplette de cristaux, cachets et autres pierrailles, travaillées ou non, qui s'y vendent fort cher. Mais la dernière heure sonne pour ceux qui veulent emporter quelques présents à leurs amis ou à leurs proches.

Ces choses faites, nous poussons en char jusqu'à Aigle, d'où, le sac sur le dos, nous gagnons la rive de notre beau lac à Villeneuve. Le voyage est fini et les pensées sont à Genève.

23ᵐᵉ JOURNÉE

De bonne heure, les passagers, nous compris, sont sur le *Winkelried*, et l'on partirait, n'était le capitaine qui manque à l'appel. Enfin on l'aperçoit au loin qui court le long de la rive, et quelques instants après on l'aperçoit encore mieux qui grimpe sur le pont, où il arrive tout essoufflé.

La roue tourne alors, et à force de tourner, elle nous approche de nos foyers, où nous rentrons après une absence de vingt-trois journées heureuses et bien remplies.

INTÉRIEUR DE LA VIA MALA.

VOYAGES EN ZIGZAG

SAINT-GOTHARD, VALLÉE DE MISOCCO, VIA-MALA,
GLARIS ET SCHWITZ.

1838

Il est très-bon, en voyage, d'emporter, outre son sac, provision d'entrain, de gaieté, de courage et de bonne humeur. Il est très-bon aussi de compter, pour l'amusement, sur soi et ses camarades, plus que sur les curiosités des villes ou sur les merveilles des contrées. Il n'est pas mal non plus de se fatiguer assez pour que tous les grabats paraissent moelleux, ni de s'affamer jusqu'à ce point où l'appétit est un délicieux assaisonnement aux mets de leur nature les moins délicieux.

Au moyen de ces précautions, on voyage partout agréablement ; tous les pays sont beaux suffisamment, on jouit de tout ce qui se présente, on ne regrette rien de ce qu'on n'a pas ; s'il fait beau, c'est merveille, et s'il pleut, c'est chose toute simple.

Ainsi en est-il advenu pour nous dans une excursion de trois semaines, durant laquelle nous avons été singulièrement favorisés par la pluie et par le froid. Nous cheminions au cœur des Alpes, et à défaut des merveilles de la contrée, dont les nuages nous dérobaient souvent la vue, nous n'avions en compensation ni les douceurs ni les distractions des villes ; mais notre petite bande bien unie, et transportant partout avec elle sa gaie et facile humeur, se suffisait au besoin à elle-même. Il n'est rien tel que de vivre de sa vie propre. D'ailleurs, s'il est vrai que la sérénité du ciel communique de son charme à tous les incidents et à tous les spectacles d'un voyage, il est vrai aussi que les injures du temps ont leurs avantages pour qui sait les accueillir : elles rompent l'uniformité d'un plan arrêté et connu d'avance ; elles obligent souvent à prendre un parti et à courir d'aventureuses chances ; elles développent ce gai courage qui affronte les difficultés, et qui n'entend pas faire dépendre son plaisir des caprices du baromètre. Mais surtout si, comme c'est notre cas, l'on voyage en troupe nombreuse, la pluie et la tempête, au sein des solitudes et loin du foyer domestique, sont une sorte d'adversité qui rapproche, qui assemble, qui porte à s'entr'aider et à compter les uns sur les autres ; l'on ne peut prévoir ni le terme de la marche, ni celui du repos, ni le gîte du soir, ni les choses du lendemain ; ainsi, pour chacun, il n'y a d'autre préoccupation que celle du salut commun. Aussi, tandis qu'aux rayons d'un beau soleil tous les jeunes voyageurs s'affranchissent et s'isolent, et que, comme les chèvres, ils se dispersent sur le penchant du mont pour y choisir chacun le brin d'herbe qui lui agrée ; quand l'orage gronde, quand les pluies s'établissent, ils se serrent les uns contre les autres, ils se trouvent transformés en une petite colonie compacte, vivant, agissant en commun, et dont on peut dire, à la voir composée de petits et de grands, de frêles enfants et de vigoureux adolescents : *Tous pour un, un pour tous !* Or, là où cette noble devise est mise en pratique, là n'y a-t-il pas contentement, plaisir ?

C'est apparemment à cause de cela que, parmi les plus belles journées de nos voyages, il nous arrive d'en compter plus d'une qui fut en réalité affreuse. C'était sur quelque cime, le froid glaçait nos membres ; point de gîte, point de secours ; la route incertaine, les pas dangereux, la nuit menaçante. En s'isolant, on fait de ces heures-là des heures de péril et d'angoisses ; en s'unissant, en assurant le salut de tous par le généreux et actif concours de chacun, on en fait des heures de vie, de gratitude, d'expansive joie, dont le souvenir ineffaçable survit à celui des plus radieuses journées. Le col d'Anterne, le Simplon, mainte autre montagne nous est chère, et nous retournons la visiter comme on fait un ancien ami, non pas parce que nous y fîmes une marche facile sous un ciel d'azur, mais parce que nous y fûmes aux prises avec l'obstacle et le danger, qui firent surgir le dévouement, le courage utile, l'abnégation de soi, puis ce doux et triomphant plaisir qui accompagne tout succès où le cœur est pour quelque chose. Celui qui écrit ces lignes s'y connaît en fait de joies ; il a toujours mis au nombre des plus réelles et des plus vives celles qu'il a goûtées dans telles de ces journées affreuses.

A la vérité, le froid et la pluie à qui nous avons eu affaire cette année n'engendrent ni crainte ni péril ; c'est une simple contrariété, mais à redouter dans un voyage pédestre, lorsqu'elle se renouvelle pendant huit, pendant onze jours. Elle ne nous a pourtant pas lassés, ni fait perdre une heure d'amusement, et nous étions si bien accoutumés aux rigueurs du ciel que, lorsque le soleil venait à percer un moment les nuages, il semblait que ce fût un plaisir d'extra non mentionné au programme. Tantôt nous cheminions par la pluie, tantôt nous faisions halte au foyer de campagnards hospitaliers, tantôt nous colonisions pour quelques heures, pour la journée, dans une hôtellerie de village, assez humble pour que l'on s'y trouvât heureux encore de nous avoir et de nous bien traiter. Aussitôt les artistes achevaient leurs dessins, les naturalistes arrangeaient leurs collections, d'autres disputaient un enjeu de figues ou de noisettes, et chacun étant à l'œuvre, nul ne soupirait après le soleil, qui d'ailleurs se moque des soupirs. Cette manière de prendre les choses naît à l'insu même des jeunes gens qui la mettent en pratique ; mais elle ne se manifeste pas sans qu'elle soit, pour le maître qui en est témoin, la source d'un vif contentement.

Je le répète, il est très-bon, en voyage, de n'attendre rien du dehors et d'emporter tout avec soi : son sac pour ne pas dépendre du roulage, ses jambes pour se passer du voiturin, sa curiosité pour trouver partout des spectacles, sa bonne humeur pour ne rencontrer que des bonnes gens ; mais si à toutes ces choses on peut ajouter encore quelque petit goût pour le dessin ou pour l'histoire naturelle, quelque envie d'observer quoi que ce soit, ou le simple but de tracer quelques notes pour soi ou pour ses amis, on a de quoi faire le tour du monde avec agrément ; le mouvement, la marche, la jeunesse, font le reste. La jeunesse, c'est là malheureusement l'ingrédient, sinon unique, du moins principal ; mais de même qu'il ne suffit pas d'être jeune pour être jovial et dispos au milieu des contrariétés atmosphériques, de même ce n'est pas une nécessité que l'homme d'âge soit grave et pensif au milieu de compagnons jeunes et folâtres. Tout l'invite à se laisser ragaillardir ; bientôt il s'associe à cette juvénile allégresse, il la règle en la secondant, et il en vient à se demander comment il est bien possible que l'on voyage avec agrément, si l'on n'est pas enveloppé dans ce vif et mouvant tourbillon d'adolescents.

Ces considérations nous portent à penser qu'au fond, pour le voyageur jeune et piéton, tout pays est bon pour voyager avec agrément, parce que partout le même mode d'être amène les mêmes avantages, et que, pour le voyageur libre, indépendant, et qui, ne comptant que sur lui-même, s'oblige ainsi à un exercice constant des forces de l'esprit et de celles du corps, il y a partout, quelle que soit la contrée, activité, saveur, conquête, aventure, et nulle part cette torpeur oisive, cet insipide bien-être où végètent tant d'opulents touristes. Aussi est-ce à nos yeux une erreur de l'esprit, une ignorance des vérités élémentaires, que d'attacher l'agrément d'une excursion à la satisfaction d'une curiosité, même louable ou reçue, au spectacle des monuments, des galeries, des musées, du lion de Lucerne ou de la chapelle de Tell ; ces choses occupent des moments, et il s'agit de remplir des journées ; elles peuvent n'être ni de votre goût, ni à votre portée, ni admirables en elles-mêmes ; la plupart ne valent ni le temps ni l'argent que vous aurez employés à vous faire voiturer jusqu'à elles. Il fallait n'en faire que l'accessoire, et vous en avez fait le principal ; et c'est pourquoi, après avoir bâillé en les regardant, vous remontez en voiture tout satisfait qu'elles soient vues, singulièrement content qu'il n'y ait pas deux chapelles,

trois lions, des galeries et encore des galeries où vous vous ennuyez
debout, au lieu qu'en voiture, du moins, vous vous ennuyez assis et
sommeillant. Ah! je voudrais, cher monsieur, qu'un beau jour, pour
votre bien, la roue de votre voiture vînt à casser; il n'y a point de
charron à l'entour, d'ailleurs vous êtes las de payer des postillons tantôt
capricieux, tantôt grossiers, quelquefois ivres. Nous irons à pied! vous
écriez-vous dans un moment de mauvaise humeur; et vous expédiez
votre valise pour ne garder que quelques hardes, votre bourse et votre
carte. Vous voilà avec un ou deux amis plantés sur la route. Le monde
est grand, dites-vous; cherchons un ombrage et fixons nos étapes. Et
voyez : déjà les choses qui vous entourent présentent un intérêt nouveau, déjà cet ombrage a une valeur grande, déjà ces sites ou ces villages qu'indique la carte prennent à vos yeux une physionomie; l'un
vous attire plus que l'autre; vous êtes aise de choisir vous-même le
lieu de votre halte, de votre dîner, de votre logis du soir; puis vous
vous mettez en route, non pas avec la lointaine perspective d'un musée
à voir, mais avec le sentiment qu'à chaque pas, tout en voyant les campagnes, tout en considérant dans les hameaux, dans les prés, sur les
coteaux, au fond des vallées, mille objets récréatifs ou dignes d'intérêt,
vous poursuivez un but prochain et de toute importance, je veux dire ce
quart d'heure de repos que vous vous adjugez à l'avance sous l'ombre
de ces châtaigniers qu'on distingue à l'horizon, ce déjeuner qui doit
satisfaire un appétit inconnu, primitif; ce bonheur plein et délicieux
d'arriver, après une journée remplie, dans un gîte tranquille, où, assis
sous le porche, vous goûtez à la fraîcheur du soir un repos suave pendant que le souper s'apprête et que le lit se prépare. Cependant tous
les souvenirs de la route se présentent à votre esprit avec une vivacité
admirable : ces châtaigniers, qu'ils étaient beaux, aimables! cette
source, quelle fraîcheur! ce pâtre avec qui nous avons conversé, quel
langage simple, quelle pittoresque figure! Le bien-être, le contentement qui est en vous, se répand sur tout ce que vous avez fait, sur
ce que vous ferez le lendemain, sur les bonnes gens qui vous entourent, sur le gros chien de l'auberge dont l'accueil vous est aussi un
plaisir. Que si la chapelle est ici près, si les ruines d'un arc de triomphe
s'élèvent dans un lieu voisin, s'il y a dans l'endroit une chose intéressante à voir, c'est gain, enchantement, parce que c'est un plaisir de

luxe qui vient s'ajouter à un bien-être déjà parfait. Que s'il n'y a rien de semblable, vous vous en passez à merveille. Rien ne vous manque, pas même les spectacles curieux; n'y en a-t-il pas partout où sont des habitations, des vaches, des chèvres, un chariot qui passe, une chapelle où l'on prie, une taverne où l'on boit, un taureau qui flâne, une cigogne qui niche sur un clocher? Rendez grâce, cher monsieur, et vous n'y manquez pas, j'en suis certain, à cette roue qui s'est brisée si à propos pour vous apprendre ce que tant de gens ont le malheur d'ignorer : c'est qu'en voyage le plaisir n'appartient qu'à ceux qui savent le conquérir, point à ceux qui ne savent que le payer.

Et puis, voir des musées, voir l'Alhambra, le Vatican et les sept merveilles du monde, c'est fort beau, surtout pour qui veut en voyage récolter de quoi faire un livre ou de quoi briller parmi les touristes; c'est fort instructif aussi : on apprend là toutes sortes de choses qu'on ne savait pas, et une multitude d'autres qu'on ne saura jamais parce qu'on n'y entend rien, mais dont néanmoins on parlera, parce qu'on les a vues. Mais, en vérité, ces merveilles de l'art, ces sublimes babioles sont-elles, pour l'intérêt qu'elles méritent, ou pour l'instruction qu'en retire le vulgaire des voyageurs, au-dessus des objets ordinaires de la nature ou de l'homme, qu'offrent aux regards du piéton les contrées qu'il parcourt? valent-elles ces changeants tableaux dont chaque pas que vous faites vous déroule un coin nouveau? Si du Vatican mon esprit s'élève, sur les feuillets d'un itinéraire ou sur les épaules d'un cicérone, jusqu'à Raphaël ou au pape, quelle est la masure en décombres, quel est le roc sourcilleux, la sablonneuse plage, la bourgade retirée, le solitaire vallon qui, par une pente plus douce, plus facile et plus élevée à la fois, ne le porte pas sans cesse jusqu'aux deux objets qui lui importent tout autrement encore que Rome ou Babylone, Dieu et l'homme? Où sont les vastes forêts, les sauvages déserts, les glaces resplendissantes et infinies qui ne racontent pas mille choses au passant qui les franchit ou qui les côtoie? Où sont les simples cabanes, les constructions, les travaux, qui n'instruisent pas en tous lieux, au sein des bourgades comme au bord des chemins, sur la condition ou sur la destinée de l'homme? Et par cette observation attrayante des objets répandus partout, toujours semblables par leur nature, et sans cesse différents par leurs accessoires ou par leurs accidents, n'arrivé-je pas à une sorte de savoir plus sensé, plus réel, aussi fécond que celui où parviennent ceux qui courent les curiosités et les merveilles? Tous les hommes, peut-être, n'ont pas ce penchant à observer ; chez plusieurs, l'égoïsme le tue ; chez un grand nombre, il n'a jamais été cultivé ; nous n'hésitons pas à penser que les voyages à pied sont un des moyens les plus efficaces pour le faire naître.

Mais si nous avançons que, dans certaines conditions, tout pays est bon pour y voyager avec agrément, il ne nous appartient pas de méconnaître que la Suisse l'emporte à cet égard sur toute autre contrée. Sans parler des facilités matérielles qu'elle offre de toutes parts au voyageur, quelle autre terre sur le globe concentre dans un plus petit espace plus de merveilles quant à la nature, plus de variété quant à l'homme? Dans la même journée, on change de peuple comme de contrée : l'âpre et le riant se succèdent, tantôt par degrés, tantôt par frappants contrastes ; les mœurs, de simples ou de sauvages que vous les avez observées le matin, sont devenues, le soir, civilisées ou industrieuses ; ici, de chauves sommités ; là, des croupes verdoyantes ou des retraites d'ombre et de paix ; puis cette chaîne des Alpes qui vous ouvre ses ténébreux défilés, soit que vous vouliez chercher le soleil de l'Italie, ses lacs d'azur, ses couleurs de fête, soit que, après avoir visité Como ou Lugano, vous vouliez rebrousser vers les paysages plus sévères des cantons. Les monuments s'y rencontrent aussi, les grands souvenirs y abondent, les plantes y varient comme les sols et les climats, et de toutes parts des sites sans pareils s'offrent aux regards et aux crayons de l'artiste. Cheminer lentement, voir en détail, c'est jouir d'une pareille contrée ; s'y faire voiturer au grand trot, c'est consommer gloutonnement et pêle-mêle les mets savoureux ou délicats d'un riche banquet.

Je me suis trop arrêté peut-être sur ces réflexions, qui sont un peu en dehors ou en dessus du ton de cette relation ; que l'on excuse ma prolixité. Elle a pour unique cause le désir de propager le goût d'une sorte d'excursion à laquelle une foule de mes compagnons de voyage passés ou présents, et aujourd'hui nombreux déjà, ont dû comme moi de grandes jouissances et quelques avantages plus sérieux. Pour tous, le souvenir de nos tournées est demeuré vif et cher ; la plupart en ont adopté ultérieurement et religieusement pratiqué le mode ; chez plusieurs, que leur condition appelait à végéter dans l'opulence, le goût des plaisirs simples, né dans ces voyages, est demeuré pour orner leur vie de ce que la richesse ne donne pas. Assurément ils n'étaient pas philosophes alors; mes compagnons de cette année ne le sont pas davantage, et ils vont trouver que ce préambule dit de bien admirables choses dont ils ne se sont guère doutés; mais, indirectement et à leur insu, ils pratiquaient une méthode dont ils ont plus tard reconnu la bonté et la portée. Avec quel plaisir, cette année encore, n'ai-je pas rencontré à Glaris, tout remplis d'entrain, de contentement et d'appétit, deux jeunes Anglais sortis de mes mains depuis dix ans! Ils venaient de parcourir l'Allemagne, le Tyrol et la Suisse, tantôt seuls, tantôt en compagnie de voyageurs qui s'adjoignaient temporairement à eux, mais toujours aussi simplement, avec les mêmes errements, plus de fruit et autant de bonheur qu'autrefois. Les Anglais pourtant aiment leurs aises; ils ne craignent ni les voitures ni même les wagons, et ils ne passent pas pour être dépourvus de guinées.

Une chose a manqué à notre expédition de cette année, et une chose dont nos expéditions passées nous ont fait sentir le prix : c'est la présence de madame T. au milieu de nous. J'oubliais de noter plus haut, parmi les objets à emporter avec soi, une dame voyageuse, dont les forces, les goûts et l'humeur soient à l'unisson de ceux de la troupe; qui soit l'amie des bien portants et la mère des écloppés, et autour de qui tant de jeunes touristes, exposés à tomber dans l'état sauvage, trouvent une occasion aux prévenances aimables, aux égards délicats, qui font l'ornement et le charme surtout de la vie civilisée. Rien ne saurait, dans une caravane comme la nôtre, tenir lieu, sous ces différents rapports, de la présence d'une dame, quelque fabuleuse que paraisse aux habitants des contrées que nous traversons l'apparition de cette voyageuse unique, cheminant par monts et par vaux, en compagnie de tant de voyageurs. C'est pourquoi, tout en réparant une omission, essentielle comme l'on voit, j'invite toutes les caravanes à s'adjoindre une compagne, comme j'exhorte plus d'une dame qui n'a jamais essayé ses forces, et qui ignore peut-être jusqu'à quel point les cavaliers se montreront empressés à adoucir et à distraire ses fatigues, à s'enrôler dans la première expédition que dirigera son époux.

Notre caravane se composait de vingt-un individus, y compris

M. Topffer, M. Henri, l'un de ses amis, voyageur adjoint, et David, domestique ou plutôt majordome et coadjuteur de l'expédition. Reste dix-huit élèves de tout format, de tout âge, de toute patrie, depuis le brimborion Murray, que les immortelles journées trouvèrent en nourrice encore sous le ciel brumeux de l'Angleterre, jusqu'à Borodinos, jusqu'à Zanta, aujourd'hui graves étudiants, jadis marmots jouant sous le beau soleil de la Grèce. Suivant nos us et coutumes, il s'agit de caractériser succinctement chacun de ces voyageurs; nous apporterons à ce soin toute l'exactitude et toute la politesse désirables.

Blanchard a ceci de particulier qu'il est de Nîmes, sans compter qu'il a un appétit terrible, des jarrets excellents, et une disposition totale excellente aussi. Voir, pour plus amples détails, le voyage précédent où il figure déjà.

Percy est un voyageur haut de cinquante-un pouces; c'est égal, il a la voix basse, le timbre mûr, toutes les allures, gestes et mouvements d'un particulier de sept pieds de haut; de plus, il est content de sa taille, content de sa peau, content comme ça. Ainsi fait, le particulier est sonore, bougillon, et tient beaucoup de place. Du reste, marcheur intrépide, il laisserait bien loin derrière lui tels grands gaillards qui voudraient essayer de lui tenir tête. Toujours à l'avant-garde, on l'y distingue de loin sous forme d'un gros havresac qui se promène sur deux petites quilles, vives, gillotines, claudicantes, mais allant toujours. Dans les haltes, le voyageur Percy s'espace; une prairie lui semble étroite pour s'y étendre, et un châtaignier mesquin pour s'y mettre à l'ombre. Dans les villes, il a le port et le costume d'un ex-officier à la demi-solde, mais que sa demi-solde n'a pas engraissé. Dans les repas, il pratique un régime à la façon des octogénaires, et il y fait infraction à la façon des affamés. En tous lieux il taquine, réplique, affronte, rétorque, babille à l'envi ou dort à volonté; ou bien, d'une fort petite poche, il tire un très-grand livret sur lequel il écrit et inscrit, jour par jour, les choses et événements de la terre habitable. C'est le Nouveau-Monde qui lui a donné le jour.

Harrison réplique, rétorque aussi à tous et à chacun, et même à personne. Il est à la fois convenable, fabuleux, sérieux et comique; en quelque lieu qu'il soit, on babille, on discute, on s'explique, on s'embrouille, on éclate de rire; les vaches regardent et les oiseaux s'en-

volent. Son chapeau lui-même a contracté sur son crâne une forme gesticulante. Excellent compagnon, et non moins bon marcheur, il craint
néanmoins les *spéculations*[1], et prétend qu'aucune ne lui a tourné à bien;
il est vrai qu'au passage des ruisseaux, volontiers, il manque le pied
sec, et, sans le vouloir, écrase les poissons. Harrison respecte les artistes,
laisse faire les naturalistes, raille les numismates; son affaire, à lui,
c'est la visite des églises, chapelles, lieux saints ou consacrés; c'est aussi
l'art de faire rire les chambrées jusqu'à désopilement complet de la
rate et entier épuisement du diaphragme. La gaieté est un ingrédient
charmant pour celui qui le possède, et pour ceux à qui il se communique. La gaieté, à l'âge d'écolier, dans une chambre d'auberge, à
quatre ou à huit coucheurs, et la chandelle éteinte, c'est le souverain
bien, la quintessence du plaisir. — Anglais.

Adolphe et Auguste, deux oisillons sortant de la coque, et trouvant
que le monde est bien fleuri, bien riant, avec du grain partout, et partout de quoi boire frais, gazouiller, voleter, sauter de branche en
branche, voyagent de tout leur cœur et par tous les pores, font une
collection de *batzen*, dessinent les châteaux, attrapent les insectes,
prennent des notes, picorent à tous les framboisiers, broutent aux ambresailles, folâtrent, rient, mangent, dorment, marchent et vivent un
an en trois semaines. L'aîné est Auguste, qui a l'air du cadet, et le
cadet c'est Adolphe, qui n'a pas l'air de l'aîné. Ils ont l'attaque gentille
et la défense rieuse, de façon qu'entre eux et Harrison il y a guerre
perpétuelle sans morts ni blessés. — Français.

Arthur et Bryan. Voir le voyage précédent. L'un, numismate tranquille et scrupuleux; l'autre, oiseleur fougueux, chasseur effréné de tout
ce qui vole, ou plane, ou se pose sur les arbres des montagnes. Il ne
communique qu'avec les empailleurs et fait un mince cas du reste des
mortels; visite les ornithologues des cités étrangères et correspond avec
ceux de Genève; nomme, décrit, classe tout ce qui porte ailes, abat au
vol, poursuit, déniche, et se ruine totalement, et par trois fois, en
emplettes de volatiles. Jarrets cambrés, pied grimpeur, allure ample,
chapeau de paille de jour en jour plus incohérent et primitif. Déteste

[1] Les chemins, sentiers ou passages de traverse, où l'on s'engage à l'aventure, dans l'espoir
d'abréger.

et malmène son havresac, jette loin son bâton, ignore sa blouse, méconnaît le grand chemin et s'enfonce dans les forêts. — Américain.

Borodinos, voir le voyage précédent. Voyageur philosophe, convive grave, camarade rieur, marcheur admirable, allure posée, costume bien conservé, chapeau sage, pas régulateur; total, prévenant et distingué. — Grec.

Zanta, voir le voyage précédent. Voir aussi ci-dessus l'article Borodinos. Aussi grave et plus risolet, d'ailleurs identique au total, et Grec aussi.

Blokmann, voir le voyage précédent. Inséparable de Zanta, et analogue aux deux précédents voyageurs, avec le signe *plus* ou le signe *moins*, selon les termes de l'équation que l'on considère. Tenue conservatrice, lustrée, et, dans les villes, parachevée de gants blancs. Jarrets Breguet et pieds à la Lépine. Est le pianiste de la troupe, partout où se rencontrent pianos, clavecins, épinettes, crincrins. La musique imprévue, la musique au gîte du soir à la fin des fatigues, pendant qu'on se délasse, c'est délice. Le cœur est en train, l'esprit est vivant et renouvelé, l'âme débarbouillée de tous ordinaires soucis et prête à se laisser soulever jusqu'aux nues; au thème le plus simple, la voilà qui s'émeut, qui s'enchante, qui se balance de cieux en cieux jusqu'au moment où entre la soupe. Alors les dieux quittent en tumulte l'Empyrée, et, prenant place autour de la céleste table, ils goûtent l'ambroisie; c'est par quatre, par cinq assiettées, et ils mettent du fromage. —Genevois.

Sterling, voyageur qui débute avec un plein succès. Il a deux idiomes : l'anglais, qu'il parle avec un timbre hardi et éclatant, et le français, qu'il susurre sur un ton timide et doux. Il cultive les beaux-arts et dessine dans toutes les situations, mais il est sujet à perdre son album, à perdre ses crayons, à perdre sa canne, à perdre sa chemise. Jarret d'acier anglais, allure chevrine; il grimpe tous les talus, visite tous les framboisiers, pourchasse les fraises, zigzague, et fait double route, s'arrière et rattrape, devance et arrive le dernier.

Dussaut, débutant aussi, s'équationne par la tenue, la régularité et la conservation du costume, au groupe Borodinos, Zanta, Blokmann. Gai sans tapage, babillant sans éclat, taquinant sans vacarme ni mêlée, et tenant toujours l'avant-garde. Il cultive les beaux-arts à partir d'Airolo, où un album du pays est offert en hommage et en amorce à ses talents. —Français.

Murray, la virgule, le brimborion, le tout petit bonhomme de la troupe, et néanmoins l'un des meilleurs pour le jarret, le courage et le port du sac. Parfois, la journée étant forte et le pas bien allongé pour un jeune mortel encore si peu fendu, il donne le bras à quelque géant ; on se le passe alors ou on se le demande ; chacun et tous ont un œil sur ce petit objet qui pourrait s'égarer ou souffrir. Au bout de quelques jours de cette vie, Murray se type ; il est hâlé, bruni, renforcé, marcheur, tour du monde, particulier chef et indépendant ; chargé de son havresac et appuyé sur son bâton à nœuds, on dirait une figurine d'Auvergnat propriétaire qui part pour aller vendre ses bois. Dès qu'on fait halte, Murray est sur pied, court aux *parpaillons*, ou ricoche dans les flaques, ou sautille en inquiétant les gisants. Son seul mal, c'est un sommeil incommensurable qui le prend dès qu'on est arrivé à l'auberge ; alors Murray lutte, nage entre la veille et le sommeil, entre la soupe et le lit. Assis, il oscille du buste, et s'éteint de l'œil ; appuyé, il ronfle ; soupant, il rêve ; repu, il erre dans l'escalier, tombe sur une paillasse et y demeure jusqu'au lendemain. — Anglais.

Verret, voyageur *sui generis*, sac en arrière, tête en avant, et chapeau profondément modifié, retroussé, appointi par les injures du ciel et des hommes. Le jarret est bon, la tournure légèrement tambour-major, à cause d'un balancement de hanches et de certaines évolutions de canne. Tantôt mélancolique avec des soubresauts de gaieté, tantôt farceur avec des retours de mélancolie ; porte des toasts parce que ça désaltère, et ne dépense rien parce qu'il transforme tout son numéraire en numismatique. Chaque matin il consacre des soins paternels à son havresac, vieux vétéran renforcé de planchettes, maintenu par des ficelles, toujours près de périr par gonflement comme une vache qui a mangé du trèfle. Chaque soir il sort toute sa numismatique, et la classe tantôt par grandeurs, tantôt par dates, tantôt par cantons ; s'embrouille dans les *rappes*, se perd dans les *zwanzig*, et se donne du mal pour lire des exergues effacés par le temps ou noyés dans la crasse. « Je ne concevè pas, dit Harrison, cette plaisir tute sale, de garder des choses malproper qui été faites pour changer, contre des choses très-bon à manger et à booooire. » — Genevois.

Frankthal, seul Germain de la troupe, voyageur claudicant, a des cors sous la plante et marche comme quelqu'un qui danse sur des œufs. Avec cela, toujours gai, faisant la petite guerre, et, comme Démocrite, riant au mieux de lui-même et des autres. Verret ficelant ou Verret classifiant lui est un spectacle infiniment comique, suffisant, perpétuel, inextinguible. De son côté, Frankthal pilant du poivre avec ses cors à la plante, est à Verret une constante récréation; et comme ils couchent ensemble, tous les deux se sont encore l'un à l'autre un nocturne spectacle où ils puisent une hilarité immortelle. — Prussien.

Régnier, voyageur de taille et de poids, favorisé, c'est-à-dire portant favoris, et l'air âge mûr; très-fendu, ce qui le maintient à l'avant-garde; fraternise avec les carabiniers, annote statistiquement les endroits et les distances; costume-noce dans les villes, et piéton distingué sur les routes. — Genevois.

Broadly, voyageur rétorquant, résistant, et fabuleux dans ses emplettes. Achète et consomme, achète et sème, achète et se dégoûte. Jarret inégal. — Anglais.

Enfin *Gervais*, déjà ancien, quoique un peu brimborion encore. Jouit d'un collet imperméable qui lui donne l'air Scapin. Fort jarret, peu de chair, mollet léger, bonne canne et pas accéléré. — Genevois.

Tels sont les dix-huit touristes élèves. Pour être plus sûr de trouver place partout, on associe ces touristes par paires, et chaque paire n'occupe qu'un lit; parfois même il advient qu'il faut loger trois paires dans deux lits. Alors on fait l'opération du dédoublement, c'est-à-dire qu'on dédouble les gros d'avec les exigus, pour que les trois paires qui n'ont que deux lits soient composées d'un choix agréable de ces derniers; puis les gros se doublent entre eux à nouveau. Cette association par paires donne lieu à l'association par chambrées : association temporaire et soumise aux chances des localités, mais qui se fonde sur des rapports de goûts, d'amitié ou de convenance. Il y a des paires calmes qui se recherchent pour former des couchées tranquilles et respectables, il y a des paires folâtres qui s'assemblent pour crever de rire jusque par delà minuit; il y a des paires écloppées qui se conviennent pour s'administrer des soins réciproques; il y a des paires vagabondes qu'on se passe, qui s'échangent, qui roulent de chambrée en chambrée; il y a des paires recherchées, parce qu'elles possèdent une brosse ou une corne à souliers; il y en a qui sont de peu de secours, parce qu'elles sont toutes nues quand la bise est venue. Enfin, l'association par chambrées engendre, selon les cas, l'association par étages, ou même, dans des occasions fort rares, l'association par corps-de-logis différents.

Durant le jour, ces associations diverses se marquent à peine. D'autres causes agissent alors et président au libre arrangement des groupes. C'est tantôt la conformité d'allure, tantôt celle de goût et de tempérament, tantôt le hasard ou les incidents de la route. Ordinairement il y a une avant-garde composée de jarrets secs, d'esprits moins curieux ou moins batifolants, ou qui aiment à conquérir sur les autres un temps de repos. Vient après un centre composé de jarrets plus tempérés, qui, sans halter, vont moins vite, mais qui regardent, picorent, babillent, chemin faisant; c'est, du reste, une population flottante qui se recrute tantôt d'un écloppé de l'avant-garde, tantôt d'un traînard régénéré. Vient ensuite l'arrière-garde, où sont principalement les artistes, les naturalistes, les flâneurs, les démoralisés, les glaneurs de fraises ou d'ambresailles, les attardés par une cause quelconque, et M. Topffer, qui de là tient les rênes et rattrape tout ce qui cloche; enfin, après l'arrière-garde, un ou deux traînards qui se content des histoires, s'adjugent des haltes, entrent dans les chapelles, ou prennent racine auprès d'une source, quitte à rejoindre par la suite des temps. Selon les endroits, selon le commun instinct, cette colonne s'espace sur un quart de lieue, ou bien elle se resserre en une courte file; elle a beaucoup de pieds, mais rien qu'une tête. Cette tête a rarement des inquiétudes en marche, et souvent une jouissance grande, quand elle voit tous ces pieds presser, ralentir ou s'éparpiller sans commandement, mais pourtant à son gré; car sans une certaine liberté de mouvements et d'allures, où serait le plaisir? Et sans une sorte d'unité et d'ensemble, où seraient le bon ordre et la sécurité?

Dans les montagnes et les passages difficiles, le chef abdique en partie en faveur d'un guide qui est responsable et que personne ne doit dépasser. Lui-même, demeuré en queue, voit ses moutons au-dessus ou au-dessous de lui, et si quelqu'un d'eux gambade un peu fort pour la localité, il souffle dans sa corne, et ce petit bruit inspire du tempérament au jeune homme, qui, sans même se retourner, comprend à qui l'on parle. Du reste, partout où il y a difficulté réelle, on s'attend, on s'entr'aide; par une sorte d'instinct, on cherche le commandement, et les voyageurs déjà expérimentés dirigent volontiers, ou empêchent une imprudence. S'égarer est dangereux dans certains endroits; c'est toujours désagréable pour soi et pour la caravane tout entière, qui, privée d'un de ses membres, ne peut poursuivre qu'elle ne l'ait retrouvé; aussi chacun devient prudent à cet égard pour lui et pour les autres. Il y a pourtant certains chemins qui semblent abréviatifs, et que nous appelons *spéculations*, qui sont des piéges toujours offerts aux jeunes touristes; car les jeunes touristes sont tous du goût des chèvres, ils préfèrent le zigzag à la ligne droite, l'ardu au plain, le sinueux à l'uni, et les broussailles aux prairies. Les touristes de sens rassis, comme M. Topffer, combattent souvent ce goût, et avec la corne ils rappellent les chèvres, qui ressortent à regret des taillis, ou redescendent contre leur gré le ravin.

Les temps brumeux et frais sont charmants pour la marche; néanmoins rien ne vaut le soleil avec les teintes qu'il répand, les effets qu'il produit et la sécurité qu'il inspire; c'est pourquoi il faut toujours diriger une expédition pédestre, en grande partie du moins, dans les montagnes. Le soleil réchauffe tardivement le fond des vallées, et si l'on est sur des cimes, il délecte à toute heure, l'air y étant toujours frais et léger. De plus, la poussière, ce fléau des plaines, ne se rencontre nulle part dans les montagnes. Le *ruban* ou chemin en ligne droite n'y est ni connu, ni possible. Or, deux heures de marche sur une route tortueuse où le paysage change à chaque tournant, paraissent plus courtes qu'une demi-heure de marche sur une ligne monotone et uniforme. Enfin, le chemin plat et de plus bien damé, comme l'est la grande route, n'exerçant qu'une sorte de muscles et qu'une même partie de la plante du pied, fatigue au bout de quelques heures et la plante et les jarrets; tandis que les sentiers de montagnes, constamment variés de pente, de nature et de sol, exercent tous les muscles, reposent l'un par l'autre, et permettent de faire sans fatigue ni souffrance des journées de dix, onze et douze lieues. En particulier sur les hautes Alpes, et dans le voisinage des glaciers, où l'air est d'une fraîcheur et d'une pureté incomparables, où toutes les sensations ont une vivacité charmante, la marche devient une jouissance aussi réelle que peut l'être le repos pour qui est harassé de fatigue. Notre situation géographique, du reste, favorise admirablement l'application de ces principes. Au bout de notre lac s'ouvre le Valais, qui est encaissé entre les Grandes-Alpes et les Alpes Bernoises. A droite comme à gauche, on peut combiner une suite de zigzags au moyen desquels on voyage habituellement sur des cimes sauvages, tout en descendant tantôt au midi, tantôt au nord, pour se rapprocher par moments de l'homme, des vergers, des bourgades, ou, si le cœur vous en dit, des grandes villes.

L'expérience nous a appris qu'une expédition pédestre du genre de celles que nous faisons gagne beaucoup à ce que le plan en soit conçu selon certaines données; par exemple, à ce que la partie montagneuse du voyage soit placée au commencement, et que les contrées populeuses, riantes, parsemées de villes, ne se rencontrent que dans le dernier tiers du voyage; alors, de même que pour chaque journée il s'agit de conquérir par la fatigue l'appétit du banquet et les délices du repos, de même, à considérer l'ensemble de l'excursion, il s'agit de conquérir, ou plutôt de rehausser par le rude et l'abrupte des commencements, les mollesses et les douceurs de la fin. Après une quinzaine de jours d'activité et de fatigue dans des contrées souvent sauvages, quelquefois simplement agrestes, on atteint aux pays de culture, aux routes de plaine, et alors, qui dira bien ce que vaut une demi-journée de char à bancs, un séjour de quelques heures dans une jolie ville bien récréative, bien fournie en boissons, denrées, brioches, et autres rafraîchissements? Qui dira comme chaque retour aux plus insignifiants détails de la vie civilisée est agréable et piquant? combien il paraît neuf et doux de prendre, comme M. Jabot, une glace au premier café de l'endroit? Il n'est pas jusqu'au changement de toilette qui n'ait son côté de fête; la blouse est délaissée, le havresac livre toutes les richesses mises en réserve, et dont chacune tire de la circonstance une valeur nouvelle que l'on est étonné et ravi de lui trouver. Pendant deux ou trois jours, ces jouissances se renouvellent, l'on atteint Villeneuve ou Vevey, et après tant de mouvement, l'on est encore charmé de s'asseoir sur le bateau à vapeur. Jusqu'ici c'était nous qui bougions sans cesse pour changer de spectacle, maintenant c'est le double paysage des deux rives qui fuit et se déroule, pendant que nous nous prélassons sous l'ombre de la tente.

Il y a encore une raison qui rend ce plan avantageux; cette raison est de haute politique, et se lie aux arcanes de la bourse commune. La bourse commune, administrée par **M.** Topffer, arbitre et payeur des dépenses, aime à ne pas dépasser certaines limites, et ceci, pour maintenir la dépense de cette excursion annuelle à la portée de toutes les bourses particulières, pour conserver intacts le mode et les traditions de simplicité ; enfin, parce que la république romaine périt par le luxe et le changement des mœurs ; tandis que nous voulons que notre ambulante république vive et ne se corrompe pas. Un peu de luxe pourtant fait parfois grand plaisir, ne fait pas grand mal s'il est passager, et ne laisse point de regret s'il est d'ailleurs inévitable. D'après ces principes, conformes du reste au proverbe qui ne veut pas qu'on mange son pain blanc le premier, il y a convenance à commencer le voyage par des économies, d'ailleurs faciles à faire dans tels coins où l'on serait bien embarrassé de se mettre en dépense, et qui n'engendrent point de privations dans un genre de vie où l'appétit assaisonne tous les mets, où la fatigue édredonne tous les lits. Il se crée ainsi tout naturellement dans la bourse commune une bénigne enflure dont on la soulagera plus tard, une petite épargne qui permet plus de large vers la fin, alors que les auberges sont meilleures mais plus chères, les véhicules bien agréables mais coûteux, les douceurs un peu corruptrices mais passagères, conquises, et admirablement savoureuses et savourées. Commencer par les villes et finir par les montagnes, est une marche qui amènerait une anticipation de dépense suivie d'un changement de vie dont le contraste ne présente aucun des avantages que je viens de signaler.

Au surplus, ce n'est qu'en vertu du contraste, et parce que, n'arrivant pas avec des vues de stricte économie, nous sommes en général bien accueillis et bien traités, que nous trouvons de l'agrément aux grandes et somptueuses auberges des villes. Par elles-mêmes, elles nous séduiraient peu. Les honneurs n'y sont pas pour nous ; une sorte d'étiquette y règne, à laquelle il est bon de se faire, mais difficile de se plaire longtemps ; on y dîne à heure fixe, et selon un service prescrit ; la table est louée ; en outre, l'empressement des sommeliers est loin d'équivaloir à l'empressement d'un chacun de nous, lorsque, laissé libre, il s'administre à sa guise, et sans autre contrainte que celle d'un équitable partage, nectar et ambroisie. Ce qui vaut mille fois mieux pour notre caravane, ce sont ces auberges simples mais proprettes, approvisionnées de vivres abondants plutôt que raffinés, et que l'on rencontre dans mainte vallée de la Suisse, ou dans chaque petite bourgade de quelques cantons; ce sont, à défaut, ces modestes hôtelleries tenues par le gros paysan de l'endroit, et qui servent dans les jours de foire aux gens du pays. Là on se fait une fête de nous héberger ; l'accueil est cordial, l'empressement réel et point gênant. « Nous avons ceci, nous avons cela, on fera de son mieux. » A nous alors de choisir notre soupe, à nous d'insister sur l'incomparable quantité de *Cartoffeln* (pommes de terre rôties) qu'il nous faut, à nous d'arranger, de distribuer nos chambres, nos lits ; à nous la salle, à nous la maison, à nous les maîtres, la famille, le foyer. Le plaisir naît du bon accueil, le bien-être de la liberté, et la sécurité de ce que tout cela est sans danger pour la bourse, car ces bonnes gens nous demandent un prix qui leur paraît avantageux, tandis qu'il nous paraît bien minime; nous nous quitterons enchantés les uns des autres.

Ce que nous disons ici des auberges, nous le disons aussi des endroits, des cimes, des vallées. Il y en a qui sont encombrés de touristes, de chaises de poste, d'allants et de venants; partout tapage, mouvement; mille bruits de ville, mille grelots du monde qui vous accompagnent et qui font un discordant contraste avec les scènes de la nature; mais il y en a qui sont silencieux, paisibles, où rien ne vous ôte à vous-même et aux impressions que vous êtes venu chercher. En s'écartant de la grande route, seule pratiquée par le commun des voyageurs, il y a telle vallée de traverse où vous vous enfoncez avec l'aimable assurance que durant un ou deux jours vous ne vivrez qu'avec les bois, les prairies et leurs pauvres habitants; que dans ce petit monde vous serez seuls et maîtres, objet de surprise pour les pâtres, de bienveillance pour les villageois; et si vous y rencontrez un touriste, celui-là est votre semblable, il cherche ce que vous cherchez; au lieu de vous fuir, vous pouvez vous unir, cheminer ensemble, et former une de ces passagères relations auxquelles l'isolement, la nouveauté, le trait aventureux, donnent un prix particulier, et dont la trace reste dans le souvenir, et quelquefois dans le cœur. Sans doute les jeunes touristes dont se composent nos caravanes ne sont ni très-contemplatifs ni très-curieux de silence et de paix; mais, outre l'agrément de la variété auquel ils sont sensibles, il y a ici pour eux l'attrait toujours vif d'une liberté plus grande; et de même que dans la modeste hôtellerie ils échangent quelques privations contre l'avantage de choisir, de disposer, d'arranger à leur gré; de même, dans ces vallées solitaires, ils s'accommodent fort de s'emparer sans contrainte du bois, de la prairie, du chalet, et de cheminer à leur guise, sans que rien, ni personne, ni M. Topffer, mette aucune entrave à l'indépendance de leurs mouvements. Le Haut-Valais, après Brigg, le Kanderthal, l'Oberhasli, la vallée de Misocco, celle de Coire, l'Underwald, une foule d'autres, présentent ces avantages.

Voilà déjà bien des détails. J'y ajouterai encore deux mots qui compléteront l'idée qu'on peut se faire de nos expéditions, et ces deux mots seront des chiffres relatifs, soit au nombre des lieues parcourues, soit au nombre d'écus dépensés. La tournée de cette année se trouve présenter justement, à l'un et à l'autre égard, une moyenne suffisamment exacte.

Quant au premier point, durant vingt-un jours de voyage, nous avons parcouru un total de deux cent douze lieues, ce qui fait, l'un dans l'autre, environ dix lieues par jour. Sur ces deux cent douze lieues, nous en avons fait cent en bateau à vapeur ou en char, et le plus souvent avec une grande rapidité, ce qui explique comment, sur vingt-un jours, nous en avons pu employer cinq environ en différents séjours. Ainsi, sur ces cent lieues, trente-deux, par exemple, faites sur les bateaux de notre lac en partant et en revenant, n'ont employé que dix heures, et la même chose s'est présentée sur les bateaux de Wallenstadt, de Lucerne et de Thoune. Ces cent lieues retranchées, il en reste cent douze que nous avons faites sur nos pieds, soit, en moyenne, cinq lieues et demie par jour; sur ces cent douze, nous en avons fait quatre-vingt-seize avec le havresac sur le dos; ce dernier chiffre est surtout glorieux pour nous, et dépasse la moyenne ordinaire. Les chiffres que je viens de donner expriment bien la juste proportion de marche et de véhicules qui convient à une expédition comme la nôtre. Marcher moins, ce serait compromettre l'amusement et l'entrain; marcher plus, ce serait risquer de dépasser cette limite au delà de laquelle la fatigue devient souffrance.

Quant à la dépense totale, elle s'est élevée à 2,300 francs; ce qui, divisé par vingt, nombre des voyageurs, fait pour chacun 115 francs, soit par personne et par jour 5 fr. 50 cent. Dans ce chiffre entrent tous frais quelconques, de voitures, bateaux, guides, bonnes mains de tout genre, extra, jusqu'au blanchissage, jusqu'au prix de l'or et du passe-port. Or, la bourse commune, économe en certains points, est fort large sur d'autres : elle donne des bonnes mains réjouissantes, elle ré-compense à un haut prix la prudence des bateliers et des cochers, elle ne lésine pas sur les guides, et elle sème les aumônes. De plus, tout en fuyant le luxe, elle aime à bien traiter son monde, parce que c'est là ce qui assure la bonne santé, ce qui éloigne l'échauffement et la maladie. Si l'on tient compte de ces circonstances, l'on s'assurera que ce chiffre de 5 fr. 50 cent. par personne et par jour, bien qu'il paraisse un peu élevé, ne pourrait être réduit beaucoup sans que l'agrément des voya-geurs et surtout la sécurité du chef n'eussent à souffrir de graves alté-rations. Nous faisons observer qu'il se trouve être une moyenne entre le coût d'une journée en Italie, qui est plus élevé, et celui d'une journée en Savoie, qui l'est moins. Je termine ici cette longue préface pour entrer dans le détail de nos journées, dont le caractère général se trouve suffisamment connu au moyen des considérations qui pré-cèdent.

Nous partons le 15 août, au nombre de vingt-cinq; c'est que M. le pasteur M..., ses deux fils et M. G..., nous font la conduite jusqu'à Saint-Maurice, ce qui ne contribue pas peu à jeter de l'animation sur cette première journée, celle justement qui est sujette à en manquer. La vapeur a ses charmes, mais elle a aussi sa monotonie, ses bouffées carboniques et ses petits balancements, qui affadissent les cœurs. Des deux fils de M. M..., l'un surtout a de l'animation pour quatre : le mou-vement lui est repos, le repos lui est consternation ; c'est le sieur Alfred, brimborion maigre et musclé, typé comme Murray, et tout autant Au-vergnat, n'était sa fougue d'Aliboron et le gigantesque de ses mouve-ments. Par esprit de délassement, à peine à terre, le sieur Alfred se chargera du sac d'un camarade, et prendra un pas à se fendre jusqu'au menton. En revanche, Paul est vif sans bruit, tempéré d'allure, et pour chaque angle saillant de son frère, il a un angle rentrant. Ainsi, cette paire de frères est merveilleusement assortie, chacun surabondant de ce dont l'autre pourrait manquer, et tout d'ailleurs étant commun entre eux.

Il y a des dames sur le bateau, des dames anglaises, et, suivant un usage qui est particulier à leurs compatriotes, au lieu d'aborder ouvertement et d'entrer en communication, elles attirent dans un coin un de nos touristicules, pour le questionner au sujet de nous tous. C'est l'effet du décorum. C'est un sot effet, presque désagréable quand il se répète souvent. A Lucerne, des Anglais qui dînent dans la même salle que nous, font dire tout bonnement par le sommelier que s'il y a de jeunes Anglais dans la troupe, ils aient à leur venir parler. Oh bien, oui ! C'est pousser le décorum jusqu'à la stupidité, et prendre les gens pour des bêtes à cornes. On leur fait répondre que s'ils ont quelque chose à nous dire, notre adresse est même chambre, autour de la table voisine, où ils nous trouveront. Ils n'ont pas su nous y trouver.

Faire ainsi, c'est se moquer du monde en général, c'est aussi y aller cavalièrement avec le chef, qui a bien quelque droit de savoir quel particulier converse intimement avec son monde, et qui peut avoir, au besoin, des motifs d'empêcher le colloque. Mais le décorum permet d'accoster un enfant, et il permet moins de se mettre en frais de politesse avec un maître d'école. Là est tout le mal.

Vers une heure, nous touchons à Villeneuve, c'est-à-dire que nous y toucherons, si nous ne touchons pas auparavant le fond de l'eau. En effet, l'*Aigle* ne songe déjà qu'à s'en retourner bien vite, et il nous jette pêle-mêle dans des bateaux qui flottent au hasard des velléités de deux manants. Le bateau qui nous porte regorge de paquets, de malles, de gens, les uns debout, les autres assis, certains équilibrés ; et la moindre secousse, le moindre ébranlement nous amènerait la visite de l'onde bleue. C'est peu gai. Les deux manants, l'un à l'avant, l'autre à l'arrière, debout sur les rebords, et la rame libre, font une sorte de manœuvre molle et sans accord. C'est peu récréatif. M. Topffer finit par les apostropher vivement, ce qui redouble la frayeur de quelques dames, qui aussitôt se pendent aux poches de l'orateur ; sait-on ce qui peut arriver ? Par hasard, le bateau arrive en dandinant sur la grève, et l'on en est quitte pour quelques détestables moments. Sur quoi, nous remarquons deux choses :

La première, c'est que rien n'est stupide, rien n'est aveugle, comme de mettre l'exactitude du service et la réputation ou les avantages de vitesse avant la sûreté et la vie du moindre des voyageurs. Or, tous les bateaux à vapeur, et les nôtres aussi, surtout dans les mois de concurrence, tombent, par moments du moins, dans cet écueil, et font des folies très-désagréables, à ceux surtout qui voyagent pour leur agrément. Quant à ceux qui voyagent, la montre à la main, pour aller vite, il doit leur paraître tout simple, et même spirituel, de sauter en l'air ou de barboter au fond de l'eau pour la vitesse du service.

La seconde chose, c'est qu'il n'y a de sûr pour les embarquements que les embarcadères. Ces petits bateaux que l'on surcharge, qui ont contre eux la chance du vent, celle de manquer la corde qu'on leur jette, et bien d'autres, sont des embarcations détestables, quoi que l'on puisse arguer des accidents qui ne sont pas encore arrivés, mais qui arriveront, nous n'en doutons pas. D'ailleurs, n'est-ce rien que de faire trembler les gens pour eux et pour les leurs, et doivent-ils se tenir pour contents, parce qu'on ne les a pas noyés? Beaucoup de personnes de notre connaissance ne voyagent pas par le lac pour n'avoir pas à courir la chance de ces débarquements; et, quant à nous, notre principal motif autrefois pour descendre à Villeneuve, où le bateau passait la nuit, et où le débarquement se faisait à loisir et tout près de terre, c'était d'éviter les débarquements intermédiaires et peu sûrs d'Ouchy et de Vevey. Or, qu'est-ce qui empêche l'érection d'embarcadères, ou tout au moins une station du bateau au bord de la rive? Ce n'est pas le peu de profondeur de l'eau, c'est la vitesse du service, cette stupide vitesse à laquelle les Américains, nos confrères (et nous bientôt à leur exemple), sacrifient des cargaisons de ladys et de pères de famille. L'idole des Mexicains avalait moins de monde que n'en engloutit cette idole de l'industrie, des capitalistes, des actionnaires; cette idole des désœuvrés de café, des badauds de port, des flâneurs de rue; cette idole de qui tant d'hommes attendent la richesse universelle, le mariage des hémisphères, la chute des préjugés, l'abolition de la peine de mort, la désuétude de la poudre à canon, et la société refondue et remise à neuf... la vitesse!

Sur ce, nous prenons terre, et vive la terre ferme!... Là, on trouve des omnibus, mais des omnibus à musique qui fanfarent pour le bien du service. Cette diable de musique à manivelle, qui part inopinément, qui ne s'arrête plus, qui va toujours, qui va quand même, c'est une amorce qui nous semble propre à faire fuir le gibier. On la retrouve sur le bateau à vapeur du lac de Thoune. Nous croyons qu'on la trouvera bientôt partout. C'est le progrès; les jouissances des arts mises à la portée de tous. Que de gens prêts à s'attendrir d'admiration, si on leur affirmait qu'avant cent, avant cinquante ans, du train dont nous y allons, la serinette sera à la portée du peuple, le prolétaire travaillera en cadence sur l'air de *Marlborough*, il n'y aura plus de machine qui ne manivelle une triole, plus une filature qui ne symphonise par tous ses pistons !

L'Allemand, dès Aigle, commence à ressentir ses cors et à danser sur les œufs; c'est vrai que cette route d'Aigle, si plate, si marécageuse, et pourtant jolie, donnerait des cors à ceux qui n'en ont pas. C'est qu'elle nous est archi et superconnue, et que nous ne la pratiquons jamais que de nuit ou à l'heure chaude. Or, les pays de vignes, à l'heure chaude, sont incandescents. C'est ce qui rend le vin bon, c'est aussi ce qui altère le gosier; nous entrons donc dans un bouchon. Voilà M. le pasteur, M. le professeur, et toute leur suite, qui sont au cabaret, buvant du blanc. Nulle honte, nuls remords, pas l'ombre de décorum ; on fraternise même avec des altérés qui sont là, et on s'en trouve à merveille. Après quoi, l'on s'achemine à nouveau : le soleil baisse, et nous touchons aux noyers qui ombragent les approches de Bex.

Nous évitons Bex pour spéculer par les prés; c'est l'arrière-garde qui fait cette bonne affaire pendant que l'avant-garde, qui a suivi la grande route, nous attend, *fusi per herbam*, c'est-à-dire étendue sous les ombrages. Bientôt la corne se fait entendre dans une direction alarmante pour l'honneur de ces messieurs. Aussitôt ils se lèvent en sursaut et gambadent à travers champs. Dans son empressement, le voyageur Verret oublie son sac sous l'arbre, et rejoint dépouillé et pauvre comme Job. Et le sac, s'écrie-t-on! Coup de foudre pour l'infortuné, qui rebrousse et regambade, pour rerebrousser et reregambader encore, au grand détriment des herbes et moissons. Depuis ce jour, Verret ne délaisse plus son sac, et il répare ce moment d'oubli par des heures de tendres soins.

Bientôt on arrive au pont de Saint-Maurice, et le petit homme descend de sa tourelle, réclamant le pontonnage. Ce petit homme, exact, presque mécanique pour ceux qui l'ont déjà vu souvent, fait

l'effet de ces figurines qui, dans les vieilles horloges, sortent d'un trou
et frappent l'heure ; après quoi, elles rentrent dans leur trou jusqu'à
l'heure suivante. Ce pont date du temps des Romains, et cet éter-

nel pontonnage aussi, et ce petit
homme avec. Il fit payer la légion
Thébaine.

L'abord de Saint-Maurice est toujours charmant, et d'un pittoresque
riche, antique et original. Ce qui est
original aussi, c'est que, dans ce moment, il s'y joue une tragédie. Ce
sont, dit l'aubergiste, *nos* étudiants.
Des étudiants là ! qui l'aurait cru ? Et
de la tragédie ! qui l'aurait deviné ?
Quel spectacle ce serait, non pas la
tragédie, mais les tragédiens et le
public ! Malheureusement, la cata-
strophe a eu lieu, le rideau est baissé, il ne se relèvera que demain.

L'auberge est pleine. Des gens très-altérés, à ce qu'il semble, occupent la table où nous souperons un jour. Un gros chien, race du Saint-

Bernard, vocifère à tous venants.
Un sommelier marche ran tan plan.
Des douzaines de Valaisans et autres colloquent bruyamment dans le
vestibule. L'hôte vague. Un grand
diplomate en houppelande mysté-
rieuse se promène d'un air profond en attendant la diligence. Au
milieu de tout ce bruit, nous seuls,
parfaitement calmes, nous nous
prélassons sur chaises et sofas, et
rien ne saurait altérer notre quiétude. En effet, notre destinée se
prépare dans les cuisines, pour

éclore quand ces altérés n'auront plus soif, et Frankthal, qui a mis des
pantoufles rouges, n'a garde de rien désirer au delà ; il songe au sac de

Verret laissé sous l'arbre, et cette idée le tient en joie. De son côté,
Verret songe au poivre, à propos de pantoufles, et ce songe l'entretient
en pleine hilarité. Mais voici du sérieux... tout bouge... tout se lève...
tout se recueille... c'est la soupe qui entre!

2ᵐᵉ JOURNÉE

Drôle de nuit, et caractéristique ; on la retrouve partout semblable dans toutes les auberges du Bas-Valais, tant qu'on est sur la route du Simplon. Toute la nuit, tintamarre de chaises de poste, de grelots et postillons ; vers trois heures, carillon de cloches dans toutes les églises. Ce léger vacarme altère un peu le sommeil de l'étranger, mais il ne parait pas qu'il agisse sur celui des naturels ; ou bien serait-ce parce qu'ils ne ferment pas les yeux la nuit, que les Valaisans ont, de jour, l'air si endormi ? Vers six heures, nous sommes tous debout, hormis nos compagnons M. le pasteur M. et M. G., que nous quittons, livrés aux douceurs du premier sommeil. Il s'agit de gagner le déjeuner par trois lieues de marche qui nous feront arriver à Martigny. Plusieurs, qui se sentent déjà un creux terrible, achètent des prunes pour combler la fosse ; entre autres, le voyageur Percy marchande un corbillon auprès d'une femme qui lui répond : « Bâillerez c'qu'ou plaira (ce qu'il vous plaira.) » Percy croit qu'on lui demande *cinq complairas*, et le voilà bien embarrassé. Il voudrait acquérir les prunes, mais cette monnaie lui est totalement inconnue, à Verret aussi, et à tous nos numismates. On vient à son aide et l'affaire s'arrange; Percy mange des prunes.

Plus nous visitons Pissevache, ou du moins plus nous avons eu l'occasion de voir d'autres cascades, moins celle-ci nous paraît mériter sa réputation; elle n'a ni encaissements mystérieux, ni végétations élégantes ou fortes, ni entourage séduisant; et quant au volume d'eau, il est ordinaire. Pendant que nous nous reposons en face de la merveille, une voiture arrive, s'arrête, et le cocher descend pour réveiller toute sa cargaison de dames. Holà! hé! la cascade! Les dames ouvrent les yeux, bâillent à la cascade, descendent sommeillantes, se laissent promener dans l'herbe mouillée et sous la rosée du phénomène, et, après avoir accompli ce pèlerinage de rigueur, elles remontent en voiture, justement assez réveillées pour réfléchir combien tout cela est peu récréatif.

Nous n'approchons jamais de Martigny à jeun et par un beau soleil, sans éprouver tous les effets d'une entière démoralisation. La colonne s'étend alors sur une lieue de pays, et hormis un ou deux hommes d'avant-garde, tout le reste se compose de traînards disséminés, s'informant des distances ou jonchant le bord des fossés. L'Allemand pile, pile, le tout en pantoufles rouges; Arthur est vu pour la dernière fois, par l'avant-dernier des traînards, assis auprès d'une flaque, où il considère des grenouilles. Il arrivera après que nous aurons tous déjeuné. « Eh! que faisiez-vous donc? — Je considérais des grenouilles... » C'est comme ceux qui portent des toasts parce que ça désaltère, ou comme les meuniers qui portent des chapeaux blancs pour se couvrir la tête.

Trois messieurs déjeunent sur la table que nous venons de quitter, et quels messieurs! énormes, rubiconds, florissants, mais qui mourront

avant l'âge, s'ils continuent de déjeûner de la sorte. Ils se font servir de
si bonnes choses, et ils les mangent avec un si large et bel appétit, que,
tout repus que nous sommes, la faim nous revient rien qu'à les voir, et
le seul respect humain peut empêcher quelques-uns d'entre nous de
sauter sur leurs côtelettes.

On prend ici deux chars pour franchir le grand ruban qui commence
à Martigny. C'est, d'une part, une calèche mollement suspendue, dont
les moelleux balancements endorment les sept voyageurs inclus, en
sorte qu'ils présentent l'intéressant spectacle de l'innocence au berceau.
D'autre part, c'est un char à échelles suspendu sur essieux, et dont les
cahots tiennent en vie et en joie les quatorze voyageurs restants qui
pilent, pilent, et sans pantoufles rouges. Dans ce char, on élève des
drapeaux, on fait une voilure, on chante, on fraternise; il n'y a d'infortunés que ceux qui se seraient proposé de dormir. Du reste, nous
allons en poste, et à Riddes on change de chevaux et de postillons.

Le postillon du char est un homme d'âge, large d'épaules, haut en
couleur, qui cause dru, fouette sans cesse, et connaît admirablement
les mérites de chacun des plants de vignes que nous dépassons. « Ceci,
dit-il, c'est de la malvoisie, et puis bonne! vous la paierez deux francs,
vous autres; nous, vingt sous: c'est juste. Moi j'en bois de préférence,
par rapport au médecin, qui m'a défendu de toucher au mauvais. Le
mauvais vin, c'est fatal! Beaucoup périssent par le mauvais vin. Du
mauvais, ça vous abrége la route du cimetière; de la malvoisie, ça
vous pousse dans le siècle.... et pli, pla! nous allons ventre à terre;
pile qui veut. » En moins de trois heures, nous sommes à Sion, où
toute la compagnie débarque sous les yeux de toute la capitale.

Le temps est magnifique, et l'heure peu avancée. Devant l'auberge,
à la même place où nous l'avons vu souvent, végète cette sorte de
crétin manchot qui sert à Sion de domestique de place pour faire voir
aux étrangers l'église des *Jésitivisites, les Aghettes et les Masettes*, deux
choses inconnues. Il reconnaît M. Topffer, et sourit à la société; nous
l'engageons aussitôt pour qu'il nous guide sur ces monts pittoresques,
couronnés de constructions crénelées, qui dominent la ville de Sion.
Nous faisons là un pèlerinage charmant. L'endroit est désert, la vue
de toute magnificence, et tout y convie irrésistiblement les artistes à
prendre leurs crayons : rocs, ruines, lointains, mouvements du sol,

arbres, et surtout murailles moussues, constructions séculaires tapis-
sées de jeunes plantes, percées de jours, assises sur de vieux arceaux,
tout s'y rencontre de ce qui charme et ravit les peintres.

De cette solitude nous faisons notre domaine. Plusieurs dessinent au
bruit des éclats de rire de leurs camarades. Ceux-ci ont, en effet, découvert dans le crétin aux Aghettes une disposition à la vanterie et un tour
d'esprit fanfaron, qui, vu le personnage, sont effectivement impayables.
Notre homme a servi la France, et tué force ennemis, plus de cent cinquante, dit-il. « Vous voyez cette tour? c'est là qu'on enferme les mé-
chants prêtres, et l'on me remet la clef; et puis, qu'ils bougent! » et
beaucoup d'autres propos analogues. Cependant le soleil se couche.
Après une visite sur l'esplanade du vieux château, d'où l'on domine
toute la vallée du Rhône dans les deux sens, nous reprenons doucement
le chemin qui mène au souper.

Après le repas, madame Muston, notre hôtesse, nous surprend fort
en nous apprenant que nous avons mal soupé, et qu'en conséquence
elle veut nous régaler de malvoisie. C'est là un raisonnement où, bien
que les prémisses soient fausses, la conclusion est admirable. Le malvoisie est servi... savouré... Pas si bête le postillon de Riddes! il est évident que cette liqueur-là ne peut que ressusciter les morts. Nous faisons
participer à la fête un monsieur du Tésin, qui soupe au bout de notre
table : c'est un bel homme de trente à qua-
rante ans, qui voyage à notre façon. Derrière nous, assis ténébreusement, sont
des gentlemen à grand décorum ; on n'ose
les faire boire.

Ces choses faites, on gagne les lits.
Ce que voyant, notre Tésinois se lève,
et dans un mouvement de cordialité antique, il demande à M. Topffer la permission de l'embrasser sur les deux
joues. « Qu'à cela ne tienne! » Et les
voilà qui s'embrassent et se réembrassent chevaleresquement.

EGLISE DE WISP.

3me JOURNÉE

Encore une demi-journée en char. Le Valais, jusqu'à Brigg, n'est qu'un long ruban de poussière, et le parcourir à petites journées, ce serait mal employer son temps. Nous prenons donc trois chars à bancs. Dans le premier, on converse agréablement; dans le second, il y a vacarme intestin; dans le troisième, on goûte les douceurs du sommeil. De nos trois cochers, deux ont pour principe de mener de la voix, jamais du fouet; aussi l'un dit sans cesse : Allez, Lisette! l'autre: Aberidochlach! Mais les coursiers ne tiennent aucun compte de ces paternelles invitations. Vers midi, nous arrivons à Tourtemagne pour y déjeuner.

Il y a une cascade à Tourtemagne, et plus belle que celle de Pissevache. Nous allons la voir, et un jésuite aussi, qui promène un tout petit

collége de cinq Alibo-
rons ; on dirait un
grand pâtre qui mène
cinq agnelets le long
du fossé. Pendant no-
tre promenade, le ciel
commence à prendre
un air cascade aussi,
et la vallée passe du
riant au diaphane.

C'est le père Si-
mond qui tient l'hôtel de Tourtemagne. Le père Simond est un gros
ventru circonspect, qui emploie un sommelier grêle et de couleur
tendre. Entre eux deux, il nous font faire un déjeuner exquis et abon-
dant ; seulement, quand on demande du pain au sommelier grêle,
il va voir le baromètre, et rapporte des nouvelles du temps. Cet homme
croit que nous vivons de l'air du temps (excellent calembour improvisé
longtemps après).

On prend congé du père Simond pour s'engager dans un ruban de
cinq lieues. Le ciel s'assombrit toujours plus ; néanmoins, après quelques heures de voiture, la marche fait l'effet d'un soulagement. La route
est bordée de fossés marécageux où croissent de magnifiques roseaux.
Bryan l'oiseleur, et quelques haut-fendus, enjambent pour s'en procurer. Voyant cela, Percy enjambe pareillement, et puis, moins fendu
par la nature, il plonge sa jambe dans la vase. Percy est surpris de la
chose, mais pas du tout décontenancé. Il retire son pied et s'achemine, tout aussi content de sa taille qu'auparavant.

A Wisp, il y a un pont couvert d'où l'on découvre un charmant
paysage. Pendant que nous sommes occupés à en faire le croquis, passe
un crétin impayable. Il porte une canne qu'il balance involontairement
d'un air ombrageux et tambour-majour ; on dirait qu'il nous passe en
revue et qu'il n'est satisfait ni de la tenue ni du fourniment. M. Topffer
s'empresse de le faire entrer dans son paysage. On le trouvera plus bas.

Au moment où nous quittons le pont couvert, voici les cataractes
du ciel qui s'ouvrent, et la nature qui passe du diaphane au diluvien.

Gervais, qui a déjà son imperméable sur le dos depuis une heure,
est au comble de ses vœux ; Régnier déploie le sien et y donne l'hospitalité à Blanchard : on dirait Paul et Virginie. Les autres se font petits,
enfoncent leurs chapeaux, ferment les écoutilles, pressent la marche,
ce qui n'empêche pas qu'ils ne soient perméés à fond ; néanmoins ils
vivent d'espoir et finissent par se persuader que cette pluie annonce
le beau temps. Certains qui sont abrités sous le péristyle d'une chapelle, y font la découverte d'une porte en bois chargée de sculptures du
quinzième siècle, qui sont d'un goût et d'une élégance admirables. Certains autres, qui sont entrés dans une cabane, y font la découverte de
bons Valaisans hospitaliers, de qui ils obtiennent du vin pour tremper
leur eau. D'autres, enfin, sont déjà à Brigg, où toute la caravane se
trouve avant la nuit, réunie, séchée, et possédée d'un appétit vengeur.

4ᵐᵉ JOURNÉE

Le temps est sinistre, la nature mouillée; il a plu toute la nuit. De grises vapeurs cachent toutes les cimes, s'élèvent de toutes les gorges; néanmoins, nous nous acheminons, quitte à nous comporter selon les circonstances. Laissant derrière nous le Simplon, nous franchissons le Rhône pour en remonter la rive droite jusqu'à la source du fleuve. Plusieurs supputent combien de fois nous avons traversé le Rhône à partir de Genève, et l'on découvre à cette occasion qu'un des voyageurs passe et repasse les plus grands fleuves sans s'en douter. Il se croit dans le prolongement de la rue de Cornavin.

Harrison et Sterling, venus directement d'Angleterre et par la France, où le catholicisme n'est un peu bien logé que dans les grandes villes, sont très-surpris de rencontrer partout des chapelles et des images; aussi visitent-ils les unes et les autres curieusement, dans la compagnie d'Arthur, à qui ils communiquent leur goût d'observation. Il s'ensuit que, durant toute cette journée, ces trois voyageurs forment une arrière-garde très en arrière et tirant sur le traînard.

Le Valais, au-dessus de Brigg, devient beaucoup plus pittoresque et plus varié d'aspect. Dans la première partie, ce sont de belles forêts entrecoupées de prairies, de ravins; une petite route à chars serpente à travers ces charmants endroits. Au-dessus de Lax, la végétation est uniquement composée de sapins; mais les pâturages s'élargissent, le plateau s'élève, et l'on ne se sent plus, comme dans le Bas-Valais, profondément encaissé entre des montagnes immenses et rapprochées. L'air y est pur et léger, les habitants propres et de bonne mine, sans mélange de crétins ni de goitreux. De distance en distance, on rencontre leurs petits villages, dont l'aspect est caractéristique : ce sont des cabanes toutes construites en bois, qui se serrent les unes contre les autres, comme pour se tenir chaud, et l'herbe du pâturage enclôt de toutes parts ces nids de montagnards. Au-dessus du village, sur quelque rocher ou abritée par la lisière de la forêt, s'élève l'église, dont la blancheur contraste avec la sombre noirceur des bois. Tout autour et au loin, les vaches paissent en liberté, et le son harmonieux des clochettes achève de donner à cette scène un caractère de poétique simplicité. Tout en marchant, l'esprit et les yeux se reposent sur ces agrestes tableaux. Et qui empêche qu'on ne se livre aux illusions de désir ou de regret qu'ils font naître, que l'on ne fasse des hypothèses de philosophe, des retours sur sa propre destinée, des songes d'âge d'or? Qui empêche qu'à l'exemple de M. Vieux-Bois, mais dans le secret de son propre cœur, l'on n'ait des velléités bucoliques, l'on ne prenne, un quart d'heure durant, la houlette et le nom provisoire de Tircis? Mais j'anticipe; nous ne sommes pas encore arrivés au plateau.

A une heure de Brigg, et pendant que nous sommes à considérer des arbres qui, lancés du haut d'une montagne, bondissent au fond d'un couloir de rochers, la pluie commence à tomber, et elle nous accompagne jusqu'à Lax. Avant d'arriver à ce village, on gravit, sur une route en zigzag, le flanc escarpé d'un mont. Plusieurs spéculent en droite ligne pour éviter les zigzags, et, parmi ces chevreaux, on remarque le voyageur Zanta, qui, depuis ce jour, y regardera de plus près avant de s'aventurer dans des rocailles abruptes et que la pluie rend glissantes. Zanta arrive à ne pouvoir plus avancer, ni reculer, ni tenir en place : au-dessous de lui est un profond abime. MM. Topffer et Henri accourent effrayés pour tenter de l'arrêter au passage s'il vient à rouler en bas ; au même moment, Régnier, arrivant d'en haut, parvient à lui tendre

la main, et la délivrance de
Zanta nous arrache à une
courte mais épouvantable
angoisse. On attend ici les
traînards pour qu'aucun ne
s'engage dans la même aventure, et telle est, dans notre
siècle, la fureur de spéculer,
que ces traînards en sont
tous marris.

Au surplus, l'inexpérience
compromet, et l'inexpérience
tire d'affaire. Celui qui,
comme les jeunes gens,
ignore le danger ou ne le
raisonne pas, a mille avantages pour le combattre. A
la place de Zanta, étendu
sur des rocailles et accroché
à une racine, mais qui trouve

cela plus gênant encore que dangereux, mettez un prudent père de famille
qui sait à fond tout le désagrément des abîmes, et qui raisonne, pendu
à sa racine, sur le désespoir de son épouse et l'infortune de ses enfants,
en cas qu'il vienne à choir, il est très à craindre que la tête du pauvre
homme ne se brouille, et que de son épouvante ne naisse sa perte.

Il n'y a qu'un père de famille dans la troupe, et, le moins qu'il peut,
il se confie aux rocailles et aux rejetons ; toutefois il n'a pas parcouru
si souvent les montagnes sans connaître ce sentiment d'abandon et de
danger, dont l'effet est de repousser le cœur avec une extrême véhé-
mence vers les objets d'affection que l'on a laissés au logis. Bien souvent,
sans qu'il y ait danger réel, il y a risque immédiat ; l'on voit la mort
à trois pouces de soi, mais elle ne peut vous saisir, et il dépend de
votre prudence que vous ne lui donniez aucune prise ; dans ces moments, le foyer domestique, les enfants dans toute leur grâce aimable,
la patrie sous son air le plus chéri, vous apparaissent, vous émeuvent ;

et quand l'étroite corniche est franchie, avec quelle vivacité vous sentez la valeur de ces biens, avec quel transport vous vous dites que vous les possédez encore !

A Lax, on nous sert le déjeuner dans une salle dont M. Topffer n'a point perdu le souvenir, bien que douze ans se soient écoulés depuis qu'il y soupa en 1826. C'est l'architecture et le style valaisans dans toute leur pureté ; on ne les retrouve ainsi que dans quelques endroits du Haut-Valais ; plafond en bois orné de compartiments à moulures ; poêle en pierre, avec niches chaudes entre le poêle et la paroi, et les armes du Valais sculptées sur le front du séculaire édifice ; de grands portraits d'ancêtres graves, accoutrés dans toute la rigueur du costume ; une longue table antique dont les solides ferrements sont travaillés avec élégance et le pourtour orné de sculptures pleines de goût ; un grand bahut pareillement ciselé sur trois faces ; des images, des crucifix, une aiguière en étain, complètent l'ornement de cette salle, dont les fenêtres, à carreaux hexagones, sont basses, mais à la portée du coude, et de plus contiguës dans deux des côtés de la chambre. La fenêtre, c'est l'un des articles de confort du paysan suisse : elle est ordinairement vitrée avec soin, tenue avec propreté, toujours placée du côté ouvert de la vallée, et chacune des deux croisées a de petits portillons, aux fins de ne laisser entrer dans la cabane que juste ce qu'il faut de chaleur ou d'air frais. Souvent, au-dessous, une petite galerie supporte quelques caisses d'œillets, dont la fleur rouge brille d'un admirable éclat sur sa touffe de feuilles grisâtres. Le dimanche, on voit assis auprès de son portillon ouvert, le montagnard, qui, de là, regarde ses bois, ses herbes, l'air du ciel, le passant, et qui coule doucement sa journée dans un religieux repos. Car plus on pénètre avant dans ces vallées, plus on retrouve dans le dimanche le jour du Seigneur ; une sainte solitude règne dans les prairies, tous les habitants ont mis leurs vêtements de fête et brillent de propreté ; le matin, ils se pressent dans l'église ou prient agenouillés autour du portail ; le soir, quand la chaleur baisse, ils causent ensemble, appuyés contre la clôture d'un pré ou assis sous le porche de leurs cabanes. Le vin est trop cher sur ces hauteurs pour que le dimanche y soit, comme dans nos campagnes, le jour des buveurs et la fête des cabarets.

Les hôtes seuls de cette auberge ont changé. En 1826, c'étaient deux hôtes corpulents, mari et femme, ayant déjà l'air ancêtre ; aujourd'hui, ce sont de jeunes époux qui ont plus d'empressement que d'aplomb, mais à qui l'âge viendra, nous n'en doutons pas, et même l'air ancêtre. Des guides qui nous ont flairés sont par là, au nombre de trois, et tous sont des *retours*. M. Topffer, sentant l'avantage de sa position, fait mine de ne point vouloir de guide, et, par ce moyen bien simple, il en engage un à bas prix et en a un autre qui vient pour rien, ce qui veut dire pour ce qu'on voudra, lui et son mulet. On charge sur la bête d'abord un sac, puis deux, puis douze, puis Auguste par-dessus. Et l'homme, qui voit en espérance sa bonne main se grossir, est tout joyeux; il voudrait charger toute la caravane. Les pactes libres valent mieux que les pactes tarifés; à l'abri derrière un tarif, un guide est malotru tant qu'il veut. Il faut excepter toujours les guides de Chamounix, qui ne se croiraient pas guides s'ils n'étaient remplis de complaisance et de politesse.

Nous croisons un touriste de l'espèce nono [1]; c'est un grand Anglais sinistre, en jaquette, et qui fait en silence, et sans paraître regarder le pays, de grands pas mesurés. Deux hommes haletants courent après lui, portant sa valise et des carabines; c'est pour tuer des chamois. Tout le monde sait combien c'est facile, avec deux hommes surtout, une valise, de quoi changer de chemise et se faire la barbe. J'ai oublié de noter plus haut qu'il ne faut pas faire dépendre l'agrément d'un voyage du nombre des chamois qu'on tuera, ni le nombre des chamois qu'on tuera du nombre des carabines qu'on emportera.

A partir de Lax, nous avons un temps magnifique : tout est riant et plus frais, comme il arrive après la pluie; et puis l'appétit est dévorant, et Harrison va demandant dans toutes les cabanes à acheter du pain; il n'en trouve nulle part : « Je croyè, dit Harrison, qu'il vivè, cette gens-là, sur l'air, comme les chamélions. » M. Topffer, plus heureux,

---

[1] Voir, *Voyage à Venise*, 5e journée.

parvient à acheter du sucre chez un barbier, et, dans une halte, il en-

sucre toute la population des marmots du village. Ce sucre leur est plus précieux et plus rare à posséder qu'à nous l'ambre. Une vieille dame du Bas-Valais se trouve par là : « Que c'est joli, madame, par ici! » lui dit M. Topffer. Les naturels croient qu'on plaisante, et ils sourient. « Vous dites vrai, répond la dame; de bonnes gens, propres, et point de crétins! Oh! un bon pays, monsieur, c'est sûr; tous pauvres et aucun misérable..... »

Il s'agit à Munster de faire une buvette économique; nous entrons dans l'auberge, qui est tout ouverte et assez jolie. Holà! hé! Personne ne répond; on appelle dans le village : personne non plus. Tout le monde est aux foins; alors nous nous asseyons pour prendre patience. Arrive enfin des montagnes un petit hôte propre et disert, qui nous fait en termes précieux des raisonnements tendant à nous retenir chez lui; mais nous sommes décidés à pousser jusqu'à Obergesteln; de sorte que l'on part au moment où arrivent les visiteurs de chapelles, qui tombent sur nos restes.

En approchant d'Obergesteln, nous sommes vus de loin par notre hôte futur, qui plante là foin et râteaux pour nous courir après. L'au-berge est une petite boîte, assez jolie d'ailleurs, mais que nous remplissons jusqu'au couvercle. Un rémouleur est devant la porte, qui aiguise les couteaux de la vallée ; aussitôt tous les nôtres passent successivement sur sa meule. Un homme forge sous un hangar ; quelle trouvaille ! Aussitôt toutes les piques ou cannes qui clochent lui sont apportées, et il prend des commandes de quoi forger toute la nuit.

L'endroit lui semblant convenable et l'homme digne, M. Topffer confie aussi son bâton. Ce bâton a fait environ quinze voyages et rendu mille services ; néanmoins, bien que ferré, il a perdu par l'usure deux pouces et demi de sa longueur. Ce sont ces deux pouces et demi que le cyclope d'Obergesteln est chargé de rendre au vieux serviteur. Alors se dissipe la triste idée d'une séparation prochaine, et s'ouvre tout un avenir de soins mutuels entre M. Topffer et son bâton. Le corbin de cette canne est orné d'un riche pommeau d'argent, ramassé en 1830 sur la route du Saint-Bernard. La forme en est insolite, et c'est pourquoi, dans les cantons, M. Topffer est toujours reconnu au pommeau de son corbin avant de l'être à sa figure ou à son parler.

Verret procède ici à une reconstruction entière de son sac à planches, qui a des indocilités obstinées. Quand tout est fini, clos, ficelé, il serait à désirer que le sac fût ouvert, afin que Verret changeât de chemise, car les gouttes lui tombent. O Verret, Verret ! dit l'Allemand, qui du reste, depuis qu'il est dans la montagne, a vu disparaître ses cors, et marche des mieux, sans tambour ni pantoufles.

Le repas est funéraire ; deux tout petits cierges éclairent la scène, et des spectateurs fantômes errent à l'entour. Tout vient à point pourtant, et l'on va dormir dans les petites boîtes.

Grande anarchie dans le lit de Blanc et Noir (Blanchard et Percy, qui n'est pas blanc).

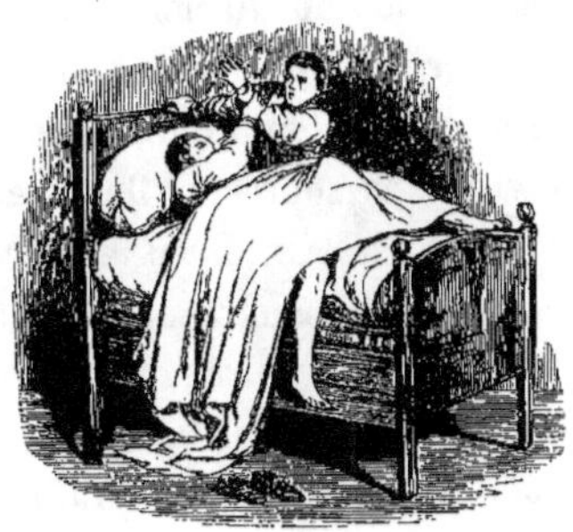

GLACIER DU RHONE.

5me JOURNÉE

Le temps est radieux et par un grand bonheur, car il s'agit de passer la Furca, sous peine de demeurer coi dans notre boîte. En deux heures nous atteignons Oberwald, le dernier village du Valais, puis les bases stériles du Mayenwand, et enfin le glacier du Rhône, qui comble la vallée dans toute sa largeur. Avant tout, nous déjeunons dans la petite boite de mélèze qui est au pied du glacier. M. Topffer y demande du thé : on lui sert sans hésiter une infusion de jolies fleurs bleues; c'est du thé de Suisse : l'autre n'est pas connu dans cet endroit.

Nous allons ensuite visiter la source du fleuve et la voûte du glacier, qui est en ce moment admirable. On dirait les arceaux gothiques d'une belle cathédrale; arêtes et parois chatoient de mille reflets, les uns ver-dâtres, les autres bleus ; les uns sourds, les autres vifs et scintillants. On n'ose pénétrer sous cette voûte, qui sans cesse se détruit pour se re-former sans cesse ; mais, du haut de la moraine du glacier, les voyageurs, unissant leurs efforts, font rouler en bas d'énormes quartiers de rocs mal équilibrés.

Nous avons décrit ailleurs la montée de la Furca, il suffit de rappeler qu'elle est fort rapide; en conséquence on multiplie les haltes, et à tout moment un amateur venant à s'étendre par terre, tous les autres en font autant pour qu'il n'y soit pas seulet. M. Topffer dessine ici le cheval de notre guide. Celui-ci vient voir, approuve, critique, et donne avec sollicitude des renseignements sur la bête. C'est que M. Henri lui a mis la puce à l'oreille. « Ce monsieur que vous voyez, lui a-t-il dit, il dessine tout parce qu'il écrit des livres ensuite. — Et les chevals? — Les chevals aussi. » C'est alors que le bon homme est bien vite venu donner des renseignements.

De halte en halte, on arrive au sommet, d'où l'on découvre un immense horizon de montagnes, sans aucune trace de végétation nulle part. A quelque distance, une caravane de messieurs et de dames montent à mulet le revers neigeux que nous allons descendre. Ce ne sont pas des nono, car ils font des signaux avant même de savoir qui nous sommes. On répond à ces avances, la caravane approche, arrive, et se mêle à la nôtre. Ce sont des Français très-aimables, très-communicatifs, et un petit chevreau qui les suit depuis deux heures. Une des dames reconnaît Percy, qui ne se hâtait pas de la reconnaître. C'est la première, il y en aura d'autres, et nous serons obligés de confesser que le Percy est très-connu dans le monde. Cette caravane s'éloigne en nous laissant le chevreau, qui s'est décidé à passer dans notre troupeau, où on le comble d'amitiés, de croustilles et de tabac, dont il est particulièrement friand.

Après quelque séjour sur ce col, nous entreprenons de descendre. Il faut ici passer sur d'immenses pentes de neiges que l'on peut traverser obliquement pour gagner un sentier qui en longe le côté, et que l'on peut aussi descendre directement en glissant à la façon des guides. Plusieurs, ce sont les prudents, se décident pour l'oblique; d'autres, aventureux ou seulement novices et curieux de s'essayer, se lancent dans la pente. A peine sont-ils en route, qu'ils chutent, s'étalent, convulsionnent, et descendent, les uns sur le ventre, les autres sur le dos... Cependant, au milieu d'eux, l'oiseleur Bryan descend debout, sans broncher, et arrive vainqueur au bout de la resplendissante lice.

Voyant cela, le voyageur Harrison veut essayer de cette façon d'aller;

il quitte le sentier, il met le pied sur la neige, puis le derrière, puis la pente l'emporte, et malgré ses réclamations, malgré ses assurances qu'il se repent, et qu'il reprendra le sentier pour n'en plus sortir, Harrison va son train, glisse, roule, tourbillonne, désapprouve, s'indigne, expectore des vociférations d'honnête homme compromis..... Heureusement la neige se tasse sous lui, et le voilà qui jouit de quelque repos. Mais il est encore au milieu du désert, et bien averti que s'il bouge, la pente va le reprendre et l'emporter de nouveau, sans lui demander permission.

« Harrison! Harrison! lui crie-t-on, ne bougez pas! — Je ne bouge pas!... » Au même instant Harrison repart pour ne s'arrêter plus qu'à deux pieds d'un trou noir. On lui lance une pique, la pique entre dans le trou; Harrison y arrive aussi, sa jambe s'y engage, et la pique s'engage dans son pantalon. On le croit alors au plus fort de la crise, lorsque, patatras! la neige s'écroule sous lui, et le voilà assis au fond d'un ruisseau, les pieds en l'air... Si la caravane n'a pas littéralement crevé de rire ce jour-là, ce n'est la faute ni de Harrison ni de la caravane. Plusieurs en sont à se rouler par terre, livrés à des éclats inextinguibles, qui se renouvelleront chaque fois qu'il sera question de l'aventure, ou seulement de neige, ou seulement de pente ou de trou.

Le reste de la descente se fait sans encombre. Bryan l'oiseleur, au sortir des neiges, voit un oiseau, prend une pierre et abat sa proie; c'est sa manière. D'autre part, le petit chevreau nous est fidèle, si fidèle que nous ne pouvons parvenir à le perdre, ni à l'effrayer assez pour qu'il se sépare de nous. Il nous faut le livrer à des femmes du pays que nous croisons, et qui l'emmènent de force. Le sentier, en approchant de Réalp, devient perfide et dangereux.

Réalp est au pied de la Furca, à l'entrée de la verte vallée d'Urseren. Toutes les fois que nous y avons passé, nous y avons trouvé les naturels embresaillés, c'est-à-dire barbouillés jusqu'aux yeux d'une lie violâtre, à la façon des satyres en goguette. La faim est canine : craignant l'émeute, le chef se décide à faire une distribution de vivres, assez pour empêcher une révolution, pas assez pour ôter l'appétit que réclame le souper. En effet, nous n'avons plus que deux heures de marche jusqu'à l'Hôpital, où nous atteignons la grande route du Saint-Gothard.

Adieu les auberges tranquilles et les hôtes empressés. Nous voici sur un chemin où l'on ne considère comme voyageurs dignes de quelque attention que ceux qui arrivent en chaise de poste ; aussi sommesnous reçus d'une façon disgracieuse, et tolérés plutôt qu'accueillis, jusqu'à ce que pourtant on ait eu le temps de reconnaître que nous sommes d'assez bonne compagnie. Malheureusement cette découverte n'a lieu qu'après le souper, qui est en conséquence maigre et mal servi. Sans le fromage de Réalp, nous aurions les dents longues. Pendant le repas, l'oiseleur Bryan part pour Andermatt, où sont des ornithologues ; il y fait, comme don Quichotte dans la caverne de Montésinos, un mystérieux séjour, et il en revient ruiné.

On nous reprend une de nos chambres, avec notre consentement pourtant, et en revanche deux paires coucheront sur des lits futurs, dans la salle où nous soupons. Cette chambre contient toutes les chaises de la maison, en sorte que jusque par delà minuit, tout l'hôtel s'y viendra fournir de chaises au détriment des deux paires, qui feront des songes étranges et des remarques intimes.

HOSPICE DU SAINT-GOTHARD.

6ME JOURNÉE

Nous avons à faire aujourd'hui un passage intéressant, celui du Saint-Gothard; nous partons à pied, à jeun, de grand matin et nos sacs sur le dos. Un froid brouillard enveloppe la montagne, en sorte qu'à deux pas nous avons déjà perdu de vue l'Hôpital.

M. Topffer, avant de quitter cet endroit, a voulu y mettre une lettre à la poste. C'est une femme qui est l'unique employée. « Faut-il affranchir? — Pour quel pays? — Pour Genève. — C'est trente sols. — Je croyais qu'on n'affranchissait pas pour la Suisse. — Est-ce en Suisse, Genève? — Oui. — Alors il n'y a rien à payer. » Nous sommes un canton bien neuf; mais celui-là est aussi par trop primitif.

Un marchand de bœufs de l'Underwald monte avec nous. Il sait le français; on parle politique. Cet homme n'entend rien à la question d'Orient ni à celle d'Alger, mais c'est merveilleux comme il connaît, traite et expose bien toutes les questions relatives à son petit canton, dans ses rapports avec les cantons voisins. Nous sommes, M. Henri et

MONTÉE DU SANT-GOTHARD. — COTE DU NORD.

M. Topffer, bien loin de connaître et de comprendre aussi bien ce qui
intéresse notre petit pays ; en revanche, nous avons des données sur
l'Inde et des opinions sur Alger.

Le brouillard s'élève et le temps se met au beau. A la hauteur où
nous sommes, il n'y a plus de forêts, plus d'arbres en vue ; il n'y a pas
même de pâturages : ce sont de toutes parts des rochers recouverts d'un
lichen verdâtre, ainsi qu'on en remarque au Saint-Bernard, au Grimsel.

Ces rochers ont des formes nobles et majestueuses, plutôt qu'abruptes et irrégulières, et la beauté du paysage est entièrement dans
les lignes et la couleur de ces gigantesques masses. Comme dans tous
les paysages analogues, la grande route, perlée de bouteroues, et con-
tournant les contre-forts des montagnes, ressemble assez à un fin collier
reposant sur une colossale poitrine.

Plusieurs s'engagent dans une spéculation par la vieille route. Cette
route remonte le fond de la vallée en compagnie du torrent, qui tantôt la
longe, tantôt la traverse ; et de là tout le mal ! En effet, la division Henri
s'embrouille, passe le fleuve aux mauvais endroits, manque la route aux
bons, se rallie sur des iles sauvages, et manque le pied sec à tous moments.
Découragé par ces événements, M. Henri côtoie la rive droite sans rencontrer de gué ; on lui fait des signaux, mais il semble décidé à remonter
le fleuve jusqu'à sa source, pour mieux tourner la difficulté. D'autre part,
Harrison passe et repasse l'eau, écrase les poissons, éclabousse les rochers, et toujours il arrive à des iles d'où il faut encore, pour sortir,
écraser, éclabousser. Harrison n'y comprend rien, et proteste. A la fin, il
se lance d'ile en ile et arrive à la terre ferme, naufragé de la tête aux
pieds, tandis que la division Henri y arrive enfin par la voie sèche.

Mais, pour qui a un havresac sur le dos et rien dans l'estomac, la
terre ferme est de mince secours, et de bien peu d'agrément. Au bout de
deux heures, une effroyable démoralisation s'empare de tous les voyageurs ; vainement M. Topffer essaie de distraire ces malheureux par des
considérations tirées soit de la beauté des aspects, soit des douceurs
prochaines du déjeuner. Ventre affamé n'a point d'oreilles. Le vulgaire
halte à chaque pas, plusieurs déclarent qu'il leur est impossible d'aller
plus loin ; les plus courageux ont des mines creuses, affligées, et marchent d'un air vieille garde revenant de Russie. Heureusement, au
bout de la troisième heure, on atteint un plateau ; c'est le haut du col.

Voici l'Hospice, voici le déjeuner tout prêt, surabondant, et les joies du paradis qui succèdent aux tourments de l'enfer. On est très-bien accueilli, très-bien servi dans cet Hospice, et ce n'est pas la faute de quelques fainéants de capucins, qui, gras et repus, végètent çà et là au soleil.

Par un beau temps, ce plateau, sur lequel s'élèvent diverses constructions, où l'on voit des chemins qui se croisent, deux lacs et un air d'animation, ne présente rien de l'aspect sévère du Saint-Bernard. L'Hospice est un joli bâtiment, mais qui n'a ni vétusté, ni poésie, ni d'autre caractère religieux que celui que lui impriment ces quelques oisifs encapuchonnés.

L'air étant très-vif, nous allons chercher le soleil dans une enceinte de rochers qui nous abritent contre le vent. Avec cette disposition au frisson, qui est assez ordinaire sur les cols élevés, rien n'est plus agréable que de se griller à fond dans quelqu'une de ces anfractuosités des rochers; mais si le vent et le soleil arrivent du même côté, ce plaisir-là n'est plus possible, et il n'y a d'autre chose à faire que de repartir bien vite et de marcher ferme.

A quelques pas de l'Hospice, on laisse sur la droite une petite chapelle, construction robuste et grossière plus qu'élégante, faite pour ré-

sister à la rudesse des hivers; nous en donnons le dessin. Bientôt l'on

arrive à l'extrémité du plateau qui forme le sommet du col, et l'œil
plane tout à coup sur un spectacle des plus curieux : c'est la route, dont
les infinis contours se développent en serpentant jusqu'au fond d'une

gorge ardue et profonde :
on dirait un immense rep-
tile qui se ramasse en onduleux replis, et dont la
tête fouille dans les en-
trailles de la terre. La caravane pousse des cris de
surprise et de joie, puis elle
se met en devoir de des-
cendre. Comme l'on peut
croire, ce chemin en zigzag
est éminemment favorable
au génie de la spéculation;
bientôt tout s'éparpille,
tout rivalise; de toutes parts
les hardis Lilliputiens franchissent le dos du reptile,
et quelques-uns arrivent au
fond du gouffre, que d'autres marchent encore sagement dans les régions
moyennes ou supérieures.
Vue d'en bas, cette route
présente un aspect moins
bizarre mais tout aussi intéressant. Les zigzags sont
brisés et épars, ils s'écha-
faudent les uns sur les autres, et jusqu'à la dernière
sommité on découvre des
fragments du collier de bouteroues. Nous demeurons

là en admiration devant l'industrieuse audace des hommes en général, mais surtout des hommes libres, des hommes d'Uri, de ce petit canton qui a su faire avec ses minces ressources un ouvrage aussi beau que celui du Simplon, ce chef-d'œuvre si vanté, si admiré, si célébré et si lithographié. La renommée n'est souvent qu'une vieille folle sans équité.

Après avoir franchi la gorge, on finit le zigzag, et on arrive sur le revers d'un autre plateau. Nouvelle surprise, nouveaux cris.... C'est toute la vallée d'Airolo, boisée, verdoyante ; c'est, au sortir de l'enfer, le doux aspect des Champs-Élysées ; et ici encore l'on ne peut s'empêcher de murmurer :

Devenere locos lætos et amœna vireta...

L'on voit jusqu'à des justes qui font leurs foins çà et là dans les prairies, jusqu'à des vaches bienheureuses qui paissent au soleil, jusqu'à l'avant-garde qui, assise sur un gazon fortuné, fait de lointains signaux auxquels nous répondons par de retentissants hurrahs. Cependant Blanchard, tout en spéculant, gagne dix batz, qu'il trouve sur la route.

La troupe fait son entrée dans le joli village d'Airolo, toujours rempli de chariots et de mulets. Elle y consomme une buvette qui compte parmi les plus gaies, puis elle reprend sa route pour pousser ce soir même jusqu'à Faido, six lieues plus loin. « Mais, halte là ! payez le péage, messieurs. » M. Topffer tire sa bourse, et paie pour vingt-un. « Et les quatre qui ont déjà passé ? dit le receveur. — Quels quatre ? — Quatre qui ont dit de s'adresser au maître. — J'en ignore. » Voilà toute l'administration en peine, voilà des administrateurs qui se mettent au galop... et voilà qu'on rattrape les quatre amateurs, qui paient sans insister le moins du monde sur leur qualité d'élèves.

A quelque distance d'Airolo, la vallée se referme presque ; il n'y a plus entre les rochers qu'une coupure étroite où passent la route et la rivière. Au delà on trouve un nouveau vallon également riant. Nous venons d'y entrer, lorsque nous sommes apostrophés par un brave homme qui rit toujours, parce que, dit-il, il est gai. Il est gai toujours, parce que, dit-il, toujours il vient de boire. Ses rires excitent les nôtres, les nôtres surexcitent les siens, il s'ensuit une hilarité

inextinguible. En partant, nous laissons le particulier planté au milieu
de la route, où il rit toujours, où il rit encore.

Le pays devient de plus en plus beau. Nous entrons dans la région
des châtaigniers ; ceci seul indique le caractère de la contrée rocheuse,
mousseuse, agreste. On retrouve cette région sur tout le revers des
Alpes du côté de l'Italie, au sortir des hautes vallées, partout où sont des
terrains montueux et des rocs éboulés ; elle est tout particulièrement
agréable au piéton, qui trouve là ombrage, solitude et moelleux gazons.
Néanmoins, en approchant de Faido, la fatigue se fait sentir, et plusieurs se démoralisent, en particulier l'Allemand et Verret, à qui il ne
reste d'autre consolation que de rire à fond du spectacle qu'ils se donnent l'un à l'autre. Murray trouve que le monde est prodigieusement
grand ; et puis vient Faido, vient l'hôtel, la soupe, le lit, et une remo-
ralisation générale.

GORGE APRES AIROLO.

AVANT FAIDO.

7me JOURNÉE

Cette journée s'ouvre mal : le temps est menaçant, le réveil brumeux et les souliers sont introuvables ; de plus, Harrison prétend
avoir été claqué au petit jour par des inconnus qu'il prétend connaitre.
M. Topffer trouve à louer une voiture de secours, et l'on part. La pluie,
qui n'attendait que de nous voir en chemin, commence alors, et chacun la conjure de son mieux : M. Henri ouvre son parapluie ; certains
s'imperméent ; plusieurs pressent le pas ; le reste demande abri au
châtaignier de la montagne, et cela va bien pour un moment ; mais
bientôt l'arbre tutélaire distille, asperge, trempe, et l'hospitalité n'est
plus qu'une ombre vaine. Il faut déguerpir, et l'on pousse jusqu'à une
petite hôtellerie, où déjà l'avant-garde bivouaque et se sèche autour
d'un grand feu.

Dans ces occasions, on régularise la sécherie d'après le principe de
chacun son tour. A mesure qu'un particulier a passé au feu, il s'en va

coloniser avec ses pareils, déjà occupés d'annoter, de dessiner, de numismatiquer, ou de tenir conseil en regardant tantôt la carte, tantôt le temps. Les cataractes du ciel se sont ouvertes. « On est bien ici, dit M. Topffer, et rien ne presse ; mangeons ! — Mangeons ! mangeons !... » On s'informe, et l'on apprend qu'il y a trois choses dans cette auberge : des œufs, du sucre et du fromage : vite des omelettes au sucre et un dessert de fromage ! Exquis ; seulement, le règlement de compte est très-laborieux. Nous avons affaire à de braves gens qui calculent en monnaies diverses à nous inconnues, à eux indistinctes et irréductibles. Tous prennent la craie et additionnent, multiplient sur les bancs, sur les tables, sur les murailles ; il sort de là trente-six résultats qui ne s'accordent pas ; et nos pauvres hôtes, placés entre la crainte de nous demander trop et celle de se tromper à leur détriment, ont des crampes de conscience. M. Topffer, usant alors de la méthode d'intuition, finit par montrer un écu, et puis un second écu, et puis un troisième... « Trop ! trop ! » Il retire son troisième écu... « Pas assez ! pas assez ! » D'approximation en approximation, on arrive à un total de 11 fr. 50 centimes pour feu, logement, repas et bonne grâce. Ce n'est pas cher.

La pluie a cessé, mais pour recommencer bientôt. Nous atteignons sur la grande route un brave homme, ivre, content, glorieux, jovial au possible. Comme si le soleil dardait ses rayons, il porte le chapeau sur l'œil et sa veste sur le bras. Son propos est allègre, son regard triomphant ; à notre vue, il s'anime, il harangue, il apostrophe, il éclate de rire, et nous sommes émerveillés de tant d'allégresse, lorsqu'au village prochain, de par l'autorité, on arrête l'orateur, et on le conduit à la prison, où il se rend en chantant. Nous apprenons alors que ce brave homme est un drôle qui a bu son bien, bu celui de  sa femme, bu l'argent de ses créanciers, bu jusqu'à l'habit qu'il porte. Depuis huit jours il est en tournée dans les cabarets du canton, et n'ayant plus ni sou ni crédit, il vient lui-même se mettre à la disposition de l'autorité. Nous donnons son portrait.

Une lieue avant Bellizonne, nous quittons la vallée du Saint-Gothard, et, tournant à gauche, nous entrons dans celle du Saint-Bernardin, avec l'intention de coucher à Lumino. Mais voici qu'à Lumino il n'y a point d'auberge, et que notre voiture de secours, après y avoir déposé monde et paquets, est repartie, comptant rencontrer sur la grande route le payeur M. Topffer, qui arrive par un sentier. Cependant il est tard ; et les figures dont nous sommes entourés sont de telle sorte, qu'il est visible qu'on ne saurait déposer entre leurs mains les 30 francs dus au cocher. Ce sont des espèces de brigands en guenilles, belles têtes, barbes

magnifiques, yeux terribles et mains crochues. On laisse donc David pour attendre le cocher. Celui-ci, n'ayant pas vu trace de payeur sur son long ruban, dételle, enfourche un de ses coursiers, et arrive au grand galop à Lumino, trois quarts d'heure après que nous en sommes partis.

Pendant ce temps, nous cheminons de nuit et par la pluie sur Rove-redo, où nos notes signalent l'excellente auberge des sœurs Barbieri. Plusieurs sont démoralisés, et d'autant plus que Roveredo est un de ces bourgs qui s'espacent sur une lieue de pays, en sorte que l'on passe sans cesse de la certitude que l'on est arrivé à la certitude qu'on n'ar-rivera jamais. Enfin, enfin, une belle maison se présente ; c'est tout justement celle des sœurs Barbieri... Point de sœurs, mais un gros homme qui nous donne l'agréable assurance qu'il n'a point de place...

« Pas possible ! dit M. Topffer. Votre maison est bien grande... mettez-nous au grenier, à la grange, où vous voudrez... — Elle est grande, mais elle n'est pas finie, et nous n'avons point de meubles... bien fâché. Bonsoir. » Pendant ce dialogue, une bonne dame qui loge dans l'hôtel intercède pour nous ; la fille de la maison fait chorus, et le gros Barbieri se prend à dire : « Si vous voulez, moi je veux bien! on fera comme on pourra! » Nous voilà parfaitement contents, et nous envahissons en triomphe une jolie salle neuve, mais sans meubles ni chaises. Chacun se fait de son havresac un siége ou un coussin, et dort ou babille durant les difficiles apprêts d'un souper hypothétique, qui se prépare dans une cuisine sans ustensiles, sans cuisinier et sans vivres. « On fera, dit de temps en temps le gros Barbieri, on fera comme on pourra. » Bien dit, et sensément ; car l'inverse de cette proposition serait : on fera comme on ne pourra pas ; ce qui serait absurde.

Arrive enfin le souper. C'est une soupe, une truite coupée en petits morceaux, et, pour chaque convive, un petit fromage. Les rations sont d'une légèreté inexprimable. Heureusement plusieurs , Murray en tête, nagent au sein d'un sommeil décevant qui les met hors d'état de rien apprécier, de rien dire ; ils rêvent qu'ils mangent, et cela leur suffit. Les autres mangent sans rêver, et cela ne leur suffit guère. Quand il n'y a plus trace de vivres, chacun se fait un établissement quelconque, durant les fabuleux préparatifs qui s'exécutent pour nous pourvoir de lits. Enfin le signal est donné ; nous montons dans des greniers à peu près bâtis, où nous trouvons d'informes juxtapositions de planches, de bancs, de tables, de mécaniques, avec superpositions de sacs, de paillasses, de hardes quelconques ; ce sont nos lits. Dès qu'on y touche, ils crient ; dès qu'on s'y repose, ils se disjoignent ; dès qu'on y dort, c'est l'échafaudage du voisin qui craque, s'ébranle, et vous impose le devoir de veiller, les yeux ouverts sur votre équilibre dormitatoire. Divers ustensiles de toute forme complètent l'ameublement, tout en compliquant les périls en cas de désastre. C'est égal, on dormira comme on pourra. Au dehors, le déluge.

VALLÉE DE MISOX.

8ᵐᵉ JOURNÉE

Déluge toute la nuit, déluge le matin, déluge tout le jour... On fera comme on pourra. En attendant, on décide de coloniser jusqu'à des temps meilleurs. La première chose que fait une colonie en se levant, c'est de déjeuner si elle peut. La chose est difficile dans cet endroit, mais praticable pourtant ; il n'y a pas de lait, mais il y a du café ; il n'y a point de coquetiers, mais il y a des œufs ; point de beurre, mais des petits fromages ; il y a aussi, ce qui supplée à tout, des hôtes empressés, complaisants, qui, par des prodiges de zèle, arrivent à nous faire déjeuner amplement. Ils parviennent aussi à nous fournir de siéges presque suffisamment, et nous nous arrangeons pour passer là notre journée, si le déluge continue. La table est divisée en trois régions. Dans l'une on écrit des lettres : tout y respire un recueillement épistolaire ; dans la seconde, on dessine : tout y respire les arts et la paix ; dans la troisième, on tient des cartes : tout y respire le jeu. On vient de découvrir une boutique où se trouvent des figues... C'est merveille ! Chacun accourt pour se pourvoir, et les figues roulent sur le tapis, à la place de guinées. Il y a figue et figue ; on remarque que les joueurs, d'une main, mangent les bonnes ; de l'autre, exposent pour enjeu les minimes, les coriaces, les scandaleuses ; en sorte que plus on gagne, moins on se régale. Zanta, assis par terre, joue avec un roquet, pendant que sa blouse se fresque entièrement contre la fresque rouge de la muraille. De là cet exquis calembour qui sera fait au départ : « Mais, monsieur, je n'ose la mettre... — Je crois bien ; et qui ne rougirait pas en la mettant ? »

Dans l'après-midi, la pluie s'arrête un moment ; le soleil fait mine d'avoir l'air de vouloir se montrer si le cas advenait qu'il se montrât. Les éclaireurs crient au beau temps ; M. Topffer règle alors avec le gros Barbieri, et donne le signal du départ... A peine sommes-nous en route, que voici le déluge qui recommence. En cinq minutes, nous sommes percés jusqu'aux os. C'est dommage, car le pays est charmant : c'est une vallée étroite, boisée, où se montrent çà et là de belles ruines. A tous les cent pas on voit un pêcheur qui jette dans la rivière une sorte de filet ressemblant, à la grosseur près, aux coiffes à papillons. C'est que l'eau étant trouble, à cause des pluies, les belles truites du lac Majeur s'amusent à voyager incognito, et il y a chance que la coiffe attrape une de ces dames. Effectivement nous rencontrons plus loin un homme qui revient chargé de deux truites magnifiques, de douze livres chacune. Nous nous expliquons alors pourquoi tant de manants qui lancent tant de fois leur coiffe sans se rebuter de ce que vingt fois, cent fois, elle n'amène rien. C'est ainsi dans toutes les loteries.

Rincés que nous sommes, nous entrons à Lostallo dans la petite auberge du lieu. C'est encore ici une sœur Barbieri, mais quelle sœur ! qui pèse huit sœurs ordinaires. Bien que prévenus d'avance, la vue du phénomène dépasse toutes nos prévisions : c'est une masse informe, une tour, un éléphant, qui remplit la chambre et fatigue la poutraison... La pauvre femme a honte d'elle-même, et son croissant embonpoint lui

est un perpétuel supplice. L'on

n'ose ni la regarder ni affecter de ne la regarder pas ; néanmoins, quand elle traverse la chambre où nous sommes, le sentiment de quelque chose de monstrueux arrête les propos et provoque le silence.

Le déluge continuant, il est arrêté que l'on couchera à Lostallo, si faire se peut. L'hôtesse, aussi bonne qu'elle est grosse, et bien que cette tombée ne lui aille guère, comprend notre situation, et nous accueille pour nous faire plaisir, pour nous réconforter, bien plus que pour tout autre motif intéressé. Elle met à notre disposition sa maison, fort simple à la vérité, mais cependant proprette et confortable ; puis elle s'en va porter le carnage et la mort dans son poulailler. Deux coqs vieillards ne sonneront plus la fanfare de l'aube.

Pendant ces apprêts, nous colonisons, tout comme à Roveredo, avec cet agrément de plus, qu'il y a dans la salle, bien meublée d'ailleurs, un piano vieillard, une épinette crincrin, dont l'imprévu bénéfice nous cause un vif plaisir. Blokmann nous joue tout son répertoire, et, comme au temps d'Orphée, cette mélodie attirant les sauvages habitants des forêts, la salle se remplit de Lostalliens grands et petits ; l'hôtesse elle-même se complaît à entendre ces airs qui bercent doucement sa mélancolie et la distraient du supplice de sa rotondité. Entre aussi l'inspecteur des routes, gros bonhomme cordial et grand parleur, qui se fait d'entrée notre auditeur, notre cicérone, notre convive, notre truchement, et finalement notre ami.

Vers le soir, la pluie cesse, le soleil reparaît, et toute la troupe s'en va gambader sur les bords de la Mœsa, où elle se livre à tous les jeux et prouesses qui peuvent aider à combattre un froid glacial. Une rivière, pour les pêcheurs, c'est où prendre du poisson ; pour les écoliers, c'est où faire des ricochets ; pour l'inspecteur, c'est une malicieuse et puissante fée, qui tantôt mine sourdement un bout de route, tantôt abat des ponts, jette bas des chaussées. Depuis quinze ans, ce bonhomme étudie sa fée, répare ses sottises, et en fait, à qui veut l'entendre, l'histoire détaillée, circonstanciée, sans jamais se perdre ni dans ce dédale de dates, ni dans ce dédale de localités. Il a si bien personnifié sa rivière, qu'il dit : « La gueuse, la mauvaise, la rusée ! C'est en 34 qu'elle fit ses farces ; c'est en 32 qu'elle se tint tranquille ; ces pluies lui vont donner du montant, etc., etc. »

On rentre pour souper : tout est excellent, hors qu'il n'y a pas dans la troupe de mâchoire qui soit en état d'attaquer les deux coqs vieillards. Pendant ce souper, la société, se livrant à d'admirables jeux de langage, exhume toutes les curiosités linguistiques, et Harrison se perd, s'embrouille, s'entortille à crever de rire, dans cette légende expérimentale : *Coqaos, vernaos, rata patte et os, poule en a, pie aussi.* Sur quoi l'on va se coucher. Les lits sont exquis, peu nombreux, fort larges ; on procède donc au dédoublement, et l'on loge six petits touristes dans deux couches colossales.

Bonne auberge, bonnes gens, bonne nuit et bon marché.

9ᵐᵉ JOURNÉE

Le temps, aujourd'hui, est froid et incertain; beau, néanmoins, en comparaison des temps que nous avons eus depuis Faido. Après avoir pris congé de notre bonne grosse hôtesse et des braves gens qui l'ont aidée à nous traiter si bien et si affectueusement, nous nous enfonçons dans la vallée, en remontant la Mœsa, qui coule à notre droite. Le pays est admirablement boisé, mais désert; les montagnes immenses, très-rapprochées, verdoyantes de leur base à leur cime, autour de laquelle flottent avec vitesse de diaphanes nuées.

A une lieue de Lostallo, nous trouvons l'inspecteur qui nous attend debout au milieu d'un chaos de rocs et de graviers parmi lesquels serpente un long bout de route neuve. Dans un endroit, cette route neuve passe entre deux rocs énormes qui furent amenés là par l'inondation de 1834, ainsi que le marque une inscription gravée sur l'un des deux :

VALLÉE ET CHATEAU DE MISOCCO.

« Vous voyez, dit l'inspecteur, c'est son chef-d'œuvre de 1834 ; la scélérate couvrit tout ; il y avait un pont là ; la rusée est venue couler ici !... et puis, prête à recommencer ! Mais nous allons faire le chemin là-haut dans le roc, et puis bonjour ! Elle ne viendra pas l'y chercher ! » Et le bon inspecteur triomphe à l'avance. Puisse-t-il vivre assez longtemps pour voir la fée sous ses pieds, et de l'eau sous tous ses ponts !

Quelle singulière chose pourtant que cet homme qui, seul, dans cette vallée déserte, trouve moyen d'y avoir un intérêt, un sentiment, une passion, qui, sans cesse en présence d'un adversaire redoutable, sans cesse le combat ouvertement, ou le déjoue par ses ruses, ou médite sur la façon de lui échapper tout à fait ! Quel cauchemar aussi que l'idée de deux ennemis qui peuvent lutter éternellement sans pouvoir jamais ni se vaincre, ni s'ôter la vie !

Une lieue plus loin, nous passons devant les pittoresques ruines du château de Misocco. Ce site est célèbre, nous en donnons le dessin. A un quart d'heure du château est le village de même nom, où nous entrons haletants, affamés, et d'un saut nous sommes à l'auberge. Ici encore il y a une sœur Barbieri, monumentale dans sa rotondité, et bonne femme, nous aimons à le croire ; mais elle est mariée au plus fieffé beau diseur, au plus impudent écorcheur que nous ayons encore rencontré. C'est à lui que nous avons affaire.

Ce charmant homme vous accueille délicieusement. Il est tout à tous. Il sympathise avec toutes nos envies, avec tous nos goûts. Il chérit chacune de nos patries ; il approuve chacun de nos projets : « Votre voyage est bien combiné. — La Via Mala ! c'est romantique ; toujours je m'y arrête à cause du sublime ! Annibal y a passé, et Rhœtus aussi, notre fondateur ! Ces petits jeunes hommes ont de l'appétit ? C'est bien, j'aime bien voir qu'on mange bien. Mangez, mangez, mon ami !... » On ne demanderait pas mieux ; mais en même temps qu'il nous entretient si gracieusement, ce drôle nous affame en règle. Un peu de café, mais pas de lait ; des œufs, mais fétides... Il poursuit : « Genève ! une belle ville, vraiment ! j'y ai été. Vous avez là le lac, et puis du commerce beaucoup. Ville riche, ville plaisante à voir ! (Au garçon) : « Ne vois-tu pas qu'il n'y a plus d'eau là-bas ? De l'eau, imbécile !... » Excusez, messieurs... ça est si bête, que ça vous laisserait manquer de tout...

Voilà ! voici de l'eau ; buvez, mon petit ami. Fait soif dans les voyages,
pas vrai?... Belle jeunesse que vous avez là!...»

Cependant toute cette jeunesse a les dents longues. On prend patience pourtant ; M. Topffer surtout, qui pense que ces gens *font comme
ils peuvent*, à la façon de *Barbieri mon ami*, et qu'après tout, si la pitance
est maigre, la dépense sera minime. Pour s'en assurer, il demande la
note. En ce moment, l'hôte disparait, et nous n'avons plus affaire qu'à
ce Samoyède de garçon, qui nous apporte un chiffre scandaleux de trois
francs par tête! « Où est l'hôte? » Pour toute réponse, le garçon disparait à son tour, et nous ne voyons plus personne. M. Topffer crie,
appelle ; le Samoyède revient terrifié... « Où est l'hôte? je ne paierai
qu'à lui ; conduisez-moi vers lui. » Alors le Samoyède fait circuler
M. Topffer dans les chambres, dans les cuisines, jusqu'à ce que, rencontrant un manant qui dort à côté d'une bouteille vide, il le réveille
en disant : «Le voilà!» et il s'enfuit. Le manant se lève, M. Topffer l'envoie promener, et le pauvre diable se rassied sans comprendre comment,
ni qui, ni quel, ni pourquoi.

Cependant l'hôte, après avoir dit à son Samoyède : « Tu demanderas
tant, et que je n'aie aucun désagrément, ou bien je te rosse! » s'est
réfugié sur la Grand'Place, devant l'auberge, où il converse agréablement avec des étrangers réunis sur le balcon d'une maison voisine. Il
leur explique les beautés du pays et les charmes de la chose, lorsque arrive M. Topffer qui dit d'une voix retentissante : «Monsieur l'hôte, quand
on écorche le monde, il faut savoir écouter les cris de ses victimes. »
Décontenancé par cette apostrophe infiniment déplacée, l'hôte se hâte
de rentrer dans son antre, invitant M. Topffer à l'y suivre, pour s'expliquer loin du monde et du bruit. « Non, non, monsieur, lui crie M. Topffer, c'est d'ici, c'est de la place publique, par-devant ces messieurs et
ces dames, qu'il convient de dire que vous nous avez affamés pour nous
voler ensuite... C'est par-devant ces messieurs et ces dames qu'il convient que vous receviez les trois francs par tête que vous réclamez pour
vos œufs gâtés... Je les pose, par-devant ces messieurs et ces dames, sur
cette pierre, où vous viendrez les chercher par-devant ces dames et ces
messieurs... » Et M. Topffer continue de parler haut et franc, à la façon
de Simon de Nantua, tandis que l'hôte, l'hôtesse, les Samoyèdes et
toute la bande, du fond de leur trou, tâchent de l'apaiser du signe, de

la voix, du sourire, et le supplient de finir cette scène si pénible qui divertit infiniment trop les étrangers sur leur balcon.

Au delà de Misocco, la route monte beaucoup, et le pays devient de plus en plus sauvage. On fait par-ci par-là des spéculations plus ou moins fortunées ; une entre autres, où il faut se faire un pont (un pont aux ânes) d'une vieille rigole de moulin. Plusieurs qui n'ont pas la tête forte, funambulisent à regret, et, parmi eux, le voyageur Harrison, toujours malheureux en spéculations et toujours entraîné à en faire. Après quelques heures de marche, on atteint au plateau qui forme la base du Saint-Bernardin. Nous y faisons une buvette, et nous apprenons à l'hôte, qui est tout émerveillé de tant d'appétit, que si nous sommes voraces, c'est pour avoir déjeuné chez son confrère de Misocco. Le bonhomme sourit. On voit qu'il est habitué à ne voir venir de ce côté que faims canines et bourses délabrées. Il nous conte que l'on dévalise de temps en temps, et que l'on tue quelquefois, sur le col que nous allons passer, et il nous donne son fils pour nous accompagner jusqu'au sommet. Le temps s'est éclairci, mais le froid est glacial.

Nous grimpons en compagnie de deux botanistes silencieux, uniquement attentifs aux herbes. On atteint la région des ambresailles, où

plusieurs achèvent de déjeuner, se mêlant à d'innombrables moutons
qui déjeunent aussi par là, sous la conduite d'un pâtre sauvage dont la
figure et l'accoutrement sont admirables de caractère alpestre. Le ciel
s'est découvert, de toutes parts se montrent d'innombrables cimes, les
unes d'un bleu pur et sévère, les autres empourprées des rayons du

soleil couchant. A notre droite, la pyramide majestueuse du Saint-Bernardin semble nous écraser de sa menaçante grandeur; vers le sommet,
toute végétation disparaît, on ne voit plus que d'admirables rocs ta-
pissés d'un lichen vert, qui encaissent un lac parsemé d'îles. Ce col est
plus sauvage, plus beau que celui du Saint-Gothard. Il n'y a pas d'hospice, mais une petite maison qui est habitée pendant toute l'année.

La descente du côté de la Suisse est charmante, au moins si l'on
prend par un sentier qui descend droit sur la sauvage gorge d'Interheim.
C'est aussi une région d'ambresailles. Toute la pension broute, toutes
les lèvres, toutes les mains sont violacées. A gauche, on voit un grand
glacier d'où sort un des bras du Rhin; en face, des pentes vertes, quelques sapins; à droite, au fond de la vallée, deux ou trois cabanes, et

auprès la blanche église de ces pauvres montagnards. Tandis que le ciel
est radieux encore d'azur et de lumière, nous sommes déjà enveloppés
dans une ombre crépusculaire. On compte dix lieues de Lostallo à l'endroit où nous sommes ; aussi, volontiers nous arrêterions-nous ici. Mais
à Interheim il n'y a pas de ressources suffisantes ; à Nusenen, une lieue
plus loin, on ne nous veut pas : nous poussons donc jusqu'à Splugen,
où ce n'est pas sans peine que nous trouvons place. Toutes les auberges, en effet, sont encombrées d'ambassadeurs, de comtes et de
barons, qui se rendent à Milan pour assister au couronnement du vice-
roi. Pendant deux jours encore, nous aurons à lutter contre ce couronnement et contre ces comtes et barons qui tournent la tête de tous
les aubergistes et leur font prendre en dédain tout ce qui ne couronne
ni ne baronne. Néanmoins, nous trouvons moyen de faire ici un repas
gigantesque, et jamais soupe bouillante ne délecta plus vivement des
voyageurs transis. Pendant le banquet, une pendule de la Forêt-Noire
joue des airs, c'est charmant ; mais voici qu'on ne peut plus l'arrêter
ni changer d'air, et nous sommes submergés, noyés dans l'inextinguible charme d'une ritournelle éternellement renaissante.

10me ET 11me JOURNÉE

Le ciel est encore nuageux et le froid est aussi intense qu'hier; de plus, le café est une pure décoction de chicorée, et la pendule joue toujours ce même air. Les auberges versent de toutes parts leurs comtes et barons dans des chaises de poste qui s'acheminent aussitôt vers le couronnement (la *coronation*, comme dit Harrison). Au bruit de la serinette et avec accompagnement de grelots, M. Topffer donne lecture de quelques pages de notre itinéraire; c'est afin de rectifier les idées un peu fabuleuses que quelques-uns de nous se font de la Via Mala, où nous devons entrer aujourd'hui, comme aussi afin d'apprendre à plusieurs qui pourraient ne s'en apercevoir pas, que nous allons voir des merveilles vraiment fabuleuses.

Nous laissons ici sur la droite le passage du Splugen, plus célèbre et bien plus fréquenté que celui du Saint-Bernardin. Il nous arrive des hauteurs un froid pénétrant contre lequel ni la marche ni le sac ne peuvent rien; tous les doigts sont gelés, tous les nez violets, toutes les

ENTREE DE LA VIA MALA.

mâchoires grelottantes. Heureusement, voici un vallon où sont des forges, et un monsieur fort poli qui nous offre de visiter les travaux. On accepte bien vite, et nous voilà devant la flamme des fourneaux, qui y grillons avec volupté nos pauvres membres, tandis que le bon monsieur explique en détail les ressources de la mine, les qualités du minerai, et mille autres choses qui, on peut le dire, tirent de la situation surtout un intérêt tout particulier. Ce monsieur est Milanais, tous les ouvriers sont Bergamasques. Il arrive au printemps avec ses hommes, pour repasser les Alpes en automne avec eux. A mesure que ces cyclopes ont brûlé toutes les forêts d'un canton, ils vont dans un autre; chose affreuse! pittoresquement parlant, mais dont pour l'heure il ne nous appartient pas de nous plaindre.

Ainsi réchauffés, nous nous remettons en route. Le chemin est partout bordé de fraises, de framboises, d'ambresailles; aussi il se fait des récoltes miraculeuses; et une foule d'obligeants picoreurs conspirent contre le régime sévère que le chef s'est imposé, en lui offrant d'irrésistibles bouquets de fraises impitoyables. M. Topffer résiste à chacun, les accepte tous, les mange en protestant, et rend responsable des suites chacun des malicieux donateurs. La pluie nous visite encore, et puis le soleil, et puis de nouveau une abondante averse au moment où nous arrivons dans le bourg d'Andeer. On se tire d'affaire en entrant à l'auberge, où une buvette nous est servie. Tout ici est en pleine *coronation;* on n'entend que grelots et postillons, on ne voit que duchesses transies et barons couverts de crachats.

C'est au delà d'Andeer que s'ouvre le fameux défilé de la Via Mala. Avant d'y arriver, nous cheminons avec un bonhomme de figure respectable, vêtu de noir, et qui fume avec solennité une énorme pipe; c'est le pasteur de l'endroit; il conte de son église des choses curieuses, et il nous invite à nous détourner un peu de notre route pour la visiter. La proposition est acceptée, et aussitôt, tranformés en antiquaires, nous allons admirer au fond de la vallée un temple dont la construction remonte au treizième siècle; à l'intérieur sont des peintures du même temps, extrêmement gothiques, barbares et intéressantes à la fois, qui représentent toutes les histoires de la Bible; la chaire est un autre morceau d'antiquité, et la clepsydre aussi, dont l'usage s'est conservé dans ces églises de montagne. Malheureusement il n'y a pas ici comme dans les usines une belle flamme qui réchauffe ; le froid nous oblige bientôt à prendre congé du bon pasteur.

Il est difficile de donner une idée des beautés horribles de la Via Mala. Ce défilé célèbre se compose de deux gorges étroites, ou plutôt de deux profondes fissures, au fond desquelles mugit le Rhin, et que sépare l'un de l'autre une petite vallée paisible, verdoyante, et placée là comme pour donner au voyageur les plus vives impressions du contraste. Dans cette fissure, la route serpente, tantôt serrée contre les parois du rocher, tantôt jetée au-dessus d'un abîme ténébreux dont le fond échappe au regard, et d'où, en quelques endroits, le bruit même du fleuve, qui s'y tourmente et s'y brise, n'arrive pas jusqu'à l'oreille. De magnifiques arbres s'élancent de tous les points où il y a un peu de terre, et la gorge est si resserrée, qu'ils forment de leurs cimes qui se rejoignent, de leurs branches qui s'entre-croisent, comme des dômes transparents qui ne laissent passer qu'un pâle reflet de lumière. Un peu plus loin, tout est pierre noire, lueur souterraine, et au silence succède un fracas infernal d'eaux invisibles qui bondissent, déchirent et opposent fureurs à fureurs ; il semble qu'on soit à mille lieues du monde et des hommes, et l'on ne peut se défendre d'une secrète horreur. Nous trouvons assis au plus épouvantable endroit une élégante société de touristes. Messieurs et dames, jeunes et vieux, gardent le silence et l'immobilité ; à peine nous voient-ils passer à côté d'eux, absorbés qu'ils sont dans l'impression de cette scène tumultueuse et sublime. Une dame pourtant secoue l'impression pour parler au voyageur Percy, si connu, ainsi que nous l'avons déjà remarqué, dans l'ancien comme dans le nouveau monde ; c'est, certes, passer du grandiose au microscopique.

Au sortir de la seconde gorge, on passe au pied d'une paroi de rochers au-dessus de laquelle on voit les ruines du château de Rhœtus, celui que l'hôte de Misocco appelait *notre fondateur*, c'est-à-dire le fondateur des hôtes mielleux et rapaces. Aussitôt qu'on a dépassé ce rocher, la vallée s'ouvre fertile, cultivée, verdoyante, et le passage est subit du Tartare aux Champs-Élysées. Le bourg de Tusis s'élève au sortir de la Via Mala ; c'est là que nous allons chercher un gîte et passer la nuit.

De Tusis nous nous acheminons sur Coire par un temps douteux toujours, mais en attendant fort joli. Le ciel est caché par des nuées légères

ENTRÉE DE LA VIA MALA, DU CÔTE DE TUSIS.

qui forment comme un dais transparent derrière lequel on sent resplendir le soleil. Cette transparence semble s'être communiquée aux montagnes, qui paraissent aériennes, diaphanes, étalant à la fraîcheur matinale leurs verdoyantes croupes, d'où s'élèvent çà et là de grises vapeurs qui se déchirent, s'espacent et se dissipent insensiblement.

Les paysages des Grisons sont sévères et fortement caractérisés ; ce sont de hautes vallées, larges, vertes, plutôt paisibles que riantes, encaissées entre deux lignes de montagnes vertes aussi et boisées, tantôt jusqu'à la cime, tantôt jusqu'aux rocs ardus qui en couronnent le sommet. De toutes parts les couleurs sont d'une crudité harmonieuse, d'un éclat austère, dont les colorieurs des marchands de vues ne nous donnent que l'indigne caricature. Comme tant d'autres, cette partie de la Suisse est demeurée injustement en dehors du domaine de l'art.

A Reichenau, l'endroit où jadis Louis-Philippe fut maître d'école, les deux Rhins, supérieur et inférieur, se joignent pour couler désormais ensemble. Ces deux fleuves arrivent presque directement l'un contre l'autre, et il est curieux de voir par quels détours et quelles précautions naturelles il arrive que cette rencontre se fait à l'amiable. On dirait deux puissants personnages qui, se sentant fiers et susceptibles, composent leurs mouvements et dissimulent les exigences de l'amour-propre sous les dehors d'une infinie civilité.

A une lieue de Reichenau, qui est un magnifique village, on entre dans la vallée de Coire, aussi verte et plus riante que celle d'où nous sortons. On voit, au pied des montagnes, les clochers de cette petite capitale reluire au soleil, et l'approche des joies de la civilisation nous porte à hâter le pas, lorsqu'un petit drôle nous propose soudainement de lui acheter des prunes qu'il cueillera sous nos yeux. Oh, hé! que faire? On entre dans le verger et l'on mange des prunes ; c'est tout simple.

Coire nous plaît infiniment, d'autant plus que nous y arrivons éreintés, salis de boue et de poussière, pour nous y délasser et nous y blanchir. A peine descendus à l'hôtel, nous procédons à une toilette générale ; c'est la première fois depuis notre départ de Genève, et nous sortons éclatants de linge, de gants, de souliers lustrés ; c'est à éblouir les regards, surtout les nôtres, accoutumés à reposer sur les blouses modestes de camarades rougis par les fresques ou verdis par les gazons.

En attendant le diner, qui, s'il était prêt, nous serait antiquité, curiosité, arsenal et musée, nous allons voir les choses remarquables de l'endroit, à commencer par le grand café, où nous demandons des glaces, et où l'on nous offre de l'eau-de-vie ou bien de la bière, les deux seuls rafraichissements en usage dans l'établissement. De là nous passons à la cathédrale, où se voient, tant en reliques qu'en tableaux et en architecture, des choses extrêmement curieuses et intéressantes. Notre cicérone parle beaucoup d'un Anglais nommé Lucius, qui vint avec sa sœur apporter le christianisme dans les Grisons, et en preuve il nous montre le buste de Lucius et la grotte où il habita. Nous ne contestons sur rien ; mais, de crainte d'en venir à nous manger les uns les autres, nous plantons là toutes curiosités pour courir du côté du dîner. En courant, nous nous perdons ; on se sépare, on rebrousse, on se dissémine, et puis il se trouve qu'au moment où le souper entre, tous se retrouvent autour de la table. Mais quel dîner ! tout à souhait, et des hôtes qui se font une gloire de notre appétit, une joie de ce que nous avalons tout, un devoir de rapporter des poulets à mesure que les poulets disparaissent. Il y a dans la salle un excellent piano ; au dessert, Blokmann va s'y placer, et la soirée s'écoule en musicales jouissances, chacun écoutant à deux oreilles, tout en reposant de tous les membres.

Aucun ne se perd, tous les chemins menant à la salle à manger.

TERREUR DU PETIT MENDIANT.

12ᵐᵉ JOURNÉE

Nous nous levons de bonne heure afin de ne pas partir tard ; mais notre linge, envoyé la veille au blanchissage, n'arrive pas. On déjeune, on fait de la musique, on écrit des lettres, on flâne jusque vers dix heures qu'arrive la blanchisseuse éplorée. Hélas ! elle a pleuré sur nos chemises, car tout est mouillé, sortant de l'eau, et n'était l'évidente affliction de cette pauvre femme, elle aurait à essuyer vingt et une apostrophes de toute colère.... M. Topffer distribue à chacun son paquet, ou plutôt son éponge gonflée d'eau, et chacun va le mettre en presse dans son havresac. Pendant ce temps, la pluie s'apprête afin que nous ne manquions pas d'eau, comme disait l'hôte de Misocco.

Les sacs faits, nous nous remettons en route, et tout aussitôt les nuages crèvent sur nos têtes, ce qui n'empêche pas que le pays ne nous semble fort joli. Un pont couvert se présente, et l'on y fait halte au sec. C'est alors qu'un petit bonhomme demandant l'aumône, M. Topffer lui offre du tabac ; l'enfant insiste... *Abdericaramachatavaradaltach ! Patarachkitawdrabramatanaramach !!!* s'écrie M. Topffer. L'enfant est déjà à trois portées de fusil, fuyant à toutes jambes; en général, ce procédé réussit parfaitement si l'on y met l'aplomb et la solennité nécessaires.

La pluie ne voulant pas cesser, on quitte le pont couvert pour atteindre bientôt le Rhin, que l'on passe sur un pont découvert, au bout duquel est une auberge couverte... A cette vue.... à cet aspect... mais la bourse ne veut pas, et puis elle veut un peu, et puis elle veut tout à fait, et on entre. Pains et fromages sont servis. Au bout d'un quart d'heure, la société manifestant quelque désir de connaître ce qu'elle a bien pu avaler de gros petits pains frais d'une demi-livre durant cet espace de quinze minutes, il lui est révélé qu'elle en est au soixante-cinquième gros petit pain frais. Deux dames, dont l'une remarquablement belle, qui nous servent, éprouvent un étonnement prodigieux, et nul doute qu'elles éclateraient de rire si ce n'était que, hôtesses, elles respectent leurs hôtes. Du reste, il faut observer ici deux choses : c'est que la pluie affame en général, et que, depuis ce fatal déjeuner de Misocco en particulier, nous n'avons jamais pu combler le vide qu'il a laissé dans nos estomacs; encore, à l'heure qu'il est, le rassasiement n'est pas venu.

Nous quittons cette auberge, si peu attristés par les pluies du ciel, que nos chants et nos cris de joie épouvantent deux pauvres pèlerins mendiants. Ces braves gens allaient nous demander l'aumône, lorsque nous entendant crier à tue-tête et tous à la fois : *Chose également périlleuse, soit qu'il dît la vérité, soit qu'il dît un mensonge!* ils s'arrêtent,

puis se jettent de côté, puis ils fuient dans une prairie. Et c'est vrai qu'il n'est pas ordinaire de rencontrer vingt-une personnes qui se promènent par la pluie, en criant à l'une d'elles : *Chose également périlleuse, soit qu'il dît la vérité, soit qu'il dît un mensonge!* C'est là un sobriquet, comme on le verra en son lieu.

On arrive à Ragatz. C'est ici qu'il faudrait quitter la grande route pour faire une excursion aux bains de Pfeffers; mais le temps est trop mauvais pour y songer; on poursuit donc. Nous croisons beaucoup de soldats qui reviennent d'un tir ou d'une revue, les uns fort avinés, les autres portant parapluie. Plus loin, c'est une grande voiture de *coronation*, avec le plus beau nègre possible sur le siége. Déjà le ciel est noir, la montagne violette, la verdure bleue. A cette apparition de nègre, on est tenté de se pincer les côtes pour s'assurer qu'on ne rêve pas.

C'est sur Sargans que nous marchons, au travers d'un marécage, et rincés jusqu'à la moelle. On y arrive enfin, et c'est délicieux ; délicieux d'arriver, délicieux de se changer, délicieux de fréquenter le clair feu du foyer. L'auberge est à nous tout entière : les hôtes sont d'excellentes gens. Nous nous sommes amusés comme des compères, et nous allons souper comme des rois.

13ᵐᵉ JOURNÉE

Durant toute la nuit, le déluge a continué ; au lever, c'est déluge encore ; déjà il est question de coloniser, quand la pluie cesse subitement, et l'on se hasarde à partir. Cependant les nuées s'élèvent, on signale un trou bleu dans le ciel ; voici un rayon de soleil qui dore une forêt, et enfin un temps radieux qui s'établit. C'est fort agréable pour tout le monde, mais pour nous quelle prospérité ! Sans compter que ceci nous permet d'arriver à Wallenstadt avant le départ du bateau à vapeur. Chemin faisant, nous voyons deux nids de cigognes posés sur des clochers ; c'est un spectacle nouveau pour la plupart d'entre nous. Arrivés à Wallenstadt, nous allons nous poser sur le bateau.

Sur le bateau, il n'y a encore qu'un capucin et une voiture vide. Mais un soleil admirable se joint à la chaleur de la cheminée pour achever le desséchement de la caravane, qui est encore fortement imbibée. C'est pendant qu'elle jouit de ces douceurs qu'arrive un homme essoufflé ; cet homme essoufflé tient un paquet blanc : ce paquet blanc, c'est la chemise de Sterling, grand semeur de crayons et de paires de bas ; la chemise est rendue, et l'homme reprend haleine.

Des étrangers, selon la coutume, attirent un des mirmidons de la troupe pour savoir un peu de lui qui nous sommes, pourquoi tant de monde, et pourquoi cette chemise? Ils s'adressent au particulier Percy, qui, interrogé sur ce qu'il a vu de curieux, répond laconiquement : « Une église avec une cigogne. » D'autres, Anglais aussi, entretiennent mystérieusement le voyageur Broadly, et sans un vieux monsieur qui nous aborde avec une affectueuse bonhomie, tout, grâce au décorum, serait mystérieux sur le bateau. Vive le décorum !

Le lac de Wallenstadt est charmant, encaissé, bleu, agreste, et assez petit pour qu'on jouisse partout de la vue entière du pourtour; toutefois il nous paraît moins sauvage que celui des Quatre-Cantons, et, pittoresquement parlant, bien inférieur. Après trois quarts d'heure de navigation, on débarque fort proprement à Wesen, où l'on a le choix de descendre la Linth pour gagner les plaines du canton de Zurich, ou de remonter les bords de ce canal pour s'enfoncer dans les gorges de Glaris. A peine débarqués, M. Topffer annonce la nécessité de tenir une Landsgemeinde pour voter sur ce choix. Aussitôt le peuple souverain s'étend sur le gazon, et il est voté tout d'une voix qu'on ira à Glaris, puisque, pour y aller, on voit en passant le champ de bataille de Naëfels.

Les travaux de M. Escher sur la Linth sont connus. Vraie et bonne célébrité que celle de ce digne monsieur ! Grâce à lui, le torrent dévastateur suit tout tranquillement son chemin, et les plaines sur lesquelles il déversait les marécages et la fièvre sont couvertes de riches prairies où travaillent des laboureurs sains et robustes.

Il y a un monument à Naëfels, nous dit-on; nous le cherchons de nos quarante-deux yeux… enfin on le trouve : c'est un bel obélisque rouge. Et puis malheureusement l'obélisque se trouve être la cheminée d'une filature. Toute cette plaine de Naëfels est remplie de fabriques, et il n'y a rien qui calme les imaginations comme les fabriques.

La position de Glaris est très-originale : c'est une grosse bourgade, très-industrieuse, coupée par des cours d'eau, et espacée sur les pâturages qui tapissent le fond d'un entonnoir formé par des montagnes d'une immense hauteur. Nous tournoyons en spirale pour arriver au fond du pays, dans une grande rue fort gaie où est notre auberge. Il est entendu que nous y coloniserons le reste de ce jour. Pendant que le dîner se prépare, les uns vont voir, les autres vont se montrer ; le voyageur Régnier, expert en carabine, se rend au tir, et n'en revient pas sans gloire.

Mais ce qui est « toujours divers, toujours nouveau, » c'est le diner. Encore ici nos hôtes, excellentes gens, n'ont d'autre chose en vue que celle de nous régaler, et ils s'aperçoivent bientôt que c'est facile, toute espèce de victuaille étant précieuse à nos estomacs, toujours bramants depuis cette famine de Misocco. Ils nous bourrent de chamois, et bourrés que nous sommes, nous allons encore chercher le dessert chez le confiseur de l'endroit. Cet homme fabrique de grands gâteaux aux raisins d'un pied de diamètre. M. Topffer, voulant se signaler par une action d'éclat, en emplette vingt, et en fait une offrande immédiate. Après la distribution, vient incontinent l'absorption. Alors le marchand doute de ce qu'il voit, et la population des gamins de Glaris s'attroupe pour nous voir faire. Un peu de honte est bientôt passée.

C'est durant notre dîner de Glaris que se sont agitées de hautes questions de linguistique. Faites vivre vingt hommes en colonie séparée, l'idiome qu'ils ont emporté avec eux va bientôt se modifier, et tantôt s'enrichir de mots, tantôt donner aux mots reçus des acceptions nouvelles, en telle sorte qu'on en est à se demander pourquoi les savants prennent tant de peine pour expliquer théoriquement et par conjectures la formation du langage. Que ne viennent-ils voyager avec nous ? en six jours ils auraient vu poindre et croître une langue nouvelle ; en un jour ils auraient vu disparaître tous les noms propres de la troupe pour faire place à cinquante appellations nouvelles, quelques-unes folles, toutes vivantes et caractéristiques pour ceux qui les emploient.

Ils auraient compris que tous leurs efforts pour fixer une langue vont à contre-sens de la vie du style, que les langues fixées sont des langues languissantes et malades, que les langues arrêtées sont des langues mourantes ou mortes.

Ils auraient compris pourquoi les poésies primitives, qui précèdent tous les dictionnaires, sont les seules éclatantes de couleur, et pourquoi les poésies civilisées sont des ramassis de couleurs ternes et de lambeaux qui ont vécu.

Ils auraient compris qu'autre chose est, pour l'agrément des gens,

le changement, le renouvellement des idiomes laissés à eux-mêmes,
autre chose la combinaison sempiternelle des mêmes éléments classés
et étiquetés par les experts.

Ils auraient compris qu'aucune langue n'est obscure pour ceux qui
la font, si ignares soient-ils, et que beaucoup de langues deviennent
louches à cause des doctes qui les nettoient, les blutent, les éclaircissent, et substituent leurs savants arrêts aux clartés du sens commun.

Ils auraient compris que le libre effort des gens qui sentent et qui
n'aspirent qu'à s'exprimer est tout autrement fécond pour enrichir et
animer la langue, que le laborieux effort des grammairiens de profession qui n'aspirent qu'à grammatiser.

Ils auraient compris qu'en fait d'idiome, la métaphysique des savants
est une ânerie, en comparaison de la métaphysique des simples, que
parler n'est pas une science, mais un développement de notre nature,
un besoin et un plaisir de notre âme, un exercice aussi charmant que
facile, avant qu'on en eût fait une escrime apprêtée et conventionnelle.

Et tout ceci à propos du dîner de Glaris, où nous avons mangé du
chamois. Tout en mangeant du chamois, l'argot de voyage va son
train, et M. Topffer fait la réflexion que le diable n'y comprendrait
rien, à moins d'être des nôtres. A ce propos, il s'occupe des noms propres, et, émerveillé de voir combien le nombre s'en est accru, il invite
chacun à déclarer les différentes appellations sous lesquelles il est
connu, auxquelles il répond, et qui sont nées depuis treize jours que
nous sommes en route. Voici le résultat de ce travail :

NOM RÉEL
INSCRIT A L'ÉTAT CIVIL.

BLANCHARD dit *Blanc bec*, par accaparement d'un terme tout forgé; *Blanc de Nîmes*,
   c'est sa patrie; *Gouire*, source inconnue.

PERCY   — *Tircis*, à cause de certains caprices champêtres; *Nègre*, sa peau ne
   rappelle pas le lis; *Négrillon*, sa taille ne rappelle pas Goliath;
   Blanc et Noir, il est le coucheur de Blanchard; *Milord*, sa vaste
   tenue; *Élisabeth*, du nom de la dame rencontrée à la Furca;
   Virgule, sa taille encore.

HARRISON   — *Bill*, corruption de William; *Belly*, même origine; *Constable*, allusion malicieuse; *Guernesey*, de même; *Marchand d'allumettes*,
   source inconnue; *Matelot*, aime le hareng.

ADOLPHE   — *Lièvre*, dort les yeux ouverts: *Coco*, le préféré de Harrison.

ARTHUR   — *Major Buisson*, cheveux touffus et buissonneux; *Thi*, abrégé d'Arthur; *Potbellied*, vaste panse; *Gomme élastique*, appétit vorace et estomac à volonté.

AUGUSTE — *Calier*, source inconnue; *Cuisinier*, source inconnue; *Émilie*, idem; *Chapeau blanc*, pour s'être coiffé d'un chapeau retourné; *Douce Émilie*, perfectionné par Harrison.

BORODINOS — *Philosophe*, à cause de sa tenue péripatétique; *Chérubin*, source inconnue; *Séraphin*, idem; *Guigui*, abrégé de Borodinos, selon Verret.

GERVAIS — *Samson*, la force du personnage; *Gégé*, abrégé de Gervais.

ZANTA — *Lisette*, pour avoir conduit l'un des chars à Tourtemagne en usant et abusant de : Yu Lisette; *Za*, abrégé de Zanta; *Moncha*, de sa façon de dire mon cher; *Titecuyer*, abrégé de petit écuyer.

BLOKMAN — *Picandolle*, abrégé de Pic de la Mirandolle, allusion flatteuse.

STERLING — *Gdègdègdègdè*, allusion à son accent rapide et gdègdègdè.

BRYAN — *Américain sauvage*, de ce vers de Voltaire, appris en rhétorique : « L'Américain farouche est un monstre sauvage; » *Oiseleur*, de ses instincts chasseurs.

DUSSAUT — *Pilote*, pour avoir lu, relu et surlu le *Pilote*; *Mamelin*, abrégé de madame Hamelin, hérité de son frère.

MURRAY — *Rascal*, terme honorifique; *Petite bonhomme*, sa taille, prononciation anglaise; *Virgule*, son exiguïté.

VERRET — *Chose également périlleuse, soit qu'il dit la vérité, soit qu'il dit un mensonge*, ressouvenir d'une phrase de Tacite laborieusement traduite et répétée en classe; *Madame Pannonie*, allusion à un quiproquo d'école; *Tambour-Major*, à cause de sa canne et d'un balancement militaire; *Douglas*, source inconnue; *Chapitre*, autre ressouvenir du même labeur sur Tacite; *Petit paquet*, allusion au ficelage du sac.

FRANKTHAL — *H'alémand*, Allemand; *Boule carrée*, triangle à quatre côtés.

RÉGNIER — *Rignolet*, agréable diminutif; *Carabinier*, de sa présence au tir de Glaris.

BROADLY — *Bricelet*, diminutif sucré; *Pot-stick*, allusion à ses jambes; *Jérémie* à ses infortunes.

Ce sont soixante noms propres de nouvelle formation, répartis entre dix-huit individus jouissant déjà chacun d'un nom propre suffisant. Nous nous bornons à constater le fait, en publiant, ce qui n'a probablement jamais été fait, un document de cette sorte. Nous pourrions le rendre plus complet; nous pourrions aussi faire remarquer dans ces noms le germe d'expressions génériques et de noms communs; mais c'est assez, et trop déjà, pour l'amusement de nos lecteurs.

Nous faisons à Glaris la promenade du soir (à l'instar de la famille Crépin), et au retour nous trouvons la table que nous avons occupée

entièrement recrutée d'arrivants qui soupent aux lumières. Parmi ces
arrivants, M. Topffer a la joie de trouver deux anciens élèves sortis de
ses mains depuis dix ans : **MM. Hulton**, deux Anglais, deux frères,
Arthur et James, dont le nom figure dans nos anciennes relations de
voyage, et auxquels il est fait allusion dans le commencement de
celle-ci.

LA FAMILLE CRÉPIN.

14ᵐᵉ ET 15ᵐᵉ JOURNÉE

Il s'agit de marcher sur Schwitz en escaladant le Braguel. C'est un passage laborieux, peu fréquenté, sans ressource d'auberges, brioches ou autres rafraîchissements ; aussi M. Topffer fait-il au départ une distribution de pains. On perce ces pains, on y passe une ficelle, et on les porte gracieusement suspendus au côté, en façon de yatagans.

Nous emmenons aussi un guide et sa jument. La jument n'a rien de particulier, mais le guide se trouve être une sorte d'animal sauvage qui brusque sans cesse, ne guide pas du tout, parle un langage totalement inconnu, et vise à gagner ses cinq thalers sans que ni lui ni sa jument fassent rien pour notre service. Jamais plus brutal Caraïbe ne se mêla de conduire les gens.

Le temps est magnifique. Du fond de l'entonnoir, nous nous élevons

vers une fissure qui s'ouvre au pied du Glarnisch; et là, tournant à
gauche, nous perdons de vue les blanches maisons de Glaris pour entrer dans la haute vallée du Kloenthal. Rien de plus sauvage, de plus
solitaire, que cette petite vallée
sans habitants, dont le fond est
rempli par un lac où se reflètent,
en teintes pures et sombres, les
rochers et les forêts entre lesquels
il est profondément encaissé. Un
naturel qui grimpe avec nous nous
donne des détails curieux sur la
nomenclature des différentes sortes
de pâturages que nous avons sous
les yeux. Nous sommes sur une
Alp; c'est la première région des
herbages, répartie entre des propriétaires, et où le foin se coupe
et se récolte. Au-dessus sont les

Montagnes, propriétés particulières aussi, où l'on envoie les bestiaux
se nourrir sur le fonds. Enfin plus haut, et dans les endroits du plus
difficile accès, sont les *Wildheyet*, gazons sauvages, propriétés com-
munales où tous ont droit, et où quelques misérables herbes sont quelquefois, de commune à commune, l'occasion de rixes sérieuses. Du
reste, bois et herbes, quelle que soit la difficulté des lieux, sont exploités scrupuleusement par l'avarice ou par la misère, et dans ces
immenses solitudes, toutes hérissées d'escarpements et de précipices
effroyables, rien ne se perd. Pour les bois, par exemple, un homme
attaché à une corde, ou qui se laisse couler le long d'une simple
perche retenue au rocher par un crochet, descend dans les couloirs,
pénètre dans les anfractuosités, et s'en va abattre un arbre qui a crû
au-dessus de l'abîme, dans la fissure d'une paroi ou sur la saillie d'une
étroite corniche.

Une élégante société de touristes monte derrière nous, et nous rejoint auprès d'un chalet où nous achetons du fromage et de la crème
pour tremper notre pain dans la sauce. L'endroit est magnifique et le
fromage détestable, sans compter une vache qui se met à lécher l'ha-

bit de M. Henri. La société élégante, bien fournie en gigots et volailles, bivouaque à distance ; c'est ce qui empêche que nous partagions avec elle nos provisions. Ici, notre guide rit, s'emporte, se couche et se lève, sans qu'il nous soit possible de pénétrer le motif de ces fabuleux mouvements.

Le voyageur Harrison souffre du genou ; c'est plus malsain encore que la migraine, lorsqu'il s'agit de passer une montagne. On lui cherche donc un cheval parmi ceux qui paissent à l'entour ; sur ce cheval, on ajuste une sorte de bât en bois, sur ce bât un sac, et sur ce sac, tout en haut, Harrison, qui s'équilibre comme il peut. Il trouve que son genou n'en souffre pas moins, tandis qu'un autre organe, qui goûtait fort l'autre façon d'aller, en souffre davantage. C'est égal, Harrison torque et rétorque comme ci-devant, et, de cette position élevée, il répond à tous et à chacun.

Au-dessus de la vallée de Kloenthal, le Braguel devient une montagne médiocrement belle. La végétation s'y rabougrit insensiblement, et l'on n'y échange pas, comme dans les montagnes plus élevées, ces beautés qu'on laisse derrière soi, contre des beautés d'un autre genre. C'est que le sommet est justement placé à la hauteur des végétations rabougries ; point de glaces scintillantes, point de cascades, point de rocs hardis et sauvages ; on se croirait sur le Jura, qui, à sa sommité, présente ce même caractère. Notre Samoyède de guide nous fait ici reprendre nos sacs pour un moment, parce que, dit-il, le commencement de la descente est ardu ; et puis le bonhomme, ces choses dites, nous laisse prendre par la gauche, tandis qu'il prend par la droite, s'arrangeant ainsi de manière à ne nous plus revoir qu'à Schwitz, dans sept heures de temps. C'est de cette façon que nous payons cinq thalers pour que nos sacs soient portés... sur notre dos.

La société élégante se mêle ici avec la nôtre. On cause, on est réciproquement aimables et polis. Cependant un de ces messieurs qui voit que nous ne gambadons pas mal, malgré nos sacs, et que nous pourrions bien arriver à Schwitz avant lui et ces dames, se prend à craindre que la journée ne soit bien forte pour nous, et nous conseille de coucher à la Muotta. Ce monsieur s'y prend mal. Volontiers nous céderions à lui et à ces dames tout Schwitz, s'il nous en priait, et s'il y avait lieu ; mais en tirant ses arguments de nous et de notre

propre avantage, il ne nous charme pas du tout. En tout temps la bonhomie, la cordialité, la franchise, sont de toutes les finesses la plus
fine, de toutes les ruses la meilleure.

En ce moment, nous voyons de l'endroit où nous sommes assis, un
pâtre qui chasse devant lui une brebis. Le pauvre animal, qui a une
patte cassée, tombe à chaque instant. Ce spectacle nous fait une vive
peine, et nous nous indignons un peu légèrement contre ce pâtre.
Sa misère veut que sa brebis arrive vivante à Schwitz, et sa misère
aussi le condamne à l'y faire marcher, s'il n'aime mieux la porter sur
son dos. C'est ce qu'il finit par faire, lorsque la pauvre bête ne peut
plus se soutenir. Cet homme ne mettait point d'intention cruelle dans
son acte, et le voici qui va porter soixante livres durant cinq heures.
Réservons notre indignation pour une autre occasion.

Ce pâtre est jeune, et il porte le costume des montagnards ; chargé
de sa blanche brebis, il forme une de ces figures simples, nobles,
pittoresques, où s'inspire un peintre, et
encore mieux un statuaire. Il n'y a pas
que l'Italie qui ait ses pâtres et ses
figures d'églogue ; nos montagnes en re-
cèlent de partout. Mais l'Italie a eu ses
peintres ; la Suisse alpestre attend encore
les siens. Et de là la différence que l'o-
pinion établit entre ces deux contrées
sous le rapport de l'art.

Le revers du Braguel incline ses pentes
sur la Muottathal, cette petite vallée dont
le nom a récemment figuré dans les évé-
nements politiques de ce canton. Au sortir de la gazette, combien on est
étonné de ne voir que des sapins, des moutons, des pâtres, au lieu d'o-
rateurs et d'hommes politiques qu'on s'attend à rencontrer à chaque pas !
Toutefois il y a un beau couvent dans la Muottathal, et ce pourrait bien
être là le nid des politiques du pays. Quoi qu'il en soit, les chemins sont
affreux, si encore chemin il y a, car c'est dans une sorte de ruisseau,
ou parmi des rocailles dans toute leur confusion primitive, que nous
sommes appelés à cheminer. Nos touristes en sont à se demander pourquoi donc ils ont été se fourrer dans cette inextricable nature, et si ce

n'est pas une dépravation du goût, que de s'imposer, comme plaisirs purs et champêtres, des fatigues aussi colossales, et des macadamisations si funestes pour les cors aux pieds. Quant à notre guide, il se prélasse, lui et sa bête, et peut-être lui sur sa bête, dans les douces prairies qui bordent l'autre côté du torrent.

A Muotta, la journée faite est déjà forte : nous marchons depuis dix heures de temps. Restent trois grandes lieues pour arriver à Schwitz ; une canine faim nous ronge : on cherche, mais en vain, quelque victuaille dans cet endroit politique. A peine pouvons-nous trouver, et dans une seule maison, du vin, qui nous rend quelque vigueur. Le soleil est couché lorsque nous nous mettons en route par un clair crépuscule qui se change en obscurité totale dans les bois et taillis. En approchant de la vallée de Schwitz, ces bois deviennent épais. Nous marchons au hasard, guidés tantôt par le bruit du torrent, tantôt par les cris plaintifs de l'essieu d'un chariot, tantôt enfin par un naturel qui vient nous secourir dans notre détresse. L'armée est entièrement débandée; plus de nouvelles des divisions. Quelques traînards, annihilés par l'épuisement, marchent uniquement parce que la chose se présente ainsi à leur esprit. A deux pas de Schwitz, en vue des lumières de l'auberge, cette arrière-garde fait halte sous le péristyle d'une

chapelle, et s'y étend tout de son long sur les dalles. Et croit-on qu'elles lui paraissent dures, ces dalles? C'est un cri général de voluptueux repos, de plaisir indicible. Au midi, la lune se lève en ce moment et projette jusque sur nous ses rayons d'argent. Au nord, et tout près, le souper s'apprête, le lit attend, et aucune satisfaction n'est comparable en vivacité à celle que nous goûtons étendus sur nos dalles. Sans la faim, on y serait encore.

A Schwitz, tout est prêt, tout répond à notre attente, tout comble nos vœux les plus chers. L'avant-

garde a tout réglé, commandé. On est glorieux, ravi, d'avoir ac-
,compli cette forte journée. On a mille choses à se conter de division à
division. On a un piano, et Blokmann qui fait cheminer à leur tour les

âmes de la société pendant que les corps se reposent. On a enfin la
soupe, la digne et bienvenue soupe, prélude de satisfactions infinies
et pas si matérielles qu'on pourrait croire. L'appétit lui-même s'ennoblit, quand il est conquis par la marche, noyé dans le plaisir, et embelli, augmenté par le sentiment non égoïste de l'appétit commun.

Ces choses faites, on semonce le guide, on lui retranche sa bonne
main, et l'on va se coucher pendant qu'il expectore des vociférations en
iroquois.

Notre auberge est située à côté de la cathédrale; nous sommes réveillés par la musique grave et pieuse des orgues : c'est une impression
bien douce, et plus vive ici qu'ailleurs. La ville est petite, silencieuse;
point de cris, point de bruit de métiers; cette musique couvre tout autre
son, et semble comme la voix du peuple qui monte vers le ciel. Pendant que les oreilles sont ainsi charmées, on ouvre sa croisée et l'on
voit les flèches du temple qui brillent de l'éclat du levant, les deux Mythen qui projettent leur ombre sur les forêts; l'on goûte à cette joie
matinale de la nature saluant les feux du jour; l'on s'abreuve à cette
incomparable fraîcheur des prairies scintillantes de rosée, des ravins

24

sortant de la brume, des bois et de leurs branchages visités par les premiers rayons du soleil. A ces spectacles, il est difficile que le cœur ne
soit pas remué, et ses accents de gratitude trouvent une expression et
comme un essor plus facile dans le chant religieux des orgues. Deux
d'entre nous vont visiter le cimetière, puis l'église, puis le clocher; et
c'est de là-haut qu'ils nous voient quitter l'auberge et partir sans eux
pour Brunnen, où nous prenons le bateau. Ces deux descendent plus
vite, sans aucun doute, qu'ils ne sont montés, et ils rejoignent, non
sans être essoufflés.

A Brunnen, nous attendons sur le rivage le passage du bateau à

vapeur. Ainsi font nos touristes d'hier, qui, ayant trouvé des logements,
et parfaitement reposés d'ailleurs, sont aimables, gracieux et très-
agréablement communicatifs. Les dames brodent assises sur la grève.
Les messieurs considèrent de jeunes arbalétriers du village, de tout
petits Guillaume Tell, qui, pour demi-batz, percent une cible au cœur.
Les nôtres dessinent, ou font des ricochets, ou achèvent leur sommeil
interrompu; quelques-uns imaginent de pêcher avec une épingle en
guise d'hameçon, et le voyageur Auguste, malgré l'imperfection du
procédé, ne laisse pas que d'attraper une perche étourdie.

Pour M. Topffer, il est dans les transes; on aperçoit le bateau à
vapeur, et il vient d'apprendre que ce superbe tient le milieu du lac,
où, sans arrêter sa course, il se borne à ramasser ce que les petits bateaux lui apportent. Ce lac est perfide; ces bateaux ne sont pas fameux;

ces bateliers n'ont d'autre habileté que celle de la peur. De plus, les passagers arrivent de toutes parts, et ici, comme sur le lac de Genève, la grande affaire des administrations, c'est d'entasser le plus de monde possible dans le moindre nombre possible d'embarcations. C'est là un de ces moments où un homme qui répond de plusieurs vies éprouve des sueurs froides, et sent sa langue blanchir. On peut, direz-vous, ne pas s'embarquer. Ce n'est pas facile lorsqu'on n'est venu que pour cela, lorsque le lac est calme, lorsque tout le monde s'embarque, lorsque s'embarquer paraît chose si simple, et ne s'embarquer pas, chose si peu motivée. On s'embarque donc. Deux coquilles de noix remplies de monde flottent à la rencontre du colosse. Nos touristes ont une peur effroyable, et à mesure qu'on approche, un silence très-expressif est l'expression très-sinistre des préoccupations de la société. On nous jette une corde ; par bonheur, un homme l'attrape qui s'y pend, le bateau pend à cet homme, nos vies pendent à ce bateau, qui, secoué par ces manœuvres et détourné violemment de sa direction, tend de toutes ses forces à se dépendre. C'est encore là un de ces moments où un honorable instituteur volontiers s'irait pendre.

Tout vient à point. Nous voici sur le colosse, et, si peu que la machine ne crève pas, nous arriverons à Lucerne sans encombre. D'ailleurs nous avons passé sous la direction d'un capitaine-modèle, d'un de ces amiraux de lac, d'un de ces marins d'eau douce, crânes, hâbleurs, fumeurs, parlant par soixante chevaux, et qui se trouvent avoir eu en fait d'orages, tempêtes et vitesses, une carrière maritime tout autrement merveilleuse que les marins d'Océan. Cette sorte de capitaines a surgi avec les bateaux à vapeur. Bons enfants, très-courtois, exacts dans leur comptabilité, ce sont là leurs attributs réels et solides ; et puis marins, salamandre, Eugène Sue, tribord et bâbord en diable, ce sont là leurs attributs artistiques, leurs ornements extérieurs, le champ où s'espace leur vanité, et ce besoin de paraître qui est si naturel à l'homme, et à vous aussi et à moi, mon frère.

A peine sur le pont, M. Topffer intente à ce capitaine des observations critiques sur sa manière de ramasser le monde ; le capitaine lui fait trois histoires d'orages et cinq histoires de manœuvres, après quoi, venant à l'objet, il lui développe le raisonnement suivant : « Il n'y a aucun danger (c'est la thèse) : car si le bateau part à l'heure, si la corde est bien lancée, si l'homme du bateau la reçoit, comme c'est

son devoir, et si, outre toutes ces causes de sécurité, le lac est calme, que voulez-vous, monsieur, au nom du ciel, que voulez-vous qu'il arrive?.... » Pendant que l'amiral fait ce raisonnement, le bateau s'ensable dans la baie de Weggis... La marche est suspendue, la machine s'impatiente, le mécanicien se fâche, les chauffeurs sortent étonnés de leur fournaise; l'amiral s'en prend à tout le monde, qui s'en prend à lui, et si le bateau ne se désensable pas, si l'amiral perd son temps à gronder le mécanicien, si, pendant qu'on se dispute, personne ne songe à dégager la vapeur, nous allons être lancés bouillis aux nuages, ou rôtis sur le Righi-Culm... C'est encore ici un de ces moments où un instituteur honorable maudit les pistons, déteste la vapeur, et trouve que les dieux eurent bien raison, qui punirent Prométhée pour avoir dérobé et porté aux mortels le feu du ciel. Le bateau se désensable, et en même temps la pluie succède au soleil.

Nous avons trouvé sur le bateau notre ami et camarade Perdonnet, qui voyage en famille, et qui se fait des nôtres pour la journée. Nous y trouvons aussi des Anglaises à grand décorum superfin, gardant un quant à soi musqué et sentimental; elles daignent pourtant regarder avec curiosité un capucin; mais au lieu de s'approcher pour mieux

voir, on va chercher ce pauvre barbu, qui est mis en spectacle devant les jeunes miss. Pendant qu'elles considèrent touristiquement cette intéressante bête curieuse, voici que monsieur leur père, un très-gros gentleman, glisse et s'étend par terre, ce qui met fin à la représentation.

A Lucerne, nous trouvons place à l'auberge du Cheval-Blanc. Il est de bonne heure. M. Topffer donne le programme des divertissements et repas, et chacun s'en va se faire beau comme un astre. Bientôt l'éclatant cortége, sous la conduite d'Alfred de Sonnenberg, qui est en séjour à Lucerne, se rend à la poste pour y chercher des nouvelles du logis. De là il va visiter les ponts, puis le lion et son vétéran, toujours le même et toujours tendant la main; bon homme pourtant, complaisant, et que la vue de cette jeunesse ragaillardit, comme c'est l'ordinaire chez les vieillards en qui le cœur bat encore. Il nous ajuste une échelle contre le rocher; Bryan y grimpe, et les plus incrédules sont amenés à reconnaître que Bryan, leur grand et gros camarade, tiendrait tout entier dans la patte du colosse.

Après cette visite, on procède aux emplettes. Plusieurs chapeaux ont fini leur temps; quelques souliers n'ont plus d'avenir; certain se pourvoit de tabac. Mais un instinct infaillible dit que le dîner doit être prêt, et tout à coup nous voici tous autour de la table. C'est alors que des Anglais, qui sont à une table voisine, font dire que nos Anglais aient à se rendre auprès d'eux, et qu'on leur fait répondre que notre adresse c'est autour de la soupe. L'un de ces personnages, rencontrant Régnier, qui est de grande taille et *favorisé*, lui dit plus tard : «Avez-vous, monsieur, des Anglais parmi vos élèves? — Non, dit Régnier, » et il dit vrai, puisqu'il n'a point d'élèves.

Pendant que nous sommes à table, un orage éclate, le tonnerre gronde, et la pluie tombe par torrents. C'est une sensation charmante pour des voyageurs de notre sorte, qui comparent les délices de leur situation présente avec les horreurs de ce déluge qui leur est épargné. Au dessert, les numismates sortent leurs liards, et la blanche nappe se couvre de batzen crasseux. Verret classe et reclasse. M. Topffer est assailli de demandes de fonds : on dirait la banque d'Amsterdam. Sur ce, bonsoir; et sommeil général.

16ᵐᵉ JOURNÉE

Au réveil, il se trouve que la pluie tombe toujours par torrents, en sorte que nous prenons le parti de n'en prendre aucun, jusqu'à ce que le baromètre soit revenu à des procédés meilleurs. Vers dix heures, il paraît s'amender; le signal du départ est donné, et nous nous acheminons vers Winkel pour nous y embarquer. Alfred de Sonnenberg nous fait ici la conduite, et Verret se ficelle le mollet, à cause des indocilités de sa jarretière qui lui tombe sans cesse sur le cou-de-pied comme un anneau.

Winkel est un délicieux petit golfe où sont quelques bateaux abrités sous les noyers de la rive. M. Topffer en frète deux, et le temps paraissant calme, on cingle vers le golfe d'Alpnach dans l'Underwald. Mais voici qu'entrés dans ce golfe, nous y trouvons des vagues qui grossissent incessamment sous le souffle d'une brise très-fraiche; heureusement ce vent nous est directement favorable. Nos bateliers hissent les voiles et croisent les bras; les deux esquifs, quoique bien remplis, rasent légèrement le dos des vagues, et au bout de quelques instants ils nous ont dé-

LA JEUNE MUSICIENNE DE L'UNDERWALD.

posés sur la plage d'Alpnach. Ces instants ont paru longs à M. Topffer, éditeur responsable, et à Harrison et Blanchard, navigateurs affadis par le balancement poétique de l'embarcation.

Rien de plus frais, de plus paisible, de plus helvétique, que tout ce vallon d'Underwald, surtout dans ce moment où un beau soleil, succédant à la pluie, dore les rochers et fait resplendir les pelouses. A peine rencontrons-nous quelques naturels, même dans les villages, même dans la capitale, où nous ne trouvons à acheter que du pain et des prunes; ce sont les seules friandises mises en vente dans les deux seules boutiques de l'unique rue.

Comme nous passons devant une chaumière, les sons d'une guitare frappent notre oreille. C'est un gros homme en blouse qui accorde son instrument. M. Topffer le prie de nous chanter quelque air. « Pas moi, dit-il, mais ma servante, si vous ne lui faites pas trop peur. » Toute la caravane s'étend sur le gazon, et bientôt paraît une jeune fille extrêmement timide qui s'assied devant le seuil, et qui chante pour obéir à son maître, bien plus que pour complaire à l'illustre société. Sa voix est agréable et d'une justesse parfaite; elle s'accompagne avec goût; la scène est pittoresque, le plaisir inattendu; en sorte que nous passons là une de ces demi-heures qu'on ne peut pas plus faire naître qu'on ne peut les oublier. Toutefois la chose déplaît à un gros barbichon de chien qui grogne dans sa toison et s'obstine dans des accompagnement bilieux.

Cependant nous atteignons bientôt après le lac de Lungern, moins joli, mais plus célèbre depuis que les riverains ont entrepris de le vider. M. Henri, avec un guide, s'en va visiter la galerie d'écoulement, tandis que, de la route, nous considérons le pourtour du lac. L'ancienne rive est partout visible, c'est une longue ligne où s'arrête la vieille et robuste végétation ; au-dessous ce sont des rocs ou des terrains à peine recouverts d'un duvet d'herbes tendres. Un petit lac qui sera fort joli dans deux siècles occupe le fond du vallon. Mais ce qui est curieux, c'est que depuis que les eaux ont cessé de contenir les terrains, plusieurs d'entre eux sont descendus avec arbres et maisons, et se trouvent actuellement dans l'ancien lit du lac, sans qu'au premier abord on sache bien comment ni pourquoi. Ces terrains voyageurs ont beaucoup perturbé la commune de Lungern, et jeté dans l'angoisse tous les municipaux. Que dirions-nous si, un beau jour, notre canton se déversait, hommes, bois et villas, sur les contrées voisines? Que diraient nos particuliers, ne trouvant plus à sa place leur maison de campagne? nos bandes noires allant repêcher leur *servette* dans la perte du Rhône, et sans que personne encore les y invitât? Cela n'arrivera pas ; mais ce qui pourra arriver avec le progrès, ce sera de vider aussi notre lac, et tout aussitôt les villes riveraines descendront la pente pour se rencontrer au fond : Lausanne et Genève, Morges et Thonon.

Nous donnons ici une vue du lac de Lungern dans son état actuel. C'était un des plus pittoresques de toute la Suisse, l'un des mieux encaissés; il a perdu de sa beauté, mais pas autant cependant que nous nous y étions attendus. Après avoir admiré suffisamment, nous gagnons la petite auberge de Lungern : maison de bois, escaliers rotatoires, hôtes empressés, un de ces logis qui nous conviennent tout particulièrement pour les motifs qui sont expliqués dans le préambule de cette relation.

LE LAC LUNGERN.

TRANSPORT DES FOINS, SUR LE LAC DE THOUNE.

17ᵐᵉ JOURNÉE

Nous ne connaissons pas de plus jolie vallée à parcourir que l'Underwald, pour peu que l'on fasse cas des beautés pittoresques, des impressions agrestes et de la douce solitude d'un pays de pâtres ; de plus, les
manières d'y entrer et celles d'en sortir sont également agréables.
Nous sommes venus par eau ; aujourd'hui nous voici acculés contre les
parois du Brunig, qu'il nous faut escalader absolument, si nous n'aimons mieux rebrousser vers Alpnach.

Le Brunig est une montagne peu élevée, où la végétation suisse se montre dans toute son élégante splendeur. Du côté de l'Underwald, on gravit
un sentier presque tout taillé dans le roc ; et à mesure qu'on s'élève, les
lacs de Lungern et de Sarnen se montrent dans tout leur pourtour, encaissés entre des parois verdoyantes, d'un aspect à la fois gracieux et sévère.
Au haut du sentier, il y a une petite chapelle dont le porche abrite un banc,
où le voyageur s'assied pour regarder encore ce beau paysage dont la vue
va lui être dérobée. Qui donc s'est assis sur ce banc et n'en a pas gardé la
mémoire ? Qui donc s'est reposé sur ces planches, sous ces hêtres, en

face de cette poétique nature, et n'est pas charmé aujourd'hui encore par le seul ressouvenir de ces impressions si pures, si vives, si aimables?

Au delà de la petite chapelle, on chemine pendant une heure sur le sommet sinueux et boisé de la montagne ; on aperçoit quelques hautes cimes qui appartiennent aux montagnes voisines, mais plus de lacs, plus d'habitations, et cependant rien de sauvage : c'est là le caractère du Brunig, et c'est ce qui nous porterait à comparer ces solitudes à celles des montagnes de la Grande Chartreuse dans le Dauphiné. Ce sont des bouquets de sapins, des groupes de hêtres, plutôt que des bois, et, des uns aux autres, des pelouses fraîches et riantes. Lorsqu'on atteint l'autre revers, l'on a, au travers des trouées du feuillage, l'aspect des vallées de Meyringen et de Brientz, l'une toute de prairies où serpente le filet de l'Aar, l'autre toute d'escarpements qui plongent, en s'y réfléchissant, dans le limpide miroir du lac.

De nombreuses colonies d'écureuils vivent et jouent dans cette contrée

CHAPELLE AU SOMMET DU BRUNIG.

solitaire. Bryan, l'oiseleur, en avise deux qui viennent de gravir un
sapin isolé et d'une immense hauteur. Aussitôt il nous appelle à son

aide, et après nous avoir disposés en cercle autour de l'arbre, il grimpe de branche
en branche, assez haut pour pouvoir ébranler vivement la cime. Les deux jolis animaux qui s'y sont réfugiés semblent tenir
conseil ; puis, au même instant, ils s'élancent, et viennent tomber en dehors du cercle ; avant que nous ayons pu les atteindre,
ils sont déjà sautillant parmi les branchages d'un bouquet voisin, et l'oiseleur
Bryan redescend tranquillement son sapin.

Nous déjeunons, à Brientz, dans une
salle garnie d'objets en bois sculpté, et ici
commence une série d'emplettes qui va
se poursuivre de lieu en lieu jusqu'à Fribourg. Déjà en quittant Brientz,
la plupart des voyageurs portent sur le dos ou sur le ventre une caisse qui
contient leurs trésors, et qui leur donne l'air de faire voir la marmotte en
vie. Ces objets en bois sont en effet de charmants souvenirs à rapporter,
et de charmants présents à faire ; c'est dommage seulement qu'on en ait
étendu le marché jusque dans toutes les grandes villes. Il y a peu d'années qu'on les achetait encore du pâtre même qui les avait travaillés.
Aujourd'hui on les fabrique par pacotilles, et en même temps que
l'exécution s'en est perfectionnée au moyen d'outils nouveaux et de
modèles venus du dehors, ils perdent peu à peu le style suisse et ce ca-
chet d'intelligence et de pensée qui se retrouve dans les œuvres les plus
grossières, lorsqu'elles sont l'ouvrage de l'homme et non le produit
d'un procédé. Le procédé tue et tuera l'art. M. Daguerre y aura con-
tribué pour sa part.

M. Topffer frète ici deux embarcations, toujours deux ! c'est son principe, à lui, que de ne pas mettre tous ses œufs dans un panier, et les bateliers aiment fort ce bon principe-là. De plus, il dit et redit par intervalle à ces bonnes gens : « *Am Lande!* » ou point de *Trinkgeld*, au
moyen de quoi nous rasons la rive jusqu'à Interlacken, où nous arri-

vons sans encombre. Les bateliers reçoivent un gros pourboire, et ce principe-là leur plaît aussi.

A Interlacken, les emplettes recommencent de plus belle; nous arrivons à Neuhaus surchargés de marchandise. Il y a affluence sur le bateau, sans compter une division des jésuites de Fribourg. Nous en rencontrons souvent. Ils voyagent absolument comme nous, et ils se font remarquer par leurs manières agréables et polies.

La soirée est magnifique, et le lac très-agité. Notre machine à haute pression, pour peu qu'elle ne saute pas, est excellente; malheureusement le bois est à bon marché dans la contrée, et les chauffeurs font un feu d'enfer; ça fait réfléchir. De plus, on n'aperçoit d'autre mécanicien que la mécanique; ça fait aussi réfléchir. M. Topffer dessine; un amateur s'approche : « C'est, dit-il, absolument mon genre ce que vous faites là, monsieur. Je vous demanderai seulement dans quel sens vous faites vos hachures? — Ainsi, monsieur. — Mon genre, mon genre, absolument. »

Cet amateur est un touriste de l'espèce de ceux qui n'y comprennent rien, mais qui sont émerveillés quand même. Il se fait de ce qu'il voit, de ce qu'il a vu, de ce qu'il verra, les idées les plus fabuleuses, et il bâtit là-dessus les satisfactions les plus grandes. A peine débarqué à Thoune, on lui parle de chiens de Terre-Neuve; il embrouille cela avec

des chiens du Saint-Bernard, et son guide lui demandant s'il doit lui en acheter : « Je ne vois, dit-il, aucun inconvénient à ce que j'aie trois terre-neuve. » Plus tard, nous rencontrons dans la rue un gros gaillard qui ploie sous le faix de trois mâtins qui sentent fièrement l'ours de Berne : ce sont les terre-neuve de l'amateur, qui trouvera peut-être qu'il y a bien quelque inconvénient à la chose.

Boutiques de sculptures, de peintures, panoramas, terre-neuve, on trouve de tout cela à Thoune, qui est devenu le grand bazar des touristes.

MUNZIGEN.

18ᵐᵉ JOURNÉE

Nous nous levons de bonne heure pour aller déjeuner à Munzigen, à moitié chemin de Berne. La route est couverte de campagnards se rendant au marché. Il n'y a peut-être pas un coin du globe qui donne plus que cette admirable vallée, l'idée de l'abondance, du confortable agreste, du dernier raffinement de la civilisation agricole. A chaque instant nous nous arrêtons devant les fermes pour admirer mille soins, mille commodités, dont nous autres messieurs, nous sommes à cent lieues dans le genre de vie qui nous est propre.

De très-bonne heure nous sommes à Berne, et le programme de la journée est donné. Il est très-conforme à celui de nos autres séjours à Berne, ce qui nous dispense d'y insister ici.

Encore sur nos jambes jusqu'à Fribourg. Nous avons déjeuné à Berne ; sur la route, nous vivons de prunes, de haltes et d'éclats de rire. Plusieurs se démoralisent, y compris le chef, et ce ne sont pas les moins gais. Et puis nous voici à Fribourg, et le pont, et les orgues, et un grandissime souper, un banquet à tout rompre, sans aucune parcimonie de la bourse commune, conformément aux principes énoncés dans le préambule.

Autre douceur : ce sont des chars et qui ne sont pas doux pourtant, mais délicieux pour nous, et de plus chars à bancs, c'est-à-dire tout ouverts, ne prenant rien sur le paysage, ne gênant aucune de nos communications. Sur ces deux chars nous entrons triomphalement à Vevey, où il y a un nouveau banquet dans l'excellent hôtel des Trois-Couronnes.

Le quatre septembre, nous nous embarquons sur le *Léman* pour regagner nos foyers, où nous arrivons enchantés de notre voyage, et tout prêts à recommencer, si l'on voulait.

VERREZE (VAL D'AOSTE).

VOYAGES EN ZIGZAG

MILAN, COME, SPLUGEN

1839

Il s'agit cette année d'aller à Milan. Plusieurs n'ont pas vu Milan, et plusieurs qui l'ont vu il y a deux ans désirent de le revoir ; c'est vrai que Milan est une charmante ville, où il y a en abondance spectacles et rafraîchissements, sans compter l'aiguille du Dôme, où l'on monte, monte, que c'est plaisir. Tous les écoliers aiment à grimper sur les tours et à s'élever sur les clochers. Strasbourg est une belle ville, Anvers aussi.

Un des hommes de notre temps qui a escaladé le plus de clochers, c'est **M.** Topffer. Qu'on trouve un autre père de famille qui ait par six fois porté sa personne jusque tout au haut de la dernière aiguille du Dôme. Il est bien vrai que ce ne sont pas précisément des ascensions dues à un désir spontané, ni même à un impérieux besoin de gravir des marches de marbre blanc; mais il serait injuste de ne pas voir en lui un père de famille bien extraordinaire, unique entre tous, et qui aura droit à une épitaphe glorieuse.

Ce qu'il y a de bon aussi dans le voyage de Milan, c'est qu'il faut, pour s'y rendre et pour en revenir, passer les Alpes et les repasser. Or, c'est toujours une bonne fortune pour des voyageurs à pied, que d'avoir à franchir ces belles montagnes, où la marche est si légère, si animée, où les spectacles sont si variés et si beaux. On se lasse un peu, à la longue, de tournoyer dans les échelons en spirale du Dôme; mais on ne se lasse pas de serpenter dans les hautes vallées, de s'élever au travers des bois, des rocs, des cascades, jusqu'à ces sommités chauves et solitaires où la nature est moins parée, mais bien plus grande, et au delà desquelles on se retrouve, au bout de deux ou trois heures de facile descente, rendu aux charmes un peu suspects de la civilisation, et aussi aux charmes plus vrais d'une végétation admirable de vigueur et d'éclat. De plus, on peut se choisir les passages que l'on veut connaître. Cette année, ce sont ceux du Grand-Saint-Bernard et du Splugen qui ont obtenu notre préférence. Le premier y avait des titres évidents : neiges, avalanches, maison des morts, les chiens, les Pères, tout ce qui remue avec le plus de puissance des imaginations de quinze ans, tout ce qui intéresse à bon droit des imaginations plus mûres et plus posées ; le second, fort beau en lui-même, et où l'on parvient en traversant le lac de Côme, d'où l'on sort en traversant la Via Mala.

Pour l'instruction des voyageurs à pied qui voudront bien avoir confiance en notre opinion, nous dirons un mot sur ces différents passages, que nous avons pratiqués à plusieurs reprises. Le moins intéressant, c'est le mont Cenis, qui n'a presque que les charmes d'une grande route. Vient ensuite, en allant de l'ouest à l'est, le Petit-Saint-Bernard, le plus facile et le moins terrible de tous, qui ne présente pas de grandes beautés pittoresques, mais où l'on arrive et d'où l'on sort par une contrée à la fois charmante et tranquille, sans bruit de grelots, sans poussière de chaises de poste. Si, parti de Genève en compagnie de deux amis, je voulais n'être pas trop distrait de leur société par les aspects environnants, et cheminer en goûtant à la fois le plaisir d'un intime entretien et celui d'un spectacle habituellement doux et agreste,

je choisirais pour me rendre en Italie le passage du Petit-Saint-Bernard.
On prétend qu'Annibal l'avait choisi aussi; ce fut pour d'autres motifs
apparemment.

Le troisième passage est merveilleux pour ceux qui sont amateurs
de solitudes alpestres, de cimes terribles, de glaciers formidables. Il
faut s'élever sur le col du Bonhomme, puis sur le col des Fours, d'où
l'on redescend pour s'élever de nouveau sur le col de la Seigne. Au delà,
on côtoie le lac Combal et les sonores glaciers de l'Allée Blanche. Point
de route, mais d'abruptes sentiers où il ne faut pas s'aventurer sans
un guide. Point de voyageurs, mais une ou deux caravanes de touristes,
et parfois un chasseur de chamois qui passe d'une cime à une autre.
Point d'auberges enfin, mais seulement un misérable chalet adossé au
glacier du Mont-Blanc. Vous tous qui aimez la marche libre, indépen-
dante, la poésie grande et neuve, l'immensité, le silence, le mystère et
ces confuses émotions que fait naître une brute et colossale nature,
passez par l'Allée Blanche; sans compter que sur le col des Fours on
trouve de la neige rouge.

Le quatrième passage, c'est celui du Grand-Saint-Bernard, assez mal
connu de nos jours, parce que c'est de nos jours qu'on l'a le plus décrit.
Il est remarquable à cause de l'hospice surtout, à cause de cette sainte
maison où, depuis tant de siècles, la charité chrétienne veille avec une
affectueuse sollicitude sur ceux qui s'engagent dans ces mornes vallées.
Celle qui conduit à l'hospice est d'abord champêtre plutôt que pittoresque, jusqu'à ce qu'elle devienne belle de nudité et de désolation,
plutôt encore que de grandeur ou d'éclat. Choisissez donc cette voie,
faites votre pèlerinage à l'hospice, vous qui trouvez, avec raison, plus
de beauté dans ce monument d'une chrétienne pensée que dans
les merveilles des glaces éternelles ou dans la majesté des forêts séculaires.

Au delà du Grand-Saint-Bernard, le mont Cervin et le mont Rose
élèvent dans les cieux leurs cimes argentées; une glace continue recouvre
leurs épaulements; il faut suivre la base des Alpes jusqu'aux gorges du
Simplon pour retrouver un passage. Celui du Simplon est le plus
célèbre de la chaîne, mais il a cessé d'en être le plus merveilleux; les
routes du Saint-Gothard et du Splugen présentent d'aussi admirables
travaux; cependant il l'emporte par un caractère de grandeur et de

majesté qui tient à ces immenses profondeurs au-dessus desquelles la
route serpente lentement, mollement, et par le contraste qu'offrent
entre eux les deux revers : l'un frais, verdoyant, onduleux ; l'autre
caverneux, étroit, tourmenté, où retentit incessamment le fracas d'une
onde furieuse. Au sortir de ces horreurs, le lac Majeur, avec ses îles
flottantes et ses rives fleuries, enchante et semble sourire. Pour qui ne
veut ou ne peut voir qu'un des passages des Alpes, c'est, à tout prendre,
celui-ci qu'il doit choisir.

Vient ensuite le Saint-Gothard, nu, sévère, monotone, où la route
s'élève graduellement avec la vallée, court en ligne droite sur le plateau
du sommet, puis se tourmente en mille replis sur les parois d'un abîme
au fond duquel elle se perd dans l'ombre pour déboucher sur les riantes
prairies d'Airolo. C'est Bonaparte qui a ouvert la route du Simplon.
C'est le petit canton d'Uri qui a ouvert celle du Saint-Gothard. Passez
donc par le Saint-Gothard, vous qui aimez à voir les merveilles qu'en-
fante la liberté ; c'est par elle seule que le zèle et les efforts d'une
peuplade de montagnards ont pu accomplir ce que Bonaparte lui-
même n'a pas fait sans attirer les regards et l'admiration de l'Europe
entière.

Non loin du Saint-Gothard, le Saint-Bernardin ouvre au voyageur
une route que le voyageur délaisse ; c'est que, sans être aussi intéressante que les autres, elle n'offre aucun avantage en compensation. Le
Splugen l'a tuée.

Comme passage à grande route, le Splugen lutte à tous égards
avec le Simplon, et il l'emporte sur lui peut-être par ses magnifiques
abords et par ses immenses galeries : c'est, ce nous semble, le passage
des artistes. Sur le revers italien, les sites ne font pas *vue*, mais *tableau*,
et l'on croirait, en mille endroits, que Le Poussin a visité ces lieux.
C'est à ce point que s'arrêtent nos excursions au travers de la chaîne
des Alpes ; mais au delà, le passage du Stelvio [1], qui commence à devenir fameux, présente, dit-on, comme ouvrage de l'homme, ce que
les Alpes renferment de plus hardi et de plus merveilleux. Si Dieu
nous prête vie et santé, nous pourrons quelque jour vous en donner
des nouvelles.

---

[1] Le passage du Stelvio se trouvera décrit plus loin, dans le second voyage de 1841.

Il s'agit, après cette longue digression, d'énumérer, selon nôtre constant usage, les voyageurs dont se compose la caravane de cette année. De même que nous n'insisterons pas sur ceux d'entre eux qui ont déjà été caractérisés dans les voyages précédents, de même aussi, dans cette relation, nous passerons rapidement sur tels lieux ou telles circonstances qui ont déjà figuré dans nos relations précédentes, et en particulier dans celle du voyage à Milan de 1838.

Notre caravane se composait cette année de vingt-quatre personnes, dont vingt-trois portées sur un seul passe-port, celui de M. Topffer. Chaque année, M. Topffer va se faire faire son portrait à la chancellerie, c'est une nécessité de sa condition ; chaque année, un honorable employé le regarde et le copie sur la marge du passe-port ; chaque année, M. Topffer examine sur cette marge quels changements douze mois de plus ont apportés à sa physionomie. Il paraît que ces changements sont lents et imperceptibles. Depuis quinze ans, il a le visage ovale, le nez moyen, la bouche moyenne et le menton moyen aussi. En moyenne, c'est toujours la même chose, et frappant de ressemblance. Si les passe-ports ne donnaient pas l'âge en toutes lettres, je conseillerais aux dames de ne se faire portraiter qu'en chancellerie.

Parmi les voyageurs, ceux déjà décrits sont :

David Dumont, qui, après avoir consacré quelques années à la re-traite, reparaît plein de force et d'ardeur, grandi, point engraissé et incapable de goûter quoi que ce soit sans y avoir mis du sel. *Étienne Dumont*, son frère, reparaît de même ; dans la retraite, il est devenu artiste, et il croque tout ce qui se présente.

Walter et *Woodberry*, qui figurèrent comme touristicules dans notre voyage de 1834. Aujourd'hui, ce sont des touristes de haute taille et des jarrets de haute trempe.

Arthur, décrit dans les deux précédentes relations : homme de poids et d'appétit, toujours plus major et non moins caoutchouc. *Bryan*, son frère, toujours plus oiseleur et non moins gigantesque.

Dussaut et *Borodinos*, connus aussi ; frères, non pas de naissance, mais d'âge, de goûts et de jarrets.

Sterling, toujours plus gdégdégdégdé, tirant sur le caoutchouc, et très-artiste tant qu'il n'a pas égaré son crayon ou laissé son album sous un chêne.

Harrison, qui porte, outre son sac, des kyrielles de noms et de sur-
noms; plus, vingt-huit propositions discutables, et trente-deux asser-
tions contestables, contestées et insolubles; en sorte que, douze heures
par jour, il torque et rétorque contre chacun à son tour et contre tous à
la fois. Les grandes discussions ayant engendré de petites discussions,
qui elles-mêmes donnent naissance à une foule d'ambiguïtés discutables,
il s'ensuit que, à mesure que nous faisons du chemin, la solution
recule. Poitrine forte, jarret courageux, *spirit* extrême, gaieté incurable, au point que l'infortune même, pour peu qu'elle soit forte, se
traduit chez Harrison en splendides éclats de rire. Ah! le bon, l'excellent compagnon de voyage!

Alfred de Rosenberg, qui passe avec nous par Milan pour se rendre
à Lucerne; c'est le chemin de l'école. Enfin *Alexandre Prover*, ancien
élève qui rejoint, vétéran qui a voulu revenir sous le drapeau. Les re-
crues lui ouvrent leurs rangs, et le capitaine retrouve avec joie ce
camarade des campagnes d'autrefois, simple soldat qui vaut un sergent-
major.

Trois *Perlet* : *Léon*, voyageur d'avant-garde, sapeur imberbe; *Ernest*
et *Constant*, voltigeurs infatigables. Ernest, qui batifole sur les flancs
de la colonne, agace sur tous les points, avance, recule, divague,
enjambe, sautille. Constant, qui est l'avant-garde de l'avant-garde, et
qui se devancerait lui-même s'il y avait moyen.

Poletti, petit Égyptien grassouillet; homme du désert, pas du
tout Bédouin, et joliment étonné de se voir membre d'une caravane
ambulante. Poletti regrette ses sables; à défaut d'un cheval arabe,
il se contenterait d'un âne de Provence; et puis, à force de marcher,
il devient marcheur, et débarque à Genève avec un diplôme de bon
jarret.

Jellyot marche doux, ne cause pas, dort ferme; entièrement inconnu
à ceux du centre et de l'arrière-garde, qui ne l'ont aperçu qu'aux repas;
le seul contre qui Harrison n'ait ni torqué ni rétorqué. Totalement
étranger à la question.

Robert, mine rose, jarret trempé, qui rit sans éclats et qui est gai
en dedans; agace, batifole, torque, rétorque aussi, le tout en son temps
et à petit bruit; jouit d'un imperméable qu'il porte quand le soleil luit,
qu'il offre quand vient la pluie.

Edmond, petit bout d'homme, grand boute-en-train; jarret d'acier, mais s'affadit sur les hauteurs, et y voit en jaune la vie humaine et le vin rouge. Partout ailleurs, marche ferme, mange des mieux, se désaltère à fond, ne manque ni une torque ni une rétorque, et roucoule en dormant.

D'Arbely, qui entre aujourd'hui même en pension et qui sortira du voyage pour entrer en classe, porte une blouse qui dégénère et va se défaufilant, marche à toutes voiles et développe un jarret distingué. Excellent voyageur.

Toby Gray, risolet et insoucieux; va au hasard sur la terre habitable, et c'est par hasard qu'il se trouve cheminer fortuitement dans la même direction que nous; a des ampoules, mange les fruits verts et tout ce qui a l'air baie ou fruit à noyau; chante sans cause connue, se tait sans raison appréciable, et prend de temps en temps une pilule bleue.

Edouard Gray, voyageur *sui generis*; emporte un parapluie qui l'attriste et un briquet qui le réjouit. A certains moments qu'il fixe dans son for intérieur, et quand même toute la terre y trouverait à redire, il tire un silex de sa poche et il en fait jaillir la flamme avec un entier contentement; ajuste, ficelle, échafaude et construit en tous lieux, en tout temps, sur lui ou sur autre chose, des mécaniques; mange la moitié de son melon et porte le reste en bandoulière; n'agace personne, se laisse agacer sans s'en mêler, ne pose jamais le talon par terre, et porte un chapeau haut comme la tour de Sidon, penché en arrière comme la tour de Pise, et plissé en spires comme la tour de Babel; du reste, content, réfléchi, excellent voyayeur, et jarret courageux.

Enfin, **M.** Topffer et son domestique David, majordome actif, soigneux et exercé.

Toute cette troupe s'embarque sur *l'Aigle* le samedi 17 août. Au moment où le bateau part, une bonne dame arrive, accourt et lève la

jambe pour s'embarquer aussi ; mais le bateau file, et cette dame demeure la jambe levée.

On dit que chaque année, à Paris, il y a un certain nombre assez fixe, et toujours considérable, de lettres qui sont jetées à la poste sans porter d'adresse. Chaque année, il y a pareille-ment un certain nombre assez fixe et assez considérable aussi de gens qui ac-courent pour s'embarquer, juste au mo-ment où le bateau vient de partir. C'est drôle ! Tant d'étourdis sur cent, tant d'étourdies par année. Sur quatre-vingt-dix-neuf individus, toujours un qui se hâte de porter à la poste une lettre qui ne peut pas partir, et toujours un autre qui se dépêche d'arriver trop tard au bateau, et qui demeure la jambe levée.

Il y a musique sur le bateau. Ce sont des Italiens qui chantent rauque en s'accompagnant d'une guitare fêlée ; c'est égal, il y a de l'ex-pression, de la vie, des traces de méthode, et énormément de *pizzic-cando*. Ceci nous donne faim, et la table se dresse ; mais voici qu'au moment de manger, le bateau se livre à des balancements si doux, si doux, que plusieurs convives, affamés tout à l'heure, tombent dans l'affadissement, refusent toute nourriture et pâlissent à vue d'œil ; d'autres mangent pour tous et s'en trouvent à merveille. Pendant que ces choses se passent, le ciel se charge de pesantes nuées ; ces nuées crèvent, et une jolie pluie arrose notre débarquement à Villeneuve.

C'est fâcheux d'avoir la pluie un jour de départ, parce qu'elle sur-prend les voyageurs avant qu'ils soient aguerris. L'humidité et le froid amollissent les pieds et engendrent des roideurs dans les jambes ; mieux vaudrait s'arrêter et attendre ; mais le moyen, quand il s'agit d'éprouver ses forces, son sac, quand on sort de la prison du bateau, quand on vient de partir tout justement pour ne pas rester en place ?

Nous nous acheminons donc sur Aigle, et de là sur Saint-Maurice, au travers d'immenses poussières changées en boue. Plusieurs zéphyrisent, c'est-à-dire évitent les flaques au moyen de pas de zéphyr plus ou moins aériens. Quelques-uns ne zéphyrisent pas du tout, entre autres l'Égyptien Poletti, qui, au bout d'une heure, en a assez et se démoralise à fond. Engagé avec d'autres dans une spéculation, il pétrit les terres labourables et s'asseoit dans les sillons jusqu'à ce que, la nuit venue, il sente la nécessité de ne pas demeurer seul auprès des cavernes de Saint-Triphon. L'Égyptien, alors, retrouve ses forces, marche des mieux, se rassure en voyant de la lumière aux fenêtres de Saint-Maurice, et arrive à l'auberge tout remoralisé.

Sur le pont, le petit homme descend de sa tourelle à point nommé, et il demande le péage à Harrison, qui lui répond : « Bonjour. » Alors le petit homme court après Harrison, qui, le prenant toujours pour un naturel affable, lui répète : « Bonjour. » M. Topffer paie, et cette discussion arrive ainsi à une solution ; c'est la seule.

2ᵐᵉ JOURNÉE

La pluie a cessé ; nous partons de bonne heure, bien approvisionnés de prunes acides et de poires mal mûres. La route nous est connue de reste, et nous savons par expérience que nous n'arriverons pas à Martigny sans être profondément démoralisés. Il y a des bouts de route comme cela. La raison en est, pour celui-ci, qu'il se ressemble à lui-même d'un bout à l'autre. Jusqu'à Pissevache, il y a trois villages semblables ; en sorte que chaque année, dès le premier, la même illusion nous déçoit et nous fait croire que nous touchons au troisième. Après Pissevache, il n'y a plus que deux longs rubans ; on marche à l'aune, et c'est fatigant.

Nous admirons la cascade. Les mendiants du lieu arrivent chargés de cailloux et de cristaux à vendre. Arrive aussi une sorte de crétin parlant, qui a un livre de prières, et qui nous fait entendre que ses prières sont excellentes et qu'il accepterait quelque monnaie. M. Topffer lui

donne un demi-batz : il priera pour M. Topffer; d'autres lui donnent
encore ; alors il nous compte, et, de l'air d'un marchand qui fait bonne

mesure, il expectore péni-
blement l'assurance qu'il
priera pour tous, quand
même tous n'ont pas don-
né : c'est à nous de le re-
mercier.

Un excellent déjeuner
à l'hôtel de la Poste nous
remet à neuf. L'aubergiste
est un homme de bonne
compagnie, éclairé, et

pour l'heure fortement enfoncé dans les affaires politiques du Valais. Au
surplus, dans la partie que nous visitons, ce sont les plus aubergistes
qui sont les plus révolutionnaires. On le conçoit. Entre autres choses,
le Haut-Valais protége sa route du Simplon, et empêche l'ouverture
d'une route par le Grand-Saint-Bernard ; *inde ira*. Or, l'hôtel de la Poste
à Martigny se trouve juste au point de réunion des deux passages.
L'hôtel de la Poste est donc, et avec raison, pour la représentation
proportionnelle. Du reste, ce qui peut faire espérer que les affaires du
Valais finiront par s'arranger un jour, c'est qu'il s'agit là d'intérêts
manifestes qui, une fois satisfaits, gagneront à se tenir tranquilles, et
non pas de principes révolutionnaires qui ne vivent que de guerre
qu'on appelle mouvement, que de haines qu'on appelle vie publique, et
que de destructions qu'on appelle progrès.

Après déjeuner, quelques-uns s'en vont voir défiler une procession.
Le major s'étant trop approché, un homme trempe son doigt dans l'eau
bénite, et offre au major l'attouchement de son doigt. Le major, par
un sentiment de convenance, au lieu de reculer, accepte et accomplit
le signe attendu. En pareille occurrence c'est mieux, ce nous semble,
que de heurter, par un refus, des esprits simples qui sont sous l'empire
d'une pensée à la fois fraternelle et pieuse.

Sur ce, nous déposons nos sacs sur un chariot, et nous entrons dans
la vallée de la Drance, si étroite et en même temps si richement pittoresque dans le voisinage de Martigny. Sur la route, on voit beaucoup

de naturels goîtreux et impayablement accoutrés, qui reviennent de la

procession ; et il nous paraît malaisé de reconnaître chez aucun d'eux une face le moins du monde révolutionnaire. Plusieurs portent pourtant des bonnets rouges. Mais à Saint-Branchier, où nous entrons à l'auberge pour nous rafraîchir, les deux bonnes et respectables vieilles qui nous servent à boire sont politiques de la tête aux pieds, avec douceur pourtant, car la douceur et la modération sont des qualités naturelles aux Valaisans, qui ont vécu jusqu'ici sans gazetiers.

Mais, qui vois-je?... c'est notre crétin de Sion, notre manchot aux Aghettes et aux Masettes, déjà décrit et portraité dans deux voyages!... Il descend toujours crétin, mais plus du tout manchot, portant fièrement sur l'épaule un faisceau de sabres et d'épées de prix. Il nous reconnaît, mais il ne nous dit pas par quel moyen il a fait recroître son bras, ni de quelle mission son gouvernement l'a chargé. Bonjour, Aghette ; bonsoir, Masette. Il y a des rencontres qui font douter si l'on est bien éveillé.

Au delà d'Orsières, on spécule en gravissant un ravin escarpé et difficile. Autre apparition : c'est un nonagénaire courbé sous le faix des

ans, transparent de maigreur, et qui, débile, descend lentement sur ses trois pieds l'étroit et rapide sentier. Il tend son chapeau, et les batzen y tombent; puis, au haut de l'escarpement, nous apprenons que ce nonagénaire est un riche thésauriseur qui, plutôt que de n'accroître pas son trésor, hante ce ravin, où il exploite la pitié des touristes.

Nous marchons sur Liddes, qui est horriblement loin de Martigny. Vers le soir, le voyageur Harrison s'écloppe, et une de ses jambes refuse tout service ; mais, rempli d'un courage stoïque, Harrison nie la douleur, et force une de ses jambes à traîner l'autre. Outre ses jambes et ses propositions contestables et contestées, Harrison porte encore un gros rhume qui lui rend la torque rauque et la rétorque rogomme. Aussi, à Liddes, M. Topffer s'empare de l'enroué dialecticien ; il l'ensevelit dans le ravin d'un matelas, sous des montagnes d'édredon ; il le ballonne d'une brûlante décoction de thé de Liddes, aux fins de le sudoriser jusque dans les plus rebelles sécheresses de son individu. Harrison éclate de rire et nage en pleine eau. Le vrai, le bon, l'excellent voyageur !

Pendant ce temps, notre souper s'apprête. Nos hôtesses sont de bonnes vieilles qui ont l'air d'ancêtres en jupons. Notre hôte est un grand jeune homme aux sourcils colères et aux moustaches belliqueuses, qui, en fait de moyens de persuasion pour amener le Haut-Valais, ne connaît rien de mieux que la carabine. S'il y a dans le pays un certain nombre d'orateurs de cette trempe, la discussion sera bruyante.

Harrison est presque évaporé, mais beaucoup mieux. Il dormirait volontiers, et nous aussi, n'était des Liddois qui jouent à la mora dans la salle basse. Cinq ! huit ! Trois ! cinq ! Cinq ! sept ! Quatre ! deux ! etc., etc., etc., etc., jusque par-delà minuit.

3me ET 4me JOURNÉE

Le temps, après quelques incertitudes, s'est mis au beau. Grande
affaire quand il s'agit de franchir le col du Grand-Saint-Bernard. On
ouvre la journée par une immense soupe au riz qui tend à nous sudoriser tous. La soupe joue un rôle principal dans nos voyages pédestres;
après la marche, aucun aliment ne restaure si bien et ne prépare mieux
l'estomac à s'ouvrir délectablement aux mets plus solides. Toutefois,
selon Harrison, la soupe pour déjeuner constitue « une très-mauvaise
fondation » pour les repas ultérieurs. Ce voyageur, en vertu d'une
théorie qui lui est propre, considère l'alimentation quotidienne comme
une sorte de construction interne qui demande qu'on apporte le plus
grand soin dans le choix et dans l'ordre de superposition des matériaux.
Dans ce système, il est évident qu'une soupe au riz, surtout prise à
haute dose, forme comme un profond marécage dans lequel s'englou-
tissent plus tard les blocs les plus solides et les moellons les plus com-

pactes. Il y a entassement et non pas édifice, et les plus constants travaux n'amènent quoi que ce soit d'assis et d'architectural; c'est pourquoi Harrison pilote dans sa soupe au riz au moyen d'un saucisson de sûreté qu'il tient en réserve dans son bissac.

Malgré le soleil, l'air est très-vif. Au bout de deux heures, nous arrivons à la cantine, dernière maison habitée. De cet endroit, il y a encore deux heures de montée jusqu'à l'Hospice. Quelques-uns s'engagent dans une fausse spéculation; plusieurs, à cause de la raréfaction de l'air et de leur soupe au riz, s'annihilent, perdent leurs jarrets, et jonchent de corps gisants les bords de la chaussée. Enfin, enfin, on aperçoit le som-

met du col et la grise façade de l'Hospice qui se montre en silhouette sur un ciel sévère. Bientôt nous touchons au seuil, où nous sommes accueillis par les chiens d'abord, puis par le clavendier. C'est ici que le sieur Edmond entre en plein affadissement ; il éprouve au cœur des chatouillements invincibles; son visage prend une teinte safran, ses muscles se détendent, ses os se détraquent, et, mal assis sur une chaise de bois, il a l'air d'un blême anachorète joliment revenu de toutes les joies du monde.

Le feu fait plaisir à l'Hospice, le diner encore plus. Quelles *fondations* gigantesques ! quelles constructions cyclopéennes ! On dirait les Pyramides ou le temple de Salomon. Et tout cela inutile, selon Harrison, à cause de la fondation première, qui, au lieu de résister, engouffre. La chère est simple, mais excellente, et, ce qui nous importe plus encore, abondante. Un monsieur dîne avec nous. On cause. Il s'agit de la route à ouvrir par le Saint-Bernard. L'entretien va bien jusqu'à ce que nous

venions à découvrir que ce bon monsieur s'imagine que le Bas-Valais
veut percer un tunnel par-dessous la montagne. Grande idée! mais nous
ne nous y attendions pas.

Nous ne revenons pas ici sur la description de l'Hospice et sur les
curiosités intéressantes qui s'y voient; seulement il faut noter que le
clavendier fait mettre en rond une dizaine d'amateurs qui se tiennent
par la main, puis il décharge sur cette société une bouteille de Leyde,

et tous les amateurs de se
disjoindre en sautant en l'air.
Parmi les physiques, c'est,
ma foi, la plus amusante.

Une autre chose à noter,
c'est que le passage de l'armée française coûta 36,000
francs à l'Hospice. Bona-
parte, qui pourtant aimait et favorisait l'Hospice, ne lui a jamais
remboursé que 18,000 francs. Et puis, après cela, prêtez votre argent
à ces Alexandre le Grand qui n'ont d'argent que pour la poudre à canon,
comme certains gentilshommes qui n'en ont que pour les dettes d'honneur, et point pour qui les chausse ou pour qui les nourrit!

La descente du côté de l'Italie est facile. En une heure et demie on va
à Saint-Remi, le premier village sarde. Les douaniers nous y attendent,
mais ils veulent bien se contenter de l'inspection d'un de nos sacs, et
tout d'un saut nous entrons chez le père Marcot.

Saint-Remi est peuplé de Marcots, et tous sont plus ou moins aubergistes; en sorte que si vous échappez à l'un, l'autre ne vous manque
pas; ce sont d'excellentes gens qui vous plument en riant, qui vous
écorchent sans vous faire d'autre mal. Aussi, tandis qu'en Suisse nous
entrons tout droit à l'auberge en nous fiant à la probité de nos hôtes,
sans avoir jamais à nous en repentir, dès ici il faut, avant d'entrer
dans l'auberge, entrer en pourparler avec les Marcots et les Marcotes.
On convient d'un prix; mais alors les drôles, pour être plus sûrs de
n'y rien perdre, vous affament.

Nous avons déjà logé dans une hôtellerie Marcot: c'était alors une
antique maisonnette, peu magnifique, mais d'ailleurs pittoresque, avec
une tour à l'angle. Dès lors ils ont bâti une grande auberge blanche,

carrée, à trente-six fenêtres et peu de vitres. Or, rien, rien n'est rapace comme un Piémontais qui bâtit ou qui va bâtir, ou qui vient de bâtir. Ses poulets doublent de prix, son vin vaut de l'or, son eau est chère; il faut que l'univers lui paie ses dettes, sa maison, les ailes qu'il projette, les meubles qu'il n'a pas et les vitres qu'il ne remettra jamais.

Les préliminaires signés, nous passons ici une soirée artistique, et force souvenirs sont crayonnés sur les albums. Un chien du Saint-Bernard, tout perclus de rhumatismes, nous tient compagnie, ainsi qu'un autre chien très-féroce, mais empaillé.

A souper, Harrison sert la soupe. Les uns trouvent qu'il s'y prend bien, les autres estiment qu'on pourrait s'en tirer mieux. Harrison défend l'avis des premiers, et de là une discussion qui est encore ouverte et florissante à l'heure qu'il est.

Nous quittons Saint-Remi de bonne heure. Un char de retour part avec nous. L'idée nous vient d'y emballer nos touristicules. « Combien votre char, cocher, d'ici à Aoste? — Trois francs par tête, pas de moins.— Bon voyage; nous, irons sur nos jambes. » Alors ledit cocher fouette sa bête et chemine devant nous, aux fins d'aiguiser la tentation. Nous tenons bon, il s'arrête; c'est un cocher vaincu. « Je vous offre, cocher, quatre francs pour six. — Qu'ils montent!

A Saint-Oyen, on vise notre passe-port, et à cette occasion nous y découvrons une irrégularité flagrante qui échappe heureusement à la perspicacité des carabiniers royaux : c'est que nous avons oublié de le faire viser au consul sarde, à Genève. Le visa de Saint-Oyen entraîne le visa d'Aoste et tous les visa futurs, et par une singularité remarquable, après avoir toujours eu sur cette route des ennuis et des difficultés avec des passe-ports parfaitement en règle, cette fois nous traversons les États sardes sans obstacle ni retard, avec un passe-port qui n'y a réellement aucune valeur.

La rapacité des Marcots et Marcotes nous a fait une obligation de ne pas déjeuner à Saint-Remi, en sorte que, pour ne pas périr de faim, nous entrons chez le boulanger d'Étroubles. Par un très-grand bonheur, ce boulanger se trouve être Valaisan; son fromage est de Gruyères et son pain cuit de la veille. Alors commence une fondation de toute solidité, des bases larges, des assises doubles, des angles renforcés, de

quoi supporter le château Saint-Ange. Le tout coûte cinq francs !...
Notre hôte est Suisse, avons-nous dit; et il n'a point bâti de Marcoterie.

Quelques assises ayant bougé, nous voulons en route acheter des
fruits auprès de quelques naturels; mais voici une difficulté à laquelle
nous n'avions pas songé : ces naturels tournent et retournent nos monnaies; ils délibèrent entre eux sur nos sous, sur nos batzen, sur nos

centimes, sur nos demi-francs, et, tout
bien considéré, ils nous les rendent et
gardent leurs fruits. En vain le major,
grand numismate, leur intente-t-il des
raisonnements admirables; ils sont crain-
tifs comme des avares et têtus comme des
paysans. Force est donc de nous passer de
pêches et de nous rafraîchir aux sources.

Au bout de quatre heures de marche, la
vallée s'ouvre tout à coup, et nous découvrons à nos pieds la cité d'Aoste, qu'enserrent les noyers, et où, ci et là, les
ruines romaines élèvent au-dessus de la
ligne continue des maisons, leurs formes hardies et brisées. Tout autour,
la vigne, disposée en treilles, est soutenue sur des colonnades en ma-
çonnerie qui s'échelonnent en amphithéâtre sur la base des montagnes.
Cet aspect est moins beau que celui du lac Majeur ou des rivages de
Côme, mais il est d'un caractère plus original et d'un intérêt plus neuf.

Mais ce qui est neuf, c'est, en face de nous, une haute montagne
dont la sommité enflammée vomit, comme un volcan, des tourbillons
de fumée. Après une sécheresse de trois mois, un feu imprudemment
allumé sur la lisière des forêts a causé ce vaste incendie qui dure et se
propage depuis quatre semaines environ. Les efforts de quelques centaines d'hommes n'ont pu l'arrêter, parce que c'est par le sol et au-
dessous de sa surface que le feu circule en tous sens. Du reste, les gens
n'ont point l'air trop préoccupés de ce fléau. « C'est, leur disons-nous,
une grande calamité pour le pays. — Oui bien, répondent-ils, si les
bois appartenaient à des particuliers; mais ils sont partie à l'évêque,
partie aux chanoines. » Ils ont l'air de dire : « Que les bois brûlent, ni
l'évêque, ni les chanoines, ne s'en veulent porter plus mal. »

TOUR DU LEPREUX.

Pour éviter Charybde, qui est à Aoste l'hôtel de la Poste, nous allons descendre en Scylla, qui est l'hôtel de l'Europe. Scylla pourtant est moins gredin que Charybde, et même que Marcot. C'est un hôte jeune, maigre, bougillon, criard, vêtu d'une blouse graisseuse nouée sous les épaules au moyen d'un cordon jaune, et recouvrant un costume noir moitié monsieur, moitié estaminet, tirant sur le vetturino. Cet hôte ne veut absolument pas que nous déjeunions à trente sous par tête. « Ce serait jeûner, » dit-il. Et tout en criant, en courant, en baragouinant de la cour à la rue et de la salle à la cuisine, il élude les pourparlers et commande à d'autres criards de tuer des veaux, cochons, coqs et poulets. « Nous ne voulons pas tout cela…. s'écrie M. Topffer. — Vous ne manzerez pas si vous voulez, ma fa plaisir à voir. » M. Topffer insiste, mais sa voix est couverte par le bruit des fritures, par le tapage des palefreniers, par le vacarme de la foire, par le fracas tourbillonnant des populations de l'auberge, des chiens de la maison et des canards de la basse-cour.

Nous sommes donc obligés de déjeuner très-bien, et il n'y a que la bourse commune qui y trouve à redire ; après quoi, nous allons visiter les antiquités et la tour du Lépreux ; et au retour, nous trouvons le père Marcot qui nous comble de caresses et d'amitiés, comme on fait à une proie que l'on a lâchée après en avoir tâté, et qu'on aimerait à rattraper pour en dévorer ce qui reste. De son côté, notre hôte, mu par les mêmes sentiments, va plus loin encore, et avec un vacarme d'invitations à étourdir un bataillon de sourds, il nous presse, il nous force de nous rafraîchir, et fait servir de grands verres pleins de son meilleur. En même temps il devient subitement accommodant pour le prix d'une calèche que nous voudrions louer et qu'il veut conduire lui-même. Ainsi se dévoile tout un système d'affiliations aubergistiques. C'est Marcot premier qui nous a livrés à Marcot second, et Marcot second veut nous livrer en personne à Marcot troisième, et ainsi de suite. Ceci étant flairé par nous, nous faisons mine de tenir essentiellement aux hôtes qui ne sont pas de l'affiliation ; alors les Marcots, qui voulaient nous manger tout crus, prennent peur de ne pas nous manger du tout, et les choses s'arrangent.

Les mêmes chaleurs qui ont desséché le sol résineux des forêts ont converti la grande route en un torrent de poussière. Nous marchons au sein des vingt-quatre tourbillons que nous soulevons à chaque pas, et qui, de temps en temps, nous cachent les uns aux autres. Trois femmes et un naturel qui regagnent leurs villages cheminent avec nous. Par malheur, nous leur demandons quelle est au juste la distance d'Aoste à Châtillon, notre gîte de ce soir; tous quatre répondent à la fois et différemment. Il s'ensuit entre eux un baragouin discutatoire, puis un chœur de vociférations accentuées, puis un tumulte de criailleries entre-croisées... c'est à se boucher les oreilles, c'est à fuir dans les déserts les plus reculés; on dirait une rixe affreuse; ce sont tout simplement des Piémontais qui discutent. Tant il y a, que nous continuons d'ignorer la distance précise d'Aoste à Châtillon, jusqu'à ce que l'ayant mesurée de nos jambes, nous trouvons que cette distance est plus que suffisante pour renouveler notre appétit; aussi, à Lusse, nous entrons dans une auberge-guinguette où une bonne dame nous comble de prunes lilas et de raisins verts. Cette bonne dame nous éclaire sur l'affiliation Marcote, dont elle ne fait pas partie, et se signe d'effroi à l'ouïe du prix que nous font les affiliés.

Châtillon est l'endroit le plus pittoresque du val d'Aoste, par lui-même et par ses environs. Nous y entrons presque toujours de nuit, et de nuit les hauts fourneaux, qui jettent des flammes ci et là dans le fond d'une gorge qui sépare les deux parties du bourg, donnent à ce paysage nocturne un caractère infernal. Nous allons descendre à l'hôtel des Trois-Rois, où l'on nous reçoit aux conditions que nous faisons nous-mêmes. Notre faim est telle, et le souper si bon, que c'est nous qui avons tout l'air d'écorcher nos hôtes et de les manger en sauce.

C'est encore notre hôte d'Aoste qui nous accompagne avec sa calèche. Sa blouse graisseuse recouvre au fond un assez bon homme. Il connaît tous les passants, il hèle toutes les passantes, et ne paraît souffrant que lorsqu'il ne crie pas. Nous avons décrit ailleurs cette contrée magni-fique où la Doire, les châtaigniers et des roches caverneuses semblent rivaliser d'efforts pour produire les plus beaux paysages. Après deux heures de marche, on arrive dans le poétique vallon de Verrèze.

SONDRINO, ROUTE D'IVRÉE A VERCEIL.

5ᵐᵉ ET 6ᵐᵉ JOURNÉE

Nous nous souvenons d'avoir lu dans un roman genevois, *le Presby-*
tère, plusieurs lettres d'un jeune homme, Ernest, de la cour, qui sont
datées de Verrèze. C'est bien ici, en effet, une de ces retraites ignorées
où un infortuné vient cacher ses jours et nourrir des douleurs dont il ne
veut plus se distraire. Si le village est riant, le vallon est étroit, de
toutes parts cerné par des bois sombres ou dominé par des rochers
couronnés de ruines séculaires, et il y a, entre cette petite plaine fleurie
et ces âpres solitudes, ce mélancolique contraste qui n'est pas sans
attrait pour les âmes désolées. Dans le même roman figure un hôte de
Verrèze, homme de sens et de cœur, qui pourrait bien être celui chez
lequel nous allons descendre. Malheureusement nous avons oublié de
nous en assurer auprès de lui-même.

Après avoir fait chez cet hôte un splendide déjeuner, nous continuons à descendre le long des rives de la Doire. Voici le fort du Bar,

voici plus loin Donas et sa
porte d'Annibal, que nous
dessinons cette fois de l'autre côté. Voici le café où
jadis nous bûmes ce ver-
mout nauséabond. Le ver-
mout est une quintessence
camomillaire au moyen de
laquelle on double son appétit. Chose singulière! plusieurs d'entre nous s'y adon-
nent, quand leur maladie
incurable, c'est déjà l'appétit. Ce qui vaut mieux que
le vermout, ce sont les

figues, qui, dans cette contrée chaude et rocheuse, sont exquises.

À Saint-Martin, notre cocher graisseux s'arrête, nous rallie, et prétend pour la seconde fois nous rafraîchir. Il demande du meilleur de
l'hôtellerie, et nous buvons; c'est plus joli que de refuser. Il en faut
conclure que c'est comme hôte, comme Marcot, que ce particulier est
rapace; évidemment, comme homme il est généreux : le cas, probablement, de beaucoup d'aubergistes et peut-être de beaucoup d'hommes
d'affaires.

À Ivrée, nous descendons chez notre ancien ami du Cheval-Blanc,
déjà plusieurs fois décrit, parce qu'il est changeant. Cette année, il n'a
plus peur de mourir, et du bleu pâle, son nez a passé au rouge pon-
ceau. Au lieu d'abriter sa goutte sous le manteau de la cheminée,
tout à côté de la poêle à frire, il va, vient, et proteste de sa tendresse pour nous tous et pour la signora absente. « Commandez,
dit-il, vous savez que vous êtes chez vous. » Nous ne le prenons pas
trop au mot, parce que le cher homme aime bien, mais compte encore
mieux.

En attendant la soupe, nous parcourons la ville, les quais, et aussi
un café où l'on trouve de la *gazeuse*; c'est une sorte d'acide carbonique

aux framboises. Nous entendons, selon notre usage, nous rafraîchir par petites associations de deux particuliers autour d'une bouteille; mais, à peine le mot *gazeuse* est prononcé, que tout aussitôt neuf, dix, onze bouteilles sont débouchées et versées à la fois par toute la populace des garçons du café, tandis qu'on en débouche ailleurs et qu'on en apporte d'autres. A grand'peine nous parvenons à arrêter cette cascade et à diguer ce torrent, qui, à chaque instant, menace de nous

inonder encore. Le désastre est si énorme et la confusion si grande, que la bourse commune se voit dans la nécessité de solder cette dépense impossible à répartir; après quoi nous nous hâtons de fuir, de crainte d'une nouvelle submersion...

Ce qu'il y a de triste, c'est que si le vermout creuse, la gazeuse ballonne. Plusieurs, affamés naguère, touchent à peine au souper; et moins nous avons d'appétit, plus l'hôte ajoute de plats et nous invite à ne nous rien refuser.

Deux journées nous séparent encore de Milan, mais nous allons les franchir en voiture et rapidement. Nous avons parlé plus haut des Marcots aubergistes; la variété des Marcots voituriers est pire encore : c'est une race à bec crochu, à serres d'acier, au gésier insatiable. L'on veut bien pour 120 francs nous mener à Verceil, où nous devons, dit-on, trouver du moins cher pour nous mener à Milan. Ainsi soit-il.

On joue à divers jeux dans les voitures, entre autres à la mora : Cinq! dix! etc. Un des voyageurs, oubliant sans doute qu'entre deux mains il n'y a que dix doigts, crie Douze. Il crie aussi Huit, tout en n'ajoutant qu'un doigt aux cinq de son adversaire. Rires inextinguibles. A Sentia, nous faisons un déjeuner qui nous affame. Sur cette route, l'on n'en fait pas d'autres, même en payant. D'excellentes choses pourtant, des mets abondants, passent sous nos yeux, mais c'est pour nos cochers. Voici le système : on traite bien et gratis les cochers, afin qu'ils amènent les voyageurs, qu'on affame et qui paient cher.

Mais, en revanche, un petit vieux impayable nous rassasie de clarinette. Ce musicien solitaire commence par haranguer la société et

lui fait part de ses mérites et de ses succès ; après quoi il clarinise
en fausset des airs de l'autre monde. Vers le finale, il s'anime,
trépigne, danse, pirouette, puis il s'arrête pour quêter, au milieu
des éclats de rire, tout en paraissant de
bonne foi enregistrer un succès de plus.
Les fruits abondent à Sentia, excellents
et à vil prix.

Repartis pour Verceil, le sommeil visite nos trois voitures, ce qui nous épargne la vue des mûriers et des rizières,
deux choses odieuses à tout amateur de
pittoresque. A deux heures, nous sommes
à Verceil ; nous y cherchons aussitôt des
voitures. Un aimable voiturier nous demande *soixante francs* par calèche !... Indignés, nous allons prendre des glaces.

Pendant que nous prenons des glaces, entre un grand beau monsieur
décoré. Il a l'œil hibou et le dos dromadaire. « Voici, dit-il, des danseurs de corde. » Et puis, au bout de quelques instants, il se ravise,
nous fait mille excuses, et se faufile des petits aux grands, jusqu'à ce
qu'il arrive à M. Topffer. Entretien très-civil ; échange de phrases
première qualité. Ce monsieur connaît Genève ; il aime Genève ; il y
viendra, certes, l'année prochaine. Ce monsieur est curieux ; il apprend
qui nous sommes et compatit à nos contrariétés. Puis, s'adressant amicalement à Harrison, car il aime l'Angleterre aussi, il bredouille d'un
air à faire crever de rire ces deux agréables vers :

> After dinner sit a while;
> After supper walk a mile.

Harrison crève bien, mais c'est de n'oser pas pouffer de rire. « Je
suis, dit ce monsieur en nous quittant, le chevalier de G***. » Et nous
apprenons que l'industrie du chevalier de G*** consiste tout justement
à faire causer les gens, aux fins de rendre compte à qui de droit. Heu-

reusement que nous ne lui avons pas confié les imperfections de notre passe-port.

Nous retournons à l'hôtel pour savoir si le prix des voitures a baissé. Pendant qu'attroupés sur le seuil nous nous tenons à portée des offres qui pourraient nous être faites, un mendiant s'approche de nous, reçoit notre aumône et s'éloigne; mais, à quelque distance, nous voyons le pauvre homme s'arrêter devant une boutique, y considérer curieusement une peinture appendue à la devanture, et finalement se mettre en prières après s'être dévotement signé. Cette boutique est celle d'un barbier, et l'image devant laquelle cet homme s'agenouille, c'est, sur l'enseigne dudit barbier, un gros particulier que l'on rase et qui n'a l'air ni madone ni martyr. Les gens de la rue rient et laissent faire.

Cependant l'aimable voiturier tient bon, et les heures s'écoulent. Ou nos jambes, ou soixante francs par voiture. « Nos jambes! dit enfin M. Topffer; qu'il ne soit pas dit qu'on nous mange ainsi la laine sur le dos! » Et quand même, il est cinq heures du soir; quand même, il y a cinq lieues de Verceil à Novarre; nous partons à pied pour Novarre : *Audaces fortuna juvat.* Le temps est radieux; bientôt, aux derniers rayons du couchant, succèdent les paisibles clartés de la lune, et comme on trouve toujours du plaisir à faire librement un courageux usage de ses forces, nous faisons ces cinq lieues de ruban le plus agréablement du monde. Le ciel est si pur qu'on voit distinctement les neiges du Mont-Rose et toutes les dentelures de la chaine des Alpes.

Du reste, entre Verceil et Novarre, à peine rencontre-t-on, à l'exception d'un village qui est à moitié chemin, une maison habitée. Aussi les brigandeaux fréquentent-ils cette contrée, et de temps en temps ils dévalisent les personnes dévalisables. Il ne nous arrive aucune aventure de ce genre, protégés que nous sommes et par notre grand nombre et par notre accoutrement modeste; mais nous apercevons ci et là, sur les bords de la route, des personnages ténébreusement équi-

voques qui feraient joliment frémir la bourse commune, si elle en était
à passer solitaire devant eux. Ces barbus sifflent pour se faire apercevoir, et ils pêchent pour avoir l'air de faire quelque chose.

A neuf heures et demie nous sommes à Novarre, où l'avant-garde
a tout fait préparer. Il ne nous reste plus qu'à dévorer un souper excellent dont nous sommes dignes; de plus, les voituriers de Novarre
nous traitent en gens qui peuvent se passer d'eux, et nous serons
portés le lendemain à Milan pour 28 francs par voiture, au lieu de 60;
c'est bien, certes, la vertu récompensée.

7ᵐᵉ ET 8ᵐᵉ JOURNÉE

Novarre est une jolie ville, les itinéraires en disent du bien. Industrieuse, c'est autre chose. Les gens bougent, les gens crient, d'autres se rafraîchissent, un grand nombre mendient ; mais des gens qui aient l'air d'être occupés, on n'en voit pas. Ceux qui ressembleraient le plus à des laborieux, ce sont les marchands, parce qu'ils s'occupent à demeurer assis sur leur seuil en attendant les pratiques.

Non loin de Novarre, nous entrons en Lombardie, et notre passe-port, dûment signé à Berne par le consul d'Autriche, se trouve redevenir en règle. Nous le croyons du moins, et aussi les employés autrichiens, qui ne sont pas en train, cette année, d'y regarder de bien près. On verra plus loin que si, comme la belette de la fable, nous entrons facilement, c'est à sortir que nous éprouvons quelque difficulté.

Déjeuner à Cedriano ; il est comme celui d'hier. Pendant que la table de nos cochers accapare viandes et volailles, nous nous répartissons quelques tranches de sole transparentes comme de la corne, quelques fragments de côtelettes qui n'ont que deux dimensions, la surface, et nous quittons la table avec un appétit bien autrement aiguisé qu'avant de nous y asseoir. Les chevaux aussi passent avant nous ; pour eux on accapare l'eau, le service des gens, la sollicitude des maîtres. En revanche, c'est à nous que s'adressent les musiciens ambulants qui, à chaque repas, tirent à vue sur nos bourses. Quelques-unes, qui ne sont pas opulentes, se passeraient de cet assidu commerce avec les Muses.

Arrive le prince Amadis, don Galaor, ou quelque chose comme cela : c'est un jeune homme frais, brillant de pommade, coiffé d'une sorte de béret, vêtu d'une blouse en nankin de forme Moyen-Age et d'un pantalon nankin aussi, collant, et qui plonge dans des bottines bouffantes. Don Galaor traverse notre salle, et il va... et il va... manger à la table des cochers. Don Galaor serait-il un cocher, un commis-voyageur, un marchand de riz ? Qui sait ? Dans ce drôle de pays, les choses échappent à notre mesure ; ce qui nous paraît extraordinaire y semble tout simple, et ce qui nous semble risible y paraît fort sérieux. Excepté nous, personne ne remarque cet échappé du ballet de la Scala.

Nous voudrions arriver de bonne heure à Milan ; mais nos chevaux,

bêtes sages, veulent que nous ayons le temps de compter les piquets et les mûriers qui des deux côtés bordent la route impériale. Les piquets sont plus pittoresques que les mûriers ; c'est pour cela, apparemment, que l'Autriche les prodigue avec un luxe méritoire. Nous finissons pourtant par arriver à la grande ville, où nous descendons à l'hôtel du Faucon. Le petit hôte chiffreur et mielleux ne se montre pas, il est dans ses terres. A sa place se montre un hôte moins petit, point mielleux, point chiffreur, et qui ne se tient pas comme l'autre dans son cabinet vitré, accroupi entre un coffre-fort et un grand-livre, inspectant, notant, additionnant et encaissant sans cesse et sans fin. Notre premier soin, c'est de faire toilette; mais à peine sommes-nous éclatants de beauté, que voici la nuit qui nous cache dans ses ombres. Nous nous bornons donc, pour cette première soirée, à dîner d'abord, puis à hasarder quelques reconnaissances au Dôme, au Bazar, et du côté des *sorbetti, pezzi* et *tutti quanti*.

Notre usage, à Milan, c'est d'y séjourner trois jours, pour chacun desquels un programme indique l'emploi des heures. Le programme de notre première journée est semblable au programme des autres années, en sorte que sans nous arrêter à la description des choses vues, nous nous bornerons à noter ce qui peut s'être ajouté de remarques ou d'incidents aux remarques et aux incidents des relations précédentes.

Nous commençons toujours par le Dôme. On le voit de loin, on le voit de partout; il vous voit où que vous soyez; allez donc en premier lieu présenter vos hommages à ce magnifique sultan; après quoi, vous éprouverez le contentement du courtisan qui, au lieu d'éluder l'étiquette, s'en est affranchi en s'y conformant.

Cette fois, un cicérone nous précède. Ainsi nous n'avons besoin ni de compter les marches, ni de conjecturer les hauteurs. Cet homme prétend qu'il n'y a encore *que* quatre mille statues de posées dans l'édifice, et qu'il en reste dix mille à poser. Au fait, c'est possible, c'est probable aussi. Les Milanais ont pour leur Duomo d'insatiables prétentions de magnificence. Le Duomo tient lieu aux Milanais de liberté, d'indépendance, de charte et de gazettes; ils concentrent donc leurs idées et leurs vœux autour de leur Duomo, et l'Autriche leur sert des statues tant qu'ils en veulent.

Il n'y a rien de plus vrai que ceci, c'est que l'architecture, comme les autres arts, exprime, résume une pensée; d'où il suit qu'un édifice comme le Dôme, qui est en construction depuis des siècles, doit exprimer et résumer plusieurs pensées. En effet, d'un gothique religieux et sévère dans sa partie la plus ancienne, il s'embellit, au temps de la Renaissance, d'ornements plus magnifiques que sévères, plus élégants que monastiques; et, au siècle passé, la foi infiniment moins gothique des Milanais s'accommode de voir l'architecture grecque usurper la façade pour s'y étaler. Dès lors le Duomo cesse presque d'être une église, pour devenir dans la pensée de tous une merveille; c'est cette pensée qui seule s'y exprime aujourd'hui au moyen d'un luxe d'ornementation indéfini. De là ces kyrielles d'aiguilles qui n'ajoutent rien au caractère ni presque à la beauté de l'édifice, mais qui sont travaillées et finies comme des pièces de bijouterie. D'en bas, le citadin milanais ne voit quoi que ce soit de ce beau travail; mais il sait qu'il y est, il sait qu'il s'y continue, il sait que dix mille statues viendront, chacune à leur tour, se poser dans leur niche invisible, et il est content. Sa pensée s'accomplit.

On répare la chapelle souterraine de Saint-Charles. C'est singulier de voir envahi par les maçons et parsemé de pierres et d'outils, ce sanctuaire vénéré, et défendu par une triple grille. Nous passons au trésor de la sacristie, qui est d'une richesse éblouissante. Les sales petits moinillons qui gardent ce trésor ne nous paraissent, cette année, ni aussi

sales ni aussi effrontés qu'il y a deux ans. Cependant nous maintenons notre comparaison : ce sont les rats du Dôme qui vont d'un trou à l'autre, fuyant le jour et rongeant ce qui se présente.

Après le Dôme, il y a dispersion, emplettes, dîner. Dans la même salle que nous, dînent des habitués. Ils prennent les mêmes plats que nous, mais exactement dans l'ordre inverse : ils commencent par les pêches et finissent par la soupe.

Le chapeau de Gray attire les regards et provoque chez Harrison un sourire qui dure encore. Il est vrai que ce chapeau est d'un haut fabu-

leux. Déjà long par nature, la pluie l'a indéfiniment allongé, et le soleil l'a ensuite crispé de mille façons ingénieuses; avec cela, très-bon, en sorte qu'il n'existe aucun motif suffisant pour en acheter un autre. C'est justement là ce qui rend la situation de Gray en même temps comique et déplorable.

Le soir, visite au Lazaret et promenade au Cours, qui est animé et brillant. C'est là un genre de plaisir bien italien, merveilleusement adapté aux mœurs nonchalantes du pays. Ce sont quelques quarts d'heure employés à voir et à être vu. Autant de pris. Après quoi on trotte vers son hôtel ou vers la Scala.

L'heure venue, nous trottons aussi vers la Scala, où deux loges se trouvent être mises à notre disposition par l'obligeance de M. P..., obligeance précieuse, ce jour-là surtout, car la salle est comble, et il n'y a plus de places au parterre. On joue *l'Italienne à Alger*. Deux acteurs surtout sont en faveur et provoquent tantôt des applaudissements universels, tantôt des bravos isolés qui partent comme un doux miaulement des diverses parties de la salle. A chaque fois l'acteur s'interrompt, salue, se prosterne. Les applaudissements redoublent, les miaulements deviennent frénétiques; alors l'acteur témoigne, par des humilités infinies, qu'il va se trouver mal de modestie souffrante. Le vacarme fini, l'acteur, au lieu de se trouver mal, entonne d'une voix ferme et prélude à de nouveaux triomphes. On voit qu'il sait les notes sensibles, qu'il caresse les traits ravissants, et qu'il prépare les douces tempêtes qui vont le tremper de plaisir jusqu'aux os.

Le titre du ballet c'est : *Le dernier des Sforza et le premier des Visconti*. Entre les ballets, il n'y a guère que le titre qui fasse la différence; le fond, c'est toujours un crime atroce entrelardé de danses légères dans un péristyle superbe. Un libretto donne au spectateur qui l'achète l'explication des horribles convulsions auxquelles se livrent sur la scène princes, princesses, enfants et barbons, et c'est drôle de voir beaucoup de gens suivre ce drame avec intérêt. La déclamation, l'emphase, plaisent aux Italiens, tout comme le décor les séduit et la pompe les enchante; tout cela avec une parfaite bonhomie, et en ceci ils ont certes grand'raison de prendre leur plaisir où ils le trouvent.

Dans ces ballets, les danses d'ensemble sont charmantes à voir ; rien ne cause un plaisir artistique plus vif que cet accord de sons mélodieux et de mouvements remplis de grâce. Mais ce plaisir ne se retrouve guère dans les pas proprement dits qui sont exécutés par deux danseurs et une danseuse. Ces pas sont des tours de force et non plus de la danse, et ils sont à chaque instant interrompus par de disgracieuses pirouettes. De plus, le danseur, avec sa titus et son cotillon, est toujours ridicule. Quelquefois il a des ailes, et alors plus il saute, plus il voltige, plus il est lourd papillon, et gare à l'orteil sur lequel il irait se poser. Sur ce, bonsoir.

9me, 10me ET 11me JOURNÉE

C'est aujourd'hui dimanche. Milan est tout en habit de fête, et à la place du vacarme des jours ouvrables, on a le mouvement des promeneurs et celui des fidèles qui se rendent dans les temples. Nous-mêmes nous allons assister au service qui se fait dans le Dôme, selon le rite ambroisien. La foule est immense, et cependant les trois quarts de la nef restent déserts. Après la messe, il y a un prône. L'orateur tonne contre la médisance, et s'emporte contre l'envie. Autant que nous en pouvons juger, il a du feu, son débit est pittoresque, et sa parole captive l'assemblée; mais, comme beaucoup d'orateurs, il ne sait pas finir, et sur le point d'achever, il recommence. Nous écoutons jusqu'au bout, car l'endroit est frais et le spectacle intéressant.

De là, visite à l'Ambroisienne, puis à Breyra, puis au jardin public, où les Milanais se portent en foule pour voir et pour être vus. Le jardin est vaste, mais on ne fréquente qu'une des allées. Là, entre deux rangs de chaises qui se touchent, coule un torrent de promeneurs qui se touchent : des barbus en masse, des tondus, des bleu-de-ciel, des vert-pomme, des noirs, des poudrés, des borgnes, des myopes, des maigres, des poussifs, des dandys, des endimanchés, des moroses, des joviaux, des criards, des étouffés; des bras-dessus-bras-dessous, des solitaires; des rieurs, des viveurs, des pleurards et *tutti quanti*. Nous les regardons, c'est fort drôle, et ils nous regardent, c'est drôle aussi. Pendant ce temps, la musique des régiments autrichiens joue admirablement des airs admirables.

De là au Cours, qui est splendide. Quinze cents à deux mille équipages, la plupart fort beaux, portant beaucoup de dames en toilette, la plupart jeunes et belles. Au bout d'un moment, la tête tourne : c'est de voir tourner tant de roues. Au milieu de ce mouvement, des hussards autrichiens demeurent seuls immobiles ; on dirait des hommes de cire sur des chevaux de bois.

De là au théâtre del Re, où une troupe française joue *Mademoiselle de Belle-Isle*. Les acteurs sont bons et valent presque mieux que la pièce, qui a peu de mérite et beaucoup d'intérêt. — De là dans nos lits.

Le jour suivant nous donnons dans l'architecture. Notre première course est à l'église de S.-Lorenzo, auprès de laquelle se voient encore debout seize colonnes frustes et majestueuses. Ce sont les seules antiquités romaines qu'il y ait dans toute la ville de Milan, si souvent ravagée ou détruite.

Nous nous dirigeons ensuite vers l'arc du Simplon, aujourd'hui achevé ou à peu près. C'est une belle chose. Que si l'on y cherche la pensée, on la trouve dans les bas-reliefs, où la figure de Napoléon a été changée en la figure d'un empereur d'Autriche, dans cet arc de la guerre changé en arc de la paix. Pensée équivoque, arc équivoque, mais d'une magnificence impériale. La plupart des sculptures n'y ont pas pourtant un grand mérite intrinsèque : travail d'ouvriers plus que d'artistes, à mille lieues des sculptures du chœur au Dôme, à deux mille lieues des moindres sculptures antiques du beau temps. Ce qui est vraiment beau, original, plein de feu et de génie, ce sont les chevaux de bronze qui, sur le sommet de l'arc, tirent le quadrige de la Paix. Aux deux côtés de l'arc, on a construit deux bâtiments de goût médiocre, qui nuisent au coup d'œil de l'ensemble.

De là aux Arènes, et de là à nos affaires, car nous partons demain, et il s'agit de redescendre aux menus soins que réclament nos sacs. En retournant à l'hôtel, un monsieur arrête M. Topffer, le questionne, et s'y prend de telle sorte, que M. Topffer lui demande qui il est et où il en veut venir. « A vous confier mon garçon, lui dit-il. Où logez-vous? quand partez-vous? etc., etc. » On lui répond bref, et l'on passe outre. Ce monsieur rappelle le chevalier de G..., qui a pour industrie de questionner amicalement les gens ; seulement, celui-ci est moins amical et moins dromadaire aussi.

Le moment où l'on règle avec la blanchisseuse, où l'on se distribue bas et chemises, où l'on force à rentrer dans le sac le petit ménage qu'on en avait sorti en arrivant, ce n'est pas, à vrai dire, le plus joli moment d'un séjour à Milan. Aussi, après avoir accompli ces tristes soins, il s'agit de nous régaler de quelque plaisir : on parle de spectacle. Mais lequel choisir? La plupart, qui ont la mémoire encore fraîche des exercices équestres de M. Garnier, sont pour un Circo-Olympico dont l'affiche promet beaucoup : *Il terribile Sicario di Spania*, et autres épiceries en grandes majuscules. Nous nous y rendons. Au prix de 75 centimes le billet, on nous ouvre toutes grandes les loges réservées. De là nous voyons le cirque proprement dit, livré à la foule ; tout autour un amphithéâtre rempli de monde, et dans le fond, sur un théâtre éclairé par la lumière des cieux, une héroïne aussi gémissante qu'échevelée, deux ou trois *terribile Sicario di Spania*, un fantôme et les chevaliers de la Mort, mais point de chevaux, rien d'équestre.

Un peu désappointés d'abord, nous reconnaissons ensuite que nous sommes tombés sur un genre de spectacle qui est pour nous plus neuf

que ne pourraient l'être les voltiges du cirque. C'est ici le drame popu-
laire de Milan; et ces spectateurs attentifs et silencieux, ce sont ces
mêmes ouvriers, ces portefaix, ces petits marchands d'ordinaire si
bruyants et si criards. Ils sont émus, attendris par les infortunes de la
belle Inès, terrifiés par la scélératesse du terrible Sicario, et prêts à se
joindre aux chevaliers de la Mort pour sauver Inès et la rendre à son
amant courageux, magnanime et désespéré. Excités par cette attention
qui leur est prêtée, et par la sincérité des émotions qu'ils font naître,
les acteurs se livrent tout entiers à l'expression de leur rôle, et ils
passent alors de l'emphatique au passionné, tandis que nous-mêmes,
sans trop comprendre ce qu'ils disent, nous sommes captivés, et du sourire nous passons au sérieux.

Les gens dont nous sommes entourés sont, comme je l'ai dit, du petit
peuple; plusieurs simples ouvriers ont, comme dans la rue, la veste
jetée sur l'épaule; à coup sûr, la superstition et l'ignorance sont leur
partage, mais en même temps ils sont Italiens, et ils sont captivés là
par des choses qui exigent, sinon des lumières, au moins de l'imagination, une intelligence poétique, un sentiment grossier, mais vif, de
l'art. A un pareil spectacle, nos Suisses de même condition saisiraient
peu, ne goûteraient rien. Mais voici qui est plus caractéristique : dans
un entr'acte la toile se lève, et un chevalier de la Mort vient annoncer
le spectacle du lendemain. Ce spectacle sera une procession de tous les
dieux de l'Olympe. Le chevalier les nomme, les caractérise, les loue ou

les raille, et il termine sa harangue en promettant une représentation *bellissima*, si Jupiter, qui y est lui-même intéressé, veut bien ne pas pleuvoir pour ce jour-là. L'assemblée paraît tout à fait au courant des choses de l'Olympe et fort contente du spectacle annoncé.

Nous quittons à regret Milan ; Harrison surtout, qui y laisse des parents chez qui il a été délicieusement accueilli et fêté. Il aimerait que Milan partît avec nous. De plus, il ne se réjouit point de retrouver les Alpes et la Suisse, parce que, dit-il, « c'été toujours exactement le même chose : une montagne à droite, une montagne à gauche, et la chémin entre deux. »

Nous voilà donc redevenus piétons, et marchant en droite ligne d'un piquet à un autre jusqu'à Côme. Un monsieur de Milan, en costume de citadin, nous regarde curieusement, et saisit l'occasion d'entrer en conversation. Nous lui apprenons qui nous sommes et comment nous employons nos vacances à voyager. L'idée paraît admirable à ce monsieur, toute nouvelle surtout, et il la décore du nom de système. Il y a des gens qui ne conçoivent rien que sous la forme de système, en éducation surtout. Si on mange de la main droite, si l'on part du pied gauche, système. Ce n'est pas la faute de ces gens, c'est plutôt celle des Gribouille, des Farcet, des Parpalozzi, qui ont préconisé les méthodes

M. Crepin visite l'institution Farcet, où la méthode est d'instruire en amusant. Dans ce moment c'est la leçon d'histoire, où le maître fait danser la pyrrhique à deux petits Macédoniens en carton.

et inventé les systèmes, tout comme d'autres ont inventé le remède Leroy et préconisé les omnibus-restaurants.

La chaleur est grande, ce qui est cause que nous entrons chez un

cordonnier, parce que ce cordonnier vend de la bière; mais cette bière
se trouve être de la mousse, mousse furieuse qui détonne, s'é-
lance, s'éparpille, met le désordre dans nos rangs et fait du cordonnier un triton blanchi d'écume. C'est notre seconde tentative in-
fructueuse pour nous désaltérer avec de la bière, et nous en sommes
à nous demander ce que les naturels peuvent trouver de désaltérant
à cette écume sèche et amère. Nous préférerions l'eau de beaucoup;
mais il n'y a dans toute la contrée que des citernes, qui ne sont pas à
notre portée.

Buvette à Barlassina, avec melons au dessert. C'est ici que Gray le
mécanicien s'adjuge un melon dont il mange une partie, et dont il mé-
canise l'autre aux fins d'y introduire une ficelle de support; il s'introduit ensuite dans la ficelle, et joyeux de la réussite, il tire son silex et
en fait jaillir des étincelles de satisfaction.

Le ciel s'est lentement couvert de nuages, le soleil ne luit plus pour
nous, et au moment où nous arrivons à Côme, la pluie commence à
tomber; mais nous trouvons un abri à l'hôtel, et un sous-abri chez un
épicier qui propose de nous faire des glaces. Nous acceptons, et cette
opération emploie toute la soirée, parce que l'épicier, aidé de toute sa
famille, fait les glaces trois par trois. Nous sommes vingt-quatre.

PORTE DE COME.

LAC DE COME.

12ᵐᵉ ET 13ᵐᵉ JOURNÉE

Nous devons aujourd'hui naviguer mollement entre les rives merveilleusement belles du lac de Côme, pour débarquer à Domazo, et de là poursuivre jusqu'à Chiavenne. Par malheur, au moment où nous entrons sur le bateau à vapeur, la pluie se met de la partie, et les nuées descendent à point nommé pour nous cacher les merveilleuses rives.

Le bateau est petit sans être mignon. L'équipage est bourru, et le capitaine est un ourson trapu dont le langage respire une forte odeur d'ail. Avec nous il y a un touriste pur sang qui va où son itinéraire le pousse, et un monsieur milanais fort aimable, tout rempli à notre égard d'une bienveillante politesse, et qui nous dote d'une lettre de recommandation auprès de M. Quadri, l'ingénieur qui dirige les travaux de la route du Splugen.

Nous avons fait prix avec l'ourson pour notre passage et pour notre
déjeuner; mais voici que le bateau ne
possède que huit tasses. A la suite de
conférences, dans lesquelles le monsieur
milanais sert de drogman, il est arrêté
que nous déjeunerons successivement par
sociétés de huit; les autres jeûneront en
attendant leur tour. Si le monsieur d'hier
arrivait, il croirait que c'est un système.

Mais voici bien une autre fête. Des
gorges du Splugen nous arrive un vent
effroyable qui soulève des vagues énormes
sur lesquelles notre bateau danse comme une coquille de noix. Les cœurs
vont s'affadissant à vue d'œil; l'ourson jure, l'équipage grommelle, et
trois hommes qui sont au gouvernail ont l'air d'humeur à tout lâcher.

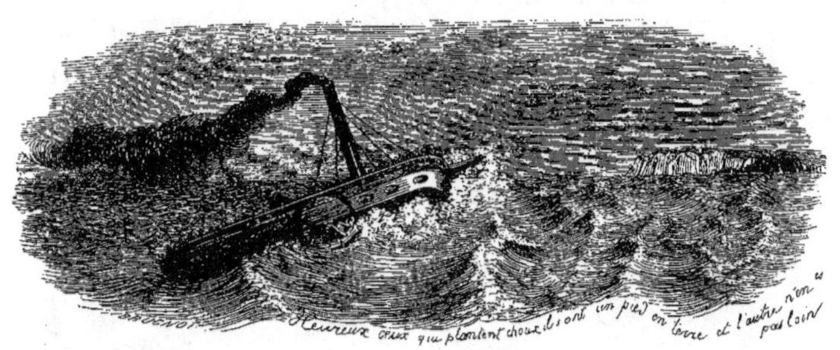

Pendant trois heures environ nous dansons de cette façon sans avancer
d'un demi-mille. Il y a des moments où évidemment nous retournons à
Côme. A la fin, le vent se calme et nous abordons à Domazo. La pluie
paraît si bien établie, qu'il faut renoncer à aller plus loin. Pendant que
nous nous abritons dans un café borgne, des plénipotentiaires vont
parlementer à l'auberge. Un traité est conclu, et aussitôt, du café, nous
nous transvasons dans une hôtellerie qui n'a pas vu souvent des tombées pareilles. A peine la cuisinière nous a aperçus, qu'elle s'arme d'un
grand couteau, descend à la basse-cour, et six poulets perdent la vie.

Il faudrait que vingt-quatre personnes eussent entre elles toutes bien peu de ressources pour ne pas supporter gaiement la contrariété de quelques heures de pluie. Aussitôt casés, nous faisons un programme de jeux, et les jeux se succèdent jusqu'au soir, qui arrive encore trop tôt à notre gré. On commence par les jeux d'esprit, qui ont ceci de bon, que l'esprit n'y est point de rigueur, et que les bonnes bêtises y font plaisir. Viennent ensuite les jeux à gages, qui amènent des condamnations où se délecte l'espiéglerie des juges. Enfin, les jeux scéniques ont leur tour : trois troupes dramatiques se forment et représentent tour à tour une charade en action. Les femmes de la maison, du fond de la salle, considèrent attentivement ces spectacles, qui leur semblent aussi étranges qu'admirables, et dans une scène où M. Topffer, chirurgien-dentiste, armé d'une paire de pincettes et d'un manche de pelle, arrache au major une dent grosse comme sa tabatière, elles prennent la chose au sérieux, s'approchent, compatissent, s'effraient, et se font sans doute une idée diabolique de cette assemblée qui éclate de rire aux atroces souffrances d'un infortuné major.

La pluie a enfin cessé. Le voile des nuées se déchire et s'éparpille en lambeaux qui laissent voir dans leurs interstices les fraîches rives du lac; puis le soleil vient caresser la croupe des monts et faire scintiller les villas et les bourgades.

Nous suivons la rive droite du lac jusqu'à un endroit nommé *il Passo*,

où une barque nous transporte de l'autre côté de l'Adda. C'est là que nous rejoignons la grande route du Splugen, qui suit la rive gauche, et dont nous nous sommes écartés à Côme.

Les bateliers nous ont indiqué une spéculation à faire au travers d'une plaine déserte où il n'y a de vivant qu'un cochon. Il paraît que ce cochon, las de la solitude comme d'autres sont las du monde et du bruit, serait charmé de renouer avec les humains. Il veut absolument être des nôtres; nous le repoussons. Alors il se choisit pour ami intime d'Arbely, demeuré en arrière, et il l'accompagne avec une constance

qui mériterait quelque retour d'amitié. D'Arbely rejoint, et nous travaillons en commun à dissuader ce cochon de ses projets. Par malheur, il est têtu.

Cette route du Splugen est magnifiquement établie : ponts, canaux, tout est richement construit, et de distance en distance une fontaine de marbre invite le voyageur à se désaltérer à son onde. De plus, les environs de la route pullulent d'arbrisseaux chargés de mûres. On récolte, on dessine, on admire des flaques où se répètent avec une miraculeuse fidélité et la fraîche montagne qui nous enveloppe de son ombre, et le ciel argentin qui nous recouvre.

Il faut tout le charme de ces impressions, il faut ces mûres surtout, pour nous empêcher de périr d'un jeûne affreux et sans remède, car il n'y a pas une maison dans la contrée que nous parcourons. A la fin nous arrivons à Novale, petit bourg situé à l'extrémité supérieure du lac,

et notre étoile veut que nous y trouvions tout ce qui peut combler notre creux et plaire à notre appétit. Aussi la fondation va son train, et il en est bien peu qui, après avoir fondé, ne fondent encore, et ne refondent par scrupule et crainte des lézardes. Ce qui aide, c'est que le pain est chaud et que les œufs sont cuits durs.

L'entretien s'anime. Harrison émet des idées tendant à exprimer l'opinion absolue qu'il a de sa propre figure. Aussitôt quelques-uns cherchent à l'engager dans le relatif, et le poussent traîtreusement à se comparer avec tels ou tels. Harrison tombe d'une jambe dans le piége, et de l'autre n'y tombe pas. Ainsi équilibré, il soutient l'assaut sans être vaincu, sans pouvoir vaincre; d'où suit que cette discussion est encore ouverte et florissante à l'heure qu'il est.

Mais au plus fort de la discussion, voici bien une autre fête. La chaise de Harrison fléchit les deux jarrets de devant, et l'orateur tombe par terre... Harrison, toujours discutant, se relève et veut restaurer les deux jarrets de sa chaise, lorsqu'il s'aperçoit que son propre jarret a souffert tout autant que ceux de la chaise. Alors on remarque qu'au voyage passé, Harrison eut déjà mal au jarret par suite d'une contusion; voici qu'à ce voyage encore il a mal au jarret par suite d'une contusion aussi. Il s'agit donc de savoir si l'on ne doit pas conclure logiquement que Harrison jouit au jarret d'une maladie héréditaire et chronique. Harrison combat cette opinion, que d'autres soutiennent infiniment, et il s'ensuit une discussion qui est encore ouverte et florissante à l'heure qu'il est.

Il s'agit aussi de savoir si Harrison est de Londres, d'Irlande, d'Exeter ou de Guernesey. Harrison affirme bien être né à Exeter; mais, d'une part, la chancellerie de Genève l'a inscrit au passe-port comme natif de Guernesey, et, d'autre part, à plusieurs reprises, des gens l'ont pris pour un Bernois, ce qui prouverait qu'il n'est pas d'Excter. Autre discussion qui, reprise chaque jour, est encore florissante à l'heure qu'il est.

Il s'agit pareillement de savoir qui paiera le rossoglio, de Harrison ou de M. Topffer. En vertu d'un contrat fait entre les parties avant le départ, il est convenu que Harrison porte, et que M. Topffer paie. Harrison porte bien, mais, d'autre part, M. Topffer ne boit pas, soit parce que Harrison a tout bu, soit parce que M. Topffer, qui est à l'arrière-garde, ne saurait atteindre à son rossoglio, qui marche à l'avant-garde.

Discussion-procès qui est encore pendante et florissante à l'heure qu'il est.

Enfin, il s'agit de savoir si Harrison est bien fondé à s'abstenir systématiquement de toute spéculation abréviatoire; et subsidiairement si, dans son propre système, il n'est pas inconséquent lorsqu'il fait secrètement de petites spéculations furtives qui semblent infirmer ses principes et jeter du doute sur ses convictions. C'est encore là une discussion qui, ainsi que d'autres discussions accessoires, pend et fleurit encore à l'heure qu'il est.

Rien n'altère comme une discussion, surtout si l'on marche ferme sous un soleil ardent. Aussi, voyant sur un écriteau *Birrone di Chiavenna*, nous entrons pour nous rafraîchir... Pas de mousse, mais une amertume auprès de laquelle le vermout est de l'eau sucrée. Grande est donc notre surprise en apprenant que cette décoction de rhubarbe est fort estimée dans le pays.

Nous arrivons à Chiavenne, long bourg situé au pied du Splugen. Ici nous manquons le chemin, et au bout d'un quart d'heure de fausse route, il nous faut retraverser tout Chiavenne, long bourg situé au pied du Splugen. Au bout d'un quart d'heure de bonne route, on nous avertit qu'il faut retourner à Chiavenne, long bourg situé au pied du Splugen, pour y faire viser notre passe-port. Nous aimons mieux y envoyer chercher le visa par un exprès, que nous attendons sous la treille d'une guinguette. Des messieurs qui sont là ne manquent pas de prendre Harrison pour un Allemand de Berne.

Il y a à Chiavenne, comme aux environs de Lugano, des caves naturelles d'une fraîcheur extraordinaire, où le vin acquiert, dit-on, des qualités précieuses. Ces caves sont formées par d'immenses rocs éboulés qui laissent entre eux des cavités dont les Chiavennais maçonnent l'ouverture en y ménageant une porte. Notre treille est sur le seuil d'un de ces antres de Bacchus.

Au delà de Chiavenne, on atteint la région des châtaigniers. La contrée est délicieuse, sauvage et italienne à la fois, présentant le contraste de roches fauves et d'une végétation sombre et colorée. C'est, après la Via Mala, la plus belle partie du passage, sans compter des mendiants dont les guenilles sont admirables de forme et de couleur. Comme la route zigzague, il y a matière à de nombreuses spéculations.

Harrison s'abstient, et le major aussi, aux fins de pouvoir continuer avec Harrison une discussion qui a déjà deux lieues de long. D'autre part, M. Topffer se démoralise, et, chose honteuse, organise dans toute l'arrière-garde une démoralisation effrénée. A l'exemple du chef, ils haltent partout, et partout se laissent choir sur les gazons; enfin le gazon manque heureusement, et la pluie arrive qui chasse ces trainards sur Campo Dolcino, où l'avant-garde est arrivée depuis deux heures.

Nous avons marché aujourd'hui dix heures avec le sac sur le dos; aussi le souper se faisant attendre, chacun tombe de sommeil et dort là où il est tombé, jusqu'à ce que la soupe chasse tous ces dormeurs autour de la table. Tout est mouton, l'entrée, le rôti et l'entremets.

SPLUGEN AU DELA DE CHIAVENNE.

LE PAS DIFFICILE.

14ᵐᵉ ET 15ᵐᵉ JOURNÉE

Notre hôtesse est méticuleuse, timorée, pleine d'angoisses. Elle ne peut assez se persuader que vingt-quatre personnes, à trois francs par tête, donnent 72 francs. Un morceau de craie à la main, elle erre de table en table, additionnant, supputant, convaincue à la fin et cependant en peine encore. Elle tient les 72 francs, et elle voudrait aussi nous retenir pour otages. Cette dame, pour peu que son hôtel soit fréquenté, mourra jeune; heureusement qu'elle est âgée déjà.

Il ne pleut pas, mais c'est tout comme; un brouillard épais nous enveloppe et nous mouille. A quelque distance de Campo Dolcino, nous apercevons au-dessus de nos têtes des ouvriers qui travaillent à la route. L'un d'eux se détache des autres, et vient nous prévenir qu'il n'y a pas moyen de passer sans danger de mort; en même temps il nous indique un sentier qui rejoint la route plus haut. Nous nous y engageons.

Ce sentier n'est d'abord qu'une rampe tellement rapide, que si, à la vérité, on peut y monter, grâce à la nature du terrain, il serait dangereux de la redescendre; au delà il est moins ardu et mieux tracé, et M. Topffer commence à se rassurer lorsqu'à la vue d'un pas qu'il faut absolument franchir, il s'arrête, en proie à une émotion dont il est peu maître. Ce pas consiste en un bout de sentier en corniche, large de quatre semelles, incliné sur un précipice à pic et appuyé contre un rocher qui surplombe. Danger en avant, danger en arrière, il n'y a pas à reculer. Alors David le majordome et Bryan l'oiseleur, gens de pied sûr et de terre ferme, passent tous les sacs de l'autre côté, après quoi ils reviennent tendre la main à chacun de nous, et, grâce à Dieu, nous voilà tous de l'autre côté et en vie.

M. Topffer a éprouvé dans ses voyages des inquiétudes plus longues, mais jamais d'aussi vives; heureusement, et les longues et les vives sont fort rares, sans quoi il faudrait bien vite quitter le métier. Après ce terrible moment, voulant à tout prix ramener son monde sur la route, il guide dans un couloir qui y aboutit, à sept pieds de hauteur près. Le saut est un peu fort pour un homme de poids. Toutefois, l'homme de poids s'en tire avec l'aide d'un naturel qui lui apprend ce qu'il sait déjà bien : *Voi siete grande, grosso e grasso!*

C'est dommage que le danger soit chose au fond si dangereuse, sans quoi on s'y jetterait rien que pour éprouver cette joie puissante, ce reconnaissant élan du cœur, qui accompagne la délivrance. Il est peu de sentiments plus forts, plus doux, sans compter que cette habituelle sécurité dont nous jouissons sans y prendre garde, devient, après ces alarmes, un bien charmant et inestimable, un breuvage dont la douceur enchante sans enivrer.

Dans ce point de vue, cette large route du Splugen paraît à M. Topffer admirablement conçue, et il se sent des tendresses pour l'empereur d'Autriche, qui a voulu que, toute large qu'elle est, il y eût partout barrières et bouteroues. De plus, on y voyage trois quarts d'heure environ, et aux plus mauvais endroits, dans des galeries tutélaires, non point percées dans le roc, mais tout entières construites de main d'homme avec une riche et prévoyante solidité. Au delà on trouve une maison de refuge où il n'y a que de l'eau de cerise et du pain; c'est bien quelque chose: nous mettons à profit ces ressources.

De refuge en refuge, et au travers du brouillard, nous arrivons au sommet, où l'on trouve le dernier hameau lombard, composé de deux ou trois auberges et d'une grande maison réservée aux employés du gouvernement. Avant toute chose nous déjeunons. Les tasses manquent pour un aussi grand nombre de convives; mais à la place viennent bols, saladiers, cuves, et nous nous accommodons fort d'un système qui approprie la capacité des ustensiles à la capacité de nos estomacs. Pendant le repas, la salle s'emplit des employés qui viennent jouir du spectacle. Ils sont tous barbus et chevelus comme le roi Alboin. Parmi eux est le commissaire, par qui M. Topffer est averti qu'il ait à se rendre après déjeuner, avec toute sa troupe, au commissariat, pour y être fait un exact inventaire de nos personnes.

Nous nous conformons à ces ordres. On nous fait mettre en ligne comme des conscrits, et le commissaire procède lui-même à un appel détaillé et personnel ; après quoi , s'adressant à M. Topffer : « Voici, monsieur , un nom , Azanta , qui n'est représenté par personne, et voici un jeune homme,

A. de Rosenberg, qui n'est représenté sur votre passe-port par aucun nom. » M. Topffer regarde : « Rien n'est plus vrai; » seulement, il ne s'en était pas aperçu. « Vous voyez, ajoute le commissaire, que vous n'êtes pas en règle, et que je ne puis vous laisser passer outre. — Mais ma parole... — Ne me fait absolument rien. Il me faut une garantie légale, ou bien je puis croire que vous avez ramené à Milan un petit Lombard, Azanta, auquel vous avez substitué un autre petit Lombard, celui que vous appelez Rosenberg, en fraudant nos lois, qui défendent que les sujets de Sa Majesté soient élevés hors du pays. — Rien n'est plus juste, répond M. Topffer, et je voudrais de tout mon cœur étayer ma parole de toutes sortes de garanties légales, mais on n'en trouve point sur cette diable de montagne. »

Pendant trois quarts d'heure le débat en reste là , et nos conscrits,

toujours en ligne et en blouse aussi, sont glacés de froid. A la fin,
M. Topffer a l'idée de présenter comme garantie légale une lettre que
de Rosenberg a reçue de ses parents, à Milan ; et après bien des pourparlers que le commissaire prolonge à dessein pour éprouver notre
bonne foi, il consent à se contenter de cette pièce, qui demeure entre
ses mains. « Pour le reste, dit-il, je le ferai vérifier par notre police. »

Ainsi nous pouvons passer outre ; mais de cette aventure il ressort
deux choses : l'une, que si l'on veut faire des étourderies, il faut que
ce soit partout ailleurs qu'en matière de passe-port, surtout pour aller
en Autriche ; l'autre, c'est que si l'étourderie a eu lieu, il faut se garder
par-dessus tout de vouloir en esquiver les conséquences par le moindre
mensonge, par la plus petite explication frauduleuse. Au bout d'une
heure, ou même avant, si vous êtes demeuré dans l'exacte vérité, votre
bonne foi sera reconnue et l'on vous laissera passer. Si au contraire
vous vous embarrassez dans quelque innocent mensonge, quelque inof-
fensif que vous soyez au fond, au bout d'une heure vous aurez déjà
soulevé des soupçons, et au bout de trois jours vous serez peut-être
encore entre les mains du commissaire et des carabiniers.

Dans la crainte qu'il ne survienne quelques scrupules au commissaire, nous nous hâtons de partir et nous ne tardons pas à passer la
frontière. Dès lors le rôle de notre passe-port est fini. Adieu visa, com-
missaires, et toutes ces abominables inventions. Nous n'avons plus qu'à
ne tuer personne, qu'à ne voler personne, et nul ne se fera souci de
nous. On ne retrouve pas ces avantages sans plaisir.

Sur ce revers, la route zigzague aussi ; nous la quittons pour nous
engager dans une spéculation où le sentier va droit au fait, sans tant
d'ambages. Le voyageur Harrison, à cause de son système, suit tous
les contours de la chaussée. C'est fort bien ; mais vers le bas, il avise
un petit bout de spéculation si doux, si plain, si avantageux, qu'il cède
à la tentation et s'y engage. C'est fort mal ; son système en souffre. Du
reste, le temps s'est élevé, la température est délicieuse, et nous arrivons en moins de deux heures à Splugen, au bas de la montagne. Ici
nous rejoignons notre route de l'an passé. Pour porter nos sacs et un
écloppé, M. Topffer loue un char. Le cocher de ce char part sans veste,
sans chapeau, et il guide sans rênes un cheval borgne. Toutefois il n'y
a rien à craindre, c'est la façon du pays que de s'en fier au cheval. La

INTÉRIEUR DE LA VIA MALA.

bête intelligente, qui connaît la route, ne s'effraie jamais, se détourne toute seule, retient sans avertissement et s'arrête au moindre signe.

Framboises, ambresailles, fraises ! c'est ici le coin. La pension broute. Ambresailles, c'est le mot savoyard, je crois, pour désigner les myrtilles. Ainsi recueilli entre les granits et sous l'ombre des forêts, ce petit fruit fait un plaisir merveilleux.

A Andeer, il se trouve que nous avons fait neuf lieues; c'est une bonne journée, mais il n'est que cinq heures. On décide donc de pousser jusqu'à Tusis, et, sans perdre de temps, nous nous enfonçons dans les gorges de la Via Mala. Nous avons décrit ce magnifique passage dans la relation de l'an passé, ainsi nous nous bornons à illustrer notre description de deux nouveaux croquis. L'un d'eux représente la sortie de la Via Mala, et le château de Rhétus sur le rocher à droite.

De Tusis à Reichenau, c'est encore notre route de l'an passé. Reichenau est un endroit très-célèbre, d'abord parce que Louis-Philippe y a été maître d'école, ensuite parce que nous y faisons un déjeuner qui est mis d'une commune voix au-dessus de tous les déjeuners passés et présents. Tout par tonnes et par charretées. Des gens qui lisent dans nos yeux nos moindres et nos plus gros désirs. Un hôte qui veille à la diligence et à la perfection du service. Et le tout à un franc par tête.

Nous parlons souvent de déjeuners et de dîners, c'est peu récréatif pour le lecteur; mais dans nos voyages, et dans chaque journée de nos voyages, ces deux choses occupent, sans aucun doute, la plus importante place. Comment pourrions-nous, sans mentir à l'histoire, n'en faire aucune mention? comment pourrions-nous aussi, sans une noire ingratitude, passer sous silence ce déjeuner magnifique et presque gratuit, ces noces de Gamache où nous nous régalâmes à l'égal de Sancho?

A Reichenau nous quittons notre route de l'an passé pour nous engager dans la haute vallée de Dissentis; c'est que de la vallée du Rhin nous pouvons passer dans celle de la Reuss, pour de là gagner, par la Furca et le Grimsel, la vallée de l'Aar. Un petit chariot grison, appro-

prié aux difficultés de cette route de traverse, porte nos sacs et Robert Grey, voyageur éminemment sujet aux ampoules.

Le pays où nous entrons est agreste, pastoral, peu connu, et à peine fréquenté par quelques touristes; aussi y retrouvons-nous ce charme de solitude et de liberté qui est tout particulièrement notre affaire. On se disperse, on marche à l'aventure, on va à la découverte, on spécule plus ou moins heureusement, et une marche de cinq lieues ressemble à une courte promenade. A mi-chemin, on rencontre, au milieu d'un bois, une petite maisonnette à enseigne, où tout est propre, où le vin est excellent, le pain savoureux. La maîtresse, bonne vieille, s'intéresse aux ampoules de Grey, les panse elle-même, et nous donne une provision de l'onguent dont elle les oint. Nous restons peu de temps dans cet endroit, mais assez pour ne l'oublier pas; car, outre qu'il est délicieux d'ombrage et de calme, les soins presque maternels de cette bonne femme sont un trait d'hospitalité patriarcale dont le cœur garde mémoire.

Plus loin, halte auprès d'une chapelle, en compagnie d'un naturel qui porte sur son dos une charge de beurre. C'est fort bien. Mais le beurre, réchauffé par le dos du naturel, découle tout naturellement le long de la veste, d'où il cascade sur les mollets. Le bonhomme ne paraît pas at-

tacher d'importance à ces incongruités, qui néanmoins rendent son commerce peu sûr. Cependant un gras capucin portant lunettes et parapluie, et monté sur 

un grand âne, traverse le taillis voisin.

De cette chapelle, on redescend, au travers d'une campagne fertile et boisée, sur Ilanz, le lieu de la couchée et du souper aussi, qui est misérable, coriace et cher. Le pain même ne nous est livré que par toutes petites rations. C'est la raison Seeli et compagnie qui nous régale ainsi.

16ᴹᴱ ET 17ᴹᴱ JOURNÉE

La journée s'ouvre par un orage. Hier, nous sommes convenus d'un prix *argent de France*. Voici que, ce matin, la raison Seeli et compagnie prétend que, dans l'espace d'une nuit, ce prix a tourné de l'argent de France à l'argent de Suisse. M. Topffer se fâche tout rouge; la raison Seeli et compagnie se débat toute pâle, et crie bientôt merci. Tout n'est pas âge d'or dans ces montagnes; ou bien est-ce que la raison Seeli et compagnie entend l'âge d'or dans le sens propre et purement métallique?

D'Ilanz nous cheminons sur Trons, village où, entre autres monuments historiques, on remarque le hêtre qui abrita en 1424 le serment

de la Ligue Grise. Ce hêtre vénéré est entouré d'une grille ; tout auprès
s'élève une chapelle dont les murs sont couverts de peintures et d'inscriptions qui se rapportent aux mêmes événements. On ne parle plus
ici que le romansch, ce qui rend difficiles, et quelquefois impossibles,
nos communications. Toutefois, nous nous hasardons à entrer chez le
landamman, qui est aubergiste ; nous trouvons là deux landammans au
lieu d'un, tous-deux patelins, infiniment gracieux, et qui nous sourient

d'une bouche si grande, si grande, que,
comme le Petit Chaperon Rouge, nous
avons peur d'être dévorés. « Nous voudrions manger. — Oui. — Sera-ce cher ? —
Oui. — Mais pourquoi donc ? — Oui. —
Donnez-nous du fromage. — Oui. — Et
des omelettes. — Oui. » Et à chaque oui
ce sont des hiatus de sourire à faire trembler de la chair fraîche. Les deux landammans nous apportent un fromage qui réunit
toutes les puanteurs connues et inconnues,
puis ils courent s'occuper d'omelettes et tenir ensemble le manche
de la poêle, qu'ils secouent en souriant, à la lueur d'un grand feu.
C'est infernal, mais les omelettes sont exquises. Nous demandons la
note. Nous sommes plumés, mais on nous laisse notre chair.

Pendant que nous mangeons nos omelettes, une scène très-intéres-
sante appelle notre attention. C'est sur la place du village, devant l'église.
On voit d'un côté quatre anciens, et en face des anciens, cent à cent cinquante pâtres debout, disposés en cercle. C'est une assemblée délibérante.
Un homme, qui en est chargé d'office, offre la parole ; celui qui l'accepte
ôte son chapeau de dessus sa tête et sa pipe de sa bouche, puis il émet son
opinion au milieu du silence et de l'immobilité de tous les autres. Malgré
la rustique simplicité de ces formes, on reconnaît bientôt chez ces hommes l'habitude de la délibération et l'intelligence parfaite des règles et des
convenances que réclame une discussion publique. Et ce qu'il y a de
caractéristique, c'est que, à deux reprises, les rangs de l'assemblée sont
rompus sans que la délibération soit le moins du monde interrompue
ni troublée. La première fois, c'est un baptême qui se rend à l'église ;
la seconde fois, c'est un troupeau de vaches qui traverse et passe outre.

Cette scène est pittoresque au plus haut degré ; un peintre qui la peindrait avec tout son caractère ferait un tableau d'une rare beauté. Pour tout homme, elle est un spectacle digne du plus vif et du plus sérieux intérêt.

Au delà de Trons, la pluie nous atteint et nous accompagne jusqu'à Dissentis, où nous allons loger à la maison de justice. Reçus dans une grande salle, nous y trouvons le trône du juge, une grande épée de cinq pieds qu'il tient dans ses mains lorsqu'il rend ses arrêts, des massues à pointes,

et la déesse Thémis pendue au plafond et dorée sur tranche. Tout indique d'anciennes coutumes, des us primitifs, sans compter des cachots et des trappes, dont une s'ouvre sous le lit d'une de nos chambres à coucher. Du reste, en fait de comestibles, nous ne trouvons que du pain noir et des petits cochons, des petits cochons et du pain noir.

Bryan l'oiseleur sort de table sans être aperçu et va se blottir dans le cachot, sous la trappe. Il y attend pendant deux heures que ses cinq camarades de chambre soient couchés et sommeillants, puis il simule une scène de brigands. Trois sommeillent et le laissent faire. Deux se réveillent, qui voudraient bien avoir la grande épée pour en pourfendre le brigand, et tout finit par des rires. Mais ce jeu-là n'en est pas moins à proscrire. La peur, outre qu'elle a ses dangers, peut conseiller une résistance sérieuse, et amener une catastrophe au lieu d'une plaisanterie.

Pendant toute la nuit, le ciel se fond en eau, et au matin il est loin encore d'être tout fondu. Nous apprenons que de toutes parts les ponts sont enlevés, et qu'une femme envoyée, je ne sais où, pour nous chercher du pain blanc, demeure séparée de nous par un torrent furieux. Les moines sont aux fenêtres du couvent, qui regardent tomber la pluie. Il serait difficile de se représenter un trou plus noyé, plus perdu, plus morne et désolé que ne l'est ce jour-là Dissentis. Comme il ne faut pas songer à se mettre en route, nous faisons nos dispositions pour passer la journée dans ce trou, avec du pain noir et des petits cochons.

La maison est vaste. Nous faisons chauffer une grande salle, dans laquelle se trouve une table assez longue pour nous permettre d'y

ASSEMBLEE DE TRONS.

adopter chacun notre place. Là, chacun dessine, met à jour son journal ou sa correspondance; puis l'on recommence, à quelque différence près, toute la série des jeux, qui ne sont interrompus que par l'arrivée du pain noir et des petits cochons, auxquels on a adjoint du chamois, mais du chamois apprêté au sucre, ce qui est plus original qu'excellent. Après le repas, Harrison propose que l'on joue à Malet-Coliard (Colin-Maillard), mais il est peu compris, et l'on joue à la bête.

La pluie n'a pas cessé un instant de tomber par torrents, et nous nous couchons au bruit des grandes cataractes.

LE COL DE L'OBER-ALP

18ᵐᵉ ET 19ᵐᵉ JOURNÉE

La journée s'ouvre par une immense soupe au riz. Après quoi, déter-
minés que nous sommes à ne pas finir nos jours à Dissentis, nous partons, bien que le temps soit encore abominable, et les sentiers boueux
comme les Palus-Méotides.

Au bout de deux heures de boue, nous arrivons au pied de la montagne qu'il faut passer pour arriver à Andermatt, dans la vallée de la
Reuss. Il y a dans cet endroit un misérable hameau, fort heureusement
pour nous. En effet, les montagnards qui l'habitent, landamman en
tête, viennent à nous, et nous avertissent que si nous tentons de passer
la montagne, il pourra se faire que nous y périssions tous sous l'avalanche. Ceci nous semble une bourde. Mais un aubergiste qui parle
français confirme de tout point cette assertion. Seulement, il ajoute que
dans deux ou trois heures, si le temps continue d'être doux, toutes les
avalanches seront tombées, et nous pourrons alors passer sans danger. Il s'offre de nous guider lui-même, et répond de notre sûreté à

tous. Nous acceptons l'offre de ce brave homme, et, pour gagner du
temps, nous allons faire une buvette à son auberge.

Le moment venu, nous nous remettons en route. Le temps est
doux, mais des plus vilains. On rencontre des troupeaux qui redescendent, chassés qu'ils sont des hauteurs par une neige épaisse dans
laquelle nous enfonçons jusqu'aux genoux, et qui recouvre des boues
noires comme l'encre, où nous enfonçons aussi. A notre gauche est le
mont Badus, où sont les sources du Rhin, mais un brouillard pluvieux
cache toutes les cimes. Au sommet, le vent nous accueille et souffle
glacé sur nos blouses trempées. En même temps, nous découvrons le
passage dangereux, et notre guide se porte en avant pour le recon-

naître. Bientôt il fait des signaux, et, assis sur les débris de l'avalanche, il nous appelle à lui.

Le dire du landamman n'était rien moins qu'un conte. Le sentier

passe ici le long d'un lac noir et profond et au pied d'immenses pentes qui
y lancent toutes leurs neiges. Si donc vous êtes pris par une avalanche,
petite ou grande, elle vous jette inévitablement dans ce lac, et tout
secours devient impossible. Trois Anglais et une Anglaise périrent
ainsi il y a six ans. Nous passons sur les débris de l'avalanche qui est
tombée il y a peu d'instants, et dont les restes flottent sur la surface du

lac. Comme pour nous rassurer, un rayon de soleil vient en cet instant
luire sur nous.

Bientôt nous sortons des neiges, et de ces hauteurs nous découvrons toute la verte vallée d'Urseren, terminée par les pentes majestueuses de la Furca. Très-peu curieux de se retrouver avec son monde
au milieu des neiges, M. Topffer renonce à escalader ces pentes majestueuses, et il décide, séance tenante, que le retour aura lieu par Altorf
et Lucerne, c'est-à-dire par le fond des vallées. Sur ce, nous arrivons à
Andermatt, où la pluie nous presse de nous arrêter. Des pourparlers ont
lieu, mais l'hôte ne voulant pas du prix que nous proposons : « En
route ! s'écrie M. Topffer. — Entrez, » dit l'hôte.

Il y a ici des cabinets d'histoire naturelle où Bryan l'oiseleur fait de
grandes affaires. Il y a aussi la Reuss, où Sterling et le major s'en vont,
à l'instar de Nausicaa, laver eux-mêmes leurs vêtements. Cette journée

nous a boués de la tête aux pieds; nos bas sont noyés, nos souliers sont en bouillie. En pareil cas, se mettre au sec, pour ensuite se mettre à table, c'est jouissance vive.

Il y a neuf lieues d'Andermatt à Fluelen, d'où le bateau à vapeur part à deux heures pour Lucerne. Nous formons le projet courageux d'arriver à Fluelen à temps pour pouvoir aller coucher ce soir à Lucerne. Aussi, levés et équipés dès trois heures du matin, nous nous acheminons par une nuit noire sur le trou d'Uri et le pont du Diable, et au jour nous déjeunons à Wasen.

La matinée est délicieuse, et la facilité avec laquelle nous exécutons notre projet accroît l'entrain que nous mettons à l'accomplir. Le soleil nous fait quelques visites, et nous sommes émerveillés des splendeurs

de cette fraîche vallée de la Reuss. A onze heures, l'avant-garde arrive à Altorf, et trois quarts d'heure après, l'arrière-garde y fait son entrée. C'est ce qui s'appelle marcher : huit lieues et demie en sept heures.

Il paraît que nous avons bonne mine. Près d'Altorf, nous croisons trois ou quatre voitures de poste chargées d'une quinzaine de belles Anglaises avec leur père, bon milord à cheveux blancs. Toute cette société se tient debout dans les calèches ouvertes, et la face tournée vers le lac des Waldstetten, auquel ils paraissent faire leurs derniers adieux. De cette façon ils ne nous voient point venir, mais ils nous dé-

passent. Un , deux; bien! trois, cinq, huit; bien encore; mais douze,
quinze!... Alors le bon milord se sent pris de sympathie pour cette
jeune caravane alerte et rieuse; il salue, élève son chapeau en l'air et

nous accompagne de ses meilleurs vœux. Tout aussitôt nos chapeaux
répondent au sien, et les belles Anglaises en s'inclinant répondent à
nos signes de civilité.

Jolie rencontre; courte, mais charmante apparition! Il est à croire
que milord, dans sa jeunesse, courut comme nous les montagnes. Peut-
être aussi a-t-il dans quelques colléges du continent des fils que notre
vue lui rappelle. Peut-être encore est-ce un de ces excellents vieillards
qui jusqu'à la fin sympathisent avec ce jeune âge qu'ils n'ont plus et
qu'ils regrettent, mais sans cesser de l'aimer et de le bénir dans autrui.

Descendus à Fluelen, nous y attendons le départ du bateau autour
d'un quartier de fromage. Pendant ce temps le ciel se couvre, la pluie
commence à tomber et nous naviguons entre deux eaux jusqu'à Lucerne.
Il y a beaucoup de monde sur le bateau, et des Anglais aussi : un vieillard entre autres qui, comme le milord du matin, est tout réjoui de nous
voir et nous gratifie du plus amical accueil. Le capitaine (voyez le
voyage de l'an passé) est toujours plus tribord et bâbord; une pipe de
longueur orientale, une moustache d'algue marine, un œil qui interroge

en maître le pôle nord au travers des montagnes ; avec cela, galant,
artiste, rond en affaires et le meilleur homme du monde.

Lucerne, charmante ville ! Nous y sommes toujours trop peu restés,
c'est pour cela que nous y revenons toujours avec un vif plaisir, depuis
l'an passé surtout, que nous avons logé au Cheval-Blanc, où nous sommes
certains de rencontrer un accueil amical. La cour de l'auberge a son
mérite aussi ; on y voit deux magnifiques grands-ducs, fort drôles et
voraces encore plus ; on y voit un vaste réservoir où de belles anguilles
déploient en nageant toute la grâce flexible de leurs mouvements. Ce
qu'on y voit encore, c'est une femme inflexible qui coupe la tête à huit
canards. Plusieurs à cet aspect ont l'idée que nous mangerons du
canard. La même femme tue douze pigeons. Selon plusieurs, c'est un
demi-pigeon par tête. La même bonne femme égorge six poulets. Selon
les mêmes, c'est un quart de poulet par convive. La femme alors s'arrête, et les convives s'en vont se promener remplis d'espérance et
conjecturant en sus un plat d'anguilles.

Au retour on s'attable. Le souper est exquis ; mais plusieurs attendent
encore, à l'heure qu'il est, le plat d'anguilles, les six poulets, les douze
pigeons et les huit canards, dont les grands-ducs ont avalé les têtes
sans nous dire où sont les corps.

Le chapeau de Grey, toujours excellent d'ailleurs, ayant pris des formes
d'un fabuleux suprême et irrémédiable, il lui est acheté ici un couvre-
chef brésilien, au moyen duquel Grey se trouve replacé parmi les touristes à figure humaine. La ville de Lucerne hérite du chapeau chimère,
qui deviendra probablement une des pièces les plus curieuses de son
musée.

LES CINQ DERNIÈRES JOURNÉES

Lever tardif. Déjeuner sans précipitation. Contraste bien senti entre notre situation civilisée d'à présent et notre vie d'avant-hier, au milieu des neiges et des bois; c'est là un des avantages qui sont propres aux voyages à pied.

Quand nous disons à pied, il y a pourtant hyperbole, car voici notre statistique de cette année : en tout nous avons fait deux cent vingt lieues; sur ces deux cent vingt lieues nous en avons marché cent vingt, le reste en bateau à vapeur, et trois journées environ de voiture ; sur ces cent vingt lieues, nous avons porté notre havre-sac pendant quarante-sept lieues. On peut tirer de là des moyennes qui n'ont rien que de fort ordinaire, mais qui n'empêchent pas que, parmi nos journées de marche, il y en ait eu plusieurs de dix lieues, et deux au moins de onze.

Visite aux ponts, à la cathédrale, au cimetière et au Lion, qui tient toujours boutique d'épicerie, de quincaillerie et de peinturlurerie. On voit dans cette boutique des tableaux du capitaine Tribord : ce sont

des scènes grande armée, dans le genre grand génie; nous n'en achetons pas.

Vers onze heures, nous quittons Lucerne pour nous acheminer sur
Berne, par l'Entlibuch et l'Emmenthal. En partant, M. Topffer fait emplette d'un nombre infini de gâteaux; il les distribue à sa troupe, à tous
les naturels présents, à lui aussi, et il en reste. Mais il n'en reste plus à
l'heure qu'il est; les gâteaux, ce n'est pas comme les discussions.

Voulez-vous voyager paisiblement au travers d'une contrée verdoyante, boisée, semée de beaux villages, d'agrestes fermes, et où de

toutes parts on voit le travail, l'abondance et le bonheur? engagez-vous
dans les doux vallons de l'Entlibuch, et passez de là dans les tendres
prairies de l'Emmenthal; et partout de rustiques auberges remplies de
ressources et d'une propreté dont les plus riches hôtels des villes ne
donnent pas l'idée. Que ceux de mes compatriotes qui s'en vont en
famille visiter Lucerne et les cantons environnants choisissent cette
route, il leur semblera qu'ils se promènent dans le parc d'un de leurs
amis, et, dans les hôtels, ils ne se croiront point à l'auberge. Près d'Entlibuch, il y a une spéculation que je leur recommande : on y gagne plus
d'une heure sur les voitures.

Nous allons coucher à Schumpfen. Ici, bien que le prix soit fixe et
limité, le souper est illimité et indéfini. A chaque instant nous croyons
que c'est la fin, et à chaque instant le service recommence tout de nou-

veau. C'est la première fois qu'il nous arrive de crier : « Holà! arrê-

tez!... » Nous croisons, pour nous aller coucher, de nouveaux soupers qui arrivent. Quel dommage que sur les hautes montagnes on ne croise pas de temps en temps des soupers qui défilent !

Point d'aventures sur la route de Berne, rien d'extraordinaire ni de nouveau, mais une marche délicieuse, entremêlée de haltes et d'omelettes.

De bonne heure nous arrivons à Berne, où nous mettons les moments à profit. Sur l'esplanade, M. Topffer est abordé par un Anglais dans lequel il reconnaît aussitôt un ancien élève. « Et vous voyagez?— — Pas du tout ; j'habite Berne avec mon épouse. — Avec votre épouse ! — Oui, et mes trois enfants. » Et M. Topffer n'en revient pas de voir un de ses élèves qui a une épouse et trois enfants.

En partant, visite aux ours; c'est trop juste. Il y a beaucoup de troupes sur pied. On nous dit que c'est à cause des affaires de Zurich ; mais nous ne savons pas encore ce que c'est que les affaires de Zurich.

A la Neuneck, une petite femme joufflue, sans âge, nous sert quelques fruits mal mûrs ; elle aurait bonne envie, et nous aussi, de nous servir quelques poulets bien cuits, mais la bourse commune ne le veut

pas. Dès le commencement du voyage les Marcot lui ont gâté le caractère, et elle n'est plus qu'une vieille avare qui, pour expier un jour de

LA BENICHON.

dépense, veut lésiner tout le reste de sa vie. Cependant, pour vingt-quatre jours, nous aurons dépensé 151 francs par tête; ce n'est pas exorbitant.

Au delà de la Neuneck, une chaise de poste nous dépasse, où est assise une dame énorme ployée dans une robe de satin bleu. A côté d'elle est son mari, ployé dans un linceul d'incomparable ennui. Selon l'un de nous, ce doit être la reine de Hongrie. Le bruit s'en répand; on court, on rattrape pour la voir et pour la revoir. De cette façon nous marchons en poste du côté de Fribourg, où nous arrivons vers quatre heures. Mais notre plus cher espoir est déçu; ce soir l'on confesse, et les orgues ne joueront pas. Une fiche de consolation, c'est que M. Topffer offre ici à ses camarades une collation de glaces et de gâteaux, dont la promesse remonte à ce jour où, après avoir sorti heureusement son monde d'un dangereux passage, il se trouva si content, qu'il aurait offert une collation à tout l'univers.

De Fribourg à Vevey, voitures; c'est notre usage invariable. Déjeuner à Bulle chez le père Magnin; c'est notre usage aussi, qui variera, car pour la seconde fois nous y avons faim. D'ailleurs le père Magnin ne se montre plus, et la mère Magnin a l'air aussi linceul que le roi de Hongrie.

Tout le long de la route nous voyons des préparatifs de danses champêtres : des planchers dans les vergers, des clarinettes qui se rendent au village voisin en compagnie de la grosse basse, des charretées de paysans et de jeunes filles en habit de fête. C'est à cause de la *Bénichon*. La Bénichon, ce sont trois jours de gala, les seuls de toute l'année où il soit permis de danser sans permission dans tout le canton de Fribourg.

Nous arrivons à Vevey assez tôt pour assister à un splendide coucher

du soleil. Cieux, montagnes, lac, tout se dore, et le calme de l'air, la

paix du soir, le charme du repos, font de cette scène comme le beau
couchant du joli voyage dont l'aurore fut si pluvieuse.

Après souper, notre camarade A. Prover offre un punch première
qualité à la caravane, qui y noie le mieux du monde tous les soucis
qu'elle n'a pas.

Il ne nous reste plus qu'à laisser faire le *Léman*, qui nous porte dans
nos foyers, où nous arrivons en proie à toutes les horreurs de la faim.
C'est la faute, non pas de M. Topffer, qui s'y est pris dès Lausanne pour
retenir des vivres, mais du restaurateur du *Léman*, qui s'y est pris dès
Lausanne aussi pour nous jouer en les donnant à d'autres. « Cela va
être prêt, » répond-il à nos demandes, jusqu'à ce qu'à la hauteur de
Nyon il ôte son masque pour dire : « Je n'ai plus rien à vous donner; »
ce qui n'est pas même vrai. Il parle anglais, ce restaurateur. Il sert
admirablement les familles anglaises. Il sert très-bien aussi certaines
personnes choisies; mais on devrait rencontrer sur les bateaux à
vapeur des restaurateurs qui servissent chacun pour son argent, puisqu'enfin chacun, et un écolier surtout, est exposé à avoir faim.

Arrivés dans nos foyers, nous déposons nos sacs et nos blouses, pour
les reprendre, s'il plait à Dieu, l'an qui vient.

SOURCE DE L'ARVEYRON; GLACIER DES BOIS.

VOYAGES EN ZIGZAG

CHAMOUNIX, L'OBERLAND, LE RIGHI

1840

Lorsqu'après une excursion de vingt-trois jours on rentre au logis, c'est une chose charmante que d'arriver ; mais, les premiers moments passés, c'est une chose bien peu charmante que d'être de retour. Voici toutes les habitudes ordinaires, toutes les règles de la vie, qui reviennent une à une prendre possession de votre personne ; voici cette poussière des classes, que vous aviez secouée avec tant de bonheur, qui s'abat de nouveau sur vous et qui vous couvre de la tête aux pieds ; voici Bourdon et Legendre, voici Noël et Chapsal, voici Blignières et consorts, voici grammaires, vocabulaires, manuels, qui arrivent à la file pour vous complimenter, ravis qu'ils sont de vous revoir, c'est-à-dire de reprendre à votre égard leur petit train-train.

Que c'est triste ! Et combien ces messieurs, tout aimables qu'ils sont, paraissent au premier moment maussades et importuns! Noël, que me veux-tu? Bourdon, va-t'en. Et vous, vocabulaires, tant par ordre de matières que par ordre alphabétique, que vous ai-je fait pour que vous veniez ainsi me tourmenter? Ah! bien plutôt, faites-vous un peu moins alphabétiques, et, tous ensemble, revolons aux montagnes!.. Nous y apprendrons bien des choses que vous n'enseignez pas ; nous y verrons bien des phénomènes dont vous ne savez que le nom ; nous y respirerons à la lumière des cieux un air pur et parfumé ; et nos âmes, que vous employez à se traîner de sujet en régime ou de lemme en corollaire, libres et affranchies, s'élèveront d'elles-mêmes à l'auteur des merveilles étalées sous nos yeux!... Mais Bourdon est incorruptible, Noël aussi, et un vocabulaire qui se laisse séduire par un écolier, c'est ce qui ne se voit pas.

Et c'est bien heureux! car autrement, figurez-vous quelle vie feraient les écoliers! figurez-vous les vocabulaires méconnus ; Bourdon et Legendre grimpant les Scheidegg tout essoufflés ; Noël, Blignières et consorts jetés dans un précipice, pour en finir! Figurez-vous notre admirable civilisation, qui ne peut plus se passer, pour un instant seulement, de millions d'hommes apprenant dès le collège des centaines d'arts et de sciences, arrêtée, détruite, et le genre humain rebroussant à grands pas vers l'âge d'or. Car l'âge d'or, ce fut, à proprement parler, l'âge où l'on se passait de régime et de sujet, d'arts et de sciences, de lemmes et de corollaires, de latin et même de français : la société cheminait sans cela, et sans vapeur aussi. Les pères et mères allaient, il est vrai, cueillir des fruits et traire les vaches ; mais les grands-pères et les mères-grand demeuraient assis sous le porche des cabanes, et, quant aux enfants, ils s'élevaient sur le pré. L'hydraulique, c'était de boire aux sources ; la grammaire, c'était de parler patois ; l'algèbre, c'était de nombrer sur ses doigts ; l'astronomie, c'était d'admirer le soleil et de compter les lunes ; la mécanique, c'était de charger des gerbes sur ses épaules, et la botanique, de se couronner de fleurs. La physique, la chimie, l'archéologie, la numismatique, la paléographie, la dialectique, la politique, la rhétorique, la tactique, la plastique, la thérapeutique, l'apologétique, la linguistique, la critique, le classique, le romantique, les bitumes et les chemins de fer, c'était de tondre les moutons, de tisser la laine, de marcher devant soi, de s'asseoir à l'ombre, d'attendre les saisons, de laisser courir les rivières, d'adorer le bon Dieu, et de mourir de vieillesse après avoir vécu paisibles au sein d'une prairie ou sur la lisière d'un bois.

C'est ce temps-là qui reviendrait bien vite si jamais les écoliers, égarés par leur instinct, venaient à jeter dans un précipice Noël, Blignières et consorts, pour s'emparer ensuite du gouvernement du monde. Mais, outre l'instinct, les écoliers lisent Télémaque, ils connaissent leur Bétique, ils ont pour eux Fénelon!... C'est donc aux gouvernements à y prendre garde, c'est aux maîtres et instituteurs de veiller aux intérêts de notre admirable civilisation; c'est à Noël, à Blignières et consorts de redoubler d'incorruptibilité et de ne pratiquer leurs fonctions qu'armés jusqu'aux dents et soutenus d'alguazils.

Ceux qui ont lu, et vu surtout, notre précédente relation, savent que la bourse commune (cette bourse qui fournit aux dépenses de nos excursions) sembla périr d'inanition à la fin du voyage de l'an passé, et qu'à ces causes elle fut portée en terre. Par bonheur, comme on la portait en terre, elle revint à elle, et, se voyant entre les mains d'un croque-mort, elle rossa ce pauvre homme si horriblement, qu'il demeura sur la place, et que ce fut elle qui, par humanité, le porta en terre, et

l'ensevelit proprement dans la fosse même qu'il avait été chargé de préparer pour elle.

Délivrée de son croque-mort, la bourse commune s'acheminait vers la ville, lorsque, ayant rencontré une source limpide, elle s'assit auprès, et se mit à s'y considérer, comme fit Narcisse de son vivant. A la vue de ses charmes détruits et de son embonpoint changé en une diaphane maigreur, elle eut compassion d'elle-même; et, ayant résolu de se refaire, elle prit le parti de n'entrer point en ville, mais plutôt de se chercher dans la banlieue une retraite économique où elle pût vivre de coquilles de noix : car les bourses communes diffèrent en ceci des simples particuliers ordinaires, qu'elles engraissent par les privations, et se refont au moyen d'une abstinence qui tuerait nos bien portants.

La bourse commune trouva facilement où se priver et s'abstenir dans une de nos petites pensions bourgeoises ; et, rien qu'avec son régime de coquilles de noix, elle se mit à engraisser si bien et si régulièrement, que, déjà en juin dernier, elle avait pris l'air de ces grosses réjouies qui tiennent comptoir dans les cabarets de faubourg. Ravie de ce succès, elle se pesait trois fois le jour, en se promettant à chacune de ne plus entreprendre de ces tournées où l'on est exposé à semer sa graisse le long des grands chemins.

Mais, hélas ! nos joies ne sont qu'illusion et nos projets que fumée… Voici qu'en août dernier, un jeudi matin, M. Topffer est averti qu'une dame horriblement essoufflée l'attend au salon. Il y monte aussitôt : c'était la bourse commune en personne, qui, ayant persévéré dans son régime pendant tout le mois de juillet, se trouvait avoir grossi au point d'en être étranglée dans son corsage et à l'étroit dans sa robe, dont quelques mailles faisaient mine de vouloir sauter prochainement. Effrayée de son état, et honteuse de son obésité, la bonne dame venait

implorer l'assistance de M. Topffer. Celui-ci lui promit aussitôt de la guérir, au moyen de beaucoup d'exercice et de quelques saignées ; et c'est pour accomplir cette bonne œuvre qu'il a mis en train le voyage de 1840, où nous avons visité Chamounix, l'Oberland et le Righi. En effet, si, d'une part, les montagnes sont favorables à qui veut prendre de l'exercice, d'autre part, pour une bourse qui veut être saignée, il n'est rien tel qu'un petit pèlerinage en Suisse.

Notre caravane s'est composée, cette année, de vingt-trois personnes, non compris Maurice, qui nous accompagne jusqu'à Saint-Gervais ; et, parmi ces vingt-trois personnes, on compte deux dames, non compris la bourse commune. C'est madame T. d'abord, qui, retenue au logis durant nos deux dernières excursions, revient avec un plaisir tout nouveau prendre sa place parmi nous ; c'est ensuite une jeune

dame, qui, chose singulière, vient nous y en demander une! qui,
chose neuve, veut avec nous traverser les plaines et gravir les montagnes, éprouver s'il est bien vrai que la marche ait ses saveurs, que
l'aventureuse indépendance d'une troupe d'écoliers en vacances ait
son charme, et que le plaisir puisse être ressenti au milieu de privations nécessaires et de fatigues qu'on s'impose. Ce n'est pas à
nous de prononcer sur le résultat de l'épreuve, mais c'est bien à nous
de dire combien une tournée d'écoliers en vacances gagne en bon
air et en vif agrément lorsque deux dames y animent la marche,
y ornent les haltes, y président aux repas, et y sont l'objet d'attentions et d'égards que leur présence fait naître et que leur amabilité provoque.

André Dumont et *Dumont* (*Adolphe*), dit *le Polonais* à cause d'une
blouse héroïque et d'une encolure uhlan, sont deux touristicules
débutants. André, voyageur microscopique, ravi d'entreprendre son
tour du monde, s'avance dans l'espace d'un pas réglé, en s'appuyant
sur une canne trop longue. En revanche, Adolphe s'avance appuyé sur
un court sauvageon. Quoique non moins microscopique, il a des
vigueurs inattendues, des entreprises intimes, une vie à lui, son pas à
lui, comme il le professe lui-même. « J'ai, dit-il, mon pas à moi. »
Avec ce pas à lui, il est tantôt bien loin en avant, tantôt hors de vue en
arrière, parfois tout proche, établi sur le branchage d'un noisetier, où
il fait ses affaires.

D'Estraing et *Sorbières* débutent aussi. Ni l'un ni l'autre ne possède
un pas à lui, comme Adolphe; mais ils possèdent en commun un pas à
eux deux, ce qui explique pourquoi ils marchent toujours ensemble, à
l'instar d'Oreste et Pylade, de leur vivant. D'Estraing, voyageur infa-
tigable, babille, regarde, court, escalade, tout à la fois, attrape tout ce
qui se mange, abat tout ce qui se croque, ramasse tout ce qui reluit,
et intente à M. Topffer trente-six questions de métallurgie fine excessivement embarrassantes pour le quart d'heure :

« Tes pourquoi, dit le dieu, ne finiraient jamais ! »

en même temps, porte secours à tout ce qui cloche, se charge de tout
ce qui tombe, et trouve, dans les incohérences fabuleuses de son

Pylade, un sujet toujours sous sa main de gaieté inextinguible et irras-
sasiée. Pendant que ces choses se passent, Sorbières tantôt avale avec
le plus grand sérieux tout un sac de coquemolles, tantôt galope avec
fougue, tantôt se laisse mélancoliquement attarder, tantôt met son pied
dans la vase, s'habille de neuf, jette loin ses bas, perd ses cravates,
achète une boussole, se procure des lunettes, et d'immenses crevasses
apparaissent à son pantalon. Du reste, parfaitement dispos au milieu
du plus affreux dénûment, ne sachant ni où l'on couche, ni où l'on
dîne, mais dînant ferme, dormant profond et gambadant en plein
sommeil.

Constant d'Arbely, *Murray*, déjà décrits dans les relations précédentes.

Poletti, déjà décrit aussi, mais très-changé, en ce que, de mauvais
marcheur, il est devenu bon marcheur, et de piéton délabré, piéton
réglé et solide.

George, *Édouard*, *Constantin* et *Gustave*, quatre débutants. George,
bon jarret, qui a déjà pratiqué; genre serviable et risolet, tirant sur le
frais blondin. Édouard, qui part du pied gauche, mais, pas bien loin,
ses pieds et jambes lui refusent déjà tout service. Édouard s'en affecte
et prend une mine grand deuil. On le charge sur un char de paille,
puis sur un mulet, puis sur ses deux pieds, et le voilà qui grimpe la
Gemmi des mieux, brûle ses crêpes, et se fait jarret d'avant-garde,
toujours fort et dispos. Constantin, genre discret et tempéré, propos
court, esprit sérieux, quoique gai, admire, jouit, secourt, appelle, discute, le tout sans tumulte et sans bruit. Gustave, voyageur nomade,
tantôt à l'avant, tantôt à l'arrière, zigzague, revient, retourne, fait double route, et ignore la fatigue. Sa manière est de dire : « Ose-t-on partir? ose-t-on dîner? Pour part-on? dîne-t-on? etc. »

Auguste, *Adolphe*, *Harrison*, déjà décrits, ont un pas à eux trois,
une discussion aussi, des chansons aussi, et aussi des tempêtes de rires
éclatants et infinis. Ceci tient à la présence du voyageur Harrison,
dont l'allégresse native est aussi imperturbable que le cours des saisons. Mais Harrison, qui ne connaît pas la tristesse, connaît la colère,
l'effroi, la malédiction, le mépris ; c'est quand les guêpes se permettent de le circonvoler, ou les hannetons de lui arriver droit sur la
joue. Alors il s'irrite, et il se donne toutes sortes de peines pour établir

ce qui n'est plus contesté dès longtemps, à savoir, la stupidité profonde d'un insecte assez bête pour se jeter brutalement contre la physionomie des gentlemen, quand il a des yeux pour voir, des ailes pour se diriger, et le haut des airs tout entier pour domaine. Harrison n'en revient pas ; Harrison est intarissable en nausées, en dédains, en froids et hautains mépris à l'endroit des hannetons, des hannetonnes, et de tout ce qui a six pattes et deux ailes.

Jellyot, Frankthal, Walter et *Woodberry*, déjà décrits. Les trois premiers, marcheurs d'avant-garde ; le dernier, géographe de la troupe, en ce qu'il est muni d'une carte excellente, mais dont le mérite est constamment remis en question par les malins. Woodberry défend sa carte *unguibus et rostro*, et Harrison trouve que cette discussion est fastidieuse, ce qui l'entraîne dans une nouvelle discussion, interminée encore à l'heure qu'il est, contre ceux qui soutiennent que la discussion qu'il attaque est une question tout aussi discutable que ses dix-huit discussions toujours pendantes, auxquelles il faut ajouter sa discussion sur les guêpes et sa discussion sur les hannetons : en tout, vingt-une discussions.

M. *Topffer*, déjà très-décrit. Il donne le bras à la bourse commune, qui lui est un fardeau les premiers jours, à cause de son embonpoint, et un fardeau aussi les derniers jours, parce que, trop saignée, elle est devenue quinteuse en même temps que débile, et incapable de faire un pas de plus.

Enfin, *David*, majordome actif et entendu, qui part en courrier, arrête les logements, traite avec les hôtes, et nous prépare des débottés faciles et des soupers succulents.

Tels sont les personnages dont se compose la caravane de cette année. Quant à l'itinéraire, le voici. Il s'agit de visiter Chamounix, pour de là visiter l'Oberland, le Righi, pousser jusqu'à Zurich et revenir par Arau, Soleure et Fribourg. Quelques personnes s'étonnent que nous puissions retourner plus d'une fois aux mêmes endroits. « Pourquoi, disent-elles, ne feriez-vous pas une excursion du côté de la France ? Le Jura est beau aussi. Vous verriez Saint-Claude, où l'on fabrique des sifflets ; vous passeriez au Parc, où l'on voit du bitume ; vous mangeriez des grenouilles à Nantua, et vous vous embarqueriez à Seyssel..... »

Dans nos excursions, dont le personnel se renouvelle tous les trois ans à peu près, c'est M. Topffer seul qui retourne aux mêmes endroits. Or, M. Topffer s'est mis dans l'esprit que, même en ce qui le concerne, il aime mieux revoir Interlacken une douzième fois, que de voir Saint-Claude une première ou Lyon même une seconde. Affaire de goût. Il s'est persuadé que rien sur le globe ne vaut les cantons, pour la beauté, le nombre et la rapide succession des spectacles grands ou curieux ; que nulle part on ne rencontre disséminées sur un aussi petit espace tant de peuplades intéressantes à connaître et tant de chemins charmants à parcourir ; qu'en aucun pays on ne voyage aussi librement, sans vexations de police, sans ennuis de passe-ports, sans plus de gêne que dans son propre jardin ; qu'enfin, c'est en Suisse seulement que l'on peut à son gré fixer ses étapes, parce qu'il y a partout des auberges excellentes ou propres suffisamment, et parce que, dans ces auberges, on est aussi habitué à héberger des pensions que des touristes ou des commis voyageurs. Très-peu de commis voyageurs visitent la Suisse montagneuse, et c'est encore là une des beautés de cette contrée.

Le mercredi 12 août, nous partons à mi-journée, et en voiture, au milieu d'un grand concours d'amis et de parents qui nous accompagnent de leurs vœux. Le ciel est sombre pas mal ; mais dans les voitures tout est joie et beau temps : des tumultes folâtres, de gaies clameurs causent de la surprise aux passants. Pauvres passants ! Ce sont des citadins vaquant à leurs affaires, ou qui, les mains derrière le dos, s'en vont faire avec eux-mêmes une mélancolique promenade autour des tranchées ; comment donc ne paraîtraient-ils pas dignes de compassion à une bande d'oiseaux qui s'échappent de leur cage pour s'envoler aux montagnes ?

A propos, qui donc imagina le premier de suivre à pied le pourtour des glacis et des demi-lunes, sous prétexte de faire une promenade ? et y a-t-il bien une autre ville que Genève où les bourgeois se plaisent à errer le long de murailles grises couronnées de bastions pelés ? C'est à croire. Partout il y a des gens qui préfèrent à tout autre le paysage de banlieue, le champêtre municipal ; partout il y a des vieillards qui veulent respirer le grand air sans s'éloigner du logis ; des affligés ou des inquiets à qui la solitude est chère, et qui se plaisent mieux dans la morne compagnie des bastions déserts que dans le voisinage des campagnes où va la foule chercher la joie et le plaisir. Quoi qu'il en soit, nous voici tout à l'heure à Annemasse, où la douane nous

traite fort gracieusement, tandis qu'un très-joli carabinier royal vise et
paraphe notre passe-port, lequel rentre, aussitôt dans le portefeuille,
pour n'en plus sortir pendant tout le reste du voyage.

Bonneville est l'une des grandes villes de la Savoie. Cela se reconnaît tout de suite à la grande place, qui est plantée d'arbres sous lesquels se promènent des sous-lieutenants en petite tenue et des messieurs en paletot. Tous fument le cigare, plusieurs ont un lorgnon dont
ils nous lorgnent pour nous voir passer. Le lorgnon, à lui tout seul,
est un des signes les plus exquis de civilisation et de grande ville.

Au delà du pont, nos quatre voitures s'arrêtent et nous posent sur

la route. Voici le moment désiré, des débutants surtout. Voici, pour
cette jeune dame qui débute, l'heure d'essayer ses forces. Rien, certes,
ne ressemble moins aux doux petits sentiers d'un parc ou d'une prairie
que ce long ruban qui sépare Bonneville de Cluses, et qui nous sépare
nous-mêmes d'un souper probable et quelconque. Mais notre compagne est bien pourvue d'entrain et de gaieté. Dès l'abord on voit que,
bien décidée à prendre les choses par le même côté que nous, elle entend se faire des contrariétés un jeu, des mécomptes sujet de rire, et
des probabilités culinaires une sorte de loterie où tous les lots sont bons,
sinon pour le palais, du moins pour l'amusement.

En attendant, la faim nous visite déjà, et plusieurs cherchent vivres, lorsque d'Estraing est vu sortant d'une cabane la bouche pleine; tous d'accourir… « Il n'y en a plus! leur crie-t-il, c'est la joue roulée de Maurice que nous venons de manger. » Quel dommage, pense-t-on, que Maurice n'ait pas roulé son autre joue aussi!

Nous arrivons à Cluses d'assez bonne heure, par un temps charmant. Il y a là deux auberges qui se disputent l'honneur de nous posséder; nous inclinons pour la *Parfaite-Union*, hôtel très-borgne et propre à peine, mais dont l'enseigne est bien faite pour nous attirer invinciblement. Cluses est aussi une grande ville de la Savoie, mais ville d'horlogerie, de pignons, de roues de rencontre, et non pas ville de garnison et de haute société comme Bonneville. Ainsi que Genève, Cluses a abattu ses *dômes*, et ainsi qu'à Genève, il y a des anciens de l'endroit qui en augurent mal pour l'avenir. Ce qu'il y a de sûr, c'est que Cluses a perdu de cette façon ce qu'elle avait de plus remarquable.

A la *Parfaite-Union*, l'on soupe de pieds de veau principalement, et trois cierges y éclairent la table. C'est très-solennel. Ces cierges ont une mèche principalement, point de cire et peu de suif. C'est très-sépulcral. Cette mèche brûle comme un météore bleuâtre, qui ne jette ses douteuses lueurs qu'autant qu'on le tient habituellement et constamment mouché. Ainsi nous mouchons d'une main, nous mangeons des pieds de veau de l'autre. C'est très-nourrissant. Après quoi nous allons dormir. On passe par des escaliers quelconques qui débouchent sur des chambres telles quelles, où l'on rencontre des lits conformes. A cette vue, le sommeil fait place à des accès d'hilarité, et minuit sonne que la chambrée d'Estraing, Sorbières et compagnie, en est encore à d'immenses fous rires très-imparfaitement comprimés.

LA GROTTE DE BALME.

2me ET 3me JOURNÉE

Le temps s'étant mis au beau, il s'agit d'aller déjeuner au pied de la grotte de Balme, à trois quarts d'heure de Cluses; mais Sorbières a disparu, en sorte que d'Estraing, son compagnon de lit, le cherche avec anxiété. A la fin, on le découvre qui dort profondément dans l'intime fond de sa propre paillasse, entre un soulier perdu et une corne égarée. Sorbières se réveille et parait trouver que sa chambrée est bien prompte à s'étonner des circonstances les plus ordinaires. Puis, s'étant habillé en trois temps et deux mouvements, il disparaît de nouveau; c'est pour aller chercher dans Cluses quelqu'un qui lui fasse promptement un saucisson pour tenir lieu de la joue roulée de Maurice. Les Clusois lui offrent des roues de rencontre, et Sorbières rejoint sans saucisson ni joue roulée.

Nous trouvons dans le pavillon de la grotte cette même dame qui depuis une quinzaine d'années exploite la curiosité des touristes à l'endroit des stalactites, et nous nous livrons pour être exploités. « Pour voir la grotte, c'est un franc par tête; quant à déjeuner, je n'ai rien, on cherchera à se procurer du lait; voici quelques œufs et du pain.... pas beaucoup : un franc par tête aussi. » On trouve la chose un peu chère. « Je suis Française, messieurs, et incapable.... — Aurons-nous à manger, du moins? — Je suis Française, messieurs; » et ainsi de suite. Nous allons voir la grotte.

Le chemin qui conduit à la grotte de Balme est très-bon, très-joli surtout, et, de la grotte elle-même, on a une vue délicieusement encadrée de la vallée de Maglan. Munis de flambeaux, nous nous enfonçons dans les profondeurs de la montagne en admirant, sous le nom de stalactites, des parois de roche qui affectent çà et là des formes arrondies. Ce qu'il y a de plus beau, sans contredit, c'est le spectacle que nous nous donnons à nous-mêmes d'une longue file de gens errant sous ces voûtes, tantôt illuminées par l'éclat des flambeaux, tantôt crevassées, mystérieuses et prêtant à l'effroi. Parvenus auprès d'un puits naturel de six cents pieds de profondeur, nous laissons à droite un passage où l'on peut voyager pendant une heure et demie encore, et nous rebroussons vers le jour, vers le déjeuner surtout, qui est du même côté.

Tout est prêt. C'est une longue table dressée sous un dôme de verdure, et sur cette table un cercle d'énormes tasses vides, entourant trois petits pots à moitié remplis. Lait rare, œufs rares, café rare...... mais notre hôtesse est Française; c'est bien quelque chose. Pendant que nous sommes à l'œuvre, voici venir un cabriolet qui emporte vers Chamounix deux touristes endormis, un monsieur et sa femme. « Je suis Française, messieurs. C'est la grotte de Balme que vous voulez voir? on va vous y conduire. » Les deux malheureux ouvrent les yeux; on leur ouvre la portière, on les fait descendre, on les achemine droit sur les stalactites, avant qu'ils aient encore pu comprendre ce qui se passe, et pourquoi cette Française, et pourquoi cette longue table, et pourquoi ces gens qui font semblant de déjeuner autour de trois petits pots vides et de quatre œufs cassés. Au bout d'une heure, ils reviennent parfaitement harassés et on ne peut plus déçus. Ce plaisir leur coûte six francs : « Je suis Française, messieurs. »

Nous quittons
affamés le pavil-
lon de la grotte
pour nous ache-
miner sur Salen-
ches ; et après
deux ou trois heu-
res de halte et
de marche entre-
mêlées, nous dé-
passons la cas-
cade de l'Arpe-
nas, dont l'eau,
à peine lancée
dans le vide, se
divise en flocons
et se résout en in-
visibles vapeurs.
On croirait le
torrent disparu ;
mais chaque gout-
telette a trouvé
son chemin, re-

joint ses sœurs, et toutes ensemble reforment à quelque distance un
ruisseau qui court porter à l'Arve le tribut de ses ondes.

Nous voici tout à l'heure à Salenches. De loin on n'aperçoit rien de
la ville brûlée, et les traces de ce grand désastre sont comme imperceptibles au milieu de cette vallée verdoyante et boisée ; mais lorsqu'on
approche, on rencontre, en avant des décombres, des malheureux qui
mendient, et une ville de bois toute composée de boutiques et de cabarets. Nous entrons dans un de ces cabarets pour y compléter notre
déjeuner. Là deux incendiés sont à boire. Ces hommes racontent com-
plaisamment leur malheur, sans dissimuler un découragement profond
et quelque peu ignoble. « Nous sommes ici, disent-ils, pour n'être pas
avec nos femmes. L'incendie leur a donné une humeur que c'est à n'y

pas tenir ; et alors vous sentez bien que si on gagne six sous, on vient ici pour les boire. A votre santé, messieurs, mesdames. »

Au delà de la ville de bois, on traverse les décombres. C'est un tas de murailles calcinées dont à peine quelques pans sont demeurés debout. Nous nous hâtons de quitter ces lieux désolés pour entrer dans la riante vallée de Saint-Gervais ; mais comme notre déjeuner n'est point encore complété, à mi-chemin nous nous laissons séduire aux avances de deux pauvres femmes qui désirent nous vendre des prunes. Pendant le régal, un char vient à passer ; Auguste regarde : « M. Dumont ! M. Dumont ! » s'écrie-t-il. Adieu les prunes ; nous accourons surpris, ravis... C'est un grave Anglais qui ne peut assez s'étonner de la surprise qu'il excite et du ravissement qu'il cause.

Nous arrivons à Saint-Gervais-les-Bains d'assez bonne heure pour visiter la cascade, pour jouer au billard et pour nous donner mutuellement de la balançoire jusqu'à plein rassasiement. Cette balançoire n'y était pas du temps de M. Gonthard ; mais il y avait autre chose, M. Gonthard surtout, le créateur des bains, l'âme de ce petit vallon,

dont l'accueil faisait plaisir, dont les manières égayaient, dont le propos,
mélangé de bonhomie et de malice, était singulièrement récréatif, et
dont la seule présence rendait l'endroit original et d'amusant séjour.
Capricieux un peu, comme les jolies femmes, très-maître chez lui,
tablant avec son monde, il semblait, lorsqu'on venait aux bains, qu'on
arrivât chez quelqu'un; aujourd'hui il semble purement et simplement
que l'on entre à l'auberge : des sommeliers, beaucoup; de maître, point.

L'aumônier est dans le salon; la conversation s'engage, et l'on vient
à parler des stalactites du matin. Il n'en a jamais vu, mais il se représente parfaitement la chose. « C'est, dit-il, de la glace pétrifiée. » Il y
a des gens heureusement nés qui conçoivent avec promptitude et qui
expriment avec aplomb.

Vers la nuit, des cavalcades de baigneurs reviennent de la promenade, et bientôt après la cloche sonne pour le souper. Nous sommes des
premiers au rendez-vous. Arrivent à la file des messieurs à lorgnon et
des dames en toilette; les sociétés se placent sans se mêler; le ton
monte de six octaves; nous-mêmes nous échangeons nos familières
gaietés contre un silence de bon goût, et nous engouffrons des plats
entiers de l'air le moins affamé qu'il nous est possible.

Nous nous proposons de passer le Prarion; deux dames de nos
amies doivent nous y accompagner. Malheureusement, des nuages
couvrent les cimes. L'on déjeune donc, c'est un moyen de voir venir.
Ici les tasses sont petites et les pots sont énormes. Harrison, qui se
souvient des abstinences d'hier, fonde, pilote, mastique, base comme
pour des pyramides d'Égypte. Harrison est un des rares voyageurs qui
savent manger, c'est-à-dire manger avec prévoyance, un œil sur le
passé, un autre sur l'avenir, de manière à combler les crevasses tout
en élevant les pierres de l'angle. Aussi le repas est-il le seul moment
de la journée où il soit grave, recueilli. Mais si les guêpes en veulent
à son miel ou circonvolent sa tartine, il s'indigne, il s'emporte, il gesti-
cule, il gambade; et quand il consent à se rasseoir, c'est pour établir
de nouveau l'insolente hardiesse des guêpes et l'imbécillité démontrée
des hannetons.

Pendant le déjeuner, le ciel s'éclaircit, et vers huit heures nous escaladons, par un beau soleil, ce sentier rapide qui conduit de Saint-Gervais-
les-Bains au village de Saint-Gervais, où nous devons trouver nos

deux dames adjointes. Un mulet porte nos sacs, et Martin, mené par
Rosalie, vient en aide à notre compagne, qui en est aux roideurs de

jambes : c'est l'épreuve par laquelle doivent passer tous ceux, messieurs
ou dames, qui aspirent à devenir marcheurs. Au bout de deux ou trois
jours ces roideurs passent, et l'on a son diplôme. Martin, c'est un âne,
et Rosalie, c'est une bergère, une bergère peu jolie, tandis que Martin
est un âne coquettement velouté, rayé de noir, doublé de blanc, et,
comme tous les ânes, d'une physionomie impayablement philosophique.
Deux fois M. Topffer est sur le point d'acheter Martin pour en faire don
à ces dames; mais l'histoire de savoir qu'en faire en cas de voiture et
au passage des lacs empêche ce marché de se conclure. Pour le dire
en passant, les dames doivent préférer les ânes aux mulets dans les
courses de montagne. Ils supportent la fatigue tout autant, ils ont une
allure plus douce, le pied non moins sûr, et en cas d'accident on se
trouve plus près de terre.

La montée du Prarion est plutôt longue que difficile. Au sommet,
l'on trouve un pavillon, c'est-à-dire un cabaret tenu par la *mère
Roux* et approvisionné par le *père Roux*. Le père Roux est un gros
bonhomme qui demeure au bas de la montagne, où, de la galerie de sa

. LE PRARION, VALLÉE DE CHAMOUNIX.

cabane, il compte les bouches qui montent, il suppute la voracité des
estomacs, la capacité des bourses; puis il fait partir des vivres qui
rattrapent. Nous trouvons le pavillon occupé par une caravane d'Anglaises et d'Anglais, dont un instituteur. Les dames demandent bientôt
leur miulette pour partir, tandis que l'instituteur s'achemine à pied.
Mais, par un malheur qui est bien drôle, le bon monsieur ne fait pas
quatre pas sans s'étendre par terre, en entraînant avec lui son élève,

qu'il a soin de tenir par la main,
dans la crainte qu'il ne tombe.

Maîtres du pavillon, nous procédons à consommer les provisions
du père Roux, qui n'a envoyé que
huit pommes de terre. A cette vue,
on pousse des cris d'effroi, la mère
Roux perd la tête; elle envoie au
hasard miel, omelettes, vin, beurre,
thé, crème, des pains par douzaines.... Les cris cessent, et l'on
finit par dîner royalement. Mais
voici qu'au beau milieu du repas un
bruit de cuisine est pris pour un
bruit d'avalanche, et aussitôt le dî-

ner n'est plus qu'un désordre de gens accourant vers la porte pour voir
le phénomène.... Grands éclats de rire; la mère Roux n'en revient pas.

Du haut du Prarion la vue est splendide, mais lorsque le ciel est pur.
Pour aujourd'hui, des nuages cachent les cimes et projettent sur la vallée
de Chamounix des ombres qui en ternissent l'éclat. Un vent très-vif
balaie le col; quelques gouttes de pluie se font voir çà et là; le moment
est venu de partir. Nous faisons nos adieux aux deux dames et à Maurice, qui redescendent à Saint-Gervais. C'est très-triste les adieux, en
voyage surtout, où les relations de cœur contractent de la circonstance
un prix tout nouveau, où le plaisir est un lien qui enlace si vite et qu'il
paraît si regrettable de rompre.

Au bout d'une heure, nous sommes au bas de la montagne, où nous
attend la pluie, fine d'abord, et bientôt battante. Sorbières, occupé
d'avaler des coquemolles par centaines, s'aperçoit peu que le temps ait

changé. De menus naturels lui offrent du lait, il boit du lait; de l'eau, il boit de l'eau; il boirait de la coloquinte si on la lui présentait, mais arrivé à l'auberge, il tombe malade et s'abandonne à des affadissements de toute pâleur. D'Estraing, qui le soigne, s'affadit à le voir faire. Walter et Woodberry s'affadissent spontanément. Édouard attend sa fin prochaine, et la pension se trouve divisée en deux parts : les cholériques et les infirmiers. Heureusement, toutes ces maladies passeront avec la nuit, hormis celle de Walter, qui ne cédera que le lendemain aux efforts de l'art. Le efforts de l'art, c'est comme l'an passé pour Harrison, un bon duvet et trois tasses de sureau.

L'orage est devenu terrible au point que, pour que nous puissions traverser un bout de rue qui nous sépare de la salle à manger, on est obligé de nous transporter en char les uns après les autres : c'est long. Les éclairs brillent, le tonnerre retentit avec un fracas épouvantable : c'est très-beau. La salle à manger est belle, bien éclairée, la table appétissante : c'est délicieux. Le monsieur Dumont de l'autre jour y prend son thé, surpris toujours, et assis sur une chaise qui fait des bruits étranges. Après un souper pyramidal, nous remontons en char pour rejoindre nos affadis. Édouard n'est pas mort, mais c'est tout comme.

MONTÉE DU PRARION.

4ᵐᵉ JOURNÉE

La pluie a cessé, mais le ciel est menaçant encore, et comme hier l'on déjeune pour voir venir. Vers neuf heures, un rayon de soleil illumine la vallée, et tout aussitôt nous partons pour le Montanvert, sous la conduite du guide Michel et d'une sorte de petit Michelet qui est son fils.

A mi-chemin nous rencontrons des touristes qui déjà redescendent. Une avalanche, mais véritable celle-ci, croule avec un bruit majestueux le long des rochers qui supportent le glacier des Bois, et les traînards d'accourir. On leur montre la place où elle a eu lieu, mais c'est l'avalanche qu'ils voudraient voir. M. Topffer leur dit que oui. Du reste, le soleil s'est de nouveau retiré, de diaphanes nuées forment un dais qui s'appuie à la base des aiguilles, et, comme hier, l'aspect de la vallée est terne et pluvieux. Mais bientôt la mer de glace nous apparaît, et ici la surprenante nouveauté du spectacle suffit pleinement à captiver les yeux et les esprits. Avant toute chose, nous entrons dans le pavillon, qui est aujourd'hui une maison spacieuse et confortable suffisamment, où l'on trouve des provisions et un étalage d'ouvrages en cristal et en corne de chamois. Chacun fait ses emplettes, et bien des bourses sortent de là légères, quelques-unes flasques à flotter sur l'eau.

Le guide Michel nous conduit ensuite sur la mer de glace. A mesure qu'on approche, les aspérités, qui d'en haut paraissaient menues, deviennent d'énormes arêtes, et lorsqu'on arrive sur la glace on se voit comme perdu au milieu d'un chaos de montagnes dont les flancs entr'ouverts laissent voir des profondeurs azurées où l'œil plonge avec effroi. L'eau tantôt filtre à la surface, tantôt se précipite dans les crevasses, et entretient un murmure sourd et régulier qui semble grossir ou s'éteindre selon que le vent l'apporte à vos oreilles ou l'en éloigne. Ces impressions, pour qui les ressent, ont un grand charme, la terreur s'y mêle à l'admiration, et à la vue de cette colossale nature où rien de ce qui vient de l'homme ne s'interpose entre le Créateur et son œuvre, l'âme s'élève irrésistiblement à lui par un puissant et naturel essor.

En quittant la mer de glace on va visiter la pierre des Anglais. C'est une salle souterraine que recouvre un énorme plateau de granit tombé des aiguilles voisines. Nos touristicules trouvent l'endroit propice pour y faire un feu, et grande est leur joie de voir briller la flamme. Nous en aurons, des feux, tout le long du voyage; car on n'est pas jeune, on n'a pas quatorze ans, si l'on n'aime pas à recueillir des broussailles, à amasser des feuilles sèches, et à allumer le tout au coin d'un champ ou sur la lisière d'un bois. Avec l'âge, on en vient à préférer la bûche qui brûle au foyer et la pomme de terre cuite au pot. Quelle triste chose que l'âge !

Un moment le dais de nuées s'est déchiré pour laisser passer un vent d'orage, et, par les trouées, nous avons aperçu dans les hauteurs du ciel l'aiguille de Dru empourprée des rayons d'un beau soleil. Le dais se referme, s'abaisse, une lumière blafarde nous environne, et, labouré par le vent, le glacier ressemble à une mer en fureur dont les flots tantôt se combattent, tantôt se pressent et s'accumulent les uns au-dessus des autres. C'est un sublime spectacle. Toutefois, cédant aux

LA MER DE GLACE (CHAMOUNIX).

menaces du ciel, nous précipitons le départ; mais, à peine engagés dans
la descente, le tonnerre gronde sourdement.au-dessus de nos têtes,
puis il éclate de toutes parts sur les cimes déchirées, et des torrents
de pluie battent le flanc des montagnes. La caravane est en pleine lessive. Dans ce moment l'on entend de joyeuses fanfares. C'est un petit
bonhomme qui d'une main tourne la manivelle de son instrument,
tandis que de l'autre il demande son salaire.

De retour à Chamounix, nous y trouvons Alexandre Prover, notre
compagnon de voyage de l'an passé, qui est venu avec sa famille visiter les glaciers. Ces pluies lui rappellent comme à nous cette fameuse
journée de Dissentis, où nous fûmes condamnés à vivre de cochon de
lait et de chamois au sucre, en compagnie de la déesse Thémis suspendue au plafond. En voyage, comme ailleurs peut-être, ce sont les
journées difficiles, les obstacles franchis, les périls conjurés, qui laissent les plus longs et les plus agréables souvenirs. A Dissentis, ce fut
l'ennui que nous sûmes conjurer pendant vingt heures, et le lendemain
ce fut l'avalanche, monstre bien autrement redoutable.

Pendant le souper, Alexandre et son père viennent nous faire leurs
adieux. Ils se sont fait accompagner d'un magnifique bol de punch qui
réjouit, restaure, et conjure admirablement bien tous refroidissements
éclos ou à éclore.

LA PIERRE DES ANGLAIS.

LA FORCLAZ.

5ᵐᵉ ET 6ᵐᵉ JOURNÉE

Ce matin, le temps paraît disposé à se mettre au beau. M. Topffer
fait à la bourse commune une saignée copieuse pour solder notre dépense de deux journées; après quoi il lui offre son bras, et l'on part.
La bourse commune, qui déteste les saignées, quand même elles lui
font du bien, est maussade, renfrognée sur l'œil, et elle prend jusqu'aux passants pour des fraters qui veulent lui ouvrir la veine.

Le guide Michel et son Michelet nous mènent voir la grotte de l'A-
veyron, sans s'inquiéter du mulet, qui demeure sous la garde de nos
dames, restées en arrière. Heureusement qu'aucune des deux n'ama-
zone dans ce moment, car la selle vient à tourner. Nos dames se donnent mille peines pour la remettre en place, mais sans y parvenir,
tandis que le mulet semble leur dire : « Trop bonnes dames, laissez-

MONTÉE DE LA GEMMI.

moi seulement brouter en paix ; cette pendeloque ne me gêne pas le moins du monde. » Et il se met à l'œuvre, gardé par les deux bergères.

A Argentière, Édouard, qui est un peu ressuscité, s'administre un petit verre de rouge trempé d'eau. Tout aussitôt le voilà qui s'affadit de nouveau, et, lugubre comme une urne lacrymale, il attend de pas en pas son enterrement prochain. Ses jarrets déjà ne sont plus de ce monde ; il en est réduit à profiter de ceux du mulet, dont la selle a été remise en place par la famille Michel. Cependant les cimes, les glaces brillent dans toute leur gloire, et les gazons rafraichis étalent de toutes parts leurs riantes couleurs. Sans la pluie, en vérité, on ignorerait tous les charmes du beau temps.

Près de Valorsine, on marche de bois en clairières, sur un tapis de mousse, en compagnie d'un petit ruisseau dont l'onde, transparente comme l'air, court en gazouillant sur des cailloux scintillants. Tout est calme, fleuri, plein de fraicheur. Au delà les montagnes se resserrent, et l'on chemine dans une gorge sauvage sur un petit sentier en corniche. Rien de si varié, de si aimable que ce passage, et nous ne saurions trop conseiller aux touristes de le préférer à celui du col de Balme.

Du col de Balme on a une belle vue du Mont-Blanc ; mais au sortir de Chamounix et de la mer de glace, c'est peu de chose qu'une vue du Mont-Blanc : encore bien, mieux vaut ce contraste d'une nature agreste et paisible succédant aux bouleversements des glaces et à la sauvage nudité des aiguilles.

Il y a au plus noir de la Tête-Noire une maison isolée. C'est une petite auberge tenue par un Piémontais barbu et sa compagne mal peignée. Il vaut presque mieux y arriver de jour que de nuit. Ces gens ont importé là le délabrement et la saleté. Ils nous servent, sur une table sans nappe, dans une chambre sans meubles, quelques vivres misérables qui nous font le plus grand plaisir, pendant que deux hommes à figures de brigands tirent à la carabine tout auprès. La bourse commune, qui a tressailli en voyant un Piémontais, tressaille bien mieux en voyant une petite note où elle est saignée à blanc. Que serait-ce si, voyageant seule, elle venait à rencontrer dans un chemin creux ces deux gaillards à carabine !

A Trient, nous atteignons l'avant-garde, qui nous attend pour y faire
tout justement la buvette que nous venons d'accomplir. Par précaution
pourtant, elle a déjà commandé des côtelettes et des fraises. La bourse
commune refuse net de payer des côtelettes particulières ; mais elle a
affaire à huit gaillards très-habiles, qui, à force de douceur et de com-
ponction, lui extorquent un secours de quatre francs. Pour solder le
reste, les huit gaillards exploitent l'innocence du voyageur Woodberry,
qui reluque leur panier de fraises, et ils les lui vendent cher pour en
racheter à vil prix. De cette façon, tout le monde est content, hormis
Woodberry, qui jure, mais un peu tard...

En quittant Trient, on monte la Forclaz : c'est une pente pas très-

longue, mais d'une roideur à faire sur un chariot. Du haut du col on
découvre toute la vallée du Rhône, magnifiquement encaissée entre des
montagnes couronnées de neiges. De là, le sentier descend droit sur
Martigny, et, si on le quitte pour prendre par les prairies voisines, on
se voit abrité par les plus beaux châtaigniers du monde. A mi-descente,

nous croisons
un vieillard oc-
togénaire qui
monte à grand'-
peine en s'ap-
puyant contre
un jeune hom-
me ; ce jeune
homme lui -
même semble
chanceler sous
le poids. Nous
sommes émus
de compassion ;
Gustave tire sa

bourse et leur porte une aumône... Et puis on nous apprend que ce
sont tout uniment gens qui reviennent d'un baptême, où ils n'ont
pas baptisé leur eau. Quant à l'aumône, le jeune homme regarde, paraît
surpris ; puis, toute réflexion faite, il empoche sans savoir ni pourquoi, ni d'où, ni comment, mais pour s'aller rafraîchir plus tard.

Près de Martigny, nous rencontrons deux ex-élèves, anciens camarades, qui, de Lavey, où ils sont en séjour, viennent nous voir à notre
passage. L'on fraternise, et, à souper, un punch encore entre à leur
suite dans la salle. C'est ici le voyage des rencontres et des punchs.

Il est de règle que nous ne fassions jamais à pied le long ruban qui
sépare Martigny de Riddes. Ce sont trois lieues en droite ligne. En
marche, deux choses sont à craindre : les rubans et la nuit, et pour la
même raison. Toutes deux, en supprimant la distraction qui naît de la
variété et de l'impression des aspects, rendent la marche ingrate et les
lieues interminables. M. Morand, aubergiste de la poste, nous loue
donc son colossal char à bancs, toute la caravane s'y ajuste, et fouette

cocher ! nous partons en poste, au milieu de la population accourue au bruit des rires et des grelots. Pour des révolutionnaires, qu'ils ont l'air benin, les Valaisans !

Le temps est délicieux, et cette manière d'aller aussi. En face des campagnes, au grand air, sans péril aucun et toujours bon trot, l'on ne cesse pas d'être ensemble et de mettre en commun sa gaîté. Nos deux dames président abritées sous leurs ombrelles, et le tout a un air de fête qui réjouit jusqu'aux goîtreux révolutionnaires, mendiant le long des fossés. Harrison, attaqué sur tous les points, fait face à tous et à chacun. On lui conteste qu'il ait un nez ; on reprend l'ancienne affaire de sa jambe, on nie son lieu de naissance, plusieurs défendent la gentillesse des guêpes, aucuns parlent de l'esprit des hannetons ; alors la mêlée est à son comble, toutes les discussions s'entortillent, s'entre-mêlent, et demeurent encore plus pendantes qu'auparavant. Nous

Château de Sion.

descendons à Sion, chez madame Muston, pour y faire une collation qui se trouve être intermittente au plus haut point : un pain longtemps après l'autre ; les uns repus, les autres affamés. Avant la Révolution, ce n'était pas ainsi.

Il y a des bourses qui, n'ayant pas l'expérience de la bourse com-

mune, grillent de s'amoindrir, et y arrivent n'importe comme. Celle
de Sorbières le mène dans une boutique où on lui montre une paire de
lunettes bleues. Sorbières achète avec empressement cet ustensile quelconque, il se le pose sur le nez, et il rejoint ravi de la chose, et sans
cesser de voir en rose toute la nature. On le félicite de son acquisition.

Nous quittons à regret notre char à bancs pour nous acheminer à
pied sur Sierre. Mais voici que, pas bien loin, Édouard cloche, boite,
s'assied et ne bouge plus. Heureusement M. Topffer trouve à louer un
chariot dans une ferme; on l'y couche sur de la paille. Le chariot part,
nous devance, et s'arrête à la porte de Sierre, où nous voyons de loin
un homme qui décharge à grand effort un gros ballot. C'est Édouard
que l'on pose sur ses quilles. « Je ne voulais pas, dit-il; mais cet
homme a voulu. — Bien sûr, mon brave monsu. Et encore, je suis ben
fâché que ça vous coûte autant : quatre francs, c'est bien beaucoup!
Mais, que voulez-vous, c'est not' maître qui a fait le prix. Il est difficile not' maître! » Le pauvre Édouard, point accoutumé à la marche,
fait un noviciat pénible. Néanmoins, le terme de sa crise approche.
Dès demain il sera mieux, et dès le jour suivant il se placera sans
nouvel effort parmi les bons marcheurs de la troupe. Les autres débutants se tirent d'affaire à merveille, et Woodberry trouve sur la

route un billet de banque de cent
francs. Se ressouvenant alors
qu'une diligence vient de passer,
il rebrousse à sa poursuite et
retrouve le propriétaire du billet, qui ne s'était encore douté
de rien.

A Sierre, nous trouvons sur la
place un révolutionnaire aviné
qui a tout fait, sonné le beffroi,
commandé l'assaut, et mis en
fuite le Haut-Valais, qui court
encore. Ce bonhomme s'en va
boire un coup, et de notre côté
nous allons souper.

WARREN.

7me ET 8me JOURNÉE

Pluie encore. On déjeune pour voir venir. Ce procédé si simple nous réussit toujours. On dirait un égard de la part de Baromètre, qui ne consent point à ce que nous partions à jeun.

Nous quittons Sierre pour nous rendre à Louesch-les-Bains, sous la  conduite d'un tout petit bonhomme de guide qui ne jouit que d'un seul bouton à sa culotte. En revanche , il est écrasé sous un énorme chapeau. « C'est que nous sommes chapeliers, dit-il. » Il paraît que le père de cet enfant a fait de lui un échantillon nomade de la beauté de ses produits; de là cette Babel destinée à donner dans l'œil des bons Valaisans.

Du reste , ce petit chapelier nous guide fort bien au milieu de ce laby-

rinthe de sentiers qui rampent de Sierre jusqu'aux hauteurs de Warren,
et dont la plupart conduisent à des vignobles, tandis que d'autres vous
mènent perdre dans des torrents ou des ravins. Ceci n'empêche pas
qu'on ne doive toujours choisir cette route de préférence à celle qui
passe par Louesch-la-Ville, si l'on aime les beaux, les doux paysages,
si l'on aime aussi les sauvages horreurs, les précipices affreux, coupés
d'endroits riants où croissent solitaires les pins d'Italie.

La position de Warren, vue du sentier, est elle-même charmante, et
italienne un peu. Nous en donnons le dessin. Dans ce moment, Baromètre, qui est le caprice en personne, nous menace de ses fureurs, et
nous courons nous réfugier dans une grande et belle maison jaune qui
nous paraît être l'hôtel de l'endroit. Il se trouve que c'est une maison
particulière; mais, plutôt que d'être inhospitaliers, les bonnes gens
qui l'habitent nous servent à boire d'abord, et ensuite ils nous informent que nous nous sommes trompés. Dès hier nous ne buvons plus
qu'un petit muscat du Valais qui doit nous accompagner jusque par
delà la Gemmi. Harrison trouve ce vin fabuleux, et à chaque fois qu'il
le goûte il déclare que ce n'est point là le jus de la vigne, mais le jus
de quelque abomination. La chose est contestée, et c'est une vingt-
deuxième discussion pendante encore à l'heure qu'il est.

C'est de Warren à Inden que la route est principalement pittoresque
et variée. On se trouve d'abord dans la région des pins. Ces jolis arbres
croissent par bouquets sur des pentes rocheuses d'où l'on domine la
vallée du Rhône. Plus loin, ce sont tout à coup des précipices à donner
le vertige, et au bas, des forêts vigoureuses qui masquent d'autres
abîmes. Puis on s'élève, la végétation fait place à des pâturages parsemés de cabanes, et bientôt l'œil s'arrête contre les gigantesques contre-
forts de la Gemmi. C'est au milieu de l'enceinte qu'ils forment que jaillit
la source autour de laquelle sont groupés les maisons de bains, des
auberges et le village de Louesch. On arrive dans cet endroit et l'on en
sort par des chemins intéressants, à la vérité; mais l'endroit lui-même
est d'un ingrat séjour, clos de toutes parts, et n'offrant ni cette végétation si riche de Saint-Gervais, ni ces charmantes promenades qu'on y
peut faire presque dans toutes les directions.

Quant aux bains eux-mêmes, et au mode qu'on y suit pour recouvrer
la santé, il serait difficile de se représenter quelque chose de plus dés-

agréablement inconvenant. Hommes et femmes, habillés de manteaux de flanelle et confondus ensemble, sont accroupis dans une vilaine eau sale et salie ; c'est à faire soulever le cœur. Au moindre mouvement on y invite à la décence, ce qui est parfaitement indécent, et des sortes de loustics, comme il s'en trouve toujours aux tables d'hôte et aux bains, se chargent d'entretenir

La source des bains.

la gaieté au moyen des plus tristes plaisanteries du monde. Pour l'heure, c'est un gros colonel à face égrillarde qui est l'homme d'esprit du bain. Cet homme d'esprit lance de l'eau aux hommes, de façon qu'ils cherchent un abri auprès des dames, à qui ces manœuvres causent un embarras qui est le piquant de la chose. La paix se fait, et viennent les feintes récriminations, les propos graveleusement chevaleresques, non moins embarrassants pour ces dames. C'est encore le piquant de la chose. Vivent les hommes d'esprit ! pour les plates bêtises ils ont le coup beaucoup bien mieux que les bêtes. Nous concevons, pour notre part, que, sans pruderie aucune, on puisse s'abstenir d'envoyer là son monde.

Les hommes d'esprit trouvent quelquefois à qui parler. Il y a ici une pauvre Valaisane qui est occupée, dans la salle même du bain, à pomper pour la douche. Le colonel, pendant plusieurs jours, n'avait pas cessé de la tourmenter par ses plaisanteries et ses injures, sous le brutal prétexte qu'il ne pouvait supporter le spectacle d'une créature si laide à voir.... A la fin, cette femme, hors d'elle-même, détache le bras de pompe et le lance avec fureur contre son ennemi, qui a tout juste le bonheur de l'éviter et le temps de s'enfuir. A partir de ce jour, la pauvre femme a pompé en paix. Dans ce monde, il faut railler le moins possible : surtout il ne faut jamais railler les simples : c'est lâche toujours, et dangereux quelquefois.

Ce fait nous est compté par un baigneur qui a assisté à la scène. Gros fabricant que ses affaires attendent, homme tranquille, il tremble encore en songeant à ce bras de pompe qui pouvait s'égarer en route, lui arriver sur la tête et l'enlever à ses usines. Pendant qu'assis devant l'auberge nous conversons avec lui, un énorme Anglais, vrai John Bull de Pâques, ajuste ses valises sur un mulet ; après quoi, il enfourche et veut partir. « On paie d'avance, lui dit le maître du mulet. — Je ne voulé pas payé d'avance. — Mais c'est la règle. — Ui, est-ce ? Appooté-moi la tarife... — Je vous dis que c'est la règle. — Taisé-vos. Appooté-moi la tarife. — Le voici, lisez. — Je voyé. C'été iune bête, voter tarife, et je ne voulè pas obéir cette. » Alors John Bull remet pied à terre, reprend ses valises et rentre à l'hôtel, en disant à l'homme, de l'air le plus beafsteakement malin : « Adieu, mon ami, pootè-vos bien. »

Nous n'avons rien mangé depuis Sierre ; la faim nous ronge. Notre ami le gros fabricant parle d'une boutique de brioches : on y court ;

mais à l'endroit désigné on ne trouve qu'une femme qui vous offre des bas de laine. Heureusement madame T. découvre le coin, et elle embrioche toute la caravane, Harrison en particulier, qui en est à avaler son estomac. Enfin, enfin sonne la cloche du souper. Du salon, nous nous transvasons dans la salle à manger avec toute l'impétuosité des torrents les plus féroces. Notre gros fabricant, sa famille, le médecin, soupent avec nous. Ce bon monsieur est ravi de voir tant d'appétits généreux, ses dames aussi, et ils nous font les honneurs de la table, des plats surtout, avec une amicale politesse qui est d'excellent assaisonnement.

Pendant le souper, des guides marrons, c'est-à-dire qui n'ont pas le droit de s'engager ici, font toutes sortes d'évolutions pour approcher de M. Topffer sans être vus du sommelier. Ils avancent, ils reculent, ils font signe, et chaque fois que le sommelier fait mine de se retourner, ils fuient effarés, ou se donnent l'apparence d'être là pour prendre l'air. Les guides sont le fléau du touriste, tout comme en Italie les cicérones, tout comme à Genève les commis voyageurs en vins, les colporteurs à domicile, les mendiants de souscriptions, et toute cette tourbe à qui la loi et la police permettent de s'introduire dans les maisons, d'y demander à voir le maître, et de lui faire essuyer, outre le désagrément de perdre son temps, celui de congédier trente-six mécontents par jour.

Pluie encore et remède pareil. On déjeune pour voir venir. La pluie cesse, mais le soleil ne vient point, et Baromètre a l'air en train d'en faire des siennes. Toutefois, nous partons pour passer la Gemmi, après que le voyageur Gustave a rempli sa gourde d'eau de Louesch bien chaude. C'est pour se rafraîchir et faute de mieux : les fonds manquent.

Nous avons des guides qui ne sont pas marrons, mais qui n'en valent que moins. Un marron est intéressé à être complaisant ; un non marron, payé d'avance, est le plus sot animal qui se puisse imaginer ; il ne songe qu'à fumer sa pipe et à ménager son mulet. Nous le répétons, ce n'est guère qu'à Chamounix qu'on trouve encore des guides attentifs et d'agréable compagnie, encore le nombre en diminue-t-il tous les jours ; et cette année nous avons eu dans le guide Michel un échantillon des médiocres.

Nous avons décrit ailleurs cette montée de la Gemmi. Nous nous contenterons de donner ici une vue du sentier prise vers le sommet. Le ciel est formidablement orageux, un vent impétueux balaie le col, le sommet présente un aspect inaccoutumé de désolation et de mort. Néanmoins, on parle roman et littérature à l'arrière-garde comme en plein salon. C'est qu'on s'accoutume vite à tout, même à l'orage ; c'est que la marche en montagne vous dispose ainsi ; c'est qu'après tout, si l'on peut bien parler montagne en plein salon, on peut tout aussi bien jaser roman en pleine Gemmi. Quel roman d'ailleurs... *Clarisse !*

Au delà de la sommité et sur le revers opposé, il y a une petite auberge dite le Chalet de Schwarbach, où très-naturellement nous entrons, malgré les représentations de la bourse commune, qui se souvient d'y avoir prodigieusement souffert. Ohé ! ce sont les mêmes hôtes !... On s'attend alors à des catastrophes qui ne manquent pas d'arriver ; la bourse se fâche, l'hôte se fâche aussi ; la bourse paie, l'hôte empoche, et tout finit par là. Quand vous voulez être seulement plumé, allez dans les auberges de certains petits endroits ; quand vous voulez être écorché jusqu'aux os, allez à Schwarbach, ou dans tel autre petit chalet écarté, tenu par des pâtres de l'âge d'or, sur le Wangern Alp (second chalet), par exemple, ou aux Mottets, dans l'Allée Blanche ; vous sortirez de là squelette à satisfaction. Ici, nous renvoyons le mulet, qui porte, ou plutôt qui ne porte pas nos sacs, parce que nos marrons d'hier s'offrent à les porter pour cinq francs de France. Ces braves gens prétendront plus tard que ces francs de France là sont de Suisse ; mais d'un seul regard la bourse commune les fera rentrer sous terre, tout rougis de honte et tout ricanant de bassesse. Elle a de beaux moments, la bourse commune !

La descente sur ce revers est délicieuse, hormis qu'il ne faut pas, comme fait M. Topffer, s'asseoir sur des troncs d'arbres résineux. Au bout de deux heures, nous sommes à Kandersteg, où l'aubergiste voudrait infiniment nous pêcher à la ligne de son auberge ; mais, désireux de pousser jusqu'à Frütigen, nous voyons l'appât sans y mordre, et nous nous bornons à attendre là nos porteurs, demeurés en arrière. Toute la caravane barbotte et canalise dans un petit ruisseau qui coule à deux pas, et Sorbières, en lunettes bleues, robinsonne poétiquement dans une île de trois pas de tour.

Le beau temps nous attend ici et tout le charme d'une belle soirée.

Ce charme est doublé quand, en même temps, on retrouve au sortir de déserts sauvages une contrée riante et boisée; malheureusement, une poutre de soixante pieds de long au moins voyage avec nous. Tantôt cette poutre nous court sus, tantôt elle devance et nous barre le passage : c'est la plus importune compagnie qu'on puisse se choisir, après le colonel pourtant. Mais pendant que nous sommes sur nos gardes, voici sur la droite un grand craquement dans les rochers. Sauve qui peut! Madame T. court encore. C'est un grand arbre que des bûcherons inclinent contre terre après l'avoir entaillé à sa base. D'aventures en aventures et de rires en rires, après une marche de neuf heures, nous arrivons à Frütigen sans pluie, sans malades et sans écloppés.

Les matelas, à Frütigen, ressemblent trop au beau relief des Alpes par M. Seney.

Sorbières robinsonne.

9ᵐᵉ ET 10ᵐᵉ JOURNÉE

Aujourd'hui nous gagnons notre déjeuner au moyen d'une heure de marche jusqu'à Mullinen. Il y a toujours des taureaux sur cette route, ce qui rend prudent. Il y a des corbeaux aussi, et des gens qui vont aux foires avec leurs enfants chargés dans des paniers.

A Mullinen, petit village bernois, l'hôtesse est Anglaise. En conséquence, Harrison devient notre interprète, et il nous commande un déjeuner contesté et pendant encore à l'heure qu'il est. Ce qui est incontestable, c'est que le café a l'apparence d'une décoction de foin ; nous le trouvons néanmoins excellent, mais nous voudrions du raisiné, dont le nom n'existe pas en anglais et nous échappe en allemand. A la fin, on se souvient qu'ici le raisiné c'est du kirchmuss, et tout aussitôt les trois tables se trouvent kirchmussées à commandement. Le kirchmuss ne ressemble pas mal à la thériaque de Venise, et il jouit de propriétés tellement efficaces qu'il faut en user avec une sobriété méticuleuse. Après déjeuner, on joue aux quilles.

Partis de Mullinen, nous gravissons le coteau d'OEschi, d'où l'on découvre tout à coup Interlacken et les deux lacs : c'est une des plus belles vues de la Suisse. De là, par un chemin bordé de fraises et resserré entre des vergers, on redescend jusqu'à Leisingen, petit hameau situé sur le bord du lac de Thoune. On peut, à partir de ce village, continuer par terre, ou s'embarquer pour Neuhaus; malheureusement le vent souffle, et M. Topffer est un amiral qui déteste à la fois et le vent et le large; mais les bateliers lui proposent de nous conduire le long de la rive jusqu'à un endroit qu'ils appellent Pouaaah. « Va pour Pouaaah, » dit-il; et il leur formule aussitôt son apophthegme de sûreté : *Am Lande, Trinkgeld! Nicht am Lande, kein Trinkgeld !*

Cette rive du lac de Thoune est certainement plus jolie que la rive opposée, presque partout bordée de rochers. De ce côté-ci, ce sont des coteaux qui forment la base des montagnes; il y a des bois, d'agrestes villages, des anses où les pêcheurs abritent leurs embarcations, des bouquets de noyers sous lesquels jouent les enfants : en tout plus de variété et de pittoresques beautés ignorées, depuis que le bateau à vapeur a été établi. De ce bateau, qui tient le milieu du lac, le touriste voit bien un panorama de montagnes, mais il ne voit plus du tout ce changeant tableau des rives.

Pouaaah est un endroit tout voisin de l'embouchure de l'Aar dans le lac, et guère plus distant d'Interlacken que Neuhaus ; seulement la route est, de ce côté-ci, bien plus agréable, sinueuse, ombragée, toute voisine

des montagnes, au lieu d'être comme à Neuhaus une poudreuse avenue encombrée d'omnibus et de carrioles. Ceci n'empêche pas Harrison et Murray de vouloir spéculer. Ils avisent donc un sentier qui coupe à travers champs et s'y engagent crânement. Mais voici un gros chien qui accourt en montrant de magnifiques œillères. Harrison et Murray rebroussent crânement aussi, et ils arrivent avec nous à Unterseen, où une collation nous est servie.

Interlacken est toujours plus fashionable. L'avenue est aujourd'hui presque entièrement bordée de pensions et de boutiques qui se font une active concurrence ; bientôt ce ne sera plus qu'une rue. Il y a des cafés en nombre, des confiseurs, des salles de concerts, des musiciens qui jouent des airs suisses (entre autres le galop de *Gustave*) pendant le dîner des touristes. Le tout est fort amusant à voir, surtout pour nous qui n'avons qu'à jouir du spectacle en passant ; car le séjour à Interlacken ne peut guère plaire aujourd'hui qu'aux touristes qui cherchent dans les montagnes la vie de salon, les agréments de Casino, l'étiquette aristocratique, et une heureuse occasion de se montrer dans tout l'éclat d'une toilette distinguée. Au bout de l'avenue il y a une fabrique d'ouvrages en bois où nous allons faire nos emplettes. M. Topffer, dépourvu de numéraire, offre un billet en paiement. L'homme regarde ce billet, le retourne, et finalement l'emporte : c'est pour aller consulter son cousin, qui demeure à un quart d'heure de là. Le cousin approuve et le marché se fait ; mais le temps s'est écoulé, et nous courons fort le risque de n'arriver pas aujourd'hui à Lauterbrunnen, où, nous assure-t-on, nous ne trouverons point de logements. Heureusement, ceux qui assurent cela sont des aubergistes qui pêchent à la ligne.

Dès Interlacken nous voici harcelés par des guides marrons et non marrons, qui ont attendu que nous fussions en route pour sauter sur leur proie. Tous ont un certificat qu'il faut lire, des qualités personnelles dont il faut ouïr la liste. On les congédie vingt fois, vingt fois ils demeurent ; ils poursuivent ; ils font deux, trois lieues à vos côtés, aux fins de vous compromettre en même temps qu'ils vous importunent.

Près d'arriver à Lauterbrunnen, M. Topffer n'en traîne pas moins de cinq après lui, qui ne l'abandonnent que sur le seuil même de l'auberge, de crainte des sommeliers. Au milieu d'un cortége pareil on jouit moins des impressions pittoresques, et la condition de piéton perd certaine- ment une partie de ses avantages.

Le gros monsieur qui exploite l'auberge de Lauterbrunnen est ma- lade pour l'heure; mais, bien sûr, son œil veille; bien sûr, de son aire, le vieux vautour compte ce qui entre, suppute ce qui se paie, et surveille les vautourillons qu'il emploie. Du reste, l'auberge a été agrandie; nous y trouvons des logements autant que nous en voulons, et nous serions ingrats si nous ne témoignions pas que nous y sommes traités cette fois parfaitement bien et au prix le plus raisonnable. Les vau- tours eux-mêmes sont sujets à s'amender; presque jamais nous n'avons été écorchés deux fois dans la même auberge : celle-ci, fréquentée uni- quement par les touristes, est une des jolies de la Suisse, à cause de sa position, à cause aussi de sa fraîche propreté, de son architecture ber- noise, et du concours des caravanes de tout pays qui y affluent pour voir le Staubach et monter la Scheidegg. Et le drôle, c'est toujours le gros monsieur, qui vit de ce Staubach, qui s'enrichit de cette Scheidegg, sans avoir jamais bien compris ce que les gens y viennent voir.

Ce matin, d'Estraing et Sorbières manquent à l'appel. Sur la fin du déjeuner ils arrivent parfaitement trempés d'eau claire : ces deux messieurs ont été observer le Staubach de très-près. Dans la même salle déjeunent des Anglais et des Anglaises, les uns très-*nono*, les autres assez *uï uï*. Les *nono* sont les Anglais qui traversent tout le continent en gardant un silence digne et national beaucoup, ou qui ne font infrac- tion à ce silence que pour répondre : No. — Les *uï uï* sont, au con- traire, les Anglais qui, au besoin, saluent, s'entretiennent, interrogent ou répondent, sans craindre qu'un peu de bienveillante civilité les fasse prendre pour des Français.

Le Staubach, comme l'Arpenas, se dissipe en vapeurs bien avant d'arriver au sol : c'est une cascade admirablement placée dans le pay- sage de Lauterbrunnen; mais, comme chute d'eau, c'est peu de chose et curieux à peine. Tout auprès il y a des chanteuses qui tyrolisent à tous venants; il y a des marchands d'objets en bois, il y a des canonniers à un franc par coup. Nous nous donnons de tout à la hâte un peu, car le soleil avance dans sa carrière et menace d'embraser tout à l'heure

les pentes que nous allons gravir. Les plus rapides sont justement les
premières ; c'est à se vaporiser totalement. Au-dessus on contourne
des croupes gazonnées sur lesquelles le sentier s'élève obliquement.
Après avoir perdu de vue Lauterbrunnen, l'on se trouve insensiblement
en face de la chaîne centrale des Alpes bernoises.

Des Allemands montent en même temps que nous, la pipe à la
bouche, l'habit sur l'épaule, en compagnie d'une jeune dame, la sœur
ou l'épouse de l'un d'eux. Ils vont sans guide, s'égarent sans s'impatienter, rejoignent sans presser le pas, et là où d'autres se croiraient
essoufflés, ils chantent en chœur les airs de la patrie. Ils ne sont ni *uï uï*
ni *nono*, mais Allemands, purement et simplement, qui n'ont que faire
d'autre compagnie que leur pipe, ni d'autre langage que le pur saxon.

Cette Scheidegg est exploitée sur les deux revers par les pâtres. Mais
de ce côté-ci, un pâtre d'esprit a eu l'idée de tenir d'excellent thé tout prêt

pour les voyageurs. Nous vidons sa bouilloire avec un indicible plaisir.

Que n'y a-t-il partout dans les montagnes des établissements comme celui-ci ! Rien en effet ne désaltère, ne délasse et ne rafraîchit à la fois comme deux tasses de thé ; au lieu que rien n'échauffe, n'irrite la soif et ne coupe les jambes comme ces eaux glacées dont le murmure, comme le chant des sirènes, vous convie incessamment à votre perdition. Plus haut, un autre pâtre canonne à trois batzen le coup ; plus haut encore, c'est un long cor des Alpes dont un enfant se sert pour faire chanter les échos. Cette musique est charmante. Le cor entonne par tierces ou par octaves, et ces sons successifs, réfléchis à plusieurs reprises par les rochers, se rencontrent et forment ensemble des accords d'une parfaite justesse. Les sons gutturaux, si familiers aux pâtres des Alpes, sont une musique de même sorte destinée à produire les mêmes effets.

Près du sommet, il y a un grand sapin qui jette en avant des bras noueux, comme pour appeler à lui les voyageurs en détresse et les défendre contre l'assaut des tempêtes : pour l'heure, nous ne lui demandons que de l'ombre, et par reconnaissance nous lui faisons son portrait. Cet arbre est isolé, couronné de sa chevelure sauvage et cuirassé

de sa rude écorce ; on dirait le géant des forêts qui, sorti des rangs, défie l'ennemi et cherche dans une lutte inégale le triomphe ou la mort. Tout autour, la terre, durcie et battue des orages, ne nourrit qu'une herbe courte et robuste qui s'y cramponne plutôt qu'elle ne s'y balance, et l'air a cette incomparable pureté dont le charme si vif se communique à toutes les impressions, en même temps qu'il double celui du bien-être et du plaisir.

En arrivant au chalet (le premier chalet), nous sommes comme éblouis par le spectacle qui est sous nos yeux : la Jungfrau tout entière, la pyramide de l'Eiger, les vives arêtes du Silberhorn, et les fleuves de glace encaissés de toutes parts entre les parois de granit. Nous nous hâtons de prendre quelque nourriture, pour revenir nous étendre sur le gazon, en face de ces merveilles. Durant ce temps, arrivent des deux côtés d'autres touristes ; les Allemands chantent, nos touristicules broutent les ambresailles, et d'autres font des feux avec d'autant plus d'amusement que le combustible est rare et qu'un brin de bois est une trouvaille. Bientôt des craquements se font entendre, une poussière argentée s'élève : adieu feux, chants, ambresailles. C'est là ! là ! s'écrie-t-on ; et tous les regards accompagnent dans sa majestueuse chute l'avalanche qui gronde et détonne avec tout le retentissement de la foudre.

Pour les touristes qui se bornent à parcourir les sentiers battus par leurs devanciers, nous sommes porté à croire que la course de l'Oberland est plus intéressante en somme que celle de Chamounix. Non pas sans doute que la nature y soit aussi colossale ; mais on s'approche davantage, l'on voit mieux et avec plus de facilité. Ce qui est indubitable, au reste, c'est que des circonstances tout à fait étrangères au pittoresque, ou même au grandiose des aspects, ont déterminé le choix des endroits où affluent encore aujourd'hui les touristes, et il est à croire qu'avant peu d'années ils visiteront des lieux où il n'y a à présent ni auberges ni presque aucun sentier. Déjà on parle de la vallée de Zermatt, qui s'ouvre à Viége, dans le Haut-Valais, et des glaciers du mont Cervin, comme offrant des beautés et des horreurs d'un caractère plus grand ou plus intéressant que ce que l'on va voir à Chamounix et dans l'Oberland : c'est du moins ce que nous ont affirmé des personnes qui les ont visités cette année, et c'est ce que l'on peut inférer de la relation d'une tournée scientifique entreprise par M. Agassiz et quelques savants, qui a été insérée dernièrement dans la *Bibliothèque universelle* de Genève. Le grand glacier de l'Aletsch, dans le Haut-Valais, présenté aussi d'incomparables beautés. C'est l'avis des aubergistes du Valais, qui voudraient fort pêcher à la ligne de leurs auberges les touristes de Chamounix et ceux de l'Oberland.

De l'endroit où nous sommes assis, l'on voit au bas de la rampe un tronc d'arbre mutilé qui ressemble à un capucin en contemplation. Chacun, et Harrison aussi, comprend que ce ne peut être qu'un tronc d'arbre. Cependant les malins se mettent à prétendre que c'est un capucin; madame T... parie un coup de canon que c'est un capucin; et voilà Harrison qui ne manque pas d'accepter le pari, et de partir pour une tournée de vérification, au grand plaisir des malins. Le défaut d'Harrison, ce n'est pas d'être crédule, c'est de supposer chez les autres, et chez les dames surtout, une bonne foi que ne comporte pas toujours la plaisanterie. C'est là un défaut qui ressemble fort à une qualité aussi rare que délicate.

Après cinq heures passées dans ce bel endroit, nous nous mettons en route pour Grindelwald, et bientôt nous découvrons au delà de l'Eiger le Wetterhorn et les pentes vertes de la Grande-Scheidegg. Sur ce revers, les ambresailles abondent, les pignons aussi, le rhododendron aussi, mais il n'est plus en fleurs, la saison est trop avancée. Ce qui abonde encore, ce sont les lutteurs, les vendeurs de ceci et de cela, et une petite cabane où un homme débite des assiettes de fraises arrosées de vin

et saupoudrées de sucre. Cet homme a aussi un canon. Harrison veut entendre; le coup part... on n'entend rien; mais l'homme vous montre, en le suivant du doigt, cet écho que l'on n'entend pas, et Harrison éclate de rire, en trouvant qu'une mystification si drôle vaut bien trois batzen. Plus bas, on nous montre un renard, un blaireau; plus bas, ce sont deux jeunes filles qui chantent des airs du pays avec tant de justesse et de naïveté que force est de s'étendre sur le gazon pour écouter ces agrestes concerts. Harrison, qui sait manger, sait écouter aussi, et la musique en fait aussitôt un homme

silencieusement livré aux émotions douces ou graves, mélancoliques ou
vives, que fait naître une expressive mélodie.

Qui donc compose ces airs, ces ballades que chantent ces femmes?
Où se tiennent ces Orphées de montagne? Et n'est-ce pas un trait bien
intéressant de ces vallées, que la façon dont s'y sont développés et dont
s'y entretiennent, parmi des pâtres ignorants d'ailleurs, ce goût et cette
aptitude pour l'art musical? A la vérité, ces mélodies sont simples, peu
variées, d'un mouvement paisible et régulier qui n'admet aucune expression dramatique ou passionnée ; mais c'est pour cela justement qu'elles
reflètent si bien le caractère des gens et de la contrée, et qu'entendues
sur les lieux, fortuitement, en face de ces doux pâturages couronnés de
pics immobiles et resplendissants, elles ont un charme si vif et si plein.
Appelez ces chanteuses dans un casino, faites toilette pour aller les
écouter deux heures durant, à la lueur des lampions, vous avez au lieu
de musique une longue triole. Il y a des fruits qui ne sont bons que là
où ils croissent.

Nous arrivons de jour à Grindelwald, où affluent des touristes que la
beauté de la journée a mis en mouvement. Une société de *nono*, nous
apprend-on, a donné ordre à son courrier de retenir des logements
dans celles des deux auberges où ne descendrait pas *la pension*. Ainsi
nous avons été officieusement annoncés comme d'insociables tapageurs,
et ces obligeants touristes risquent fort de nous faire fermer les deux
uniques auberges de Grindelwald ; ce qui explique cette démarche, sans
la justifier pourtant, c'est que ces *nono*-là ne nous ont encore ni vus ni
rencontrés, et qu'ils ignorent que, excellents dormeurs nous-mêmes, nous
n'avons ni le temps ni l'habitude de troubler le sommeil d'autrui. En
revanche, il y a des touristes qui troublent sans hésiter quiconque et
quoi que ce soit pour s'assurer dans toute sa plénitude leur petit confort à eux, qui placent leurs convenances personnelles bien avant tout
sentiment d'égard ou de bonté, et qui tendent à faire des auberges un
théâtre d'égoïsmes se guerroyant les uns les autres, ce qui est bien le
plus vilain spectacle auquel on puisse assister.

Pourtant nous sommes reçus à l'auberge et parfaitement accueillis;
bien plus : à la place de ces *nono* qui nous fuient, nous trouvons un
monsieur et une dame qui nous recherchent, qui nous demandent
d'être des nôtres pour passer demain la Grande-Scheidegg. Nous trou-

vons d'autres Anglais fort affables; nous trouvons des connaissances, des amis.... et c'est ce qui empêche que nous ne sentions trop vivement la privation de ces touristes qui nous fuient. Pendant le souper entrent des chanteuses, et Sorbières met dans la tirelire une demi-batzen d'emprunt, « n'ayant, dit-il, que de l'*argent blanc*. » C'est une fashionable façon de voiler les horreurs du dénûment sous les dehors d'une opulence presque inopportune.

LES CHANTEUSES.

GLACIER DU GRINDELWALD.

IIᵐᵉ ET I2ᵐᵉ JOURNÉE

Ce matin, notez bien, il n'y a pas l'apparence d'un seul petit nuage dans tout le firmament. Nous partons accompagnés d'un mulet sur lequel personne, ni nos dames, ne veut monter, et de nos deux touristes incorporés qui chevauchent au milieu de la caravane. Au bout d'une heure, halte pour visiter le glacier supérieur de Grindelwald. Ici, par une ouverture que les intéressés ont soin d'entretenir, l'on pénètre dessous le glacier, et l'on y jouit non-seulement d'une sorte de terreur presque trop vive, mais d'un spectacle aussi unique qu'admirable. Par un étroit couloir pratiqué dans la glace on arrive dans une salle toute saphir et aigue-marine. Rien au monde ne peut donner l'idée de l'austère magnificence de ces couleurs, non plus que de ces enfoncements diaphanes où l'œil plonge sans rencontrer ni fond ni obscurité. Au milieu de la voûte, quelques rayons égarés du jour extérieur viennent se concentrer en trois étoiles d'or qui brillent d'un incomparable éclat sur cette glace verdâtre: pour cette fois, l'on se croit bien et dûment transporté dans quelque palais enchanté.

Au moment où nous quittons ce glacier, voici une magnifique avalanche qui tombe des sommités du Wetterhorn jusqu'à sa base toute voisine de nous. La glace, de bonds en bonds, finit par se résoudre en une fine poussière, au moins en jugeons-nous ainsi à distance; mais d'Estraing et Constantin, qui veulent en juger de près, s'en vont longer les débris de l'avalanche. Ils trouvent que cette fine poussière se compose tout entière de blocs, dont quelques-uns sont gros comme d'énormes pierres à bâtir. A chaque instant, à propos des phénomènes alpestres, on fait des erreurs semblables, et c'est ce qui explique comment il y a des touristes que rien ne surprend, une immense avalanche pas plus qu'une traînée de farine ou de poudre de perlimpinpin.

L'un des voyageurs réfléchissant ici que son pantalon a subi dans une région quelconque d'immenses solutions de continuité, s'assied par terre, ouvre son havre-sac, en tire une paire de bas et se chausse de neuf. Sur de nouvelles réflexions, il change aussi de pantalon; après quoi, sans y réfléchir, il s'assied dans un terrain boueux dont il ne peut sortir qu'en marchant dans la vase. En moins de rien voilà un particulier qui n'a plus à choisir qu'entre le troué et le crotté, mais content néanmoins, et aussi peu courbé sous le poids de sa misère que sous celui de son argent blanc; il lui reste d'ailleurs ses lunettes, sa boussole, et assez d'années devant lui pour changer son amusante étourderie en une sage prévoyance.

Cette Scheidegg qu'on appelle *Grande* paraît moins élevée que l'autre. La montée est longue, mais pas abrupte. Au sommet on bâtit une trappe à prendre les touristes : c'est un pavillon au travers duquel le propriétaire a eu soin de faire passer le sentier. Les *nono* d'hier y arrivent en même temps que nous. Ce sont deux grands jeunes milords à sous-pieds, et une dame qui bâille ployée dans un manteau : les figures les plus ennuyées du monde. Ils s'informent auprès de David de l'auberge où nous comptons loger à Meyringen, et David a l'idée de leur indiquer celle où nous ne comptons pas loger; d'où il résulte que nous pourrions bien nous rencontrer tous au *Sauvage*. Après une halte sur ce sommet, nous redescendons le revers opposé jusqu'à Rosenlawi, où nous faisons un petit repas.

Rosenlawi est une station intéressante. Il y a une belle cascade, un glacier qui ne ressemble pas à tous les autres, et, devant ce glacier, une fissure profonde où il lance ses eaux avec un fracas épouvantable. Un pont jeté sur cette fissure permet à l'œil d'en sonder les abîmes, et des pâtres de l'âge d'or se trouvent là pour y faire tomber d'énormes blocs de roche. Tout cet endroit est magnifiquement sauvage, tourmenté, tumultueux, tandis que, par un contraste charmant, le rhododendron y émaille de ses douces fleurs la corniche des rochers et le penchant des abîmes. Ce qui est moins charmant, c'est que le ciel, si pur ce matin, se couvre subitement, et à peine sommes-nous engagés dans la descente de Meyringen, que l'orage éclate et que la pluie tombe par torrents. Cette cascade improvisée nous ôte l'envie de nous détourner de notre route pour visiter celle du Reichenbach, en sorte que nous poussons droit sur Meyringen, où Sorbières, pour être au sec, rentre dans son pantalon troué.

Nos deux touristes incorporés viennent à Meyringen pour y voir le lendemain une grande fête qui attire dans l'endroit tous les montagnards des vallées voisines, habillés de leurs différents costumes ; ce doit être très-beau. Malheureusement, ils arrivent tout juste pour apprendre du monsieur même qui, d'Interlaken, leur a dépeint tout le charme de cette grande fête, qu'il n'y a jamais eu de pareille chose à Meyringen, et que les gens ne savent ce qu'il veut dire avec sa fête. Ce pauvre monsieur est tout marri ; si nous avions une fête, nous la mettrions à sa disposition. Ce qui l'afflige aussi, c'est que d'autres familles conviées par lui doivent arriver le lendemain, sans qu'il ait la moindre petite fête à leur offrir. « Si j'avais su ! » dit-il. Et il a parfaitement raison ; mais il a oublié de s'informer.

13ᵐᵉ JOURNÉE

Dès le matin arrivent les personnes qui viennent voir la grande fête. Il pleut ferme. Ces personnes descendent de voiture en regardant de tous côtés pour trouver le côté où est la grande fête. Il pleut ferme. Elles demandent si c'est déjà commencé. On leur répond que depuis hier la pluie n'a pas cessé, mais que ça va finir. Pour nous, dès que ce moment est venu nous partons, après avoir fait ici encore des emplettes d'objets en bois. Sorbières achète un instrument pour apprêter la salade, qui se casse entre ses doigts. « Ce n'est rien, dit-il, on le *regommera*. »

Notre projet est de traverser le Brunig. Quelle charmante montagne que le Brunig, et faite tout exprès pour les peintres ! Sur les deux revers, des points de vue charmants et merveilleusement encadrés. Sur le sommet, les solitudes les mieux boisées, le pastoral dans tout son charme et sa noblesse, des études d'arbres, de rochers, de terrains, des tableaux tout composés. Cet endroit rappelle les beaux paysages que l'on admire au delà de Saint-Laurent-du-Pont, lorsqu'on va visiter la Grande-Char-

LE BRUNIG DU CÔTÉ DE LA VALLÉE DE MEYRINGEN.

SUR LE BRUNIG.

treuse. En effet, le Brunig, à cause de son peu d'élévation, présente une végétation vigoureuse à la vérité, mais variée, élégante, et l'on peut y venir étudier plutôt encore les beautés pittoresques du paysage en général, que le caractère de la nature suisse ou de la nature alpestre en particulier. De nos artistes, les uns étudient donc, les autres font des feux à tout bout de champ.

Nous avons décrit ailleurs la vue que l'on découvre en arrivant au haut du sentier qui descend sur Lungern. Ce sentier lui-même est plus rocheux, plus mousseux, plus élégamment ombragé encore que ne le sont les chemins si renommés qui conduisent à la Grande-Chartreuse. L'on ne saurait rencontrer nulle part un plus complet assemblage de tous les éléments qui concourent à former non pas un site, mais un penchant de mont pittoresque : partout fraîcheur, partout velours verdoyants et fleuris, partout des plantes sveltes, des troncs élancés dont la grise écorce est tachetée tantôt de mousses sombres, tantôt de clairs lichens, et çà et là des trouées dans le feuillage qui laissent entrevoir le lac de Lungern et ses charmants promontoires. Nous arrivons ravis et affamés à l'auberge de Lungern.

Le temps s'est mis au tout grand beau. Il est dimanche, les cloches carillonnent, les gens ont leurs plus beaux habits, tout a un air de fête, et nous aussi, qui suivons gaiement la rive du lac Lungern. Depuis que l'on a en partie vidé le lac, cette rive se trouve élevée de quatre-vingts pieds environ au-dessus du niveau de l'eau, et le chemin se trouve avoir à droite des bois, à gauche une pente rocheuse et décharnée où l'on a tenté, par-ci, par-là, quelques essais de culture. Il y a deux ans nous vîmes, près de Lungern, des prés portant arbres et maisons, qui, n'étant plus retenus par la pression des eaux, étaient descendus dans la plaine; mais ces accidents ont cessé, et les déchirures du sol sont déjà masquées par la culture et la végétation.

Au sortir de la vallée de Lungern s'ouvre la vallée de Sarnen, plus large, plus riante, et dont les pentes doucement inclinées viennent mourir dans le joli lac de même nom. Au moment où nous atteignons la rive, l'onde est tranquille, le soir radieux, et des bateliers sont là qui nous font d'irrésistibles propositions; la bourse commune elle-même s'y laisse séduire, et un grand bateau reçoit la cargaison présente. C'est toute la caravane, moins certaine avant-garde à qui il est piquant d'apprendre que se séparer nuit, et se trop hâter cuit. Que l'on se figure, en effet, le plaisir de se prélasser dans un bateau après six lieues de marche, à l'heure du soir, dans une contrée nouvelle, et le long d'une rive charmante! Au bout d'une heure nous sommes à Sarnen, où l'avant-garde nous attend depuis une heure.

L'auberge où nous descendons est tenue par un gros magistrat, rond comme une boule, yeux ronds, tête ronde ; dans toute sa personne, l'intelligence seule est carrée. Il nous explique les propriétés agréables du jeu nommé *le solitaire*. « C'est un cheu, dit-il, très choli, bour un seule bersonne ; quand il est seule et qu'il beut bas chouer afec un autre bersonne barce qu'il est seule, alors il choue toute seule, barce que... » Et ainsi de suite. Du reste, ce bon monsieur roule autour des tables pour s'assurer que nous sommes bien servis, et s'apercevant que nous goûtons fort certaines truites saumonées, il roule vers la cuisine pour donner ordre que l'on nous en serve des monceaux ; après quoi, il roule de nouveau dans la salle pour jouir de notre parfait contentement. Ce sont ses filles qui apprêtent, qui servent, qui desservent ; lui-même est un des gros personnages de l'endroit, et il entend bien ne point déroger en se faisant le serviteur hospitalier des hôtes qu'il héberge.

En toutes choses, l'Underwald est un canton encore très-primitif ; l'on n'y pénètre que par le sentier du Brunig ou par le lac des Quatre-Cantons ; il n'y a point de gazettes, à peine une ville. L'on sait comment les hommes d'Underwald défendent leur bout de patrie contre quiconque en veut à leur indépendance ; mais, par contre, ils ne savent ce que c'est que le lien

fédéral, et professent que les affaires de chacun ne concernent que chacun. Ce sont des hommes forts, mais pas éclairés ; ailleurs, les hommes sont plus éclairés, mais pas si forts. Pour être indulgent à leur égard, il faut se représenter que si tous les cantons n'étaient qu'éclairés, ce serait une bien petite garantie de l'indépendance de la Suisse ; tandis que si tous étaient forts à la manière de l'Underwald, cette indépendance serait à jamais en sûreté.

LE LAC LUNGERN.

14ᵐᵉ ET 15ᵐᵉ JOURNÉE

Par une fraîche et radieuse matinée, nous nous acheminons sur Alpnach, où nous devons déjeuner et nous embarquer pour Lucerne. De toutes parts l'on voit des gens se rendant à l'église : ces gens, hommes et femmes, sont vêtus avec ce genre de propreté qui est signe d'ordre et d'agreste aisance ; et l'on se figurerait difficilement des peuplades qui présentent à un plus haut degré l'image d'un modeste bonheur fondé sur le travail, les mœurs et la liberté. Nos églises de village sont des masures à côté de l'église élégante d'Alpnach ; nos paysans, même aux jours de fête, ont l'air de journaliers endimanchés à côté de ces mon-

tagnards fleuris de santé, décents de tenue, et proprement habillés de
la laine de leurs moutons et des toiles que leurs femmes ont tissées.

Au déjeuner, Harrison, troublé dans ses travaux de *fondation*, s'irrite, s'indigne, combat à grands coups de serviette; mais il attrape
les tasses et manque les guêpes. Tout le monde lui vient en aide, et
l'hôte aussi, qui n'y comprend rien. A la fin, Harrison, exaspéré,
abandonne miel et tartines, et s'en va chercher une retraite où il
puisse exécrer librement les guêpes, et, accessoirement, les hannetons
aussi. Déjeuner manqué, journée manquée, sur quoi maintenant asseoir
le prochain dîner?

Pendant ce repas, le vent s'est élevé, et l'amiral, au moment de
s'embarquer, sent son cœur défaillir; alors il recourt à la formule :
« *Am Lande, etc.*, » et nous côtoyons tous les contours du rivage. Par
contre, le golfe de Winkel est uni comme une glace : des houras l'annoncent, et l'amiral, devenu audacieux, permet aux deux embarcations
de prendre le large. De Winkel à Lucerne il y a une heure de marche.

A peine entrés dans la ville, nous voyons une cavalcade de uhlans
et d'amazones, avec musique en tête : ce sont les artistes d'un cirque
olympique, celui de M. G***, qui annoncent sur les places la représen-

tation du soir. Nous nous proposons d'y assister. En attendant, nous
allons faire toilette, et, aussitôt après, visiter les curiosités de Lucerne :

le lion d'abord, avec son cicerone toujours le même, toujours fleuri de
visage et d'uniforme, toujours recommençant sa petite historiette du
10 août en termes identiques, avec pauses et parenthèses absolument
pareilles. Ce brave homme, quoique bien âgé, change moins, d'année
en année, que le lion lui-même, qui offre déjà des symptômes de
dégradation; la pierre est tendre, friable, l'endroit humide; on peut

prévoir que ce monument vivra moins longtemps que le souvenir qu'il
est destiné à perpétuer. Nous visitons ensuite l'arsenal, le cimetière, si
curieux par ses inscriptions et si beau par son site; la cathédrale enfin,
dont tous les trésors sont étalés sous nos yeux par un sacristain qui
a la voix faible, le timbre éteint, et la réplique bornée au mot *loga-
rithme*, avec lequel il répond à tout.

Dîner du tout grand genre au Cheval-Blanc; puis nous portons nos
personnes au cirque. Pauvre **M. G*****! quelle déchéance! Une grande
tente circulaire, quatre lampions mourants, la grosse caisse et une clarinette, et au milieu de cette misère profonde, des poses gracieuses,
des sourires, cinquante ans de gloire, Othello, toute la mythologie.
C'est trop triste pour être risible. Les prix sont au grandissime rabais,
et nous formons le gros de l'assemblée.

A l'auberge du Cheval-Blanc, l'on est réveillé, dès l'aube, par des milliers de quiqueriqui, les uns rauques et mélancoliques, les autres clairs et effilés, les autres phthisiques et essentiellement ratés. C'est que la cour de l'hôtel y sert de basse-cour, usage singulier pour une auberge d'ailleurs excellente. La pluie tombe par torrents, et nous recommençons à déjeuner pour voir venir.

Vers midi, le temps se découvre, et nous nous proposons d'aller à Weggis par le bateau à vapeur, qui part tout à l'heure; mais tout notre linge est encore chez une princesse de blanchisseuse « qui dédaigne, dit-elle, de le rendre dans l'état où il est. » On l'y force, le linge arrive, on le distribue au hasard, on l'entasse dans les sacs, on s'achemine en hâte... « Accourez! accourez! nous crie un homme effaré; le bateau n'y peut plus tenir! » Un bateau à vapeur qui n'y peut plus tenir! Nous accourons; le bateau tient encore, mais c'est nous qui éclatons de rire.

Il y a du beau monde sur le bateau, et un nouveau capitaine qui nous apprend que, pour aujourd'hui, il ne touche pas à Weggis comme d'ordinaire, mais que les barques viendront prendre les passagers au milieu du lac. Tout aussitôt, M. Topffer reprend son grand sérieux, car le ciel est à l'orage, il vente frais, et si le large est à craindre, c'est surtout sur ce lac. Heureusement ce capitaine-là se trouve avoir des entrailles, et, comprenant l'inquiétude de M. Topffer, il se décide à approcher de Weggis, et il vient lui en donner l'assurance. Voilà un capitaine! un capitaine qui se doute que si la vitesse du service est quelque chose, la sécurité des passagers, et au besoin leur vie, est quelque chose aussi. Nous débarquons à Weggis, et une nuée de guides et de porteurs se ruent sur nous. Sur le nombre nous en prenons un et demi : un Michel et son Michelet.

Si l'Underwald offre le spectacle d'une population aisée, fière et tout occupée de ses travaux, Weggis et les environs du Righi présentent à la vue un ramassis de gens pauvres, mendiant leur salaire, et uniquement occupés d'exploiter les touristes que les bateaux jettent sur leur rive. La mendicité y a fait de tels progrès qu'on a dû la proscrire, ou plutôt l'organiser ; des troncs autorisés sont établis dans les auberges, et des hommes sont chargés de recueillir des offrandes *pour les pauvres du Righi.* Cela désenchante un peu cette contrée d'ailleurs si belle. Du reste, le même mal étend ses ravages au pied de toutes les

montagnes fréquentées des touristes ; chacun s'y fait guide, c'est-à-
dire joue à la loterie des écus de six francs, et échange, dans ce nouveau métier, les habitudes simples du laboureur ou du journalier contre
le goût d'une vie errante et le besoin d'une nourriture plus recherchée.

De tous côtés le Righi présente de magnifiques points de vue ; mais
le Righi lui-même n'est pas une montagne bien belle à voir ou à parcourir : les rochers, formés d'un pudding d'un rose violet qui a quelque chose d'une couleur artificielle, y sont superposés en couches régulières, et ne présentent que des formes sans caractère ; il n'y a ni belles
forêts ni végétation remarquable, si ce n'est à la base de la montagne
pourtant. Du reste, le côté de Weggis est, à ces différents égards, le
moins beau : un artiste n'y trouverait guère de quoi enrichir son portefeuille ; de plus, le sentier est sans ombrage, et c'est presque une bonne
fortune pour nous que d'avoir à le gravir par un temps nébuleux. Dans
ce moment la scène est au ciel, le mouvement est au ciel ; d'innombrables armées de nuages, ici scintillants d'éclat, là sombres et mena-
çants, accourent de l'horizon vers les noirs sommets de la montagne,
comme pour s'y livrer bataille. Nous hâtons le pas.

Notre projet est d'aller coucher au Culm, pour y assister le lendemain au lever du soleil ; mais arrivés au Kaltbad (maison des bains), à
une heure du Culm, le ciel paraît si extraordinairement agité, que,
bien qu'il ne pleuve point encore, nous nous rassemblons instinctive-

ment sous le porche de la maison : là on tient conseil, et, bien heureusement, l'on conclut à y demander l'hospitalité. Nous entrons. Tout aussitôt un grand coup de tonnerre fait trembler la montagne, et des nuées tombe, avec le retentissant fracas de pierres qui s'entre-choquent, une grêle pesante et serrée; en moins d'une minute, la montagne a disparu sous une couche épaisse de grêlons, dont plusieurs, recueillis par nous, sont gros comme des noix de belle taille. Que serions-nous devenus, séparés les uns des autres, dans ces pentes sans abri, et lapidés par cette grêle furieuse? Que seraient devenus les petits d'entre nous?...

Il y a ici des bains d'eau glacée, et encore quelques baigneurs qui achèvent leur cure. De ces baigneurs, qui sont venus pour se fortifier, la plupart ont l'air forts à faire trembler. Est-ce déjà effet de la cure? sont-ils des échantillons qu'on entretient, des amorces pour pêcher à la ligne? Tant il y a qu'un de ces baigneurs, s'il continue de se fortifier, éclatera un beau jour comme un tube trop chauffé. Au surplus, ce sont les tempéraments forts qui d'ordinaire s'alarment le plus vite d'une petite diminution de force, quand d'ailleurs, pour s'aller mettre quotidiennement sous une chute d'eau qui tombe de vingt pieds de hauteur, il faut n'être pas pot cassé.

Nous partageons le souper des baigneurs : c'est de la viande au sucre et des pruneaux cuits, régime médiocrement fortifiant. Dès que nous sommes au lit, il éclate dans le bas de la maison un tumulte sonore de danses furibondes. Ohé! seraient-ce les fortifiés qui dépensent ainsi leur vigueur?...

SOMMET DU RIGHI.

LE LAC DE ZUG.

16ᵐᵉ ET 17ᵐᵉ JOURNÉE

Voir lever le soleil, c'est un goût que tout le monde n'a pas; plusieurs préfèrent que le soleil les voie lever. Le spectacle a beau être magnifique, au sortir du lit on en jouit mal : l'âme dort encore, elle se laisse faire sans s'en mêler; et quand, réveillée à la fin par les splendeurs de l'aube, elle serait disposée à en jouir, déjà elles se sont noyées dans la blafarde lumière du matin. Bien mieux vaut le soir, quand, sur le point de disparaître, le soleil dore les monts, enflamme les nuées, scintille dans la rivière, et fuit insensiblement devant le char étoilé de la nuit. A cette heure, l'âme se recueille sans effort devant le paisible éclat du ciel et des campagnes; elle y goûte, après les fatigues de la

journée, un nonchalant bien-être ; elle s'y empreint de ce calme qui
dispose également à la prière du soir et au sommeil de la nuit.

Au surplus, le soleil ne se lève pas ce matin ; mais, de toutes parts,
des lambeaux de vapeurs s'agglomèrent ou se déchirent à nos pieds,
laissant voir par leurs trouées, ici l'azur sévère des lacs, là les prairies
et leurs innombrables clôtures, plus loin des promontoires couronnés
de forêts. Ce spectacle en vaut bien un autre ; et s'il n'était reçu qu'au
Righi c'est le lever du soleil qu'on vient voir, bien des touristes y
monteraient tout aussi bien pour contempler ces brumeuses et mouvantes scènes, qui nous sont moins familières encore que les radieuses
splendeurs d'un beau lever.

Nous trouvons au Culm, outre un excellent déjeuner, des Anglais
très-*ui-ui*, une famille allemande qui se ruine en achats d'objets en bois
horriblement chers, et deux ou trois touristes *sui generis*. L'un d'eux
porte un vaste chapeau de feutre couleur de crevasse de glacier ; à sa
pipe on connaît qu'il est Allemand, et à son silence qu'il vit avec lui-
même. Tous ces touristes et nous aussi, après avoir suffisamment con-
templé, quittent le Culm et s'éparpillent pour descendre de différents
côtés. Notre route à nous, c'est celle qui descend sur Goldau par Notre-
Dame-des-Neiges.

A mi-chemin, nous nous trouvons enchevêtrés parmi des troupeaux
de vaches qui regagnent la vallée. Vaches derrière, vaches devant,
vaches aussi par côtés ; car il en sort de partout qui viennent à regret
prendre rang dans la longue file. Les pâtres chargés de rallier cette
armée ont commencé par rassembler sur le sentier une douzaine de
vaches maîtresses qu'ils forcent à descendre. A la vue de leurs compagnes qui descendent, celles qui sont encore à paître lèvent la tête,
regardent, font des réflexions, et avancent paresseusement en s'arrêtant
à chaque pas pour mugir plaintivement. Le pâtre, qui les connaît
toutes par leur nom, leur parle alors sans relâche, faisant à chacune
le raisonnement qui lui convient. Les vaches écoutent fort, et tantôt,
pas bien convaincues, elles bondissent capricieusement sans faire mine
d'avancer, tantôt, crédules ou séduites, elles font soumission et rejoignent. Bientôt celles qui sont demeurées seules dans les lieux écartés
s'effraient de leur solitude ; elles vont, viennent ; elles cherchent leurs
compagnes avec une visible inquiétude, jusqu'à ce que, du penchant des

LES VACHES DU RIGHI.

hauteurs, elles aperçoivent l'armée en marche et le pâtre qui leur adresse ses sophismes; bien vite elles accourent. Rien de plus intéressant à voir que cette manœuvre des bergers; mais rien de plus difficile aussi que de se tirer du milieu de ce troupeau. Plusieurs d'entre nous n'y parviennent que vers le bas de la descente, madame T., entre autres, qui trente-six fois essaie de devancer les génisses, et trente-six fois rebrousse en toute hâte à cause des génisses qui s'arrêtent pour la regarder faire.

A Goldau, nous tournons à gauche, laissant derrière nous le lac Lowerz, Schwitz et les deux Mythen, et nous nous dirigeons sur Arth. L'auberge est pleine, la table d'hôte tout entière occupée; on nous offre une place dans la salle des courriers et postillons. Ce nous est une occasion de voir comment sont traités ces messieurs : table splendide, bon vin, service empressé, et chez tous les garçons la crainte de ne pas plaire à M. le courrier, qui tranche du chambellan et daigne à peine se régaler. Les courriers font et défont aujourd'hui la prospérité des auberges; leur omnipotence est désormais reconnue comme l'omnipotence du jury.

Nous pourrions aller à Zug sur nos jambes; mais voici des bateliers qui nous font ici d'irrésistibles propositions appuyées de deux bateaux, un grand et un petit. Pressé de prendre possession, Frankthal avise le petit et y lance son havre-sac, qui va tomber au fond de l'eau. Le havre-sac est repêché; on l'ouvre, pas une goutte d'eau n'a pénétré dans l'intérieur; les poches seules se sont gorgées d'eau claire.

Le lac étant uni comme un miroir, nous prenons le large; on met toutes les rames, et une lutte de vitesse s'engage entre les deux bateaux. Le grand a l'avantage d'abord; mais pendant qu'il se repose sous ses lauriers, on les lui souffle, et c'est le petit qui arrive en vainqueur dans le joli port de Zug. Nous voyons ici, comme sur le lac de Zurich, des hommes qui font avancer leur bateau avec une seule rame placée à l'arrière. Pourquoi ne connaît-on pas cet usage sur le nôtre?

Zug est une petite ville d'un aspect riant et paisible. Si l'herbe n'y croît pas dans les rues, c'est la faute du pavé plus que du concours des passants. Il n'y a point de passants à Zug, mais seulement quelques habitants qui tiennent boutique, d'autres qui sont aux fourrages ou dans les bois. Après avoir visité la cathédrale, où l'on voit un beau tableau du Carrache, et tout auprès un ossuaire où les Zugois entassent

et conservent les crânes de leurs pères, nous allons nous reposer sur
la rive du lac, et y jouir des magnificences d'un coucher sans pareil.
Le ciel, l'eau, la grève ou nous sommes, sont empourprés, tandis que
les coteaux de la rive opposée, déjà plongés dans la nuit, forment pour
nous comme une bande de ténèbres qui sépare en deux les domaines
de la lumière. Nous tournerions au poétique, n'était la faim cruelle qui
nous ramène à l'hôtel du Bœuf, où un souper fabuleusement riche
et exquis nous est préparé et servi par les treize enfants de notre hôte.

Nous passons l'Albis : c'est notre dernière montagne. Dans ce moment l'on y établit une nouvelle route déjà achevée sur quelques points,
seulement tracée dans d'autres, et qui, ci et là, se confond avec l'ancienne. Au milieu de tant de routes, il est aisé de s'égarer; aussi
notre caravane s'éparpille, et se trouve bientôt divisée en trois colonnes
qui ne se réunissent qu'à Zurich. Toutes les trois croient avoir passé
l'Albis, tandis que deux au moins ont passé l'Orgel.

L'Albis est une chaîne de coteaux plutôt qu'une montagne. Du sommet de ces coteaux on découvre l'admirable aspect du lac de Zurich,
partout bordé de blanches bourgades; ce n'est ni grandiose ni très-

champêtre, mais c'est riant, plein de mouvement et de vie ; on dirait le pays par excellence de l'industrie et de la richesse : des paysans trop affairés pour saluer le passant ; des usines partout ; des villas qui sont des filatures ; des filatures qui servent de villas ; sans compter Constantin, qui a les oreilles tirées pour avoir arraché un épi d'un champ de blé.

La ville de Zurich est elle-même aussi animée qu'elle est jolie et bien située. Il s'y opère ce mouvement qui a fait de notre Genève une ville à voir. De toutes parts on restaure, on bâtit ; des hôtels s'élèvent, et aussi un jardin botanique avec sa *treille* au-dessus, où nous allons nous promener. Tout en y montant, madame T. s'aperçoit qu'elle y traîne un vieux monsieur dont l'habit s'est accroché au manche de son ombrelle. On décroche ce vieux monsieur, qui, par reconnaissance, se fait notre cicerone et notre ami. C'est délicieux de s'asseoir sous la treille après qu'on a traversé un Albis sur ses jambes.

SOMMET DE L'ALBIS

18ᵐᵉ ET 19ᵐᵉ JOURNÉE

Ce matin nous sommes réveillés dès l'aube par les plus lugubres lamentations : c'est que le marché aux veaux se tient sous nos fenêtres. Déjà les quais sont remplis de monde, des barques encombrent la rive, les bateaux à vapeur appellent les passagers, on charge et l'on décharge des marchandises ; tout bouge, tout travaille ; nos quais sont mornes, même à l'heure de l'arrivée des bateaux, en comparaison de ceux de Zurich.

Nous proposons d'aller coucher à Arau, et, pour faciliter la marche dans un pays de plaines, M. Topffer loue une voiture qui prend nos sacs et nous relève par tiers. Mais notre cocher, gros petit homme rond, à la tête carrée, ne comprend rien au système ; sa manière, à lui, c'est de trotter toujours de guinguette en bouchon pour se rafraichir à chacun d'un petit verre. Nous sommes réduits à trotter à la suite sous peine de perdre nos tours, mais en nous promettant de congédier le soir même et le cocher et le système.

Étape à Baden. Il y a tout auprès un camp. L'auberge est dans tout le désordre où l'a laissée un repas de deux cents officiers fait la veille. Des femmes endormies, des hommes hébétés de fatigue, emportent les tables, recueillent les serviettes, balaient les salles, pendant que nous et d'autres sociétés nous mangeons tranquillement au milieu de ce brouhaha. Rien de tristement tumultueux comme une auberge un lendemain de fête.

Où sont nos montagnes? Bien loin déjà. Le pays plat, monotone, à peine agreste, nous semble aussi comme un lendemain de fête. Toutefois, s'il est peu pittoresque, il est riche, bien cultivé, et partout on voit les signes de l'ordre, de l'aisance et de l'activité. Près de Lenzbourg le paysage a plus de grandeur, et quelques constructions heureusement placées sur le sommet des collines en rompent la trop douce uniformité; mais notre cocher trotte toujours, et nous n'avons guère le loisir d'étudier la contrée.

Les environs d'Arau sont d'un pittoresque frais et riant, remarquables par un air de rajeunissement et de prospérité. On rencontre très-peu de messieurs, moins qu'à Bonneville; mais de toutes parts de riches paysans, de gros industriels, qui mènent de front les affaires, la pipe et un verre de vin; point de tilburys, point de somptueuses calèches, mais des gens de village, des petits propriétaires, bien assis dans leur bon char à bancs, et conduisant eux-mêmes leur joli cheval solidement et proprement enharnaché. L'Argovie est, comme Zurich, un canton agité et prospère. Au retour, et à en croire aussi nos yeux, Genève nous paraîtra un canton non moins riche, non moins prospère, mais plus tranquille.

Nous arrivons à Arau de nuit, et impatients de ne plus trotter. Madame D. est démoralisée, M. Topffer aussi, qui lui offre son bras, et tous les deux, tenant le milieu du pavé, se promettent bien de ne dévier à aucun prix de la ligne droite, qui est le plus court chemin d'une porte de ville à une auberge. Cependant on aperçoit sur la gauche comme un bel étang bordé de fleurs, et au delà, des bâtiments d'une architecture aussi riche qu'élégante... C'est bien le cas de faire le sacrifice de quel-

ques pas pour satisfaire une légitime curiosité... Par malheur, ces belles
apparences se trouvent être une vieille muraille. Ils reprennent donc le
milieu du pavé ; mais, faute de dévier à propos, ils manquent l'auberge
et courent la ville. Ils rebroussent donc vers l'auberge ; mais ils manquent la porte et vont droit dans l'écurie. On se souvient toute sa vie
d'une ville où l'on a eu tant de peine à trouver l'auberge, et l'on se
souvient aussi de l'auberge, qui est celle du Bœuf, tenue par un
grand-père.

Hier c'étaient les veaux, aujourd'hui ce sont des bataillons de conscrits qui répètent en chœur : Ein zwey ! Ein zwey ! C'est plus étrange,
mais moins lugubre.

Après déjeuner et pendant que le temps *s'essuie*, les amateurs de belle
coutellerie s'en vont faire leurs petites emplettes chez les frères Henz
junior et senior. Il faut que les produits de ces fabricants soient bons,
car ils sont chers un peu. De son côté, M. Topffer s'en va faire visite à
M. Henri Zschokke.

M. Zschokke habite, aux portes d'Arau, une maison de campagne
admirablement posée sur le penchant d'un coteau : c'est dans cette
retraite que l'illustre écrivain vit en patriarche au milieu de sa nombreuse famille. Il a eu douze enfants. « Quatre, dit-il les larmes aux
yeux, sont au ciel, huit sur la terre. » Lui-même a élevé et instruit tous
ces enfants au moyen d'une méthode dont le fond est un grand bon
sens uni à une tendresse persévérante et à un esprit supérieur. Méthode
originale certainement. De ces enfants, les uns, déjà hommes, ho-
norent la carrière qu'ils se sont choisie ; les autres, adolescents encore,
portent sur leurs traits et dans tout leur air l'aimable expression de la
candeur et de l'intelligence.

Tous les hommes distingués ne sont pas également abordables. Il y
en a qui ne quittent jamais les échasses sur lesquelles les a perchés
l'admiration publique. Il y en a chez qui le savant ou le poëte a totalement effacé l'homme. Il y en a qui, tout en ne dédaignant aucune
aumône d'éloge, pas même la plus minime, croient pourtant devoir
n'être familiers qu'avec leurs pairs. Il y en a qui sont redoutables par
la singularité de leur toupet, ou par la fashionable originalité de leur
barbe. Il y en a qui, dès leur vivant, ne sont aimables que pour la pos-
térité la plus reculée. Il y en a qui sont empesés comme un in-octavo tout

neuf. Ces hommes distingués-là, un homme ordinaire n'ose guère en
tenter l'approche, quelque intéressant qu'il lui paraisse de les voir à l'œil
nu, quelque naturel et doux qu'il lui semble de laisser percer devant
eux une reconnaissante et modeste admiration pour leurs talents. Par
bonheur pour M. Topffer, qui n'a jamais vu M. Zschokke, M. Zschokke
se trouve être de sa personne un bon père de famille, dont l'accueil
tout cordial, les manières pleines de bonhomie et l'entretien franc et
dégagé de toute affectation, sont merveilleux pour changer la contrainte
en abandon, et pour faire des courts moments d'une visite un temps
précieusement et agréablement rempli. Aussi M. Topffer s'y oublie-t-il,
et, de retour à l'auberge, il trouve sa caravane dès longtemps occupée
à regarder du côté où il a disparu. « Anne, ma sœur Anne, ne vois-tu
rien venir? »

Un char porte tous nos sacs, et un ou deux touristicules pour faire
l'appoint; le reste s'achemine à pied sur Olten, qui est le lieu de la
buvette. Jelyot attaque les corbeaux à coups de pierres, et il a le bonheur d'en tuer un.... à peu près du moins; en effet, le corbeau tué ne
tarde pas à s'envoler, mais il est pâle évidemment, et au lieu de fuir
dans le bois, il vient se poser sur le chaume d'une maison, signe de
mort prochaine. Plus loin, halte dans un verger, où M. Topffer hèle
une femme qui porte sur la tête une corbeille de pommes. La femme
arrive droit sur qui la hèle, et avant que M. Topffer ait pu contenir
son trop vif empressement, elle lui décharge son fardeau sur la jambe.
M. Topffer a le malheur d'en être estropié... à peu près aussi. Plus loin,
enfin, c'est un laboureur qui, ragaillardi à la vue de Harrison qui
marche en chantant, lui coupe la note et nous salue de ce refrain, en-
tonné d'une voix mâle et accentuée :

Soyez heureux, mais ne m'oubliez pas!

puis il se remet à creuser son sillon. « Qui êtes-vous? — Autrefois soldat, laboureur aujourd'hui... c'est toujours le champ d'honneur. »

Au crépuscule, nous arrivons à Oensingen, joli village où il ne doit
plus rester un seul pigeon depuis que nous y avons soupé.

LE LAC DE BIENNE.

20ᵐᵉ JOURNÉE

Elles sont mortelles les trois lieues qui séparent Oensingen de Soleure; que bien, que mal, on y arrive pourtant. C'est dimanche : tout
Soleure sort de la messe, et c'est un beau coup d'œil que de voir ces
flots de gens inonder l'immense escalier de la cathédrale. Plusieurs
d'entre nous vont visiter l'emplacement du tir; puis, réunis, nous parvenons à nous faire ouvrir l'arsenal, qui est encore, à l'heure qu'il est, le
plus riche de toute la Suisse en antiques armures. Pourtant on en a
déjà vendu plusieurs, et celles qui restent sont pour ceux qui voudront
les payer. Triste et honteux trafic!

De Soleure à Bienne on a établi une nouvelle route : c'est un ruban
première qualité. Nous autres piétons, nous prenons l'ancienne, qui est
tortueuse et ombragée. A mesure qu'on approche de Bienne, la vallée,
qui se resserre, devient montueuse et agreste. Cependant, où sont nos
montagnes? où sont les belles forêts, les eaux jaillissantes, les frais
sentiers? Loin, bien loin.

Le lac de Bienne, avec ses îles, ses roseaux et ses rives, d'un côté
basses et riantes, de l'autre rocheuses et couronnées de bois, est un lac
délicieux. Au moment où nous arrivons sur la rive, l'onde est parfaitement calme, mais il n'y a point de bateaux ; fort heureusement arrive
une grande barque de la Neuveville, montée par trois hommes qui s'empressent de nous charger à la place des marchandises qu'ils sont venus
chercher : c'est que ces trois gaillards savent apparemment déjà qu'ils
vont gagner dix-huit francs sans avoir à donner un coup de rames.
Effectivement, à peine ils ont apprêté les voiles, que la bise se met à
souffler, et nous voilà au large, fendant les vagues écumeuses. M. et
madame Topffer, qui ont compté sur le calme, se regardent d'un air
très-peu joyeux, tandis que madame D., qui goûte fort cette façon
d'aller, dissimule bien mal un contentement qui est partagé par tout
le reste de l'assemblée, les nautoniers compris. En moins d'une heure
de temps, nous voici embarqués, emportés, et posés sains et saufs
sur le rivage de l'île Saint-Pierre : c'est vrai que cette façon d'aller a
bien son genre de mérite.

Il y a des endroits qu'il ne faut jamais se mêler de décrire. L'île
Saint-Pierre est de ce nombre. Ce qu'on peut en dire, c'est que ce bel
asile répond à l'impression que laissent dans le cœur les lettres de
Rousseau. Sous cette impression pourtant, ce qui est de sa nature riant,
paraît mélancolique ; et dans les bois charmants qui couronnent le
sommet de l'île, règne comme un souffle de tristesse. Toutefois, ce souffle
de tristesse n'atteint pas tout le monde, et notamment nos camarades
plus jeunes, qui profitent du pèlerinage pour faire une belle partie de
buffle.

Comme au temps de Rousseau, l'île Saint-Pierre appartient toujours
à l'hôpital de Berne ; le receveur y habite seul avec sa famille, et y débite
aux visitants et aux riverains qui viennent faire des parties de plaisir,
des denrées de l'île. Aucun séjour sans doute, parmi tous ceux où
notre concitoyen a promené sa vie inquiète, ne conserve de lui des souvenirs si présents ; rien depuis lui n'y a changé : ce sont les mêmes
arbres, la même culture, la même administration ; et sa chambre, dès
longtemps livrée aux curieux, conserve encore les chaises sur lesquelles
lui-même se reposa. On y entretient un livre où chacun inscrit son nom ;
mais plusieurs croient devoir accompagner leur nom de quelque pensée

exprimée en prose ou en vers. De ces pensées, aucune n'est remarquable; la plupart sont un hommage enthousiaste, quelques-unes sont un cri de haine. Ce qu'elles ont toutes de commun, c'est un petit grain de vanité.

Cependant la bise, devenue furieuse, roule de longues vagues, dont les crètes blanchies d'écume brillent sur le sombre azur du lac. Nos bateliers trouvent que c'est là un temps admirable. A la bonne heure. Ce qu'il y a de sûr, c'est qu'on ne peut sortir d'une île qu'en bateau; et c'est cet argument-là, non pas l'autre, qui engage M. Topffer à se remettre en mer. A peine les voiles sont hissées, que voilà notre lourde barque qui vole avec la rapidité d'un oiseau, tout au moins avec la rapidité de notre bateau à vapeur le plus agile. En un clin d'œil nous avons tourné l'île, et au delà, chose curieuse, nous gardons le vent moins les vagues : ceci tient à ce que cette partie du lac est tout entière couverte de roseaux, dont le frêle effort suffit pour vaincre, en la fatiguant, la fureur des flots. Mais notre barque ne se fatigue pas pour si peu de chose; elle couche par milliers les flexibles roseaux, qui se relèvent par milliers aussi. En vingt-cinq minutes nous faisons un trajet de deux heures.

Que de fois on manque le plaisir là où on est venu le chercher, pour le trouver là où on ne l'attendait pas! Cette journée, qui promettait peu, se trouve être une des jolies du voyage. Ce pays de marécages qui sépare Bienne de Morat, où la route est un long ruban brûlé, bordé de deux fossés bourbeux, nous y faisons une charmante promenade du soir, et la joie est avec nous sans que nous sachions bien pourquoi. Un de nos camarades a mal au pied, pour un autre on craint la fatigue : tout aussitôt deux camarades prennent leurs sacs, les chargent sur une litière faite avec des branchages, et c'est à qui soulagera à son tour les complaisants porteurs. Quand cet esprit règne, toujours, toujours le contentement vient à la suite; or, le contentement, plus encore que le plaisir, ressemble à la joie.

De Cerlier, où nous avons débarqué, l'on monte sur un coteau élevé d'où l'on découvre à la fois les trois lacs de Bienne, de Neuchâtel et de Morat. De là on redescend, en passant le hameau d'Aneth, dans cette plaine marécageuse dont j'ai parlé. Cette plaine est immense, sans un seul arbre, sans une habitation, un vrai bout de désert; et c'est ce

qui fait qu'elle n'est pas ennuyeuse. C'est grand, plein de caractère :
il y a la solitude, où l'âme trouve son compte ; il y a l'immensité, qui
vaut bien l'agreste ; il y a le sauvage, qui remplace avec avantage les
factices beautés d'une culture même pittoresque ; enfin, il y a le soleil
couchant, qui, projetant ses feux sur cette plaine rase, y répand sans
obstacle un universel et paisible éclat. Déjà nous avons éprouvé, en traversant les plaines désertes de Marengo, ces mêmes impressions, assez
fortes pour ne plus s'effacer, et qui nous font comprendre ce charme
qu'ont, pour les artistes et pour les poëtes, les Maremmes, que nous
n'avons pas vues. Toutefois ces impressions, comme celles de l'île,
n'atteignent pas tout le monde, notamment nos camarades plus jeunes,
dont les uns poursuivent une belette, tandis que les autres font des
feux ; mais quels feux?... des feux aquatiques ! On ramasse beaucoup
d'herbes sèches, on les jette sur la surface de l'eau, on approche l'allu-
mette, et l'on a un phénomène de toute force : flamme dans l'air et
flamme dans l'eau. Que doivent penser les grenouilles?...

Nous arrivons de jour à Morat. Soirée délicieuse, terminée par un
négus offert à la caravane par un amiral de terre ferme.

ILE DE SAINT-PIERRE.

LE PONT DE FRIBOURG.

21ᵐᵉ, 22ᵐᵉ ET 23ᵐᵉ JOURNÉE

Fribourg! Fribourg! C'est le vœu de tous de revenir par Fribourg, et voici la troisième année de suite que M. Topffer se conforme à ce vœu, qui est le sien aussi. Il en résulte que nous pouvons abréger le récit de cette journée, exactement semblable à celles que nous y avons

passées précédemment. A Fribourg, il y a le pont, il y a les orgues. Et qui ne ferait un grand chemin, un grand détour pour entendre cette ravissante musique? Ici les impressions atteignent tout le monde, et il n'y a pas un de nos touristicules qui n'écoute, recueilli, enchanté, et sans plus songer le moins du monde ni aux belettes, ni aux feux, ni à rien de ce qui n'est pas cette riche et mélodieuse voix qu'on n'entend qu'à Fribourg.

Voitures comme l'an passé. A Bulle, le père Magnin et son fugitif sommelier comme l'an passé ; comme l'an passé, Châtel-Saint-Denis et

ce casse-cou par où l'on descend sur Vevey, où nous allons loger aux Trois-Couronnes.

M. D., M. D.!!! Cette fois c'est bien M. D. qui est venu à la rencontre des siens, et qui fête notre bonne arrivée au moyen d'un négus exquis. Les verres circulent, les cœurs sont joyeux, le plaisir et l'amitié président à ce dernier souper.

Heureux ceux qui plantent des choux! ils ont un pied en terre et l'autre n'en est pas loin. Heureux aussi ceux qui sont déjà sur le bateau à vapeur! ils n'ont pas besoin de s'y rendre entassés dans des bateaux qui n'y arriveront peut-être pas, tant le navire se tient à distance, tant la vague est forte, tant deux manants sont insuffisants pour gouverner avec leurs deux pelles une embarcation entièrement remplie de passagers debout. L'un de ces bateaux court grand risque de verser dans l'eau tout son monde ; l'effroi est chez ceux qu'il porte, l'angoisse chez ceux qui le regardent. Mais tout cela est nécessaire pour la vitesse du service, cette grande stupide divinité à laquelle les administrations sa-

crifient ou sacrifieraient sans hésiter des victimes humaines, dans un
siècle où l'on ne voit rien de si beau que la vitesse du service.

Une fois sur le bateau, nous profitons sans autre encombre de la
vitesse du service pour arriver à Genève à deux heures après midi. Nous
l'avons dit en commençant, c'est charmant que d'arriver; c'est moins
charmant d'être de retour. A l'an prochain, s'il plaît à Dieu et si la
bourse commune le permet; pour l'heure, elle est bien guérie de son
obésité!

ROCHETTE
LE TOUR DU LAC.
DAUBIGNY
ROUGET

VOYAGES EN ZIGZAG

LE TOUR DU LAC EN QUATRE JOURNÉES

1841

Il s'agit ici d'un tout petit tour, d'un tour du lac, du lac de Genève, charmante et facile excursion que l'on faisait souvent autrefois, que l'on fait plus rarement aujourd'hui, à cause du bateau à vapeur. A quoi bon, en effet, suivre lentement le pourtour de ce frais bassin du Leman, quand en cinq heures de temps l'on peut en avoir franchi toute la longueur? Ainsi raisonnent les gens d'affaires, les commis voyageurs, et ils ont raison; car, pour eux, il leur importe d'arriver tôt et de revenir vite; mais ainsi ne devraient pas raisonner les touristes, ni surtout les petits bourgeois, que l'on voit insensiblement échanger contre l'inutile avantage d'une vitesse stérile, l'antique coutume de conduire leurs familles sous les ombrages d'Évian , aux rochers de Meillerie, et le long des promontoires de Saint-Gingolph.

Pour nous, dès l'âge de huit ans, nous avons parcouru cette belle côte de Savoie, moins délaissée alors qu'aujourd'hui, mais non moins abrupte, et plus sauvage encore. La route était nouvellement percée, l'on y entendait depuis peu les grelots des chevaux, le cor des postillons; mais, tout à côté de l'impériale chaussée, une libre végétation, un désordre de rocs et d'herbages, des mousses éblouissantes et des clôtures délabrées, témoignaient de l'indolente simplicité des habitants et du tranquille abandon de la contrée. Ci et là, la route nouvelle coupait l'ancien sentier, dont les débris tortueux tantôt s'élevaient dans la montagne, tantôt redescendaient vers la grève, ou bien couraient en corniche le long des rochers nus. En s'engageant dans ce sentier, l'on arrivait à des hameaux écartés, à des cabanes enfouies sous les châtaigniers, à de riants plateaux où reposaient au soleil des vaches repues, et, pour ceux qui aiment ces choses, c'était le pays des vues ravissantes et des agrestes enchantements. Plusieurs aussi allaient en pèlerinage sur ces hauteurs de Meillerie ; et là, seuls avec le poëte, ils s'émouvaient à contempler l'eau profonde, les neiges toutes voisines, et ces rives lointaines où brillent, éparses dans des champs fleuris, mille bourgades prospères. L'on fit ce pèlerinage. Nous étions deux ou trois familles réunies pour faire la course en commun : des mères, des filles, un ou deux artistes, et de jeunes enfants dont j'étais un. L'on s'assit sur l'herbe, des paysans apportèrent du lait; aux rires et au babil confus succédèrent des propos d'admiration, de ressouvenir, de jouissance, et comme une sorte de recueillement en face de tant de beautés étalées sous nos yeux. Sans trop comprendre, je m'associais pourtant à ces sentiments si vifs, et j'apprenais ainsi à aimer la Savoie et à goûter la nature, deux choses qui auront répandu tant de charme sur le cours entier de ma vie. Parents, familles, louez donc des carrioles, unissez-vous pour faire ensemble de ces aimables excursions, conduisez-y vos enfants, et tandis que le bateau à vapeur emporte rapidement au travers des flots sa cargaison de négociants hâtifs et de touristes blasés, allez-vous-en parcourir nos environs, pratiquer nos montagnes, vous reposer sous nos hêtres, vivre en commun de cette vie libre, animée, savoureuse; allez ainsi cultiver chez vous, et développer peut-être chez

ceux qui vous entourent, le goût des plaisirs simples et vrais, la passion
pure et salutaire entre toutes des beautés de la nature. Est-ce donc pour
que vous vous enfermiez sur le pont d'un navire, que la Providence a
semé votre pays de frais sentiers, de lacs, de forêts, de montagnes, de
toutes les merveilles des saisons et du paysage? Est-ce pour que vous
livriez vos corps et vos âmes à toutes les fantasmagories du progrès,
de la vapeur et de la vitesse du service, qu'elle a mis là, à vos portes,
cette verte Savoie, paisible, délabrée, et toute semblable à un antique
manoir où nous, seigneurs des villes, nous puissions aller promener
nos membres et rafraîchir nos âmes? Chers compatriotes, louez des
carrioles et partez en famille !

Ce n'est point notre habitude de prendre la clef des champs
avant que les champs aient repris leur parure d'herbe et de feuillage.
Mais je ne sais quel vent printanier nous a cette année poussés pré-
maturément hors de classe. Quand les oisillons, de leur nid, voient les
primevères émailler le sol et les haies de l'enclos reverdir, ils agitent
leurs ailes, et sans grand effort ils quittent le nid ; de même quand les
écoliers voient de la classe le soleil qui reluit et les arbres qui bour-
geonnent, volontiers ils quittent les livres et préfèrent quoi que ce
soit à leur pupitre. D'ailleurs, plusieurs d'entre nous viennent de passer
leurs examens, et au sortir de cette grande crise, rien ne paraît sépul-
cral comme de se remettre incontinent à l'étude. Tant il y a que c'est
M. Topffer qui proposa samedi passé un petit tour du lac. La chose fut
votée par acclamation ; M. le professeur M... se mit de la partie, et
lundi matin nous étions en route. L'expédition a duré quatre jours
c'est à peine de quoi fournir à une relation, mais c'est assez pour que
ce fût violer nos traditions que de n'en point faire. D'ailleurs, celui qui
écrit ces lignes, menacé qu'il est de ne pouvoir bientôt plus dessiner
les sites et illustrer nos voyages, voudrait du moins ne renoncer à ce
plaisir que lorsqu'il lui sera devenu impossible de le prendre ; et aujourd'hui déjà ce n'est pas sans un sentiment mêlé de gratitude et de
mélancolie qu'il se voit encore en état d'orner ces pages de quelques
croquis bien humbles sans doute, mais toujours charmants à tracer.

Il y a, comme on sait, deux routes pour se rendre à Thonon ; toutes
deux sont royales, mais l'une, qui passe par Dovaine, est plate et sans
ombrage ; l'autre, qui serpente le long des Voirons, est sinueuse, bordée

de beaux arbres, solitaire comme la contrée, riche en aspects variés et en sites délicieux. De plus, elle conduit aux Allinges en passant devant les ruines de la Rochette, et cela seul nous la ferait préférer à l'autre ; car c'est le privilége du voyageur à pied que de se choisir ainsi sa route, et nous n'avons garde de ne pas faire usage de nos franchises.

Le temps est douteux, mais plus printanier encore que douteux. Ce sont de ces nues tranquilles qui forment un dôme ici transparent, là plus sombre, en telle sorte qu'on est disposé à jouir de ce que la pluie ne tombe pas, plus encore qu'on ne ferait en d'autres moments de ce que le soleil brille. Il faut dire aussi qu'entre vingt-quatre voyageurs nous n'avons qu'un seul parapluie, qui est le parasol de madame T...

A Carra, nous prenons sur la droite un sentier qui conduit à la grande route de Saint-Cergues. Nous voici hors du canton, dont on côtoie un moment la frontière. A gauche, c'est le bois de Jussy, qui, pour l'heure, est encore sans mystère ; à droite, ce sont ces ravins dont les pentes remontent jusqu'au plateau de Neydan. Partout déjà, excepté sur la route, qui est bien tenue, se montre ce pittoresque délabrement, cette indolence négligée qui fait de la Savoie un pays si calme, si peu changeant, si cher aux artistes, parce que la nature, qui n'y a point encore reçu cette belle éducation que l'industrie et le progrès savent lui donner ailleurs, y est encore parée de ses rustiques atours. Les murs, au lieu d'être nets, y sont moussus et crevassés, les haies y sont épineuses, luxuriantes, ici ouvertes ou affaissées, là fourrées et impénétrables ; les arbres y sont ce qu'ils veulent, tantôt fiers et vigoureux, allongeant d'énormes rameaux sur le flanc du coteau qu'ils recouvrent, tantôt noueux et tourmentés, tantôt sveltes et portant jusque dans la nue un élégant branchage ; les mares y dorment devant le seuil des maisons, et les maisons elles-mêmes s'y laissent envahir par les herbages, par les mousses, par de jolies plantes qui, sans être jamais inquiétées, naissent, fleurissent et meurent dans les interstices de la muraille ou parmi la pourriture du chaume. Si notre nature, à nous, ressemble à une demoiselle qui sort de pension, riche de savoir et de bonnes habitudes, mais roide d'apprêt et étudiée de maintien, la nature de Savoie ressemble à une jeune fille qui sort du couvent, ignorante, étourdie, sans bonnes manières, mais charmante de naturel, d'abandon, et du piquant attrait de ses grâces natives.

TOUR DE LANGIN.

Dès Saint-Cergues ce changement se fait remarquer. Dès Saint-
Cergues aussi un appétit furieux nous fait soupirer après Bons, lieu
fixé pour le déjeuner. A Mâchilly nous avons affaire aux douaniers. On
leur offre les sacs à palper, le passe-port à viser; ils ne veulent ni de
l'un ni de l'autre, mais ils s'enquièrent de savoir si nous portons avec
nous des romans. Ainsi donc nous pourrions entrer du sucre, entrer
du tabac; mais des romans, point; les romans sont interdits aux Cha-
blaisiens. Qui l'aurait imaginé? Et n'est-ce point un peu comme si
aux Otahitiens on interdisait les camisoles de flanelle, ou aux Esqui-
maux les éventails?

La tour de Langin domine le hameau de Mâchilly, et donne un caractère particulier au profil des Voirons. Assise sur l'un des contre-
forts de la montagne, elle est minée à sa base, et semble pencher du
côté de la plaine. Au-dessous croissent par bouquets d'élégants châtaigniers : on dirait un paysage italien. En cet endroit, point de clôture
ni d'habitations; on peut y errer en liberté, ou s'y choisir, entre cent
asiles d'ombre et de fraîcheur, une place pour un champêtre banquet.
C'est mieux peut-être que d'aller chercher cette place au couvent, qui
n'offre plus, au milieu de sapins rabougris, que des décombres sans
toiture. Combien d'ailleurs le paysage est plus doux à contempler de
ces plateaux à mi-hauteur, d'où le regard saisit le profil des coteaux,
rase la crête des forêts et court se perdre dans les lignes ondulées d'un
fuyant horizon, que de ces sommités élevées d'où il s'abaisse au travers
du vide sur une plate immensité, sur un vaste tapis tacheté de champs
carrés, de côtes découpées, de bois sans feuilles et sans branchages !
C'est lorsqu'on est au cœur des Alpes qu'il convient de s'élever ; car ce
n'est que des sommités que l'on voit les sommités ; c'est des cimes aussi
que le regard contemple avec avantage la splendeur des vallées et l'horreur attrayante des abîmes. En Lombardie, où tout est plaine, c'est
déjà s'élever trop que de monter sur le dôme. L'on y jouit davantage
des agréments d'un site presque toujours élégant, mais nécessairement
rapproché, du haut de la galerie d'une ferme, ou de dessus un chariot
de récoltes.

Bons est un village qui, dans le pays, passe pour beau, grand et riche,
καλὴν καὶ οἰκουμένην, *belle et bien peuplée*, comme dit Xénophon de toutes
les bourgades de l'Asie-Mineure qu'il traverse avec ses dix mille. Ce

village se compose d'une grande place irrégulièrement entourée d'humbles maisons. Mais au milieu de cette place il y a une église, deux

saules pleureurs, et une halle aux grains qui jouit de cinq arcades en
pierre de taille. C'est ce fastueux monument qui aura valu à l'endroit sa
renommée. Du reste, çà et là des pièces de bois, des flaques, des or-
ties, et d'heureux canards qui tantôt se promènent en troupes, tantôt
babillent en chœur, ou bien sèchent au soleil leur blanc plumage. Le
notaire, nous ne l'avons pas vu, mais bien sûr il y en a un à Bons, et
des hommes de loi, et des procès, et des cabarets, quatre choses qui
sont amies et se donnent la main.

C'est dans l'un de ces cabarets que s'apprête notre déjeuner. On
entre les pâtés en Savoie; nous en avons trois avec nous, qui n'en
ressortiront pas. A ces pâtés viennent se joindre du petit lard indi-
gène, des omelettes de l'endroit et des pommes de terre sautées, telles
que l'on n'en peut manger d'aussi rustiquement exquises que dans un
hameau de Savoie, beau, grand et riche, καλην και οικουμενην, où viennent se régaler, aux jours de foire, les plus fins gourmets des montagnes. A de telles pommes de terre, M. Topffer regarde esthétiquement

M. M..., qui le regarde lui-même de la façon la plus esthétique; et voilà
deux hommes qui, unis dans un commun sentiment du beau, cultivent
à qui mieux mieux les jouissances du goût, toujours si pures, toujours
si élevées, disent les doctes.

Il y aurait un bien beau livre à faire sur les diverses façons d'apprêter la pomme de terre. Aussi, tandis que dans l'âge de la vigueur
nous pratiquons les cabarets et les hôtelleries des contrées lointaines,
nous réserverions pour notre vieillesse le paisible soin de composer
cet utile ouvrage, si nous pouvions présumer que notre vieillesse s'ac-
commodera du triste labeur de remonter par la pensée le cours des années, d'aller se rasseoir en souvenir aux banquets passés, de s'en
rappeler le vif appétit, la bruyante joie, le folâtre bonheur. Hélas!
quand on vit de régime, quand les forces s'en vont, quand c'est pour
le dernier voyage qu'il vous faudra partir tout à l'heure, ces ressouvenirs sont importuns, ces plaisirs sont devenus des tristesses, et si l'on
écrit alors, ce doit être sur d'autres matières. D'ailleurs, en ces choses,
la théorie instruit peu; elle donne la recette et non pas le ragoût, et
donnât-elle le ragoût, qu'est-ce encore si elle ne donne aussi aux convives la jeunesse, la gaieté, l'entrain, et cette faim joyeuse et acommo-
dante qui se fait d'une fricassée de cabaret un régal céleste et sans
pareil?

Et puis, pour faire sauter avec avantage des pommes de terre et des
oignons dans la poêle à frire, il faut avoir le coup, afin que ni la cendre
ni la fumée ne s'en mêlent; il faut avoir, comme notre hôtesse, cent
fois, mille fois régalé des vendeurs de bestiaux et des marchands forains, tous gens plus gourmets que nous ne le pensons, et qui, lorsqu'ils font tant que de se faire servir, veulent en avoir pour leur argent
et par delà; il faut une claire flamme au foyer, telle qu'en donnent des
souches caverneuses ou des sarments noueux; il faut cette fraîcheur de
l'oignon qu'on vient d'arracher du potager; il faut le pot à beurre, la
boîte à sel, ces ingrédients primitifs de toute simplicité friande, et il ne
faut rien d'autre. Que de choses! Non, la vraie théorie, c'est de dire
aux gens : Marchez trois heures, cinq heures, allez à Bons, à Nangy,
allez où vous voudrez; c'est en allant qu'on apprête; c'est fatigué,
affamé, qu'on savoure dignement, que l'on mange avec une saine
gourmandise.

J'ai dit notre ordinaire de Bons. Il s'agit de payer. Alors l'hôtesse, grande vieille au teint noir et aux cheveux de jais, s'adjoint un tout petit homme blond, au nez enluminé, qui est l'hôte, et tous les deux s'occupent à grand effort de la rédaction d'une carte à payer. Cette carte

s'ouvre par : *vin, 400 francs.* C'est qu'à Bons, pour bien faire voir aux marchands forains que c'est quatre francs, et pas davantage, on place à la suite du quatre des zéros qui y figurent comme emblème de ce scrupule ; c'est comme qui dirait : « Quatre francs, mes bons messieurs, et puis rien avec, et puis absolument rien avec. » Alors les marchands forains, voyant que c'est quatre francs sans plus, lâchent avec plus de sécurité leur écu, sur lequel on leur rend un franc, sans moins. Comme on voit, l'arithmétique aussi a ses naïvetés qui en valent d'autres. Les zéros scrupuleusement négligés, notre addition

LA FOIRE DE BONS.

monte à la somme de 12 francs : c'est dix sous par tête pour le déjeuner de Bons.

L'on se met en marche. M. M..., qui a fait cette route à rebours l'automne dernier, annonce une belle église que nous devons rencontrer, une grande auberge que nous devons dépasser, une grande pluie qui doit nous rincer, si aujourd'hui, comme l'automne dernier, le ciel tient ses menaces. L'église se montre : c'est une chapelle ; l'auberge aussi : c'est une guinguette ; tout vient à point, excepté la pluie, qui ne se montre pas. Tout au contraire, le ciel s'embellit de sérénité, et tandis que nous cheminons à l'ombre d'une nue propice, tout autour de nous quelques rayons égarés viennent caresser les monts et enchanter le paysage. C'est à ce moment qu'apparaissent devant nous les ruines de la Rochette.

Les ruines de la Rochette couronnent un mas de rocs qui est isolé

dans cette partie de la plaine. En été, quand les arbres cachent ces rocs sous leur épais feuillage, il semble que les tours du manoir, dont on ne voit pas la base, soient assises sur le sol plein d'où on les contemple : elles en ont plus de grandeur. Mais dans cette saison, au travers des branchages dépouillés, l'on voit le petit mont qui les porte, et si l'ensemble a moins de majesté, les détails ont plus de richesse avec plus de grâce aussi. L'on distingue les arbustes, les sinuosités du roc, les assises des murailles, les meurtrières des tourelles : partout le lierre, les herbes, les débris, et tout ce désordre harmonieux, ces rajeunissements agrestes dont la nature, laissée à elle-même, pare ou recouvre, avec une éternelle et patiente fécondité, les ravages éternels du temps. Nous trouvons là des commis voyageurs que nous n'y cherchions pas. Ces messieurs questionnent M. M... sur son école, pendant que M. Topffer croque ces grandes ruines sur un tout petit livret.

De ce lieu, nous nous acheminons vers le coteau des Allinges, que nous voulons prendre à revers. Pour cela il est besoin de s'enquérir du chemin, mais nous ne recueillons que des informations bien imparfaites. Il est très-difficile, en effet, de faire comprendre à un Savoyard que l'on se propose d'échanger la route royale contre un sentier sans nom ; et c'est bien pourquoi, à toutes nos questions, ils répondent d'emblée : Suivez seulement la route, elle ne veut pas vous manquer. Et si on leur dit : Justement, nous voulons qu'elle nous manque, ils n'y sont plus ; l'affaire s'embrouille et l'on se sépare incompris ; ce qui est, comme on sait, un mal intime et très-douloureux. Nous prenons donc le parti de tenter l'aventure d'un petit chemin qui se perd sous des châtaigniers, et de bois en bois, de monts en monts, nous voici au pied du coteau désiré. Plus qu'un effort, et parvenus sur le plateau, nous découvrons tout à coup la plaine du Chablais, la pointe d'Ivoire, le lac, et au delà les croupes de la Côte, l'amphithéâtre du Jura, et le couchant qui resplendit de feux tranquilles et pourprés ; spectacle magnifique, vue paisible, riante et majestueuse à la fois, l'une des plus belles que puisse offrir notre pays, mais que l'on goûte mieux après l'avoir comme nous conquise, et lorsque couché sur l'herbe, au pied des ruines, le corps se repose avec délices, laissant l'âme s'exercer et jouir à son tour.

Les ruines des Allinges sont plus considérables que celles de la Rochette, mais elles ont moins de grandeur, et sur ce sommet on ne trouve d'autre ombrage que celui que projettent sur le sol les pans de muraille et quelques arceaux encore en place. Mais l'air, comme sur les hauteurs, y est vif et léger. Cet endroit est charmant aussi pour y apporter son repas ; une seule chose y manque, c'est l'eau, qu'il faut

envoyer chercher à la source la plus voisine. Depuis quelques années
on a restauré la chapelle, qui, demeurée debout, était décorée encore de
restes d'images, puis on l'a surmontée d'un mauvais petit clocher blanc
qui fait l'effet d'un bonnet de coton placé sur la tête d'une statue antique. Les bonnes gens d'alentour ne regardent pas les ruines, mais
ils admirent fort ce bonnet de coton, et ils disent que l'endroit a bien
repris.

Qu'est-ce donc que le pittoresque, que l'agreste, que la poésie des
ruines? et tout cela n'est-il donc qu'impression relative, affaire de nouveauté ou de contraste, ou bien encore éducation de l'âme? On serait
tenté de le croire quand on voit partout tant d'hommes de l'endroit qui
ne devinent pas même ce que les hommes d'un autre endroit viennent
chercher, ou voir, ou admirer chez eux. Que font les pyramides aux Bédouins? quel pâtre du désert s'arrête à regarder les temples et les por-
tiques de Balbec et de Palmyre? quel montagnard contemple les cimes
ou les glaciers de sa vallée? Et cependant, ôtez ces hommes à leur contrée, tout aussitôt les voilà qui se la peignent remplie de charmes; pyramides, temples, monts sourcilleux, sont devenus l'enchantement de
leur souvenir; ils tournent vers ces objets leurs yeux humides de ten-

dresse et de désir, ils meurent s'ils ne leur sont rendus. Ils en jouis-
saient donc quand ils vivaient auprès, car on ne regrette guère que ce
que l'on a aimé. Eh bien alors, pâtre des Allinges, dès à présent jouis
de tes belles ruines aussi, et non pas seulement de ton petit gringalet
de clocher tout neuf !

Des ruines pour se rendre à Thonon, on redescend sur le village des
Allinges, qui est situé au pied du mont, sur le revers qui fait face au
Jura. C'est, parmi les plus humbles hameaux de l'humble Savoie, l'un
des plus agrestes ; l'église surtout, et son cimetière en terrasse, et ses

ormeaux, par-dessous lesquels on voit au loin scintiller le lac et cingler
une barque, seraient dignes d'inspirer un Théocrite, s'il y avait des Théo-
crites au Chablais, ou même ailleurs. Mais ces choses sont devenues des
fadeurs pour nos palais blasés, et tant de descriptions fausses et fardées
ont détruit jusqu'au goût des descriptions simples et vraies.

Nous croisons des paysans qui reviennent de Thonon. Les paysans
savoyards ont leur air à eux : veste courte, chemise rare, pantalons
brefs, une physionomie ouverte et intelligente, le parler juste et sensé,
et dans leur poche de côté, une liasse de papiers ; c'est que tout Sa-

voyard a un ou deux procillons, et les jours de marché, ses denrées vendues, il s'en va voir l'avocat ou le notaire. Après quoi, il boit un coup, et s'en revient au hameau avec Pierre ou Daniel, causant contrats, hypothèques, bail, haie vive, limites et frais de justice. S'il est seul, il cause tout de même ; et c'est pourquoi l'on en rencontre parfois qui gesticulent tout seuls sur une côte montante ou dans un chemin creux.

Nous faisons notre entrée à Thonon. C'est jour de marché. La ville est animée, riante ; des attelages de toute sorte attendent le long des rues que Pierre ou Daniel ait fini de boire. Les marchands sont sur le seuil de leurs boutiques, et les officiers de la garnison sur le seuil des cafés. Tout cause, tout bouge, et notre longue troupe qui défile ne laisse pas d'ajouter au mouvement et à l'intérêt de la scène. Nous nous hâtons d'aller prendre nos quartiers à l'hôtel de l'Europe pour revenir en simples particuliers hanter la rue, visiter les pro-

menades et accomplir tous nos devoirs de touristes. Très-certainement, à l'un de nos compatriotes qui nous verrait faire, nous semblerions ce que le dicton appelle des *Anglais de Thonon*.

M. Topffer entre avec sa société dans le café du Commerce, et demande de la bière. Mais ce café se trouve être un établissement mixte, on y fabrique aussi des tourtes aux amandes ; il y en a là quatre, cinq, dorées, toutes grandes. A cette vue, la société a bien vite plus faim que soif, et elle ne doute pas... lorsqu'on apprend que ces tourtes sont à l'adresse d'une noce qui s'en régalera demain. En conséquence, nous contemplons les tourtes, mais nous buvons la bière ; elle est exquise, digne du pays et de nous. « Quel dommage, disons-nous à la fille, qu'on n'en trouve pas aux Allinges ! — Oh ! c'est bien mieux, nous répond-elle. Ils ont là-bas un curé tout charmant, un brave homme, qui n'a jamais voulu de cabaret dans l'endroit. Plutôt je vous donnerai à boire un coup à la cure, qu'il leur dit. Et com' ça, voyez-vous, ils gardent leurs sous et n'ont point d'ivrognes. » Ce qui confirme le propos de cette fille, c'est que, l'automne dernier, M. M... chercha vainement dans le village des Allinges un cabaret, de la bière, du vin ; et que d'autre part, mon père, qui, en qualité d'artiste, a souvent séjourné aux Allinges, y a toujours séjourné chez le curé. Ce bon curé, instruit, aimable, et aussi éclairé que pieux, lui offrait une cordiale hospitalité ; et lui-même, lorsqu'il descendait à Genève, venait nous voir et s'asseoir à notre table. C'était un homme de grande taille et d'une physionomie douce et vénérable, où se confondaient en une belle expression le sérieux de la pensée et le sourire de la charité. Un ecclésiastique que je rencontre parfois dans nos rues me le rappelle bien vivement : c'est cet abbé qui, entré ces dernières années dans la lice de nos discussions religieuses, s'y est fait distinguer entre tous par la modération polie de ses écrits et la douce onction de sa polémique sans orgueil.

Un bon souper nous attend à l'hôtel, nous allons y faire honneur. Sur la fin du repas, entre un négus admirablement opportun. C'est M. M... qui nous fait cette fête, à laquelle il ne reste plus à ajouter que la grande fête du sommeil. Chacun donc s'enquiert de trouver son lit ; la chose n'est pas facile ; tout vient à point cependant. Nous couchons tous dans des draps humides, et Walter, en outre, couche dans un sofa trop court pour s'y étendre, mais, en revanche, trop étroit pour s'y ramasser.

On frappe à la porte de M. Topffer au moment où, déjà dans son lit, il va éteindre : « Qu'est-ce ? — C'est pour le passe-port à monsieur. » M. Topffer se lève, ouvre son portefeuille, se trompe de poche, et livre... six billets de cent francs. Heureusement il s'aperçoit de quelque chose : « Hé ! hé ! Holà ! hé ! la fille ! — Qu'y a-t-il ? — Rendez vite ce que je vous ai donné, vite, vite ! — C'est que je l'ons baillé à Pierre. Hé ! holà ! Pierre ! — Qu'y a-t-il ? — Rends vite voir ce que je t'a baillé, vite, vite ! — C'est que je l'ons remis à Marc. Hé ! holà ! Marc ! Marc ! — Qu'y a-t-il? — Rends-tu voir ce que je t'ons baillé, et puis, vite, vite! » Et ainsi de suite. Les six cents francs finissent par rebrousser de main en main jusqu'à la main du propriétaire ; tout rentre dans le silence, et le sommeil nous prodigue plus ou moins ses pavots.

Le matin, en voulant mettre sa botte, M. Topffer s'aperçoit que quelque chose....... c'est le passe-port. Façon ingénieuse de vous faire parvenir un pli. Le ciel est toujours voilé, mais serein, comme hier ; vers huit heures nous partons pour Évian, lieu fixé pour le déjeuner. Non loin de Thonon, nous croisons cette noce qui s'en va manger nos tourtes aux amandes. Époux, filles, amis, parents, sont chargés sur un même char à bancs qu'emporte vers la ville une rosse à tous crins. Rosse et gens, tous sont joyeux, ragaillardis, et aussi l'épouse, qui est une jeune personne d'âge très-mûr.

Jusqu'au pont de la Drance, la route n'est guère pittoresque, si ce n'est pourtant que du côté de Ripaille, on voit de beaux bois s'étendre le long de la rive du lac. D'ailleurs, ce nom de Ripaille est aimé du souvenir; il n'en faut quelquefois pas davantage pour faire trouver beaux des sites merveilleux. Mais après qu'on a passé sur un interminable pont ce torrent capricieux de la Drance, qui tantôt sommeille dans un lit étroit et bourbeux, tantôt s'enfle, s'irrite, se déchaîne et couvre de flots tumultueux ses domaines de graviers, l'on entre dans une nouvelle région, et le paysage change de caractère. A gauche, c'est le lac et sa grève, où sèchent, suspendus à des pieux, des filets de pêcheurs ; des noyers bordent la route. A droite, ce sont des coteaux qui s'élèvent en verdoyants gradins jusqu'au pied des hautes montagnes, et où croissent, non pas en forêts, mais épars et jetant en tous sens leurs libres rameaux, ces châtaigniers superbes qu'on n'oublie point quand on les a vus, quand on a envié le bonheur de vivre auprès dans quelque retraite ignorée. Tout ce que les poëtes ont chanté, ont rêvé de plus délicieusement agreste, se trouve là réuni comme à plaisir; et ni l'industrie, ni le luxe, ni le confort recherché des citadins, ni les Vandales de la bande noire, n'ont encore troublé, changé, ni sali ces beaux lieux. Plus près d'Évian, une pelouse qui borde le lac s'appelle Amphion. Il y a là une grande maison qui n'est habitée que dans les jours de fête et les anniversaires, alors que la danse, la joie et les rustiques banquets rassemblent temporairement dans ce lieu les gens de la ville et des en-

virons. Tout à côté, mais au profit des tristes et des malingres, jaillit
une source d'eaux minérales.

Et puis, voici qu'à la porte d'Évian nous croisons une noce encore.
Celle-ci est gracieusement assise sur le foin embaumé d'un chariot; de
plus, l'épouse est jolie, puisqu'elle est jeune, émue et couronnée de fleurs.

Pour l'époux, il a une mine à procès, et bien sûr une liasse de papiers dans sa poche. Les autres personnes sont les amis des conjoints,
qui considèrent pour l'heure l'hyménée au point de vue du petit lard et
de la tourte aux amandes : de là leur quiétude et cette fleur de plaisir
qui brille sur leurs gais visages. Du reste, s'il y a tant de noces aujour-
d'hui, c'est qu'en Chablais on ne se marie que le mardi : les autres
jours de la semaine portent malheur. Si donc le mardi venait à manquer, on ne s'y marierait plus du tout.

Affamés et haletants, nous envahissons l'hôtel du Nord, où notre
tombée fera époque. Ni l'hôtel ni la ville ne nous attendaient; on recherche de toutes parts ce qu'il peut y avoir d'œufs, de lait, de saucisses
dans la ville d'Évian ; à la fin les denrées arrivent : il y a juste de quoi,

RIVE DE MEILLERIE.

et rien de trop. Il faut payer. M. Topffer donne un de ses billets de cent francs. Nouvelle dispersion des gens de l'hôtel, qui recherchent de toutes parts ce qu'il peut y avoir de numéraire dans la ville d'Évian. A la fin les écus arrivent, on rend à M. Topffer soixante-dix francs sur ses cent francs; mais voilà la place réduite au papier pour longtemps. Heureusement, à Évian l'industrie est calme comme un bourgeois qui fait sa sieste sous un arbre du verger.

Au delà d'Évian la contrée est de plus en plus solitaire. A peine de la route aperçoit-on au-dessus du plateau le chaume de quelques habitations, et l'on peut marcher longtemps sans rencontrer personne. Bien plutôt, du côté du lac, on voit une barque que trois hommes descendus sur la grève tirent à grand effort. La belle paresseuse avance indolemment, en se mirant dans les flots : on dirait une reine qui remonte le Cydnus traînée par ses esclaves. Là-bas, devant nous, une sorte de vieux château masque le contour de la route : c'est la Tour-Ronde, charmante

masure, dont les seigneurs actuels sont les pauvres colons qui cultivent le terroir d'alentour. Mais voici tout à l'heure Meillerie. Ici la scène change encore : les doux coteaux disparaissent et font place à ces rochers célè-

bres qui viennent asseoir dans le lac même leurs hardies parois festonnées de verdure et couronnées de forêts. Après avoir dépassé le
village, nous venons nous reposer au pied de ces rochers. Libre à qui le
veut de contempler de là Montreux, Clarens et ses bosquets; libre à qui
le veut de laisser l'émotion, la mélancolie, un charme rêveur pénétrer
dans son âme; pour nous, nous avons bien autre chose à faire. On
vient d'apercevoir un *séchot* dans le lac! Il ne s'agit plus que de parvenir jusqu'à la pierre sous laquelle ce séchot fait sa résidence. Vite on

entasse les cailloux, on fait une chaussée, un môle, on atteint à l'endroit..... par malheur le séchot n'y est plus. C'est le cas de regarder
Clarens, aussi on le regarde, et Vevey, et Chillon, et une barque, et
des tonneaux de gypse épars sur le rivage.

Plus loin sont les carrières de Meillerie, tant les anciennes que celles
qui ont été ouvertes récemment. Sur ce point il règne une grande activité, on ne voit que chariots, brouettes, mineurs, et de temps en temps le
lugubre cri d'un ouvrier qui donne le signal, précède une détonation

sourde que répètent sourdement les échos de ces rives. En un endroit le
chemin de la mine descend directement vers le lac, en passant sous la
grande route. Deux jeunes ouvriers attelés à une charrette de pierres
s'y lancent en folâtrant; mais voici que la charrette gagne sur eux, et
arrivée sur le penchant d'une moraine qui plonge dans le lac, elle s'y
lance à son tour avec un fracas épouvantable... Heureusement les deux
jeunes hommes, qui ont pu se dégager à temps, en sont à ramper sans
mal ni douleur pour regagner le sommet de la moraine. Il semble que
la première chose à faire en pareil cas, ce soit d'aller rattraper la charrette : pas du tout, c'est la dernière à laquelle on songe dans tous les cas
pareils. Il faut auparavant que les deux jeunes hommes se soient pendant une demi-heure rejeté la faute l'un sur l'autre; il faut ensuite que
pendant une autre demi-heure l'affaire soit discutée tumultueusement
par des camarades vociférants ; il faut, enfin, que le maître arrive, qui
renvoie les camarades à leur ouvrage, et qui tance pendant un quart
d'heure les deux étourdis. Après quoi, tous ensemble et de parfait
accord s'en vont tirer de peine la pauvre charrette. Quel bonheur encore que ce ne soit pas, au lieu d'une charrette, une femme qui se
noie !

Pendant que ces choses se passent, et pendant qu'il s'agit de chutes
et de moraines, voici tout là-haut des bûcherons qui, du haut de leur
rocher, envoient par le plus court, jusqu'à la route, des souches noires et
tourmentées. Ces souches ont l'air de démons précipités dans l'abîme;
elles roulent, bondissent, poursuivies par les pierres qu'elles ont inquiétées, pour venir former au bas du ravin comme un amas de reptiles
tailladés en tronçons. Ceci se fait tout à côté des mineurs, qui ne lèvent
seulement pas la tête pour voir où va la souche, où court la pierre. On
s'accoutume à tout, même à la chance de pouvoir être assommé à chaque
minute de l'après-midi.

Ces bois sont ensuite mis en tas le long de la rive : ici des souches, là
des bûches, plus loin des *rangs* de toute beauté, telles que doivent les rêver
nos cuisinières les plus dépourvues. Mais sans être cuisinière, on ne
peut se défendre, tout en cheminant, de porter un œil d'envie sur ces
admirables provisions si bien rangées, si abondantes, et qui plus tard
nous seront débitées à si haut prix. Tout au moins on voudrait oser
voler telle de ces bûches, telle de ces souches surtout, qui, nouée, ca-

verneuse, riche d'esquilles inflammables et petites grottes à cheminée, promet, rien qu'à la voir, une flamme claire et délectable, un jeu de pincettes exquis, un de ces brasiers qui, l'hiver, vous retiennent à eux jusque par-delà minuit l'œil sur le foyer, les pieds sur le chenet, et l'esprit tout amusé des charbons qui s'écroulent, des étincelles qui jouent et de la cendre qui s'envole.

Au delà sont des fours à chaux. Comme de grandes marmites, ils sont accroupis sur leur feu tout le long de la rive, et des hommes tout blanchis de poussière figurent les employés de cuisine habillés de basin et coiffés du bonnet de coton. Ces fours ne servent qu'une fois, tout au moins on les abandonne bientôt pour en construire d'autres à côté. Mais une fois abandonnés ils changent insensible-ment d'apparence : bientôt arrive la mousse qui garnit, le lierre qui tapisse, les lichens qui colorent, les herbes qui se nichent; et, avec le temps, l'ignoble marmite se trouve transformée en une noble masure qui plaît au passant, et devant laquelle le peintre s'ar-rête.

Tous ces spectacles nous captivent tour à tour, et aussi des milliers de petits poissons immobiles qui, tout voisins de la surface de l'eau, où ils viennent chercher la chaleur du soleil, ressemblent à des échantil-lons sous verre. Tout autour, l'eau est de cette couleur sombre et ver-dâtre où se découpe avec un éclat si net la dentelure du rivage. A mesure qu'on approche de Saint-Gingolph, les montagnes s'écar-tent de nouveau de la côte, et alors reparaissent les coteaux en gra-dins, les châtaigniers, les noyers, et des bouquets de cerisiers en fleurs.

Comme on voit, notre marche d'aujourd'hui n'a été qu'une flânerie, mais parfaitement appropriée à cette paresse printanière qui s'ac-commode mal des marches longues et soutenues. A peu d'efforts, nous avons conquis ce degré de fatigue qui, sans avoir rien de pénible, suffit pour transformer en suaves délices l'arrivée au gîte, le calme de la soirée, l'approche du repas, surtout le repas lui-même et son dessert de sommeil. C'est dans cette charmante disposition que nous faisons notre entrée à Saint-Gingolph. Il est six heures. Toute la côte est enveloppée dans une limpide fraîcheur, et au delà des longues ombres que la mon-tagne projette sur les flots, on voit luire au soleil du soir les maisons

qui bordent la rive opposée et les chalets épars sur la croupe vaporeuse
des monts de Gruyères.

Nous descendons à l'hôtel de la Poste; cette auberge, autrefois célèbre par la quantité de rats qui y entretenaient un diurne et nocturne
vacarme, a été remise à neuf, et elle offre aujourd'hui aux voyageurs
un logis aussi propre et bien tenu qu'il est admirablement situé. Il
nous souvient d'y avoir séjourné un mois, il y a juste vingt-sept ans.
Elle était tenue alors par madame et M. Tapet, une paire d'époux
comme on n'en voit plus; tous deux massifs, corpulents, engraissés de
tout ce dont ils pouvaient amaigrir le malheureux voyageur que la détresse ou la nuit forçait de se réfugier dans leur antre. M. Tapet,
pour en être plus au frais, ne portait ni habit ni gilet, en sorte que l'on
en voyait mieux les richesses de ses trois mentons et les avant-propos
de sa panse colossale; madame Tapet, de son côté, était toujours dans le
simple appareil d'une beauté qui n'a pas eu le temps de promener l'i-
voire sur sa tête, ni d'ajuster avec un scrupule suffisamment oriental
les replis de sa tunique. Toujours à table au milieu de leurs rats, ils
mangeaient leurs plus gras, buvaient leur meilleur, avalaient revenus,

capital et emprunts, et, chose drôle, ils voyaient la cause de leur ruine
et le discrédit de leur auberge, non point dans leur façon de s'y pren-

dre, mais dans la guerre, dans les alliés, dans l'armée de la Loire,
dans l'Orient et l'Occident. C'est, au reste, ce que nous voyons tous les
jours, rien qu'en ouvrant les yeux. Combien de gens, en effet, qui, ne
sachant ni ne voulant ramer, s'en prennent au ciel et aux hommes de
ce que leur barque ne remue! Combien qui, n'ayant su ni mener leurs
affaires, ni modérer leurs dépenses, ni se faire, par une laborieuse et
économe activité, une jolie aisance, une condition honorée, une position toujours flatteuse bien que modeste quand on se l'est conquise par
l'ordre, le travail et la moralité, s'en prennent au gouvernement, à la
constitution, à ceci ou à cela, jamais à eux-mêmes! Combien qui, s'ils
ne sont pas les premiers, les plus riches, les plus flattés ou les plus
considérés de l'endroit, s'imaginent de bien bonne foi que cela tient
au mode d'élection, ou à l'inamovibilité des fonctionnaires, ou à la
constitution de la chambre municipale! Feu M. Tapet ressemblait parfaitement à ces gens-là ; seulement il était plus corpulent, moins mo-

rose, et s'il ne se trouvait pas très-satisfait de l'état de ses affaires, du moins il aimait sa condition et ne jalousait personne.

En attendant que le souper soit servi, l'on fait autour d'un bon feu des jeux d'esprit. Les jeux d'esprit sont comme le jeu de l'oie, à la portée de tout le monde, et amusants si l'on veut bien y apporter plus de bêtise que d'esprit, ce qui n'est pas trop malaisé. Et puis voici la soupe, adieu les jeux. Le repas est excellent; c'est que notre hôte est un ex-marmiton distingué, aubergiste depuis peu de temps, et qui, en attendant que l'eau soit venue à son moulin, cumule tous les emplois : tour à tour âne et meunier, tour à tour au grain et à la meule. Ainsi ne faisait pas feu M. Tapet, qui, levé dès l'aube, ne cumulait que les repas, mangeant grain, farine, son, sac et avoine.

Nous déjeunons sans M. M., qui nous a quittés de bon matin pour se rendre à Lausanne, d'où il nous rejoindra demain sur le bateau à vapeur. M. M... a été fréter un bateau au Boveret. Ce bateau l'a déposé au delà de l'embouchure du Rhône, d'où, en passant par Noville, il s'est acheminé sur Villeneuve et de là sur Lausanne. L'on pourrait donc, avec la plus grande facilité, venir de Genève à Saint-Gingolph en une journée, pousser le même soir jusqu'à Villeneuve, et, le lendemain matin, s'y embarquer pour Genève, après avoir fait son tour du lac en moins de trente-six heures. Ceci soit dit pour ceux qui préfèrent la vitesse à toute chose, et pour ceux surtout à qui leurs affaires font une impérieuse obligation d'en tenir compte.

Pour nous, nos affaires peuvent attendre, et la vitesse n'est pas le dieu à qui nous sacrifions. Le Juif errant court toujours; nous voudrions, nous, ne courir jamais, tout en voyageant sans cesse, promener de bois en prairies, de cantons en cantons, de villes en bourgades, sans autre soin que celui de voir, de sentir, de nous plaire à la place où nous sommes ou de nous porter vers celle qui nous plaît là-bas. C'est de cette vie que nous venons de vivre deux jours, auxquels nous allons en ajouter un troisième et dernier. Demain, pas plus tard, hélas! nous livrerons nos personnes à *l'Aigle* pour qu'il les emporte vers Genève, mais du moins c'est sur cette vitesse de demain que nous aurons économisé nos lenteurs d'aujourd'hui. En route donc, mes compagnons, en route, mais sans nous hâter : goûtons aux ombrages, regardons faire les mariniers, arrêtons-nous aux sources, aux tas de bois, aux

buses qui planent au haut des airs ; suivons nonchalamment la rive du
Rhône, jusqu'à ce qu'un pont se présente et qu'un sentier nous attire ; toujours trop tôt nous arriverons à Villeneuve, où la terre doit
nous manquer.

Tous les lacs se ressemblent à leur origine. Le fleuve qui les emplit
y a déposé ses limons, la grève est basse, l'eau peu profonde, et çà et
là des touffes de roseaux se balancent sous l'haleine du vent. Dès le

Boveret, la campagne, jusqu'ici vigoureuse, touffue et accidentée, commence à changer d'aspect : ce sont des arbres rares, d'une délicate
maigreur, et au lieu de gradins verdoyants, une plage grise, solitaire,
ces lignes basses et lointaines dont la mélancolique uniformité plaît
aux âmes rêveuses. Bien avant dans les terres, nous y voyons avec surprise une vieille barque gisant sur le sol. L'on nous dit que c'est là le
dernier vestige de je ne sais quelle magnifique affaire d'anthracite qui
eut au début, comme toutes les affaires magnifiques, et ses actions et
ses actionnaires. Les actions haussaient, qu'on en était encore à cher-

cher l'anthracite; les barques étaient construites, qu'on s'aperçut que le fleuve n'est pas navigable, et celle-ci est demeurée gisante sur ces bords pour y être un frappant symbole du grand naufrage de la société. Aussi vous conseillerions-nous, débonnaires capitalistes, d'aller méditer auprès de cet instructif débris, pendant qu'il subsiste encore, si nous

n'avions ouï dire qu'on naît actionnaire, et prédestiné à se ruiner tout justement dans les affaires magnifiques. Prenez donc des actions, et que votre destinée s'accomplisse.

Cette grève basse et sablonneuse dont je viens de parler se termine à un endroit que l'on nomme Port-Valais; et ici commence une autre sorte de pays que nous traverserons tout à l'heure. Pour le moment, c'est la rive gauche du Rhône qui est le théâtre de nos ébats. L'expédition s'y est partagée en trois colonnes diversement occupées. Les uns ont escaladé les pentes d'un ravin, et parvenus sur un plateau, ils y découvrent de petits pays ignorés et feuillus. Les autres ont quitté la route pour suivre la rive du Rhône, où ils ont infiniment affaire à repousser dans le courant des bûches paresseuses qui, au lieu de se rendre à leur destination, dorment dans les anses ou valsent dans les remous. La troisième colonne, entrée dans une pinte, s'y régale de limonade gazeuse, pendant que M. Topffer croque la porte du Scé. C'est une espèce de muraille à créneaux qui barre dans cet endroit tout l'espace compris

entre le fleuve et la montagne. Comme au pont de Saint-Maurice, il y a
dans la tour un petit bonhomme de Cerbère qui, le soir, ferme la porte
du pays, crainte des voleurs, et tout aussitôt les Valaisans s'endorment
tranquilles.

C'est quand on a franchi la porte du Scé, que, tournant à gauche, on
passe le pont de Chessel, construit depuis quelques années seulement,
et l'unique que l'on rencontre entre Saint-Maurice et l'embouchure du
Rhône. Comme on l'a vu, nous voyageons à l'époque du flottage des
bois : le fleuve est couvert de tronçons qui descendent, d'autres qui
s'arrêtent sur le sable des îles, d'une foule qui s'entassent contre les
jetées, ou qui s'alignent le long des deux rives, comme pour voir passer. C'est là, pour des gens qui flânent, un spectacle merveilleusement récréatif. Tous ces tronçons, en effet, ont leur allure propre,
leur physionomie, leur caractère : les uns, bêtes comme des bûches;
les autres, vifs et agiles; aucuns qui, sous un air lourdaud, sont lestes
et madrés; en sorte qu'au bout d'un moment, l'illusion est suffisante,
comique, amusante au possible; et nous voilà tous alignés sur le pont
de Chessel, pour voir passer aussi. Mais ce qui achève de rendre le
spectacle dramatique, c'est, contre la pile du pont, une nombreuse
société d'honnêtes tronçons qui font tous leurs efforts pour s'y main-

tenir : on en voit des grêles qui s'attachent aux gros, et des gros qui
pèsent sur les grêles, pendant que des équivoques dévalisent les submergés. A chaque instant arrive avec le courant, tantôt un butor qui
effraie de son choc tous ces braves gens, tantôt un amateur qui passe
outre après les avoir flairés, ou bien un homme sensible qui s'y choisit
un ami, et tous deux s'en vont de compagnie jusqu'au Boveret, pour
s'y faire scier le dos et fendre en quatre. M. Topffer fait vœu de ne pas
continuer son chemin avant qu'un certain opiniâtre ne soit parti; aussi
serait-il encore sur le pont de Chessel à l'heure qu'il est, et sa famille
plongée dans les alarmes, si ses camarades n'avaient pris le sage parti
d'aider à l'accomplissement de ce vœu téméraire, en lançant de grosses
pierres sur la tête du récalcitrant. Il part enfin, et nous en faisons autant.

Nous voici sur cette autre rive du Rhône, dans ce pays plat qui sépare les montagnes du Valais de celles du pays de Vaud et de Fribourg; sorte d'île triangulaire fermée de deux côtés par les deux
branches de la route du Simplon qui se rejoignent à Saint-Maurice, et
du troisième par le lac. Si le paysage et les poétiques impressions de
l'idylle peuvent se retrouver quelque part dans notre contrée, c'est
assurément dans ce coin de terre, demeuré purement agreste et en
dehors du mouvement industriel, commercial, civilisateur; en dehors
de l'atteinte des touristes et des chaises de poste, qui le rasent des deux
côtés sans y pénétrer jamais. Tout y est paix, calme des champs,
solitude aimable; et au lieu d'une plaine marécageuse que l'on s'attend
à y trouver, on ne rencontre que douces prairies où serpentent de rares
sentiers, un sol onduleux dont les mouvements gracieux contrastent
agréablement avec les brusques hardiesses des montagnes que l'on
vient de quitter, des bouquets d'arbustes, des clairières, des bois,
de fortunés hameaux groupés autour de leur église séculaire, et, çà et
là, dans des fonds écartés, quelques mares dormantes où flotte le nénu-
phar, où se plaisent les roseaux, cette plante des lieux délaissés sans
laquelle ils ont moins de grâce et moins de mélancolie. Quelques chasseurs, des peintres, visitent presque seuls cette contrée ou y séjour-
nent. Que n'y va-t-il un poëte assez naïf pour s'émerveiller de ces choses
si simples et en répandre le charme dans ses tableaux, assez sensible
pour en faire le théâtre d'une touchante histoire et pour imprimer à ces

tranquilles bocages, comme l'autre à des rochers sourcilleux, le sceau de la passion et du génie !

A la vérité, ces tranquilles bocages n'y gagneraient pas. Tout aussitôt ils perdraient leur douce obscurité, tout aussitôt les itinéraires les auneraient, les décriraient à l'envi ; je vois la route qui se perce, l'hôtel qui s'élève, la chaise de poste qui arrive, le cicerone qui dit son refrain et le pâtre qui mendie... Ah! fuyez ces honneurs, hommes de Noville, habitants de Chessel, vous tous qui coulez dans ces retraites agrestes vos vies ignorées et paisibles; car alors, alors! ces beaux arbres qui vous abritent et dont vous ne savez que bénir l'ombrage, vous apprendriez à en tirer vanité; ces masures amples et commodes dont la propre vétusté vous suffit et plaît tant au voyageur qui passe, vous apprendriez à les dédaigner et à les crépir; cette place commune où vos femmes teillent ou filent assises sous le porche des chaumières, où les poules, les canards, les oisons errent et babillent en liberté autour de vos engrais en tas, où vos enfants jouent sous vos yeux sur les chariots dételés, s'essaient à se maintenir sur les chevaux qui vont boire, agacent les chèvres, caressent les agneaux; cette place, bientôt transformée, ne serait plus qu'une rue pavée, plus qu'une route battue à l'usage des touristes, des postillons, des rouliers.... Ah! désirez, désirez que jamais rien de semblable n'arrive! félicitez-vous de ce que les poëtes s'en vont, de ce que rien n'est devenu aussi rare que le génie, que la passion, que ce feu créateur qui seul peut tirer de l'ombre et faire resplendir aux regards de la foule émue les lieux jadis obscurs sur lesquels il promène ses immortelles clartés.

Arrivés à Villeneuve vers les deux heures, nous allons descendre à l'auberge de la Croix-Blanche. L'hôtesse nous prévient, avant toute chose, qu'elle a un *cathaire* : ce qui doit être quelque maladie qui ressemble à un catarrhe. Après lui avoir laissé nos ordres, nous allons faire un pèlerinage à la prison de Bonnivard. Le soleil, qui s'est tenu voilé jusqu'ici, perce de ses rayons le dais de grises nuées, et les champs printaniers éclatent d'une argentine lumière.

Le château de Chillon, illustré par la captivité de Bonnivard, par le séjour et le poëme de Byron, charmerait déjà sans cette parure d'histoire et de poésie. Quel site! quel assemblage de tout ce qui plaît à l'œil et au cœur! et où donc se voient assises et comme flottantes

LE CHATEAU DE CHILLON.

sur des eaux plus limpides et plus belles, des murailles plus majestueuses, une plus riche couronne de créneaux et de tourelles? Il a été
récemment crépi à l'intérieur, remis à neuf, et c'est bien fait; que jamais cette demeure ne tombe, que jamais cette fleur de notre lac, brisée par les vagues, ne disparaisse sous les flots : il est des ruines si
chères qu'il faut étayer leur décrépitude et, à force de soins, les con-
traindre de vivre. Du reste, cette restauration tout intérieur a été faite
sans barbare parcimonie, avec cette convenance qui respecte, qui
sauve, qui, ne pouvant vaincre le temps, lutte du moins ou transige
avec lui. Nous visitons cuisine, salle de justice, chambre du duc, ca-
veaux, oubliettes... Ces oubliettes terribles sont, selon quelques-uns,
un escalier détruit; et plusieurs pensent que les ossements humains
qui en ont été retirés récemment ont appartenu à un veau infortuné.
Ainsi ne pense pas la diserte et savante Parisienne qui fait aujourd'hui
les honneurs du château. Cette petite dame a compulsé je ne sais quoi,
où elle a trouvé une multitude de documents infinis, dont elle fait un
débit intarissable. C'est ainsi que les cicerones écrivent l'histoire.

Au retour, nous allons visiter un grand hôtel que l'on construit à la
porte de Villeneuve, sur la hauteur, dans une situation magnifique.
L'entrepreneur s'est trouvé ruiné, dit-on, dès le deuxième étage, et ce
sont les créanciers qui achèvent maintenant le quatrième. Ceci nous
fait songer anthracite, actionnaire, et aussi la vieille barque qui là-bas
pourrit au soleil. Sur ces entrefaites, passe un manant qui veut conduire
sa vache à Vevey, tandis que sa vache veut le ramener à Villeneuve.
Cet homme se figure que c'est notre aspect qui donne des vertiges à sa
bête, et il voudrait bien nous vociférer toutes sortes d'injures; mais la
vache l'emporte, effrayée par ses clameurs mêmes, et il devient urgent
qu'il s'occupe de faire des gambades à le fendre jusqu'au menton; désagréable situation pour un furieux.

Après le repas, nous allons passer notre soirée sur le rivage, où les
objets récréatifs ne nous manquent pas, sans compter des pierres plates
avec lesquelles on fait des ricochets sublimes. Puis, deux garçons qui
viennent de décharger du sable proposent de nous faire naviguer dans
leur gros bateau; et nous d'y sauter aussitôt. Un seul des voyageurs
manque, nous l'apercevons de loin qui se promène pensif sur la grève,
comme un héron solitaire. Cependant le soleil se couche, le mouve-

ment cesse insensiblement sur le port, la nuit envahit de ses ombres
la profonde vallée du Rhône, et quand des plus hautes cimes se sont
retirées les dernières lueurs, il ne nous reste plus qu'à regagner le gîte
pour y trouver le sommeil.

Le voyage est fini. Demain c'est à *l'Aigle* de précipiter sa course, tandis que, paresseusement assis sur le pont, nous verrons fuir les rives et
s'approcher la classe.

BOLTIGEN.

VOYAGES EN ZIGZAG

VOYAGE A VENISE

1842

Ce printemps, le ciel était si frais, la verdure si engageante, que, contrairement à nos habitudes, nous fîmes autour de notre lac une petite excursion d'extra. Gardez-vous, pères de famille, de faire des excursions d'extra, et bien plutôt, continuez de tourner invariablement dans le cercle sagement ordonné des habitudes acquises. Au lieu d'éprouver de cette excursion-là quelque rassasiement, nous en revînmes affamés d'expéditions et plus grandes et plus lointaines, et plus mémorables; plusieurs se sentaient des démangeaisons touristiques à

s'en gratter toute la journée ; d'autres éprouvaient comme une sorte de
bercement séducteur, signifiant lagunes et gondoles ; Mentor lui-même,
au lieu de dire à Télémaque : « Le naufrage et la mort sont moins funestes que le café Florian et les guitares de la place Saint-Marc, » con-
sultait des itinéraires, s'achetait des cartes, et cherchait à s'enseigner à
lui-même au travers de quels monts et de quels vaux on peut acheminer aussi directement que possible une vingtaine de Télémaques sur
les délices du café Florian.

La chose, du reste, n'était pas facile. En effet, aller à Venise par le
Simplon et en revenir par le Splügen, c'était se condamner à parcourir deux fois dans toute sa longueur cette plaine lombarde qui
sépare les murs de Bergame des lagunes de l'Adriatique ; et, d'autre
part, commencer par mettre derrière soi une grande partie de la
Suisse, pour de là entrer dans la Valteline, escalader le Stelvio, et
descendre à Venise par les pentes du Tyrol, la vallée de l'Adige et
les gorges de la Brenta ; c'était s'engager dans une entreprise colossale
pour nos jambes, colossale pour nos modiques vacances, colossale
surtout pour une bourse commune ladre et récalcitrante. C'est pourtant à ce dernier parti que M. Topffer s'arrêta. Le voyage à Venise
fut résolu, l'itinéraire fixé, la bourse commune mise à la raison,
et, en attendant le grand jour de départ, les démangeaisons, les ber-
cements, les rêves dorés, les ardeurs impatientes venaient marier leur
charme aux douceurs chaque jour plus amères de l'étude. Toutefois, en face d'une entreprise aussi aventureuse, M. Topffer avait ses
rêves aussi, pas toujours dorés, et il s'excitait à trouver sage et prudent un projet que le moindre accident survenu en route aurait fait
juger irréfléchi et téméraire. Mais quel est le jour, quelle est l'heure de
sa vie où un instituteur ne court pas cette chance-là, et plus que cette
chance-là ? S'il répond des membres et des vies de ses élèves, il répond
aussi de leurs habitudes, de leurs principes, de leur moralité ; et s'il
faut pourtant, sous peine de n'accomplir pas sa tâche, qu'il risque
pour eux le contact des livres, du monde, du siècle et de son atmo-
sphère malsaine, comment ne risquerait-il pas pour eux avec bien
moins d'inquiétude l'approche des glaces, le voisinage des précipices,
le danger des intempéries, la maladresse des cochers, ou encore la
chance d'être lancé bouilli aux nuages, multipliée par les trois cent

cinquante tubes bouilleurs d'une machine à basse ou à haute pression ?
N'importe.

Au surplus, qu'on ne s'abuse pas sur le danger de ces excursions, et
surtout que des craintes exagérées n'aillent pas détourner qui que ce
soit de procurer à ses enfants ou à ses élèves un genre de plaisir, ou,
pour dire mieux encore, un genre d'exercice si précieux et pour leur
corps et pour leur esprit. Sans doute, pour qui n'a pas encore l'expérience de ces expéditions, il ne faut pas débuter par un voyage à
Venise, et nous-même, nous ne confierions pas sans une défiante sollicitude vingt têtes légères à un sous-maître novice, sous le prétexte
qu'il faut à ces jeunes voyageurs un chef jeune aussi, fort, libre de
toute chaîne et exempt de toute infirmité. Avant de nous lancer, et par
exception encore, dans des contrées relativement si lointaines, nous
nous sommes essayés par vingt, par trente fois, sur de plus courtes distances ; mais c'est pourtant par des degrés bien vite franchis que nous
sommes arrivés dès longtemps à nous mettre en campagne, sans éprouver
aucune des appréhensions et des craintes que l'on pourrait supposer.
Ici, comme dans les autres circonstances de la vie, cette pensée, « A la
garde de Dieu ! » fait la sécurité de l'esprit et le courage du cœur ; elle
inspire je ne sais quelle pacifique confiance qui est déjà à elle seule une
cause de s'y bien prendre, parce qu'elle est un tempérament contre l'inquiétude qui rend gauche, ou contre la présomption qui rend téméraire.
Ce sont les vies de ces enfants, ce sont les choses précieuses et chères,
celles dont la perte est irréparable, que l'on place ainsi sous cette
auguste protection ; non pas, certes, en ce sens qu'elle soit tenue de les
préserver exceptionnellement et à toujours, non pas à la façon de ce
mortel de la Fable qui brisait l'idole qu'il s'était faite quand elle n'avait
pas accompli son vœu ; mais en ce sens seul raisonnable, seul légitime
et consolateur, que ses dispensations, quelles qu'elles puissent être, sont
acceptées d'avance ou avec gratitude ou avec résignation. Pour tout le
reste, c'est à l'humaine prudence, c'est au bon sens, c'est à l'intention
bonne et vigilante d'y pourvoir ; et, pour cela, quand on est soi-même
au milieu de son monde, les grands yeux ouverts, mesurant des fatigues
que l'on partage, et partageant des dangers que l'on mesure, à chaque
quart d'heure suffit sa peine. Et en effet, les choses ainsi réglées, l'on
va son petit train le plus tranquillement, le plus heureusement du

monde, sans souci d'hier qui n'est plus, de demain qui n'est pas encore, babillant, regardant, marchant, croquant des raisins, buvant aux sources, et trouvant que c'est, ma foi, un bien joli métier que celui de Mentor en goguettes, en voyage, voulais-je dire.

Il n'y a qu'une ombre à ce tableau, et cette ombre, chaque année, elle en recouvre un peu davantage la lumière jadis si resplendissante et si pure. La barbe de Mentor s'allonge, elle blanchit; il entrevoit avec une sorte de surprise, qui est elle-même surprenante chez un homme si expérimenté et si sage, que ces charmants plaisirs auront un jour et un déclin et un terme; que, bien avant que le cœur soit rassasié d'émotions et de joies, le corps, devenu infirme et morose, refusera de lui servir de camarade officieux et dévoué; que les souvenirs eux-mêmes, devenus importuns, jetteront sur le soir des ans comme un crêpe de tristesse. « Des voitures, dites-vous, des calèches mollement suspendues éloigneront ce funeste moment... » Hélas! autant vaut dire au vieillard qui perd ses dents, la vue, l'ouïe : « Un râtelier, des besicles, le cornet, et tu seras jeune, et que te manquera-t-il? » Non, arrière ces mensonges! et bien plutôt, sachons prévoir d'avance, pour les accepter ensuite de bonne grâce, l'automne au sortir de l'été, et l'hiver au sortir de l'automne. Voilà pourquoi, cher lecteur, nous traçons et nous retraçons ces lignes d'ingrate prévision, afin d'y contracter l'accoutumance anticipée de ce déclin déjà commencé et de ce terme déjà entrevu. Ainsi parla Mentor, et le jeune Télémaque n'y comprit rien du tout.

Une chose pourtant demeurera, et il faut la consigner ici, car elle n'est pas inutile à dire, et cette honorable pudeur de la reconnaissance qui porte à ne pas céler la part de biens que l'on a eue, nous presse d'ailleurs de faire ce charmant aveu, quelque personnel qu'il nous soit. Les philosophes, chrétiens ou autres, les sages eux-mêmes, Mentor aussi, avancent en cent rencontres qu'il n'est point sur cette terre, je ne dis pas de vies, mais de moments dans la vie, où l'homme goûte une félicité parfaite. La main sur la conscience et devant Dieu, qui sait la vérité, nous déclarons, en ce qui nous concerne, cette assertion-là parfaitement fausse; sans prétendre d'ailleurs contester, encore moins nier, aucune des amertumes, aucun des maux dont la vie des hommes est inégalement mais infailliblement semée. Oui, nous avons connu, non pas des moments, non pas des heures, mais des journées entières d'une

félicité parfaite, sentie, d'une vivante et savoureuse joie, sans mélange
de regrets, de désirs, de mais, de si, et aussi sans l'aide d'un vœu
comblé, sans le secours de la vanité satisfaite; et ces moments, ces
heures, ces journées, c'est en voyage, dans les montagnes, et le plus
souvent un lourd havre-sac sur le dos, que nous les avons rencontrés,
non pas sans surprise, puisqu'enfin nous nous piquons d'être philosophe, chrétien, Mentor autant qu'un autre, mais avec une gratitude
émue qui bien sûrement n'y gâtait rien. A la vérité, nous ne portions,
outre notre sac, point de crêpe au chapeau, point de deuil dans l'âme;
mais d'ailleurs notre passé était laborieux, notre avenir tout entier
dans l'espoir et dans le travail; notre condition, la même que celle de
la plupart des hommes...; et cependant je ne sais quoi de pur, d'élevé,
de joyeux, nous visitait, attiré, il faut le croire, par la marche, par la
contemplation, par la fête de l'âme, par la réjouissance des sens, et re-
tenu, nous le supposons, par l'absence momentanée de tous ces soins,
ces intérêts ou ces misères qui, au sein des villes et dans le cours ordinaire de la vie, occupent le cœur sans le remplir. Ainsi donc, philosophes,
réformez votre doctrine dans ce qu'elle peut avoir de trop chagrin.
Assez de maux nous resteront, si vous nous laissez l'espoir de quelques
félicités parfaites, bien que passagères; et au lieu de vous borner trop
exclusivement à dresser l'homme pour le malheur, occupez-vous aussi
un peu de lui enseigner tout ce qu'il peut conquérir de vraies joies au
moyen d'un cœur sain et de deux bonnes jambes, c'est-à-dire en marchant en toutes choses à la conquête du plaisir, au lieu de l'acheter tout
fait ou de l'attendre endormi.

Mais il est temps de nous mettre en route. Ce sont ici trente-six
journées, lecteur, qui s'ouvrent devant vous, et non plus vingt-quatre,
vingt-cinq. C'est beaucoup, c'est trop; mais s'il est bien vrai que nous
n'avons pas le temps d'être bref, nous n'aurons guère davantage celui
d'être long. A l'œuvre donc! Et vous, mes chers compagnons de voyage,
entourez-moi, venez en aide à ma mémoire, dans la crainte que je
n'aille omettre quelqu'une des grandes choses que nous avons faites!

C'est le mardi 11 août que nous nous embarquons sur *l'Aigle*, par
peur des tubes bouilleurs de *l'Helvétie*. Nous ne ferons pas, comme Ho-
mère, le catalogue des navires; mais, s'il vous plaît, un petit catalogue des personnes.

Cette toute bonne grosse dame, toute reluisante de santé et d'embon-
point, que M. Topffer porte évanouie sur le pont, c'est la bourse commune. Bons traitements, propos moelleux, séduisants tableaux de joie et d'allégresse, rien ne peut adoucir son humeur ni charmer ses appréhensions; toujours elle semble dire avec dom Pourceau :

« Quant à moi qui ne suis bon qu'à manger,
ma mort est certaine. »

L'autre dame, c'est madame T. Dans les délibérations, madame T. est toujours pour une gondole de plus, pour un repas d'extra, pour un plaisir en sus. La bourse commune ne l'aime pas.

Vient ensuite M. *André*, l'ami commun du maître et de ses disciples. Il se propose de tâter d'une de ces excursions pédestres, pour savoir au juste quel en est bien le goût; et il n'aura pas tenu à lui que ce goût ne soit excellent, tout au moins pour ses camarades. En effet, M. André a le propos aimable, l'allure gaie, l'entrain à commandement, sans compter dans son arrière-poche d'amusantes drôleries, souveraines pour charmer les tristesses d'un jour pluvieux. Il vit bien avec son sac, moins bien avec son bâton, et l'on s'afflige à Dezenzano de les voir se quitter pour toujours sans larmes de part ni d'autre. M. André régale souvent la troupe, il lui offre le café après dîner; c'est pourquoi la bourse commune aurait du penchant pour lui, qui ne peut pas la souffrir.

Plus loin, ces deux touristes, l'un haut de taille, l'autre qui ne voyage jamais à l'œil nu, ce sont deux anciens élèves qui ont rejoint : *P. Dussaut*, déjà décrit, et *A. Vernon* d'Alais, près d'Anduse. De ce dernier, on jurerait, à l'entendre parler de sa ville natale, que c'est un Genevois parlant de Genève, tant il lui trouve de charmes et de beautés incomprises. Par malheur, il lui échappe une téméraire sortie contre nos fruits, qui sont acides, et contre nos huiles, qui ne sont pas d'olive. Voilà la guerre, et de l'huile sur le feu. Relancé de toutes parts, Vernon torque, rétorque, tient tête à tous et à chacun, et c'est beaucoup s'il lui reste du temps pour manger, du temps pour s'évanouir, du temps pour noter ses *impressions* sur un carnet, du temps pour faire remettre un verre à ses lunettes, et du temps pour déchiffrer ensuite toutes les inscriptions qui se présentent. Élastique, vif, prompt, il se tire pourtant de tout et de quelque chose encore, se réservant pour partie faible d'oublier le nom des endroits où il passe, et d'estropier en revanche celui des lieux où il séjourne. Seul de la troupe, Vernon jouit d'un imperméable, ou plutôt toute la troupe jouit de l'imperméable de Vernon. On y enveloppe tout ce qui a froid, on y ploie tout ce qui est malingre, on en revêt tout ce qui ne peut pas entrer dans le manteau de madame T., moins imperméable sans doute, mais banal aussi comme tout ce qui appartient à chacun d'entre nous. La vie de voyage, les intérêts de l'ambulante colonie le veulent ainsi, et ce n'est pas ce qu'ils veulent de moins bon. L'excellent Robinson, tout seul dans son île, ne pouvait qu'apprendre à se tirer d'affaire par lui-même; plus heureuse encore, une caravane d'enfants jetée au milieu de contrées étrangères, loin de toutes les commodités, de tous les secours et de toutes les ressources de la maison paternelle ou du toit de la pension, ne peut qu'apprendre le charmant secret de se tirer d'affaire les uns par les autres, et que se former à cette générosité secourable et franche, qui n'est pas extraordinairement commune, mais qui est en revanche si aimable et si digne d'estime, qu'elle marche la toute première après le grave cortége des vertus.

Et pour le dire en passant, à considérer l'effrayant développement de ce prévenant comfort qui va au-devant de tous les désirs, de toutes les fantaisies de quiconque peut le payer, et qui, en semant de toutes parts la mollesse, la torpeur, l'égoïsme, tend à remplacer partout le plaisir par un insipide bien-être, il est sage, instituteurs, parents, pères de famille, de saisir au vol toutes les occasions d'en combattre chez les jeunes hommes l'influence délétère. Or, les voyages à pied, même avec leurs risques et périls, même sans Mentor, mais entre Télémaques choisis, forts de santé et légers d'argent, sont bien certainement l'un des plus efficaces moyens de rendre par quelques-uns de ses côtés l'éducation mâle, saine et vivifiante. Quelles directions, quelles exhortations pédagogiques pourraient valoir, dites-le-moi, ce contrat momentané avec la nécessité en personne, avec la réalité sa sœur, et avec le monde son cousin ? Quelles leçons pourraient remplacer cette libre action de jeunes volontés se mesurant avec des obstacles dont personne n'a

préalablement adouci les rudesses ni arrondi les ongles, ou cette obligation de s'entr'aider qui, naissant ici du besoin, son père véritable, bientôt s'ennoblit, s'épure, et se transforme en contentement et en plaisir?
Ainsi, favorisez, croyez-m'en, ces excursions, auxquelles nos cantons
ouvrent un champ d'ailleurs si beau, et que, plus souvent encore qu'aujourd'hui, des caravanes d'adolescents se croisent sur les cimes de nos
montagnes, où, arrivées le soir au même gîte, elles s'y partagent joyeusement les grabats d'une modeste hôtellerie. Je sais un père, c'est l'un
des écrivains les plus populaires de la Suisse allemande, qui, bien plus
hardi que vous, que moi, nous n'oserions l'être, chassait paternelle-
ment de la maison pour deux semaines, pour trois semaines, ses jeunes
garçons, en leur disant : « Voilà douze écus, avec cela vous vivrez à vous
trois-vingts jours; vous visiterez tels endroits, vous ne ferez pas le mal,
tout le reste vous regarde. Embrassez-moi, et bon voyage. » Certes,
pour oser faire ainsi, il fallait avoir su cultiver dans ces cœurs d'enfants
le germe vigoureux d'une moralité tutélaire; mais pour n'oser le faire,
il ne faut qu'avoir laissé ce germe se rabougrir, et le caractère s'étioler à
l'ombre d'une direction qui se croit habile parcequ'elle est poltronne,
et sage parce qu'elle n'affronte rien. Je retourne à mes moutons.

Voici venir justement l'agneau du troupeau, un petit touristicule de
onze ans, sorte d'enfant de troupe qui rencontre son grand frère dans
chacun des soldats du régiment. Il s'appelle *Léonidas*; on lui fait passer
de fameuses Thermopyles. Tantôt il joue et sautille à l'avant-garde,
tantôt il s'attarde, et alors quelque grand frère le soulage de son sac;
plus souvent il éclate de rire ou bien s'endort assis, debout, couché, en
zigzag ou en quinconce.

Tout est aux écoliers matelas ou couchette.

Du reste, Léonidas poursuit les papillons, guette les sauterelles, agace
les grenouilles, fait des ricochets dans les flaques, et c'est ainsi qu'il
observe les mœurs et les institutions toutes les fois qu'il ne dort pas.

Édouard, les deux frères Auguste et Adolphe *Murray*, *Sorbières*,
Poletti, *Constantin*, *Gustave*, *d'Arbely*, M. *Topffer*, forment une phalange
de vieux troupiers déjà connus par nos précédentes relations. Édouard
et Poletti, il n'y a pas longtemps encore conscrits harassés et boiteux,
sont devenus des marcheurs de la vieille garde; les frères Auguste et

Adolphe, d'Arbely, Gustave, Constantin, Sorbières, de tout temps
vieille garde, soutiennent l'honneur du corps ; ce dernier, sujet à semer
en route ses hardes et fourniments, n'y sème plus que son chapeau.
Enfin M. Topffer, vétéran, payeur, drapeau, aumônier, frater, général
et empereur, le tout en petite tenue : blouse grise et lunettes noires. A
Venise seulement, des sous-pieds pour marquer sa dignité, et un chapeau blanc, comme les meuniers, pour se couvrir la tête.

Mowbray, insectologue de la troupe, qui soulève toutes les pierres et
dérange tous les soliveaux. En quelque endroit qu'il marche ou qu'il se
repose, dix, vingt pourvoyeurs officieux l'appellent à propos d'une
mouche qui vole ou d'un grillon qui fait sa promenade. De cette façon,
Mowbray ne va jamais droit devant lui ; il oblique, il recule, il disparaît,
reparaît, tourne en spirale ou décroît en asymptote, et l'on en est encore à savoir comment cet itinéraire-là l'a conduit à Venise, où, à peine
débarqué, il s'achète une tortue. Cette tortue est si petite, si douce, si
intéressante, en ceci surtout qu'elle ne mange rien, soit de tristesse,
soit faute d'aliments convenables, que chacun s'en mêle, la caresse, s'informe de sa santé et prétend que, à table, comme dans les haltes, on la
laisse errer en toute liberté sur la nappe ou sur le gazon. On découvre
un beau jour qu'elle boit, puis qu'elle se baigne, puis qu'elle mange,
mais seulement des aliments qui flottent dans l'eau. Grande joie. Aujourd'hui cette tortue est en pension chez M. Topffer, instituteur à
Genève, où elle jouit d'un air salubre, d'une nourriture saine et abondante, et d'eau à discrétion.

Simond Michel et *Simond* Marc, qui voyagent pour la première fois
avec nous, et qui s'en tirent des mieux. Seul de la troupe, Michel jouit
d'un paletot de route dit *quinze francs sans la doublure*, qui lui donne
l'air d'un fashionable agrégé. Ce paletot, qui était né pour la vie civile,
ainsi soumis aux vicissitudes de la vie nomade, passe par toutes les
nuances successives d'une décoloration pâlissante et bigarrée, et de bai
devient pie ; mais, tant la forme l'emporte sur la couleur, il conserve,
grâce au style de sa coupe, un air de distinction, et conquiert des
hommages jusque dans son arrière-vieillesse. Simond Michel note, écrit,
contemple et procède par grands pas ; tandis que Simond Marc procède
par pas inégaux et discrets, regarde son chemin, blanchit au soleil,
et se sent des faims à ronger sac et courroies.

Albin, touriste silencieux, excepté lorsqu'il latinise, avec un pas d'avant-garde, tient le centre ou ferme la marche. *De Bar* et *Toby* voltigent tantôt sur le front, tantôt sur les ailes; ils sont gris de costume, blonds de cheveux, tirant sur le scandinave clair. Ils guettent les noyers, regardent aux prunes, et, d'ordre supérieur, se contentent de soupirer en passant sous les treilles ou en coudoyant les ceps.

Enfin, *David*, majordome, qui soigne nos intérêts matériels, part en courrier, nous trouve des lits, des vivres, même là où il n'y en a point, et s'enroue à débattre les prix avec les hôtes madrés du Tyrol et de la Lombardie. Sans lui, la bourse commune serait morte à l'heure qu'il est, au lieu qu'elle n'est que plate comme une jonquille sortant d'un herbier.

Ces vingt-trois voyageurs viennent se mêler aux autres passagers de *l'Aigle*. Le ciel est souriant, le lac tranquille, l'air calme;

> Tout dort... et les vents et Neptune;

n'était cette vapeur qui ne dort pas, ce piston qui bondit, cette chaudière qui menace, et certaine rivalité entre bateaux qui menace aussi.

Il y a beaucoup de monde sur *l'Aigle :* quelques Genevois, des Français, des Anglais, et aussi un monsieur qui lit à haute voix les saintes Écritures, au murmure des conversations, au bruit de la manœuvre et aux éclats de rire des passagers, qui dans cet instant regardent comment on s'y prend pour hisser, d'un petit bateau dans un grand, une énorme dame effarée. C'est une opération laborieuse, pour laquelle il faut trois vigoureux gaillards qu'aucun scrupule n'empêche de saisir le ballot par le bout qui se présente, ou de roidir la tête et les deux bras contre le côté qui penche, moyennant quoi tout vient à point, et la marchandise arrive à bord sans s'en être mêlée. Ce qu'on nous hisse ainsi se trouve être une sorte d'odalisque mulâtresse, coiffée d'un long foulard pointu, chargée de bagues et colliers, et qui dit la bonne aventure. Quant au monsieur, il lit toujours. Cette gratuite obstination choque les uns, fait sourire les autres, et transforme presque un acte de piété en un acte de scandale.

Ce monsieur nous fait songer à un usage qui s'est introduit depuis quelques années dans plusieurs auberges de la Suisse, c'est celui d'y placer des bibles dans les chambres, dans le salon, et jusque dans la salle à manger. Est-ce donc parce que celui qui pratique la lecture des saints livres ne saura pas s'adresser à l'hôte pour qu'il lui en confie un exemplaire? ou bien est-ce dans l'espoir que le grain de la parole viendra fortuitement à lever dans le cœur de ces voyageurs qui passent affairés, qui se couchent en tumulte, ou qui dînent joyeusement à cette longue table chargée de mets et de bouteilles? Ni l'un ni l'autre de ces motifs ne nous paraissent raisonnables, quand, d'autre part, nous ne voyons jamais sans un sentiment pénible la Bible, honteusement confondue avec de vulgaires ustensiles, n'être plus qu'un meuble d'hôtellerie, et, de tous, le plus délaissé. En effet, sans parler des indifférents, il se rencontre beaucoup d'hommes pieux qui estiment qu'il y a un temps pour tout, et pour le recueillement aussi; que, même en voyage, le moment le plus particulièrement mal choisi pour se livrer à une lecture efficace et respectueuse, c'est celui que l'on passe à l'auberge, au milieu du bruit, du tumulte, du plaisir, des préoccupations d'arrivée et des soins de départ.

Rolles, Morges, Ouchy, nous envoient des cargaisons de passagers. Soumis que nous sommes, pour des considérations financières, à une diète absolue sur le bateau, nous n'avons rien de mieux à faire que de contempler philosophiquement ces coques flottantes surchargées de gens silencieux et préoccupés, que mènent du bout de la rame deux manants distraits. De tout loin, ces manants agacent de leurs joyeusetés les nautoniers de *l'Aigle*, tandis que, de tout près, ils manquent la corde, qui attrape un bourgeois, effraie une nourrice et jette bas trois valises. L'on frémit dans la coque, et l'on s'y empresse ardemment de faire place aux victimes, qui doivent regagner la rive. Alors *l'Aigle* reprend son vol; la coque, surprise par le sillage du bateau, danse comme en pleine tempête, et les manants crient à l'envi. C'est que tout à coup il leur revient à l'esprit une kyrielle de commissions qu'ils ont oublié de faire. « Ohé!... la clef de la malle a resté chez Ramuz; manque pas de la réclamer. — Tu poses les raisins chez Paschoud, le panier est à Jean-Marc, et le linge à la Louise! — Ohé! ohé! dis à Pierre qu'ils ne voulont pas garder sa jument : elle a la morve! — A Joseph, qu'ils ne pouviont pas achever la toiture, faute de tuiles... Il s'en manque de deux chars!... — Ohé! ohé!... A l'Anglais que sa valise... » Le reste, qui se perd dans les airs, servira pour l'ordinaire des jours suivants;

tant et tant qu'à la fin cet Anglais saura où est sa valise, et dans quelle ville il doit se rendre pour changer de linge.

Vers trois heures, nous débarquons heureusement à Villeneuve, et tout aussitôt nous nous acheminons sur Aigle. Ces plages de Noville et de Chessel ne nous semblent ni aussi belles ni aussi aimables que lorsque nous les visitâmes au printemps. Ce n'est pas leur faute, c'est la nôtre. Au printemps, elles formaient comme l'endroit fleuri de notre courte promenade, nous nous y prélassions avec délices, nous les quittâmes avec regret. Aujourd'hui, elles nous apparaissent comme le seuil d'où nous nous élançons vers de lointaines et plus brillantes contrées, en sorte que nous les franchissons hâtivement, l'œil distrait, l'esprit sur Venise, et plutôt réjouis que charmés par le ravissant spectacle de ces cimes dentelées, de ces bois, de ces feuillages jaunis, qu'empourpre le soleil du soir.

Dès la première heure, et surtout dès celle-là, les débutants ne peuvent assez dire combien un havre-sac est chose légère, commode, agréable presque ; mais dès la seconde heure, ils traitent d'autres sujets ; et, par exemple, ils se plaisent à établir qu'Aigle n'est pas éloigné. Ils se trompent, Aigle est toujours éloigné, ou nous le paraît, ce qui revient absolument au même. En effet, pour tout piéton, une lieue en vaut deux, si la route est rectiligne, si la nuit supprime toute distraction des yeux, ou bien encore si le chemin lui est déjà aussi familier que : *Ah! vous dirai-je, maman.* C'est ici le cas. A la fin pourtant, voici le pont d'Aigle, les peupliers d'Aigle, la Croix-Blanche d'Aigle, où nous sommes parfaitement accueillis par un hôte solennel et un sommelier chevelu. Mais Murray manque ! Aussitôt l'on court à sa recherche. Murray est retrouvé sous un noyer. Il est triste, attendri même, parce qu'il ne se sent pas bien, et que ses jambes, qui doivent le porter jusqu'à Venise, refusaient tout à l'heure de le porter jusqu'à Aigle. On le console, on l'égaie, on le met à table ; sa santé s'améliore à vue d'œil, et tout irait à merveille, n'était le garçon chevelu qui, sous la direction de l'hôte solennel, asperge nos blouses de vermicelle. C'est très-contrariant pour des particuliers à peu près aussi dépourvus de linge et de hardes que cet Anglais qui attend des nouvelles de sa valise.

Une fois hébergés, plusieurs des voyageurs sortent de leur poche un carnet, et de leur contre-poche un crayon, aux fins de prendre note de

leurs *impressions*, c'est le mot consacré. L'habitude est bonne; bien
des loisirs autrement inutiles acquièrent ainsi du prix ; en outre, ce
commun penchant unit, rassemble, et fait parfois d'un jour de pluie
qui vous retient à l'auberge un jour précieux pour s'enrichir de renseignements et combler son arriéré. Quant à ces *impressions*, elles se
composent volontiers du nom des endroits, de la note des distances,
et d'autres événements pareils; mais qu'importe? On commence par
là, on finit par autre chose, à mesure que l'on observe davantage, que
l'on sent un peu plus, et que le crayon, à force de s'y essayer, trouve
plus de mots pour dire et plus de tours pour exprimer. En attendant,
le naturel se conserve, ce qui vaut, à soi tout seul, la peine d'attendre.

Sur ces entrefaites, un orage éclate : la foudre gronde aux quatre
coins du temps. Si nous étions des anciens, ces auspices nous feraient
reprendre sagement le chemin de la classe; mais nous sommes des modernes, témoin Vernon, qui, revêtu de son imperméable, part à dix
heures du soir pour aller mettre une lettre à la poste. Postes, imperméables, crinolines, racahout, nafé, créosote, toutes choses inconnues
à Caton l'Ancien et à Pline le Jeune aussi.

LE PONT D'AIGLE.

LES ORMONDS.

2ᵐᵉ JOURNÉE

Il a tonné toute la nuit, et ce grand matin il pleut encore; mais le ciel, fatigué de colère, semble disposé à sourire. A peine levé, d'Arbely écrit ses impressions. Quelles? On ne sait pas. Serait-il de ceux qui les écrivent d'avance? Il affirme que non. A ce propos, nous nous rappelons qu'un de nos touristes d'il y a quelques années, pour en être plus libre de tout soin durant la route, partait de Genève ses lettres toutes écrites, datées, ployées, fermées, adressées; il ne lui restait plus qu'à les jeter en passant dans la boîte. Dans chacune il se portait bien, tout le monde aussi, nouvelles excellentes. Il faut être, non pas imprudent, non pas étourdi, mais seulement bien fraîchement né, pour jouer ainsi avec l'avenir, cette bête louche, que l'homme fait ne caresse que parce qu'il s'en défie.

Il s'agit aujourd'hui de traverser de la vallée du Rhône dans celle du Simmenthal, par le passage des Ormonds. Jusqu'à deux lieues d'Aigle, la route, nouvellement établie, est praticable aux voitures. On monte, on s'élève de zigzag en zigzag sur le flanc d'un roc escarpé, et après beaucoup de sueurs on aboutit au Sepey : deux maisons et un cabaret qui est l'auberge; ce doit être désappointant pour les voitures. La commune d'Aigle, qui a fait ce bel ouvrage, se trouverait-elle dans

la situation de ce seigneur romain qui, ruiné par l'escalier, ne put suf-
fire au palais? Il faut croire que non. Toutefois, maintenant que l'on a
substitué au casse-cou de Châtel-Saint-Denis une route excellente qui
conduit de Vevey à Bulle et par là dans le Simmenthal, nous craignons
qu'il ne soit devenu superflu d'en percer une aux Ormonds, et qu'ainsi
ce bout de chemin n'ait pas de suite.

Nous entrons dans le cabaret pour y déjeuner. Les vivres y sont
rares, le service triste et les maîtres disgracieux; on dirait que nous
en pouvons mais de ce que leur route s'arrête là. Les prix aussi sont
disgracieux au Sepey, mais l'hôtesse nous en donne la raison. « Ne
paie-t-on pas, dit-elle, nonante-neuf louis d'amodiation à la commune?
Croyez-vous donc que c'est rien, une amodiation de nonante-neuf louis?»
C'est donc l'amodiation que nous payons, et non pas le déjeuner, comme
nous étions d'abord portés à nous l'imaginer.

Au delà du Sepey, il n'y a plus que des sentiers qui s'entre-croisent,
sans compter un brouillamini d'Ormond dessus et d'Ormond dessous.
En conséquence, nous prions l'hôtesse de nous fournir un guide; elle
nous fournit son fils, jeune homme d'une grande espérance, mais qui
nous demande, par l'organe de sa mère, un prix qui sent d'une lieue
l'amodiation. On lui offre trois francs pour venir nous mettre sur le
revers de la montagne. Le drôle ne veut pas de nos trois francs, et voilà
que nous partons sans trop savoir pour
quel Ormond. Par bonheur, un gros
homme, qui d'une chambre haute nous
regarde passer, se met en devoir de
nous tirer d'embarras, lorsque lui-
même vient à s'embarrasser dans sa
fenêtre trop étroite, et y demeure pincé
par la panse, absolument incapable
d'expectorer la moindre indication
d'un sentier quelconque. Ainsi nous
cheminons à l'aventure, jusqu'à ce que
nous nous trouvions bientôt engagés
dans l'Ormond dessus, dont de bonnes
femmes nous dégagent pour nous re-

mettre sur l'Ormond dessous, auquel nous nous efforçons de nous consacrer désormais tout entiers. C'est plus aisé une fois que nous avons atteint la Combaz, trois autres maisons qui forment le dernier village qu'on rencontre sur ce revers. Chose drôle! il y a là un pavillon chinois, une haie de groseilles, et un monsieur assis sur une vraie chaise, qui lit dans un vrai livre; nous n'en revenons pas.

Du reste, cette vallée, à partir d'Aigle, est de médiocre beauté : point de grandeur, peu pittoresque, et au delà de la Combaz, sur le sommet du passage, une uniformité d'aspect incomparable. C'est le premier endroit qui se soit rencontré dans nos voyages, où M. Topffer n'ait su voir ni le rudiment d'un site, ni l'apparence de quelque chose à croquer. Deux pentes vertes, des chalets échelonnés, voilà tout. D'ailleurs, ce silence des solitudes, cet air des montagnes, ce parfum des pâturages qui ne se croque pas, mais qui restaure. Et puis le merveilleux, le drôle de l'endroit, c'est quand nous venons à songer pourquoi nous y sommes. En effet, qui donc imagina jamais, voulant aller à Venise, de prendre par Ormond dessous? Vraiment, nous courons risque de passer pour des fous, si l'on ne nous permet un petit mot d'explication.

Souvenez-vous, lecteur, que nous nous dirigeons sur le Tyrol; souvenez-vous en même temps que nous voulons y arriver tout à la fois sur nos jambes, par les montagnes, et sans passer par le Simplon, que nous nous réservons pour le retour; puis, instruit de ces données, ouvrez la carte; vous y pouvez suivre, à partir du Simmenthal, où nous allons entrer dans deux heures de temps, une ligne presque directe, et tout entière montagneuse, qui aboutit à Coire; en passant du Simmenthal par la gorge de Wimmis, dans la vallée de l'Aar, de la vallée de l'Aar dans celle de la Reuss par le Grimsel et la Furca, de la vallée de la Reuss dans celle du Rhin par l'Oberalp et Disssentis. Une fois à Coire, il s'agit d'entrer dans la Valteline. Nous pourrions franchir le Splügen pour en aller chercher la porte à l'embouchure de l'Adda; mais, plus hardis, nous voulons, nous, y pénétrer par escalade, et aller surprendre le fleuve à sa source. Pour cela, il nous faut, de Coire, pénétrer par le mont Julier jusque dans la haute Engadine; puis, de la haute Engadine, par des sentiers à peine frayés et des hauteurs difficilement accessibles, atteindre Bormio en un seul jour nécessairement. Or, Bormio, c'est le bourg dernier de la Valteline, la clef du Tyrol, et, dans notre itinéraire donné, la porte de Venise. Si douze jours de marche nous ont suffi pour y arriver, c'est, vous le voyez, grâce au Sepey, grâce aux Ormonds. Vivent donc les Ormonds dessous et dessus!

Vive l'inconnu aussi! voici madame T. qui se réjouit fort de voir l'*Engadine*. M. Topffer est pour le *Bernina*, et puis *Glürns*, et puis *Drafoy*; M. Moynier caresse *Naturns*, *Méran*, *Prad* ou *Prada*, et chacun se trouve avoir ainsi d'avance un endroit dont son imagination est particulièrement friande. De près, cet endroit se trouve être un trou. C'est égal; on a vu tout au moins ce que peut être un coin du monde qui s'appelle *Drafoy*, ou qui a nom *Glürns*, et ça fait plaisir. Le moyen d'ailleurs qu'une montagne qui se nomme *Bernina* ne soit pas svelte, toute plantée de bouquets de pins, et mollement assise sur des croupes ondulées et fleuries! C'est fleuri comme l'Arabie-Pétrée, planté de granits, ondulé de glaces. Le moyen que l'*Engadine* ne soit pas une prairie embaumée, où des bergères et des bergers jouent de la musette tout le long de l'an pour savoir que faire! Eh bien, oui! on y joue aux quilles, mais sur le lac et en juin. A chaque fois déçue ou trompée, l'imagination recommence chaque fois à donner aux noms propres un air, une figure, une musette, des bouquets, et c'est fort heureux. Combien, en effet, d'Engadines que nos yeux ne verront point! combien de Drafoys, de Naturns, que ne fouleront jamais nos pas! En attendant, la fée nous les montre; ils nous paraissent charmants ou vilains, selon qu'ils s'appellent *Vivis* ou Vevey, Coire ou *Chur*, Ilanz ou Selva piana, et, de cette façon, chacun de nous, quand il part pour l'autre monde, a vu cent fois celui-ci en lanterne magique.

Mais savez-vous qui tue la fée, qui éteint la lampe, qui change en pâle nuit les vives couleurs, les mouvantes figures, les amusantes scènes où se plaisait votre œil charmé? Ce sont les itinéraires. Lisez-les, et vous êtes perdu. Tout vous sera familier d'avance, la ville, l'habitant, le quai, le dôme. Tout vous aura été traduit d'avance en ignoble prose, en ingrate et bête réalité, mélangée de poids et de mesures, ornée du tarif des monnaies. Avant d'arriver, vous saurez déjà tout par cœur, et, revenu chez vous, vous n'en saurez pas davantage. Plus d'impression vive, neuve, spontanée; plus d'écarts possibles pour l'enthousiasme, plus d'espace pour les souvenirs, plus d'entraînement pour l'admiration; vous savez au juste, et par dire d'experts, ce qui est à louer, à ne pas louer, à trouver sublime, à trouver mesquin. Vous voilà ce docte ennuyé qui, le livret à la main, lorgne et constate; au lieu d'être ce voyageur qui apprend avec curiosité, qui observe avec amusement, qui tantôt ajoutant, tantôt retranchant aux tableaux de la fée, tour à tour la tance ou l'adore, la raille ou l'instruit, et sans cesse lui ouvre de nouveaux domaines que bien vite elle peuple et décore. Fuyez donc les itinéraires, fuyez les cicerone; tous ces industriels-là ne visent qu'à faire taire son charmant babil, pour vous vendre à la place leur insignifiant radotage. Seulement, exceptez de la proscription le bon Ebel, Murray, Joanne, quelques autres encore, qui sont, non pas des guides bavards, mais bien plutôt des compagnons instruits et sensés; après quoi, brûlez tout le reste, brûlez surtout cette redoutable *Venise en huit journées* qui se reproduit d'itinéraire en itinéraire pour la plus grande gloire de l'inventeur; cette Venise à huit compartiments, ce cauchemar de huit quintaux, ce calice à huit drogues que nous ne sommes pas même certain de n'avoir pas bu, puisque, à l'heure qu'il est encore, un je ne sais quoi s'attache à nos souvenirs de Venise, les importune, les harcèle, comme pour les refendre en huit et pour les ployer en quatre!

Au delà des pâturages des Ormonds, l'on retrouve, en descendant sur Château-d'Oex, les sapins d'abord, puis les hêtres, les noisetiers, et un petit chemin qui serpente à l'ombre de tout cela. Nous trouvons dans ce chemin un naturel et sa vieille qui descendent aussi en compagnie de leur vache. Ce brave homme n'a jamais vu tant de gens à la fois dans ce chemin-là. « Oh! dit-il; et où est-ce que vous allez donc bien? — A Venise. — Oui!!! — Oui. — Bon! bon! bon! bon! bon! (comme qui dirait : là, là, j'y suis, j'y suis!) — Et où est-ce Venise? — Là-

bas. — Oh!!! — A droite. — Oui!!! — Oui. — Bon! bon! bon!
bon! bon! » Et ainsi de suite durant un petit quart d'heure, dans la
même gamme fidèlement. Mais voici Château-d'Oex ; nous brisons
l'entretien, et, doublant le pas, d'un saut nous sommes dans la salle
de l'auberge, où l'on nous sert à boire ; de vivres, point. Il y en a pourtant, mais la bourse commune vient de déclarer à l'hôte que nous
n'avons pas faim. « Et de l'eau, s'il vous plaît! »

De Château-d'Oex à *Saanen*, qui s'appelle en notre langue *Gessenai*,
c'est une promenade de trois lieues. La soirée vaut celle d'hier. Tout
rit, tout scintille ; une fraîcheur sans brise tempère les ardeurs d'un
soleil radieux, et les yeux se promènent sur un tranquille spectacle de
champs et de prairies qui récrée sans distraire, en sorte que le babil
va son train. Aussi la promenade nous paraît courte, et nous entrons
tout dispos encore à l'*hôtel de l'Ours*, bramant après le souper, qui s'apprête lentement. A la fin, une table se dresse, un monsieur s'y place
avec nous, et l'on nous sert trois poulets uniques, je veux dire indignés,
farouches, et qui trouvent la plaisanterie d'être mangés tout à l'heure
du dernier mauvais goût. On leur fait leur affaire, et à des perdrix
aussi, qui se trouvent être une dissimulation ingénieuse de poisson gâté.
Quant au monsieur, sa soupe mangée, quelqu'un le demande, et il disparaît. Oh!.... d'une part, la politesse exige que nous attendions ;
d'autre part, la Trinité se passe, et Marlborough ne revient pas ; alors
nous prenons le sage parti de lui servir scrupuleusement ses portions,
et nous dévorons les nôtres.

3me JOURNÉE

Au sortir de Gessenai, la route zigzague. Connu... Tout aussitôt nous prenons par les prairies, puis, tournant à gauche, nous escaladons le plateau, tandis que bien loin rampe sans fin ce long serpent de route. Par malheur, l'aurore a prodigieusement pleuré ce matin, et nous voilà dégouttants de rosée; c'est humide, mais c'est très-poétique.

La vallée du Simmenthal présente, dans un espace d'environ vingt lieues, non pas des sites remarquables précisément, mais intéressants et variés. A partir surtout des rochers de Gruyères, au-dessous desquels la Sarine mugit dans de profonds abîmes bordés et recouverts presque d'une végétation admirablement riche et vigoureuse, on passe insensiblement par tous les degrés qui séparent le touffu de l'ouvert et l'agreste du sauvage. Le point le plus élevé est au-dessus de Gessenai; de là on redescend vers des sites qui ne ressemblent point à ceux de l'autre côté: c'est le paysage bernois, plus grand, mais plus monotone; sévère, mais éclatant de verdure, où l'esprit d'ordre, où le hardi travail du colon vigoureux s'empreignent jusque dans la coupe ordonnée des bois, et dans la lisière carrément alignée des forêts séculaires. Près de Boltigen, la Simmen s'engage dans un couloir étroit et tourmenté, tout encombré de rocs qui lui disputent le passage, et l'on a dans cet endroit le spec-

tacle d'une petite *Via Mala*, sans que la vue en coûte rien. Au delà, le
paysage se tranquillise, la vallée se rétrécit insensiblement, et, par la
sauvage gorge de Wimmis, l'on débouche sur la riante campagne de
Thoune. Il y a peu d'années la route du Simmenthal était étroite et dangereuse dans plusieurs endroits; elle est aujourd'hui sûre, large et bien
entretenue partout; ce que nous disons pour l'instruction de ceux qui
aiment à faire tranquillement, en voiture et en famille, une excursion
facile, dans une contrée montagneuse, sur un chemin sans poussière,
sans courriers, sans grelots, et point encore encombré de touristes.

Du reste, malgré la beauté de ce chemin, le voyageur Vernon trouve
que son havre-sac lui scie le dos, et il sent distinctement une démoralisation interne, qui, après avoir ravagé ses deux épaules, attaque ses
clavicules. Selon la méthode des plus fameux médecins, M. Topffer,
pour soulager le mal, en donne la raison. « Au troisième jour de
marche, dit-il, le sac venant à être posé sur les omoplates, endolories
par leur travail des deux jours précédents, il est parfaitement normal
qu'il en paraisse plus lourd de dix livres, et il serait anormal qu'il ne le
parût pas. » Cette explication ne soulage pas du tout Vernon, qui, selon
la méthode des plus fameux malades, recourt aux drogues, consulte
les fraters et s'administre toutes les recettes; essayant tous les modes
de transport, dessus bras, dessous bras, courroies courtes, courroies
longues, froid, tiède, chaud, sucré, amer, en équilibre, en suspension,
homæopathiquement, allopathiquement, morévésimacbéficassippocon-
drilliquement, s'embrouillant ainsi dans une série indéfinie de mécaniques aussi ingénieuses et compliquées qu'elles sont vaines et déce-
vantes. Léonidas s'en tire bien mieux. Ses camarades, en effet, se sont
répartis entre eux le contenu de son sac, en sorte qu'il gambade léger
et le plus normalement du monde.

Cependant nous sommes à jeun, et Zweysimmen, où nous devons
déjeuner, ne paraît pas encore, lorsque, par bonheur, on nous avertit
que nous y sommes. O l'agréable nouvelle! En effet, l'ancienne route,
sur laquelle nous nous imaginons cheminer, traversait ce bourg, tandis
que la nouvelle, sur laquelle nous sommes réellement, le rase. Il n'y touche que par une auberge où nous entrons; c'est à l'*Ours* encore. A l'*Ours*
on nous sert cette décoction fabuleuse dont nous avons eu maintes fois
l'occasion de parler : une sorte de café tiré d'une fusion de quelque chose

d'incolore qui n'a pas de saveur ; on mélange cela avec du lait, et c'est délicieux, quand on a marché trois heures à jeun et dans l'état normal. On nous sert du *kirchmüss*, la confiture de ces contrées : c'est une sorte de miel noir, fait de petites cerises de montagne, et qui, pour les amateurs, l'emporte sur toutes les confitures civilisées par je ne sais quelle saveur agreste et quel bouquet fin et sauvage à la fois. Tout ceci dans une chambre en bois, et au sourire du soleil, qui illumine les ustensiles bien lavés, une nappe fraîche, et une demeure partout proprette et nettoyée. Prix : cinq batzen.

Quand les philosophes avancent que la richesse porte préjudice au plaisir, c'est vrai ; car cette pauvre richesse n'imagine pas qu'on puisse déjeuner mieux que bien, c'est-à-dire dans le meilleur hôtel et avec du moka. Quand ils disent que le rang, que les honneurs portent préjudice au plaisir, c'est vrai ; car le rang, les honneurs, en fussent-ils les maîtres, n'imagineraient point d'aller à pied se faire servir dans un trou. Quand ils disent que la vanité corrompt, hébète, fait l'homme tout semblable à une sotte et maussade créature, pas bonne et un peu stupide, c'est vrai encore ; car le vaniteux, qui est si laid, ne se plaît pourtant qu'à paraître ; là où il n'est pas vu, il s'ennuie ; là où il est vu, il est rarement content. Ce mesquin ignore même ce que connait le riche, ce que le grand recherche : les charmes de la bonhomie, les agréments du naturel et de la simplicité, les douceurs de la solitude, l'attrait de cette oisive obscurité que l'un et l'autre parfois savent se faire pour y chercher un repos rêveur ou une paisible mélancolie. Mais quand ils avancent que, gaieté, joie, plaisirs, sont le lot assuré d'une condition médiocre, je pense que ceci était vrai dans les temps où une condition médiocre comportait ce repos d'esprit, d'affaires, de politique, qui n'existe plus aujourd'hui, et sans lequel pourtant il n'est ni de pures journées, ni d'amusant mouvement, ni de folles joies, ni d'excursions à la bonne, ni de déjeuner au kirchmüss. Où sont, dites-le-moi, où sont les bourgeois d'aujourd'hui qui songent à ces choses ? Où sont les particuliers aisés ou médiocres, tant qu'on veut, qui ne soient pas affairés toujours, soucieux toujours, sombres, roides, serrés, boutonnés, et disposés en toute rencontre à s'occuper d'élections, de banque, de trente-six constitutions, ou de l'Orient même, bien plus qu'à jouir une fois par an des plaisirs à leur portée ? Le pauvre seul chante encore ;

mais on le travaille, on l'instruit, on lui inspire le dégoût de sa condition; dans quelques années il ne chantera plus ; et le monde alors sera gai
comme une porte de prison, amusant comme un vestibule de chancellerie !
. . Et ce n'est pas seulement le kirchmüss de Zweysimmen qui nous
suggère ces réflexions, elles se présentaient sans cesse à notre esprit,
de l'autre côté des Alpes, lorsque nous rencontrions, à l'approche des
villes, des charretées de gens en pleine fête, lorsque nous traversions
des villages, des bourgades remplies de gais bourgeois, de petit peuple
en train de rire, de marchands même, tout entiers à Polichinelle, tout
entiers à une musique de carrefour, tout entiers à se divertir aussi bien
qu'à vendre. « Ces gens, ô Télémaque! me rappellent mes heureux de
la Bétique, tout autant, pour le moins, que les plus honorables particuliers des villes et bourgades de l'autre revers. » Sans doute il faut les
plaindre d'être courbés sous le joug d'un monarque quelconque, et totalement privés de la lecture des feuilles radicales; mais il faut convenir
aussi que ces gaillards-là dissimulent à merveille leur désespoir, et que
jamais on ne vit des infortunés se divertir de meilleure grâce. Fuyons,
mon enfant; ce spectacle n'est pas bon. A la longue, il ferait haïr la
liberté à cause de son vacarme, le progrès à cause de sa fièvre, l'industrie à cause de ses transes, les gazettes à cause de leurs mensonges,
les sociétés constitutionnelles à cause de leur croissant ennui, et l'on
finirait par s'imaginer que le petit bourgeois peut vivre, à la rigueur,
peut être heureux sans tous ces engins-là. Fuyons, voici Polichinelle !
. . Pendant le déjeuner, arrive la malle-poste, qui repart tout à l'heure.
Une idée vient à Vernon, c'est d'y prendre place jusqu'à Erlenbach, où
nous devons coucher ce soir. Accordé. Aussitôt Vernon renverse son
écuelle, enjambe la table, prend deux des sacs, oublie son bâton, se lance
dans la malle, et roule, roule déjà bien loin. De notre côté, nous ajus-
tons nos sacs sur le chariot d'un paysan, et, déchargés de ce fardeau,
il nous semble que nous roulions aussi. Nous avons devant nous huit
heures de jour et cinq lieues à faire; c'est le cas de convertir la marche
en simple promenade. Les uns donc s'administrent des haltes à tout
bout de champ; les autres donnent la chasse à un quadrupède inconnu
qui traverse la route et se perd dans les herbes. M. Topffer jette un
soliveau blanc dans la Simmen et il fait vœu de ne pas s'en laisser devancer : c'est un jeu comme un autre. Tantôt le soliveau gagne, tantôt,

rossé en chemin par des bouillons, il s'attarde; mais, le plus palpitant
de la chose, c'est quand il faut, pour traverser un bois ou tourner un
village, perdre de vue son partenaire. L'on rejoint bien la rive; mais
a-t-il passé, et faut-il courir? Est-il en retard, et doit-on l'attendre?...
A la fin on l'aperçoit tout là-bas, qui tournoie tranquillement dans un
remous, et, sans réfléchir que c'est lui qui nous fait là débonnairement
un si beau jeu, l'on ne s'estime pas du tout sot, en vérité, d'avoir gagné la partie.

Nous arrivons de bonne heure à Erlenbach, où l'ours est bien sur
l'enseigne; mais l'hôtesse est aux champs. On l'envoie chercher, et, en
attendant, des voisins allument le feu et préparent les marmites. Ici
Vernon s'achète une ligne en cas de pêche, d'autres du sucre d'orge en
cas de rhume, ou un crayon de charpentier en cas d'impression. Plusieurs vont visiter l'église et son tranquille cimetière. On y monte par
une rampe. Tout est paix, silence, dans ce religieux et mélancolique
asile : n'était l'agrément de vivre, l'on voudrait y laisser ses os et
s'y endormir dans ces tombes fleuries, au bruit de ces insectes qui
bourdonnent. Auprès est la cure, masquée par des touffes de dahlias,
presque enfouie sous des arbres fruitiers, et d'où le ministre, quand il
fait ses prônes, voit à la fois ses morts, ses vivants, la maison de Dieu,
et tout autour les œuvres qui racontent sa gloire.

Au soleil couché, l'hôtesse revient des champs, et il est nuit close
quand nous pouvons enfin nous mettre à table. Entre autres choses,
l'on nous sert ici deux gros plats de champignons, aussi entiers, aussi

Pont de Zweysimmen.

crus d'apparence, que si
on venait de les ramasser
dans le bois. Les plus connaisseurs s'abstiennent
d'y toucher, peur d'em-
poisonnement, lorsqu'on
apprend que ce sont des
champignons de pâte frite
au moule. Alors les plus
connaisseurs réclament
bien vite leur part du
danger.

LE CIMETIÈRE D'ERLEMBACH.

WIMMIS.

SPIETZ.

4ᵐᵉ JOURNÉE

Au sortir du Simmenthal, nous quittons la route de Thoune, et, passant le beau pont de Wimmis, nous voici engagés dans cette verte plaine coupée de collines boisées, qui s'étend du pied du Niesen jusqu'à la rive escarpée du lac. Spietz, où nous comptons déjeuner, est situé sur cette rive, derrière un petit mont que nous ne tardons pas à franchir. Quel endroit pour un peintre que ce petit mont! Arbres moussus, chemins rocailleux, partout des accidents de terrain, des niches de gazon, qui vont se perdant sous des branches basses; et, çà et là, un vieillard qui fait des fagots. De plus, les deux rivières de la Simmen et de la Kander, profondément encaissées entre des moraines qui se succèdent les unes aux autres en serpentant vers l'horizon, forment des seconds et des arrière-plans de toute beauté. Nous ne rencontrons point de peintre, mais, en revanche, nous croisons une compagnie de touristes. Ils sont Anglais, de l'espèce *nono*, en sorte que l'on se croise sans se mot dire, sans que la dignité humaine reçoive de part ni d'autre le plus léger échec.

Rien d'ailleurs n'est plus bernois de caractère que ces deux endroits, Wimmis et Spietz. Le château du Baillif y est encore debout, sur la hauteur, dans toute sa lourde et forte ampleur, avec ses fenêtres étroites, sa cour intérieure, ses tours carrées, ses gros terrassements. Autour, de grands peupliers, des chênes robustes, des noyers séculaires, puis les prairies fraîches et tendres, où se prélassent des vaches énormes. Le tout donne une impression de grandeur, de force, de nationalité vigoureuse, et l'on se prend à souhaiter que, plus libre et plus heureux, le peuple bernois d'aujourd'hui soit ou devienne aussi puissamment constitué que le peuple bernois d'autrefois.

Déjà notre avant-garde est arrivée à Spietz. Outre le château, il y a là une taverne. Quelques-uns entrent dans la taverne, où ils font, rien que pour voir, un inventaire des vivres et boissons. Les autres, demeurés en dehors, s'entretiennent avec la famille d'Erlach, qui prend le frais sur la terrasse du château. « C'est à Fulsée, leur dit-on, qu'il vous faut aller; vous ne trouverez qu'à Fulsée de quoi déjeuner. » Là-dessus toute l'avant-garde s'envole à Fulsée, et des signaux sont faits aux traînards pour qu'ils se dirigent sur cet endroit. Les traînards n'y manquent pas, M. Topffer en queue, qui prend par les prés et guide de l'arrière droit sur le kirchmüss indiqué.

Cependant un homme herculéen descend le rocher de Spietz, agitant sa crinière, et tout semblable à Oreste poursuivi par les Furies. On s'arrête, on se retourne, on contemple le désespoir de l'infortuné, qui, prenant aussi par les prés, arrive droit sur nous, gesticulant, ruisselant, violet, furibond, et baragouinant du gosier une épopée en haut allemand à n'en pas finir. Nos drogmans s'approchent, et nous apprenons avec surprise que les gens de la taverne ont préparé un déjeuner pour vingt-deux personnes. — Mais on n'a rien commandé! — On n'a rien décommandé non plus. — Mais M. d'Erlach nous a conseillé d'aller à Fulsée! — M. d'Erlach a trop parlé. — Sur quoi l'on compose, M. Topffer paie, l'homme s'en va, et c'est ainsi que nous avons été assez maladroits ce jour-là pour payer deux déjeuners et n'en consommer qu'un.

Une chose pourtant nous reste de l'aventure; devinez quelle! C'est

le mot de cet homme : *M. d'Erlach a trop parlé.* Ce mot devient proverbe dans la troupe, et à quiconque intervient sans nécessité, s'interpose officieusement, ou s'entremêle à plaisir, on applique tout chaud
un : « M. d'Erlach a trop parlé. » Certainement M. d'Erlach n'a voulu
que nous obliger, et il l'a fait le plus gracieusement du monde, ce qui
n'empêche pas le mot de l'homme violet d'être à la fois concis, juste,
expressif, fin et convenable. Tous les paysans ont du style.

Enfin voici Fulsée; c'est un trou bien autrement petit que Spietz,
une taverne de quatre sous au bord de l'eau. Décidément il a trop parlé,
M. d'Erlach. Toutefois le déjeuner vaut mieux que ne le fait présager
l'hôtellerie; le kirchmüss surtout l'emporte encore sur celui d'hier, et
si Vernon y consentait, nous lui en mettrions une charge sur le dos.
Douze batzen le pot. Sur ces entrefaites, une belle calèche s'arrête devant la porte. Nous y considérons, gravement assis et juxtaposés, le roi
et la reine de Hongrie, qui, de leur côté, nous considèrent juxtaposés
pareillement et assis autour de notre kirchmüss. De tout temps, dans
nos caravanes, on a appelé le roi et la reine de Hongrie ces époux touristes qui, graves et parés, voyagent sans y prendre garde, et comme
pour la montre. Il faut que le monsieur ait soixante ans accomplis et
un habit bleu à boutons d'or; la dame, cinq ans de moins, un béret, si
possible, l'embonpoint serré dans une robe de bal, pas de châle et
force falbalas.

Nous nous proposons de nous embarquer ici pour Neuhaus, mais les
bateaux y sont rares; une seule barque sans bancs, sans pavillon, est
amarrée à la rive; on l'équipe pour nous tant bien que mal, et nous
voguons lentement, exposés aux ardeurs d'un soleil brûlant. Auguste et
quelques-uns emploient tout le temps de la traversée à se construire,
avec des blouses, des sacs et des bâtons, une tente mécanique, qui ne
manque jamais de crouler dès qu'elle est arrivée à son plus haut point
de perfection; d'autres pêchent; le grand nombre attrape des coups
de soleil sur le nez, et M. Topffer seul se félicite intérieurement de ce
qu'il n'y a ni vent, ni air, ni souffle, tandis qu'extérieurement il compatit à des souffrances qu'il partage. Après trois heures de grillade,
nous touchons à Neuhaus, et d'un saut nous sommes à Interlacken.

Nous rencontrons ici, dans l'espace d'une demi-heure, plus de touristes *nono, uï uï* et autres, que nous n'en verrons dans tout le reste du

voyage, et cependant, ici aussi, ils n'affluent pas. On dirait, en vérité, que l'espèce commence à se perdre ; c'est le moment d'en faire empailler. Chose admirable, excellente, pyramidale : il y a des glaces à Interlacken ! des glaces toutes prêtes ! On envahit le café, sauve qui peut ! et un grand attroupement de ladys se forme à l'extérieur, qui nous regarde faire ; c'est que tout est événement, distraction, amusement à Interlacken, à peu près comme dans les endroits où il n'y a ni amusement, ni distraction, ni événement de reste. La nature y est magnifique, sans contredit ; mais à voir le genre des pensions, et la façon dont elles sont entassées, le mode de vivre et de se récréer des pensionnaires, leur ton, leur parure, leur gentlemanie tout particulièrement exquise et soutenue, il nous vient toujours à l'esprit que ces gens recherchent les beaux sites et la Jungfrau, bien moins pour regarder que pour être vus. Au surplus, ils nous font plus envie que pitié, et nous, pensionnaires aussi, volontiers nous leur céderions pendant un mois notre place contre la leur.

A Interlacken, tout est gentleman, marchand ou batelier. Dès qu'on entre dans l'avenue, ces gentlemen vous considèrent, ces marchands vont vite à leur poste, et ces bateliers vous sautent dessus, comme des puces sur des carlins, pour vous boire le sang. Les voyageurs novices croient devoir répondre, offrir un prix, contester, et ils franchissent l'avenue sans se douter de la Jungfrau. Les voyageurs expérimentés regardent la Jungfrau et se laissent faire. Nous saluons en passant deux jolies dames françaises que nous retrouvons ici après les avoir quittées sur *l'Aigle*. Elles ont l'air sœurs ; l'une est pourtant la mère de l'autre. Toutes deux répondent à notre salut par un gracieux sourire qui ne peut manquer de nous porter bonheur.

A la fin, il faut bien s'apercevoir que les bateliers sont là. Quel troupeau, grand Dieu ! Et comment, serrés de si près, faire de la diplomatie qui vaille quelque chose ? On en fait pourtant, et elle réussit. Tout à l'heure nous voici en plein lac de Brientz, naviguant à l'ombre des promontoires et promenant nos regards sur ces magnifiques rives. De fort loin, nous entendons, tant l'air est calme, le sourd fracas des chutes du Giesbach à notre droite. Je ne sais quoi de stationnaire navigue à notre rencontre : c'est le bateau à vapeur. Tout innocent qu'est ce navire, nos bateliers lui gardent rancune.

A Brientz, l'aubergiste est sur la rive, qui nous accueille, nous héberge, et nous fait un prix, en idée du moins, car la proie lui échappe et s'envole vers d'autres vautours. Plus loin, même scène. On a construit à l'extrémité du lac un grand *hôtel de Bellevue* tout rempli de grands vautours. Les oisillons leur passent sous le nez. C'est dur, mais que faire? Pour nous, tant nous sommes compatissants, si la bourse commune y consentait, volontiers, contre quelque victuaille, nous laisserions à chaque rapace quelques-unes de nos plumes.

La nuit survient, nous marchons au bruit des cascades qui s'entendent de toutes parts. Pas un passant, pas un touriste, à peine quelques chèvres attardées qui regagnent leur bercail, chassées par la gaule d'un cadet de chaumière. Plusieurs se démoralisent et ne marchent plus que par ressouvenir. Voici une lumière, c'est Meyringen! Pas du tout; c'est, dans le bois, la lumière du petit Poucet; il nous faut encore trois quarts d'heure pour arriver au *Sauvage,* où nous soupons comme des ogres.

Au *Sauvage*, l'hôte est chauve comme un Osage, et le sommelier rose et joufflu comme les plus frais cupidons de Rubens. Du reste, nous n'y retrouvons pas ce pauvre monsieur de l'an passé, qui avait perdu sa fête.

APRÈS GUTANNEN.

5ᵐᵉ JOURNÉE

Le temps est toujours radieux, et, sans que j'y insiste, lecteur, vous vous doutez de ce que peut être une belle matinée du Hasli : fraîcheur éthérée, mélange d'ombres limpides et de claires verdures, musique sonore des cascades, tout ce qui enchante le touriste et lui promet du plaisir. A cette heure, la rue de Meyringen est encombrée de guides, de mulets, de caravanes qui s'apprêtent à partir dans toutes les directions. On prend son café au milieu de ce charmant tumulte, et, plus tard, l'on se souvient de ce café comme d'une grande fête. Pauvre monsieur, qui avait perdu la sienne ! Où est-il maintenant? Où soupe-t-il triste et abattu? Où couche-t-il son lugubre désappointement? Aura-t-il su du moins se trouver ou se faire quelque part une petite fête à son usage, une illusion de réjouissance, un prestige de pompes qui ne soient pas funèbres? On n'en sait rien, absolument rien.

Nous partons. Un mulet de sûreté nous accompagne, plus un guide. Cette montée du Grimsel débute par d'adorables petits chemins qui serpentent dans un rocher couronné de beaux châtaigniers ; du sommet de ce rocher on découvre une jolie vallée qui fut un lac bleu, qui est aujourd'hui un lac de douce verdure. A gauche s'ouvre le passage

LE ROC PERCHÉ.

de Susten; en face, celui du Grimsel, au devant duquel les géologues admirent un roc *perché*. Comment un roc *perche* ou se *perche*, c'est à ces messieurs de le dire, mais c'est à nous de donner le dessin du phénomène.

Quatre femmes qui portent des œufs à l'hospice montent avec nous. Conformément au costume du Hasli, elles portent le mouchoir rouge en bandeau sur le front. Vernon considère ce bandeau d'un œil d'amateur, après quoi, reprenant son chemin : « Pour porter un bonnet, dit-il, il n'y a qu'une Provençale ou une créole. » Et allez. Voilà d'un seul coup condamnées ces pauvres Hasliennes, qui ne portent point de bonnet, et tant de dames qui en portent. Rien d'impitoyable comme un apoph-thegme.

Au delà du roc Perché nous commençons à rencontrer des touristes qui descendent. Le premier est de 
l'espèce *sous-pieds*. Le touriste à sous-pieds est gêné pour marcher, comme certains aquatiques qui nagent mieux qu'ils ne se promènent. D'autre part, quand le touriste à sous-pieds est sur son mulet, cet ac-coutrement bois de Boulogne jure avec les sapins. Chose remarquable! on trouve dans tous les règnes de ces ornithorynques qui ne sont ni rat, ni oiseau, mais un peu tous les deux.

Plus loin (cette vallée est très-riche en espèces rares et curieuses), nous trou-vons une autre variété : c'est le touriste *imperméable*, qui est triste, soigneux, mais jamais mouillé; il voyage pour cela. 
Ce touriste-là descend timidement le long des rochers, regardant le ciel, désirant la pluie, et, au moindre signe d'humide, il s'impermée immédiatement. Le voilà alors sous son vrai plumage, celui de maître cor-beau, perché aussi.

Plus loin, le touriste *nono*, haut comme une grue, muet comme un poisson. Il se salue lui-même et ceux de son espèce; pour tous les autres touristes, il ne les empêche pas de passer, voilà tout. A table d'hôte, il ne se doute point qu'on soit à côté de lui, ni en face, ni ailleurs, et il méprise beaucoup « *les pays où tute le monde paarlé à tute le monde.* »

Plus loin, le touriste en *litière*, un infirme ou une dame. Quatre forts gaillards se relèvent pour porter. Le touriste en litière s'enveloppe de châles, s'achemine pâle, arrive éteint, et va vite se coucher. On le refait avec du calme et des boissons chaudes.

Plus loin, le touriste *parleur*. Il est accommodant et trouve tout beau suffisamment, pourvu qu'il parle. Ordinairement il se tient une victime qui est son épouse ou son ami, quelquefois tous les deux; alors ils se relèvent. En face d'une chose à voir, le touriste parleur énumère toutes celles qu'il a vues, sans en omettre aucune, après quoi il dit : « Partons. » C'est qu'il veut changer de sujet.

Plus loin, le touriste *furibond*. Il est hagard, indigné, fait des pas de deux mètres, s'offense si on le regarde, jure si on ne lui fait place brusque si on le retarde. Il ne porte rien, mais un guide chargé court après lui. Cette espèce est rare. Nous l'avons trouvée au-dessus de la Handeck, après le pont.

Telles sont les principales variétés que nous avons pu étudier cette année et ce jour-là. Plus loin, je l'ai déjà dit, nous n'avons plus rencontré de touristes, si ce n'est à Venise, deux ou trois, de l'espèce si commune du touriste *constatant.* Le touriste constatant est celui qui hante les ga-

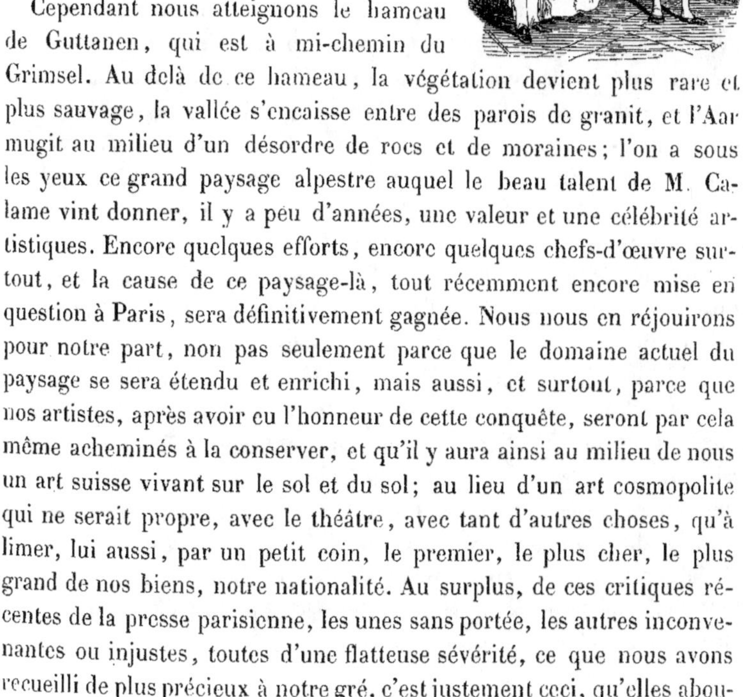

leries, les musées, les monuments publics, où, un itinéraire à la main, sans presque regarder, il constate. Tant que tout est conforme, il bâille; mais si l'itinéraire l'a trompé, il devient furieux, et on ne sait plus qu'en faire. Le cicerone se cache, l'aubergiste l'adoucit, sa femme le plaint, et les petits chiens aboient.

Cependant nous atteignons le hameau de Guttanen, qui est à mi-chemin du Grimsel. Au delà de ce hameau, la végétation devient plus rare et plus sauvage, la vallée s'encaisse entre des parois de granit, et l'Aar mugit au milieu d'un désordre de rocs et de moraines; l'on a sous les yeux ce grand paysage alpestre auquel le beau talent de M. Calame vint donner, il y a peu d'années, une valeur et une célébrité artistiques. Encore quelques efforts, encore quelques chefs-d'œuvre surtout, et la cause de ce paysage-là, tout récemment encore mise en question à Paris, sera définitivement gagnée. Nous nous en réjouirons pour notre part, non pas seulement parce que le domaine actuel du paysage se sera étendu et enrichi, mais aussi, et surtout, parce que nos artistes, après avoir eu l'honneur de cette conquête, seront par cela même acheminés à la conserver, et qu'il y aura ainsi au milieu de nous un art suisse vivant sur le sol et du sol; au lieu d'un art cosmopolite qui ne serait propre, avec le théâtre, avec tant d'autres choses, qu'à limer, lui aussi, par un petit coin, le premier, le plus cher, le plus grand de nos biens, notre nationalité. Au surplus, de ces critiques récentes de la presse parisienne, les unes sans portée, les autres inconvenantes ou injustes, toutes d'une flatteuse sévérité, ce que nous avons recueilli de plus précieux à notre gré, c'est justement ceci, qu'elles aboutissent à caractériser bien nettement, et par ses défauts aussi bien que par ses qualités, une école genevoise, nationale, vivant de sa vie propre. Là, en effet, est le gain, le progrès; là est la voie où il faut persévérer et marcher, et dans l'art, et dans les lettres, et en toutes choses, puisque, après tout, on n'est un peuple, on n'est un homme, que si l'on en a les membres, et non pas si on les emprunte.

A ce propos, nous avons entendu quelquefois, et jamais sans en être aussi surpris qu'affligé, reprocher à l'un de nos artistes (1) de faire toujours du Grüttli, toujours de l'histoire suisse. Quel injuste et singulier reproché! et que c'est peu encourageant pour un homme qui a fait des efforts et des sacrifices de tout genre dans le noble but d'élever à la hauteur où il l'a mis le style de l'histoire suisse et nationale, que de s'entendre apprécier ainsi par des Suisses, par des nationaux! Quoi! valait-il donc mieux que cet artiste vouât son savoir et ses talents à l'histoire de France, à la romaine, à la grecque? Est-ce qu'avec un cœur noblement, chaudement patriote, l'on manie indifféremment pour tout pays le pinceau de l'histoire? Est-ce qu'il y a une histoire plus belle, plus attachante, plus saine que la nôtre? Ou bien, ces compositions-là, craignez-vous donc qu'elles n'encombrent vos maisons, quand de laborieuses études et toute une vie ne sont pas de trop pour en accomplir quelques-unes? En vérité, ce reproche n'accuse que l'irréflexion de celui qui le fait, et il tombe d'ailleurs devant cet empressement avec lequel, par trois fois déjà, nos concitoyens ont acheté par souscription, et donné au musée de la ville, des tableaux tout suisses, tout nationaux, et par le site, et par le sujet, et par les pinceaux qui les ont produits.

Ceci soit dit en passant, en montant, veux-je dire, car nous voici tout à l'heure à la Handeck, où la pluie nous atteint. Léonidas, ce touristicule, hélas! trop peu fendu, est bien loin en arrière. M. Topffer et deux ou trois autres l'attendent, tout en ayant soin, à l'approche du traînard, de s'entretenir familièrement d'une grande race de loups qui habitent ces cavernes qu'on voit à droite et à gauche. « Et voilà pourquoi, lui dit-il, nous vous avons attendu. » A partir de ce moment, Léonidas est bien loin en avant, et jamais sans escorte. Certainement il est de petites fraudes qui, sans être pieuses, ont du bon pourtant, et terminent les affaires à la satisfaction générale.

(1) M. Lugardon, de Genève.

ORAGE A LA HANDECK.

Nous trouvons le chalet de la Handeck rempli de monde : touristes, hommes du pays, guides et buveurs. Parmi les premiers, des gens titrés : un marquis, une marquise, puis une famille alsacienne, dont le chef est un monsieur que nous trouverons aimable et de bien agréable compagnie ; pour l'heure, il joue du flageolet. C'est aimable déjà, et agréable sans doute ; mais, je ne sais, la culture persévérante de cet instrument, quelque honorable qu'il soit, et légitime autant qu'un autre, présuppose chez le sujet un esprit légitime autant qu'un autre, et honorable aussi, mais mince, fluet, et de cinq trous percé. Tout d'abord, vous êtes disposé à vous imaginer que l'ingénieux virtuose a dû consommer quantité d'heures à tourner des salières en ivoire, ou des bilboquets en buis ; qu'il sait des recettes pour cuire la colle, des procédés pour enlever les taches, une façon de boucler ses souliers, et une autre d'élever des rossignols ; d'ailleurs, bon époux, bon père, bon citoyen, parce que ses passions le laissent tranquille, et qu'il n'est rien tel, pour être bien sage, que de jouer du flageolet toute la journée. Et voyez un peu comme l'on se trompe ! Notre monsieur alsacien, avec qui nous sommes destinés à passer un jour entier, se trouvera être un négociant d'une conversation nourrie, d'un commerce rempli d'agrément. En même temps, c'est vrai, il sait des chansons drôles, il escamote, il fait des tours, voilà tout ce qu'il a de flageolet dans l'esprit. On dirait un terrain sain et fertile en bonnes herbes, avec de petites fleurs qui n'y gâtent rien. Aussi penserons-nous bien désormais de quiconque joue du flageolet. En jouez-vous?..... moi non plus.

Après un petit rafraîchissement, nous allons visiter la fameuse cascade du lieu, belle dans le genre, à tous les titres, sans compter qu'au rebours des autres cascades, celle-ci se contemple d'au-dessus. Un frêle pont a été jeté sur le gouffre. De ce pont l'on voit deux fiers torrents à la blanche crinière se courir sus du haut des montagnes, se rencontrer à l'origine de la chute, s'y précipiter furieux et tout jaillissants d'écume. Puis, tandis que l'œil plonge avec épouvante dans un chaos d'eaux qui se brisent, de gerbes qui s'élancent, de flots qui bondissent et disparaissent, un sourd et majestueux tumulte s'élève de ces profondeurs, des vapeurs limpides remontées jusqu'à la lumière scintillent aux rayons du soleil, et vont porter aux herbages d'alentour le bienfait d'une éternelle rosée. Nul ne peut assister à ce spectacle de sang-froid ; et un

homme qui n'aurait jamais reçu l'impression du sublime, c'est là qu'il
faudrait l'amener. Du reste, si l'endroit est bien fait pour donner des
vertiges, le pont est d'ailleurs étroit, mauvais, tremblant, et l'on paie-

rait de sa vie la
moindre mala-
dresse , ou en-
core la moindre
témérité. Aussi
M. Topffer in-
vente-t-il tout
exprès pour ce
pont-là un plan-
modèle d'opéra-
tions. Le guide
et lui occupent
la tête du pont,
M. Moynier commande à terre et fait garder les rangs ; madame T.
amène quatre par quatre, et tout se passe sans mal ni douleur, grâce
à Dieu.

Après cette expédition, nous quittons la Handeck. Le ciel s'est chargé
de lourdes nuées ; des gouttes égarées tachètent ci et là les blocs épars,
et le vent, exclu des hauteurs, s'est rabattu sur cette vallée de pierres,
où il trouve à peine quelques herbes à ployer. C'est là, à notre avis, un
très-beau temps pour achever la montée du Grimsel. Tant de tristesse
et de solitude autour de soi provoquent une sorte d'émotion. Cet hospice vers lequel on tend se peint au cœur comme un bienfaisant refuge.
L'on se réjouit, une fois abrité, d'y entendre la tempête se déchaîner
sur ces déserts, et frapper de tonnerres redoublés ces cimes chauves.
En attendant, voici déjà, tout près de nous, des pentes couvertes de
rhododendrons qui étalent au souffle du glacier et sous ce ciel ingrat
leurs fleurs purpurines. Plus loin, nous franchissons cette petite plaine
où, surpris il y a quelques années par la tourmente, nous nous perdîmes
de vue et nous perdîmes aussi le sentier. Enfin, par un escalier taillé
dans les rochers, nous nous élevons jusque sur le petit plateau où se
cache l'hospice. A peine en avons-nous franchi le seuil, que l'orage
éclate et la pluie tombe par torrents.

CHALETS DE LA HANDECK.

L'hospice du Grimsel est une maison chétive ; il le paraît surtout
à ceux qui ont pris au Saint-Bernard leur type d'hospice. Les abords
en sont boueux, des pourceaux font les honneurs du seuil, et intérieurement tout est d'une simplicité nue et sans comfort ; mais l'hospitalité
(payée d'ailleurs) s'y exerce avec bonne grâce ; mouillé, gelé ou souffrant, il vaut mieux arriver là que dans tel magnifique hôtel. Le papa
Zippach, fermier de l'hospice, est un gros homme qui donne de l'air
aux figures d'anciens Suisses que l'on voit dans les almanachs et sur
les vitraux : épaisse crinière, large mâchoire, dos conforme, et mollets
qui font plaisir à voir. Vogel de Zurich en donne de cette sorte à Tell
et aux hommes de Morgarten : mollets gros et musclés, mollets d'un
pourtour *cossu*, mollets Farnèse, mollets antiques, rassurants, bon-
hommes, loyaux, primitifs, bourgmestres ; mollets alpestres, assortis
à une grande nature, et granitiques suffisamment. Pour nous, nous ne
saurions nous ennuyer tout à fait nulle part, si seulement une paire de
mollets de cette sorte va, vient, se pose ou se promène autour de nous ;
ça tient compagnie. Ce papa Zippach nous installe, en allemand, bien
entendu, car, comme les montagnards de vraie race, il n'entend que sa
langue, et vous lui diriez *oui*, qu'il irait chercher un interprète pour
lui traduire la période.

La maison est remplie, surtout la salle à manger, où se tient toute la
maison. Notre Alsacien y est, notre marquis aussi ; plus un Français
qui a une fluxion, plus un ménage genevois, plus un poëte à cheveux
pleureurs, plus trois gigues irlandaises qui semblent, comme trois
cariatides, porter le plafond sur leur
dos ; plus tout un congrès de géologues parmi lesquels on remarque
MM. Forbes, Agassiz et d'autres
hommes distingués. Le souper réunit cette foule autour de deux tables,
et la couchée l'éparpille dans tous
les réduits de la maison, jusque sur
les tuiles, où huit des nôtres, croyant
aller chercher le sommeil, trouvent
la pluie et rèvent trempés.

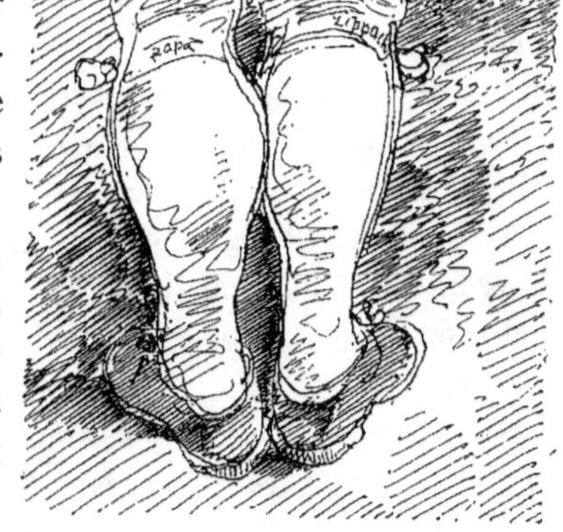

HOSPICE DU GRIMSEL

6ME JOURNÉE

Il pleut toujours au Grimsel : les géologues nous l'ont dit. L'hospice étant situé au fond d'un entonnoir formé par de hautes cimes, ces cimes attirent les nuages dans l'entonnoir ; ces nuages refoulés font une pluie à noyer les granits, et à son tour cette pluie refoule tous les touristes au fond de l'entonnoir, où le papa Zippach, pareil au fourmi-lion, attrape, croque et fait curée.

M. Agassiz seul, et un ou deux géologues, sont partis au jour ; tout le reste, même quelques imperméables, délibère, temporise, déjeune pour voir venir ; puis, ne voyant rien venir, prend son parti d'attendre à l'hospice le retour du beau temps. C'est un très-joli moment que celui-là, pour nous du moins, qui avons des jarrets à reposer et des impressions à mettre au net ; pour le papa Zippach aussi, qui, une fois le filet tombé, compte ses alouettes et donne des ordres pour qu'on les

engraisse avant qu'il les saigne. Chacun se fait aussitôt un emploi de
ces loisirs : les uns écrivent, les autres dessinent ou feuillettent le livre
des étrangers ; plus loin on converse, l'on fait une partie d'échecs ; là-
bas on joue du flagcolet. Vers dix heures, le marquis et la marquise se
hasardent à partir ; personne ne suit leur exemple, et nos vœux seulement les accompagnent.

Trois des géologues sont restés ; ces messieurs, collaborateurs de
M. Agassiz, comptaient se rendre ce matin à leur cabinet d'étude
(c'est, à trois lieues de l'hospice, sur le glacier de l'Aar, un trou sous
une pierre, avec un âtre et deux marmites) ; mais la tempête les a
retenus, et bien heureusement pour nous, car les voilà qui nous accueillent amicalement, et qui nous font passer une journée charmante.
Jeunes, gais, complaisants et instruits, ils nous expliquent familièrement la vie que l'on mène sur le glacier de l'Aar ; à quelles causes on
y fore un puits, profond déjà de soixante pieds ; comme quoi les glaciers
ont des puces à eux, tout comme les cuisinières et les chiens barbets ;
enfin, comment la neige rouge doit sa couleur à un insecte qui a l'estomac cramoisi. Vite l'on va chercher de l'eau de neige rouge, on monte
un microscope, et nous voilà regardant tour à tour, de nos vingt-deux
œils droits, des *rotifères* tant que nous voulons. C'est ça une bête
curieuse ! Figurez-vous un particulier qui se tient deux roues de moulin en perpétuelle activité aux deux coins de la bouche, rien que pour
y faire entrer avec plus d'abondance une eau toujours renouvelée ; cette
eau se précipite dans le gouffre, entraînant blocs et quartiers, et la
voilà qui arrive vers l'estomac cramoisi, où deux meules, placées à
l'entrée, vous concassent, vous broient, vous mettent en bouillie tout
ce qui se présente. En vérité, nous sommes des animalcules de coton à
côté de cette bête broyante ; notre suc gastrique, c'est de l'eau tiède à
côté de cette mécanique redoutable qui saisit et met en poudre tout
ce qui se montre ! On nous fait voir aussi les œufs ; ils sont rouges. Est-
ce à dire que les enfants de ces bêtes sont tout bonnement de petits
estomacs cramoisis, qui, à force de manger, se font croître des têtes,
des roues de moulin, et le reste ? C'est à savoir. En attendant, nous
consignons ici l'hypothèse, comme étant bien notre propriété personnelle à tout jamais.

Quant aux puces, elles sont grosses comme les nôtres à peu près, et velues, pour avoir chaud apparemment. Mais que diable trouvent-elles à sucer chez ces grands lymphatiques? et n'est-ce pas après tout un triste sort pour des puces que d'avoir à piquer quelqu'un que ça ne pique pas du tout?... La *Bibliothèque universelle,* dans un des cahiers de cette année, a donné le portrait de ces insectes, et des rotifères aussi, en même temps qu'elle a publié le récit fort intéressant des excursions scientifiques de M. Agassiz dans la vallée de Zermatt et la chaîne du mont Cervin. L'un de nos trois géologues d'aujourd'hui, M. de Sor, se trouve être l'auteur de ces récits, où l'on trouve çà et là, outre une pointe de joyeuse verve, quelque chose de ce parfum vif et alpin qu'on respire en lisant les pages de de Saussure. Mais pourquoi donc, en dehors du moins de la famille de cet illustre savant, ne voit-on point se perpétuer chez nous cette grande et belle littérature géologique dont il a donné, après ou avec Buffon, les plus beaux modèles? Pourquoi n'avons-nous pas des géologues en quantité? Pourquoi nos jeunes savants abandonnent-ils insensiblement à d'autres cette étude des glaciers dont de Saussure a posé les bases, cette étude des montagnes qui était nôtre il y a quarante ans, et qui ne se fait bien que comme la pratiquent M. Agassiz et ses compagnons, sur les lieux mêmes, dans la société des glaces et des rochers, au milieu des accidents, des rudesses, des sauvages sublimités de la nature que l'on étudie, avec l'entrain que donne l'esprit de découverte, avec l'élévation que communiquent à l'intelligence la solitude, le silence, le mystère, et ce spectacle majestueux des domaines inaccessibles et glacés où Dieu a caché la source éternellement féconde des fleuves qui décorent, qui abreuvent et qui fertilisent la terre?... Serait-ce que la fatigue, que les intempéries, que les privations, que les dangers mêmes qui accompagnent cette façon d'étudier, en éloignent nos jeunes hommes? Nous ne voulons pas le croire. Au surplus, qu'ils aillent voir comme se portent sur leurs glaciers M. Agassiz et ses compagnons, quelle gaieté les y accompagne, combien de fleurs et de vivacité s'attachent à leurs impressions, quelle amicale et familière simplicité préside à leurs travaux, et ils seront bien vite rassurés. Ah! que ne sommes-nous géologues nous-même! Bien sûr, nous serions resté au milieu d'eux, et, une fois du moins en notre vie, nous aurions frayé, conversé, vécu avec ces magnificences alpestres que nous ne pouvons jamais que saluer en passant.

Au milieu de ces intéressantes distractions, les heures s'écoulent rapidement. Tout à coup terreur générale! On se lève en sursaut, des chaises tombent, des chapeaux volent, la table est nettoyée en un clin d'œil... un long hurlement succède. C'est l'ouragan qui vient de forcer une des croisées de la salle. Le papa Zippach accourt, on lui prête main-forte, et le navire est sauvé.

Après dîner, notre monsieur alsacien se met au piano, et il nous chante une jolie romance, à la fois naïve et comique; puis il passe à des tours amusants. Alors M. André, piqué au jeu, tire de sa contre-poche un récit à crever de rire, et le poëte lui-même, le poëte à cheveux pleureurs, oublie un instant ses tristesses pour nous faire une scène de ventriloque. Ainsi se passe une journée au Grimsel, quand le temps, assez atroce pour couper court à toute incertitude, force les plus hâtifs à faire séjour de bonne grâce; quand, en outre, la société est nombreuse, excellente, point nono, qu'un mutuel désir de se com-plaire et de se divertir rapproche les âges, les conditions, et double, quintuple, par cela même, le fonds commun d'agrément et d'amabilité

Dans la soirée arrive un touriste Robinson. Le touriste Robinson porte une sorte de costume en grosse laine, charpenté à la Crusoé, et calculé en vue d'affronter les ouragans et les cataclysmes. C'est bien pourquoi, si le temps est beau, le touriste Robinson met ses pantoufles, allume un cigare, et reste à l'auberge jusqu'à ce que vienne la tour-mente. Alors il s'affuble et part. Celui-ci vient de passer la Furca et le Meyenwand.

HALTE A RÉALP.

7me JOURNÉE

Ce matin, même temps qu'hier. Il est dix heures ; l'ouragan gronde toujours ; en sorte que notre voyage de Venise commence à être compromis si nous sommes retenus plus longtemps au Grimsel, compromis encore si ces tempêtes ont rendu impraticable le passage de la Furca. Au surplus, rien n'agit plus désastreusement sur les dispositions de l'esprit que ces pluies continues, où viennent se noyer bientôt projets, plans, espoir même de temps meilleurs.

Lasciate ogni speranza voi ch' entrate,

devrait être aussi l'inscription tracée sur le seuil de cet entonnoir diluvien. Déjà M. Topffer en est à faire de nouveaux devis géographiques, tendant à prendre par le Simplon, ou même à ne pas prendre du tout, selon l'occurrence. Pourtant, aux fins d'avancer les choses, il demande le compte au papa Zippach, qui, pour rien au monde, ne veut consentir à le faire. C'est cher ; car , dans ces cas-là , de peur de ne pas payer assez, d'ordinaire on paie quelque chose de trop.

Cependant les gens de l'hospice annoncent comme prochain le retour

du beau temps , et nos trois géologues , déjà rangés à cette opinion ,
veulent absolument nous emmener à l'hôtel neuchâtelois pour nous
faire les honneurs de leur glacier. Rien ne nous intéresserait davantage,
mais ce serait grossir notre arriéré. Aussi prenons-nous à regret congé
de ces messieurs , qui partent aussitôt pour le glacier de l'Aar ; tandis
que nous nous dirigeons vers celui du Rhône. En attendant qu'il se soit
fait beau, le temps est abominable encore : une pluie serrée , un vent
glacé , margouillis en tête et en queue. Le touriste à fluxion monte
avec nous ; certainement ce n'est pas sur le conseil de son docteur.

Mais bientôt nous voici au sommet du Meyenwand, sur le rebord de
l'entonnoir. Plus qu'un saut, et, chose admirable ! nous sortons tout à
coup de la pluie, comme des canards d'une flaque. Le soleil brille , le
soleil chauffe, sèche, ragaillardit; bien plus, nous découvrons là-bas
les cimes de la Furca, verdoyantes, illuminées, et point encombrées de
neige : alors, adieu Simplon , devis, prompt retour, et toutes les horreurs qui, il n'y a pas deux heures de temps, menaçaient notre avenir.
Sortis du lugubre entonnoir, l'espérance renaît dans nos cœurs, et
nous nous élevons désormais de spirale en spirale vers les domaines de
la lumière, le visage au soleil , l'œil sur Venise, qui nous est rendue.

Après avoir dépassé le *Lac de la Mort* (c'est une petite mer sombre
et glacée, où dorment engloutis quelques escadrons autrichiens), nous
voilà sur le revers du Meyenwand, en face du glacier du Rhône, qui se
déploie tout entier à notre gauche. Encaissé entre le Grimsel et la Furca,
ce glacier se présente d'ici comme un amphithéâtre immense, où
l'art a ménagé d'innombrables gradins ; et tandis que çà et là de
blanches aiguilles, sveltes, percées de jours, figurent de colossales
statues majestueusement revêtues de leurs flottantes tuniques , l'éclat
argentin des gradins, la diaphane transparence des parois, l'émeraude
sombre des vomitoires, donnent l'idée d'une gigantesque magnificence,
d'une infinie splendeur. Voilà ce que la fée vous montre, pour peu qu'on
la laisse faire, et c'est plus agréable, en vérité, même pour l'esprit,
que ne saurait l'être la hauteur du géant exprimée en mètres , son volume
indiqué en pieds cubes, ou même son aspect rédigé en style d'éditeur
marchand, dans un itinéraire d'ailleurs exact et fashionable. L'Anglais
Martins, qui s'est illustré en exploitant les combinaisons de la perspective
au profit des effets de grandeur et d'immensité , devrait, s'il ne l'a pas

encore fait, hanter nos glaciers : il y trouverait, nous n'en doutons pas, de ces illusions frappantes et sublimes tout ensemble, propres entre toutes à féconder un génie qui, comme le sien, est instinctivement porté vers le grandiose et l'apocalyptique.

Parvenus au fond de la vallée du Rhône, nous enjambons le fleuve à sa source, pour nous engager immédiatement dans les pentes de la Furca, cette montagne nue, déserte, d'un caractère sauvage et mélancolique, plutôt que hardi et terrible. Au bout de deux heures, voici bien des neiges, mais anciennes, restes d'avalanches, et, là-haut, le col qui s'ouvre devant nous. De ce col, vue immense, mais nulle part un arbre, nulle part une trace d'habitation ou de culture : l'homme et tout ce qui est de l'homme a disparu pour faire place à une nature stérile, abandonnée, morte, et pourtant attachante à contempler. Volontiers nous y ferions une halte, n'était le froid qui nous chasse, et la faim qui nous talonne. —Tout d'une traite nous poussons à quatre lieues de là, jusqu'à Réalp, pauvre hameau où s'ouvre, au pied de la Furca, la nue vallée d'Urseren.

A Réalp, il y a un cabaret. M. Topffer, arrivé le dernier, y trouve toute son armée campée devant le seuil, les uns appuyés contre la muraille, les autres couchés sur leur sac, tous sombres et hagards de faim et de rongement. En général prudent, et bien que deux lieues seulement nous séparent du souper, il se fait apporter des pains et un fromage, et il distribue à chacun sa ration. Ainsi est conjurée la révolte : les soldats renaissent, les vétérans revivent, les enfants de troupe commencent à rebougiller : on dirait des marmottes engourdies que visite un chaud soleil de mai. Cependant le village nous regarde faire : les enfants de tout près, les mères et les grands-pères de plus loin. Sur quoi, M. Topffer s'étant fait apporter de nouvelles provisions, une ration est distribuée à chacun des marmots présents, et aussi à chacun des marmots absents, que les mères et grands-pères se hâtent d'envoyer quérir jusque dans la montagne. Ainsi tout mange dans Réalp, tout y est heureux pour le quart d'heure, et quand nous quittons l'endroit, anciens et enfants nous saluent avec gratitude et bénédictions.

Nous sommes témoins ici d'un phénomène rare et intéressant. C'est un arc-en-ciel d'une extraordinaire largeur qui, indépendamment de toute pluie visible, et par une soirée parfaitement sereine, s'étend

comme une gaze immense devant la gorge et les cimes de l'Oberalp,
elles-mêmes toutes resplendissantes, aux rayons du couchant, de
pourpre et d'azur. Apparemment quelques fines vapeurs qui montent
ou qui descendent à cette heure produisent ce spectacle, dont aucun
pinceau ne saurait rendre l'incomparable splendeur. A mesure que nous
cheminons, la gaze se dissipe, laissant à découvert des montagnes
d'instant en instant plus embrasées à leur sommité, plus bleuâtres et
pâlissantes à leur base. Du reste, cette vallée d'Urseren est elle-même
remarquable entre les vallées par son caractère d'austère uniformité.
De Réalp, qui est à l'une des extrémités, l'on voit briller à l'autre extrémité les blanches murailles d'une petite bourgade : c'est Andermatt.
Entre deux, rien, absolument rien, qu'une plaine verte et ondulée où
gisent, près de Réalp, un misérable couvent de capucins, et plus loin,
au pied du Saint-Gothard, une haute et grande tour en ruine. Le
dessin que nous donnons ici près de l'Oberalp, au-dessus d'Andermatt,
montre ce paysage à rebours ; c'est la Furca qui y borne l'horizon.

Au pied de cette tour dont je viens de parler, le sentier rejoint la
grande route du Saint-Gothard ; de là jusqu'à Andermatt, plus qu'un
quart de lieue, mais gare le courant d'air. En effet, ce bout de vallée

placé entre le trou d'Uri à gauche, et la gorge de Saint-Gothard à droite, est toujours balayé par un vent froid qui descend à Altorf, ou qui monte vers l'Italie. Nous y croisons deux capucins, chaudement encapuchonnés, mais qui ont des figures brigandes à faire trembler. Même entre eux, ils conversent d'une façon si brutale, qu'à chaque instant l'on peut craindre qu'un stylet sorti de dessous la robe de l'un des bons pères ne pénètre entre les côtes de l'autre père, bon également.

Nous voici à Andermatt, et vite, au débotté, plusieurs partent pour aller visiter le trou d'Uri et le pont du Diable, qui sont en dehors de notre itinéraire. A Andermatt, l'hôte est haut de six pieds, chassieux et Piémontais; l'hôtesse est petite, rousse, mal peignée et très-bonne femme. Quand son ogre veut nous affamer, elle le trompe pour nous régaler; quand son ogre veut nous écorcher tous et vite, elle l'endort pour nous donner le temps de fuir : absolument comme dans le Petit Poucet. Et notez encore ceci : quoique nous ayons maintes fois déjà hanté cette auberge, jamais ce grand diable d'hôte ne veut nous reconnaître pour des Poucets qu'il a déjà dévorés, et, à ce compte, nous laisser tranquilles; tandis que la bonne ogresse, de tout loin nous sourit, nous fait signe, et tressaille déjà de l'envie de soustraire tant de chair fraîche à la voracité de son époux. Mais quel bonheur pour nous que, de tout temps, les ogres aient été bêtes comme des pots, et les ogresses bonnes comme des marraines!

Avant, pendant et après le souper de ce jour, Vernon traditionne énormément : toutes les histoires de veillée, tous les contes du pays natal, toutes les ballades d'Anduse et d'Alais, coulent à fil de ses lèvres. D'autre part, Léonidas a mal au cœur, et telle blouse qui a échappé au vermicelle d'Aigle éprouve à Andermatt de bien graves vicissitudes. Heureusement l'ogresse est là qui pourvoit à tout, et au reste.

8ᵐᵉ JOURNÉE

L'ogresse nous fait bien déjeuner, après quoi elle nous met dans le chemin, et nous voilà grimpant l'Oberalp. Le sentier est étroit, ardu ; la vue, celle d'hier absolument ; car cette vallée d'Urseren, de quelque côté qu'on la regarde, ne varie que par son couvent et sa tour, qui se trouvent à gauche au lieu d'être à droite, ou à droite au lieu d'être à gauche. Sur le premier plateau, voici par centaines des vaches qui déjeunent d'herbe tendre, et de toutes parts des sonnettes, les unes claires et argentines, les autres sourdes et graves, qui carillonnent paisiblement. Plusieurs de ces vaches se mettent à nous regarder passer, et parmi elles, un énorme taureau qui ferait bien mieux de continuer son repas. Les taureaux ! voilà, lecteur, un des plus réels dangers de nos excursions alpestres. Ils sont ombrageux, nous sommes étourdis, et c'est toujours sur des sommités nues qu'on les rencontre, là où ni arbre

ni maison ne vous offrent un abri ou, tout au moins, une position d'où
l'on puisse, en cas d'affaire, parlementer avec quelque avantage.

A l'extrémité de ce plateau, nous retrouvons le lac sur la rive duquel
nous courûmes un danger d'avalanche en 1839. Ce lac, soulevé alors
par l'haleine glacée du vent, est aujourd'hui tranquillement endormi au
sein des pentes vertes qui s'y réfléchissent. Toutefois, à l'endroit de
l'avalanche, nous passons sur l'amas de neige qu'elle y entretient en
toute saison. Il est agréable de revoir les lieux où l'on a tremblé, mais
difficile aussi, quand toutes les circonstances ont changé, de se représenter bien pourquoi et de quoi l'on eut peur.

Au delà du lac, nouvelles pentes vertes et un torrent à passer. Le
drôle est gros, fier, peu disposé à nous laisser faire. Il nous faut le remonter d'abord, ensuite construire des ponts ; et heureux, même après
cela, ceux qui passent à pied sec : la plupart prennent des bains plus
ou moins partiels, au grand amusement d'un public cruellement rieur.
Ici, comme aux Ormonds dessous, nous nous demandons s'il est bien
vrai que nous soyons sur le chemin de Venise, et nous nous affirmons
à nous-mêmes que oui, sans réellement y croire, tant les impressions
sont anti-vénitiennes, tant le monde commence à nous paraître grand,
tant les vastes projets, qui sont si aisés à former, deviennent, en pratique, promptement problématiques et difficilement exécutables. Dès
ici, *Voit-on Venise?* sera le refrain usité dans la caravane pour exprimer l'incertitude où nous sommes de voir jamais cette ville de plus en
plus lointaine et fabuleuse.

Au delà du torrent, nous faisons halte sur le sommet du col, d'où
l'on ne découvre que des pentes vertes : tout ce pays est purement her-
bager, à peine aussi sauvage que la vallée d'Urseren. Mille petits ruisseaux courent le long de ces pentes ; il est très-difficile d'y cheminer
posément sans glisser. Aussi nous y lançons-nous à la course ; quelques-
uns glissent tout de même, et d'autres aussi qui les regardaient faire.
C'est pour arriver plus tôt à l'auberge. L'hôte est aux champs, vite on
va le chercher, et pendant qu'il ne vient pas, la faim nous contraint à
fuir vers d'autres hôtes qui ne soient pas aux champs. Au bout de deux
heures nous trouvons notre affaire à Cedruns.

Cedruns, Truns, Dissentis, Tusis, Andeer, noms qui ne ressemblent
plus à rien, et tout autant persans, algonkins, ce me semble, qu'alle-

LAC DE L'OBERALP.

mands, français ou italiens. C'est qu'en effet nous voici dans le Latium
du romonsch, langue étrange, originalement inintelligible, qui, écrite,
ressemble aux jurons d'un Espagnol en colère, et parlée, au baragouin
d'un gosier obstrué d'un oignon. Langue intéressante, au demeurant,
circonscrite à des cantons dont elle reflète et protége les mœurs; qui
plaît, même aux oreilles de ceux qui ne la comprennent pas, par une
sorte d'énergique rudesse; qui, au surplus, a son journal, et une petite
littérature de vallées dont nous aimerions fort à pouvoir prendre connaissance, car sûrement, cette langue de montagnards, dont les formes
antiques consacrées par la seule tradition ont échappé à ce travail d'experts où s'embellissent et s'énervent les nôtres, doit offrir de ces tours
pittoresques, vigoureux, ramassés, de ces fleurs de diction dont l'éclat
un peu sauvage et le parfum un peu âpre n'en sont que plus agréables
pour nos organes blasés. Quoi qu'il en soit, dès ici nos drogmans ne nous
servent plus à rien; David ne peut pas faire passer pour un liard de son
italien, et pendant plusieurs jours nous allons être réduits au langage
d'action pour tout potage, j'entends pour demander nos potages. C'est
très-fâcheux dans un pays où le potage manque, le pain aussi, la viande
aussi, et où l'on paie très-cher, non pas seulement ce que l'on consomme,
mais ce que l'on a signifié par gestes que l'on consommerait volontiers.
Reicheneau et Coire exceptés, ces raretés vont nous persécuter durant
tout notre passage au travers des Grisons; elles cesseront en Valteline
pour recommencer dans le Tyrol allemand, et jamais l'histoire de ne pas
mourir de faim n'aura joué un rôle aussi grand dans nos voyages. Nous
n'avons garde de nous en plaindre. Des vivres un peu rares n'en sont
que plus précieux; la disette engendre la prévoyance; il est bon d'ailleurs que des gentlemen petits et gros, qui n'ont jamais manqué de rien,
de leurs yeux voient, de leur estomac apprennent, qu'on peut manquer de quelque chose, et qu'un bon appétit n'est pas, comme ils seraient peut-être portés à se l'imaginer, la raison suffisante d'un bon dîner.

A Cedruns, l'on nous indique pour hôtellerie une maisonnette où
nous entrons. C'est la cure. Figurez-vous, au sein de cette nature déjà
si paisible et dans une chambrette toute dorée des rayons du matin,
un vieux curé à cheveux blancs qui fait avec son jeune vicaire une partie de dames : le damier est grossier, la table antique, la bergère séculaire; tout dans la demeure est d'une propre vétusté, et le seul crucifix,

suspendu dans sa niche de bois, brille de l'éclat modeste de quelques

pieux ornements. C'est ce charmant tableau que nous venons gâter. Les deux prêtres nous cèdent leur table, et, remettant à une autre fois de terminer la partie, ils laissent nous servir sous leurs yeux un jeune sacristain, qui pèse ou mesure soigneusement chaque pain qu'il nous apporte, chaque ration de vin qu'il nous livre. Tout est rare, cher, mais tout aussi est compté selon les règles d'une scrupuleuse probité, en sorte qu'il n'y a ni à se plaindre ni à marchander.

Au surplus, quel spectacle doux et calme que celui de cette demeure! On ne peut être témoin de cette simplicité d'existence, de ce cours silencieux et paisible des jours, sans éprouver comme un vif regret d'être entraîné soi-même dans le courant tumultueux de la vie des cités. Surtout, on ne s'avoue pas sans amertume que, cette destinée nous fût-elle offerte, l'on ne saurait ni l'accepter, ni s'y plaire. Et pourtant, que d'ennuis, que de soucis, que de sottes passions ou d'absurdes désirs, que de factices malheurs, ignorent ces deux bons curés de Cedruns, qui peuvent ainsi couler les longues heures de la matinée à combiner lentement les coups bien innocents d'une tranquille partie de dames! Nos divertissements, nos joies, valent-ils donc cette quiétude, ces sobres amusements, ces sereins loisirs? ou bien, assujettis à la commune loi, ces deux curés nous envisagent-ils à leur tour comme étant mieux partagés qu'ils ne le sont eux-mêmes, et dédaignent-ils, en regard des biens dont ils nous supposent pourvus, ceux que nous leur envions? C'est possible. Pourtant c'est parmi les hommes simples, tels que paraissent l'être ceux-ci, qu'on rencontre d'ordinaire les cœurs paisibles et contents, les philosophes pratiques, très-différents des philosophes raisonneurs, et communément bien plus sages.

De Cedruns nous nous acheminons sur Dissentis, où, en 1839, retenus pendant quarante-huit heures par d'affreuses pluies, nous vécûmes de pain noir et de petits cochons au sucre. On aime à revoir les lieux où l'on a mangé tant de petits cochons au sucre! aussi entrons-nous à la maison commune. L'hôte a changé, mais la déesse Thémis est toujours là, pendue au plafond dans la salle, et le fauteuil de justice aussi, debout sur ses quatre pieds, qui préside à tout ce qui se présente.

Au moment où nous quittons cette maison, voici que du couvent, qui n'en est pas éloigné, se fait entendre un mâle et pieux concert de voix harmonieuses : ce sont les pensionnaires qui chantent sous la direction des pères. Il est midi, pas un bruit ne trouble le silence de la vallée ; le village lui-même est désert, cette musique seule remplit les airs de ses invisibles accents et semble être comme la voix elle-même des bois, des montagnes, des cieux glorifiant leur Créateur. Chacun de nous, demeuré à la place où l'ont surpris ces chants, écoute avec ravissement. Bientôt l'hymne cesse, nous continuons de marcher, et, comme un mélodieux murmure, elle nous accompagne bien des moments encore.

Quand on voyage, le déplacement des impressions, l'interruption des habitudes, font paraître vives et neuves des choses que chez soi l'on aurait peu remarquées peut-être. Mais quand on voyage à pied, cette heureuse disposition s'accroît encore, et les plus simples spectacles deviennent aisément une source d'admiration vive et enthousiaste, de joie forte et expansive surtout. Tandis que déjà la marche électrise, ou que la fatigue fait trouver du prix aux moindres occasions de s'étendre sur le gazon ou de se choisir un ombrage, le simple inattendu (et combien de choses sont inattendues) provoque bien vite la surprise, qui, au fond, n'est pas distincte de l'impression que fait éprouver la nouveauté. Mais une autre cause, meilleure et plus active, concourt au même résultat : c'est cette liberté, ce bien-être que contracte l'esprit passagèrement nettoyé de soucis, délié de chaînes, et qui, durant les longues heures de marche, s'assainit, s'anime, s'élève, et devient réellement plus propre à goûter avec simplicité le beau et le bon. Plus de ces dédains que le bon ton conseille ou commande, point de ces blâmes mensongers ou de ces fades louanges que dicte la vanité, point de ces préoccupations d'amour-propre ou de fatuité qui empoisonnent presque tous les divertissements de salon et de casino ; et, à la place, une naturelle disposition à accueillir le plaisir en quelque degré qu'il s'offre, de quelque côté qu'il se présente, et à l'accueillir comme on fait un hôte généreux, dont la reconnaissance est l'unique, l'aimable salaire. Et voilà pourquoi, lecteur, cette musique de couvent nous paraissait ravissante, bien préférable à des symphonies bien plus belles. Voilà pourquoi tant de choses ordinaires vous sont ici présentées comme admirables : elles le furent réellement pour nous. Voilà pourquoi l'on finit par aimer avec passion une façon de voyager qui semble au premier abord bien sujette à de rudes fatigues et à de dures privations ; pourquoi l'on entrevoit avec tristesse l'heure de quitter ces amusants labeurs et ces privations volontaires. Hélas ! assez d'autres, et sous vos yeux, cherchent sans l'y trouver leur plaisir dans les objets extérieurs, s'imaginant que ce soit à ces objets de réveiller l'admiration dans un cœur blasé, où la joie dans une âme assoupie. Nous croyons, nous, qu'il faut au contraire apporter aux objets extérieurs le tribut d'un esprit éveillé, joyeux, libre et sain ; alors ils se chargent du reste, et l'on se sépare enchantés les uns des autres.

De Cedruns à Dissentis nous avons voyagé en compagnie d'un brave homme qui chassait devant lui une truie pleine. De Dissentis à Truns,

le même homme se retrouve devant nous, et la même truie ; mais elle n'est plus pleine, et le particulier porte sur son épaule un sac où crient, à chaque fois qu'il éternue, une multitude de nouveau-nés. On lui fait son portrait, et tout est en règle.

Déjà l'avant-garde est à Truns, où David tâche de faire entendre au landamann qui tient l'auberge que nous sommes vingt-deux affamés, et que, s'il n'y prend garde, nous le mangerons, lui et son poulailler. Le landamann répond qu'il a quatre matelas, et qu'on pourra souper dans *un quart de lieue*. En attendant, nous allons visiter, à quelque distance du village, l'antique érable sous lequel, en 1424, les représentants de dix-sept districts de la haute Rhétie prêtèrent le serment de la Ligue Grise. Cet arbre vénéré existe encore, mais réduit à

une souche tronquée qui supporte un rejeton vigoureux et sain ; on l'a
entouré d'une balustrade, et tout auprès s'élève une chapelle qui a été
construite en commémoration du serment.

Le *quart de lieue* étant écoulé,
nous retournons à notre landamann,
véritable ogre, celui-là, tout en
bouche et carnassières, mais ogre
hypocritement gracieux, doucereuse-
ment ladre, tout palpitant à la fois
de cauteleuse tendresse et de voracité
famélique. Bien sûr, quand il tient
une chair fraîche, il doit ne l'étouffer
qu'avec des caresses pour la manger
les yeux levés au ciel. Heureusement,
David l'obsède d'exigences, notre
nombre lui impose, et, contraint

qu'il est de songer à notre cuisine bien plus qu'à la sienne, il fait la
plus drôle de figure du monde.

Le souper est servi dans une chambre basse, où force portraits
pendus au clou nous regardent faire. Ce sont des landamanns et des
landamannes, tous au teint rose, à la bouche grande, à l'air Truns,
Romonsch et Cedruns. Notre ogre, illustre rejeton de ces drôles d'ancêtres, n'imagine point déchoir en nous servant à chacun un brouet
rare et clair, plus un petit morceau de pain pesé au trébuchet. Arrive pourtant un jambon ; mais sans David, qui a la présence d'esprit

de s'en emparer et de le dépecer
bien vite, nous n'aurions fait
que l'entrevoir. Deux assiettes
de cerises cuites ferment ce souper, qui porte notre faim à son
comble.

Nous gagnons ensuite nos quatre matelas. Partout, pendus au
clou, landamanns, landamannes, Grisons, Grisonnes, ligues
et districts.
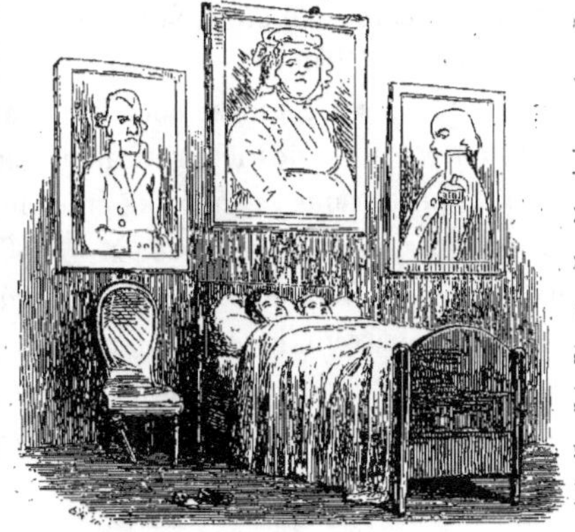

9ᵐᵉ JOURNÉE

Ce matin encore, brouet clair, pas de pain, un peu d'eau, et le landamann qui nous invite gracieusement à nous régaler, absolument comme fit à la bonne cigogne maître renard. Après quoi il faut payer. C'est l'heure où le drôle redouble de soins, roucoule de joie, et, d'une seule caresse de sa griffe, fait à la bourse commune une large entaille à la gorge. Nous payons pour nous, nous payons pour notre guide, nous paierions encore, n'était la faim qui nous presse de fuir vers Ilanz, où nous espérons déjeuner.

De Truns jusqu'à moitié chemin d'Ilanz, on suit la rive droite du Rhin. La route est dès ici praticable pour de petits chariots; du reste agréable, pittoresque, construite en chaussée le long du fleuve, et faite exprès pour jouer au soliveau. M. Topffer continue de gagner partie sur partie. Peu d'habitants, mais partout des petits cochons, qui animent le paysage, barrent le chemin, gazouillent sur la rive, ou font dans les flaques leur toilette du matin. Quand un petit cochon, deux petits cochons, voient venir un touriste, au lieu de s'écarter du chemin pour le laisser passer, ils se mettent invariablement à trotiller devant lui,

sans que l'idée leur vienne jamais d'en finir en entrant dans le bois ou
en se rangeant dans le fossé ; c'est ce qui est cause que, de Truns à
Ilanz, nous avons chacun devant nous deux petits cochons trottants. La
chose ne prend fin que lorsque les petits cochons voient à l'opposite un
autre touriste venir sur eux ; alors, sollicités par deux forces contraires,
la résultante les saisit au tire-bouchon et les tire dans le pré. Telles sont
les choses que nous avons pu observer sur les mœurs et usages des petits cochons.

Ilanz n'arrive ni ne se montre ; et nous commençons véritablement
à craindre qu'il n'y ait erreur dans notre devis géographique ; du reste,
aucun moyen de nous en assurer, car les petits cochons sont muets, et
les gens parlent romonsch. Albin seul trouve en un lieu écarté un curé
qui l'apostrophe en quelque chose de latin ; sur quoi, et après y avoir
mûrement réfléchi, Albin rétorque quelque chose d'approchant, et l'entretien en reste là. C'est qu'il faut savoir que si nous prononçons notre
latin en français, ces curés-là le prononcent en romonsch ; en telle sorte
que deux latinisants, quelque cicéroniens qu'ils soient, peuvent fort
bien se paraître l'un à l'autre un mauvais drôle qui demande en algonquin la bourse ou la vie.

Enfin voici Ilanz, joli bourg à cheval sur le Rhin ; voici l'auberge où
David s'escrime à faire comprendre que, nourris hier de brouet clair,
nous allons expirer si l'on n'y prend garde. L'hôte paraît saisir quelque
chose de l'idée, car voici venir un arrosoir de café, trois petits pots de
lait, quatre onces de beurre, passablement de pain pesé, et une sorte
de kirchmüss couleur de fin grenache, transparence de miel, bouquet
d'œillet, rare, comme tout ce qui est précieux, ou, plus exactement
peut-être, précieux comme tout ce qui est rare. Notre hôte d'ailleurs
est très-bon homme et assez élevé dans l'échelle pour savoir s'honorer
de notre appétit.

On charge ici les sacs sur un petit chariot, et sur les sacs on attache
Léonidas, qui s'endort immédiatement : c'est sa manière, nous l'avons
dit ; manière excellente d'ailleurs pour un touriste de son âge, et qui
seule lui a permis de faire une excursion si laborieuse sans éprouver le
plus petit malaise. Il faut, en vérité, que le proverbe « Qui dort dîne » soit
littéralement vrai, car quelques-uns d'entre nous, Murray entre autres
et Léonidas, de nos trente-six dîners, en ont certainement dormi plus

de vingt-quatre sans s'en trouver plus mal , et plusieurs qui n'ont pas
essayé s'en seraient trouvés à merveille peut-être.

La vallée, à mesure que l'on descend, devient de plus en plus belle.
Des herbages nus de l'Oberalp , nous nous sommes insensiblement ap-
prochés des croupes boisées que domine le couvent de Dissentis, puis
des champs déjà plus doux et plus fertiles où l'érable de Truns est le
patriarche d'autres érables semés par bouquets sur la lisière des terres
ou au milieu des sapins. Au sortir de Truns, la vallée d'Ilanz nous paraît
riche, populeuse, la végétation plus variée, plus fruitière ; au delà, nous
allons contempler tout à côté des paysages les plus doux et les plus frais,
de profonds et stériles abîmes, au fond desquels le Rhin, qui les a creu-
sés , roule en maître ses flots impérieux , et semble un barbare conqué-
rant qui, pour régner toujours, combat et dévaste sans cesse. Puis,
sur les pentes crayeuses de ces abîmes, une végétation italienne, des
pins au feuillage noir, svelte , aux branchages fauves et tourmentés,
de délicats arbustes, ou des festons de lianes flexibles. Certes, ce sont
là de riches spectacles, et très-différents de ceux que nous ont offerts
les vallées bernoises. Ici le paysage est plutôt attachant que grandiose,
et à la place de cette étroite profondeur des vallées de l'Oberland ou du
Hasli, ce sont des plateaux ouverts , dont les plans, au lieu de se dresser
toujours vers le ciel , fuient souvent vers l'horizon, et donnent parfois
au paysage ce délicat attrait des lignes mourantes et lointaines qu'on
ne vient pas d'ordinaire chercher en Suisse. Deux heures avant d'arriver à Reichenau , commence une région où un peintre trouverait
mille sujets d'étude et des motifs de paysage intéressants et neufs.

Il y a une route qui descend dans ces abîmes dont nous venons de

parler, il y en a une autre qui
les tourne. Par bonheur, voici,
outre un naturel qui porte une
scie monstrueuse en façon de
parasol, un particulier qui parle
français. « Laquelle, monsieur,
faut-il prendre ? — C'est à
savoir. L'une est plus longue,
mais l'autre est aussi courte.

Quand je vas à Coire, moi , je prends celle d'en bas. Je prends aussi

celle d'en haut. Vous ferez bien de vous y tenir ; elle est mieux tracée,
et l'autre aussi. » C'est tout ce que nous pouvons tirer de cet irrésolu.
D'autre part, l'homme à la scie qui arrive de Reichenau nous donne
d'excellents conseils, mais en romonsch. Nous prenons par en haut.

De Truns à Ilanz on compte quatre lieues, des lieues grisonnes ;
d'Ilanz à Coire on en compte sept. C'est beaucoup. Mais le pays est
montueux et accidenté ; le voisinage des abîmes nous rassemble en
troupe ; l'on rit, l'on jase, une grande guerre s'allume entre Vernon et
M. Topffer, en sorte que nous marchons sans nous en apercevoir presque. A Waldhauser cependant, à l'entrée d'un bois, nous faisons halte
sur une belle pelouse où une bonne femme nous sert à la ronde un petit
vin romonsch qui a un accent furieusement brusque. Pour le boire, on
se retient à l'herbe ou aux cheveux de son voisin. Pour payer ce vin,
M. Topffer donne cent sous, on lui rend en bluskers une fortune tout
entière ; les bluskers sont des fractions de centimes.— « Et que peut-on
bien acheter avec un blusker, madame ? —Un verre de schnaps. » Ainsi
l'eau-de-vie, ce poison du pauvre, se fait mauvaise, se fait petite, pour
qu'il puisse, si indigent qu'il soit, en faire un désastreux abus. Dans
plusieurs de nos belles vallées, c'est l'eau-de-vie qui décime des populations robustes, c'est l'eau-de-vie qui porte le vice là même où sans
elle il n'aurait pas d'accès, dans les hameaux écartés, dans les chalets
perdus des Alpes.

De cet endroit nous poussons tout d'une traite jusqu'à Reichenau, où
nous arrivons au coucher du soleil. Deux lieues encore nous séparent
de Coire : M. Topffer loue un char qui y portera les éclopppés. Reichenau,
c'est l'endroit où Louis-Philippe a été maître d'école dans une salle que
l'on peut se faire montrer. Aussitôt Vernon se transporte sur les lieux ;
il frappe, on ouvre. « Je suis Frrrançais, madame, et à ce titre, osé-
je... etc. » Vernon entre, examine, prend son temps, puis il rejoint.....
Mais voilà que sa place d'éclopppé est partie avec le char. « Ah ! c'est ainsi,
dit-il ; eh bien ! en route ! je n'ai pas qu'une jambe ! » En vérité, avec
du ressort, un peu de belle humeur, et un grain de crânerie, tout s'arrange, tout vient à point, et les petites infortunes elles-mêmes, trans-
formées en sujets de rire, ne servent qu'à grossir le sac des jolis souvenirs. Il n'en est pas moins vrai que Coire est situé beaucoup trop loin
de Reichenau. Va encore la première heure ; mais dès la seconde, toutes

nos jambes se disloquent, tous nos jarrets se déboîtent, et un inextinguible désir de repos nous sollicite de multiplier de plus en plus de
courtes haltes. Enfin, enfin voici la porte, voici la rue, voici l'hôtel, l'escalier, la salle, où chacun tombe sur une chaise, pendant que Vernon
s'évanouit. Vite, de l'eau fraîche, du vinaigre, un bon lit... Tout à coup
Vernon ressuscite, fend la foule de ses opérateurs, et s'en vient, radieux
et affamé, prendre sa place à table.

AVANT REICHENAU.

TEUFELCASTEL.

10me JOURNÉE

Coire est une petite ville jolie par sa situation, intéressante par son histoire, sa cathédrale, et par un caractère de simplicité aisée et bourgeoise. Les habitants ont l'air intelligent, industrieux, et point encore aussi gazettisés que ceux de quelques autres capitales de canton. Ainsi l'on n'y voit pas de politiques d'estaminet, pas de parvenus de café, pas de législateurs de restaurant, pas de courtauds faisant, un brûlot à la bouche, la leçon à la diète et les cornes à leur gouvernement. Les marchands de bas y font des bas, les fainéants n'y font rien, les étrangers ne s'en mêlent pas, et les choses n'en vont pas plus mal. L'on n'y voit pas non plus, alors que le pays prospère sous une administration régulière et débonnaire, des pères de famille s'associer, des publicistes s'improviser tout exprès pour démontrer que cette rusée cache sous sa

robe de bonne femme une multitude d'engins destinés à empêcher les
citoyens d'élire, les quais d'être alignés au cordeau, les horlogers de
vendre des montres, les pauvres d'être riches et les avocats d'être landamanns.

Voilà ce que nous observons à Coire, hâtivement, il est vrai, moitié
de notre lit, en faisant, à cause des fatigues d'hier, la grasse matinée,
moitié du pavé de la rue, en allant, à cause des famines de la veille,
nous pourvoir chez le charcutier du coin d'un saucisson de sûreté. Que
ne pouvons-nous acquérir le fonds tout entier de ce brave homme ! nos
estomacs le voudraient, mais nos épaules s'y refusent.

Vers dix heures l'on part. La chaleur est étouffante, concèntrée,
comme sont, quand elles s'y mettent, les chaleurs des vallées ; puis une
rampe se présente qui coupe les zigzags de la route : aussitôt de nous y

engager. Jamais, de mémoire de rampe, pareilles sueurs. Arrivés au
sommet, nous voilà fondus, évaporés, et nos blouses, nos chapeaux,

nos figures en pleine lessive. Nous nous dirigeons sur la haute Engadine, par le passage du mont Julier, que nous franchirons demain. La
route s'élève insensiblement, et nous allons perdre de nouveau, par
degrés, cette vive et belle végétation que nous venons de retrouver
dans la vallée du Rhin. Tant mieux : c'est cette continuelle variété
d'impressions, ce sont ces changements quotidiens de scènes et presque
de saisons qui font l'agrément principal des excursions alpestres. Aujourd'hui des neiges, demain des figues.

En attendant, nous traversons de gros villages qui ont l'air savoyard
par leur nue pauvreté, et suisse aussi par leur bonne tenue et une
excellente économie municipale. Auprès de l'un d'eux, l'on nous fait
remarquer une antique église qui sert aux deux cultes à la fois. Quand
cette communauté d'autel, comme c'est ici le cas, ne provient pas d'une
molle indifférence, mais d'une mutuelle et charitable tolérance, combien,
au fond, elle est plus chrétienne, plus évangélique, que nos indéfinis
fractionnements d'églises! Combien ce seul fait annonce chez les deux
pasteurs de ce petit troupeau, de bon esprit, de simplicité de foi,
d'humble acquiescement au plus sublime des enseignements du Maître!
Sans doute, l'on ne peut pas partout, et en tout temps, pratiquer cette
bonne coutume ; mais pourquoi s'en écarter le plus qu'on le peut? et
que gagnera donc le christianisme, sinon d'en être devenu méconnaissable, à ce que, même dans l'un seulement des deux cultes, chaque
secte, chaque coterie, chaque fraction de religionnaires, se soit bâti
son temple, sa maison, sa chambre? Docteurs, reconnaît-on à ces choses
cette religion qui *relie*, assemble, qui fait des frères? N'est-ce point
que l'orgueil de doctrine nous abuse peut-être? N'est-ce point à notre
foi personnelle, à l'excellence de notre théologie particulière, qu'à notre
insu sans doute, et bien contre notre intention, nous risquons pourtant d'élever un temple?

Au sortir du village, nous sommes abordés par le médecin de ce district. C'est un jeune homme de bon air, qui s'adresse en latin à
M. Topffer, et la conversation s'engage. Ces messieurs, très-cicéroniens
sûrement, ne laissent pas que de parler *affectiones rhumatismales
et inflammatoriæ*, qui sont, ces dernières du moins, le désastreux effet
des *potus spirituosi*. Le cardinal de Bembo, nous n'en doutons pas,
aurait dit autrement, lui qui, par fanatisme de belle latinité, appelait

le Grand-Seigneur *Rex Thracum;* mais, après tout, une bonne chose quand on fait tant que de se parler, c'est assurément de s'entendre.

Insensiblement nous avons atteint le plateau supérieur de la montagne que nous gravissons depuis Coire. Ce plateau, qui s'étend au loin dans tous les sens, nous masque le fond des vallées, tandis que de lointaines cimes dépassent seules le vaste et uniforme pourtour de l'immense plaine. Ce genre de vue, peu fait à la vérité pour arrêter le peintre, offre au voyageur un attrait de grandeur et de nouveauté. Plus petit, plus perdu encore au milieu de cette rase solitude, mais affranchi en même temps du gênant voisinage des hauteurs, il marche comme vivifié et rafraîchi par ce surcroît désiré d'air et d'espace. Mais c'est quand nous avons atteint l'extrémité du plateau, que s'ouvre devant nous une de ces vues dont l'auguste magnificence resplendit longtemps encore dans le souvenir. Au-dessous de nous, aussi bas que l'œil peut plonger, c'est un réseau de profondeurs crevassées au fond desquelles courent de nombreux torrents, dont le fracas s'éteint dans les airs bien longtemps avant de nous arriver; ces eaux baignent la base d'un entassement de croupes verdoyantes, séparées les unes des autres par des ravins sombres et boisés; puis, au-dessus, des parois de rochers, ici festonnées de forêts, là nues et grises, supportent un autre amphithéâtre de cimes dentelées. Et tandis qu'en cet instant même le trouble, l'obscurité, les vents, la foudre, règnent dans le haut des airs et assiégent les sommités, le soleil, lançant obliquement ses rayons au travers d'une gorge profonde, s'en vient dorer au milieu de leurs fraîches prairies le petit hameau de Couters, le rocher de Teufelcastel et le bourg de Lenz, où nous allons entrer.

Un char nous accompagne, qui porte nos sacs et deux écloppés. Arrivé au bourg, le cheval sent l'écurie et se lance dans la pente. C'est justement cet instant-là que choisit le cocher pour se commander une paire de souliers. Il fait signe, un pauvre vieux savetier accourt, évite la roue, attrape le pied, prend mesure au galop, pendant que l'automédon fouette la bête, fouette les mouches, fouette le savetier, tout en lui expliquant tranquillement ses cors et ses oignons. Et ceci bonnement, sans mauvaise intention, exactement à la façon des grands que leur condition expose à être inhumains à leur insu, ou insolents sans s'en douter. Au fond, qu'est-ce qu'un page, qu'est-ce qu'un prince à côté d'un maître cocher? Je ne sache que le courrier d'un comte russe ou d'une famille nono qui soit plus prince, qui soit plus page qu'un maître cocher.

Buvette à Lenz. L'hôte est là qui, une plume à la bouche, un long papier devant lui, compute et suppute en partie double toutes les doses pesées que nous livrent les femmes. *Atrocissimus*, dit Tacite, *veteranorum clamor oriebatur*, ce qui signifie que les cris du pain! du fromage! du fromage! du pain! hurlés en cadence avec un accent de famine et de désespoir, finissent par épouvanter ces femmes, par subjuguer cet homme... Tous apportent avec douleur et tremblement ce qu'ils ont de vivres; tous donnent, jettent, prodiguent, comme si le monde allait finir dans une demi-heure. Nous éprouvons quelque soulagement.

On paie cher et l'on repart vite. En ce moment passe devant le seuil de l'auberge un paysan qui vient de gravir les pentes que nous allons descendre; le brave homme, harassé et couvert de sueur, s'approche d'une fontaine, saisit le goulot... «Hé! holà! hé!» lui crie-t-on. Il lâche le goulot et regarde. Puis il saisit de nouveau le goulot. « Hé! holà! hé!...» Cette fois, sans y rien comprendre d'ailleurs, il s'abstient tout de bon. Alors on lui montre une chopine, on la lui paie, et il comprend du premier coup qu'il faut la boire.

De Lenz, il s'agit de descendre jusqu'au plus bas de ces profondeurs crevassées dont nous parlions tout à l'heure. Alors, laissant le chariot serpenter au loin sur les circuits sans fin de la route, nous coupons en courant au travers des prairies, et, en moins de quarante minutes, nous voici au fond de l'abîme, tout pleins d'ardeur pour remonter les pentes opposées, sur lesquelles, des hauteurs, nous avons eu soin de marquer d'admirables spéculations à faire. Durant une petite halte, M. Topffer dessine, pour le reproduire ci-contre, le rocher de Teufelcastel et son église séculaire; tandis que de Bar, pour mieux boire, tombe dans la fontaine du village, au grand amusement de tous les romonsch présents. Après quoi, en route! Toutes nos spéculations réussissent. Les croupes sont promptement escaladées; voici les parois de rochers dont on longe la base en s'enfonçant dans une gorge sombre. Le vent, qui balaie éternellement ce passage, balaie par la même occasion le chapeau de Murray. Murray, d'abord stupéfait de cette brusque spoliation, contemple avec

amertume son couvre-chef qui tournoie dans les airs, s'amincit comme
un météore, et finit par disparaître dans les ténèbres du gouffre. Pro-
visoirement on lui impose un bonnet de coton.

L'on rencontre de temps en temps dans les vallées des Grisons, non pas
des pendus précisément, mais des potences, qui, élevées sur des tertres
stériles à droite ou à gauche du chemin, ne laissent pas que d'assom-
brir un peu l'imagination du passant. Nous en voyons deux aujourd'hui ;
la seconde se montre à l'heure du crépuscule et prédispose aux contes
noirs. Vernon traditionne, M. Topffer aussi, et d'autres. Point de lune,
du reste, et à la place une route incertaine, des marécages de ci, des
bois de là, plus loin des roches douteuses, des creux indistincts, tout
ce cortége enfin de petits et de gros fantômes dont l'imagination peuple
si volontiers les ténèbres. Vernon déjà ne traditionne plus, ni M. Topffer,
ni d'autres, et le bruit cadencé de nos pas nous sert d'entretien suffisant,
lorsque, tout à coup, voici venir une troupe de brigands excessivement
féroces !... C'est David qui vient nous apprendre qu'arrivés à Mullinen,
il ne nous reste plus qu'à entrer à l'auberge où déjà s'aune notre soupe
et se pèsent nos rations.

LACS SALVA-PIANA.

I I^me JOURNÉE

Ce matin nous déjeunons de lait de chèvre : c'est très-agreste. Aussi, n'était la nature du pays et le romonsch de nos hôtes, nous pourrions nous croire chez ces chevriers de la Sierra-Morena que don Quichotte, à propos de glands, régala d'un éloquent discours, tout rempli de folie et tout aimable de sagesse. Et à propos de don Quichotte, vous arrive-t-il comme à nous, lecteur, quand ce digne homme se livre ainsi à la poétique effusion de sentiments et de pensées qui n'ont réellement de fou que leur noblesse et leur générosité mêmes, de vous demander : « Est-ce lui qui est fou, est-ce moi? » Vous arrive-t-il d'avoir honte, d'avoir regret, de vous trouver plus sage que don Quichotte? Vous arrive-t-il enfin de chérir dans ce personnage le bon cœur de Cervantes, son humanité, sa haute raison, et de considérer son héros tout aussi souvent comme un aimable exemple de droiture, de chaste passion, d'enthousiaste amour pour la justice et pour la vertu, que comme un risible exemple des travers et des dangers de l'esprit de chevalerie ?

La chevalerie... Ah! Cervantes, Cervantes, si de votre temps elle n'eût été, m'assure-t-on, déjà morte, je ne vous pardonnerais pas de l'avoir tuée! Chose grande, en effet, que celle qui, sapée avec tant de puissance par un si vigoureux génie, conserve, écroulée, cette inaltérable majesté des augustes décombres! Chose rare que celle dont la beauté, survivant au poison du ridicule, attache, captive, se fait chérir jusque dans celui-là même qui est destiné à en être la charge bouffonne! Car ce fou, n'est-ce pas, lecteur, s'il s'empare de votre affection et de votre estime tout aussi irrésistiblement qu'il excite votre rire ; c'est que tous ses sentiments témoignent de cette abnégation, de ce dévouement, de ce généreux courage, de cette élévation morale, qui furent les attributs mêmes de la chevalerie; c'est qu'un pareil homme, avec bien moins de raison que le sage, a néanmoins plus de grandeur ; avec bien moins de règle, plus de bonté; avec beaucoup d'extravagance, infiniment plus d'attrait et de charme.

Au surplus, il y aura toujours de par le monde quelques Don-Quichottes; il y aura toujours d'obscurs martyrs d'une bonté gauche, d'une probité maladroite, d'une trop transparente ingénuité; de belles âmes dupes de leurs illusions généreuses; des êtres excellents qui, pour prix de leurs douces et affectueuses vertus, n'attraperont que brutalités et horions. N'en connaissez-vous point, lecteur? moi j'en connais et j'en vénère : ils sont fous, mais l'élite encore de l'espèce humaine.

Non loin de Mullinen, nous croisons une sorte de vieillard crétin, chevelu, barbu, couvert de haillons, qui chemine en compagnie de sa vache. La vache continue de cheminer, mais le crétin s'arrête, regarde à nos visages, à notre air, à notre nombre, et le voilà qui se livre à une joie que nous portons à son huitième comble, rien qu'en faisant pleuvoir dans ses grandes mains calleuses les bluskers infinis qui encombrent et salissent nos poches. Autant de petits verres de schnaps peut-être que nous débitons là! Mais qu'y faire? et si, crainte de schnaps, il fallait s'abstenir de répandre sur son chemin de pareilles félicités, les voyages, ma foi, y perdraient de leur bouquet. Partout, mais surtout dans ces pauvres contrées, on rencontre, non pas des fainéants qui mendient, mais des laborieux qui, assis sur une pierre, transis au coin d'un bois, ou marchant à la queue de leur troupeau, ne fument, ni ne prisent, ni ne boivent, si ce n'est aux claires fontaines. Le moyen alors de ne pas surprendre ces bonnes gens par la délicieuse aubaine d'une pincée de bluskers ! sans compter que si c'est magnifique, c'est pas cher, comme

LES COLONNES JULIENNES.

dit le proverbe. Au surplus, notre crétin d'aujourd'hui, faute d'une poche à son habit, serre toute sa fortune dans le creux de sa main, preuve qu'il n'est pas un mendiant. Le mendiant, en effet, a toujours une poche, et, de toutes les parties de son vêtement, c'est la seule qui ne soit pas trouée.

Ce que nous gravissons aujourd'hui, c'est le mont Julier, qui ne se trouve point être de près ce que nous nous étions figuré de loin : un mont hardi, escarpé, dont la cime altière porte deux gigantesques colonnes que Jules César en personne aurait fait dresser, pour y être à la fois et au travers des siècles des fanaux au milieu des glaces, et un immortel monument de son passage. Le mont Julier est un col désert, où conduit une pente longue, mais douce et sans escarpements. De frais pâturages bordent la route, et, près du sommet seulement, des moraines de rocs entassés forment comme de stériles promontoires qui barrent le passage. Tantôt on escalade ces moraines, tantôt on en double les sinuosités. C'est dans le coin le plus abandonné de ces sauvages solitudes que nous trouvons cinq ou six hommes qui jouent au palet. Quelles figures, grand Dieu ! Absolument des bandits affamés qui jouent la bourse et la vie du premier passant qui se présentera sur le seuil de leur repaire. Nous hâtons le pas, et voici tout à l'heure le sommet du col : deux tronçons de granit, de la forme et de la hauteur d'une borne milliaire, s'y dressent des deux côtés de la route : ce sont là ces fameuses colonnes Juliennes dont nous nous entretenons depuis deux jours. D'Arbely s'assied sans façon sur l'une des deux ; les autres se font de la seconde un âtre pour leur feu, et tout s'en va en fumée. Mais donnez-vous un peu la peine de vous représenter la figure d'un touriste qui aurait compté sur cette merveille-là pour le menu de sa journée. Quelle humeur de chien, quelle recrudescence de spleen, quelle indignation contre son itinéraire, contre son guide, son chien, son épouse, contre Jules César, contre l'histoire romaine ! Presque toutes les grandes curiosités et toutes les merveilles sans exception, lecteur, exhalent de près cette même odeur de mystification.

Une ondée nous surprend sur ce col sans abri, mais le vent travaille si bien que le soleil reparaît bientôt et illumine de toutes parts les herbes chargées de limpides gouttelettes. C'est dans ce moment qu'audessous de nous les nuées se déchirent et laissent voir, derrière un

rideau de pins, une longue suite de lacs, dont les rives, nulle part
bien distantes, tantôt se rapprochent, tantôt semblent se fuir, ici doucement inclinées, ailleurs abruptes et couronnées de bois. Rien de si
calme, rien de si doux à contempler ; l'on dirait une neuve contrée où
brillent de leur intact et primitif éclat le vif azur des cieux et la fraîche
verdure des prairies. C'est la vallée de Selva-Piana, au plus haut de la
haute Engadine, que nous avons sous les yeux, et c'est l'Inn qui verse
ses eaux dans cette succession de réservoirs élégamment découpés.

Nous entrons dans le bois de pins. Ces arbres annoncent déjà le voisinage de l'Italie, tout au moins ils signalent toujours dans nos Alpes
le revers qui fait face à cette contrée. D'une verdure aussi sombre que
celle de nos sapins, mais plus rousse et plus jaunie, ils lancent irrégulièrement leurs rameaux tourmentés, et projettent sur le penchant du
mont une ombre impénétrable. Mais si c'est d'en haut qu'on les voit se
détacher sur cette teinte foncée d'aigue marine qui est propre aux lacs
profondément encaissés, la vive beauté de ce coloris flatte l'œil au plus
haut degré, et porte à l'âme comme une impression de fraîcheur éthérée,
d'incomparable pureté. Au reste, c'est ici le caractère des paysages de
sommités. Tous les tons y sont d'une franche vigueur, d'une vierge
transparence, l'on n'y observe jamais ces vapeurs qui, dans les plaines,
rompent l'éclat des teintes et leur donnent cette terne douceur que
nous appelons trop exclusivement harmonie, sans songer que, dans la
nature, il n'y a pas de paysages exclusivement harmonieux. Les Alpes
offrent à chaque pas des sites dans lesquels, à l'éclat, à la vivacité, à
la crudité même des teintes les plus diverses, s'allie le charme puissant
d'une frappante harmonie. Par malheur, c'est la vaporeuse Italie, c'est
la Flandre brumeuse, qui ont produit les maîtres du paysage ; c'est
d'après les œuvres de ces maîtres qu'a été formulée la théorie du genre ;
et de là, chez l'artiste, chez le public, des préjugés traditionnels qui
s'opposent encore à ce que d'autres contrées d'un caractère tout différent paraissent dignes d'être prises pour sujets d'étude, ou pour modèles
de paysage. La théorie ne s'y adaptant pas, le paysagiste ne s'y croit
pas en bon lieu. Il admire, il est frappé, il est ému ; mais sa langue
apprise étant impropre à dire ces beautés-là, il a plus tôt fait de les considérer comme étrangères à l'art que de se créer une langue qui les
exprime. « Quoi ! se dit-il, voici des lignes brisées, heurtées, voici

des tons crus, ardents, criards ; voici toute ma perspective aérienne
sans usage sur ces sommités sans vapeurs, où la cime la plus éloignée
est aussi nettement distincte que le bloc le plus prochain ! » C'est vrai ;
mais que prouve tout cela, sinon ceci seulement, qu'avec une palette
italienne ou flamande on ne fait pas une scène alpestre, tout comme
avec des unités l'on ne fait pas du drame, tout comme avec une recette
pour le poisson on apprête mal un civet de lièvre ou un pâté de per-
dreaux ?

Ce qu'il y a de certain, c'est qu'au sortir de ce joli bois, il y a une
auberge où M. Topffer trouve toute sa bande en train déjà d'avoir mangé,
sans autre avis de sa part, toutes les omelettes de la contrée, et tous
les petits pains de l'Engadine. D'abord un peu surpris de l'illégalité de
la chose, on lui explique comme quoi ; alors il se met de la partie.
Cette auberge est proprette, riante, agréablement posée entre le bois et
le lac, et l'hôte parle français. Bien vite on lui intente de vingt-deux parts
toutes les questions auxquelles il a été impossible de donner cours en
pays romonsch, et il s'ensuit un charivari de propos tout semblable à
celui que durent produire ces paroles dont Rabelais nous conte que,
gelées depuis trois jours, elles se mirent, au prochain soleil, à dégeler
toutes à la fois. C'étaient des jurons de matelots qui dégelèrent sur une
nauf portant nonnes. N'est-ce point là que Gresset a pris la première
idée de son chef-d'œuvre ?

Après nous avoir régalés, cet hôte nous fait la conduite. Mais voici
qu'au sortir de l'auberge, et tout au milieu des décombres de cinq maisons récemment brûlées, apparaît une dame à la fois triste et parée,
qui fouille la cendre et remue les solives. Singulière apparition, mélange par trop romantique de destruction, de larmes et d'habits de fête.
Hélas ! c'est ici la réalité qui a été romantique. Cette pauvre dame était
de noce quand le feu dévora sa maison, son lit, ses robes, ne lui laissant pour se couvrir que cette parure qu'elle porte à cette heure !

Nous voulons, avant d'arriver à Saint-Moritz, notre étape de ce soir,
visiter la source minérale qui fait affluer dans ce petit bourg tous les
malingres de la Rhétie et de la Valteline. A cet effet nous allons passer
l'Inn à l'embouchure des lacs, et après avoir pris congé de notre hôte
et de son beau vallon, nous nous enfonçons dans des bois dont la sévérité contraste tristement presque avec les gracieuses scènes que nous

venons de quitter. Çà et là quelques clairières, où le sol est tout bosselé de rocs moussus; partout une vive fraîcheur de teintes. La source jaillit de terre au sortir de ce bois, dans une prairie ouverte et sous l'abri d'une grande maison blanche, où nous ne manquons pas d'entrer. Tout aussitôt des femmes nous puisent des verres d'eau à discrétion, et nous nous régalons à qui mieux mieux d'une sorte d'eau de Seltz, glacée, piquante, salutaire sans doute aux malingres, mais en tout cas impayable pour des altérés.

De la source au bourg il y a un quart d'heure de marche. Saint-Moritz est une petite bourgade composée d'étables et de cafés-billards, où des baigneurs barbus tuent le temps; un de ces endroits qui doivent au séjour momentané des malingres un peu de fausse vie, beaucoup d'odeur de cigares, et ce grotesque mélange de pâtres occupés et de messieurs fainéants, de liquoristes et de faiseurs de fromages, de laitage et de carambolle. On nous reçoit dans une salle de billard; on nous y loge dans un café; on nous y sert dans la salle basse d'une maison voisine, au milieu d'un ordinaire à crever de rire : deux biscuits-monstres et une salade-jardin.

LE NATUREL ET LA VACHE

12ᵐᵉ JOURNÉE

Nous voici à Saint-Moritz. Il s'agit maintenant d'escalader les pentes du Val Biola pour redescendre sur Bormio, où, sur la foi des itinéraires, nous comptons coucher ce soir. Par malheur, personne ne sait ici de quoi nous voulons parler avec notre Val Biola, et les guides nous offrent de nous conduire partout ailleurs que là où nous nous étions proposé d'aller. Il faut bien à la fin accepter leurs offres, et, plutôt que de s'engager dans un passage inconnu ou peu fréquenté, M. Topffer se décide à passer le Bernina pour entrer dans la Valteline, et de là remonter l'Adda jusqu'à Bormio. Deux jours au lieu d'un. De plus en plus nous nous demandons : « Voit-on Venise ? »

Ce n'est pas tout. Voici que dans cet entonnoir engadin la pluie tombe aussi par torrents, et qu'au réveil nous sommes salués par un bruit de grandes eaux où se noient de nouveau nos projets et presque nos espérances. Il ne sert de rien de s'en affliger. Vite les arts de la paix, lettres, dessin, billard, et des légions de baigneurs barbus, qui, la pipe à la bouche, nous regardent faire. Mais vers neuf heures, comme nous sommes à déjeuner, tout d'un coup la salle s'illumine : c'est un rayon

de soleil! vite alors, projets, espérances, reluisent d'un éclat soudain ;
l'on voit Venise; tout au moins l'on s'y achemine.

C'est aujourd'hui dimanche. Pâtres et baigneurs sont vêtus de frais ;
des hameaux éloignés les cloches se répondent ; la prairie elle-même,
tout à l'heure triste et blafarde, s'habille de riante verdure, et les petits
oiseaux ont repris leurs jeux. Que c'est doux, attrayant, de voyager à
cette heure, sous le charme de ces impressions, et échappés que nous
sommes de cette prison enfumée où un ciel jaloux menaçait de nous
claquemurer! Aussi l'on marche avec une allègre vigueur ; l'entretien
naît, s'anime, s'étend, et nous voici en train déjà de traiter au pas de
course toutes les grandes questions : la politique européenne, le jury,
la presse et aussi le journalisme, cette invention qui livre la tribune du
monde à tous les hommes de talent, de lumières, de principes, et en
même temps à tous les quidams, à tous les ambitieux et à tous les
brouillons. A deux lieues de Saint-Moritz, dans une contrée déjà tout
italienne, nous traversons le joli hameau de Pontresina, bien surpris de
trouver là une église et des protestants endimanchés qui sortent du
prêche ni plus ni moins que nos gens de Chêne ou de Cologny. A vrai
dire, ces petits nids de protestantisme, épars dans cette catholique contrée, ont l'air d'avoir été lancés jusque-là par quelque vent d'orage, et
l'on n'échappe pas à cette sorte d'étonnement qu'éprouvent les voyageurs
qui visitent l'Abyssinie : ils trouvent là des noirs qui se gorgent de
viande crue, et ils ne savent trop s'ils ont devant eux des cannibales ou
des coreligionnaires.

Au delà de Pontresina l'on commence à monter les premières pentes
du Bernina. Tout ici s'appelle Bernina : ces glaciers, ces aiguilles, ce
vallon où nous sommes, ces trois maisons assises sur le premier plateau, dernières habitations que nous rencontrerons sur ce revers. Nous
entrons dans celle qui porte enseigne. L'on n'y trouve ni pain, ni
beurre, mais soixante-deux biscotes qui disparaissent bien vite. Les
biscotes sont des espèces de brioches douceâtres, très-bonnes en vérité,
mais qu'on ne s'attend guère à trouver si haut au-dessus de la mer.
Du reste, nos hôtes se trouvent être des rechignés, qui nous louent de
mauvaise grâce un mulet rétif, conduit par un manant brutal. Ce manant a la prétention de n'être pas faquin, *fachino ;* en conséquence il se
refuse à charger même du plus petit de nos sacs ses énormes épaules.

LACS DU BERNINA.

Nous lui soutenons, nous, qu'il est faquin, mais faquin mal complaisant, ce qui n'est, après tout, qu'une variété de l'espèce.

Comme hier, une ondée, et comme hier aussi un prompt retour du soleil. A mesure que nous nous élevons, la contrée s'empreint de grandeur, de majesté, et insensiblement ce passage du Bernina prend rang à nos yeux parmi les plus remarquables que nous ayons encore franchis. A gauche, des Val Biola tant qu'on en veut ; à droite, une paroi de rochers flanquée d'imposants contre-forts, crénelée d'aiguilles sans nombre, et des glaces qui, s'échappant par toutes les échancrures, descendent, s'échelonnent, et, tantôt rencontrant le vide à mi-hauteur, s'y détachent par blocs et tombent en avalanches, tantôt encaissées dans une étroite crevasse, atteignent aux pentes douces, s'y déploient, et viennent appuyer leurs dernières assises jusque sur le plateau que traversent nos microscopiques personnes. Ce spectacle se répète, plus sévère encore, dans les eaux sombres d'une multitude de lacs qui, dentelés de mornes promontoires, barrés de presqu'îles de pierre, se succèdent à perte de vue le long du plateau, et font ressortir, par la tranquille harmonie de leurs lignes basses et fuyantes, le tumultueux chaos, l'irrégulière audace des parois abruptes au sein desquelles dorment leurs ondes. Du reste, ni arbre, ni chalet en vue, à peine un chemin, et des torrents vomis par les glaciers, qui courent bruyamment se taire dans les anses prochaines. Un de ces torrents nous oppose de sérieux obstacles. Trop fougueux et trop profond à sa source pour que nous puissions l'y franchir, il se divise plus bas en rameaux innombrables, moins profonds à la vérité, mais trop larges encore. Les plus haut fendus sautent d'îlot en îlot et arrivent ainsi sur la rive opposée, tandis que notre faquin fait de sa bête un pont marchant pour les autres. Arrivés à l'extrémité du plateau, nous y croisons deux jeunes hommes grands, beaux, silencieux, qui montent lentement, le manteau rejeté sur l'épaule. Ce sont des pâtres bergamasques qui se rendent sur les hauteurs pour visiter les troupeaux qu'ils y ont conduits au commencement de l'été. Rien de plus pittoresque, rien de mieux en accord avec cette nature qui nous entoure que ces deux belles figures, symboles de simplicité et de vigueur, de mâle fierté et de sauvage mélancolie.

Mais à peine avons-nous atteint le revers du Bernina, que ce sont bien d'autres merveilles encore. Voici déjà les mélèzes ; une riche verdure ;

sur la droite une tonnante avalanche qui tombe avec fracas des cimes

mêmes du glacier ; puis, tout au loin, tout au bas, au delà de coupes fuyantes dont le regard rase les sommités, une scintillante bourgade, des rives fleuries, un lac éclatant, des champs dorés, le doux sourire d'un soleil plein de sérénité : c'est la petite vallée de Poschiavo. Une halte est commandée pour jouir de ce spectacle. Mais en cet instant passe un naturel somnolent qui marche où va sa vache, dont il serre la queue dans sa main. Il y a dans ce naturel tant d'innocente bêtise, tant de machinale quiétude, de risible naïveté, que ce spectacle nous distrait de l'autre. On se le figure cheminant ainsi de Pontresina à Poschiavo, seul, sans regard, sans parole, sans idée, et accomplissant, cette queue en main, son petit bonhomme de mouvement diurne, tout aussi incognito que les astres perdus qui tournoient dans le cinquième ciel.

Plus loin, c'est un particulier de Poschiavo qui nous accoste. Un parapluie sous le bras, il descend d'une alpe où il a été visiter sa jument, jolie bête, dit-il, quinteuse un peu, mais sage d'ailleurs, et qui ne s'emporte que quand elle a peur. A son air comme à ses propos, l'on voit bien que, petit rentier municipal, gros de l'endroit, jouissant d'un

parapluie et d'un mouchoir de poche, ce mortel-là est aussi l'un de ces
obscurs heureux auxquels; si nous étions sages, nous porterions envie.
C'est lui qui nous annonce que, si nous allons à Brusio ce soir, nous loge-
rons chez le père Trippo, pas quinteux, mais sourd comme une borne et
honnête comme un ancien. Brave homme, le père Trippo; la mère Trippo
aussi, et, de père en fils, tous les Trippo pareillement. Et puis, voulez-
vous être bien? allez chez les Trippo! de père en fils on y est mieux!

Poschiavo, sur la frontière de la Valteline, est un bourg mixte.
M. Topffer veut savoir si les deux cultes y vivent bien ensemble. « C'est
selon; vous m'entendez bien. Quand on excite les chèvres, elles se cornent.
Que les bergers le veuillent, les troupeaux se mêleront, et chacun en
aura plus d'herbe. Excusez, je m'arrête ici pour boire une chopine. »
Là-dessus notre particulier, qui craint apparemment de s'être compromis,
entre au cabaret. Après une heure de descente, nous faisons notre entrée à Poschiavo. C'est dimanche : ouailles et curés sont sur la place;
cette foule nous entoure, nous presse, nous regarde aussi avidement que
si nous étions le capitaine Cook et Banks et Solander, les inséparables.

Assis sur la grande place de Poschiavo, comme un parti de conscrits
qui rejoignent, nous y attendons que David ait trouvé quelque chariot
à louer, pour y charger nos sacs et deux écloppés. Par malheur, un petit
aubergiste joufflu, qui se propose de souffler au père Trippo sa proie,
ourdit, d'accord avec le curé, toutes sortes d'intrigues, aux fins que la
nuit tombe avant que nous ayons trouvé notre affaire. Selon ces gens, le
père Trippo ne vaut rien, ni son auberge; et notre particulier de tout à
l'heure qui vient à passer dans ce moment, au lieu de protester de toute
sa force, ne fait pas mine seulement de nous reconnaître, mais s'éclipse
tout doucement, avec la cauteleuse prudence d'un petit gros de l'endroit
qui estime s'être gravement compromis en parlant des deux cultes. A la
fin, David attrape un char et ne le lâche plus. En route alors! et nous sortons gaiement de la ville. Mais à peine sommes-nous dans les champs que
voici des deux côtés de la vallée, hommes, enfants, fillettes, qui quittent
les hauteurs, coupent par les prés, gambadent à l'envi, et viennent s'ali-
gner le long de la route comme pour voir passer le roi, la reine et la cour.

A la tombée de la nuit, nous atteignons la rive de ce joli lac que, des
hauteurs du Bernina, nous avons vu resplendir. Est-ce bien le même?
A cette heure, il est froid, sévère, mystérieux; la rive opposée, bien que

prochaine, se perd derrière les voiles assombris du crépuscule : on dirait la réalité qui désenchante les illusions du cœur, ou encore, cet avenir que nous atteignons chaque jour, et qui, chaque jour, déçoit les rêves du passé. Mais ces réflexions philosophiques échappent complétement à Sorbières, qui, pour s'être trop régalé de pêches de Poschiavo, s'attarde, se laisse perdre de vue, puis se remet au galop pour nous apporter lui-même la nouvelle de sa guérison en même temps que celle de sa maladie.

Le vallon est désert, les ténèbres sont épaisses, nous marchons serrés les uns contre les autres, lorsque quelque chose tantôt se met à chuchoter derrière nous, tantôt nous coudoie avec rudesse. Plus loin, ce quelque chose prend la forme de quatre hommes qui nous arrêtent, et qui déjà portent la main sur nous, lorsque le père Trippo paraît sur

son seuil, une lumière à la main. A nous alors d'arrêter nos brigands et de les dénoncer au père Trippo, qui, sourd comme une borne, ne comprend quoi que ce soit, ni à nous ni à ces hommes, ni à la chose ni à une autre. Épouvantés et furieux, nous entrons dans la salle, où, sous notre dictée, mademoiselle Trippo crie dans l'oreille droite de son père qu'il nous a tirés là d'une fameuse, par sa présence, sa chandelle et son sang-froid.

Cette famille Trippo est effectivement patriarcale, et c'est plaisir, au sortir d'une aventure un peu farouche, que de se voir en compagnie d'un bon vieillard entouré d'enfants et de serviteurs affectionnés et respectueux. Mais l'auberge, propre d'ailleurs, répond presque trop à l'idée que nous en donnait l'aubergiste joufflu de Poschiavo. Après une grande heure d'attente, on nous y sert pour festin des œufs cuits dur et du pain de fenouil ; encore ces vivres arrivent-ils trop tard. Soit faim, soit émotion, soit l'extrême chaleur de la salle, voici Vernon à qui le cœur manque ; de Bar s'en mêle, Albin en fait autant ; de proche en proche toute la caravane bâille ou s'affadit. Pourtant, à la vue de nos lits, la gaieté revient et les rires nous guérissent. Il y en a quatre, et puis un cinquième, qui est une grande chambre garnie de paille. On se couche, et le sommeil fait le reste.

HALTE GRILLÉE EN VALTELINE.

13ᵐᵉ JOURNÉE

Brusio est situé à une demi-heure de la frontière. C'est donc ce matin que nous disons adieu à la Suisse, qui, au reste, dès Saint-Moriz, nous a déjà semblé être l'Italie. Après une courte descente, nous arrivons à la *Madone*, où l'on vise nos passe-ports, et bientôt après à Tirano, où il s'agit de déjeuner d'une façon authentique, remarquable, rétrospective.

Quelle drôle d'auberge ! Vaste, bruyante, d'une malpropre magnificence, où crient les gens, où crient les fritures, où crie le tournebroche, sans compter des cochers qui vont, viennent, comme en plein carrefour. Du reste, large table, linge frais, cuisine exquise, et strachino sans pareil. L'hôte, grand et gros homme rhumatismal, en redingote bleue, donne de l'air à ces retraités du temps de l'Empire qui ont été

généraux un moment et cacochymes des années. L'hôtesse et sa sœur,
à l'envi mal peignées, ont à la fois la vulgarité et le bon cœur, l'emphase et la familiarité des Italiennes : elles nous accueillent avec amitié
et elles mettent du prix à ce que nous nous tenions pour régalés. A cet
égard, nous sommes en mesure de combler leurs vœux. En effet, au
sortir de vallées pauvres et de sommités stériles, cette soudaine réap-
parition de l'abondance est à elle seule d'un agrément infini ; et du pain
plus blanc, un potage plus civilisé, des côtelettes au lieu d'œufs cuits
dur, paraissent bien vite un banquet étonnant par la variété des mets
et par la distinction des assaisonnements. Puis nos émissaires, qui, de
tous côtés, reviennent chargés de figues, de pêches, de raisins, de tous
les dons de Pomone achetés au quintal, et pour rien !

Mais à toutes les médailles il y a un revers. Une chaleur torride, la
même qui dore ces raisins, qui confit ces figues, nous attend au sortir
de la fraîche hôtellerie, pour nous confire aussi. Échelonnés sur un
chemin poudreux que balaie une haleine embrasée, nous songeons
alors aux fraîcheurs de la veille, aux sources, aux ombrages, qui sont
ici clair-semés, tièdes, transparents ; à ces harmonieux désordres d'une
nature libre, remplacés tout à coup par les mesquins arrangements
d'une culture avare ; à ces pentes sauvages, à ces noirceurs des bois,
auxquelles ont succédé l'éclat importun des murailles blanches, la rase
uniformité des prés, l'industrieuse économie des arrosements artificiels, et le parallèle n'est pas de tout point favorable au beau verger
que nous parcourons. Tout haletants, nous frappons aux pintes ; mais
si le vin abonde, on vous y refuse l'eau, et il serait plus possible d'en
sortir ivre que d'en sortir désaltéré.

Ceci n'empêche pas que la Valteline ne soit une vallée brillante de
fertilité, et parsemée de bourgades dont l'aspect est de loin riant, prospère, presque magnifique. Partout de belles églises, des chapelles ornées, des clochers d'une architecture svelte, des maisons soigneusement blanchies, animent de doux paysages, et se détachent avec un
séduisant éclat sur la base fleurie des montagnes, ou sur l'azur sombre
des gorges qui s'ouvrent par delà. Mais, de près, ces bourgades semblent dépeuplées, cette blancheur extérieure recouvre des masures sans
fenêtres, lézardées, bien souvent des ruines ; et nous remarquons en
cent endroits que dans cette contrée on rebâtit à côté, mais on ne dé-

BOLLADORE EN VALTELINE.

molit jamais : de là la vide ampleur de bien des hameaux. Du reste,
les gens y ont l'air actifs, intelligents, entièrement adonnés à l'agricul-
ture, heureux en somme, tout au moins gais, ce qui nous a toujours
semblé un signe de bonheur presque aussi certain que peuvent l'être,
dans d'autres pays, l'enseignement mutuel, la petite poste, ou les soupes économiques.

Ainsi, nos aventures de ce jour se bornent à manger des figues, à
avoir soif, à braver la canicule et à visiter toutes les églises, autant, il
est vrai, pour y trouver l'ombrage et une crue fraîcheur, que pour en
admirer la somptueuse architecture. Mais à mesure que nous nous élevons et que la soirée s'avance, la contrée change à la fois d'aspect et
de climat. Déjà les vignes sont bien loin derrière nous, déjà la végétation se rabougrit pour cesser bientôt, et en même temps de froides haleines signalent le voisinage des glaciers. Vers sept heures, nous avons
en vue les parois de rochers au pied desquelles se déploie, sur la rive
droite de l'Adda, Bormio, le dernier bourg de la Valteline. D'un saut
nous sommes à l'auberge, où, dès le seuil, l'hôtesse nous annonce que
son cuisinier est à la promenade, et que l'empereur d'Autriche a logé
chez elle en 1839. Ces nouvelles nous contristent beaucoup, la première
surtout.

En Valteline, les hôtesses ne sont pas rousses, mais elles sont échevelées, grasses à quatre mentons, hom-
mes par la voix, reines par le port. Plutôt
bonnes que prévenantes, elles ignorent
d'ailleurs les empressements intéressés,
et vous accueillent du même air le bourgeois et le baron. Celle-ci a pourtant fait
des frais pour être agréable à l'empereur
d'Autriche : tous les poêles, toutes les
niches, toutes les parois de la maison,
sont surmontés de Napoléons en plâtre,
ou couverts de gravures de grande armée.

Par bonheur, le cuisinier a l'idée,
vers neuf heures, de revenir de la promenade, en sorte que notre souper ne
se trouve pas remis au lendemain.

SOMMET DU STELVIO — AU FOND L'ORTLER-SPITZ.

14ᵐᵉ JOURNÉE

Ce matin nous partirions à l'aube, n'était la confusion introduite parmi nos chaussures, qui, après avoir été graissées en fabrique, viennent d'être jetées pêle-mêle sur le plancher. Chacun d'accourir et d'arracher son bien aux larrons, qui arrachent le leur à d'autres larrons. Les très-petits pieds et les très-notables échappent seuls aux désastres de cette terrible mêlée. Ce dut être bien autre chose encore quand passèrent l'empereur d'Autriche et toute sa cour !

Fort heureusement le temps est beau, car c'est encore ici un entonnoir dont nous ne pouvons sortir qu'en franchissant le plus redoutable des défilés. Derrière la petite ville de Bormio s'ouvre, entre des parois de rochers nus, une gorge étroite, profonde, tortueuse, qui, plus loin, s'élargit en rampe rapide. Cette rampe aboutit à un plateau sinueux qui s'appuie à des arêtes rocheuses; du haut de ces arêtes le mont lance ses pentes immenses jusqu'au fond de la vallée de l'Adige. Telle est la configuration générale du Stelvio, ce passage devenu fameux depuis que l'Autriche, pour faire communiquer Vienne avec la Lombardie, sans emprunter à la Suisse son Splugen, y a fait percer une route qui, pour l'élévation, l'emporte sur toutes celles des Alpes et de l'Europe. C'est principalement en vue de connaître cet intéressant passage que nous avons dirigé notre itinéraire de ce côté, en sorte qu'aujourd'hui déjà nous nous considérons comme appelés à recueillir le fruit de nos laborieuses marches. Ce sentiment porte avec lui beaucoup de contentement.

Devant l'ouverture de la gorge, et sur une terrasse aussi nue que les parois qui surplombent à l'entour, s'élève un vaste et beau bâtiment.

C'est un établissement de bains. Tout à l'heure, engagés dans la gorge, nous ne voyions plus de ce bâtiment que son toit d'ardoise ; au delà, la prairie de Bormio, le cours de l'Adda, et les vergers de Bolladore, qui brillent au loin du frais éclat du matin. Mais bientôt un rideau de rocher ferme la vue de ce côté, et nous voici tout à coup perdus au fond d'un hideux gouffre de pierres, à mille lieues, ce semble, de tout spectacle agreste et riant. Du fond de ce gouffre, il faut deux heures pour atteindre jusqu'au pied de la rampe dont j'ai parlé. Là, la route forme des

zigzags sans nombre ; mais, exercés qu'ils sont à ce genre d'investiga-
tion, nos éclaireurs ont indiqué d'avance, et reconnu de près, le moyen

d'atteindre directement au
plateau en montant le long
de l'arête escarpée où viennent aboutir tous les sommets des zigzags. De cette
façon , nous gagnons une
bonne heure sur le char qui
monte nos havre-sacs.

Pendant que nous che-
minons sur le plateau, des
nuées s'accumulent au-dessus des cimes voisines ,
d'autres accourent du fond
des gorges , déjà l'azur du
ciel ne se montre plus
qu'au travers de mouvantes
trouées. C'est dans ce moment qu'apparaît en face
de nous le sommet du
passage. Ce sont, à droite, d'immenses plages de glace qui viennent
assiéger des arêtes abruptes fièrement dressées sur la gauche, et l'on
voit le petit filet de route, tout perlé de bouteroues, qui serpente avec
souplesse contre la pente de ces arêtes, en atteint le niveau supérieur,
s'y déploie un instant, et tourne bien vite sur le revers opposé. Ainsi,
du point culminant de ce passage, dont la hauteur est à peu de chose
près la même que celle du Buet, l'on contemple réellement au-dessous
de soi, avec une sorte d'orgueilleuse surprise, les glaces éternelles, et,
dans le contraste frappant de ce chemin si frêle et si audacieux, de ce
glacier si colossal et si impuissant, l'on reconnaît, comme dans un glorieux symbole, l'intelligence victorieuse des forces brutes, et l'homme,
roi de la nature.

A l'extrémité du plateau il y a une grande maison, sorte d'hospice,
où vivent, sous un toit commun, une auberge et une douane : c'est ici
la frontière du Tyrol. Tout transis que nous sommes, nous voudrions

bien n'y pas entrer, car le char porte des provisions valtelines dont

nous nous sommes pourvus, autant par économie que par précaution ;
mais on nous presse, nous nous laissons séduire, et il arrive que ce
jour-là, par précaution autant que par économie, nous consommons d'a-
bord les vivres que l'on nous présente, et ensuite ceux que le char nous
apporte. Pendant ce repas double, un douanier craqueur nous fait du
libéralisme intéressé, non pas peut-être à la façon des mouchards, mais
très-certainement à la manière de ceux qui croient devoir se mettre dans
vos bonnes grâces avant que de vous tendre la main. Pour toute réponse,
nous mangeons ferme : c'est une opinion qui ne compromet personne.

Au surplus, lorsqu'on voyage, soit effet de la distraction, du grand
air, soit aussi parce qu'on croit remarquer à chaque pas que le contentement et le bien-être tiennent moins encore au droit de pétition ou
aux élections par arrondissements qu'aux mœurs, au bon ordre, à la
stabilité des institutions, il est de fait que l'on est peu disposé pour le
quart d'heure à professer des opinions politiques bien tranchées. L'on
voit des peuplades qui, sans être libres, paraissent heureuses ; l'on en
voit de libres chez lesquelles toute joie, tout esprit de calme et de sécurité semblent disparus sans retour, et, sous l'impression de ces spectacles, on ne peut s'empêcher d'accueillir quelques doutes sur l'excel-

lence des choses que l'on a prônées, ou sur le vice de celles que l'on a été appris à décrier. Très-aisément alors la politique vous apparaît comme un triste assemblage de principes douteux substitués par les partis aux saines règles du sens commun, comme un dangereux arsenal d'armes à l'usage des amours-propres froissés, des prétentions injustes, des ambitions impatientes, de toutes les passions ardentes ou jalouses, et l'on se prend à croire que moins il y a d'hommes qui ont la clef de cet arsenal, moins aussi il y a de chances pour que la masse paisible des citoyens honnêtes et laborieux soit sans cesse inquiétée, tourmentée, entravée dans son utile et légitime essor, au profit et par les soins mêmes de tant de tribuns officieux qui s'en font les équivoques protecteurs. Certainement ceux qui pèsent le plus aujourd'hui sur les populations, ceux qui retardent avec le plus opiniâtre égoïsme l'avénement de la paix intérieure, de l'ordre, de la stabilité, ce sont moins les monarques que les démagogues, moins les gouvernements que les partis, moins la loi, moins le joug, que ce dérèglement d'opinions et de principes qu'on appelle la politique.

Lorsque nous quittons l'hospice, le froid, déjà très-vif, nous fait presser le pas : en trois quarts d'heure nous atteignons le haut du col. Un spectacle aussi magnifique qu'il est inattendu (et voilà ce que c'est que de ne savoir pas par cœur son itinéraire) s'y déroule à nos regards. Figurez-vous, lecteur, que vous soyez transporté sur la cime du Brevent ; tout à coup, de cette hauteur, et en face de vous apparaît l'imposant et majestueux amphithéâtre du mont Blanc ! Ici, le mont Blanc, c'est l'Ortler-Spitz, moins élevé d'une centaine de toises, mais plus frappant peut-être à contempler, parce que, affranchi du voisinage de cimes rivales, il lance seul dans les profondeurs azurées du firmament sa tête altière, et paraît plus encore un géant qu'un colosse. Par malheur, nous ne jouissons qu'imparfaitement de ce grand spectacle. D'innombrables nuées courent en désordre autour des flancs glacés de l'Ortler, et ce n'est que successivement et par de fortuites trouées que nous entrevoyons ici un profil de la montagne, là des vallées de glace, plus loin une dentelure d'aiguilles, là-haut une auguste sommité, là où nos yeux ne cherchaient plus que le ciel. Cependant un puissant murmure de foudre gronde de toute la montagne à la fois, et tandis que là-bas, dans la vallée de l'Adige, le cultivateur trace encore ses sillons sous le feu du soleil de midi, ici nous assistons au prélude de la tempête qui va tout à l'heure fondre sur ses champs, et le chasser lui et ses bœufs jusque sous le chaume de son étable.

Qu'il y a de poésie dans ces impressions! et combien en pareil lieu ces sourdes fureurs ont d'attachante beauté! A ce trouble inaccoutumé d'une colossale nature, le cœur s'émeut, l'âme s'ébranle, et à côté de cette religieuse terreur qu'y répand le formidable courroux du ciel et des éléments conjurés, je ne sais quels gracieux souvenirs d'images riantes, de secrets, de tendres retours vers les siens, vers le logis dont on s'est exilé, s'y pressent, s'y heurtent, s'y confondent en une jouissance forte et mélancolique à la fois. Et encore, cet orage qui s'apprête, il faudrait oser l'attendre sur ce sommet désolé; il faudrait, abrité sous la saillie d'une roche, de là voir avec tremblement la tempête se déchaîner, bondir, lancer ici ses torrents, là-bas ses tonnerres, remplir l'air de ses feux et l'espace de ses rugissements. Que de fois nous avons désiré de goûter ce plaisir! Le voici qui s'offre, et la prudence, ce tyran de l'instituteur, nous commande de le fuir. Déjà l'éclair joue à nos côtés, et de menaçantes nuées envahissent la place que nous nous hâtons de quitter.

Bien différent de l'autre revers du Stelvio, celui que nous allons descendre n'est qu'une longue pente, point abrupte, car notre avant-garde s'y lance presque directement, mais dominée de toutes parts, et de toutes parts ouverte aux avalanches. Il résulte de là que c'est justement du côté de la montagne qui offrait par lui-même le moins de difficultés à vaincre qu'il a fallu concentrer les travaux les plus difficiles et les plus coûteux. Toute la route, dans un espace de 3,860 pas, n'y est qu'une galerie continue, sous laquelle on chemine parfaitement abrité. Cette galerie, construite avec une extrême simplicité de moyens, est en bois. Nous observons qu'il n'a fallu pour la construire que commander deux sortes de matériaux, le bois et le fer, et sous quatre formes seulement; des poutres et des plateaux, des barres et des écrous. Mais il y a perfection dans l'assemblage compacte des pièces, dans la fruste solidité du travail, et dans la force savamment ménagée des solives qui se dressent en poteaux et se courbent en voûtes. Du reste, cette galerie ne recouvre qu'une moitié de la route, de façon que, dès les commencements de l'hiver, la première avalanche qui vient à tomber glisse sur la toiture, dépose sur la partie découverte de la route une masse de neige qui fait à la fois muraille pour l'intérieur de la galerie, abri pour le rebord extérieur du chemin, et pente continue pour les avalanches nouvelles, qui glissent rapidement sur cette masse de constructions échelonnées, au lieu de les ébranler par leurs chocs répétés. En été, lorsqu'on regarde du bas de la montagne ces travaux de toitures et de pieux, ces ouvrages si patients, si réguliers, si semblables à eux-mêmes d'un bout à l'autre, on se rappelle involontairement ces constructions patientes aussi, régulières aussi, qu'élèvent les castors dans leurs solitudes. Mais, tout involontaire qu'il est, ce rapprochement repose pourtant sur de réelles analogies, et l'esprit, lorsqu'il s'en est emparé, finit effectivement par trouver des rapports pas trop mystérieux entre l'instinct intelligent du castor et l'intelligence passive mais habilement dirigée de l'Autrichien.

Au surplus, le point de vue économique, la prédominance du raisonnable et de l'utile, une juste appréciation des moyens comparés au but, ce sont là les caractères qui distinguent généralement les ouvrages de l'administration autrichienne, et celui-ci en particulier. Tout y est régulier, symétrique, admirablement conçu, tant pour les avantages de durée que pour l'économie d'entretien ; mais la grandeur manque. Quelque chose de sage, mais de froid, a présidé à l'érection de cet ouvrage monumental, et nulle part l'idée du beau, l'idée du grand, ne s'y exprime, n'y a coûté un sou de façon. Par là le Stelvio est supérieur, par là aussi il est inférieur au Simplon. La route du Simplon, hâtivement faite, imparfaitement construite, vous frappe dès l'abord par l'impression de je ne sais quelle lutte plus irréfléchie, mais plus énergique, contre l'obstacle des lieux, par ses imposantes galeries, plus hautes sans doute qu'il n'était nécessaire ou utile, mais taillées dans le roc vif, semblables à des nefs mystérieusement éclairées, et qui, lorsque les siècles auront détruit toutes les chaussées, tous les ponts, tous les aqueducs de la route, demeureront encore, immortels vestiges d'une immortelle conception.

Nous venons de quitter l'abri de ces galeries, quand la tempête éclate. Un grand coup de tonnerre donne le signal, et, deux minutes après, nous sommes trempés jusqu'aux os. Ce n'est plus ici, comme là-haut, un poétique spectacle : pluie battante, ornières boueuses, les arbres ruisselants, et un homme qui ouvre son parapluie. Une maison se présente, l'arrière-garde s'y jette, pousse jusque dans une cuisine enfumée, et y demande l'hospitalité à une vieille sorcière qui s'enfuit d'épouvante. Bon

voyage, et vite grand feu ! Madame Topffer découvre une demi-bouteille
de quelque chose, **M.** Topffer livre ses trois grains de sucre, Simond
déterre une casserole, et voici un négus, un négus... acide, verjus,
bouillant, délicieux, souverain. Comme nous sommes à boire, entre
le maître : « Faites, dit-il ; vous êtes ici dans la maison de l'empereur. »
Alors nous nous excusons d'avoir troublé la vieille. « C'est ma belle-
mère, ajoute-t-il, *É semper rabbiosa;* mais je veux vous présenter ma
femme. » Cela dit, le brave homme sort pour rentrer bientôt, accompagné de trois frais moutards et d'une jeune mère d'une remarquable
beauté; l'air de bonheur répandu sur tous ces visages, l'accueil cordial
et désintéressé de ces gens, la chaleur de l'âtre, le pittoresque de l'aventure, tout dans ce moment nous réjouit, nous enchante, et nous quittons
à regret cette noire demeure, emportant un de ces souvenirs qui ne s'effacent plus, parce que le cœur plus encore que la mémoire en a la garde.

Pendant cette halte la pluie a cessé ; au vacarme de tout à l'heure,
succède le calme charmant d'une douce soirée. Alors, hâtant le pas,
nous dépassons le verdoyant défilé de Drafoys; la nuit tombe, la vallée
s'ouvre, une lumière paraît, c'est l'auberge de Prad, où l'avant-garde
nous attend les pieds sous la table.

15ᵐᵉ JOURNÉE

Ici recommencent les famines. Nous quittons Prad de bonne heure, le ventre vide d'un déjeuner très-cher.

A une heure de Prad, la route du Stelvio rejoint celle d'Inspruck, au moyen d'un pont jeté sur l'Adige. C'est cette dernière que nous allons descendre en suivant la rive gauche du fleuve. Cette partie de la contrée rappelle les sites pauvres et nus de la Maurienne : ce sont des champs immenses encaissés entre des montagnes pelées. Du reste, excellent pays, comme on sait, pour s'y entre-détruire à coups de canon. Pas un de ces champs de blé qui n'ait été champ de bataille, pas une de ces buttes qui n'ait ses glorieux souvenirs de carnage. Par malheur, nous ne sommes pas tacticiens, en sorte que le hideux de la guerre ne disparaît pas pour nous derrière l'élégance des manœuvres ou la savante beauté des opérations.

Dès ici les distances sont comptées en milles allemands, et tandis qu'une grande pierre ne manque pas d'avertir le piéton qu'il vient d'en consommer un, d'innombrables petites pierres ne manquent pas non plus de l'avertir que, sur son mille, il vient de consommer vingt minutes. Absolument quelqu'un qui vous compte les bouchées; et il en va ainsi pendant des centaines de lieues. C'est cela qui est castor!

Une autre chose. A tout bout de champ d'immenses crucifix; des scènes entières de la Passion ou de la légende, dont les personnages, en bois sculpté et peint, sont d'un style incorrect sans doute, mais original et parfois plein d'énergie : il y a tel de ces christs dont l'expression, à la considérer isolément, est sublime de mortelle angoisse. Puis, comme il arrive naturellement, partout où l'image, par la multiplicité même des reproductions qu'on en fait, est devenue type, symbole, les gouttes de sang qui jaillissent de dessous la couronne d'épines, celles qui dégouttent de la plaie des clous et du trou de la lance, ont pris peu à peu sous le pinceau de l'artiste une régularité consacrée. Les premières sont disposées en couronne, les autres se balancent symétriquement autour du filet qui leur sert comme de tige. Tout bizarre que ceci puisse paraître, c'est pourtant du style encore, seulement c'en est la charge. Outre ces images, de petits tableaux proprement encadrés, et abrités avec soin, se dressent le long des chemins. Ils sont destinés à implorer de la piété du passant une prière en faveur de Christian ou en faveur de Maria, dont la fin sinistre y est représentée, gauchement à la vérité, mais avec une naïveté qui rappelle le faire à la fois inhabile et expressif des vignettes du quinzième siècle. A ces signes et à d'autres, l'on reconnaît bientôt que l'on vient d'entrer dans une contrée *sui generis*, dévote mais religieuse, fidèle à son culte, à ses traditions, à ses mœurs, saine à sa manière; chez une nation enfin, et non pas chez un assemblage d'esprits sans lien et sans unité. Et quand ensuite l'on voit le paysan tyrolien si fièrement assis sur son cheval qui tire la herse, l'on s'explique et la mâle noblesse de son visage, et cet air d'homme et de maître que donne seule la conscience de droits antiques et d'institutions à l'épreuve.

A Schlanders, où nous passons à midi, nous sommes accidentellement témoins d'une scène qui ajoute un trait intéressant à ceux que nous venons d'esquisser. Au son de la cloche de midi, sept ou huit hommes qui étaient occupés à battre le blé jettent là leurs fléaux, s'avancent sur le seuil de la grange; et, tombant à genoux, ils y demeurent pendant quelques secondes en adoration. Cette scène, si imposante dans sa simplicité, se

répète à cette heure dans tous les hameaux; partout ces hommes fiers, partout ces hommes maîtres interrompent leur œuvre pour courber le genou devant le Très-Haut. — Pratiques! dira-t-on, oui; mais saines, belles, utiles, qui impriment et qui propagent la crainte de Dieu, qui ploient l'enfance à son joug, qui, chaque jour, transforment pour quelques instants en frères et en égaux, maîtres et journaliers, ceux qu'abrite un même toit et ceux que rassemble une circonstance fortuite, ceux qu'unit l'affection et ceux que la haine divise. Pratiques; mais qui valent mieux que cette absence de pratiques au sein de laquelle va s'effaçant chaque jour davantage, chez les nations dites en progrès, l'idée religieuse, sauvegarde indispensable de la moralité, du bonheur et de la nationalité des peuples.

Cependant la faim nous ronge et voici la pluie : nous entrons au *Soleil-d'Or;* mais au *Soleil-d'Or* il n'y a ni pain, ni lait, ni viande, ni fenouil, ni quoi que ce soit, hormis un quartier de saindoux et des pommes de terre que l'hôte va faire bouillir. Bien triste régal! Ce qui est plus drôle, c'est l'hôte, qui, tout glorieux d'une si belle tombée, va, vient, s'informe si l'on est content, et veut qu'on lui dise si l'on manque de quelque chose. Une heure se passe, et puis deux : qu'allons-nous devenir si la pluie nous retient dans ce trou? Plutôt affronter grêle et tonnerre! Nous fuyons jusqu'à Latsch.

A Latsch, les gens parlent une langue inconnue qui n'est pas le romonsch; impossible de s'entendre. Mais, rincés que nous sommes, nous commençons par nous emparer d'un large foyer circulaire au centre duquel pétille une flamme magnifique, et la troupe entière, disposée en cercle, fait des par file à droite, des par file à gauche, jusqu'à entière dessiccation des hommes et du fourniment. C'est beau à voir, mais infernal un peu. Pendant ce temps David déterre une sorte d'interprète mouillé qui traduit nos demandes en algonquin; alors des marmitons s'avancent, et nous leur cédons la place. Il n'est que trois heures, la correspondance est reprise, les jeux s'organisent, l'esprit va son train. C'est bien heureux, car Latsch est un de ces trous où si, pour une minute seulement, l'on venait à ne pas s'amuser beaucoup, l'on périrait infailliblement de tristesse mortelle et d'ennui rentré.

Notre souper est parfaitement bouffon. Des soupes grandes, profondes à s'y noyer, et, après ces soupes, des troupeaux de moutons coupés en morceaux, servis en tas, à droite, à gauche, en bas, partout : vrai charnier qui rassasie rien qu'à le voir. Nous avons craint la disette, et voici l'abondance qui tue la faim.

CASTEL-BEL, PRÈS NATURNS

16ᵐᵉ JOURNÉE

A Latsch, quand un voyageur arrive, vite on lui tue un bœuf; il le
paie, c'est juste, mais il ne l'emporte pas : c'est le principe. Aussi voici
venir ce matin une carte exorbitante, où sont comptés tout au long
et tout au large ces étangs de soupe et ces troupeaux cuits que nous con-
templâmes hier au soir. Alors la bourse se fâche tout rouge, et l'on
rappelle l'interprète. Par malheur, tout interprète est neutre comme un
chapeau gris; c'est tout au plus un coussinet interposé entre les parties :
celui-ci ne manque pas d'approuver l'hôtesse, d'approuver la bourse,
et de s'approuver aussi lui-même. On l'envoie promener et l'on paie.
C'est par là qu'il aurait fallu commencer.

Dès Latsch, la contrée devient de plus en plus pittoresque, la plaine est
richement cultivée, de beaux ombrages nous attirent çà et là, et les montagnes, beaucoup moins nues que celles que nous avons vues hier, commencent à prendre le caractère italien. Moins accidentées que les nôtres,
elles n'offrent aux regards ni des plateaux cultivés ni des forêts séculaires; mais des pentes vertes et buissonneuses dont les formes ont de

la douceur et le coloris un éclat plus tendre , plus clair que celui de nos Alpes. A mesure que nous descendrons la vallée , ces cimes vont s'abaisser ; les lignes s'adoucir, les escarpements prendre de la grâce , les hauteurs se couronner de ruines, et, ce soir déjà, nous aurons de toutes parts sous les yeux, de ces paysages tellement composés, que l'on dirait que le Poussin lui-même les a ainsi arrangés pour qu'ils lui servissent de modèles.

Comme d'ordinaire, la faim nous dévore. Nous essayons de déjeuner à Naturns. Là il n'y a dans l'auberge ni flaques, ni troupeaux, ni rien, que des verres. On nous sert donc des verres. Puis des émissaires vont acheter du café chez le droguiste et des pains chez le magistrat. Chaque pain , chaque once de quoi que ce soit exige un voyage et des écritures , sans compter que ce mouvement imprimé aux affaires se communique à la population, qui s'en vient aux fenêtres, aux portes et aux portillons, contempler les énormités de l'événement. C'est en effet la première et la seule fois qu'on aura vu à Naturns soixante et dix-neuf couronnes de pain paraître et disparaître en moins d'un quart d'heure.

En sortant de Naturns, nous remarquons dans une prairie un jeune gars tyrolien qui , armé d'un fouet, fait retentir les airs de claquements formidables. C'est pour prendre de l'appétit apparemment. Mais quand il voit que nous nous arrêtons à le contempler , alors la gloire s'en mêle, il redouble, il change de main , il change encore, il va de prouesse en prouesse , jusqu'à ce qu'épuisé il tombe sur le gazon. Au surplus , c'est là un petit exercice matinal tout à fait en rapport avec les mœurs du pays , et sans doute beaucoup de ces hommes agiles et si bien découplés que nous voyons dans les champs l'ont pratiqué dans leur jeunesse. Tous les Tyroliens, même les plus puissants , ont la ceinture mince et bien prise, la démarche souple et élastique, les muscles forts, les articulations fines ; et, jaloux de plaire, mais à leur manière , ils font leur parure des riches fleurs de la santé et de ces signes de mâle vigueur.

Plus loin, ce sont les sorcières de Macbeth : trois vieilles échevelées, sans dents , vêtues de lambeaux troués , hideuses à faire trembler les petits enfants. Chose singulière, ces commères, au lieu de mendier, jasent et rient. Mais où est donc Callot?

Cependant nous approchons de la délicieuse vallée de Méran ; voici la vigne , les amandiers, les pêchers, le maïs , toutes ces riches productions que nous ne fîmes qu'entrevoir naguère en Valteline. Que ce retour des vergers et des fruits est doux au voyageur ! Que la terre lui paraît une nourrice bonne et généreuse, un merveilleux trésor de fécondité et de largesses ! Mais, hélas ! il lui faut attendre qu'un marchand se soit interposé entre lui et ces belles grappes suspendues aux treilles qui ombragent la route ; il faut qu'altéré et ruisselant de sueur, il se borne à contempler pour l'heure ces coupes d'un frais et délicieux breuvage, et c'est bien cruel. Aussi M. Topffer conseille-t-il à chacun de regarder à terre, et de se préoccuper uniquement de son bout de pied , afin d'éviter les amorces du tentateur ; c'est moral , mais c'est malaisé, et Léonidas continue de regarder en l'air avec bien de l'extase. Alors d eux capucins, touchés du naïf désir de cet enfant, se mettent à pêcher

à sa place, et ils lui cueillent sans remords deux grappes maîtresses. Ils ont du bon, les capucins !

Au sortir de ces treilles , on découvre soudainement l'amphithéâtre de collines, de châteaux , de verdoyantes montagnes , au centre duquel s'élève la jolie ville de Méran. C'est une bourgade propre, riante , bien

bâtie, une de ces petites cités dont, rien qu'à les voir, on tiendrait à
contentement d'être bourgeois. Au moment où nous y entrons, toute une
municipalité endimanchée vient donner l'aubade à un envoyé de l'Empereur qui se trouve être natif de la contrée, et la musique du district
joue sous ses fenêtres les airs nationaux. Cependant arrivent un à un
des montagnes, pour lui former une garde d'honneur, ces fameux carabiniers du Tyrol, parés de leur riche et antique costume. Ces hommes,
beaux de stature, fleuris de visage, portent en signe de joie un bouquet
dans le canon de leur arme; d'ailleurs leur démarche est posée et leur
maintien d'une dignité sévère. Comme l'on
peut croire, ce spectacle nous contraint de
faire une halte à Méran. Pendant que les uns
vont aux provisions, les autres, assis sur
leurs sacs, regardent, écoutent, reposent,
et sont ravis par tous les sens à la fois.

  Nous voulons essayer de décrire le costume de ces carabiniers. Qu'on se figure
un large chapeau vert dont une aile est fièrement relevée sur le côté, puis des sortes de
bretelles liées entre elles sur la poitrine par des lanières symétriques :
ces bretelles, tissées en soie et d'un vert éclatant, sont posées sur un
gilet de la plus vive écarlate. Par-dessus ce vêtement, une jaquette brune
de bure, carrément taillée, puis des culottes de la même étoffe, et des
bas blancs tirés avec soin. Mais voici peut-être ce que le costume a de
plus caractéristique. Les bas, grâce à la finesse des genoux, tiennent
sans jarretières et se trouvent tirés par la seule ampleur musclée des
mollets, qui détend les mailles du centre, tandis que les culottes, qui,
par-devant, recouvrent le genou, s'échancrent par-derrière et laissent
à nu, entre elles et le bas, l'articulation du jarret. Tout ceci dessine
les formes, accuse la souplesse, et met en relief la saine vigueur de cette
belle race d'hommes. Aussi est-ce un costume à proprement parler, et
non pas un uniforme. Les uniformes servent au contraire à dissimuler
les inégales difformités des races grêles et appauvries.

  Il faut s'arracher à cette fête. Nous quittons Méran à regret. Une calèche porte nos havre-sacs, nos éclopés et un cocher parfaitement ivre,
qu'il faut à la fois maintenir sur son siége et empêcher de conduire. Le

reste de la caravane s'échelonne librement par sociétés qui vont partout quêtant du raisin, pendant qu'à l'arrière-garde M. Topffer secourt des incendiés et fait de la petite chirurgie au profit d'une bergère qui vient de se faire une large entaille au pouce. Il ne s'agit au fond que de poser sur la blessure une bande de *court plaister*; mais à la vue du taffetas gommé, à la vue des ciseaux, à la vue de l'opération salivaire préparatoire, la bergère sent le cœur lui manquer, elle hésite, elle consulte; les uns conseillent, les autres dissuadent, une vive agitation trouble et divise les esprits. Alors, comme l'homme de Rabelais, M. Topffer fait, par signes, une persuasive harangue; puis, arrivé à la péroraison, il applique éloquemment sur son propre nez une bande du taffetas redouté. A ce moment, l'assemblée tout entière se rend, le pouce est pansé, la bergère est ravie, et l'orateur reprend triomphalement son petit bonhomme de chemin.

Bolzen est horriblement éloigné de Méran. Excepté les infatigables, tous les autres tombent successivement en démoralisation. On les voit qui boitent, qui s'étendent par terre, qui s'informent des distances, qui regardent si Bolzen ne vient point à leur rencontre. Simond trouve un quidam qui le charge sur son char et qui le dépose sur un pont, d'où il s'achemine en demandant aux gens: *Nach mac wirth?* C'est une façon démoralisée de dire: où est l'auberge? Une fois arrivé, il déclare qu'il a laissé M. Topffer en train de ne plus vouloir bouger. Vite on lui dépêche des secours, c'est-à-dire des camarades qui le leurrent amicalement, en lui faisant voir tout proche de lui cette *Wirth mac nach* qu'ils savent être très-éloignée encore. C'est égal, on ne connaîtrait pas les délices du repos, ni celles de la simple station, si l'on n'avait pas passé par ces las-

situdes laborieuses, qui ont le grand avantage de ressembler à une souffrance sans en être une.

L'auberge est charmante, les hôtes sont remplis d'empressement; mais déjà endormis dès longtemps, nous ne soupons que d'un œil.

VALLÉE DE L'ADIGE, PRÈS BOLZEN.

17ᵐᵉ JOURNÉE

Nous sommes tombés chez une paire d'hôtes humains, bienveillants, patriarcaux. Nouvellement mariés, nouvellement établis, ces époux ont la candeur des braves gens, et l'empressement aimable des bons cœurs. Presque tristes de ce que nous n'avons pas fait assez d'honneur à l'excellent souper de la veille, ils ont disposé dans un jardin attenant, et sous un dôme de citronniers, une longue table chargée d'un déjeuner splendide. A cette vue des cris de joie éclatent, auxquels succède bien vite un silence qui n'est pas morne du tout. Cependant le ciel est d'une sérénité délicieuse ; par delà les arbres voisins, on aperçoit de belles cimes encore enveloppées d'ombre ; çà et là un rayon de soleil pénètre dans la feuillée et fait resplendir l'or des citrons. Prad, Latsch, Naturns, où êtes-vous ? Jours mauvais, qu'êtes-vous devenus ? Les graves de la troupe font observer que si la vie humaine ressemble à un voyage, c'est uniquement parce qu'un voyage ressemble à la vie humaine. C'est plus amusant, voilà tout.

Il s'agit, vous vous en souvenez, d'aller à Venise. Dans le but d'y arriver enfin, et aussi séduit par l'occasion, M. Topffer loue ici une voiture. Cette voiture est une sorte d'omnibus qui déjà offrirait l'avantage de pouvoir nous relever par moitié ; mais en outre elle a pour propriétaire et pour cocher le frère même de notre hôte, un bon Tyrolien, grave, loyal, respectueux, nouvellement établi aussi, et qui porte à son chapeau blanc, doublé de vert sous les ailes, un frais bouquet de fleurs. Pendant que cet homme va donner l'avoine à deux beaux chevaux de quatre ans, nous parcourons la ville, nous visitons la cathédrale ; nous reconnaissons que Méran, si propre, si gai, si bien situé, ne valait pas encore Bolzen et ses délicieux environs. La vallée est large, riche, élégamment boisée. L'Adige y règne au centre, bordé de plages basses, parsemé d'îles, et tempérant en quelque sorte, par les tortueuses irrégularités de son cours, ce que présentent de trop décoré presque, les ravissants paysages au milieu desquels il promène ses flots. De tous côtés, en effet, ce sont, en avant des montagnes, des coteaux à cimes rasantes, à flancs escarpés et buissonneux ; et partout où l'œil du peintre les pressent ou les désire, une ruine crénelée, un fier château, d'antiques forts, un couronnement de murailles festonnées de lierre.

Nous faisons de notre omnibus chambre et cuisine ; l'on y apporte des melons, du strachino, très-parfumé il est vrai, des victuailles de toutes sortes. C'est la bourse commune qui veut essayer de se mettre à son ménage. Quand tout est prêt, une moitié des voyageurs s'emballe, l'autre sort de la ville à pied, sous la conduite de l'hôte. Après qu'il nous a mis dans le chemin, ce brave homme prend congé ; tous alors nous lui serrons cordialement la main en le remerciant avec effusion de ses bontés, et en lui exprimant le regret que nous avons de nous séparer de lui.

Nous voici engagés dans la belle vallée : il y a vraiment de quoi faire tourner le bourgeois à l'églogue ; M. Topffer n'y manque pas. Oh ! les séduisants ombrages ! quels délicats arbustes ! Une argentine lumière empreint d'une charmante pâleur les saules épars, les prairies qui ondulent, les plans qui vont mourir à l'horizon. Voici des pentes rocailleuses, deux chèvres mutines, un pâtre nonchalant, une masure solitaire.

VALLÉE DE BOLZEN

Voici.... voici un convoi de malfaiteurs ! Adieu l'églogue alors. Une sinistre impression succède aux douces images, et le cœur se serre à la vue de ces malheureux qui vont être arrachés tout à l'heure aux caresses de cette nature souriante, pour aller gémir derrière les verrous d'un cachot.

Plusieurs de ces malfaiteurs sont des vieillards qui portent jusque sur la fatale charrette ce stoïque maintien du scélérat endurci que le remords ne visite plus dès longtemps. Les autres sont des jeunes hommes, la plupart d'une belle figure, et qui, pensifs et accablés, ne jettent autour d'eux qu'un regard terne et brutal, ou bien, effrontés et folâtres, jasent, rient, agacent de leurs plaisanteries les soldats de l'escorte, jeunes comme eux, et par cela même tentés d'y répondre. Ceci ne devrait pas être souffert, ce semble, et c'est un spectacle qui inspire un légitime effroi, que celui de ces militaires qu'on laisse s'entretenir avec des hommes dont l'intelligence, exercée à la fois et dépravée par le crime, domine la leur nécessairement, et peut bien facilement y jeter le trouble, ou y faire lever la première semence d'immoralité.

Le ménage manque de pain. L'on en fait provision je ne sais où, après quoi, les vivres sont distribués, et chacun mange sa ration sur le pouce. Le procédé réussit, et l'on se promet d'en user de nouveau quand les circonstances et la bourse commune le permettront. Celle-ci, depuis qu'elle fait les frais de l'omnibus, est devenue de plus en plus intraitable, revêche, sujette à des soubresauts, dès que quelqu'un fait mine seulement de ne vouloir pas, par économie, mourir de faim. Au dessert, et toujours sur le pouce, on ouvre un melon, choisi avec le plus grand soin par un particulier qui a le bonheur d'être de toute force sur l'article : c'est Vernon. Couleur superbe, parfum inodore, goût conforme, une vraie courge, et c'est Vernon qui est melon.

A mesure que nous avançons dans le Tyrol italien, le caractère de la population change entièrement. Dès ici l'on rencontre des visages hâlés, des hommes sans bas, négligemment vêtus, indolents de maintien, ou qui se prélassent sur des ânes. Bien qu'encore de hautes montagnes enserrent la vallée, l'on pressent d'avance la mollesse, le *far niente*, l'insouciance folâtre, cette expansive et bouffonne gaieté qui rend aux Italiens le joug supportable et la vie légère. Pourtant nous n'en sommes encore ici qu'aux avant-coureurs ; car, bien différente des contrées que nous parcourrons plus tard, celle-ci a des franchises, une forte nationalité, et les champs y sont la propriété de paysans à qui profitent leurs labeurs.

Près de Trente, nous sommes surpris par une tiède ondée qui nous fait grand bien. Cette ville est grande, très-vivante, riche en beaux et curieux édifices. Nous y descendons dans un hôtel fort propre, mais qui d'ailleurs est italien déjà par le grandiose des appartements et par le tapage des valets et des voiturins. Pour l'heure, tout y est aux ordres d'un seigneur courrier qui prend son dessert et sable du bordeaux. Quand ce courrier a tout dit, tout commandé, tout bu, nos hôtes commencent d'apercevoir que nous sommes là; mais Sa Grandeur continue de se curer les dents sans nous apercevoir le moins du monde.

Pendant que la bourse commune envoie aux emplettes pour ravitailler son ménage de demain, l'on donne des soins à Simond, qui, indisposé depuis ce matin, est devenu d'heure en heure plus cave et plus verdâtre. Qu'allons-nous devenir, si c'est le commencement de quelque fièvre typhoïde? A tout événement, M. Topffer ordonne un lit chaud, deux tasses de thé et un profond sommeil.

TRENTE.

ENTRÉE DE LA VALLÉE DE LA BRENTA.

18ᵐᵉ JOURNÉE

Au lever, notre malade ne se trouve guère mieux ; toutefois il a dormi, et aucun symptôme nouveau ne s'est déclaré. L'on dispose dans l'angle de l'omnibus une petite ambulance à son usage, et l'on part.

Au delà de Trente, la route s'élève en serpentant contre le flanc d'une côte rapide. A mi-hauteur, l'on a une vue magnifique de la ville et de cette belle vallée de l'Adige que nous allons quitter pour nous enfoncer dans les gorges de la Brenta. Cette côte elle-même est, plus encore que tout ce que nous avons vu jusqu'ici, non pas boisée, riante ou remarquable pour le particulier, mais attrayante pour l'artiste, faite pour être peinte ou pour être chantée. Ce sont des terrains brûlés, rocailleux, parsemés d'herbes libres, et étalant toutes les élégances des lignes, toutes les finesses du coloris. Par-ci, par-là, un, deux arbres se drussent contre les rochers, ou penchent sur le vallon ; quelque jeune garçon repose à l'ombre de sa charge de maïs. Il faut le reconnaître, nos sites les plus riches en verdure, en somptueux branchages, en brillantes cascades ou en nappes d'azur, ont certainement moins d'émouvants attraits, moins de poésie véritable, que ces paysages presque nus, où les objets, plus rares, ont une expression plus certaine, où le sol, plutôt oisif que stérile, se couvre de libres végétations, n'offre que des accidents naturels, et attache par sa physionomie, au lieu de plaire par sa parure.

Aujourd'hui, ce ne sont pas des malfaiteurs qui nous tirent de l'églogue, c'est un ménage qui émigre. L'épouse, petite dame toute ronde, est posée à califourchon sur une jument poulinière, de telle sorte que, mollets pour mollets, les siens valent ceux du papa Zippach. L'époux, grand monsieur tout long, marche chargé des cartons et du petit chien ;

suit un quidam monté sur un ânon. Le tout forme quelque chose de fabuleux et d'incompris qui se rend à Babylone ou ailleurs. Chez nous, des particuliers qu'une grande détresse aurait obligés de s'ajuster ainsi jusqu'au prochain village, auraient soin de prendre par les sentiers et de n'entrer au hameau qu'après la nuit tombée ; ceux-ci vont faire leur entrée à Trente en plein midi sans se croire risibles, et, ce qui est mieux encore, sans être moqués. C'est que les Italiens, qui sont bouffons, ne sont pas du tout railleurs. Expansifs avant tout, ils laissent paraître chaque passion, chaque sentiment tel qu'il naît en eux, de sorte qu'il leur est bien plus naturel d'exprimer pour ce qu'il est tel mouvement haineux, jaloux ou moqueur, que de le transformer en persifflage, en sarcasme ou en rire malicieux. Voilà pourquoi leur gaieté est franche comme leur dédain, comme leur fureur, ce qui n'empêche pas que, de ce côté-ci des Alpes, nous nous les figurons tous traîtres et madrés.

Derrière le mont que nous venons de franchir, nous trouvons une vallée qui est solitaire sans être sauvage, et un lac, celui de Levigo, qui ne réfléchit que des montagnes sans caractère, couvertes et comme revêtues de buissons rabougris. La population a changé aussi : hommes, femmes, maisons, tout est misérable, au milieu d'une contrée cependant fertile. Le cocher nous en donne pour raison, que ces gens cultivent, mais ne possèdent rien en propre. Plus loin la contrée s'embellit de nouveau, nous traversons de jolies bourgades ; mais le paysan con-

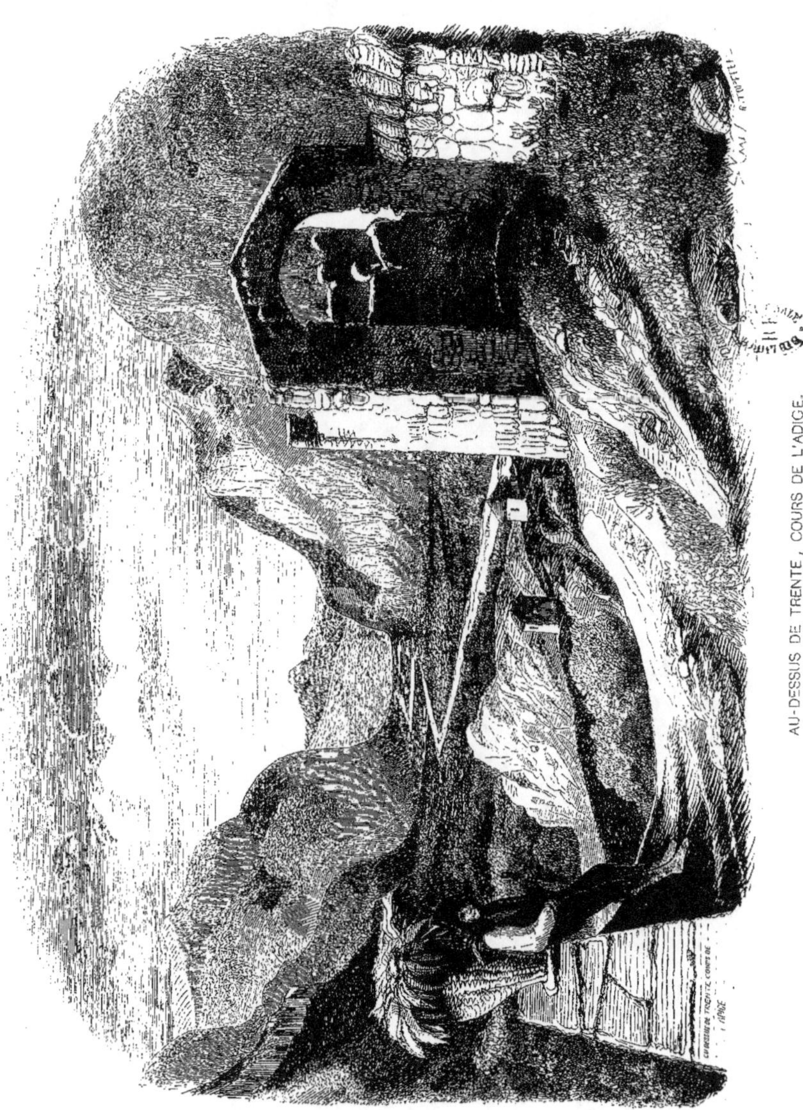

AU-DESSUS DE TRENTE, COURS DE L'ADIGE.

tinue d'être malpropre, mal vêtu, pouilleux même, en dépit des soins
affectueux que se prodiguent mutuellement et en public les membres de
chaque famille, échelonnés sur l'escalier, ou paresseusement établis
sous le porche. Là, chacun reçoit une tête et livre la sienne, la chasse
commence, et les heures fuient d'un vol rapide sur l'aile de la distraction, de l'attente, de la trouvaille, de la victoire sans cesse renaissante
et jamais accomplie. *Tam diu Germania vincitur !*

Deux femmes que nous croisons sur la rive du lac manifestent à notre
aspect une surprise mêlée d'épouvante. On dirait des naturels qui n'ont
jamais vu de blancs. Plus loin, c'est un abbé corpulent qui au contraire
affecte de n'apercevoir pas des blancs qui n'ont point de père jésuite à
leur tête. Pour nous, nous ne pouvons nous empêcher d'apercevoir
combien les paysans sont maigres et osseux, dans une vallée où les
abbés sont fleuris et confortablement coussinés de bonne graisse.

Pendant que notre omnibus s'arrête à Lévigo, nous allons, chargés
de nos provisions, chercher au delà de la ville un bel ombrage qui nous
tienne lieu de salle à manger. Recherche vaine. Tout est mûriers dans
les environs, et il serait plus facile de prêter son propre ombrage à ces

vilains petits arbres, que de se partager celui qu'ils peuvent offrir. A
ces causes donc, et dans l'intention de ne pas mourir de faim, nous nous
établissons au gros soleil, pour y manger un saucisson salé auprès d'un
ruisseau tari. De cette façon, nous ne risquons plus que de mourir de soif.

C'est justement ce moment-là que Vernon choisit pour faire l'éloge du mûrier. Il est vrai que Vernon juge le mûrier au point de vue des cocons ; c'est pour cela qu'il fait l'éloge de ce petit arbre bien discipliné, bien peigné, appris à pousser en gaules et à donner des feuilles. Mais que font aux artistes les cocons? que font les bobines et les filatures à des malheureux qui ne demandent qu'un peu d'ombrage? Et l'on dit qu'il est question d'introduire la culture du mûrier dans notre canton! Que sera-ce alors de notre beau pays?

Chose drôle! Voici plus loin les mêmes arbres, mais libres, épars, et jetant en tous sens leurs rameaux noueux ; on dirait des garnements échappés à l'instituteur et qui fuient la serpe. Ces arbres sont beaux décidément, et nous sommes disposés à nous raviser. Mais Vernon n'a plus, lui, que des mépris pour ces grands aliborons, qui, trompant l'espoir de la bobine, dissipent, à s'engraisser et à croître, le plus beau de leurs ans et le meilleur de leur sève.

Quoiqu'il fasse le plus beau temps du monde, une sorte de brume qui ne nous quittera guère qu'après Venise ternit, durant le milieu du jour, le pur éclat du soleil, et répand sur les lointains une teinte blafarde. Mais, au coucher du soleil, cette brume s'embrase, la grise vapeur se change en éclatante pourpre ; cimes, coteaux, clochers, tout resplendit pendant quelques instants, pour s'éteindre bientôt dans ce pâle et clair crépuscule qui est l'heure chérie des Italiens. Alors, réjouis par la fraicheur, ils sortent de leurs maisons ; la rue se peuple, les groupes se forment ; et ces mêmes bourgades, qui semblent désertes quand on les

traverse à l'heure de midi, paraissent des villes encombrées d'habitants. Tel nous apparaît ce soir Borgo di Val Seguna, où nous allons descendre dans une auberge qui ne sera bâtie que l'année prochaine. En attendant, l'on y dine dans un corridor et l'on y couche ailleurs.

BORGO DI VAL SAGUNA.

19ᵐᵉ JOURNÉE

Dès hier notre malade mangea sa ration de saucisson auprès d'un ruisseau tari : signe qu'il entrait en convalescence. Aujourd'hui, il se trouve complétement rétabli, en sorte que le coussin jaune qui constituait à lui tout seul notre ambulance est mis à la disposition de chacun des braves du régiment.

Nous voulions partir de bonne heure, mais il faut attendre. Une énorme charrette, chargée de balles de coton, obstrue la route, obstrue le pays ; devant ce mastodonte tout s'arrête ou rebrousse ; autour, tout crie, tout se démène ; les fouets claquent, les mules s'abattent, jusqu'à ce qu'enfin le monstre s'engage lentement dans la rue de Borgo, où, de son ventre, il bouche les fenêtres, emporte les volets et broie les étages.

Toujours des montagnes. Vernon commence à manquer d'air. C'est

60

vrai que les montagnes, surtout si elles sont toutes les mêmes, finissent bien par avoir aussi leur genre de monotonie. Celles-ci, hormis dans le défilé des gorges de la Brenta, où elles viennent border la rivière de parois stériles et tourmentées, se ressemblent et par leur physionomie et par leurs accidents. Elles ne sont ni nues, ni boisées, ni douces, ni sauvages, ni chair, ni poisson. Mais au delà des gorges elles se couronnent d'arbres, elles se parent de verdure, et, de plus en plus fraiches et fleuries, elles inclinent leurs dernières pentes jusque sous les murs de Bassano. A partir de cette ville, plus de monts, plus de coteaux, mais une immense plaine où l'on ne voit communément que le ciel et la route. A nous alors, Suisses, de manquer d'air.

Il est dimanche. A Grigno, où nous arrivons affamés, on ne trouve que des poulets. Qu'à cela ne tienne! Aussitôt neuf de ces malheureux ne font qu'un saut du verger au tournebroche. Cependant la table se dresse; père et mère s'en mêlent, et l'aïeul, et les enfants, et des moutards et le chien. C'est bien du monde. Aussi l'aïeul se met-il à donner la

chasse à ses petits-fils, à ses petites-filles, et partout où il en attrape, d'une paire de soufflets, ou d'un coup de pied dans l'organe, il les envoie directement *alla chiesa.* Après quoi, il revient contre le chien, qu'il envoie au diable, et aux curieux, qui, chassés de la porte, escaladent les fenêtres. C'est bruyant, et l'on n'y voit goutte; mais les poulets, y compris un coq octogénaire, sont excellents, et ce déjeuner comptera.

En tout pays, pour les pêcheurs il n'y a pas de jour de repos. La Brenta est bordée d'hommes demi-nus qui fouillent le fond des anses avec une coiffe fixée au bout d'une perche. Ces hommes ne prennent rien, mais ils ne se découragent pas; rien n'est obstiné comme un joueur. Voici, dans les cabarets, des barbus qui, la veste sur l'épaule, crient *cinque! sei! otto!* C'est le jeu de la mora, Leur voix s'y enroue, leur œil s'y enflamme; on dirait, non pas un divertissement, mais quelque sinistre brutalité.

Au delà, ce sont des étalages de pastèques ; tout autour, des riches qui se gorgent pour un liard, une populace qui contemple, des pouilleux à leur affaire. Plus loin, une longue file de femmes qui, sorties de l'église, regagnent leurs hameaux. Toutes, jeunes et vieilles, ombragent d'une blanche toile leurs traits brunis : le jaune, le rouge, éclatent dans leurs vêtements, et elles jasent ou folâtrent avec un bruyant abandon.

Ces dimanches-là sont certes bien différents des nôtres, mais pas plus médiocrement célébrés , malgré le tableau que je viens d'en tracer. Ces pauvres gens sont tous vêtus de leurs meilleurs habits, tous ont été à la messe ; et si quelques-uns s'oublient étourdiment à jouer ou à boire, nul d'entre eux ne sait ce que c'est que l'incrédulité , le doute ou seulement l'indifférence, à l'égard des choses saintes.

Les hostilités recommencent, et à propos d'arbres encore. C'est que voici les oliviers qui commencent juste à l'endroit où Vernon a apophthegmisé qu'ils doivent finir. L'olivier, a-t-il dit, s'arrête à vingt lieues de la Méditerranée ; ceux-ci ont franchi la consigne évidemment. Du reste, si, au point de vue de la salade, l'olivier est un estimable végétal, au point de vue de paysage, c'est encore un arbre charmant, fin de feuille, capricieux de branchage, qui ne hante ni les déserts, ni les potagers, mais qui, retiré avec ses frères sur les pentes abruptes ou dans les cantons écartés, y abrite le solitaire, ou y attire le passant fatigué. Et si ces petits drôles de mûriers d'hier rappelaient ces disciples d'institution dont l'esprit, ratatiné par la méthode Jacotot, ou n'importe quelle, s'est épanoui en phrases et a poussé en mots, ces oliviers d'aujourd'hui rappellent ces garçons élevés aux champs, dont l'intelligence noueuse est forte en sève et féconde en bons fruits.

Au coucher du soleil nous sortons des montagnes, et voici, sans transition, un immense et plan horizon qui s'abaisse de toutes parts devant nous. Alors, de la terre le spectacle passe aux cieux ou flotte dans l'espace embrasé ; ici des nues amoncelées , là des flocons égarés. Tout près de nous, Bassano élève au-dessus des prairies ses terrasses de briques, ses tours crénelées, et la ligne rasante de ses longues toitures. L'aspect de cette ville nous rappelle vivement celui que présente, au sortir du Val d'Aoste , l'élégante apparition d'Ivrée.

C'est l'heure du cours. Les bourgeois endimanchés se promènent sous une allée de platanes au murmure des boiteux et des aveugles, qui, de la place qu'ils se sont choisie, déclament emphatiquement leurs misères. Plusieurs leur font l'aumône, aucun ne les brusque : partout, en Italie , l'état de mendiant est respecté. Mais dans l'allée extérieure , des élégants de café circulent en phaéton ou chevauchent à grand spectacle , tandis que des charretiers de citadins, tout à fait revenus des vanités de jeunesse, se promènent en famille, humant le frais, jasant, regardant, digérant. Malgré la bizarre diversité des équipages, le bariolé des personnes et le comique des incidents, pas une de ces sociétés ne songe à rire de l'autre, et il paraît comme entendu entre ces bonnes gens que chacun s'amuse comme il peut et s'y prend comme il sait. Et puis , voulez-vous rire? voici là-bas des bouffes , des polichinelles ; c'est fait pour cela. Notre arrivée ne laisse pas que de faire sensation , surtout notre costume , et encore plus notre mère jésuite. Mais qu'on juge ce que doivent paraître, au milieu de cet endimanchement des habitants, nos blouses, nos pantalons, qui, dès Genève, n'ont connu d'autre lessive que les rincées du ciel. Cependant, soit linge blanc, soit d'ingénieux artifices de cravate , soit bonne mise et manières conformes , nul ne se méprend sur notre condition de gens comme il faut ; il nous est même arrivé dans quelques auberges d'être pris pour des Anglais. C'est fort cher.

Au surplus, ce qui fait le gentleman, c'est l'accessoire plus encore que le principal de la mise, et, à la tabatière d'un homme, l'on connaît mieux quel il est qu'à son habit. Bien plus, il y a du goût dans le négligé , dans le chiffonné du vêtement extérieur , pourvu que le linge soit frais, le foulard riche, la cravate distinguée. A des conditions pareilles, il y a du goût dans la mise du campagnard quand , sous sa bure, reluit l'éclatante blancheur de sa grosse chemise , quand les oreilles de son ample et bon soulier sont bien tenues par des attaches de cuir proprement bouclées. Mais , au rebours, il y a défaut entier de convenance et d'agrément dans cette tenue toute d'extérieur qui procède uniquement de la coupe des habits et des arrêts de la mode , dans cette élégance

vulgarisée qui s'achète aujourd'hui toute faite et qui se pose indifféremment sur le courtaud et sur le chef, sur l'homme de lettres et sur l'ar-
racheur de cors aux pieds. A vous, liseur de plates gazettes et d'imbé-
ciles prospectus, de vous extasier devant ce progrès humanitaire, où
viennent se perdre dans une menteuse uniformité non-seulement
toutes les distinctions de condition et avec elles la sorte de dignité qui
convient à chacune, mais encore ces traits d'individualité, cette physionomie qui varie d'homme à homme, et qui a ses signes expressifs
dans la mise, dans le chapeau, dans la manche et dans les boutons de
la manche. Encore, si cette révolution dans le vêtement n'était pas le
signe fidèle de cette révolution dans les esprits qui les transforme tous
insensiblement en unités semblables, en échos tous les mêmes d'un
journalisme radoteur, en pièces toutes faites et toutes pareilles de cette
machine qu'on appelle émancipation, civilisation, dix-neuvième siècle!
Et ne voyez-vous donc pas, humanitaire que vous êtes, que sous le
char roulant de votre progrès trompeur, déjà le poëte expire, l'art s'en
va, le peintre, le dramaturge, le romancier, sont aux abois, faute d'un
petit grain de passion à étudier autour d'eux, faute de types, de caractères, d'âmes non pas seulement diverses, mais nuancées; qu'au lieu
de beaux livres vous avez des produits littéraires, une fabrication et
une consommation, des Balzac et des Sand, une espèce humaine qui
s'hébète, qui devient un troupeau, machine à faire du drap pilote ou
à tisser du coton, comme les Égyptiens d'autrefois furent machine à
creuser des canaux et à élever des pyramides? Ne voyez-vous pas votre
société-modèle qui, déshéritée de calme, de croyances, d'affections,
affranchie de tous liens d'enthousiasme, de respect ou seulement de
déférence, de toute dignité, de toute résignation, de tout joug, se
nourrit d'idées rebelles, travaille en jalousant, s'enrichit sans profit,
déteste sa condition, ne compte ni sur elle, ni sur vous, ni sur Dieu
même, mais sur des chances, sur des émeutes, sur des révolutions,
sur des guerres, sur d'affreux et sanglants désastres?... Et puis, gué-
rissez-la avec vos utopies pas même innocentes et morales, avec vos
niais et impossibles systèmes, avec votre presse éhontée, avec votre
menteuse égalité, avec votre hideux matérialisme!!!

Nous voici, à propos de bottes, bien en colère. Pardon lecteur. A peine
établis dans notre hôtel, nous le quittons pour retourner au cours, ceux

d'entre nous du moins qui ne craignent pas d'y reparaître en costume de route. Pour les autres, ils font toilette ; mais au moment où ils achèvent de mettre la dernière main à leur ajustement, voici la nuit qui tombe tout exprès pour les envelopper de son ombre. C'est fatal. A l'extrémité du cours, il y a un grand pavillon où affluent, autour des amateurs de sorbets, les musiciens ambulants ; notre place, comme disent les gazetiers, y était marquée d'avance.

L'hôtel est tout endimanché aussi. Le maître est une sorte de poitrinaire échevelé, tout en jabot et en nankin. L'hôtesse est une prima donna dans son costume de première représentation. L'héritier présomptif est un moutard extrait tel quel du journal des modes, une petite créature busquée, mousselinée, bouffante, qui se tient fort mal sur deux quilles en basin plissé. Cette petite créature obstrue les escaliers, occupe les galeries, gêne toutes les communications, et, de son cerceau, fait trébucher les pères de famille ; sa place aussi est marquée parmi les *enfants terribles*.

Dans une vaste et magnifique salle, et au son des guitares, on nous sert somptueusement quatre assiettées pour vingt-deux. Nous allons nous coucher repus de musique et mourants de faim.

20ᵐᵉ JOURNÉE

Une journée encore sépare nos personnes de Venise , mais nos esprits
y sont déjà arrivés, et nous marchons aujourd'hui plus préoccupés
des lagunes où nous tendons, que des objets qui nous entourent. Pourtant, à une heure de Bassano, force est bien de nous arrêter pour considérer une procession de pénitents, de femmes, de campagnards, qui
marchent affairés, tumultueux et navrés, sans que nous sachions bien
pourquoi. L'on dirait des gens qui reviennent en toute hâte de la noce
pour éteindre leurs maisons qui brûlent.

Dès ici plus d'horizon lointain; le regard se partage entre la route
et le ciel, et cependant il y a encore un paysage qui présente d'exquis
détails. Ce sont des haies fleuries et touffues, des arbres d'un feuillage
sombre et d'une noble élégance; tout à côté de soi, des fouillis ténébreux,
des eaux mystérieuses; partout des profils de constructions élégantes,
des murs de briques dont les accidents, la couleur, les bases minées, le faîte
orné de lierre, offrent mille sujets d'intéressants croquis. Mais il faudrait
de bons yeux et des loisirs pour étudier ces gracieuses délicatesses du

paysage vénitien ; aussi nous nous contentons de les admirer en passant.

En même temps la chaleur est extrême , le chemin poudreux , et ces eaux mystérieuses dont je parlais tout à l'heure ne sont au fond que des flaques à grenouilles. Pas plus que dans le Sahara l'eau vive ne jaillit du sol pour désaltérer le Bédouin et le réjouir de son murmure. Brûlés et haletants, nous atteignons Castelfranco, qui se trouve être un gros bourg composé d'une immense place publique, sans arbres, sans fontaines, sur laquelle le soleil darde à plomb des rayons dévorants. Pendant que notre déjeuner s'apprête, vite nous courons à la cathédrale pour y faire provision de froid.

Cette bourgade de Castelfranco, d'autres encore qui lui ressemblent, y passer, y déjeuner même, c'est tolérable ; mais y vivre, pour nous serait affreux. Rien n'y rappelle nos habitudes, rien n'y répond à nos besoins, rien n'y sourit à notre façon de comprendre l'existence, et, en vérité, il nous est arrivé de songer quelquefois que la captivité elle-même, dans notre ville natale, nous serait plus supportable que la liberté dans un pareil exil. Les maisons y sont immenses, ouvertes de toutes parts, sans trace d'asile domestique et retiré ; les gens y vivent debout, épars, s'entretenant bruyamment entre eux, ou s'isolant pour dormir à l'ombre ; les boutiques y sont des étalages de denrées, de victuailles, d'étoffes ; et nulle part un libraire, un marchand de papier, de meubles ou d'élégants ustensiles ; aucun indice de ville intellectuelle, de vie de cité, d'art, d'aisance ornée. Ce n'est ni la solitude ni la société ; et, pour ce qui est de ce commerce avec la nature qui peut, à la rigueur, tenir lieu du commerce des hommes, il ne saurait exister ici, où la haie voisine, le mur prochain, suffisent pour masquer la vue des campagnes ; où le sol d'ailleurs, partout cultivé, ne présente nulle part de ces espaces librement visités où, guidé par la trace foulée d'un sentier, vous allez chercher loin des habitations un calme indolent et rêveur.

Les famines recommencent. L'on nous sert, au bout d'une grande heure, le plus morne petit échantillon de déjeuner qui ait jamais contristé des affamés. Il est vrai que nous avons demandé du café au lait, mais uniquement parce qu'il n'y avait pas autre chose ; or, pour le café au lait, rien n'égale la fabuleuse impéritie, la gaucherie pyramidale des Italiens. L'on dirait des sauvages de la mer du Sud, à qui l'on aurait commandé des œufs pochés pour quatre.

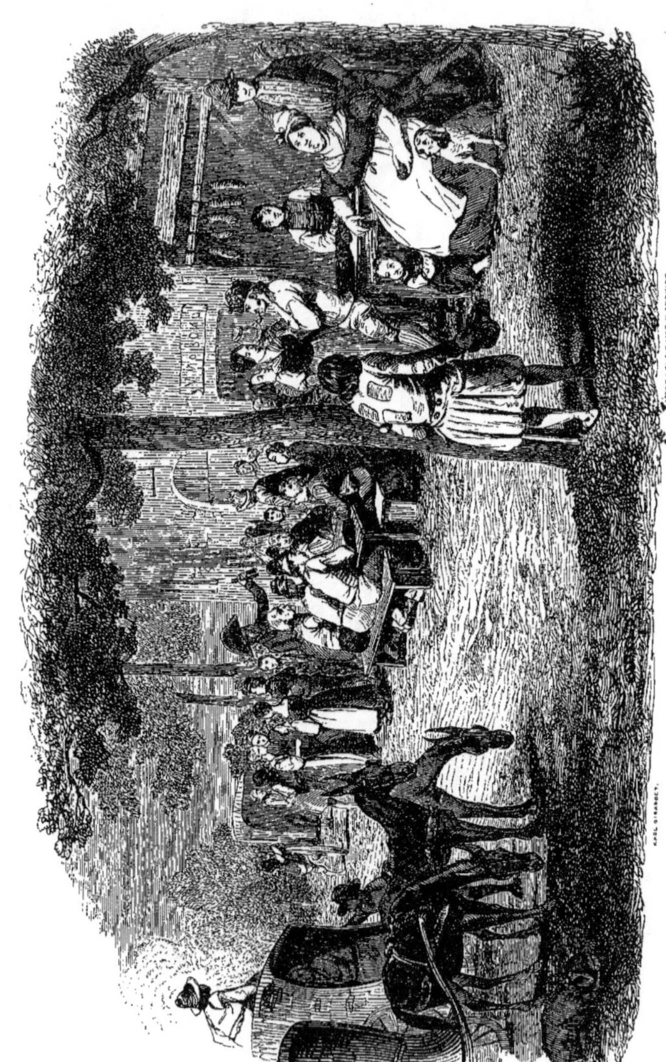

LA BELLE CHARCUTIERE.

Au sortir de Castelfranco, ruban prodigieux. Nous employons à le consommer trois grands quarts d'heure. Heureusement, voici à l'autre bout un charcutier qui vend de la limonade. Vite on lui en commande un flacon. Pouah ! quelle drogue ! C'est du petit lait tourné. Cependant, M. Topffer ayant ouvert sa tabatière, une belle charcutière y prend sans façon la prise qu'il allait s'offrir à lui-même. Après quoi elle appelle le *picolo* pour qu'il en fasse autant. Ce picolo n'est autre que l'héritier présomptif des saucissons et du saindoux, un grand adolescent de qui le nez précoce prise déjà à plein pouce et à tous venants. Devant cette charcuterie champêtre, et à l'ombre des platanes, des cochers boivent, des carrioles attendent, un aveugle mendie, des rosses échinées se chassent les mouches et secouent leurs grelots... voilà tout composé le tableau flamand, le tableau suisse, le tableau de Teniers, le tableau de Le Sage, le tableau de tout pays, et toujours gai, récréatif, attachant, poétique même, quand, après avoir été bien étudié et spirituellement senti, il est ensuite rendu finement et avec vérité.

Encore ici un trait qui se perd. Pleurez, peintres, romanciers, que votre cœur se serre ! Qu'est devenue dans nos mœurs *l'hôtellerie*, ce théâtre si animé jadis des rencontres inattendues, des réunions improvisées, des aventures romanesques, et quelquefois des plus brillants dénoûments ? Que sont devenus ces muletiers qui s'y rencontraient, amenant sur leurs bêtes de gras prélats, des bacheliers folâtres, une timide et tendre dame dont la beauté frappait tous les regards, dont la mélancolie intéressait tous les cœurs, dont la grâce, retracée par un Cervantes ou seulement esquissée par un Le Sage, encore aujourd'hui nous charme et nous rend amoureux d'un souvenir, d'une ombre vaine ?... Au lieu de cela, des hôtes fashionables, des sommeliers en frac, des voitures de poste, des voyageurs muets, affairés ; plus d'aventures, plus de mouvement, de diversité, de naturel, de bonhomie ; une rogue vanité, le genre, la mode, la vogue ; et à la place de cette héroïne qui, aussi pure qu'elle est éprise, franchit le seuil accompagnée de tendres vœux et entourée d'égards volontaires, des ladys empaquetées, de roides demoiselles qu'accompagne un laquais, qu'entourent des égards à prix fixe ! Voilà ce qui nous reste ; et bientôt la vapeur, bientôt les wagons, d'un bout du monde à l'autre, auront balayé ces débris.

Aussi, romancier de nos jours, si tu es plat, commun, ignoble quelquefois; si, au lieu de peindre, tu railles ou tu t'emportes; si, dégoûté de tout ce qui s'offre à ta vue, tu rebrousses dans l'histoire ou tu te retires, comme fait Sand, dans ta propre pensée, pour en étudier les fantaisies et pour en révéler les déréglements; si, artiste sans passion, philosophe sans morale, femme sans sexe, tu ne sais créer que des types raisonneurs, des sages monstrueux, des héroïnes sans naturel et sans grâce, furies sans tendresse, amantes sans pudeur, *incomprises* à bon droit, est-ce bien ta faute? Je le crois, pour ma part, car des plus ingrats débris de mœurs, de sentiment ou de passion, il y a plus à tirer pour l'art que tu cultives que du sarcasme, de la doctrine, du type ou du monstre..... mais, j'en conviens, tu es excusable, puisque enfin ce n'est pas du peintre transi qui n'a sous les yeux que le branchage décharné des chênes d'hiver qu'il faut attendre des tableaux de doux soleil et de riante feuillée.

Encore quelque chose pourtant se conserve de l'antique hôtellerie dans certains cantons de l'Italie. Outre ce concours d'oisifs et de flâneurs, de boiteux et de musiciens, outre ce pittoresque tumulte des vives couleurs, des voix expressives, des rires folâtres et des accents plaintifs, on y voit s'arrêter devant le seuil de l'auberge, tantôt une troupe de jeunes filles qui, pressées sur un chariot, font quelque folle équipée,—leur gaieté les trahit et leur rougeur les protége;—tantôt un moine, deux prêtres, un brillant cavalier; tantôt encore une grande dame qui semble fuir des lieux détestés, ou gagner secrètement quelque retraite enchantée. On y retrouve aussi, dans les petites villes, l'hôte de race, l'hôte à traditions, gros de l'endroit, avide et probe, discret à propos, secourable au besoin, maître si son épouse le lui permet; personnage toujours le même chez les bons romanciers du vieux temps, toujours divertissant, à jamais regrettable!

Au coucher du soleil, nous entrons à Mestre; c'est de ce côté-ci le seuil de Venise. Point de lagunes encore, point de mer et pas de gondoles; nous nous étions figuré la chose tout autrement. Mais à la place, une ville peuplée d'ouvriers de port, de pêcheurs, de gondoliers; une multitude pressée de jeunes filles, de vieillards, d'hommes basanés qui, les jambes nues, la veste sur l'épaule, s'adossent aux piliers, stationnent sur les places, se groupent autour des spectacles en plein vent, et s'apprêtent, au sortir des travaux du jour, à fêter l'heure du crépuscule et les fraicheurs de la soirée. Notre troupe, qui survient, attire les regards et provoque les remarques de cette foule oisive. D'abord l'on ne devine point ce que nous pouvons bien être ; mais après que l'on nous a vus gagner l'auberge fashionable, après surtout que, du haut de l'impériale de notre omnibus et à la vue de tout le peuple, le cocher a remis à chacun de nous son havre-sac propre et bien conditionné, nous sommes définitivement proclamés *Inglese.*

L'auberge ici n'est pas de celles dont nous venons de parler. Point d'hôte ni d'hôtesse ; des gérants seulement, qui font les affaires de capitalistes absents. Abominable système au demeurant, extrême et dernier échelon de l'hospitalité dégénérée. Ces gens sont là comme le cormoran, et aussi gracieux, uniquement pour fondre sur le poisson, mettre en poche et dégorger. Ils nous font payer à prix d'or le droit de franchir leur seuil ; après quoi ils recommandent au cuisinier de nous bien affamer ; puis, retournant à leur fainéantise, ils ne s'occupent pas plus de nous aujourd'hui qu'ils ne s'en occupaient hier à pareille heure.

Dès que nous sommes installés, M. Topffer fait partir David pour Venise, avec l'ordre d'y retenir des logements dans quelque hôtel bien situé, et d'y commander notre déjeuner pour demain à neuf heures. Nous allons ensuite reposer nos personnes sur le grand balcon de l'hôtel, et aussitôt, de la place, tous les regards se dirigent sur nous. Spectacle pour spectacle, nous sommes les mieux partagés. Dans cet instant, en effet, le soleil, sur le point de disparaître derrière les lignes basses qui bornent l'horizon du côté de Fucine, empourpre de ses derniers feux le dessous des branchages, le faîte des bâtiments, le marbre des coupoles, et tandis qu'au loin nous voyons les champs pâlir et la nature s'assoupir dans un repos solennel, ici, dans la rue, c'est le réveil, le mouvement, la gaieté, le tumulte, des cris, des chants, des spectacles. Tout à la fois, et à quelques pas les uns des autres, un petit marchand proclame à plein gosier les vertus et le prix de ses rations de cervelas ; à droite, un tragique prête sa voix de stentor à de petits héros de bois qui sont Attila et ses Huns : le carnage est affreux ; à gauche, Arlequin protége l'innocence à grands coups de batte ; plus loin, Polichinelle nasille l'impénitence, bat sa mère, étrangle son juge, pend son bourreau, tant et tant que le diable s'en mêle et l'emporte à son tour. Et pendant que tous ces personnages, jaloux chacun d'attirer de son

côté l'honorable public, crient, se démènent, frappent à l'envi, comme
au milieu d'une tranquille assemblée de dilettanti, un virtuose de carrefour roucoule les tendresses d'Almaviva, un vieillard impassible tourne
la manivelle de son orgue, et une maladive et délicate enfant accompagne de sa mandoline une mélancolique ballade. Mais, chut! là-bas
vient de se former un orchestre qui fend la foule, pousse droit au pied
du balcon, s'y balaie une place, salue jusqu'à terre et se donne le *la*.....
C'est pour les *Inglese!*

Cet orchestre est impayable, normal, caractéristique. Deux femmes,
l'une jeune et fière, l'autre grosse mère, à la fois rogomme et orientale,
y tiennent la guitare; une sorte d'horloger ruiné, coiffé d'une casquette
de l'autre monde, y souffle débilement dans une clarinette aigrie; un
de ces vieillards de place publique revenus de tout, excepté de la bouteille, y symphonise stoïquement sur le boyau desséché d'un squelette
de violon; puis un seigneur alto, frais, réjoui, dans sa fleur, avec la
plus comique prestesse, du dos salue, du pied aligne, du coude enfonce,
du sourire approuve aux bons endroits, et d'un bravo, d'un bravis-
simo, couvre, écrase les mauvais. Et le plus gai, c'est que ce brave
homme, parfaitement convaincu de l'humble médiocrité de son orchestre, n'aspire, par ces comiques formalités, qu'à remplacer pour nous
un douteux plaisir par un spectacle divertissant, aux fins de rendre
nos cœurs indulgents et nos bourses généreuses. Nous rions aux éclats,
la musique cesse, et les sous pleuvent.

Cette soirée de Mestre nous laisse un vif et brillant souvenir. Plus
qu'à Venise même, plus que nulle part dans notre voyage, nous avons
surpris ici le peuple italien tel que l'ont fait ses institutions, ses malheurs et son climat : désœuvré, pauvre, poétique, avide de gaieté, de
plaisir et de fête, oubliant avec une merveilleuse facilité, en face d'Attila qui hurle ou de Polichinelle qui nasille, le naufrage de sa fortune et
les misères de sa destinée.

21ᵐᵉ JOURNÉE

Nous nous embarquons de bonne heure. La radieuse sérénité de l'air, la nouveauté des impressions, l'approche du plaisir, et, en attendant, cette paresseuse navigation sur une mer enchantée, tout concourt à nous jeter dans un doux enivrement de joie. Plus tard, sans doute, nous apprendrons à connaitre ces molles béatitudes de la gondole, ce bercement insensible où s'endorment les agitations, où se calme la joie elle-même, où l'âme tout entière s'assoupit dans les douces langueurs d'un aimable rêve ; mais, pour l'heure, nous cherchons de nos grands yeux ouverts où est Venise, inquiets presque, après une demi-heure de navigation, de ne la point voir encore. Au lieu de Venise, c'est une douane insulaire qui visite nos hardes et nous réclame des droits ; plus loin, ce sont des mendiants de mer qui courent d'une gondole à l'autre, quêtant pour la madone et pêchant pour les saints ; voici, sur la droite, une poudrière insulaire aussi, et un factionnaire posé comme une quille sur l'angle du bastion. Cet homme, s'il a des goûts exclusivement contemplatifs, doit goûter là le parfait bonheur, et, pour peu qu'on oublie de le relever, il en est quitte pour gagner la terre ferme à la nage et sans mouiller son fourniment. Au delà d'îlots terrassés et de plages nues, on aperçoit une grève lointaine qui court se perdre à l'horizon. C'est la côte.

Mais bientôt, à l'opposite, et derrière une gaze de brume azurée, des coupoles, des minarets, des dômes d'or, des faîtes de palais, toute une féerie d'édifices qui s'étendent à perte de vue sort insensiblement du sein des eaux et paraît flotter à leur surface. Émerveillés à cette vue, nous saluons d'un triple hurra la reine de l'Adriatique, et d'une gondole à l'autre nous nous complimentons joyeusement sur ce que ce mot de désir, et de découragement quelquefois : Voit-on Venise? a trouvé enfin, grâce à nos persévérants efforts, une digne et péremptoire réponse.

Toutefois, et les poëtes l'ont remarqué, rien ne sied mieux à la beauté qu'une gaze légère. A mesure que nous approchons, la féerie décline, le fantastique s'en va, des murailles se montrent qui ressemblent fort à des murailles; l'on ne voit plus de près que de longs bâtiments uniformes, percés de jours étroits, et un sale canal où s'engage notre flottille. Une eau verte et croupissante y lave les fondations noircies de masures désertes; point de bruit, point de vie; à peine quelques familles hâves de fièvre et rongées de misère habitent ces décombres encore debout. Ainsi, dès l'abord, le murmure des chants amers de Child Harold résonne au cœur, et l'on reconnaît avec tristesse que la belle Venise n'est plus qu'une reine expirée, dont on vient admirer le magnifique linceul.

De ruelle en ruelle, nous arrivons au grand canal. Ici la scène change soudainement. C'est le bruit, c'est le mouvement, plutôt encore que l'activité; une population de mariniers et de portefaix qui stationnent sur l'étroite chaussée, ou qui sont occupés de quelque chargement; des adieux, des reconnaissances, des agaceries, qui vont s'entre-croisant des gondoles au rivage et du rivage aux gondoles. Dès que les nôtres ont été aperçus : « Hôtel de l'Europe ! » nous crie-t-on de vingt endroits à

la fois ; et ainsi nous savons notre gîte longtemps avant que David ait
pu nous joindre ou nous faire avertir. C'est qu'un étranger n'entre pas
à Venise que vingt, que cent gondoliers ne l'aperçoivent, n'épient ses
démarches, ne s'enquièrent de ses projets, dont chacun exige nécessairement le concours de leurs services ; et David a eu beau entrer dans
Venise seul, et de nuit, toute la gondolerie est déjà au courant de nos
affaires. C'est là une police incomparable et toute trouvée, qui a dû
rendre jadis d'immenses services à l'oligarchie vénitienne.

Sur les bords du grand canal l'architecture étale toutes ses magnificences. C'est, des deux parts, une série continue de palais, les uns
massifs, splendides, grandioses ; les autres simplement ornés d'ara-
besques capricieuses, d'ogives moresques, de colonnades légères ; partout un goût composite, et, sinon pur dans le sens qu'entendent les
doctes, exquis du moins, varié, pittoresque, libre, exprimant à la fois
et l'âge de l'édifice, et la condition du maître, et la fantaisie de l'architecte. Point de ces longues enfilades de bâtiments assujettis de par une
pédante municipalité à être tous uniformes et pareillement alignés :
système froid et de fausse grandeur, où rien des mœurs du pays, rien
des êtres domestiques ne se peint dans le décor de la façade, dans l'arrangement des ailes, et dans la physionomie des balcons ; où la pensée
individuelle de l'architecte, son savoir, son génie, ses caprices d'élégance ou de grâce, sont brutalement sacrifiés à une prétentieuse régularité et aux insipides merveilles de la symétrie. Ici tout est inégal,
irrégulier, divers ; et, chose admirable, rien n'est discordant. Ornements,
corniches, moulures, cintres, entablements, colonnades, tout s'ordonne,
tout vient se fondre en une harmonie riche, animée, somptueuse, et qui
serait entière aujourd'hui encore, sans les outrages qu'a reçus de la
destinée, bien plus que du temps, cette cité malheureuse. En effet, les
sculptures extérieures de plusieurs palais ont été enlevées et vendues à
des étrangers par leurs propriétaires devenus indigents ; d'autres, in-
habités et déserts, offrent aux regards les tristes vestiges de l'abandon
et du délabrement ; quelques-uns, transformés en magasins ou en
écoles, portent sur leur fronton ou au-dessus de leur porte l'écriteau
autrichien, signe de déchéance et d'esclavage.

Cependant nous cheminons avec une merveilleuse rapidité. A peine
vient d'apparaître en face de nous le Rialto, ce chef-d'œuvre des ponts

ornés, que déjà nous entrons sous les ténèbres de sa large voûte pour aller déboucher plus loin dans une mer ouverte où, tournant à gauche, nos gondoles viennent heurter doucement les degrés d'un superbe palais. C'est notre hôtel. Ainsi David, en majordome intelligent, nous a logés dans la plus belle situation de Venise. En face, une mer couverte d'embarcations, des îles chargées d'édifices, la splendide immensité du ciel : voilà pour notre ordinaire. A deux pas, les quais, la Piacetta, le palais du doge, Saint-Marc et le café Florian : voilà pour nos loisirs et nos fêtes. Comme nous avons fait toilette à Mestre, il ne s'agit plus que de déjeuner, et pour ne point perdre de temps, nous arrêtons durant le repas le programme de nos divertissements. D'emblée, et sur la proposition de M. Topffer, il est décidé que cette première journée on l'emploiera tout entière à flâner, à s'aller perdre, à parcourir sans le boulet d'un cicerone, et jusqu'à ce que la terre nous manque, tous les quartiers et les recoins à notre portée. Ainsi en effet, et ainsi seulement, voir devient un piquant plaisir; ainsi seulement l'esprit observe activement des objets qui lui apparaissent avec toute leur fleur de nouveauté, et, au lieu de se laisser sottement confisquer au profit des musées et des sacristies, il se prend librement à ce qui l'entoure, à ce qui se présente, à ce qui lui plaît, et au simple plutôt encore qu'au phénomène, au vivant plutôt qu'à la momie.

Cette méthode nous réussit. Perdus dans d'étroites ruelles bordées d'étalages surchargés, nous coudoyons, nous sommes coudoyés, jusqu'à ce que, l'espace s'élargissant, nous venions tomber droit sur la place Saint-Marc. La place du Dôme à Milan nous parut autrefois bien splendide; mais ceci! quelle nouveauté, quelle majestueuse bizarrerie, quel ensemble d'orientale somptuosité et d'austérité massive! Ce portail étoilé, ces quatre chevaux de bronze, ces fines ogives, ces dômes lourds, l'or, l'azur, la foule, des pigeons par milliers : certes, c'est là de quoi causer l'ébahissement du provincial, même des badauds de capitales; aussi ne nous gênons-nous en aucune façon d'être émerveillés et ravis. Faisant ensuite le tour de cette vaste place, nous trouvons qu'à droite elle s'ouvre sur la Piacetta, qui s'ouvre elle-même sur la mer. Là surtout plane le glorieux souvenir de l'antique Venise; là surtout le cœur se serre à la vue de ce lion jadis formidable, de ce colossal palais du doge, monument d'inouïe prospérité; de ces flots où, à la place des

fiers navires qui revenaient naguère chargés des produits des deux
mondes, l'on voit, qui pourrit sur ses ancres, une vieille frégate, sen-
tinelle de l'Allemand, gardienne suffisante de ces gondoliers sans patrie
et de cette cité sans nation !

Il faut, en vérité, excuser la tourbe des romanciers et des poëtes qui,
sur ce thème de Venise déchue, ont composé tant d'insipides varia-
tions, auxquelles nous nous efforcerons de n'ajouter pas la nôtre. L'empreinte du passé est si fortement marquée dans cette ville, tant de
morne majesté y frappe encore les yeux, de si visibles traces d'une regrettable splendeur y assiégent de toutes parts l'esprit, que l'homme le
plus froid, et à plus forte raison l'homme sensible par métier, le romancier, le poëte, remués qu'ils sont réellement par ces spectacles,
peuvent bien facilement se croire visités par la muse, et, rentrés à
l'hôtel, laisser pleurer leur phrase ou s'apitoyer leur strophe. Pourtant,
il y aurait mieux à faire peut-être, et l'étude de la Venise actuelle, où,
comme au désert, le sable envahit l'oasis, où se heurtent à chaque pas
des restes du passé et des lambeaux du présent, où, tout au travers de
l'insoucieuse joie d'une populace de gondoliers et de chanteurs, se
croisent les intrigues de cloître, celles de la politique et celles de l'a-
mour ; cette étude, ce nous semble, serait propre à inspirer des pages
piquantes et d'attachants tableaux, si aujourd'hui, pour peindre, l'on
se croyait obligé de connaître, et, pour exprimer, tenu d'avoir senti.

De la Piacetta nous rebroussons chemin pour aller nous perdre dans
les petites rues qui forment le cœur encore vivant de Venise. Non, rien
de ce qui se voit dans les églises, rien de ce qu'on admire dans les palais, ne vaut en intéressante et originale nouveauté cette fourmilière
de gens, ce labyrinthe de canaux, ces constructions entassées, cette
multitude de ponts chargés de passants, et sous lesquels fuient silencieusement d'élégantes gondoles. Il y a là tout un monde de réalités piquantes, de souvenirs augustes, de contrastes mélancoliques, et, pour
l'artiste, des trésors de formes, de coloris, d'étude : de toutes parts, en
effet, des façades accidentées, des frises, des voûtes, des écussons, des
bouts de corniche, ou d'une grâce exquise, ou d'un fruste attrayant ;
partout des groupes tout composés, des figures imaginées exprès pour
lui ; et tandis que dans ces étroites rues le sommet des édifices réfléchit
les clartés adoucies du dehors, leur base, enveloppée dans une ombre

limpide, va se perdre sous cette onde noire des canaux, où, tantôt pressées, tantôt solitaires, les embarcations s'approchent, fuient, s'éclipsent, comme de mystérieux fantômes. Toutes les gondoles sont noires.

Une fois perdus, nous le sommes bien ; et il n'y a plus que le fil d'Ariadne qui puisse nous tirer de là, lorsque, bien heureusement, nous imaginons d'y suppléer en demandant aux passants où est le café Florian. Le café Florian : un café qui réunit tous les soirs jusqu'à cent, jusqu'à mille personnes, un café qui ne s'est pas fermé depuis cent ans, est connu dans Venise comme l'est chez nous la tour de Saint-Pierre : chacun de nous mettre dans la direction, et nous d'y tomber tout droit. O le merveilleux établissement ! ô la royale industrie ! C'est sur la place Saint-Marc : chaises, tables, tentures, sorbets, bonbons, limonades, tout est prêt à toute heure, et pour autant de particuliers qu'il en arrive. D'un coup d'œil le garçon a enregistré vos trente-six fantaisies, et d'un tour de main il fait surgir devant vous des échafaudages de gâteaux croquants et de boissons glacées. L'un de ces garçons, doué évidemment de cette exquise pénétration qui d'un regard sonde les bourses et lit dans les appétits, nous prodigue des attentions discrètement flatteuses, tantôt prévient, tantôt éclaire nos désirs, et se trouve être, au bout de bien peu d'instants, notre ancien et fidèle ami. Après que nous nous sommes rafraîchis, bien vite nous retournons nous perdre, mais prudemment cette fois, et comme font des gens qui veulent à heure fixe se trouver autour d'un bon dîner. La chose réussit.

Pendant cet admirable repas, le ciel s'embrase peu à peu des feux du soir, et cette mer qui est sous nos fenêtres prend insensiblement une teinte d'azur légèrement rosée dont le riant et pur éclat se reflète dans l'âme en secrète et sereine allégresse. En même temps tout se ranime sur les flots, et autour des bâtiments plus gros qui stationnent çà et là, pittoresquement ombragés de lambeaux de voiles et de nattes dressées, d'innombrables gondoles circulent avec une charmante prestesse. Cette embarcation, particulière à Venise, est une sorte de longue et basse péniche dont le centre supporte un petit pavillon fermé de jalousies qui abrite un divan commode. A l'avant la proue se redresse en une plaque de métal, dont la forme, comme celle du col de cygne, est élégante et fière, tandis que sur l'arrière un seul homme, debout, et comme suspendu sur l'extrême rebord de la poupe, d'une rame simple-

ment posée sur une grêle pièce de bois taillée en chevalet, fait voler la
galère, la dirige avec une habile témérité sur les étroits passages,
tourne les obstacles, rase, franchit, esquive, jamais ne s'arrête, jamais
ne heurte, et semble n'être, lui et sa gondole tout ensemble, que le
plus agile dauphin de ces parages. L'on s'habitue sans doute à ne remarquer plus tant de délicate adresse et d'audacieuse précision; mais,
pour l'étranger, c'est un constant sujet d'amusante surprise. Et telle
est la confiance qu'inspirent de si habiles mariniers, qu'après avoir pu
craindre cent fois un très-désagréable naufrage, on finit bientôt par
s'abandonner en toute sécurité aux prestes évolutions de l'intelligent
brin de paille auquel l'on vient de confier sa fortune.

A la même heure, et aussitôt que les fraîches haleines du soir sont
venues tempérer l'ardeur déjà attiédie du couchant, de l'intérieur des
rues étroites, du fond des demeures et des comptoirs, la foule se porte
sur le quai des Esclavons, qui borde cette mer sillonnée de gondoles,
et nous-mêmes, après notre repas, nous allons en grossir le flot. Là,
sur les dalles encore brûlantes, une multitude de petits marchands
dressent précipitamment leurs échoppes, leurs pyramides de pastèques,
leurs cafés en plein vent; des boiteux, des aveugles, de jeunes mères
qui portent leur nourrisson et qui traînent après elles leurs aînés, accourent, implorent, se hâtent d'émouvoir, les uns par l'instance pitoyable
de leur prière, les autres par le spectacle étalé de leur morne détresse;
des soldats, des moines, des Arméniens passent affairés, ou se promènent indolemment, tandis qu'assis à l'ombre des piliers du palais ducal,
des citadins fument leur pipe, lisent la gazette, ou assistent tranquilles
et rêveurs au bruyant tumulte de cette pittoresque scène.

A l'extrémité de ce vaste quai, une large rue s'ouvre sur notre gauche; nous y entrons. Elle est pareillement remplie de peuple et d'étalages irrégulièrement dispersés; étendu tout de son long au beau milieu de la voie, un jeune gars y dort à côté de trois poules effarées qui
composent tout son fonds. C'est que dans une ville comme Venise, où
il n'y a ni voitures, ni chevaux, l'alignement des échoppes n'étant plus
de nécessité, chaque petit vendeur s'établit librement à l'endroit de la
voie qui lui convient, et plusieurs, qui n'ont point d'échoppe, se contentent de poser leurs marchandises à terre et de s'endormir tranquillement auprès. A l'acheteur de faire le reste. De là, une incomparable

variété de groupes, qui sont animés et expressifs par tous leurs côtés, au lieu d'être aux trois quarts noyés dans l'uniformité obligée d'un alignement régulier. Pendant que nous cheminons, un jardin public planté de beaux arbres se montre à notre droite ; ce ne peut être que ce Lido tant célébré des touristes poëtes ; à nous d'y faire aussi notre pèlerinage ; à nous d'y être à notre tour enivrés de brise du soir, d'historiques réminiscences, de poétiques émanations, jusqu'à ce que, sortis de ce séjour enchanteur, nous ayons appris que le Lido est fort éloigné de l'endroit où nous venons de goûter de si pures jouissances. C'est égal : autant de pris.

Sur ces entrefaites la nuit tombe, et M. André nous entraîne de nouveau sur la place Saint-Marc, où il nous a conviés à venir prendre le café pour ce jour-là et pour les jours suivants. Combien cette place a changé d'aspect ! Ce matin, la foule s'y portait tout entière sous l'ombre des galeries qui en forment le pourtour ; ce soir, d'innombrables chaises, dont les premières rangées s'appuient au seuil des cafés, l'ont envahie jusqu'au centre, où, dans un espace laissé libre, la musique des régiments autrichiens est disposée autour d'un cercle de lutrins illuminés. Venise est là, qui, avilie et charmée, écoute les fanfares de ses vainqueurs, et tandis que les pâles lueurs du firmament éclairent de douteuses clartés les coupoles du dôme et le faîte des palais, de dessous les galeries les feux scintillent, et forment comme la bordure d'or qui brille au bas d'une sombre et majestueuse tenture. Qu'est le luxe, même celui des cours, auprès de ces splendeurs? Et si, chez les Vénitiens eux-mêmes, l'attrait de ces soirées prévaut, pour les y attirer, sur la mollesse des habitudes, sur l'abattement des âmes, sur la souffrance des souvenirs, que l'on juge de l'impression que doivent produire sur nous autres Scythes, ces merveilles accumulées des siècles, de l'art, de la nature, et du plus suave, du plus radieux des climats !

Pour nous, semblables aujourd'hui à ce spectateur de théâtre qui, le drame joué, ne saurait plus dire les visions dont avant le lever de la toile se berçait son imagination impatiente, s'il nous est impossible, à la vérité, de ressaisir cette image que nous nous étions faite de Venise avant d'y avoir été, et qui se composait de mille traits empruntés à l'histoire, aux poëtes ou au babil de la renommée, nous sommes certains du moins que, cette fois, la réalité, en trompant notre attente, ne l'a pas déçue, et que le souvenir que nous avons emporté de cette belle cité a bien plus d'éclat, bien plus de grandeur et de poétique attrait que n'en eurent les songes, brillants pourtant, où elle nous apparaissait à l'avance. Bien plus, après y avoir passé trois jours d'une fête continuelle, c'est moins par la réminiscence du plaisir que notre cœur s'y est de plus en plus attaché, que par cette sorte de mélancolique affection, de savoureuse amertume que provoque le spectacle d'un déclin anticipé, d'une grande et irrémédiable infortune. Peut-être aussi quelque sinistre pressentiment nous fait-il redouter pour de plus humbles républiques un anéantissement pareil; surtout si, quand la liberté y unissait naguère les citoyens, c'est aujourd'hui un esprit de jalouse égalité qui les divise; si, quand naguère amarrés au tronc nerveux des traditions antiques, on les voit aujourd'hui délier le câble, quitter l'anse tutélaire, et s'abandonner à l'impétueuse rapidité des courants aveugles.

Après quelque séjour sur cette place, nous nous rendons au théâtre, où l'on joue le *Barbier de Séville;* puis, rentrés au logis, le calme, la vue des flots, et aussi ce doux ébranlement du plaisir qui écarte le sommeil des paupières, nous retiennent bien avant dans la nuit sur les balcons de l'hôtel.

CANAL A VENISE.

22ᵐᵉ JOURNÉE

Aujourd'hui, hélas ! cicerone. Celui dont nous allons jouir est une sorte de particulier rauque et bilieux, un ancien homme de lettres déchu, râpé, aigri, de qui la visible misanthropie contraste assez drôlement avec la profession qu'à coup sûr il ne s'est pas choisie, celle de servir les plaisirs d'une espèce humaine qu'il déteste. Impatient de commencer sa besogne, impatient de la terminer, ce malheureux n'aspire qu'à avoir accompli son supplice quotidien, et quand le fond ténébreux d'un antre sauvage semblerait seul devoir convenir aux amertumes de son âme en peine, il lui faut à toute heure naviguer en plein soleil, fendre la foule joyeuse, subir les questions étourdies du touriste et le babil enjoué des ladys. Pauvre homme ! Il n'a qu'un bon moment : c'est le soir, lorsque, tenant enfin son salaire, il voit s'ouvrir devant lui quinze heures assurées de solitude, de ténèbres, de malédiction interne contre les touristes, les ladys, le ciel, la terre et lui-même !

Notre déjeuner se prolongeant, cet aigri s'en irrite ; il est déjà tout violet d'apostrophes rentrées. Pour lui complaire, nous nous embarquons sur une flottille de gondoles, et nous voilà voguant vers les merveilles étiquetées d'itinéraire. Tous, nous songeons que ce qu'il y a de plus merveilleux dans chacune, c'est l'histoire d'y aller, et surtout d'en revenir. Et en effet, outre que chef-d'œuvre sur chef-d'œuvre c'est indigeste, lorsqu'on vient de passer une demi-heure à regarder en l'air dans l'entonnoir d'une coupole, c'est avec une bien légitime satisfaction qu'on s'étend sur les coussins d'un divan. Durant ces courses, notre aigri s'assied à la proue ; et là, ouvrant son parasol, il cuve en silence le fiel de ses dégoûts.

Nous débarquons d'abord à l'église San-Georgio. A vous, lecteur, de lire dans quelque itinéraire les belles choses que nous y avons vues, car il ne peut entrer dans notre plan de vous les décrire, et nous y serions, au surplus, fort embarrassé. Cette église est l'un des chefs-d'œuvre de ce puissant architecte dont le génie est empreint dans la plupart des grands édifices de Venise, de Palladio. On y voit des Tintoret, on y voit surtout, dans le chœur, des sculptures en bois qui sont bien tout ce que le goût, l'invention, la fantaisie, peuvent offrir aux yeux de plus richement exquis. Les Tintoret ne sont guère portatifs, et à la rigueur l'on peut s'en passer ; mais n'avoir volé qu'une des figurines qui décorent les niches de ce chœur, c'est là une vertu majuscule qui nous sera certainement comptée. Et la tentation est d'autant plus forte, que, de ces choses, il ne s'en fait plus. Cet art si gracieux, si vif, si propre au décor familier et de détail, il est mort, enterré ; nous, dix-neuvième siècle, nous, humanité avancée, nous en sommes à payer bien cher les plus modestes bahuts du Moyen-Age. C'est que nous fabriquons bien, mais nous n'inventons plus ; nous faisons bien des moules qui multiplient indéfiniment un produit. mais nous n'imaginons plus ; et nos créations elles-mêmes ne sont que des reproductions matérialisées du beau de la Renaissance, du beau grec, ou encore du beau de Louis XV, impur ce dernier, mais qui nous va au même titre que les autres, parce qu'il est tout fait, tout inventé. Voilà en quoi consiste notre progrès.

Il a ses bons côtés , sans doute; il a ses amis aussi , et toutefois , nous mourrons , je le crains , avant d'avoir eu la douceur d'en grossir le nombre.

En effet, cette impuissance de création qui se révèle de plus en plus chez quelques nations avancées par excellence, cette multiplication des produits artistiques qui croît chez elles en raison directe de la stérilité de la pensée et du déclin de la poésie, sont, à nos yeux, sinon une preuve manifeste, un signe du moins , et un signe énergique que ce progrès est faux et bâtard. Partant, non pas même des leçons de l'histoire, mais seulement de la nature de l'homme telle qu'elle nous est connue, nous n'imaginons pas, pour des sociétés d'hommes, de développement complet et heureux en même temps , dès que la tendance essentielle de ce développement est de méconnaître de plus en plus, pour les rayer bientôt du rôle, les besoins de l'imagination , le penchant instinctif de l'idéal , la poursuite et le culte du beau. Nous n'imaginons pas qu'aucune chance de félicité et de grandeur soit assurée aux nations qui vont délaissant de plus en plus l'idée pour la forme, l'intelligence pour le procédé, le sentiment pour la convention, le plaisir moral pour le physique bien-être, et nous ne savons voir dans ce progrès tant vanté, que la tranquille mais effrayante invasion du matérialisme social. C'est assez pour que nous ne puissions l'aimer et pour que nous osions en médire.

De l'église San-Georgio, nous naviguons vers l'église du Rédempteur. A chaque lieu de débarquement on trouve invariablement deux ou trois gueux qui se disputent l'honneur de poser sur le rebord de votre gondole un officieux bâton crochu, sous prétexte de la maintenir pendant que vous mettez pied à terre. Autant d'occasions pour le touriste de montrer qu'il sait reconnaître de généreux services. Après quoi il entre dans l'église, dans le  chœur, dans la sacristie ; puis il sort de la sacristie, du chœur, de l'église : autant d'occasions encore ; le voilà transformé en fastueux qui comble de largesses tout un peuple de faméliques. Beau rôle, mais coûteux. Dans cette église du Rédempteur , on admire de belles toiles de Bellini, le maître du Titien, des châsses étincelantes, et des capucins très-gras. L'un de ces capucins se prend à embrasser tendrement notre cicérone. Autrefois, nous raconte plus tard celui-ci, c'était mon élève honnête et chéri, puis il se jeta dans le vice, tant et tant qu'il en a connu les pointes, et la pénitence lui est venue. Alors il est entré dans l'ordre, et aujourd'hui, tour à tour il se repent et fait la quête.

De cette église nous passons à celle de Saint-Sébastien. Ici, de dessous l'abri du portail, une troupe de mégères, effrayantes de maigreur et farouches d'avidité, s'élance sur nous, rompt nos rangs et nous assiége d'instances à brûle pourpoint. C'est le cas d'être bien vite fastueux. Dans cette église, l'on voit des chefs-d'œuvre de Paul Véronèse, et l'on en voit trop, ils se nuisent l'un à l'autre : aussi déjà l'indigestion s'en mêle, et ce monotone pèlerinage de nef en nef commence à nous paraître un temps dont nous pourrions user plus agréablement. Pourtant nous nous laissons conduire encore à l'église des Scalze ; la porte en est fermée, et le sacristain est à boire. Vite on court le chercher ; mais au lieu de l'attendre, M. Topffer déclare au cicérone que nous voici, quant aux églises, parfaitement rassasiés ; qu'au surplus, il ait à laisser là sa méthode, pour se conformer à la nôtre, qui est d'aller à Murano visiter les fabriques de verroterie. Nous voguons vers Murano.

Nos gondoliers sont jeunes, rieurs, en train de folâtrer. Ils se mettent à lutter de vitesse dans ces canaux étroits, sans qu'aucun des gondoliers dont ils rasent les embarcations songe à craindre pour sa cargaison. Bien plus, obligés qu'ils sont, dans la rapidité de leur course, de faire place à d'autres ou de ne pas se heurter entre eux, du bout de la rame ils parent à tout, et se trouvent voler tantôt de front, tantôt de file, sans autre entente que ce commun accord qui résulte de l'adresse intelligente des lutteurs. Seulement, partout où les canaux se croisent en sens divers, ils ralentissent leur marche, et font entendre un cri destiné à avertir tel gondolier qui ne les voit pas encore. Sans cette précaution, à chaque instant les gondoles embrocheraient ou seraient embrochées, et l'histoire d'être confortablement étendu sur un divan n'empêcherait pas le passager d'avoir le dos scié par cette armure de métal qui se dresse à l'avant des gondoles. De lutte en lutte nous nous trouvons de nouveau dans cette mer ouverte au travers de laquelle nous sommes venus de Mestre, et, au bout d'un quart d'heure de navigation, nous abordons à Murano. Crochets, gueux, cicerones officieux, pullulent, et des perles de quoi verroter les sauvages des deux hémisphères. Ceci vu, nous nous hâtons de regagner Venise, et passant cette fois sous le pont des Soupirs, nous venons prendre terre à la Piacetta, tout à côté de l'escalier des Géants, qui est notre chemin direct pour pénétrer dans le palais du doge.

La magnificence intérieure de cet édifice répond à la splendeur extérieure de Venise. Merveilles d'architecture et de sculpture, décors de toute espèce, salles immenses, passages d'apparat et issues secrètes, prétoires d'or et cachots affreux ; on retrouve là, intacts encore, tous les vestiges de la grandeur, de la force, de l'active ambition ; ceux aussi d'un faste corrupteur et d'une tyrannie jalouse et implacable.

Les chefs-d'œuvre des peintres vénitiens abondent aussi dans ce palais, et, si nous l'osons dire, nous n'avons pas été bien vivement séduit par les mérites de cette illustre école. Une exécution savamment hardie, une prodigieuse puissance de composition, toutes les richesses et tous les prestiges de la couleur, voilà quelles sont les grandes qualités qui y prédominent, à l'exclusion de l'intention poétique, de l'expression étudiée de la forme, surtout de ce sentiment sévère qui, pénétrant au delà de la vivante surface des visages, va saisir au fond des âmes, pour l'amener palpitant sur la toile, le drame de foi ou de passion dont il aspire à représenter l'image. C'est ainsi du moins que nous nous expliquons pourquoi telle pâle figure du Pérugin nous a plus vivement frappé que n'ont pu faire ceux des chefs-d'œuvre de l'école vénitienne que nous avons eu l'occasion d'admirer durant notre court séjour à Venise.

Il fait très-chaud, et le café Florian n'est pas éloigné. Nous allons y faire une halte rafraîchissante, avant de visiter l'intérieur de l'église de Saint-Marc, le plus intéressant des édifices de Venise. L'antiquité, l'Orient, l'Occident, chacun des triomphes de la république, ont apporté à ce temple ou un tribut de magnificence, ou quelque rareté conquise sur les Infidèles : l'architecture y est de tous les âges, de tous les styles, mais byzantine d'ensemble, imposante d'antique majesté, et, pour nous, d'une frappante nouveauté. Le parquet y est bossué comme seraient les ondes agitées d'un lac. Ceci fait ressouvenir, au milieu de ces riches parvis, de ces sables submergés où naguère des pêcheurs et des pirates posèrent les premières cabanes de Venise.

Après dîner nous allons, comme le jour précédent, passer notre soi-
réé sur la place Saint-Marc. Même spectacle et même affluence ; mais
au lieu de la musique autrichienne, ce sont de toutes parts des musiciens ambulants, quelques-uns passables, d'autres divertissants. Pendant qu'assis au frais, les groupes fashionables écoutent ou s'entretiennent, des légions d'industriels sortent de dessous terre. Celui-ci entend
que vous lui achetiez un tour de perles, cet autre vous met des pantoufles sous le nez, un instant après des cure-dents, un cigare, un
bouquet, des clous de girofle, de la poudre à moustaches, du caramel,
des fulminantes, un petit chien.... Bientôt, ma foi, sous peine de ne
savoir plus où donner de la tête, nous nous laissons faire, à l'instar des
Vénitiens, et l'industrie nous assiége, nous obsède, sans que nous y
prenions garde.

23ᵐᵉ JOURNÉE

Tout n'est pas pour le mieux dans le plus radieux des climats. Ce matin la plupart d'entre nous, en se regardant au miroir, se prennent pour un autre, tant leur visage est tacheté, bouffi, désharmonisé par la piqûre des cousins!

Notre aigri est à son poste. Nous lui demandons de nous conduire à l'Arsenal. Ceci le contrarie; car dans *la Venise en huit journées*, de Quadri, l'Arsenal aurait dû venir hier. Il ne peut, toutefois, que se conformer à nos désirs ; et le voilà qui, amer et râpé, se met à notre tête. Les marchands d'accourir sur leur seuil, pour voir passer les *vinti due ;* c'est le nom que nous a donné la rue, tandis que la police a imprimé sur son bulletin : M. André, professeur, avec ses élèves.

Comme nous cheminons vers l'Arsenal, voici qu'une belle musique de galops et d'ariettes nous électrise, nous attire; et, guidés par les sons, nous entrons dans la salle du bal.... Ohé! des prêtres, une foule qui prie, tous les signes du recueillement et de la dévotion : c'est une

église qui fête son saint. Vite on nous présente la tirelire, et en retour
de son offrande, chacun de nous reçoit un petit portrait de saint. La
curiosité est étourdie.

Arrivés à l'Arsenal, et pendant que notre cicerone postule pour nous
la permission d'entrer, nous admirons, aux deux côtés de la porte,
deux lions colossaux, qui furent transportés d'Athènes à Venise en 1687
par François Morosini. Ces lions, qui, avant d'orner le seuil de cet Arsenal, ont, durant deux mille ans, chargé de leur poids les môles du
Pirée, sont frustes assurément, mais d'une telle vigueur de style,
qu'aujourd'hui encore, comme au jour où ils sortirent de l'atelier du
sculpteur, ils ont leur caractère tout entier de puissance, de fierté
sévère, d'imposante et monumentale majesté. C'est que ce n'est pas la
dureté du bloc, ce n'est pas l'ampleur colossale des proportions, qui
assurent aux productions de la statuaire une glorieuse durée ; c'est bien
plutôt cette énergique empreinte de la pensée humaine, cette justesse
de caractère fortement saisie, cette poétique abstraction des attributs,
qui, venant à se marquer dans le style, font survivre aux injures du
temps et aux mutilations mêmes des hommes la primitive expression de
l'œuvre, conservent, retiennent, éternisent l'étincelle de vie, le souffle de
grâce, le feu d'indélébile passion, jusque dans un torse fracassé, jusque dans un fruste tronçon !

La porte s'ouvre, et l'amiral en personne, nous accueillant avec une
amicale politesse, pria son neveu de vouloir bien nous faire les honneurs de l'Arsenal. Ainsi, au lieu d'un aigri, nous avons ici pour cicerone un jeune officier dont l'amabilité personnelle est rehaussée par
des manières remplies à la fois de simplicité et de distinction. Tant de
courtoisie nous inspire ce sentiment reconnaissant qui est le plus doux
assaisonnement du plaisir.

L'Arsenal de Venise est aujourd'hui encore riche en antiquités curieuses, en armures, en trophées : l'on y voit des drapeaux pris à la
bataille de Lépante, et à côté de gondoles d'honneur qui ont été construites pour Bonaparte et sa cour, un magnifique modèle du Bucen-
taure. Ces objets nous intéressent moins cependant que la fonderie,
que la corderie, et une grande frégate qui est en construction. Du sol,
on monte, par une rampe de deux à trois étages de hauteur, jusque sur
le rebord de ce navire, puis de là on redescend le long du flanc inté-

rieur jusqu'au fond du bâtiment, qui n'est pas encore ponté. Rien n'est plus propre que cette sorte d'expédition à faire saisir d'un coup d'œil ce qu'on ne comprend pas si bien en voyant une frégate à l'ancre, c'est-à-dire au moyen de quelles vertèbres, de quelles côtes, de quels reins, ces monstres-là peuvent soutenir l'effort de la vague et le choc formidable des flots en courroux. A fond de cale, nous trouvons un capucin

en lunettes, qui guide dans ces profondeurs un pensionnat de jeunes demoiselles.

Ce sont des forçats qui font ici tous les transports et les gros ouvrages. La vue d'hommes enchaînés est toujours odieuse. Ceux-ci sont jeunes la plupart, beaux, et, chose singulière, leur visage respire l'intelligence et la douceur ; à peine croit-on surprendre dans leur regard quelques équivoques lueurs de scélératesse. Ils paraissent d'ailleurs bien nourris, point maltraités, et la présence de l'officier qui nous accompagne ne leur impose aucune pénible contrainte. Nous leur achetons différentes bagatelles.

Cependant les heures s'écoulent avec rapidité, et bien des choses nous restent à voir, entre lesquelles il est devenu nécessaire de faire un choix. M. Topffer serait pour l'Académie des beaux-arts ; là se trouvent les tableaux les plus renommés ; mais tout son monde, devenu tribord et bâbord à vue d'œil, penche pour aller visiter cette frégate qui pourrit sur ses ancres devant le quai des Esclavons. Il faut pour cela avoir une permission de l'amiral. Le bon vieillard s'empresse de nous la donner ; et tels ont été ses procédés à notre égard, qu'il nous semble, en sortant de cette maison de forçats, que nous quittons le toit hospitalier d'un ami. La frégate nous est montrée en grand détail. Mais voici que la barque qui nous ramène à terre va s'engager sur un câble où elle demeure équilibrée d'une très-inquiétante façon. Nos mariniers crient, poussent, retiennent, s'insultent, et, à force de tintamarre, la barque se remet à flotter.

Après cette expédition, désireux nous-mêmes d'être libres, nous libérons notre aigri, qui nous fait de rauques adieux et s'enfuit dans son antre. Comme hier, comme avant-hier, la soirée est radieuse, mais c'est nous qui sommes changés, et la prévision que le moment approche de quitter ce brillant séjour, assombrit de quelques nuages les dernières heures que nous y passons. Déjà il faut penser aux emplettes de départ, aux choses du lendemain, à la blanchisseuse... Beau poëme qui finit en prose.

Cependant M. Topffer et M. André s'en vont chez le banquier pour tâcher de redonner des chairs à la bourse commune, qui est maigre à flotter sur l'eau. Ils sont parfaitement accueillis, la conversation s'engage, et grande est leur surprise en apprenant que c'est fort ennuyeux de vivre à Venise! « Vous ne vous figurez pas, leur dit-on, ce qu'est le « travail au fond d'une demeure d'où l'on n'entend ni bruit de voitures, « ni murmures de passants; dans une ville où il n'existe, pour s'y ré- « créer, ni une société bourgeoise, ni un familier commerce de voisin à « voisin. Surtout ne voir jamais d'arbres, jamais de prairies, c'est une « dure privation; et si, pour aller en famille saluer les champs, nous « nous faisons transporter sur la côte, c'est vingt, c'est trente francs « qu'il nous en coûte à chaque fois. » Ces rafraîchissantes réflexions font paraître un peu moins ingrate à M. Topffer et à M. André cette même côte sur laquelle ils vont s'acheminer demain.

Le diner est mélancolique, et, au dessert, la blanchisseuse. C'est une belle dame, qu'à sa mise on prendrait pour la comtesse des Esclavons, tout au moins. Cheveux admirablement nattés, toilette de bal, châle de cour, et langage conforme. En vérité, c'est Nausicaa en personne, qui compte nos chemises et met nos bas en pile. On lui paie son mémoire. Poëme encore, qui finit en chiffres.

Nous sortons de nouveau; nous retournons à la place Saint-Marc : nous voulons pratiquer encore le café Florian; mais ce n'est plus cela! Pourtant, Simond retrouve quelque appétit pour du caramel. Pantoufle, que me veux-tu? Fulminante, tu me fatigues. Petit chien, tu m'attristes. Hélas! il n'y a plus rien dans la coupe : nous allons faire nos sacs.

24ᵐᵉ JOURNÉE

Les gondoliers qui nous ont amenés de Mestre viennent nous prendre de bon matin pour nous conduire à Fucine. Pendant que ces hommes jasent et rient sur le perron de l'hôtel, nous faisons nos derniers apprêts. M. Topffer livre lamentablement des piles d'écus en songeant que toute fête devrait se payer d'avance, au moment où elle va s'ouvrir, et non pas lorsque, tout étant consommé, il semble qu'on ne doive plus rien à personne. Du reste, nous ne déjeunons pas à Venise, parce que M. André se souvient que l'on rencontre d'excellents cafés tout le long de la route que nous allons parcourir.

La navigation est fort triste. Au bout d'une demi-heure, dômes et minarets se sont évanouis derrière la brume matinale, et devant nous se montre une côte basse, submergée, qui n'a rien de bien attrayant. Nous y débarquons silencieusement. Bientôt (c'est le prompt et sûr effet de la marche) l'entrain revient, la gaieté reprend le dessus, et les regrets se noient sous le flot charmant des souvenirs. Mais, de cafés, pas trace : noyés aussi, excepté dans le souvenir de M. André.

Le pays est presque désert. Ce sont des prairies sauvages, où croissent des arbres d'une sombre verdure et d'un port nonchalamment sé-

TERRE BASSE DE FUCINE.

vère; les eaux croupissantes d'un canal sinueux ajoutent au caractère
mélancolique de ce paysage. A mesure pourtant que l'on s'éloigne de la
mer, des fermes, de belles églises, des villes enfin apparaissent; mais,
de cafés, toujours pas trace, et M. André est bien coupable.

Pour la première fois aussi nous éprouvons des chaleurs torrides
qu'aucune brise, qu'aucun ombrage ne tempère, en sorte qu'aux rongements de la faim vient se joindre l'évaporation des forces. Quelques-
uns, comme ceux qui dans les naufrages se sont jetés dans le canot
sauveur, rament de toutes leurs jambes vers Padoue, tandis que les
autres nagent çà et là, éperdus et grillés. Parmi ces derniers, on en remarque un qui nage en grand deuil et à tâtons : c'est M. Topffer, qu'une
violente inflammation des yeux a forcé de s'éclipser derrière deux besicles noires et quatre doubles crêpes.

Cependant voici sur le bord du chemin une cabane ouverte, nous y
entrons. Deux jeunes filles y sont assises auprès de la croisée qui, à l'opposite, s'ouvre sur la prairie. L'une d'elles, sans presque remarquer
notre arrivée, continue de coudre, tandis que l'autre se lève et attend
nos paroles. Nous lui demandons du café. Pendant qu'elle va le préparer,
nous contemplons l'agreste propreté de cette fraîche demeure où ces
deux sœurs vivent seules, et, piqués à la fin de l'indifférence de la
couseuse, nous voulons savoir d'elle-même qui donc elle se figure que
nous soyons. — *Mi fa niente*, répond-elle avec une insouciance qui ne
provient ni de déplaisante fierté ni de timide réserve. Bien que ces
deux sœurs n'aient de judaïque que la beauté régulière de leurs traits,
il nous arrive de trouver que le nom d'Agar leur sied, et nous adoptons
ce nom pour les désigner entre nous.

Vers une heure nous arrivons à Padoue. C'est une belle ville au dire
des itinéraires; mais toutes les villes sont belles dans les itinéraires,
pour peu qu'il s'y trouve une cathédrale construite par un architecte
quelconque, ou un hôtel-de-ville orné d'un portail et d'un fronton,
comme tous les hôtels-de-ville. Du reste, nous n'avons nulle envie de
constater, et ainsi Padoue n'est pour nous qu'un endroit où l'on déjeune dans une salle fraîche, garnie de divans moelleux, en compagnie
d'un abbé, et dans la patrie de Tite-Live.

Cet abbé mange à sa table, lentement, sobrement, avec une métho-
dique quiétude, et de façon à vivre deux cents ans, si réellement les

maladies et la mort proviennent de l'oubli de quelque principe d'hygiène,

ou de quelque inobservance de régime. Sans ménage, sans soucis, sans patrie que l'Église, et uniquement occupé d'entretenir sur son visage les fleurs toujours écloses d'une santé vermeille, ce bon abbé dirige sa bonne petite carriole tantôt ici, tantôt là, selon qu'il redoute l'*aria cattiva*, ou qu'il aspire à des brises plus salubres; et c'est ainsi qu'à cette heure il fuit Mantoue sans vouloir encore de Venise. Comme ceux qui, au fond, n'aiment qu'eux-mêmes, il est tout à tous, il trouve tout bien, il conçoit toutes les opinions; seulement il blâme le canton d'Argovie de n'aimer pas les moines.

Les cafés sont la gloire actuelle de l'Italie. Brescia lutte avec Padoue, Padoue rivalise avec Venise, et de toutes les sortes d'architecture, jadis florissantes dans cette belle contrée, l'architecture de café est la seule qui, au lieu de dépérir, va se perfectionnant, s'enrichissant de plus en plus. Le grand café de Padoue est gigantesque; l'on dirait un édifice public. Hélas! il est donc bien vrai qu'aux arts d'un peuple on connaît quelles sont ses mœurs, quelle sa destinée! L'indolence, le farniente, les frivoles causeries, remplissent, pour l'Italien, les heures oisives, les loisirs forcés de son existence toute privée, et pendant que ses maîtres lui font ses affaires, il tue le temps sous les riches lambris de ses cafés. Là, du moins, il est avec les siens; rien ne l'y offense, rien ne l'y attriste : c'est son forum, c'est le dernier vestige de sa vie publique et nationale. Les cafés italiens sont, en général, non-seulement plus élégants; mais de bien meilleur air que les nôtres. Jamais on n'y fume. La société y est à la fois mélangée et comme il faut; et l'élégance, le bon goût des manières y sont en accord, bien mieux qu'ailleurs, avec la fraîche propreté des rafraîchissements et la somptueuse simplicité des salles.

Une chose encore nous a agréablement frappés dans les cafés d'Italie : c'est l'ampleur des choses servies, la confiante bonhomie avec laquelle se règlent les comptes, l'absence de toute parcimonie, de toute cupidité apparente. Il semble que l'on soit chez de généreux amis dont les serviteurs respectueux ont reçu l'ordre secret de vous traiter avec tous les égards et toutes les attentions possibles. Les garçons sont peu nom-

breux, mais admirablement intelligents et d'une activité incomparable.
Il faut aussi que le peuple n'y soit pas voleur d'argenterie, car, vers le
soir, alors que tous les abords du café se remplissent de monde, alors que,
comme à Venise, les tables, les chaises, vont s'avançant dans toutes les directions, jusqu'à remplir aux trois quarts la place de Saint-Marc, les plateaux circulent, voyagent, vont se poser à cent pas du seuil devant des
centaines d'inconnus, sans que rien soit soustrait, sans que personne
du moins paraisse épier les fripons, ni toiser les honnêtes gens.

L'omnibus de Bolzen est toujours avec nous. Dès ici M. Topffer y
adjoint une sorte d'attelage pittoresque, et nous partons tous en voiture.
Après nos fatigues passées, et sur cette route grillée au cordeau, c'est
certes légitime. Mais quel sommeil ! partis à trois heure de Padoue, il
est nuit close quand, les voitures venant à s'arrêter, nous nous réveillons
en sursaut. Chacun de se frotter les yeux sans y voir plus clair. C'est
notre cocher tyrolien qui prend ici deux chevaux de renfort. Les siens,
accoutumés à l'air des montagnes et aux routes moins poudreuses du
Tyrol, dépérissent à ce genre de besogne, et le brave homme en est
tout attendri. Nous lui faisons comprendre alors que, dès ce soir, nous
le laisserons libre de rompre le pacte qu'il a fait avec nous; mais cela
ne le console pas du tout, ni nous non plus.

L'on repart. La nuit est certainement plus belle dans ces vastes
plaines que dans nos vallées, où, de tous côtés, d'obscures hauteurs
cachent comme derrière un écran le majestueux pourtour du dais
étoilé des cieux. Ici, moins de mystère, mais plus de magnificence;
sans compter un calme aimable que ne troublent ni la voix des torrents,
ni le murmure des vents qui tournent les cimes ou qui s'engouffrent
dans les gorges. Au surplus, voici un atroce tapage : c'est le pavé de
Vicence. Nous allons loger à la Lune.

A la Lune l'on est très-bien. L'hôte, vrai preux, tout dévoué à l'honneur de l'ordre, salue profondément, parle bas, propose discrètement,
et se conforme de point en point aux règles d'une étiquette excessivement solennelle. Par malheur, son sommelier est un petit bonhomme
étourdi qui lui cause d'infinis soubresauts et des angoisses de regard sans
cesse renaissantes. A la fin tout vient à bien, et, sensibles aux soins de ce
brave homme, nous lui marquons notre contentement. Le voilà aux trois
quarts payé de ses sueurs. Vivent les gens qui ont l'esprit de leur état !

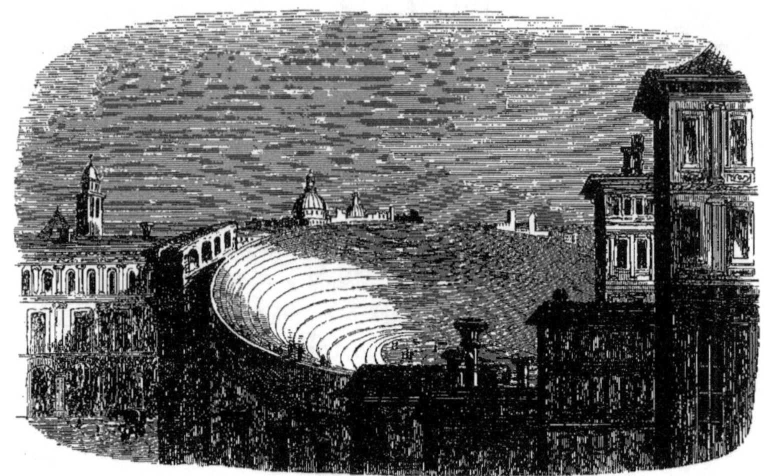

25ᵐᴱ JOURNÉE

Le matin, notre hôte, tout de noir habillé, nous fait la conduite jusqu'aux portes de la ville, où des voitures nous attendent. Mais voici qu'au moment de s'y placer l'on découvre que toute une chambrée manque, qui dort encore du plus profond sommeil. Aussitôt l'hôte, tout de noir habillé, court nous chercher notre chambrée, qui ne tarde pas à arriver à moitié ajustée et dormant d'un œil encore.

Mais il y a des jours où la fatalité s'en mêle. A une heure de Vicence, voici madame T..... qui s'aperçoit à son tour qu'elle y a laissé son livre à dessiner, tandis qu'au même moment Vernon découvre que sa canne y dort encore dans l'angle du salon. Et vite Vernon de repartir pour Vicence, accompagné de d'Arbely. Outre notre grande carte de voyage, dont il est conservateur et chef, et qui pourra servir à le guider dans cette expédition, Vernon jouit d'un vocabulaire-carnet qu'il s'est composé à Genève, et au moyen duquel il a en poche tout ce qu'il lui faut d'italien pour se tirer d'affaire. Il part donc, aventureux et crâne, et bientôt les poudreux tourbillons que soulèvent nos trois voitures l'ont dérobé à nos regards.

La grande route est ici rectiligne toujours, mais large, bordée d'arbres, animée par le mouvement des passants, des bestiaux, des carrioles; en somme, gaie et récréative. Du reste, de paysage, il n'en est plus question. Quelques arbres plaisent, mais l'on ne voit rien autre qui puisse former un ensemble; point de constructions isolées, point de hameaux non plus, mais de loin en loin des bourgades blanches, spacieuses, sans ombrage, quelques villas dont le portail mythologique est tout chargé d'emblèmes et de statues. Pour nous autres Suisses, qui sommes accoutumés à aller chercher aux champs une agreste demeure, bien boisée, bien secrète, un asile frais et tranquille, ces villas brûlées, décorées, bariolées, où tout est en peinture, même le calme, même l'ombrage, nous semblent bien la plus ridicule des grilloires où un honnête homme puisse aller rôtir ses vieux jours. Surtout ces blanches statues posées partout, brûlent rien qu'à les voir, et vous inspirent un parfait rassasiement de la chose. Faune, que me veux-tu? Jupiter, que t'ai-je fait? Bacchus, va te promener. Toutefois il ne faut pas oublier que les Italiens consomment en siestes les heures brûlantes de la journée, et que c'est quand les fraîcheurs de la soirée forcent le campagnard de nos contrées à regagner le gîte, qu'ils le quittent, eux, pour saluer le cré-puscule et pour prolonger jusque dans la nuit leur promenade, leur fête, ou leur causerie. Alors ces décors animent l'ombre, égaient les ténèbres, plaisent à l'imagination, et ces mêmes statues dont l'éblouissant éclat blesse durant le jour le regard du passant, deviennent les pâles ombres qui ornent et peuplent à la fois les noirceurs du bocage.

Cependant Vernon, semblable à Ulysse qui cherche Ithaque, retrouve, reperd, tombe aux mains de cochers fripons, rencontre des aumôniers algonquins, et s'entortille dans toute une odyssée de méprises et de calèches. Arrivé à Vicence, vite il tire son carnet, il cherche ses mots, il compose sa phrase, puis, accentuant son élocution, il réclame le livre de dessin... on lui apporte un saucisson. Vernon accepte la chose, cherche le livre, retrouve sa canne, demande une voiture..... on lui ap-porte un fouet; un voiturier..... on va lui chercher un cicérone. Par bonheur, une calèche vient à passer, il s'y jette; mais elle le mène à

Rome ; il entre dans une autre… on lui demande vingt francs ; bien vite il saute à bas : alors ce n'est plus que six francs ; il y rentre et se trouve face à face avec un aumônier qui parle toutes les langues que lui-même ne parle pas. C'est égal, moitié carnet, moitié latin, moitié patois d'Alais, Vernon tient tête, la conversation s'engage, s'anime, et devient, tout inintelligible qu'elle soit, si intéressante, si instructive, que l'on se sépare à regret et en se comblant d'amitiés. Mais, hélas ! tout est heur et malheur dans les odyssées ! A peine la calèche est-elle fort éloignée, que Vernon découvre avec stupeur qu'il y a laissé cette carte de M. Topffer dont naguère, et sur sa demande, et par défi envers ceux qui l'accusaient de n'être pas le plus soigneux des hommes, il fut nommé le conservateur en chef ! Tout est perdu cette fois, et la carte et l'honneur !

A Villanova, où nous déjeunons aujourd'hui, l'on nous sert des poulets au riz, des poulets au sel, des poulets à toute sauce, et nous sommes en train de faire une chère à la fois prévoyante et rétrospective, lorsqu'un des convives vient à pêcher dans le riz une grenouille et deux cheveux. Ohé ! l'on se regarde, les scrupules s'échangent, les doutes s'entre-croisent, les imaginations se grenouillent et les appétits se noient dans des marécages de dégoûts invincibles. A l'autre bout de la table, Vernon, sombre comme des roseaux noirs, dévore ses amertumes secrètes encore, et au départ il s'exile volontairement de la voiture où est M. Topffer, pour aller verser ses peines dans le sein de l'une des deux autres.

Au delà de Villanova la route ressemble à une belle avenue, et sur la droite, du côté des Alpes, on commence à entrevoir dans le lointain quelques hauteurs. Nous croisons des passants, des charrettes, des manants équilibrés sur la croupe de leur âne, des sortes de citadins qui, du haut d'un étroit phaéton suspendu sur de vastes ressorts, fouettent, aiguillonnent leur haridelle, et enveloppés de tourbillons de poussière, ressemblent pas mal eux-mêmes à Phaéton perdu dans la nue. Au coucher du soleil nous entrons dans Vérone. Tout dans cette ville nous attache et nous plaît, son air d'antiquité, ses constructions, la foule qui encombre les rues, et jusqu'à la curiosité bienveillante dont nous sommes l'objet de la part des habitants. Pendant que David va nous chercher un gîte, nous profitons des dernières heures du jour pour aller visiter l'amphithéâtre.

L'amphithéâtre de Vérone, construit vers la fin du premier siècle, est

l'un des restes les plus intacts de la colossale architecture des Romains.
L'enceinte extérieure seule a été détruite; encore en reste-t-il quelques
pans encore debout, qui impriment au monument la mélancolique majesté
des grandes ruines. Intérieurement, tout est d'hier, gradins, tribunes, vomitoires; la foule romaine seule y manque; mais l'imagination l'y place,
l'y écoute, l'y voit circuler, applaudir, et, au gré de ses caprices, tantôt permettre au gladiateur de vivre, tantôt lui ordonner de mourir
avec grâce. Quel spectacle! et quelle heure pour en jouir! Tandis que
les feux mourants du jour bordent d'un filet d'or le marbre des derniers
gradins, déjà l'ombre règne au fond de la vaste enceinte, le mystère
s'y étend, les apparences s'y confondent, et il semble que du sein de
ce silence, du milieu de ces ténèbres, la voix du passé s'élève plus distincte encore et plus éloquente!

David nous a logés au Grand-Paris; nous y trouvons un détachement
du pensionnat de jésuites de Fribourg. Ces messieurs, au nombre de
quinze environ, voyagent dans un grand omnibus à trois chevaux, qui
les porte à Inspruch; ils paient cette voiture 40 fr. par jour, retour compris. Ce n'est pas cher, mais à la longue ce doit être monotone de
s'emballer chaque matin dans cette valise. L'hôtel est labyrinthique
au point de ne s'y plus reconnaître; d'ailleurs bon, rempli jusqu'au
comble, et bruyant comme une rue charretière, sans compter une sé-
rénade qui éclate dans la nuit.

26ᵐᵉ JOURNÉE

Ici nous nous séparons de notre cocher tyrolien. Après quelque séjour à Vérone , pour y faire reposer ses chevaux , il compte de là regagner Bolzen par la route de Rovcredo, qui longe directement le cours de l'Adige. Nous lui souhaitons bonne chance, et nous le quittons à regret.

Le plus triste, c'est qu'il faut, pour le remplacer, avoir affaire à cette tourbe de criards en guenilles qui, dans toutes les villes d'Italie , encombrent le coin des places et le seuil des auberges. Après bien des peines, nous traitons avec trois de ces ivrognes. Cochers , voituriers , haridelles, sont dignes les uns des autres : usés , efflanqués , malpropres; emplâtre sur l'œil , jambes entortillées , boulons , mécaniques et ficelles. Ce n'est que dans les pays de plaines que l'on rencontre ces restes de chevaux , trop débiles pour tirer , trop cassants pour retenir , mais suffisants encore pour trottiller des deux côtés d'un timon. Du reste , diaphanes , incolores , sans yeux , sans jambes , sans poil ni queue , la maladie ne sait par quel bout les prendre , et là où nos jeunes chevaux du Tyrol succombent d'échauffement et de fatigue, ils font sans mal ni douleurs des douze heures par jour pendant douze jours de suite. Pauvres animaux ! ou plutôt, ombres vénérables !

De mieux en mieux l'on distingue les chaînons avancés des Alpes, et la beauté riante du paysage , la fraîcheur de la matinée , suffisent à nous maintenir en état de jouissance. Au surplus, nous avons atteint ce période

DEZENZANO SUR LE LA GARDA.

du voyage où le plaisir présent commence à s'embellir du ressouvenir
des plaisirs et aussi des traverses passés, où le contentement de la
réussite ayant succédé aux désirs chanceux et aux espérances incertaines,
le loisir en a plus d'agrément et l'entretien plus de charme. Être assis
alors, les uns auprès des autres, dans la plus éreintée des voitures
de la Lombardie, c'est encore, nous pouvons l'affirmer, une des situations les plus désirables qui soient au monde.

Cependant, des deux côtés de la route, de magnifiques raisins pendent
aux treilles. L'un des cochers, déterminé voleur, se met en tête d'en
approvisionner les trois voitures, et M. Topffer, aidé de personne, a bien
de la peine à l'en empêcher. Mais au premier relais, il demande du raisin, dont deux petites assiettées se trouvent coûter la bagatelle de trois
francs. En vérité, ou ces gens-là veulent nous punir d'avoir respecté
leurs treilles, ou, sous prétexte de raisin, ils nous font payer les bouteilles que vident nos cochers. Ceci est de beaucoup le plus probable.

Nous repartons bientôt, et tout à l'heure, sans que le beau temps en
soit sensiblement troublé, les nuées se livrent de grandes batailles dans
les cieux. Tout y est agitation, tumulte ; çà et là de diaphanes ondées
descendent sur les champs, où, de derrière les vapeurs qui cachent le
soleil, l'astre lance dans l'espace le splendide éventail de ses rayons.
C'est dans ce moment que nous atteignons la rive du lac de Garda. Il
faut aimer bien tendrement son lac natal, pour ne pas lui préférer
celui-ci! Des montagnes l'enserrent, bien plus solitaires et bien plus
gracieuses que les nôtres, et tandis qu'il réfléchit les splendeurs d'un
ciel auprès duquel le nôtre serait terne et froid, il baigne de ses limpides flots, des grèves abandonnées, des anses obscures, des côtes
solitaires, des arbres rares, sveltes, dont l'élégant feuillage penche
jusqu'à la surface de l'onde, comme pour s'y unir à sa vacillante image.

De bonne heure nous arrivons
à Desenzano, joli bourg situé sur
la rive. C'est le cas de faire des
ricochets en attendant le repas,
qui, de bonne heure aussi, clôt
cette journée paisible, uniforme, tout d'une pièce, et cependant mieux gravée que mainte
autre dans notre souvenir.

LAC GARDA.

27ᴹᴱ JOURNÉE

Desenzano est à quatorze lieues de Bergame, où nous voulons coucher ce soir. Aussi, dès trois heures du matin nous sommes en route. Cochers, voyageurs, haridelles, tout sommeille encore, et la machine entière n'est qu'un rêve qui trotte comme un fantôme, le long d'une apparence de lac où se réfléchissent des signes d'étoiles.

Une seule personne peut-être ne dort pas : c'est un amateur qui, toutes les rares fois qu'il est forcé de se lever avant le soleil, profite de l'occasion pour bien regarder comment s'y prend celui-ci. Que d'harmonie, que de majesté, que de solennelle lenteur dans ce réveil de la nature! mais si l'impression est vive, si elle se grave dans le souvenir en traits augustes, au moment, elle est triste, mêlée de frisson, presque ingrate, et ces feux qui chassent le mystère n'ont pas le charme de ce mystère où, le soir, s'endorment les campagnes décolorées. Oui, du jour, c'est le couchant qui nous plaît; des saisons, c'est l'automne qui est notre préférée; de la vie elle-même, si tant de voix n'étaient là pour nous contredire, nous penserions qu'une vieillesse saine, riche en fruits mûrs et en fruits tombés, calme et reposée comme l'arrière-saison, comme elle voisine du sommeil passager de l'hiver, est encore la portion la plus désirable. Ah! puissent du moins ces dernières illusions nous leurrer

quelques années encore, s'il est vrai que le déclin des jours, une fois
que l'on y est entré, paraît amer! Puisse quelques années encore notre
cœur se complaire aux pâleurs et aux défaillances de l'automne, s'il est
vrai que ce sont les froides atteintes de la caducité qui seules portent le
vieillard à préférer au charme poétique des feuillages jaunis, le retour
des tiédeurs printanières!

Au jour, Vernon, voulant contempler l'horizon, cherche ses lunettes.
Perdues! On cherche aussi Léonidas, qui est retrouvé au fond du
panier du cabriolet, où il rêve qu'il dort sur son banc. Plusieurs se
flattent, madame T. entre autres, d'avoir joui des spectacles de l'aurore,
et, chose singulière, tandis qu'un seul a veillé, il se trouve à la fin qu'aucun n'a dormi. La discussion est ouverte, la discussion continue; mais
voici Brescia, voici le déjeuner, et personne ne demande plus la parole.

Brescia nous a paru être une ville jolie, riante, toute peuplée de cicérones qui vous obsèdent, et de chaudronniers qui tapent sur des bouil-
loires. On y a des ennuis pour son passe-port, et l'on y achète des brioches
rances. D'ailleurs, l'eau y abonde et l'hôtel-de-ville a un fronton. Comme
hier, on nous affame, nos cochers font bombance, et nous payons pour tous.

Au départ, nous remarquons que toutes nos haridelles ont les jambes
en manche de veste, c'est-à-dire enveloppées de bandes de toile rou-
lées en spirale autour de l'organe : c'est apparemment pour soutenir les
muscles, et empêcher le déboîtement du jarret. Ainsi rajustées, les
pauvres bêtes font un effort, le timon part, et les voilà qui sautillent,

l'oreille cassée et la tête basse, jusqu'à Pallazolo, où nous réparons, au moyen d'une modeste collation, les somptueuses lacunes du déjeuner. Le pays recommence à être accidenté, et, au sortir de ce bourg, nous retrouvons, après bien des jours de plaine rase, un petit bout de douce montée qui nous fait grand plaisir. Du sommet de cette montée l'on aperçoit, sur la droite, des hauteurs lointaines qui appartiennent aux Alpes, et sur la gauche, plus lointains encore, quelques chaînons des Apennins.

Mais à mesure que nous approchons de Bergame, en même temps que la contrée redevient de plus en plus montueuse, tout prend un aspect de vie, de gaieté, d'activité industrieuse. La route se couvre de passants, les uns qui s'entretiennent de leurs affaires, les autres qui comptent solitairement leur monnaie ou qui marchent avinés. Çà et là des familles entières de villageois, assis sous l'ombrage des treilles ou sur le seuil des tavernes, attendent, pour regagner le hameau, que la fraîche sérénité du soir ait succédé aux ardeurs du couchant ; tandis que d'autres, dont le gîte est plus éloigné, s'apprêtent à partir, ou, déjà groupées sur les bancs des charrettes, s'y acheminent guidées par le petit garçon, qui, sous l'œil du père, fouette une cavale à tous crins. La plupart de ces hommes ont de beaux caractères de tête ; les filles ont cette noblesse de l'attitude, et les mères cette gracieuse dignité du maintien, qui ont inspiré aux peintres italiens tant d'adorables madones, et à Léopold Robert, ces groupes d'une si sévère beauté, d'un charme si universel, si durable et si profond. Au reste, partout à Venise, partout, dans ces contrées, l'on rencontre épars les traits de cette haute et mélancolique poésie dont il a empreint deux toiles immortelles ; partout on voit, on sent, on jouit, avec le regard qu'il vous a fait et avec le cœur qu'il vous a donné. Mystérieux commerce, où l'on se lie avec ce rare génie de je ne sais quelle forte et triste amitié, où on lui paie avec une secrète effusion l'hommage d'un reconnaissant enthousiasme et celui d'un regret inconsolable !

A la nuit tombante nous entrons dans Bergame. C'est l'époque de la foire ; tout bouge, crie, circule. Au milieu de ce tumulte nous passons inaperçus de tout le monde, excepté de la police. Un employé se présente qui nous toise, qui nous compte, et qui nous intente de ces difficultés dont on se tire avec un écu, lorsque, rapide comme l'éclair, une voiture princière se montre, arrive, rase nos essieux, et voici... voici que... voici que nos haridelles, piquées au jeu, ont suivi d'un trot princier l'équipage sauveur. Enfoncé l'employé ! Tout d'une traite nous allons descendre à l'hôtel royal de la *Ganache*, où, d'emblée, l'on nous demande, pour souper et couchée, sept francs par tête! A ces mots la bourse commune s'évanouit, M. Topffer fait signe, un mouvement de retraite s'opère, et la *Ganache* capitule. Nous sommes reçus au prix de trois francs cinquante, l'un portant l'autre.

Tout ce débat a lieu au débotté, moitié sur le seuil, moitié entre les roues des voitures, aux cris de gare! au tapage universel des arrivants, des partants, des grelots, des chiens qui se rossent, des poulets qu'on tue, des poulets qui rôtissent, de la foire illuminée et glapissante. Vous entrez, et le tapage s'accroît, la confusion est organisée. Au beau milieu de la cour, des dames panachées tiennent comptoir sur une estrade. De toutes parts des gens dînent, en haut, en bas, dessus, à côté. De l'eau! du vin! une lumière! des cure-dents! Et les sommeliers d'accourir, de se croiser, de se transmettre au passage des kirielles d'ordres pressants, y compris un reproche et deux calottes. Cependant un bourgeois des-

cend en bonnet de coton pour récla- mer sa paire de mouchettes; et trente- six voituriers de lui offrir bien vite une place pour Bologne, pour Milan, pour Florence, pour Naples! Ceci ne distrait en aucune façon des négociants qui traitent une af- faire en face d'un citadin qui bâille, d'un particulier qui fume, d'un solitaire qui règle sa montre, d'un voyageur qui promène sa migraine, et d'un autre qui, souffrant et

embarrassé, parcourt les galeries, lit tous les numéros, essaie de toutes les portes, et finit par faire queue, lui onzième, au seuil de l'une d'elles. Tumulte, chaos, Babel, et nous, au milieu, qui courons cherchant des chambres, voulant souper, soupant enfin des champignons qu'on nous lance, des sauces qu'on nous aban- donne.

28ᵐᵉ JOURNÉE

On ne dort pas du tout à l'hôtel de la *Ganache* : c'est que le vacarme y est constant, ininterrompu, parfaitement égal du matin au soir et du soir au matin. A son réveil, **M.** André a le plaisir de voir tout près de lui l'emplâtre retrouvé de madame Pécrin, mais en même temps il découvre avec effroi qu'il a dormi au milieu des dossiers accumulés d'au moins cinq procès.

Incertains encore sur la route que nous voulons prendre et sur le mode de transport que nous choisirons, nous allons, en attendant, visiter la foire. C'est au centre de la ville, toute une Babylone de boutiques et d'étalages, et les bergamasques des montagnes, venus les uns pour voir, les autres pour acheter, qui flânent ou qui marchandent. A l'angle de cet immense bazar tout encombré de peuple et de richesses, trente-six baraques abritent trente-six spectacles de toute sorte : géantes, nains, cirques, manchottes, rhinocéros, marionnettes, *phoco vivo* ; et pendant que de gigantesques toiles, destinées à attirer la curiosité à la fois défiante et crédule des paysans, étalent aux yeux toutes les monstruosités des cinq règnes, trombones, musiques, paillasses, cavalcades, sonnent, crient, paradent, gesticulent ensemble et à l'envi dans toutes les directions. Tout au milieu, un pâtissier ambulant frit, délivre, se fait payer des merveilles; un confiseur en plein vent pétrit son jus de réglisse, il l'aune, il le vante, il l'exalte; un marchand de cirage attrape le pied d'un montagnard et il lui cire, bon gré, mal gré, son sabot, tout en lui exposant avec une incroyable volubilité de parole les incomparables propriétés de sa composition, l'avenir prodigieux de la chaussure, les familles heureuses, la société parvenue au plus haut degré de luisant.... et le bonhomme, ébloui, fasciné, béant, se laisse faire, achète, paie, s'en va, un sabot ciré, une boîte

à la main. Rien de plus amusant que d'être spectateur paisible de ces scènes si animées. Désintéressé soi-même, on observe mille traits de nature; on se repaît de comiques naïvetés qui s'en viennent éclore tout à côté de vous, et l'on remarque jusqu'au sein de la foule, et comme gracieusement encadrés dans ce tumulte universel, une jeune fille pensive, une mère inquiète, ou bien encore quelque vieillard qui assiste, austère ou morose, à ces plaisirs qu'il ne partage plus. Aussi nous nous oublions à cette foire, et nous y serions encore, sans la faim qui nous chasse vers le déjeuner.

En attendant, onze heures ont sonné, et il s'agit de prendre un parti. Les voituriers nous font des prix insolents; nos jambes sont reposées, les montagnes ne sont plus bien loin; autant de motifs pour partir à pied. Chacun fait donc ses apprêts et charge son sac, pendant que **M. Topffer**, qui vient de payer et l'hôte et le sommelier, se voit poursuivi par toute une hiérachie de garçons de plus en plus subalternes qui se démasquent les uns après les autres. C'est d'abord *il grosso*, tenez; puis c'est le *picolo*, tenez; puis le *picolino*, tenez; puis l'artiste décrotteur, tenez. Même situation, absolument, que celle de Pánurge, lorsque, tombé au pouvoir des Turcs, il se vit lardé d'abord, puis mis en broche, puis exposé à une braise enflammée, sous la garde d'un *rous-*

lisseur. Après avoir endormi son *roustisseur*, il se débrocha et prit la fuite; mais, attirés par l'odeur de la *roustissure*, les carlins et les molosses, les chiens blancs et les mâtins noirs, accouraient pour lui sauter sus, avides de ribotes et impatients de chair grillée. Alors Panurge, se délardant à mesure, leur lança ses couennes fumantes, et les chiens, distraits de le poursuivre, s'entre-dévoraient pour l'attrape de ces bribes. Ainsi fut sauf Panurge de cette mâle fortune. Ainsi fut sauf aussi M. Topffer des molosses et des carlins de la Ganache.

Au delà de Bergame, le pays est délicieusement accidenté. Ce sont d'abord de molles collines couronnées d'arbustes, du sommet desquelles on plane sur un horizon rasant; puis des hauteurs plus hardies, des lits desséchés de ruisseaux tortueux, partout les festons de la vigne, des revêtements de lierre, une végétation aimable; enfin, au delà de Caprino, on retrouve les vallons creux, les hautes montagnes, Lecco et son lac. Lecco, patrie de Lucia et de Rienzo, théâtre d'une naïve, d'une constante et sainte tendresse. Pourquoi Manzoni se tait-il? Pourquoi le roman est-il mort? Pourquoi plus de ces livres qui divinisent les bois, les fleurs, l'air, les eaux d'un coin de terre? Pourquoi tant de livres qui, au lieu d'inspirer cet enchantement savoureux, vous inspirent le dégoût des contrées dont ils parlent? Pourquoi dans le siècle où l'on décrit le plus, la description n'aboutit-elle qu'à flétrir et à décolorer?... Il serait facile de le dire, mais il est bien plus court de se taire.

Un jeune meunier qui s'en retourne à vide prend nos sacs sur son chariot; mais la chaleur n'en est pas moins extrême à cette heure du jour et sur ces routes sans ombrage. Aussi M. Topffer, qui vient de trouver de l'excellente bière de gingembre dans une taverne tenue par des fileuses, se hâte-t-il d'appeler à lui ceux qui ont soif. Tous d'accourir bien vite. Par malheur, il se trouve que la taverne ne possédait que l'unique cruchon qu'il vient de boire. Soif déçue, soif accrue. Reste pour tout rafraîchissement celui de hâter le pas pour atteindre Caprino.

Caprino est un joli village lombard, tout voisin des montagnes, tout montueux lui-même. On y trouve deux auberges, l'une que nous n'avons pas su voir, et l'autre qu'on nous fait remarquer, sans quoi nous ne l'aurions pas vue; c'est une maison basse au fond d'un potager. Les gens s'empressent de nous servir fourchettes et couteaux, serviettes et dessous de verre, assiettes en pile, poivre et sel; après quoi

VALLON PRÈS DE LECCO.

ils nous demandent ce que nous désirons. Chacun dit son idée, et de mécompte en mécompte, nous nous mettons à désirer du pain dur et du fromage rance, car ces gens n'ont rien d'autre. Pendant le repas, entre un petit homme qui ajuste un chevalet, y pose son orgue, tourne la manivelle, et nous régale de valses et de sarabandes. Ce petit homme est fort drôle. Amoureux de son art, époux de son orgue, et comme jaloux des sons dont elle caresse nos oreilles, il nous lance de pénétrants regards ; il semble vouloir pour elle notre hommage et craindre notre flamme. Une de ces figures qui sont entre le réel et le fabuleux, entre le fantastique et le misérable, entre le fou et le poétique. On le comble de centimes, de pain dur et de fromage rance.

Au delà de Caprino, le piéton peut, quittant la grande route, prendre par un secret vallon, frais comme une caverne et désert comme l'angle perdu d'un domaine. Nous ne manquons pas de nous y engager, guidés par un meunier encore. Quelles retraites ! Lucia dut y venir pour y songer, pour y pleurer loin de tout regard : ce n'est qu'à deux heures de Lecco. Au sortir du vallon, on retrouve la grande route, on voit le lac au-dessous de soi ; à droite et à gauche, des montagnes encore italiennes, déjà suisses ; et en face, les blanches maisons de Lecco qui s'élèvent en amphithéâtre, de la rive jusqu'aux premiers rochers. Il est nuit lorsque nous entrons dans ce joli bourg. De l'auberge et avec tout le peuple qui encombre la place, nous assistons à un spectacle de marionnettes. C'est du drame. Des rois et des reines s'y jouent quantité de tours mortels ; à tout moment un grand personnage hurle d'effroyables malédictions ; après quoi il expire de vertu rentrée, et un autre prend sa place, non moins vertueux, non moins hurleur, et non moins tué par le poignard, l'escopette ou le poison.

LECCO.

29me JOURNÉE.

Nous partons de bonne heure. Des bateliers sont sur le seuil, qui proposent de nous épargner une heure de marche, en nous faisant traverser le lac devant Lecco. M. Topffer consent. Mais à peine sommesnous à flot, que le vent fraîchit, et que la vague, qui nous prend de flanc, berce presque trop sérieusement le navire. Aucun danger d'ailleurs. Toutefois le danger, quand on se propose de l'éviter, il est bien superflu de l'attendre; aussi M. Topffer donne-t-il l'ordre de regagner le port. Cette expédition nous coûte du temps, de l'argent, et elle nous remet en mémoire l'adage de Panurge : « Heureux ceux qui plantent choux ! ils ont un pied en terre, et l'autre n'en est plus loin. »

A partir de Lecco, le lac va se rétrécissant de plus en plus, si bien que, une demi-lieue plus bas, on le traverse sur un pont. C'est ce détour que nous avions voulu éviter. Du reste, le vent n'a fait que fraîchir de plus en plus. Une fois sur la rive opposée, nous la remontons jusqu'à l'entrée d'une gorge qui s'ouvre en face de Lecco, et tout à l'heure nous voici dans un pays très-différent de celui que nous venons de quitter. Ce sont de spacieux vallons, parsemés de bouquets d'arbres et de lacs marécageux; à droite, de hautes montagnes nous défendent contre les assauts de la bise. Rien de bien beau comme l'on voit, mais le calme au sortir des tempêtes, et la canicule après les froidures.

Il y a des personnes qui ont peur des cloches ; qu'elles se gardent bien d'aller traverser ce canton un jour de fête. Le carillon y est universel, continu et si curieusement organisé, que nous voilà dans le cas de faire une halte à Pusiano, rien que pour y observer le système. A chaque face du clocher, deux gros-ses cloches sont équilibrées sur les montants mêmes des huit fenêtres à ogives. Ces cloches sonnent la tierce ou l'octave, de telle façon que, soit qu'on les mette en branle toutes ensemble, soit qu'on les fasse se répondre successivement, elles donnent toujours l'accord. Le son-neur, placé au centre de ses huit cordes, fait de là ses solo, ses tutti ; et comme il lui arrive de ne vouloir qu'un coup à la fois de chaque cloche, il peut à volonté faire que la cloche partie à pleine

volée atteigne à la verticale et s'y arrête immobile, le battant en l'air, la tête en bas. Dans les points d'orgue, toutes les cloches à la fois de-meurent dans cette position d'attente ; on dirait le clocher qui retient sa voix et bat la mesure. Puis chacune à son tour s'ébranle, accélère, frappe, et un harmonieux vacarme accompagne ce jeu muet. Niaiserie ou autre chose, cette mécanique nous a captivés le mieux du monde, et nous sommes demeurés un grand quart d'heure au pied de ce clocher, à regarder en l'air.

Un char nous accompagne, qui porte nos sacs. Ce char est traîné par une mère jument qui, à tout moment, tourne court pour s'en revenir à Lecco ; et le cocher d'admirer tant d'intelligence. « Une bête, dit-il, à qui il ne manque que la parole ! « Pour lui, la parole seule ne lui manque pas, et il en use pour nous conter comment des scélérats d'oncles et de tantes, aidés de tribunaux scélérats aussi, lui ont ravi un héritage de trois cent mille francs ; faute de quoi, il est peintre en bâtiments, et cocher par intérim. Que de gens, même aisés, même riches, ressem-blent à cet homme, et vont dédaignant l'écu qu'ils possèdent, à cause des écus qu'ils n'ont jamais dû posséder !

Nous déjeunons à Erba, au son du carillon. Ici l'on fait cuire tout

ensemble le lait, le sucre, le café, et on vous le sert en un seul breuvage plus ou moins bon, mais pas plus ou moins sucré. La mode est
ainsi, et qui que ce soit n'y saurait rien changer. Nous partons fort mal
repus, pour cheminer le long de chemins grillés et poudreux, que han-
tent pourtant beaucoup de promeneurs endimanchés. La fatigue, la
chaleur, le projet aussi de pousser ce soir jusqu'à Varèze, nous empêchent de jouir convenablement du court séjour que nous faisons à Côme.
Cette ville est cependant jolie, intéressante, admirablement située ;
mais pour la trouver telle il faut y arriver le soir, et n'avoir rien à y
démêler avec un commissaire qui dîne, ou avec un commandant qui fait
la sieste. Dès que notre passe-port est en règle, M. Topffer loue trois
excellentes voitures, et par le plus joli pays du monde, à la fraîcheur du
soir et au grand trot des chevaux, nous courons sur Varèze. Cette
équipée nous remet à neuf.

A Varèze, nous descendons à l'*Ange*, chez de bonnes gens. Autant de
monde qu'à la *Ganache*, mais plus d'ordre, moins de dossiers, point
d'emplâtres. Deux charmants picolini, délégués pour s'occuper de nous,
s'acquittent de leur tâche à merveille. Cependant la table se dresse, la
soupe fume, les entrées arrivent, que Murray et Léonidas font mine
encore de vouloir dormir debout, assis en bisingue ou en quinconce,
les jambes en l'air, la tête en bas. C'est depuis huit jours leur manière
de souper. M. Topffer alors nomme d'office deux chatouilleurs pour
chacun. Murray cligne l'œil, Léonidas ouvre une paupière, un long
cauchemar suit, puis le rêve chagrin, puis le demi-songe, puis la veille
étonnée, puis le moi et le non-moi, la soupe, le rôti, l'entremets, le
sac et les quilles, et bonsoir.

30ᵐᵉ JOURNÉE

De plus en plus nous jouissons du succès presque assuré tout à l'heure de notre voyage, et semblables à des convives qui, après avoir satisfait aux voracités du premier appétit, savourent à loisir et sans hâte les friandises délicates d'un beau dessert, nous accomplissons avec une récréative lenteur ces dernières journées de fête. Sans que le plaisir diminue, il a changé de nature.

A la vérité, le cœur déjà accuse ces lenteurs, et, prenant les devants, il s'en va saluer la rive natale, il court rencontrer jusque sur le seuil du logis les êtres chéris qu'il y a laissés.... Il faut, sans l'en empêcher, ne pas vouloir l'y suivre à la course ; il faut sourire à ses impatiences sans écouter sa plainte ; il faut savoir, sans le gronder, le distraire. Autrement, le voyage serait clos bien longtemps avant d'être achevé, et une ingrate précipitation remplacerait sans profit les douces émotions de l'approche et le charme paisible du retour.

Entre Varèze et le lac Majeur, il y a un canton boisé, fleuri, orné d'élégantes villas, où tout respire l'abondance et la fertilité. Du côté du nord, tandis que les Alpes s'élèvent en majestueux amphithéâtre, le lac Majeur étale dans la vallée ses plaines d'azur, et coupe de douces lignes

la base de cet horizon tourmenté. Chose singulière, au milieu d'une nature si belle, les citadins de Milan, de Côme ou de Varèze, se sont créé,
çà et là, des châteaux de théâtre, un champêtre factice, et ils ont gâté
à plaisir, au moyen d'une toilette de mauvais goût, tous les arbres de
leurs enclos. Ce ne sont pas ici, en effet, comme dans le Padouan, des
statues, mais des maisons peintes sur toutes leurs faces ; des ifs, des
charmilles, de gros arbustes, taillés en murailles, en pavillons, en galeries à colonnes : toute une architecture qui rappelle, hélas! le bucolique d'opéra. Il n'y manque que des roulades, des flonflons et des bergères à lisérés, qui sentent la pommade ou qui filent en gants blancs.

Un monsieur de Varèze, qui se rend en cabriolet à Laveno, prend
à ses côtés Adolphe, puis il l'engage à offrir la place qui reste à
madame T... Il y a dans les manières de ce monsieur tant d'obligeante
bonne grâce, surtout il paraît craindre tellement pour les jours d'une
dame qui affronte ainsi les fatigues de grand chemin, que ne pas lui
complaire serait lui marquer une défiance impolie. Madame T... monte
donc, et fouette cocher! Ce monsieur se trouve être un ingénieur. Tout
rempli d'attentions, il fait rafraîchir ses hôtes chez les curés, il leur
cueille des bouquets chez ses connaissances, et il ne se sépare pas d'eux
sans laisser paraître quelques signes d'attendrissement. Cette bonté
de cœur, ces traits d'hospitalière courtoisie, sont communs, nous pouvons l'assurer, à beaucoup des petits citadins de ces contrées, et il ne
nous est pas arrivé encore d'y voyager sans rencontrer mainte occasion de nous persuader que le peuple lombard est l'un des plus excellents qui existent. Du reste, ce bon monsieur s'étant mis à conter l'histoire lamentable d'un sien beau-frère qu'ont englouti l'an passé les
eaux soulevées du lac Majeur, madame T... prend la chose en sérieuse
considération, et, arrivée à Laveno deux heures avant nous, elle a tout
le temps d'y rêver naufrages et tempêtes, vagues et moutons. Mais
madame T.... en est pour ses rêves, car le vent s'est tu, le lac dort, et
déjà nous voguons vers les îles, sans porter aucune envie au bonheur
de ceux qui plantent choux.

Ailleurs et bien des fois nous avons décrit ces îles, nous ne recommencerons pas. Y vivre nous aurait semblé en tout temps désirable ;
les visiter nous paraît aujourd'hui monotone. Non point que l'on se
lasse des bosquets, des sombres allées, des frais rivages ; mais on se

lasse de ce cicerone qui vous y harcèle de cactus et de cochléaris, qui,
chemin faisant, vous y baptise chaque arbre d'un nom barbare, chaque fleur d'un sobriquet latin. Ne saurait-on, du moins, laisser le
touriste libre de s'enquérir de ces fadaises, ou de les ignorer toujours?
Beaux aloès, verts citronniers, noirs cyprès, cèdres majestueux, ah !
naissez, croissez, étendez vos rameaux pour abriter les poëtes, les rêveurs, ceux qui aiment ou ceux qui souffrent; mais chassez, croyez-moi,
chassez ce pédant qui se fait payer pour changer vos noms charmants
en affreux logogriphes.

Ici notre tortue, qui n'a rien pris depuis Venise, se met à boire. Aussitôt l'on s'appelle, on se court après pour se communiquer la grande
nouvelle, et c'est dans toute l'île une grande joie. Cependant la botanique va son train. Beaux aloès, cyprès noueux, prêtez-moi donc un de
vos rameaux pour que j'en frotte ce petit Linnée qui s'obstine incon-
grûment à latiniser vos charmes....

A l'Isola-Bella, botanique encore; mais du moins il n'y a pas rien
que cela. Comme on sait, tandis que l'Isola-Madre, d'où nous venons,
n'est qu'une ombreuse et agreste solitude, l'Isola-Bella, où nous voici,
est un rocher coquettement terrassé, un seigneurial domaine, surchargé
de palais, encombré de statues, beau, admirable, enchanteur, malgré
cet entassement de décors, malgré mille artifices de toilette. Mais
quoi! peut-on faire, à force d'atours et de falbalas, qu'une dame jolie
soit laide à voir, qu'un visage expressif ne soit pas attachant, que le
plus doux regard, que le plus gracieux sourire, nous laissent insensibles? C'est le privilége de la beauté que de triompher par son éclat
même de la disgrâce des attifements ; aussi, sûre qu'elle est de plaire,
cette jeune reine des eaux laisse dire les envieux, laisse jaser les in-
discrets, et tandis que chacun lui voudrait plus de simplicité, elle se
contente, elle, de s'être gagné le cœur de chacun.

Dans ce moment le palais est habité. Nous y voyons des Borromées
circuler dans les salles, un petit rejeton borroméen surtout, qui, à califourchon sur son vélocipède, court, vole d'appartements en appartements, sans trop songer, pour l'heure, à son ancêtre saint Charles.
Ce petit bonhomme a bien raison de s'amuser à la façon de son
âge et selon les coutumes de son siècle; toutefois ce jeu paraît déplacé
dans cette demeure historique, et si près d'Arona. Ce qui nous paraît

déplacé aussi, c'est un exquis parfum de cuisine; mais il est à croire que nous en jugerions autrement si c'était à nous de manger le diner dont c'est le signe.

De là nous voguons vers Baveno. Vous qui aimez les douces soirées, les flots empourprés, les côtes basses, les horizons vaporeux, portez-nous envie, car le ciel nous sourit, la nature déploie devant nous toutes ses grâces, et voici à choix, sous les noyers de la rive, des anses tranquilles. Voici aussi l'hôte de Baveno, le cormoran de ces parages, qui, descendu de son aire, ouvre un vilain bec, et tous nous gobe au sortir du bateau. Ce vorace, qui n'adore que les vastes proies, ne lâche pas pour cela les carpillons; seulement il a l'air de leur reprocher de n'être pas plus gros, et, tout en les gobant, il les gourmande. Très-brave homme sûrement, mais sotte espèce d'hôte. Très-jolie auberge que la sienne, et située comme ne l'est aucune autre, mais inconfortable, plus encore par l'insatiable cupidité des maîtres et l'inutile bourdonnement d'un tas de sommeliers de parade, que parce que nous y avons toujours été mal nourris, mal servis, mal couchés. De plus, il y a des hôtes qui vous reconnaissent après quatre, après six fois qu'ils vous ont hébergés; celui-ci vous reconnaît dès la seconde fois et de tout loin, mais il se garde bien d'en rien dire : cela l'obligerait à vous traiter mieux ou à vous écorcher moins. Très-brave homme, encore une fois, mais sotte espèce d'hôte. Belle auberge, vilain trou.

A souper nous mangeons nos pouces. Et ces mêmes drôles qui nous laissent mourir de faim, nous offrent à acheter des minéraux monstres. Ah bien oui!...

Un Borromée

RIVE DE BAVENO.

31ᵐᵉ ET 32ᵐᵉ JOURNÉE

Ce matin, à demi-heure de Baveno, nous voyons venir à nous une sorte de centenaire habillé de haillons. Chacun aussitôt de préparer quelques centimes; mais le malheureux, qui se trouve être sourd et aveugle, passe outre sans nous voir, sans nous entendre, et c'est nous qui sommes dans le cas de l'aborder. A peine nous l'avons touché qu'il s'effraie, qu'il supplie. Bien vite nous lui crions de toute notre force dans le creux de l'oreille que nous sommes de braves gens tout dis-posés à lui faire du bien. Son ef-froi redouble alors, et, tout préoc-cupé de l'idée qu'il s'est égaré, il veut rebrousser chemin. La situa-tion de cet infortuné, le trouble surtout dans lequel nous l'avons jeté, nous émeuvent d'une vive compassion, et c'est de bien bon cœur que nous lui mettons dans la main, au lieu de centimes, un gros écu. A ce signe, le bonhomme

comprend enfin de quelle sorte est l'aventure, et, reprenant sa route, il murmure des prières à notre intention.

Il y a trente ans que cet aveugle se rend ainsi tous les matins de Fariolo, où on le gratifie d'un grabat, à Baveno, où on lui donne son pain. Dans tout ce trajet la route côtoie le lac, et en quelques endroits elle est chargée sur les côtés des gros blocs de marbre qu'on extrait des carrières voisines. L'habitude et son bâton le guident; personne ne le remarque ni ne l'arrête jamais, et de là le trouble où nous l'avons jeté en lui inspirant un moment cette soudaine et effrayante pensée, que, sur son unique et indispensable chemin, il ne sait plus se conduire. Trente ans! quelle longue nuit, quel morne silence, et qu'il est digne d'intérêt autant que de pitié, ce vieillard qui, ainsi déshérité, ne murmure pas, mais plutôt attend, espère et prie! Un pareil spectacle fait songer. Pourquoi lui et non pas moi? Qu'ai-je donc fait pour avoir tout et lui rien? Doutes mystérieux qui ne trouvent d'issue que dans une humble et pieuse reconnaissance, de solution que dans la consolante pensée de l'immortalité, de la rétribution céleste, de la bonté divine toute juste et toute-puissante qui garde sa bonne et légitime part à ce pauvre affligé.

Nous nous arrêtons quelques moments à considérer les carrières, puis, émus encore de la rencontre que nous venons de faire, un commun sentiment nous rapproche, l'entretien s'engage, et tout à l'heure nous voici arrivés à Vogogne sans nous être presque aperçus que nous avons cheminé rapidement sur une route brûlée. Que c'est dommage qu'on ne puisse à volonté jaser et discourir! cette distraction supprime toute fatigue, abrége toutes distances, et fait des plus longues étapes de trop courts moments. Mais souvent l'objet manque; quelquefois c'est l'esprit qui est absent. Or, si pour boire il faut de l'eau, pour que l'eau désaltère, encore faut-il avoir soif. A Vogogne, buvette dans le grand genre. Omelettes, petit salé, gigot!... c'est pour nous refaire des abstinences de Baveno. Chose à noter, très-souvent nous quittons les repas, affamés, et nous sortons rassasiés des buvettes. Cependant toute buvette coûte moitié prix, quart de prix, de tout repas en règle.

Au sortir de Vogogne on a sur la droite une villa. Celle-ci, quelques autres encore que nous avons pu remarquer, sont décorées de statues grotesques, ou, pour mieux dire, ignobles : des nains, des ventrus, des rachitiques, des monstres comme l'on en trouve quelques-uns dans la collection de Callot. Ceci passe la permission ; en vérité, le rapport,

le lien, ne se comprend plus du tout entre ces magots et la belle nature,
et l'on se surprend à regretter Faune, Bacchus et Jupiter. Ce n'est ni
luxe, ni champêtre, ni mythologie tout au moins; c'est un discordant
spectacle qui excite chez le passant un ricanement vulgaire. Au surplus, chacun son goût; mais celui-là est abominable.

En Savoie, en Piémont, c'est un grand malheur lorsqu'un pont vient
à brûler; des années s'écoulent avant qu'on le rétablisse. Est-ce à cause
de l'idée, très-logique au fond, qu'il est inutile de relever ce qui peut
brûler une seconde fois tout aussi facilement qu'une première? Peut-
être. Mais alors un pont en pierre lèverait, ce semble, la difficulté.
Quoi qu'il en soit, voici je ne sais combien d'années que nous retrouvons un bac là où dans nos premiers voyages nous trouvions un pont.
Nous sommes loin d'ailleurs de nous en plaindre. Un bac, c'est plus
pittoresque, plus primitif; un bac fait à merveille dans le paysage; un
bac, c'est une salle flottante qui rassemble temporairement voyageurs,
paysans et bestiaux; c'est pour le marcheur fatigué une halte mou-
vante, sans compter le vieux nocher qui vous renseigne sur la route,
sans compter le mendiant obligé qui se tient prêt pour le moment où,
des centimes que vous maniez, quelqu'un prendra le chemin de son
chapeau.

Au delà de ce pont, ce sont, jusqu'à Domo d'Ossola, trois lieues en
deux rubans; mais la vallée est ouverte, l'air circule, et, au bout du
premier ruban, un frais ruisseau coule sous de beaux ombrages. Nous
y faisons halte. Assis sur le bord du ruisseau, un vieillard, du tran-
chant de son vieux couteau, se coupe des bouchées dans un quartier
de pain bis; il ajoute à chacune son
petit assaisonnement de fromage,
puis, sobre et ménager, il porte à
sa bouche, mâche avec lenteur et
boit à petits coups. Apparemment
cet homme nous porte envie, mais
se doute-t-il que nous le lui rendons
bien?

Reste un dernier ruban. Quelques-
uns l'enlèvent au pas de course;

d'autres, plus réfléchis, n'avancent que faute d'un ombrage pour s'y arrêter; ils finissent pourtant par arriver à Domo avant le coucher du soleil. Les rues sont dans l'ombre, les bourgeois sur leur seuil, et, en face de l'auberge où l'on s'apprête à nous bien régaler, il y a un tout petit premier café de l'endroit, très-suffisant pour le quart d'heure. Pendant qu'assis sous la tente nous vidons quelques cruchons de bière, une sorte de crétin vêtu de lambeaux cousus, coiffé d'un feutre percé, et posé en l'air sur deux béquilles, stationne en face de nous. Ce mendiant, nous le reconnaissons bien. Résigné, presque souriant, absorbé dans ses pratiques pieuses, il exerce son art sans rien dire, sans tendre la main : c'est du regard qu'il demande, du regard qu'il remercie, du regard qu'il prie pour vous. Certes l'on paierait un mendiant si bien élevé, rien qu'à cause des importunités qu'il vous épargne.

C'est toujours foire à Domo. La rue, la place, sont encombrées d'échoppes, et les gens des montagnes s'y fournissent, ceux-ci de peignes, ceux-là de bonnets de laine ; plus loin, des villageoises marchandent des mouchoirs ou s'essaient des bouquets. Nous trouvons, nous profanes, à ces bouquets artificiels de village, si frais, si vifs, si scintillants d'or et de cannetille, quelque chose de plus attrayant qu'aux pâles bouquets des modistes, et nous en sommes encore à nous imaginer qu'une belle princesse qui daignerait par aventure en poser un sur l'ébène de ses cheveux, serait payée en piquant éclat et en grâce nouvelle de l'honneur qu'elle lui aurait fait. Mais la vanité, qui gâte toutes choses, gâte aussi les modes ; c'est elle qui même, en fait d'atours, et là où le but c'est de plaire, conseille la recherche, le coûteux, avant le joli, avant ce qui plaît. Et le plus triste, c'est qu'elle a raison, puisqu'enfin les hommes en sont à aimer ce qui brille, ce qui prime, ce qui exhale un parfum de rang et de fortune, bien avant d'aimer ce qui n'est que vraiment aimable.

Quoi qu'il en soit, les couteaux ne coûtent pas cher à Domo. M. Topffer s'en achète douze pour quinze sols ; c'est pour en gratifier les mendiants du pays : le tout sous forme d'essai ; après quoi il fera son rapport sur le paupérisme, et un mémoire pour les philanthropes. On donne beaucoup dans notre siècle, mais surtout on écrit sur la façon de donner. C'est un progrès : la philanthropie qui prend la place de la charité ; la théorie qui éclaire la pratique tout en la contenant. Ce n'est plus, comme chez nos pères, la pauvreté si à plaindre, qui exige

sympathie, prompt secours, aumône généreuse et spontanée; c'est le
paupérisme, une plaie sociale qu'il s'agit d'étudier surtout, afin de la
traiter administrativement et selon les saines règles d'une science qui
n'est pas encore faite. Hélas! tout tourne à l'encre! tout finit par des
livres! C'est le beau temps des imprimeurs, des plieurs, des bro-
cheurs.

Ruban encore de Domo à Crevola, le seuil du Simplon. A Crevola il
y a une boutique, de nous bien connue, où, chaque fois, nous nous
sommes acheté une buvette portative. Nous sortons de cette boutique
portant chacun un pain ou un saucisson en bandoulière, et adieu l'Italie, nous entrons dans les gorges. Voici un mendiant, vite un couteau.

A Brigg, à Sion, l'on nous recommandera demain, après-demain, de
nous taire sur les dommages qu'a éprouvés la route du Simplon; mais,
après tout, nous n'avons pas promis le secret, et si l'on doit des égards
aux aubergistes, l'on doit aux voyageurs la vérité. Cette route, de
Crevola à Iselle, est, non pas endommagée seulement, mais détruite;
et nos plus mauvais chemins de traverse donnent une idée assez exacte
de ce qu'elle est dans son état actuel. Construite trop bas dans cette
partie du passage, les inondations l'ont presque partout emportée, et,
au lieu de la refaire à mesure sur un plan mieux conçu, l'on s'est con-
tenté de ménager entre les rocs éboulés, dans le lit du torrent ou sur le
flanc des moraines, un chemin étroit, inégal, tortueux, et misérablement crevassé. A présent il faudrait des millions pour la remettre en
état, et l'on dit que le gouvernement sarde, content de sa route du
Mont-Cenis, se soucie peu de payer pour la route de Milan. En attendant, le Valais commence à souffrir beaucoup de cet état de choses, et
les aubergistes de ce canton en sont à supplier le touriste qui revient
d'Italie, de vouloir bien, quant au Simplon, garder pour lui ses impressions et souvenirs.

Au delà d'Iselle la gorge s'assombrit, se resserre, à peine y reste-
t-il place entre la route et le rocher pour un riant petit bout de prairie
où nous venons faire notre repas. Cet endroit nous est connu d'avance;
des noyers l'ombragent, une source jaillit auprès, et par deux, par trois
fois déjà nous sommes venus y consommer nos provisions de Crevola.
Quel siége que l'herbe, quel charmant plafond que le feuillage, quel
aimable entretien que le murmure d'un ruisseau, quels cuisiniers que

la fatigue et la faim ! Vieilles choses qui êtes toujours nouvelles, plaisirs antiques et simples qui n'avez rien perdu de votre fleur, soyez les
miens quelquefois encore, soyez ceux de mes enfants ; qu'aïeul un
jour, j'accompagne, assis dans la carriole qui porte les vivres, ces
jeunes époux, ces frères, ces sœurs, mes petits-enfants, qui s'en vont
à la fête ; qu'avec eux j'entre sous la feuillée, que je préside au banquet, que j'assiste à ces allégresses si pures ; que j'emporte dans la
tombe, avec ces ressouvenirs d'amour et de concorde parmi les miens,
l'assurance que, lents à s'en laisser détourner, ils demeurent fidèles aux
traditions de la saine joie et du plaisir véritable !

Pendant que nous mangeons, passe un pauvre voyageur. Nous l'appelons pour qu'il vienne s'asseoir au festin ; mais il prend pour des
moqueries ces cordiales avances de notre bande joyeuse, et poursuit
son chemin sans ouïr à nos cris, ni regarder à nos signaux. Après
quelque sieste dans ce lieu, nous nous acheminons sur Gondo, et de
galeries en galeries, de spéculations en spéculations, après avoir
éprouvé de brûlantes chaleurs, nous arrivons transis à notre gîte. Le
soleil pourtant est encore sur l'horizon, il dore autour de nous de majestueuses cimes, et des nues frangées d'or flottent au-dessus de nos
têtes.

Notre gîte, ce soir, c'est l'hôtel de madame Grillet. Bon accueil,
soins affectueux, souper splendide, lits excellents, tout nous y attend

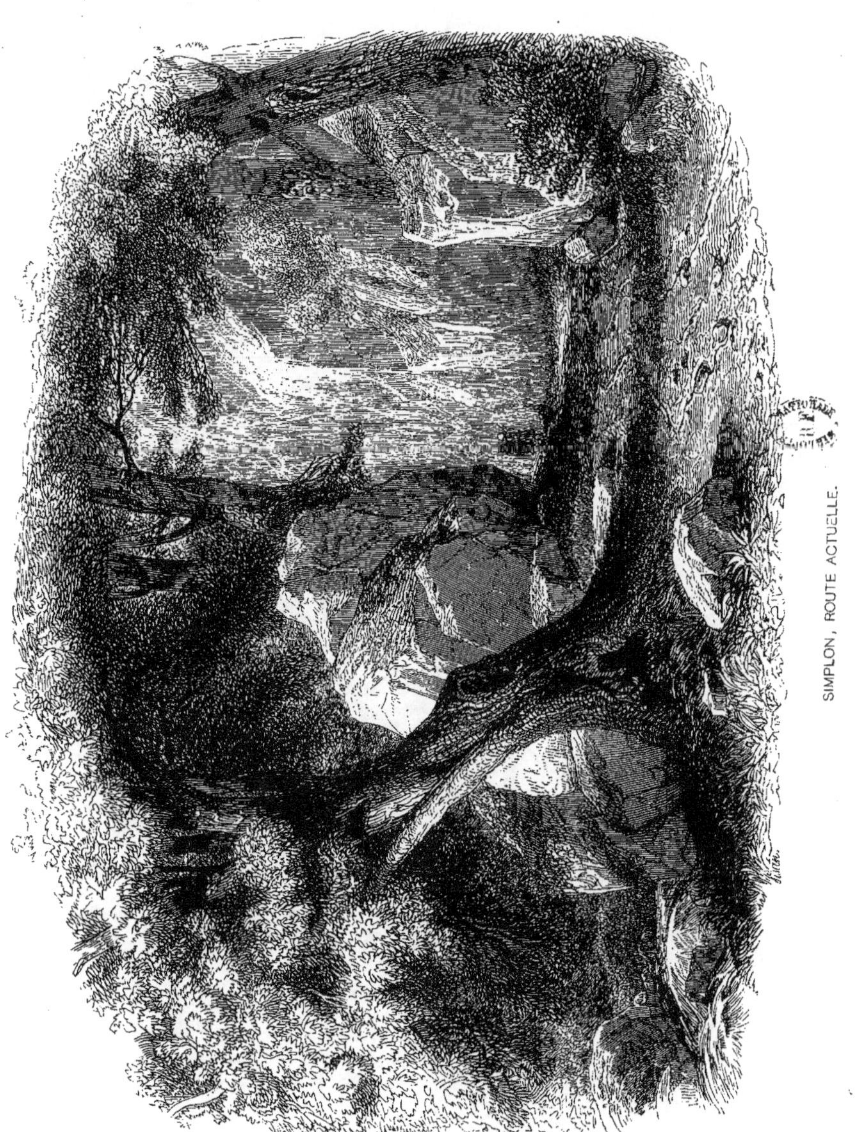

SIMPLON, ROUTE ACTUELLE.

de ce qui rend un soir de voyage splendide aussi, sans compter que madame T... nous prépare la surprise d'un négus. Le négus réussit, mais pas la surprise, à cause de M. Topffer, qui a mis secrètement tout le monde dans le secret. C'est coupable; mais il lui a semblé qu'en fait de négus, et quand on est transi, l'attente réjouissante vaut presque mieux que la surprise du moment, et que s'il faut laisser aux maux le privilége de vous saisir à l'improviste, il vaut presque mieux aussi ne pas dépouiller les biens de celui de vous sourire à l'avance.

GALERIE SUPÉRIEURE DU SIMPLON.

33ᵐᵉ JOURNÉE

Le brouillard est épais ce matin, c'est le cas de s'imperméer; Vernon n'y manque pas. Après avoir pris congé de madame Grillet, nous partons bien réchauffés pour nous trouver tout à l'heure plus transis encore que mouillés. Même en été, même dans les plus beaux jours, le matin est sévère sur ces hauteurs. Voici une bergère, vite un couteau.

Mais insensiblement ces brumes s'éclaircissent par places, et au travers de vapeurs plus transparentes, le soleil éclaire çà et là d'un pâle sourire les herbes mouillées, les mélèzes rabougris; ou bien le vent vient à percer quelque part ce brouillard uniforme, et, au delà des trouées, ce sont d'autres brumes encore qui se poursuivent, qui se recouvrent, qui se dissipent, et alors, comme sous d'autres cieux, comme dans un autre monde, plane au haut des airs une cime auguste et splendide. Ce spectacle toujours est imposant; il est propice aussi : c'est l'annonce d'un beau jour. En effet, semblable à un pâtre des montagnes qui appelle, qui assemble ses brebis dispersées, le vent du matin

ramasse en troupeaux de nuées ces vapeurs perdues, et à mesure qu'il
les chasse vers d'autres sommités, le ciel resplendit, l'horizon apparaît,
les gorges se découvrent, les prairies éclatent, et la joie de la nature
émeut, pénètre, réchauffe enfin l'âme engourdie du voyageur transi.

Telles sont les impressions qui nous attendent au sommet du passage. Un religieux nous y attend aussi : c'est le père Barras. De tout
loin il nous a reconnus, et vite il a crié à ses gens de faire cuire un
quartier de jambon. Oh! la bonne idée, le solide et savoureux accueil!
Mais, il faut le dire, ces excellents pères qui exercent envers les voyageurs de tout pays une hospitalité que leurs égards et leur dévouement
personnels rendent si généreuse et si chrétienne, marquent à tout ce
qui vient de Genève une affection particulière, et nous sommes convaincu, pour notre part, que nous n'avons pas hors du canton des amis
plus fidèles, plus sincères que les religieux du Grand-Saint-Bernard et
du Simplon. C'est bien pourquoi ces retentissantes brutalités qu'a gra-
tuitement prodiguées aux couvents d'Argovie le radicalisme genevois,
nous ont semblé non pas seulement déplacées, stupides, nauséabondes,
mais pénibles et parfaitement propres à détacher de nous de bons
amis.

Le jambon est délicieux, gras, fumant, plein de suc ; le pain frais,
le vin miraculeux. Après le repas nous visitons l'hospice, qui est aujourd'hui presque achevé. L'église, entre autres, vient d'être ornée de
peintures par deux jeunes artistes de Paris qui ont fait ce travail gra-
tuitement; deux radicaux peut-être, et pas très-grands peintres, mais
généreux ceux-là, hommes d'esprit et bien élevés.

Descendre le Simplon, pour nous autres, c'est un jeu. Halte pourtant à Berizal, où nous nous divertissons à endormifier des poulets.
Comme on sait, il ne faut pour cela que leur tenir la tête sous l'aile tout
en les berçant. Immédiatement le volatile le plus effaré tombe dans
les langueurs d'un doux sommeil, et ce serait l'heure de le mettre à la
broche sans qu'il s'en aperçût. Mais nous n'avons pas de broche et
nous ne sommes pas *roustisseurs.*

Dans la montagne qui fait face à Berizal, du côté du col, on voit du
haut en bas une longue traînée d'arbres abattus et gisants. C'est une
seule avalanche qui, ce printemps, a fait ces ravages. Des pygmées
épars dans cette clairière scient et mettent en tas. A la direction dans

laquelle les arbres sont tombés, et à l'aspect très-divers qu'ils présentent, l'on distingue parfaitement ceux d'entre eux qui ont été frappés par l'avalanche elle-même, et ceux qui ont été couchés bas par le simple déplacement de la colonne d'air. Parmi ces derniers, il y a des sapins hauts de cent pieds.

Au delà de Berizal on prend par l'ancienne route, qui serpente au-dessus d'affreux abîmes dont nous avons donné ailleurs le dessin. Un seul arbre s'y rencontre, c'est un pin, sous lequel les traînards se mettent à consommer une heure et demie en rêveries et menus propos. Pourquoi se hâteraient-ils? Brigg est en vue; David est en avant; chômer ici n'empêche pas que là-bas le souper ne s'apprête. Est-il donc si commun de deviser assis sous un pin, suspendus sur un gouffre? et les loisirs d'auberge valent-ils ces derniers moments donnés aux montagnes que l'on va quitter? La hâte gâte tout. Bien avant que le soleil soit couché nous entrons dans Brigg, au moment où les carabiniers de la ville y rentrent eux-mêmes, curé en tête, au bruit des tambours et au son des fanfares.

L'auberge de Brigg, tenue aujourd'hui par des Vaudois, est excellente. On y soupe bien et l'on y boit d'excellent négus, quand M. André en régale la société. Par malheur, voici la diligence qui amène une cargaison de voyageurs à jeun. Ces messieurs repartent dans une heure; il leur faut notre table, et nous allons dormir.

ÉGLISE DE TOURTEMAGNE.

34ᵐᵉ JOURNÉE

Nous voici en plein Valais; il faut hâter notre récit, comme nous allons hâter notre marche. Dès ici, en effet, plus rien qui ne nous soit familier, et de temps immémorial nous avons renoncé à faire aucun usage de nos jambes sur ce ruban de deux journées qui sépare Brigg de Villeneuve.

Aussi, entassés sur deux immenses chars à bancs, nous laissons les chevaux faire notre œuvre. C'est l'heure des paresses légitimement conquises; c'est l'heure où le journalier, ayant fini la journée, s'assied sous le porche, croise ses bras et repose ses membres. Il ne faut plus alors lui demander de travail, et nous trouvons presque importune la cascade de Tourtemagne, qui nous demande de bouger pour aller la voir.

Notre cocher a trois inconvénients : il fume sous prétexte de tabac une substance inconnue; il se chante à lui-même des airs fabuleux, dans un idiome inachevé; surtout il dort en tirant la rêne droite, ce qui nous mène droit dans le Rhône, en sorte qu'à chaque instant nous sommes obligés de lui sauver la vie. D'ailleurs, le meilleur Valaisan du monde.

A Sierre la tortue boit. Les Sierrois ouvrent de grands yeux au spectacle de cet amphibie, et ils décident que c'est un serpent. D'ailleurs, les meilleurs Sierrois de la terre.

A Sion enfin, nous allons descendre chez madame Muston, qui nous accueille comme des amis et qui nous régale de malvoisie. C'est un vin du Valais qui vaut, s'il ne les surpasse, les muscats de Lunel et de Frontignan.

Du reste, Sion, où nous arrivons de bonne heure, nous semble avoir été plutôt changé qu'embelli par la Révolution. On y voit moins de vaches et de bouviers, moins aussi de ces magistrats de vieille roche qui, vêtus d'un habit noir, se rendent à l'église; mais, en revanche, on y voit plus d'estaminets qu'autrefois, plus de courtauds, plus de cette *jeunesse ardente et développée* qui fume des brûlots sur le seuil des cafés.

HOTEL BYRON, PRÈS DE VILLENEUVE.

35ᵐᵉ ET 36ᵐᵉ JOURNÉE

Au jour, nous sommes sur nos chariots, où madame Muston nous approvisionne de poires et de noix. Le temps est radieux, la fraîcheur délicieuse, mais notre cocher tire toujours sur la droite. C'est moins dangereux, à présent que le Rhône coule sur la gauche.

A Martigny, la jeunesse a toujours été ardente et développée. Cela paraît étrange au touriste, qui n'y aperçoit que des visages profondément pacifiques et beaucoup de crétins dont ce n'est pas l'ardeur qui est développée. Ici Vernon se ruine en emplettes de minéraux, et d'Arbely s'achète une pique ; probablement pour monter en char.

A la poste, où nous allons descendre, toute une société *nono* déjeune avec dédain de thé très-fort et de tartines à l'anglaise. Cette société veut louer un char, et le cocher est là qui, chapeau bas, ne demande pas mieux que d'en finir. Mais un moment. L'orateur de la société, « qui se défiè beaucoup de tute la cochè de la continente, » mange tranquillement une tartine entre chacune de ses questions , soit pour avoir le loisir de les bien « colquiouler, » soit parce que chaque réponse du bonhomme lui semble « une grande estratadgem » qui mérite réflexion. De tartine en tartine pourtant, le marché finit par se conclure.

Nous passons devant Pissevache. Lavey, Saint-Maurice, sont bientôt derrière nous. Voici Aigle, d'où nous partîmes il y a trente-cinq jours pour les Ormonds dessous. Voici enfin Villeneuve, la Croix-Blanche et cette hôtesse qui a un *cathaire*. Les Simond trouvent ici leurs parents, qui sont venus à leur rencontre et qui s'embarqueront avec nous demain. Grand plaisir, dont tous nous prenons notre part.

Ici le voyage est terminé. Dans quelques heures, arrivés là où nos cœurs sont déjà, il ne nous restera plus qu'à bénir la Providence, qui a permis que nous pussions accomplir sans accident, sans trouble et sans sujet d'inquiétude, une excursion si lointaine et si aventureuse, mais si belle aussi, et qui comptera pour chacun de nous parmi les plus charmants souvenirs de sa vie. Lecteur, je vous serre la main.

TABLE

DES VOYAGES EN ZIGZAG.

TABLE

POUR

LE PLACEMENT DES GRAVURES HORS TEXTE.